समरांगण

(उपन्यास)

वाणी प्रकाशन
21-ए, दरियागंज, नई दिल्ली-110002
फोन : 011-23273167, 23275710, 41562622
फैक्स : 011-23275710
e-mail : vani_prakashan@yahoo.com

समरांगण

मेहरुन्निसा परवेज़

वाणी प्रकाशन का लोगो
विख्यात चित्रकार मकबूल फिदा हुसेन
की कूची से

ISBN : 81-7055-938-3

वाणी प्रकाशन
21-ए, दरियागंज, नयी दिल्ली-110002
द्वारा प्रकाशित

प्रथम संस्करण : 2002
द्वितीय संस्करण : 2006

मूल्य : 350.00

आवरण : वाणी चित्रांकन
शुभम् आर्फसेट, दिल्ली-110032
द्वारा मुद्रित

SAMRANGARH (Novel)
by Meharunnisa Parvaze

अपने स्वर्गीय बेटे समर प्रसाद की स्मृति में यह उपन्यास समरांगण तर्पण करती हूँ।

—मेहरून्निसा परवेज़

ख़िरद से दूर भटकता है मौत का एहसास,
किसी तरह भी मेरे दिल नशीं होता।
अगरचे ठोस हक़ीक़त है सामने फिर भी,
समर की मौत का दिल को यक़ीं नहीं होता।

मेरी बात

समरांगण उपन्यास आपके हाथों में है। बहुत पुरानी कथा परिवार में कभी किसी ने सुनाई थी, जो मन के किसी कोने में जाने कब से दबी पड़ी थी। यह कथा ग़दर के साथ की थी। इतना पुराना तथा लंबा समय था। सोचती थी क्या उस समय को लिख पाऊँगी?

अकस्मात् मेरे घर एक अनहोनी घट गई। मेरे पुत्र समर प्रसाद का अचानक निधन हो गया। जवान पुत्र के शव के आगे खड़ी मैं पागलों की तरह अपने अभागे भाग्य को देख रही थी। लोगों के भाग्य में बेटों के सर पर सेहरा देखना लिखा होता है और मेरे भाग्य में अर्थी के फूल थे?

सीमातीतदारुण—दुःखदाई उसके मरणांतक क्षणों के दंश की पीड़ा ने मुझे घोर निराशा, निरूपायता और गहरे आलोड़न के नियंत्रणरहित विषाद के अंधकार में डुबो दिया। दूसरों के दिए उपदेशों के शब्द क्षणभंगुरता, असारता और नश्वरता के तात्त्विक उत्तेजक आहुतियों का काम ही करते थे।

दुःख के सैकड़ों विषैले बिच्छुओं के दंश ने डसना शुरू किया। पीड़ा से कराह उठी और मैंने क़लम का सहारा लिया और उपन्यास लिखने में अपने को डुबो दिया।

सोचती हूँ मेरा यह उपन्यास *समरांगण* पाठकों के मन के अकालग्रस्त मरुस्थल में स्वाध्याय की अतल गहराइयों में जाकर अपार शांति-सुख देगा। और क्या कहूँ? बस यही कामना करती हूँ!!

10-1-2000

—मेहरून्निसा परवेज़

1

दिल्ली शहर की पराठेवाली गली, जिसमें ढेर सारी मिठाइयों की दुकानें थीं। पराठेवाली गली की शुद्ध मिठाइयाँ दूर-दूर तक प्रसिद्ध थीं। दूर से लोग ख़रीदने आते थे। यहाँ मिठाई की सारी दुकानें कश्मीरी पंडितों की थीं। यही लोग यहाँ मिठाई बनाकर बेचते थे। मुग़लों की शाही परिवारों की हिंदू बेगमों के यहाँ तथा ठाकुरों की हवेलियों में रोज़ाना पूजा के लिए यहीं से मिठाइयाँ पाबंदी से जाती थीं।

पंडित गोपीलाल आज ज़रा तड़के ही घर से चल पड़े थे, सोचा था ज़रा दुकान की सफ़ाई करवा लेंगे। उन्होंने आकर अपनी मिठाई की दुकान खोली ही थी और सोच रहे थे कि दुकान पर काम करने वाला लड़का आ जाए तो ज़रा सफ़ाई करवा कर, बर्तन धुलवा लेंगे। दो दिन से आँधी-तूफ़ान लगातार आ रहा था। इस कारण भी कोई काम नहीं हो पाता था। चारों तरफ़ धूल-ही-धूल समा गई थी। अभी वह ढँग से दुकान खोल भी नहीं पाए थे कि शोर सुनाई देने लगा। लोग भाग रहे थे। कुछ लोग आकर दुकानें लूटने लगे थे। मार-काट, वाही-तबाही मचने लगी थी। भगदड़-सी मच गई। अचानक जैसे कोहराम मच गया। साथ के सभी मिठाई वाले जल्दी-जल्दी दुकानें बंद करने लगे। लोग छुपने लगे, भागने लगे।

बेहद नफ़ासत, तहज़ीब पसंद दिल्ली देखते ही निपट गँवार, जाहिल, बेअदब हो गई थी। किसी का लिहाज़-पर्दा अदब-क़ायदा नहीं रह गया था। घोड़ों की टाप से गलियाँ गूँज उठीं, लोग सहम गए। भागो! मारो! क़त्ल करो की आवाज़ चारों ओर से आ रही थी। अंग्रेज सैनिक बेखटके घरों में, दुकानों में घुस रहे थे। जिसको जहाँ जगह मिल रही थी, वहीं छुप रहा था। भाग रहा था। लोग बदहवास से भाग रहे थे।

पंडित गोपीलाल ने जल्दी से अपनी दुकान बंद की सामने दरवाज़े पर ताला ठोंका और बग़ल में छाता दबाकर धीरे से दुकान के पीछे वाली सकरी गली में उतर गए थे। वह धीरे-धीरे, लुकते-छिपते आगे बढ़ते गए। सकरी गलियों में अभी कोई बावेला नहीं मचा था। गलियाँ इतनी सकरी थीं, कि एक समय में एक ही व्यक्ति

पैदल-पैदल आ-जा सकता था। लहरदार-चक्करदार गलियाँ थीं। एक बार यदि कोई आदमी धोखे से भी इन गलियों में उतर आए तो फिर पूरा चक्कर पार कर ही घंटे-दो-घंटे में ही बाहर आ सकता था।

एक बार उन्होंने मिठाई की दुकान वाले अपने मित्र रतनलालजी से सकरी गलियों का रोना रोया था, तो उन्होंने बताया था, कि यह सकरी गलियाँ बड़ी ही सुरक्षित होती हैं। पुराने लोग ऐसी ही सकरी गलियों में रहना पसंद करते थे, ताकि कोई दुश्मन यदि धोखे से आ जाए तो जल्दी लौटकर नहीं जा पाए। घोड़ा तो ख़ैर इन गलियों में चल ही नहीं सकता। घोड़ा मुड़ ही नहीं सकता था। इस कारण इन गलियों को सकरा रखा गया था, ताकि कोई ख़ून करके, लूटकर भाग न सके। आज उन्हें अपने मित्र रतनलालजी की बात सोलह आने सत्य लग रही थी। रतनलालजी की बात की सत्यता का परीक्षण इतने बरसों बाद वह भी संकट के समय हो पाया था।

संकरी गली में अधिकतर लोगों के पिछवाड़े वाले दरवाज़े ही खुलते थे। कहीं-कहीं तो दरवाज़े भी नहीं थे, बस घरों की दीवारें बनी थीं। दीवारों ने जैसे एक पर-कोटा सा बना दिया था। इन दीवारों में छोटी-छोटी मेहराबें बनी थीं। इन्हीं मेहराबों में सुना है कई दंगा-फ़सादी लोग अपना गोला-बारूद छुपाकर रखते थे। कहीं दंगा होता था, करना होता तो झट से गलियों में घुसकर अपना गोला-बारूद निकालते और फ़रार हो जाते थे। बची सामग्री, जुटी सामग्री भी तत्काल यहीं लाकर छुपा देते थे। दंगाइयों के लिए यह गलियाँ बड़ी ही सुरक्षित, सुविधाजनक होती थीं।

पंडित गोपीलाल सोचते-विचारते, मन ही मन ईश्वर को याद करते अपने घर की ओर बढ़ने लगे। अपने प्राणों की चिंता तो थी ही पर अपनी नई ब्याहता पत्नी सुहासनी की चिंता उन्हें ज़्यादा सता रही थी। जाने कब घर पहुँच पाएँगे? जाने सुहासनी किस हाल में मिलेगी? मिल पाएँगे भी या नहीं। कोई भरोसा नहीं? दंगे में तो सब-कुछ हो सकता है?

घंटाघर के पास की ही एक गली में वह रहते थे। आजकल सुहासनी एकदम अकेली रहती थी। पिताजी और माँ तो गाँव चले गए थे। वैसे तो घंटाघर के पास कुछ कश्मीरी पंडितों के घर थे, पर क्या ऐसे संकट के समय में वह एक-दूसरे की मदद कर पाए होगें? संकट में दूसरे की सुध किसे रहती है?

ग़दर का खटका कई दिनों से लग रहा था, पर सब-कुछ इतने जल्दी हो जाएगा, उन्होंने सोचा नहीं था। सोच ही रहे थे इस बार किसी त्यौहार पर कश्मीर गए तो सुहासनी को गाँव छोड़ आएँगे। दिल्ली में राजनीतिक वातावरण काफ़ी पहले से ख़राब था। भीतर-ही-भीतर आग सुलग रही है, यह सभी समझ रह थे। विस्फोट इतना जल्दी होगा सोचा नहीं था।

गली के समाप्त होते ही उन्होंने झाँक कर देखा, बड़ी सड़क पर भयानक मारकाट

मची थी। चीत्कार, कोलाहल चारों तरफ़ फैला था। पंडित गोपीलाल को लगा अब आगे नहीं बढ़ सकते, इतनी मारकाट में आगे बढ़ना कठिन काम था। बहुत देर तक वह गली के मुहाने पर छुपे रहे। दिन धीरे-धीरे ढलने लगा था, शाम होने लगी थी। साथ ही उनकी चिंता बढ़ने लगी थी, जाने सुहासनी कैसी होगी? सुरक्षित मिलेंगे भी या नहीं? भय और चिंता के कारण गोपीलाल का गला सूखने लगा, आँख के आगे अँधेरा-सा छाने लगा। साहस करके लुकते-छुपते साक्षात मृत्यु के तांडव के बीच से वह सरकते-सरकते आगे बढ़े।

घंटाघर जब पहुँचे तब तक अँधेरा हो चुका था। दिन ढल गया था। सारा दिन लग गया था। उन्हें घर पहुँचने में, चिंता ने उन्हें सुखा-सा दिया था। भयभीत काँपते हाथों से गोपीलाल ने अपने घर के किवाड़ की कुंडी खटखटाई। किवाड़ की कुंडी उन्होंने धीरे से खटखटाई थी, भीतर कोई आहट नहीं हुई, कोई हरकत सुनाई नहीं दी। मन की वेदना, घबराहट और बढ़ गई। माथे का पसीना पोंछते हुए उन्होंने दोबारा किवाड़ खटखटाए। किवाड़ों की दरार से भीतर झाँका, भीतर घुप्प अँधेरा दिखा। उन्होंने दोनों हथेलियों की ओक में अपना मुँह फँसाया और धीरे से आवाज़ लगाई।

''सुहासनी...सुहासनी, मैं हूँ द्वार खोलो?''

भीतर थोड़ी आहट मिली। कोई सरक कर रेंग रहा था। बहुत देर बाद धीरे से किवाड़ खुले, झट से वह भीतर हो गए और जल्दी से भीतर से किवाड़ की कुंडी लगा लिया। भीतर भयानक अँधेरा था।

अचानक कोई उनसे लिपट गया और रोने लगा, स्पर्श से वह जान गए घबराई सुहसनी है। अपनों के जीवित स्पर्श ने जैसे उन्हें विचित्र-सा सुख दिया। बेहद थके होने के कारण भी उन्हें अपनों के बीच पहुँच कर संतोष-सा हुआ, लगा जैसे जीवन का सबसे बड़ा सुख मिल गया है।

सुहासनी के रोने का स्वर सुनाई दिया। गोपीलाल की आँखें भी रो उठीं, लगा फुग्गा फाड़ कर रो दें। सारे दिन से देखते आ रहे ख़ून, हत्या ने मन को मथ कर रख दिया था। मनुष्य ही मनुष्य का दुश्मन हो गया था। रिश्ता, नाता, दोस्ती भाईचारा जैसी बातों का कहीं स्थान नहीं था। सब बस एक दूसरे के प्यासे हो गए थे। सारे दिन के आतंक ने मन को दुःखी और भयभीत कर दिया था, ऐसे में अपनों का स्पर्श, अपनों के आँसू मन को सांत्वना दे रहे थे। रोने का मन हो रहा था। रुदन का वेग गले तक आ गया था, परंतु उन्होंने उसे ज़बर्दस्ती नीचे वापस किया और अपने को संभाला और आगे कि लिए संगठित किया। सुहासनी पसीने से लथपथ थी।

''सुहासनी, धैर्य धरो, अब हमें तत्काल दिल्ली छोड़ना होगा, वरना हम जीवित नहीं रह पाएँगे।''

''वापस अपने गाँव कश्मीर लौट चलें, सुहासनी बुरी तरह काँप रही थी।''

"कश्मीर कैसे चलें? ऐसी स्थिति में तो जिधर मार्ग दिखे उधर ही बढ़ना होगा, बस दिल्ली छोड़ना चाहिए, वरना हमारी भी हत्या हो जाएगी। मृत्यु का भयानक तांडव मैंने अभी गली, सड़कों पर देखा है।"

"कहाँ जाएँगे?"

"कहीं भी, अभी, तत्काल निकलना होगा। इतनी बड़ी धरती है, इसका ओर-छोर नहीं है। जहाँ भी जगह मिलेगी रह लेंगे, जिधर मार्ग दिखेगा बढ़ लेंगे। जब दिल्ली का वातावरण ठीक हो जाएगा, तक लौट पड़ेंगे। यहाँ रहे तो मार दिए जाएँगे।"

"कुछ रास्ते के लिए रख लें?"

"जो भी रखा हो, उसे बाँध लो। कुछ कपड़े, आटा, पहले का जो भी बना रखा हो, सब शीघ्रता से बाँध लो।"

शीघ्रता से आनन-फ़ानन सामान बटोरा, बाँधा गया। जिसके जो समझ में आया उसे बाँध लिया गया। गोपीलाल ने गठरी और कंबल रखे और बाक़ी सारा सामान भगवान के भरोसे छोड़कर, बाहर आ गए। किवाड़ पर ताला डालकर सुहासनी का हाथ पकड़े वह धीरे से अँधेरी गली में उतर गए। लगा जैसे समंदर में उतर गए हैं। समंदर का वेग उन्हें डुबो भी सकता है। तथा पार भी पहुँचा सकता था। घर का मोह छोड़कर वह आगे बढ़ गए।

अँधेरे में संकल्पों और विकल्पों के विचारों से जूझते हुए लोग धीरे-धीरे आगे सरकते गए। सुहासनी ने काले रंग की शाल से अपने को ढक रखा था। गोपीलाल सर पर गठरी उठाए और हाथ में मोटी लाठी लिए थे। लाठी अपनी सुरक्षा के लिए रख ली था। घर में कोई दूसरा हथियार नहीं था। हथियार चलाना भी तो उन्हें नहीं आता था। भय उन्हें आगे भगा रहा था। अँधेरा गहरा होता जा रहा था। रात्रि की कालिमा, क्रूरता बढ़ती जा रही थी। जगह-जगह लाशों के ढेर लगे थे। बड़े-बड़े विशाल ऊँचे भवन अँधेरे में विचित्र तथा डरावने लग रहे थे। मृत्यु ने दानव का रूप धर लिया था। सहमे-घबराए वह लोग भयभीत से आगे बढ़ते जा रहे थे। सुहासनी का हाथ गोपीलाल पकड़े हुए थे और सुहासनी दौड़ते घसिटती-सी आ रही थी। सुहासनी की कमज़ोर काया पसीने से भीगी थी। वह ज़ोर-ज़ोर से हाँफ रही थी। सुहासनी की स्थिति को देखते हुए गोपीलाल के मन में कई बार विचार आया कि कहीं रुक कर दम ले लें, परंतु दम लेना मृत्यु को आमंत्रण देना था। भयानक, खूँखार कुत्तों का झुंड लाशों पर लपकता घूम रहा था। कहीं-कहीं कुत्ते बड़ी भयानक आवाज़ में रो रहे थे। रात्रि बहुत भयानक थी, जैसे कोई नागिन अपना फन काढ़े फुफकारती क्रोध में घूम रही हो।

अँधेरी रात्रि का लाभ लेकर लोग भाग रहे थे। कोई रो रहा था, कोई खोज रहा था। किसी को पति नहीं मिल रहा था, किसी को बेटा नहीं मिल रहा था, किसी को बेटी नहीं मिल रही थी, किसी को पत्नी नहीं मिल रही थी। किसी का बूढ़ा

बाप खो गया था, किसी की अँधी बूढ़ी माँ नहीं मिल रही थी। अजब-ग़ज़ब का कोहराम मचा था। कुत्तों के साथ मनुष्य का रोदन शामिल था। कितना विचित्र लग रहा था। जानवर और इंसान एक साथ रो रहे थे। दोनों का ही एक दूसरे से साथ जो छूट रहा था।

दिल्ली अनाथ हो गई थी। दिल्ली के सर से ताज हट गया था। एक बादशाह के न होने से लोग बेअदब हो गए थे। किसी मुखिया के न होने से, किसी सरपरस्त के न होने का नतीजा था कि लोग लावारिस, अनाथ, बेघर बार हो गए थे। गृहस्थ लोग घबराकर परिवारों को लेकर दिल्ली छोड़कर भाग रहे थे। दिल्ली की गलियाँ युद्ध का मैदान बन गई थीं।

बस्ती आबादी को पीछे छोड़कर वह लोग शहर से बाहर आ गए। अब यहाँ युद्ध और मृत्यु पीछे नहीं कर रहे थे। थोड़ी राहत-सी लगी। ठंडी शीतल हवा के वेग ने मंन को ढाढस दिया। सोचा कहीं ठहर कर थोड़ा विश्राम करें तथा भोर होने की बाट देखें, तथा सोचें कि अब किस दिशा में चलें?

पंडित गोपीलाल थके-हारे से एक टीले के पास पहुँचे तो देखा एक चट्टान के पास कुछ लोग इकट्ठे थे। पहले तो वह भयभीत हो उठे कि इतनी दूर जाने पर भी मृत्यु पीछा नहीं छोड़ रही थी। सुहासनी और वह धरती पर बैठ गए। सुहासनी ने जल्दी से पीतल के कमंडल में रखे पानी में से थोड़ा-सा पानी निकाल कर उसे दिया और ख़ुद भी एक घूँट पी गई। सामान ज़मीन पर उतार कर गोपीलाल खड़े रहे।

पंडित गोपीलाल ने ध्यान से देखा। सामने लोग खच्चरों पर अपना समान ला रहे थे। गोपीलाल को समझते देर नहीं लगी कि पिंडारियों का क़ाफ़िला है जो दिल्ली से कूच करने वाला था।

पंडित गोपीलाल को थोड़ी हिम्मत आई और वह सुहासनी को छोड़कर आगे बढ़े। पिंडारियों के साथ उनका पूरा परिवार साथ था। बैलगाड़ियाँ, खच्चर, गधे, बकरियाँ सब साथ थे। स्त्री और पुरुषों ने छींटदार रंगीन कपड़े पहन रखे थे। कुछ ने तो अच्छे कपड़े पहने थे और कुछ फटे-पुराने कपड़ों में थे।

गोपीलाल पिंडारियों के पास पहुँचे। गोपीलाल को अपने पास आता देख पिंडारी सर्तक हुए। तत्काल उन्होंने अपने हथियार, लाठी निकाल लिए।

''कौन हो? क्या चाहते हो?'' पिंडारियों का सरदार आगे बढ़कर सामने आया।

''हम गृहस्थ लोग हैं। मेरा नाम पंडित गोपीलाल नाहर है। दिल्ली में मिठाई वाली गली में मेरी मिठाई की दुकान है। ग़दर मच गई तो कहीं ठौर पाने भटक रहे हैं। आपकी दया होगी जो अपने साथ हमें भी ले लें।''

''हम दूसरों को अपने साथ नहीं रखते।''

''मेरे साथ मेरी नव-ब्याहता पत्नी भी है। हम बहुत मजबूर और भयभीत हो

गए हैं। हम कश्मीरी लोग हैं, हमें इधर की अधिक जानकारी भी नहीं है।"

"कहाँ जाना चाहते हो?"

"यह तो पता नहीं, परंतु आप जहाँ तक साथ ले जा सकें हमें ले चलें, आगे भगवान कोई और दूसरी मदद दे देगा।"

"हम तो नर्मदा की तरफ़ जा रहे थे। नर्मदा के किनारे मेला लगने वाला है। क्या तुम नर्मदा की तरफ़ चलोगे?"

"ठीक हैं, हम उधर ही चले जाएँगे, किसी तरह दिल्ली से दूर जाना चाहते हैं।"

"हथियार चलाना जानते हो?"

"नहीं, हम तो व्यापारी लोग हैं। मिठाई का धंधा करते हैं, बस मिठाई बनाना जानते हैं। हमारा हथियारों से क्या काम?"

"ठीक है, तुम्हें सुरक्षित पहुँचा देगें, कोई भी विपत्ति आएगी हम निपट लेगें," पिंडारियों का सरदार कुटिलता से मुस्कुराया, "ठिकाने पहुँचाने का क्या दोगे?"

"रक़म?"

"देखो, हम तो साफ़ बात करना पसंद करते हैं। जो कुछ भी हो तो रख दो वरना ऐसे लड़ाई के समय में कौन तुम्हें साथ ले जाने का जोखिम उठाएगा? अपनी ही जान के लाले पड़े हैं।"

"जल्दी में दुकान से रक़म उठा नहीं पाया," गोपीलाल ने दीनता से कहा और विचार में पड़ गए, "कितनी रक़म से काम चल जाएगा?"

"पाँच सौ रुपए तो लेंगे।"

"पाँच सौ रुपए?" गोपीलाल घबरा गए। तभी उन्हें ध्यान में आया कि सुहासनी के हाथ में सोने के पाँच तोले के कंगन हैं। उसे ही इन्हें देकर जान छुड़ा लें। समय ठीक आया तो पत्नी को फिर कंगन बनवा लेगें।

"क्या विचार?"

"इतनी रक़म तो नहीं है, हाँ पत्नी के हाथ में ब्याह के कंगन हैं उसे रख लें। इसके अलावा पास में अधिक कुछ नहीं है।"

"ठीक है ले आओ।"

गोपीलाल दौड़कर सुहासनी के पास पहुँचा और उसे सारी बात बता कर साथ लिवा लाया। सुहासनी को भी दूसरा उपाय नज़र नहीं आ रहा था। मन में दुविधा होने पर भी वह कंगन देने को राज़ी हो गई थी।

सुहासनी ने कंगन उतारकर गोपीलाल को दे दिया। गोपीलाल ने कंगन पिंडारियों के सरदार को दे दिए। सरदार ने कंगन ले लिए और दाँत से चबाकर पहले उसे परखा और अपनी पगड़ी के भीतर गाँठ बाँधकर रख लिए।

"ठीक है, थोड़ा आराम करो, अभी चलते हैं। मेरा नाम बंगाली सिंह है। साथ

में कुछ हो तो खा लो पंडित, फिर चलते हैं। प‌ानी चाहिए तो माँग लेना पर तुम तो पंडित लोग हो तुम्हें चलेगा नहीं, है न?''

''हाँ,'' गोपीलाल ने कहा और वहीं चट्टान पर बैठ गए। पहली बार संतोष से बैठ पाए। लगा जैसे सारे दिन से चलते, खड़े रहते, भागते कमर लकड़ी-सी कड़ी हो गई है और अब बैठते ही लचक कर टूट जाएगी। घबराहट और बदहवासी में शरीर का ध्यान ही नहीं रहा था। अब थोड़ी शांति मिली तो ध्यान तन और मन की तरफ़ गया है। अपने बारे में सोचने की सुध-लौटी है, वरना जान बचाने के चक्कर में तो बस लग रहा था कि मृत्यु पीछा कर रही है।

सुहासनी भयभीत बैठी थी। सुहासनी के हाथ बिना कंगन के सूने लग रहे थे। काँच की चूड़ियाँ केवल हाथों में रह गई थीं। सुहासनी के मन में कई तरह की शंका जन्म ले रही थी। कई विचार आ-जा रहे थे। आख़िर में उसने अपने मन की बात पति से कह ही दी।

''तुमने कंगन दे दिए, पर यदि हमें वह लोग किसी ठिकाने पर सुरक्षित नहीं पहुँचाए तब?

''मुसीबत और संकट में दूसरे का भरोसा करना पड़ता है सुहासनी, 'कंगन लिया है तो ठिकाने तो ज़रूर ही पहुँचाएगा, ''गोपीलाल ने सुहासनी को समझाया। समझ गया सुहासनी को कंगन जाने का दुःख सता रहा है, इसलिए उनके मन में शंका जगी है।

सुहासनी की नाक का बेसर दूर से आती दिए की लौ में चमक रहा था। नाक के सोने के बेसर में जड़ा छोटा-सा हीरा का कण अँधेरे में चमक रहा था। संकट के कारण सुहासनी का चेहरा सूख गया था, पर कंगन के जाने के कारण वह और अधिक दुःखी लग रही थी। विपत्ति में भी नारी को अपने गहनों का मोह रहता है, गहनों से लगाव हर स्त्री का अपना जन्मजात गुण होता है। शायद इसलिए भी नारी को गहनों से प्रेम होता है, कि गहनों पर एकमात्र उसका अधिकार होता है, उसकी अपनी निजी संपत्ति, पूँजी होते हैं जिन्हें अपने अधिकार में लेते हुए भी पुरुष दस बार विचार करता है, झिझकता है।

गोपीलाल समझ गया था कि पिंडरियों का सरदार बंगाली सिंह लालची है, परंतु दिल का अच्छा आदमी है, वरना ऐसी विपत्ति में, ग़दर के समय जहाँ अपनी ही सुध नहीं रहती, ऐसी में कौन दूसरे की मदद करता है? वैसे भी पिंडारियों का काम ही चोरी तथा डकैती डालना होता है, इनके मन में किसी दूसरे के लिए दया—मोह कहाँ?

बंगाली सिंह का क़ाफ़िला कूच के लिए तैयार था। एक बड़ी से टपरे की छत वाली बैलगाड़ी में बंगाली सिंह का परिवार आकर बैठा। गोपीलाल को भी इशारा किया गया कि वह भी अपने परिवार के साथ बैलगाड़ी में बैठ जाए। तत्काल इशारा

पाते ही गोपीलाल ने सुहासनी को बैठाया और ख़ुद भी बैठ गया। गोपीलाल का सामान गधे पर लाद दिया गया था। बैलगाड़ी ख़ुद बंगाली सिंह हाँक रहे थे।

क़ाफ़िला आगे बढ़ा। सामने बैलगाड़ी चली, पीछे, दूसरी बैलगाड़ियाँ थीं उनके पीछे गधे, खच्चर, बकरियाँ, कुत्ते चले। अँधेरा अभी भी था। अँधेरे में शांत क़ाफ़िला आगे रेंग गया। सब चुप थे। बस बैलों के गले की घंटियाँ धीरे-धीरे टुन-टुन बज उठी थीं। जैसे दिल्ली को विदा कर रही हों।

जाने क्यों गोपीलाल को अँधेरे में, नितांत एकांत में घंटियों का स्वर अच्छा लगा, मन को शांति-सी मिली। उसे अपने गाँव का मंदिर याद आ गया। अपने कुलदेवता का स्मरण आ गया। झट उसने आँख मूंद कर हाथ जोड़कर उन्हें नमन किया। मन-ही-मन प्रार्थना की, कि यात्रा शुभ तथा सुरक्षित कहीं ठिकाने पर पहुँच जाएँ।

2

दिल्ली पीछे छूटती जा रही थी। दिल्ली जल रही थी, उजड़ रही थी। विदेशी लुटेरों की योजना सफल हो गई थी। व्यूह रचना ध्वस्त हो गई थी। विकट स्थितियों के भँवर में दिल्ली डूब गई थी। राजनीति पर रणनीति ने विजय पा लिया था। कमज़ोर और बूढ़े बादशाह की बलि चढ़ा दी गई थी। चारों तरफ़ आतताइयों का राज्य हो गया था। विपत्तियों का अंबार लग गया था। साम्राज्य खंड-खंड होकर बिखर-छितर गया था। शत्रुता का राज्य हो गया था। काल ने अपने द्वार खोल दिए थे। हर द्वार से शत्रु आ रहा था। विस्फारित नेत्रों से सब दिल्ली को लूटते, उसका सुहाग उजड़ते देख रहे थे। एक गूंगा मौन उतर आया था। धू-धू कर दिल्ली जल रही थी। सब-कुछ पीछे छूटता जा रहा था। पल बीतते जा रहे थे। आतंक फैला हुआ था। हताशा, पराजय, भय का वातावरण चारों ओर फैला था।

गोपीलाल हतप्रभ-सा पीछे टक लगाए देखते रह गए। बैलगाड़ी के हिचकोलों से यात्रा का सुख लौटा, भय थोड़ा कम हुआ। सुहासनी निश्िंचत होते ही ऊँघने लगी थी। गोपीलाल अभी भी सतर्क, चेतन थे चाहे कितना भला व्यक्ति हो, परंतु परदेशी से सावधान ही रहना चाहिए। अधिक विश्वास कैसे आए? आख़िर अज़नबी तो अज़नबी ही होते हैं।

सुहासनी बैलगाड़ी की दीवार से टिकी सो गई थी, बैलगाड़ी के हिचकोलों के कारण उसका मुख खुल गया था, पल्ला नीचे सरक गया था। सुहासनी के नाक का बेसर अँधेरे में चमक उठा था। बंगाली सिंह की पत्नी की नज़र सुहासनी के बेसर पर टिकी थी।

गोपीलाल की नज़र सुहासनी के हाथों पर पड़ी। सुहासनी के हाथ कंगन विहीन विचित्र लग रहे थे। ब्याह के दिन से ही गोपीलाल को सुहासनी के हाथों में कंगन देखने की आदत पड़ी थी। गोपीलाल की माँ ने बहू का मुँह देखकर कंगन पहनाए थे। कंगन माँ के अपने ब्याह के थे। माँ को उनकी सास ने पहनाए थे। कंगन लगातार तीन-चार पीढ़ी से चल रहे थे। हर सास अपनी बहू को मुँह देखकर पहनाती थी। सुहासनी भी शायद यही करती पर होनी को तो कुछ और ही कराना था। गोपीलाल ने जन्म से इन कंगनों को देखा था। पहले माँ के हाथ में, फिर पत्नी के हाथ में और अब बंगाली सिंह की पत्नी के हाथों में देख रहा था। वेदना से मन भड़भड़ा उठा। बंगाली सिंह ने कंगन अपनी पत्नी को भेंट कर दिए थे। बंगाली सिंह की पत्नी के हाथों अपने परिवार की धरोहर को देख गोपीलाल दुःखी हो उठे थे। चिंताकुल होकर वह अस्त-व्यस्त से बैठ रहे।

"कश्मीर से दिल्ली कैसे आ गए पंडित?" बंगाली सिंह ने अचानक प्रश्न किया।

"हमारे देश में ठंड और बर्फ़ के कारण रोज़ी-रोटी का जुगाड़ करने लोग इधर-उधर जाते रहते थे। हमारे परिवार के लोग भी दिल्ली आ गए। उनकी कमाई ठीक होने लगी तो उन्होंने दूसरों को बुलाया, इस तरह दिल्ली में पड़ाव डाला। हमारा ख़ानदान मिठाइयाँ बनाने में निपुण कहलाता है। हमारी बनाई मिठाई दूर-दूर तक प्रसिद्ध थी। हमारे गाँव में तथा आस-पास के गाँवों के मंदिरों में हमारी ही मिठाइयों के प्रसाद चढ़ाए जाते थे। हमारे पिताजी भी दिल्ली आ गए। हमारी मिठाइयाँ दिल्ली में भी प्रसिद्ध होने लगीं। दिल्ली के सभी हिंदू परिवारों में हमारी मिठाइयाँ जाने लगीं। कश्मीरी मिठाइयों को लोग बहुत पसंद करने लगे। इस तरह हम लोग दिल्ली रहने लगे। दिल्ली की दुकान अब मैं चलाने लगा था, पिताजी वापस कश्मीर लौट गए थे।"

"कभी हम भी आपकी दुकान पर मिठाई लेने आएँगें।"

"ज़रूर-ज़रूर। बस ईश्वर से प्रार्थना करो कि जल्दी से ही सब ठीक हो जाए और हम लोग फिर लौटकर आएँ। पराठेवाली गली में ही हम कश्मीरियों की दुकानें हैं, आप वहीं आ जाना।"

"कमाई भी अच्छी होती होगी?"

"हाँ क्यों नहीं? ठाकुर, राजपूत, ब्राह्मणों के यहाँ तो हमारी मिठाइयाँ जाती ही हैं, परंतु मुग़ल घरानों में भी जाती थीं। मुग़लों की हिंदू बेग़में तो मंदिर में भोग के लिए हमारी दुकानों से ही मिठाइयाँ मँगवाती थीं। घंटाघर के पास हम लोगों के डेरे हैं, सभी कश्मीरी परिवार उधर रहते हैं। जल्दी में तो सारी गृहस्थी उधर छोड़ आए। पत्नी के हाथ में कंगन बचे थे तो वह पहले ही तुम्हें दे चुके हैं।" गोपीलाल ने सहम कर बंगाली सिंह को देखा।

"अरे, मेरा पूछने का यह अर्थ नहीं था, पंडित," बंगाली सिंह गोपीलाल की

घबराहट देखकर मुस्कुराया, ''रास्ता काटना है, कुछ तो चर्चा होनी चाहिए न? अच्छा, क्या लड़ाई बंद होने पर वापस दिल्ली लौटोगे?''

''हाँ, क्यों नहीं? लौटना तो होगा ही, नई जगह पर क्या धंधा करेंगे?''

''क्यों तुम्हारे हाथ में तो हुनर हैं। हुनरदार व्यक्ति तो कहीं भूखा नहीं मरता।''

''सो तो है, गोपीलाल बोला, ''परंतु दिल्ली की बात कुछ और है। वहाँ क़द्र करने वाले लोग हैं। सब जगह तो ऐसा नहीं हो सकता न?'' गोपीलाल ने ठंडी साँस भरी।

सामने नाला आ गया था। बंगाली सिंह ने सतर्कता से ध्यान सामने लगाया। बैलगाड़ी उतारने लगे। बैलगाड़ी ढलान पर उतरने लगी। बैलों की रास खिंच गई थी। बंगाली सिंह का ध्यान अब भीतर से हटकर बाहर लग गया था। गोपीलाल अकेले पड़ते ही उन्हें अपना गाँव याद आने लगा। सुहासनी दिल्ली पिछले बरस ही आई थी।

कश्मीर का एक छोटा-सा गाँव जो नहर के किनारे बसा था, उसी गाँव का गोपीलाल रहने वाला था। गोपीलाल का गाँव नहर के किनारे मंदिरों की शृंखला में बसा था। मंदिरों के कारण वहाँ के पंडितों का विशेष सम्मान था, इस कारण सारे लोग उस गाँव के पंडितों को नाहर पंडित कहते थे। नाहर उन लोगों की विशेष पहचान, परिचय-पत्र बन गया था। नहर के किनारे प्रसिद्ध मंदिर बने थे। गोपीलाल के पुरखा उन मंदिरों के भोग के लिए मिठाइयाँ बनाते थे। उनकी मिठाइयाँ दूर-दूर तक प्रसिद्ध थीं। पुराने शिव मंदिर थे शिव की भव्य प्रतिमा थी। वर्ष में एक बार उत्सव मेला का आयोजन भी होता। दूर-दूर के गाँव के लोग मेले में आते थे। लौटते में अपने घर मिठाई ले जाना कोई नहीं भूलता था। पूरे माह चलता उत्सव मेला। मेले की भव्य छटा देखते ही बनती थी।

नाहर पंडितों के एक-दो परिवार दिल्ली आ गए, यहाँ उनकी ख़ूब मिठाइयाँ बिकने लगीं, उनके सहारे धीरे-धीरे और लोग भी आकार बसने लगे। पराठे वाली गली के भीतर पूरी गली मिठाइयों की दुकानें आबाद हो गईं। नाहर पंडितों की मिठाइयाँ दिल्ली में प्रसिद्ध हो गईं। उनके अपने नाम का एक बाज़ार आबाद हो गया।

यात्रा में निकले यात्री घर से चलते समय ढेर सारा सामान बाँध कर चलते थे। घर से बाहर खाने-पीने का चलन नहीं था। आटा, सत्तू, चना, पूड़ी, मिठाई बाँधकर यात्रा पर निकलते थे। बाहर का कच्चा भोजन दूषित माना जाता था। धर्म-कर्म तथा जाति को ख़ूब महत्व दिया जाता था। छुआ-छूत अपनी चरम सीमा पर थी। शरीर या कपड़ा भी एक-दूसरे से छू जाता था तो लोग तुरंत जाकर स्नान करते थे, ऐसे वातावरण में बाहर का कुछ भी मुँह में रखना बुरा माना जाता था।

हिंदू परिवार के लोग यात्रा में नमक तथा हल्दी ग्रहण नहीं करते थे। भोजन में यदि नमक और हल्दी डाल दी जाती थी तो उसे कच्चा भोजन माना जाता था।

कच्चा भोजन घर से बहर खाना वर्जित माना जाता था। घर से बाहर य।नी यात्रा के दौरान लोग केवल बिना नमक की पूड़ी तथा मिठाई ही भोजन में लेते थे। लोग यात्रा पर निकलते तो ढूढ़-ढूढ़ कर अपनी जाति की मिठाई की दुकानें खोजते थे और वहीं से मिठाई ख़रीद कर खाते, वरना उपास रहते थे। इस तरह दो तरह से अपनी रक्षा कर ली जाती थी। धर्म का भी निर्वाह हो जाता था और बैरी की बुरी नीयत से भी बच सकते थे। दुश्मन की चाल का कोई भरोसा नहीं होता था। सैनिक घर से चलता था तो तलवार की नोक पर अपनी जान रख कर चलता था।

मुग़ल शासन काल होने के कारण जगह-जगह मुसलमानों के ढाबे बने थे, जहाँ मुस्लिम सैनिक तथा यात्री रोटी–गोश्त, हल्वा, बिरयानी और कबाब ख़रीद कर खाते थे। ख़रीददार बहुत थे इस कारण दुकानें भी ढेरों थीं। दुकानों पर हमेशा भीड़ बनी रहती थी। हिंदू लोग बाहर कम खाते थे इस कारण हिंदू भोजनालय का नितांत अभाव था। कट्टर धार्मिक लोग थे, बाहर भोजन करने में परहेज़ रखते थे। वैसे भी हिंदू मिठाई बनाने वाले ब्राह्मण रसोइयों की कमी थी। कश्मीरी पंडितों ने जब अपना मिठाई का कारोबार खोला तो लोगों ने खूब स्वागत किया। देखते-ही-देखते कश्मीरी पंडितों की दुकानें खूब प्रसिद्ध हो उठीं। हिन्दू परिवार के लोग बेखटके, बिना शक-संदेह के आकर मिठाई ख़रीदकर ले जाते, मंदिरों में भोग लगाते। शादी-ब्याह, तीज-त्यौहारों आदि के समय तो मिठाई की दुकानों में भीड़ लगी रहती थी। कश्मीरी मिठाइयाँ स्वाद में भी स्वादिष्ट होती हैं। लोग पूछ-पूछ कर, खोज-खोज कर आते थे।

घंटाघर के पास कश्मीरी पंडितों के डेरे थे। गोपीलाल के पिताजी ने भी एक छोटा-सा घर ख़रीद लिया था। दिल्ली की दुकान ख़ूब चल निकली थी, उसकी आमदनी से कश्मीर में दो मंज़िला घर बनवा लिया था, खेत ख़रीद लिए थे। गोपीलाल दिल्ली का कारोबार सँभालने लगे तो पिताजी गाँव वापस लौट गए थे।

भोर का उजाला खिल पड़ा था। सूरज अपनी सुनहरी किरणों से सजा, विचित्र सौंदर्य से भरा उग आया था। एक उजली धूप का आँचल पसर गया था। वह लोग काफ़ी दूर निकल आए थे। दिल्ली बहुत पीछे रह गई थी। जंगल से उसका क़ाफ़िला निकल रहा था। सबके मुख पर संतोष था। जीवित बच निकल आने की प्रसन्नता थी। भोर के उजाले ने रात्रि के अंधकार के सारे भेद, संदेह मिटा दिए थे। रात की यात्रा ने भी एक-दूसरे के प्रति विश्वास, आस्था पैदा कर दी थी।

भोर के उजाले में सुहासनी का रूप स्पष्ट उजागर हो रहा था। थकी-भूखी होने से मुख कुम्हलाया और रुआँसा हो गया था। बासीपन निरंतर छाया था। इसके बावजूद चेहरे का सौंदर्य तथा आभा बनी हुई थी।

बंगाली सिंह की पत्नी जाग गई थी और ठगी-सी सुहासनी के सौंदर्य को टक लगाए निहार रही थी। रात्रि जब यात्रा शुरू हुई थी, तब का अपरिचित तथा अनादर का भाव उसके मुख पर नहीं था। अपनेपन का भाव उसके चेहरे पर स्पष्ट दिख

रहा था। वह ठगी-सी सुहासनी को तक रही थी। ऐसा रूप तो उसने पहले कभी नहीं देखा था। उसके मन में शंका ने सर उठाया कहीं यह मुग़ल परिवार के लोग तो नहीं हैं? शंका का भाव क्षण-भर भी टिक नहीं पाया। सुहासनी की मांग में भरा सिंदूर और माथे की बिंदिया उनका परिचय करा रहे थे कि वह लोग हिंदू हैं।

बंगाली सिंह ने अपनी पत्नी का नाम कटोरीबाई बताया। दिन के उजाले में बंगाली सिंह और उसका परिवार सभी गोपीलाल को तथा उसके परिवार को तक रहा था। स्त्री के रूप के बारे में तो सुना था कि रूपवती, परी जैसी होती हैं, परंतु पुरुष भी गोरे, लाल, तीखे नाक—नक़्श वाले होते हैं, यह नहीं सुना था। ऐसे रूपवान लोग तो देवपुरुष ही हो सकते हैं? बंगाली सिंह ने प्रशंसा भरी दृष्टि से गोपीलाल को देखा।

सुहासनी ने सबको अपनी ओर तकता पाकर सकुचाकर माथे पर घूँघट खींच लिया। आधे घूँघट से अभी भी नाक, होंट दिख रहे थे। सुहासनी की नाक का सोने का हीरा जड़ा बड़ा-सा बेसर सुंदर लग रहा था। कटोरीबाई लगातार सुहासनी के नाक के सुंदर बेसर को तक रही थी।

जंगल पार करते ही वे लोग एक छोटी-सी नदी के पास पहुँचे। नदी में पानी भरा था। बंगाली सिंह ने नदी देखकर क़ाफ़िला रोक दिया और पड़ाव डाल दिया। सब लोग दिशा-मैदान चले गए। सब उतरकर नदी की ओर बढ़ गए। जानवरों को भी दाना-पानी दिया गया। सबने नहा-धोकर कलेऊ किया। थोड़ा विश्राम कर फिर सब आगे बढ़े। सब समझ गए कि अब एक ही दिशा के यात्री हैं, रार कैसा?

संकरे रास्ते और पगडंडियों से उतरते वे आगे बढ़ते गए। कई बार रास्ता भटक जाते थे तो आस-पास के गाँव में ठहरकर रास्ता पूछ लेते थे। कई बार तो वापस पीछे लौटना पड़ता तथा फिर दूसरा रास्ता पकड़ना होता। रास्ते में कई जगह लोग बैलगाड़ियों में, घोड़ों पर भागते-जाते मिले। पहले तो सब एक-दूसरे को संदेह से निहारते फिर समझ जाते कि वह लोग भी यात्री हैं, क़िस्मत के मारे हैं। अपने-अपने रास्ते, एक दूसरे से रास्ता पूछते निकल जाते।

सूरज तेज़ हो गया था। धूप में तेज़ी, गर्मी आ गई थी। गाड़ी के हिचकोलों से सब ऊंघने लगते थे।

"अच्छा, पंडित, तुम तो दिल्ली रहते थे," बंगाली सिंह ने पूछा, "यह लड़ाई और कब तक चलेगी?"

"समाप्त क्यों नहीं होगी? आख़िर कब तक गोरे लोग हमारे देश पर राज्य करेगें? शाहंशाह बहादुर शाह ज़फ़र को तो गोरो ने गिरफ़्तार कर लिया और उनके बेटे और पोतों को गोली से उड़ा दिया और उनके सर धड़ से अलग कर के लाल क़िला के मुख्य द्वार पर लटका दिया।"

"अच्छा," बंगाली सिंह ने आश्चर्य से कहा, "कितने अत्याचारी और पापी

हैं। आख़िर इनका दोष क्या था?"

"दोष? देशभक्त होना ही तो सबसे बड़ा अपराध था।"

"ज़रा विस्तार से सारी बात बताओ, हम तो ग़रीब लोग हैं, राजनीति सत्ता की बाते समझते नहीं हैं।"

"22 सितंबर 1857 का सूरज जब निकला तो उसे पता नहीं था कि आज का दिन इतना बुरा होगा। इतिहास का वह सबसे काला दिन था। दिल्ली के लिए वह दिन सबसे मनहूस और काला दिन था इसे काले दिन का वैसे कई दिन से आभास हो रहा था दिल्ली नगर की आत्मा व्यथा से दुःखी थी। दिल्ली ने तो अपने जीवनकाल में जाने कितने उतार-चढ़ाव देखे थे, परंतु इतना बुरा, मनहूस दिन उसने पहले नहीं देखा था।

दिल्ली की गलियों में महीनों पहले से कुत्तों ने रो-रोकर विपत्ति आने का संकेत देना शुरू कर दिया था। मृत्यु का लश्कर आते उन्होंने देख लिया था। कुत्तों को पता था कि इंसान तो गोली और तलवार खाकर मरेगा या भागेगा, परंतु उसके नसीब में तो भूखे मरना बदा था। अब तो वह एक सूखे रोटी के टुकड़े के लिए भी तरसेंगे।

अँग्रेज मेज़र हडसन ने बादशाह बहादुर शाह ज़फ़र के बेटे मिर्ज़ा मुग़ल को था दोनों पोतो ख़िदिर सुल्तान और अबू बकर को बेइज़्ज़त करके सार्वजनिक रूप से नंगा करके गोलियों से भून दिया था।

अँग्रेज अधिकारी मेज़र हडसन ने तीनों बाग़ियों के धड़ों को मथुरा रोड के पास कोतवाली के गेट के पास एक पेड़ से उलटा लटका दिया था। धड़ों से सर अलग कर दिए थे। कटे सरों को अलग चाँदी के थाल में रखकर ज़री के कपड़े से ढककर अपनी जीत का बिगुल बजाता, जश्न मनाता गाजे-बाजे के साथ वह हुमायूँ के मक़बरे से लालक़िले की ओर बढ़ा।

दिल्ली नगर के वासियों ने सहमी और भयभीत आँखों से यह दिलहिला देने वाला दर्दनाक जीत का जुलूस देखा। फटी आँखों से, सकते की हालत में पत्थर हुए लोग ढके से इस जाते जुलूस को तक रहे थे। बच्चे बूढ़े, जवान, औरतें सबकी आँख में आँसू भरे थे। पथराई आँखों से उन्होंने अपने शहीद लाड़लों के कटे सर ले जाते देखा था।

मेज़र हडसन अपने जुलूस के साथ लालक़िले पहुँचा। लालक़िला जिस पर अब पूरी तरह अँग्रेजों का क़ब्ज़ा था। लालक़िला की ऊँची दीवारों के भीतर हिंदुस्तान का बूढ़ा—बाग़ी शेर बहादुरशाह ज़फ़र क़ैद था।

"कंपनी बहादुर के वफ़ादार बहादुर सपूत मेज़र हडसन तशरीफ़ ला रहे हैं" अँग्रेज सिपाही ने ज़ोरदार तथा बुलंद आवाज़ में ज़ोर से चिल्लाकर ऐलान किया।

लालक़िले की एक-एक मेहराब, बुर्ज़ इस ऐलान से सिहर कर काँप उठी। जंगली कबूतर, फ़ाख़्ता और नन्हीं गौरय्या फड़फड़ा कर ठिठक गईं और ठगीं से मेज़र हडसन

को ताकती रही गईं। चाँदी के थालों में सजे शहज़ादों के कटे सर देखकर लालक़िला चीत्कार उठा।

मेज़र हडसन बूढ़े बहादुर शाह ज़फ़र की आँख के सामने आकर खड़ा हो गया और बोला, "देखो, तुम्हारे लिए नायाब तोहफ़ा लाए हैं।"

मेज़र हडसन ने ज़ोरदार, बुलंद ठहाका लगाते हुए चाँदी की थाल पर से ज़री का कपड़ा हटाया। ज़फ़र ने अपनी बूढ़ी आँखें थाल की ओर घुमाईं तो सामने का दृश्य देखकर उसकी आँखें पत्थरा गईं। अपने बेटे और पोतों के कटे सर देखकर जैसे वह कराह उठे, परंतु उस बूढें बाग़ी बादशाह ने बहादुरी से कण-कण होकर बिखरती अपनी आत्मा को तत्काल क़ाबू करते अपने को सहेजा और आँख मूँद लीं और उनके मुँह से निकला–

"अल्लहमोदोलिल्लाह! तैमूर ख़ानदान की औलादें ऐसे ही सुर्ख़रू होकर अपने बाप के सामने आया करती हैं।"

बाग़ी ज़फ़र का धैर्य, बलिदान देखकर कठोर, अत्याचारी, निर्दयी मेज़र हडसन की आँखों की त्यौरियाँ चढ़ गईं। वह चिढ़ उठा और अपने सैनिकों को कठोर आदेश देता बोला–"जाओ, बादशाह के लाड़लों के सर को लालक़िले के गेट पर लटका दो। दिल्ली के लोग देखें और सबक़ लें कि जो भी कंपनी सरकार से टकराएगा उसका अंत इसी तरह बेरहमी से किया जाएगा।"

बाग़ी ज़फ़्र ने घृणा से मेजर हडसन को अपनी आगबबुला होती आँखों से देखा और ज़ोर से घृणा और हिक़ारत से अपना शे'र पढ़ा "ग़ाज़ियों में बू रहेगी जब तलक ईमान की, तख़्त लंदन तक चलेगी तेग़ हिंदुस्तान की।"

बाग़ी बादशाह के शे'र पढ़ते ही मेज़र हडसन पागलों की तरह पलटा और पैर पटकता दहाड़ता हुआ लालक़िले से बाहर आया।

मेज़र हडसन की इस काली करतूत की ख़बर अँग्रेज अधिकारियों को जब मिली तो सभी ने आलोचना, भर्त्सना की, मिस्टर मेटकाफ़ जो उस समय दिल्ली के कलेक्टर थे, हडसन पर बुरी तरह बरस पड़े।

मेज़र हडसन के इस काले कारनामे का समाचार दिल्ली की गली-गली में पहुँच गया। बादशाह बहादुरशाह ज़फ़र का ग़द्दार समधी मिर्ज़ा इलाही बख़्श जो अँग्रेजों का ख़ास मुख़बिर था और मेज़र हडसन और उसकी मेम के इशारों पर नाचता था, उसने भी जब यह घटना की ख़बर सुनी तो वह भी सकते में रह गया, पागल हो उठा। लखनऊ में जब बेग़म हज़रत महल को इस घटना की सूचना दी गई तो वह दर्द से चीत्कार उठी, तुरंत उन्होंने शपथ ली कि–"वह इसका बदला मेज़र हडसन से ज़रूर लेगी।"

दिल्ली के लालक़िले का वह बुलंद दरवाज़ा जहाँ से शाही सवारियाँ अपने पूरे साज़ और शान से निकलती थी, वह अपने शहज़ादों के ख़ून से नहा उठीं। लोग

उसे ख़ूनी दरवाज़ा कहने लगे।

समाचार हवा के साथ चारों ओर फैल गया। दिल्ली में कोहराम मच गया। देखते-ही-देखते चारों ओर फुसफुसाहट, भिनभिनाहट और खुसफुस का वातावरण निर्मित हो गया। रंग में भंग हो गया। लालक़िले के मुखद्वार पर भीड़ इकट्ठी होने लगी। भीड़ उत्तेजित और उग्र हो उठी। अँग्रेज सैनिकों ने भीड़ को तितर-बितर किया। मारकाट मच गई। चीत्कार और क्रंदन की वेदना ने सबको उत्तेजित कर दिया।

जनता का आक्रोश, लूटमार, मारकाट में बदल गया। देखते-ही-देखते दिल्ली की हर सड़क और गली में मारकाट और लूटमार मच गई। जनता को दबाने के लिए अँग्रेज सैनिकों के जत्थे आने लगे। भारी संख्या में अँग्रेज सैनिकों ने आकर जनता को दबाना शुरू किया। अँग्रेजों के दुस्साहस, गँवारी क्रूरता ने जनता में विद्रोह जगा दिया। दिल्ली की सड़कें धूल और ख़ून से लथपथ हो गईं।

महरौली और निज़ामुद्दीन जैसी दूर जगहों तक में देखते-ही-देखते दंगा भड़क उठा। अँग्रेज सैनिकों के विरुद्ध लोगों ने अपने सारे घरेलू हथियार निकाल लिए। तलवार, कटार और नेज़े निकाल लिए। बाज़ार लूटे जाने लगे। घर रौंदे जाने लगे। औरतें, बच्चे घरों में छुपने लगे। अँग्रेज सैनिकों ने क़त्लेआम शुरू कर दिया। आलू, प्याज, मूँगफली, चना, सूखे मेवे, लालमिर्च, फलों के ठेले सड़कों पर रौंदे जाने लगे। लोग दुकानें बंद करके भागने लगे।

दिल्ली की जिन गलियों में कभी घुँघरू की रून-झुन, तबले की थाप, मंजीरों की खनक नाज़नीनों के नृत्य की थमक, मीठे सुरों की तान, अभूषणों की चमक और शराब की गंध जहाँ उतरती थी, अब वहीं तलवारों की खट-पट, मार डालो, लूट लो की आवाज़ गूँज उठी थीं।

बादशाह ज़फ़र का बेटा मिर्ज़ा मुग़ल मुग़ल सेना का सेनापति था। उसे लड़ाई का, तोप के संचालन का अच्छा ज्ञान था। वह एक कुशल घुड़सवार, तलवारबाज़ और निशानेबाज़ था। बहुत सूझ-बूझ वाला व्यक्ति था। अँग्रेजो से घृणा करता था। मुग़ल सेना का कुशल सेनापति था। जब प्रथम भारतीय स्वाधीनता संग्राम का युद्ध बहादुर शाह ज़फ़र ने आरंभ किया, तब उन्होंने बरेली के पठान सूरमा बख़्त ख़ाँ को मुग़लसेना और क्रांतिकारियों की सेना का संयुक्त रूप से सेनापति बनाकर युद्ध का संचालन सौंपा था। बख़्त ख़ाँ के साथ मिर्ज़ा मुग़ल उनके सहायक रहे थे। दोनों ने बड़ी सूझ-बूझ कर नेतृत्व किया था। चुन-चुनकर एक-एक अँग्रेज को मौत के घाट उतार कर दिल्ली को स्वतंत्र घोषित कर लालक़िले पर क्रांति का झंडा फहराया था। बीस दिन तक दिल्ली पूर्णरूप से स्वतंत्र रही लेकिन इक्कीसवें दिन कुछ ग़द्दारों की मदद से सारे देश के अँग्रेजों ने एकजुट होकर दिल्ली पर धावा बोला। मेज़र हडसन बख़्त ख़ाँ को तो न पा सका लेकिन मिर्ज़ा मुग़ल को गिरफ़्तार करने में सफल हो गया। मिर्ज़ा मुग़ल और उसके दोनों बेटों को गोलियों से भून दिया और उनके

सर काटकर बूढ़े बादशाह को भेंट करके लालक़िले के दरवाज़े पर टाँग दिया।''

पंडित गोपीलाल सारा वृत्तांत सुनाकर चुप हो गए। बंगाली सिंह भी चुप रह गए। दोनों के चेहरे पर कथानक का दर्द उतर आया था।

''पंडित, तुमने सारी और सच्ची बात मुझे बताई, वरना मुझे तो पता ही नहीं पड़ता। बड़ा ही बुरा समय आ गया है। चारों तरफ़ लड़ाई छिड़ गई है। जान बजाना मुश्किल पड़ गया है। ऐसे में क्या धंधा-पानी की सोचें? खाने के लाले पड़े हैं। गुज़र-बसर के लिए ही हम लोग इधर-उधर आते-जाते रहते हैं। दिल्ली भी इस कारण गए थे। अब तो दिल्ली उजड़ गई, जाने अब कब बसेगी?''

''हाँ, एक बार क़िला, उजड़ जाए तो फिर दोबारा बसने में तो समय ही लगता हैं। बसते-बसते ही बस पाता है।''

''सुना है बूढ़े बादशाह को यह लोग अब रंगून ले जाने वाले हैं, वहीं क़ैद में रखेगें।''

''अँग्रेजों की गुप्त चालों को भला कौन जान सकता हैं?'' गोपीलाल बोले और चुप होकर बाहर जंगल को ताकने लगे।

भीतर बैलगाड़ी में बैठी औरतों में भी अब दोस्ती हो गई थी। दोनों बातें करने लगी थीं। दोनों स्त्रियाँ घुलमिल गई थीं। कटोरीबाई ने बड़ा-सा घाघरा, कौड़ियाँ जड़ी चोली पहन रखी थी, सर पर बड़े-बड़े छापे वाला रंगीन ओढ़न ओढ़ रखा था। चाँदी के गहनों से वह लदी थी। सुहासनी के सोने के कंगन पहनें वह भी प्रसन्न थी। बार-बार अपने हाथों के कंगन को निहारती उन्हें छूती थी। जीवन में पहली बार उसने सोने के कंगन पहने थे। काले हाथों में सोने के कंगन ज़रा अच्छे नहीं लग रहे थे।

सुहासनी की नज़र बार-बार अपने कंगनों पर पड़ रही थी। कंगन को देख वह ठंडी आह भर लेती थी। सुहासनी की आँखों में पीड़ा उतर आई थी। उस पीड़ा को केवल गोपीलाल पढ़ सकते थे। कटोरीबाई के हाथों में चमकते अपने कंगनों को घूर रही थी। उसकी आँखों में रोष उतर आया था।

सुहासनी अपना ध्यान बैलगाड़ी के भीतर से हटा कर जंगल की ओर पेड़ों पर कूदते बंदरों की ओर लगा रही थी, पर थोड़ी देर तो बंदरों को देख प्रसन्न होती फिर झट से मुड़कर वापस कंगनों को निहारने लगती। गोपीलाल का भय था, कि कहीं कोई झमेला न खड़ा हो जाए? सुहासनी के चेहरे पर चिंता की छाया छा गई थी।

''तुम्हारे यह नाक का बेसर बहुत अच्छा है, क्यो सोने का है?'' कटोरीबाई ने पूछा।

''हाँ सोने का है। यह हमारे पहाड़ी देश में ब्याह के समय चढ़ाया जाता है। अमीर लोग सोने की बड़ी नथ चढ़ाते हैं, ग़रीब लोग बेसर चढ़ाते हैं। इसे हम लोग

सुहाग मानते हैं। इसे मेरी सास ने पहनाया था,'' सुहासनी ने बताया।

''अच्छा, बड़ा सुंदर है, बड़ी अच्छी बनावट है, इसकी लटकती पत्तियाँ बड़ी भली लग रही हैं।''

''हाँ,'' कहते सुहासनी के गले में कुछ अटकने लगा। भय हुआ, कहीं इसने बेसर भी माँग लिया तब? चाहे कुछ हो, पति चाहे कितनी चिरौरी करे पर वह बेसर नहीं उतारेगी। उसने मन-ही-मन ठान लिया। पहले से वह बचाव के लिए विचार कने लगी कि यदि इसने माँगा तो क्या कहा जाएगा? कोई बहाना तो टालने के लिए खोजकर रखना हो, फिर मन में विचार उठा कि कम-से-कम यह लोग इतने तो नंगे नहीं होंगे कि मेरा बेसर भी उतरवा लें? बेसर तो सुहाग की निशानी है, विधवा बेसर नहीं पहनती है। पाँच तोले के पैतृक कंगन तो दे ही चुके हैं। क्या इतने से इनका पेट नहीं भरेगा? इतना सोना तो इन लोगों ने कभी पहना भी नहीं होगा। मुसीबत और विपत्ति मनुष्य को कंकाल बना देती है। सच वह लोग भी तो अब कंकाल हो गए हैं। कैसे घर-बार छोड़कर देश-परदेश भटक रहे हैं, यदि वहाँ भी कोई ठौर नहीं मिला तब? इस लड़ाई ने तो आम आदमी का जीना दूभर कर दिया है। जाने अब दिल्ली लौट पाएँगे या नहीं? लौटने पर दुकान और घर सुरक्षित वापस मिलेगा भी या नहीं? अब तक तो लोगों ने लूट लिया होगा?

सोचते-सोचते सुहासनी का मुख सूख गया। भय, पीड़ा, आशंका और यात्रा के कष्ट ने आँखें धँसा दी थीं। मुख पीला, मलिन हो गया था, चेहरे की आभा कम हो गई थी, इसके बावजूद भी वह सुंदर लग रही थी।

''कमज़ोर बहुत हो, क्या बीमार रहती हो?''

''नहीं तो, हमारे देश में औरतें ऐसी ही पतली काया वाली होती हैं, मोटी नहीं होतीं।''

''फिर भी, कमज़ोरी तो चेहरे से टपकती है।''

''यात्रा के कारण, चिंता के कारण ऐसा हो गया है।''

''मुझे देखो, मेरे पूरे सात बच्चे हैं, कैसी हट्टी-कट्टी हूँ।''

''सात?'' सुहासनी की आँख चकित होकर फैल गईं, उसने कटोरीबाई की तगड़ी देह को देखा, ''कुछ विशेष खाती हो?''

''नहीं, वही दाल-रोटी। हाँ, पर हम लोग जंगली शिकार खाते हैं, दूसरे हमारे यहाँ जचकी-जापा में जड़ी-बूटियों वाले लड्डू खिलाते हैं। उसमें मोती भस्म भी डालते हैं, विशेष लड्डू होते हैं।''

''मोतीभस्म?''

''हाँ ख़ास असली मोती की भस्म होती है। यह लड्डू पूरा महीना खाती हैं, तभी तो देह नहीं टूटती, वरना अभी तक तो कमज़ोर ढाँचा होता तो बैठकर रह जाता। मोतीभस्म से जोड़ में ताक़त बनी रहती है।''

''अच्छा,'' सुहासनी ने विस्मय से सारी जानकारी को अपने मन में समेटा। मन-ही-मन विचार किया कि उसका बच्चा होगा तो वह भी मोतीभस्म के लड्डू बनवाकर खाएगी।

''दूध-घी तो खाती होगी?'' कटोरीबाई ने पूछा

''हाँ, वह तो ख़ूब खाती हूँ। घर पर मिठाइयाँ बनती हैं, तो दूध तो ख़ूब आता है।''

''मगर हलवाई तो सुना है अपनी मिठाई नहीं खाता?''

''हाँ,'' सुहासनी हँसी, ''मगर बच जाए तो खाना तो पड़ता है, कहाँ फेंकने जाएँ?''

''और क्या, ख़ूब बढ़िया मिठाइयाँ बनाते हैं, महशूर है हमारी मिठाइयाँ,'' सुहासनी ने गर्व से कहा।

''बड़ी अच्छी लगती होगी कश्मीरी मिठाइयाँ?''

''हाँ, हमारा तो पुश्तैनी धंधा है। लड़ाई बंद हो जाए तो दिल्ली आना कभी, ख़ूब मिठाई खिलाएँगे।''

''अच्छा...,'' कहते कटोरीबाई की जीभ पर मिठाई का स्वाद उतर आया। मुँह में आए पानी को गटकते हुए उससे पूछा, ''पिस्ता डालते हो?''

''हाँ, पिस्ता, केसर, गुलाबजल और न जाने कितनी नाना प्रकार की सामग्री पड़ती हैं उसमें, वह तो खाने पर ही पता पड़ेगा न?''

''तुम लोग मांस नहीं खाते?''

''छिः, हम तो कश्मीरी पंडित हैं,'' सुहासनी ने घिन से मुँह पर कपड़ा रख उल्टी को जैसे रोका।

''माफ़ करना बहन, मेरी ज़बान से बात फिसल गई।''

''न...न, हम तो एकदम नहीं खाते, जीव हत्या पाप मानते हैं।''

''ठीक है,'' कहते कटोरीबाई ने उपेक्षा से मुँह बिचकाया और बात बदल कर पूछा, ''दिल्ली नगर तो पूरा देखा होगा?''

''नहीं, दिल्ली नगर में तो रोज़ लड़ाई, मारकाट, ख़ून-ख़राबा होता रहता है। कहाँ जाएँ? जब से मैं यहाँ आई हूँ, यही सब देख रही हूँ। जब-तक यह दुकान से नहीं लौटते, मन में चिंता बनी रहती है। लड़ाई का ज़माना ठीक नहीं होता।''

''हम लोग भी पिछले तीन माह से दिल्ली में डेरा डाले थे। वैसे तो मैंने तो ख़ूब दिल्ली देखी है, पर इस बार कहीं नहीं जा पाए। जब से आए दिल्ली का मौसम ही बिगड़ा मिला। धंधा भी कुछ ख़ास नहीं हो पाया। लड़ाई में तो ग़रीब आदमी मारा जाता है न?''

''देखो, अब कब लौट पाएँगे। मुझे तो दिल्ली भी देखना है, पर मैं सोचती हूँ, इस बार दिल्ली लौटे तो में वापस अपने गाँव चली जाऊँगी।''

बैलगाड़ी सपाट रास्ते पर बढ़ रही थी। धूल उड़ रही थी। हवा तेज़ चल रही थी। वातावरण में बैलगाड़ी की चाक की आवाज़ और झींगुरों की झांय-झांय सुनाई दे रही थी। जंगल में विचित्र-विचित्र तरह के पक्षी बोल रहे थे। सब चौकन्ने से आगे बढ़ रहे थे। रास्ते के शत्रुओं से तो भय था ही, परंतु साथ के लोगों से भी कम भय नहीं था। सुहासनी के चेहरे पर चिंता की पर्त गहरी थी।

जंगल, बीहड़, पठार, नदी, नालों को पार रहते यह क़ाफ़िला आगे बढ़ रहा था। सारा दिन चलते, रात कहीं विश्राम कर लेते। निपट सुनसान बियाबान जंगल में रात गुज़ारना पड़ता। जानवर आक्रमणकारी से भी भय होता था। किसी तरह जंगल की लकड़ियाँ बटोरकर आग के सहारे रात काटनी पड़ती थी। चिलम—तंबाखू के सहारे एक के बाद एक बंगाली सिंह के लोग पहरे पर रात काटते। साथ के जानवर भी सारी रात जंगली जानवरों से भयभीत, सर्तक बने रहते।

जगल में बाघ या शेर की गंध पाकर बैल खड़े हो जाते, आगे बढ़ने से मना कर देते थे, फिर चाहे कितना उन्हें आगे बढ़ने के लिए प्रेरित करो, उकसाओं वह आगे नहीं बढ़ते। अड़कर एक जगह ठिठक कर खड़े हो जाते। सब समझ जाते कि आगे कोई बड़ा जानवर है, फिर वहीं ठहरना पड़ता, वहीं पड़ाव डालना पड़ता। बड़े जानवर से बचने के लिए सारी रात आग जलानी पड़ती थी। आग को देखकर बड़ा जानवर पास नहीं आता था। जंगली जानवरों की दिल हिला देने वाली दहाड़ें रात-भर सुनाई देतीं पूरी रात भय में कटती।

भोर का उजाला देख जान में जान आती। पक्षियों की आवाज़, चहचहाट के साथ ही सब हड़बड़ा कर उठ बैठते। दिशा-मैदान जिसे जाना होता, चला जाता। नदी यदि पास होती तो स्नान भी हो जाता, फिर यात्रा की तैयारी होती। भोजन रात को ही बना लिया जाता था, वही सारा दिन खाया जाता।

बंगाली सिंह तथा उनके साथी रात को रोटी पकाते, शिकार का जानवर पका कर मिल बाँट कर खाते तथा दिन के लिए रख लेते थे। पंडित गोपीलाल और सुहासनी ने एक बार भी रोटी नहीं बनाई। साथ में रखा, सत्तू, चिवड़ा, चना, गुड़, मिठाई थोड़ी-सी रखी पूड़ी का कलेऊ करके संतोष कर लेते थे। जब से घर छोड़ा था, वैसे भी चिंता से कम भूख लगती थी। रास्ते में मंदिर दिख जाता तो गोपीलाल पूजा-अर्चना भी कर लेते। जंगल में जो भी जंगली फल दिखते उसे तोड़कर रख लेते थे।

बंगाली सिंह और कटोरीबाई के दोनों पति-पत्नी के नियम-क़ायदे को देख हैरानी होती। कोई विपत्ति में भी धर्म को निभाता है, यह उनके लिए आश्चर्य की बात थी। बीच-बीच में दोनों व्रत भी रख लेते थे।

रात्रि जब बंगाली सिंह का क़ाफ़िला भोजन बनाकर खाता-पीता रहता तब गोपीलाल अपनी पूजा-पाठ में लग जाते थे। बंगाली सिंह को उनका पूजा-पाठ करना अच्छा लगता था। सोचते, चलो विपत्ति में ईश्वर साथ देगा। दोनों पति-पत्नी के तप

और त्याग के सारे क़ाफ़िले के लोग प्रभावित थे।

"पंडित, आपकी तपस्या देख बड़ा अच्छा लगता है। हम पिंडारियों ने तो इतना नियम पहली बार देखा हैं, वैसे हमारे यहाँ भी काली की पूजा होती है। आपका संयम देख अच्छा लगा," बंगाली सिंह बोला।

"बंगाला सिंहजी, जिस प्रकार घोड़ा रथ में बँध कर नियंत्रित हो जाता है और रथ को निश्चित दिशा की ओर खींचकर ले जाता है, उसी तरह मनुष्य को भी नियंत्रण की आवश्यकता पड़ती है। संयम ही एक ऐसा घोड़ा है, जो इंद्रियों को और मन को नियंत्रण करके सही मार्ग पर ले जाता है। इसी को सीखने के लिए हमारे वेदों ने तथा अपने पूर्वजों ने नियम बनाए हैं। हमारी पाँच इंद्रियों को जैसे लोभ, हिंसा, झूठ, चोरी और पाप से मुक्त रखता है, जिस प्रकार सोने को अग्नि में तपाकर शुद्ध किया जाता हैं, उसी प्रकार आत्मा को भी तपरूपी अग्नि से तपाकर शुद्ध करना चाहिए।"

गोपीलाल की बातों से प्रभावित बंगाली सिंह आश्चर्य से रह जाते। बंगाली सिंह के मन में गोपीलाल के लिए बहुत आदर-स्नेह जाग गया था। गोपीलाल से उसने कई बातें यात्रा में सीखी और जानी थीं। गुण तो मनुष्य संगत से ही सीख पाता है। अच्छे सत्संग का ही प्रभाव था कि अब बंगाली सिंह बिन्ना स्नान किए कुछ मुँह में नहीं रखता था। अब उन्हें उतनी भूख नहीं सताती थी, तथा जंगल में जंगली जानवर का शिकार भी कम करने लगे थे।

बंगाली सिंह समझ गए थे कि पंडित गोपीलाल ज्ञानी और विद्धान व्यक्ति हैं। जाने कितनी इतिहास कथा-पुराणों की बातें गोपीलाल बताते रहते थे। बंगाली सिंह को गोपीलाल की बातें बड़ी अच्छी लगती थीं। यात्रा भी सरल, सहज हो गई थी।

"बंगाली सिंहजी, जिसे हम आज दिल्ली नाम से जानते हैं पहले उसका नाम यह नहीं था।"

"फिर क्या था?"

"पुराणों में वर्णित कथानुसार चंद्रवंशी राजा सुदर्शन तथा उसके ख़ानदान के लोगों ने यमुना नदी के किनारे सबसे पहले खांडव वन को काटकर खांडवी नाम से एक छोटा-सा नगर बसाया था, जिसका नाम बाद में दिल्ली हुआ। महाराज युधिष्ठिर के वंशजों ने यहीं इंद्रप्रस्थ नगर बसाया थी। यहीं पर कौरव-पांडवों ने जुआ खेला था। यहीं पर कौरव के आगे पांडवों ने अपना राजपाठ और द्रोपदी को दाँव पर लगाकर सब कुछ हार गए थे। महाभारत के भीषण युद्ध और उसमें मारे गए सहस्त्रों बेक़सूर लोगों की प्रेतआत्माएँ आज भी यहाँ घूमती हैं।"

"सही कहा पंडित राजा-महाराजाओं ने अपने तथा अपने परिवार के हित के लिए ही हमेशा युद्ध किया और लाखों सैनिकों को मारते रहे हैं।"

''राजा-महाराजा अपनी खुद की बुद्धि से कम और अपने मंत्रियों तथा सलाहकारों के कहे पर कार्य करते थे, इसी कारण वह हारते और मरते भी रहे।''

''पंडित, हमारे लोगों में एक कहावत कही जाती है–'घृणा पटेल, बिगड़े गाँव।' इसका अर्थ हुआ दस की सलाह से गाँव यानी राज्य बिगड़ता है।''

''बड़ी अच्छी कहावत है।''

रात का अंतिम पहर अब बीतने वाला था। चाँद की उजास मध्यम पड़ गई थी। भोर की शीतल वायु का स्पर्श वातावरण में रमने लगा था। अलसाए, भूखे, पपड़ाए होंठ, थकी, निढाल देह अब यात्रा की समाप्ति की बाट जोह रहे थे।

3

युद्ध का आतंक चारों ओर समाया था। लोग-बाग जल्दी ही दिन मुँदें ही अपने घरों के किवाड़ लगा लेते थे। गलियाँ सूनी हो जाती थी। अँधेरा होते ही लोग अपने, अपने घरों में बंद हो जाते थे। किसी परदेशी को पानी देने तक से लोग कतराते थे। पहले जैसी रातों की चहल-पहल समाप्त हो गई थी। पहले तो लोग रात के अंतिम पहर में घर लौटते थे। लोग मेला-ठेला नौटंकियों में, नाटक में, मुज़रों में, जाकर रात बिताते थे। वेश्याओं के मोहल्लों में तो जैसे रात्रि को ही सूरज निकलता था। उत्सव का-सा वातावरण बना रहता था। अर्धरात्रि तक राग-रंग चलता था। दुकानें सजी रहती थीं।

अपूर्व सौंदर्य की मलिका बूँदाजान की प्रसिद्ध नौटंकी जब कभी नर्मदा के किनारे लगे मेले में अपना डेरा डालती तो भीड़ समुद्र की तरह उफन कर आती। नर्मदा के किनारे की पहाड़ियाँ अधिक आकर्षक हो उठती। नीला आकाश नीचे पहाड़ियों पर उतर आता। समूचे भारत का ऐसा कौन-सा कोना था जहाँ बूँदाजान के यौवन, गुण एवं सौंदर्य की ख्याति न पहुँची हो। बड़े-से-बड़े पारसा, संन्यासी व्यक्ति तक उसके अनिंद्य रूप उसकी देह-यष्टि के आगे परास्त हो जाता था और उसका भक्त बन जाता था। नृत्य, नाटक, सुरीले स्वर की धनी बूँदाजान किसी रानी-महारानी के बराबर वैभव और भव्यता की ठसक रखती थी। तीखे नयन-दृष्टि और बाँके-कटाक्ष से घायल प्रेमियों की लंबी क़तारें थीं अपने सुरीले कंठ, नृत्य और अद्वितीय सौंदर्य के कारण वह दूर-दूर तक जानी जाती थी। कला-साम्राज्ञी बूँदाजान की नौटंकी की बाट लोग महीनों पहले से करते थे।

बूँदाजान के प्रसिद्ध नाटक थे। अमरसिंह राठौर, लैला मजनूं, सत्यवादी राजा हरिश्चंद्र, रामलीला, पृथ्वीराज चौहान और संयुक्ता। संयुक्ता बनी बूँदाजान को देख

लोग हाय-हाय कर उठते। मेला उठे कई दिन हो जाता पर बूँदाजान की नौटंकी में रौनक ज्यूँ की त्यूँ बनी रहती थी। रात की रानी की तरह बूँदाजान सारी रात महकती रहती थी। बूँदाजान की चोटियों में सारी रात बेला, चमेली, जूही, मोगरा का गज़रा महकता रहता और दर्शक साँस रोके, ठगे से बैठे ताकते रहते थे।

दूर-दूर के इलाक़ों से घोड़ा गाड़ियों में, बैलगाड़ियों में लद-फँद कर लोग आते थे। मेले में डेरा डाले पड़े रहते और जब तक बने रहते जब तक की बूँदाजान की नौटंकी न चली जाती। बूँदाजान को जादूगरनी कहते थे, जिसे नज़र बाँधना, दीवाना करना आता था। सारी रात दीवानों की नौटंकी में कटती और सारा दिन इंतज़ार में कट जाता कि कब रात होगी? उसकी चूड़ियों की खनक और पायज़ेब की झन्न की ज़रा आहट पर सैकड़ों कान खड़े हो जाते थे। उसकी एक मुस्कान पर निछावर हो जाने वालों की तादाद हज़ारों में थी।

नर्मदा के किनारे लगे मेले में हर बरस बूँदाजान अपनी नौटंकी लेकर आती थी। बूँदाजान रहने वाली कानपुर की थी। कानपुर से वह आती थी। बूँदाजान के बनारसी घाघरे की एक-एक ज़रीदार बूटियों में ही सैकड़ों दिल फँसें थे। बनारसी घाघरे की असली सोने के तारों की बूटियों की चमक आभा देखते ही बनती थी। बूँदाजान की एक-एक बात चर्चा का विषय बनी रहती थी। छोटी-सी-छोटी बात की जानकारी लेने के लिए उसके प्रेमी उत्सुक रहते थे। बूँदाजान का घाघरा कौन सिलता है? बूँदाजान की कुर्ती कौन सिलता है? बूँदाजान के कपड़े कौन धोबिन धोती है। बूँदाजान का घाघरा बनारस के ख़ास कारीगर बुनते थे, बूँटियाँ भरते थे। कितने कारीगर है, उनके नाम क्या-क्या हैं यह सारी बातें तोता-मैना के क़िस्सों की तरह जनता में प्रसिद्ध थे। जब अपने लाल, हरे, पीले, नीले, सुहापंखी रंग के बड़े घेरदार घाघरा का छोर पकड़कर बूँदाजान फिरकी की तरह घूमती तो सैकड़ों लोग अपनी सुध-बुध खोकर ठगे-से ताकते रहे जाते थे। काजल के डोरे से सजी आँख उठाकर वह जिस तरफ़ देख लेती लोग बिना तलवार के घायल हो जाते थे। बनारसी घाघरे पर मोती से सोने की जड़ाऊ करधनी बूँदाजान पर ख़ूब फब्ती थी। भीड़ टक लगाए बूँदाजान की कमर के घेरे को अपनी आँख से नापती थी। अटकलों का बाज़ार ऊँचा रहता था। सारे दिन बूँदाजान की कमर के नाप पर शर्तें लगती थी। चर्चा का विषय होता था। लोग बड़ी-बड़ी शर्तें लगाने को आतुर रहते थे। निर्णय कैसे हो? भला कौन नाप सकता था। बूँदाजान की कमर का घेरा? किसमें हिम्मत थी? बूँदाजान की कमर का घेरा नापना किसी गढ़ को जीतने से कम नहीं था। बूँदाजान चाहे कितनी लुभावनी अदा से मुस्कुराकर लोगों को निहारती हो, पर क्या मजाल जो नाक पर मक्खी भी बैठ जाए। सुंगठित देह के जादू के प्रभाव में लोग डूबे रहते थे, समय का पता तक नहीं चलता था, कैसे क्षण-क्षण फिर पहर, फिर रात धीरे से सरक जाती थी।

बूँदाजान की मधुर कंठ की तान के स्वर जब हवा में गूँजते तो लगता जैसे

धरती पर स्वर्ग उतर आया हो और कोई अप्सरा गा रही है। कोयल-सी मीठी तान जो सीधे मन के भीतर उतर जाती थी। बूँदाजान के स्वर और अभिनय को देखकर लगता था जैसे समय ठहर गया है। लोग विस्मित रह जाते थे। नज़र जैसे बूँदाजान से चिपक जाती थी, हटती नहीं थी।

जब नृत्य तथा गायन को समापन का मोड़ देकर बूँदाजान अंतिम पहर का सलाम का मुज़रा करती, तब लोग जैसे उस अद्‌भुत सम्मोहन से जागते, स्वप्न खंडित होता, सुध लौटती थी।

रात्रि के अंतिम पड़ाव और भोर के उजाले का विचित्र संगम था। रात्रि का अंधकार छटा नहीं था और भोर का उजाला अभी हुआ नहीं था, परंतु पक्षी अपने घोसलों से बाहर निकलने को आतुर हो चहचहाने लगे थे। भोर की प्रभाती गाकर एक-दूसरे को जगा रहे थे। बाहर क्षितिज में दौड़ लगाने के लिए व्याकुल हो रहे थे।

बंगाली सिंह का क़ाफ़िला नर्मदा के किनारे ठिकाने की तलाश में आ लगा था। बैलगाड़ियाँ खोली जा रही थीं। जानवर इधर-उधर बाँधे जा रहे थे। बैल, खच्चर, गधे, बकरियाँ सब बाँधे जा रहे थे।

बैलगाड़ी से उतरते ही गोपीलाल नर्मदा को देख व्याकुल से हो उठे। नर्मदा में स्नान करने, डुबकी लगाने को उत्सुक हो उठे। लगा, दौड़कर नर्मदा में कूद जाएँ। नर्मदा को पहली बार उन्होंने देखा था। नर्मदा की शीतल शांत जल को देख वह प्रसन्नता से खिल उठे। नर्मदा के जल की ठंडक हवा में उतर आई थी। अँधेरे में डूबे पहाड़ियाँ आकर्षक लग रही थीं। वे आतुर हो उठे। ठंडी बयार उन्हें छू-छूकर आमंत्रण दे रही थी।

सुहासनी को वहीं बैलगाड़ी के पास बैठने की हिदायत देकर तथा सामान की निगरानी का कार्य देकर वह नर्मदा की ओर बढ़ गए। तट पर पहुँचते ही उन्होंने अधीरता से अपने कपड़े उतारे और किनारे रखकर नर्मदा में छलांग लगाने की सोच ही रहे थे कि अचानक किसी के बोलने पर जैसे चौंके।

''देखिए, अपने कपड़े आप अलग रख लें, यहाँ मेरे कपड़े रखे हैं।''

हड़बड़ा कर गोपीलाल पीछे मुड़े और मुड़ते ही जैसे स्तब्ध रह गए। एक अद्‌भुत सुंदरी वहाँ खड़ी थी। लगा, जैसे स्वर्ग की अप्सरा हो। वह स्त्री भी गोपीलाल के आकर्षित, सुगठित रूप से प्रभावित हो गई थी। लगा, जैसे सामने कोई देवपुरुष खड़ा हो।

''क्षमा करें, भोर के अँधेरे में तथा हड़बड़ी में मैंने आपके कपड़े देखे नहीं। मैं हटा लेता हूँ,'' गोपीलाल ने लज्जित होते हुए उत्तर दिया।

''क्या आप यहीं के रहने वाले हैं?''

''जी नहीं, समझें हम अभी ही इसी घड़ी में इस इलाक़े में आए हैं। बस अभी

आकर ही नर्मदा के तट पर पड़ाव डाला है। नर्मदा को देख स्नान के लिए मन विचलित हो गया था। कुछ तो धार्मिक मन दूसरे यात्रा की लंबी थकान, सोचा तुरंत डुबकी लगा लूँ।''

''कहाँ से आ रहे हो?''

''दिल्ली से, महीना भर में आ पाए हैं यहाँ। दिल्ली में ग़दर मच गया तो सब लोग भागने लगे। हमने भी दिल्ली छोड़ दी। इधर पहली बार आना हुआ है। क्या आप इधर ही निवास करती हैं?''

''जी नहीं, मेरा नाम बूँदाजान है। कानपुर से हर वर्ष यहाँ आती हूँ। मेरी नौटंकी यहाँ लगती है। बूँदाजान की नौटंकी।

''बूँदाजान की नौटंकी! क्या खूब नाम है, सजता है।''

''आप भी कभी आइए न हमारी नौटंकी देखने?

''अजी ऐसी दुविधा में भला कोई क्या नौटंकी देख सकता है? मैंने इससे पूर्व कभी नौटंकी देखी भी नहीं। दिल्ली में हमारी मिठाइयों की दुकान है।''

''क्या मेले में मिठाइयों की दुकान लगाएँगे।''

''जी नहीं, अभी तो कुछ विचार नहीं किया है।''

''लगाते तो आपके हाथ की मिठाइयों का स्वाद चखते।''

''भगवान ने चाहा तो आपको अवश्य ही मिठाई खिलाऊँगा और कभी नौटंकी देखने आऊँगा।''

''अवश्य आइए।''

''टिकट ज़्यादा होगी, अभी परदेश में मनोरंजन के लिए उतना पैसा कहाँ।''

''नहीं आप पहुँचकर मुझे सूचना करा दें। आपको टिकिट नहीं लगेगी। आपने तो अपना नाम ही नहीं बताया, मुझे कैसे पता चलेगा?'' बूँदाजान संकोच से बोली।

''जी मेरा नाम पंड़ित गोपीलाल नाहर है, हम कश्मीर के रहने वाले हैं।''

''अच्छा। मेरा नाम तो आप जान ही गए हैं न?

''क्यों नहीं, अभी आपने ही तो बताया था बूँदाजान की नौटंकी।''

''धन्य भाग्य! भोर को ब्राह्मण के दर्शन हो गए। मैंने आपको तेज़ स्वर में कह दिया था आपको बुरा तो नहीं लगा?'' बूँदाज़ान के मुख पर चिंता के भाव उतर आए।

''नहीं, एकदम नहीं, बल्कि मेरी मूर्खता को आपने अच्छा प्रताड़ित किया। कम-से-कम कपड़े रखते में मुझे आस-पास नीचे देख लेना चाहिए था, ऐसी भी क्या हड़बड़ी?''

''नहीं भोर का उजाला तो अब हुआ है, उस वक़्त तो वास्तव में अँधेरे का झीना पर्दा था।''

''आप तो मेरी ग़लती पर अँधेरे का पर्दा डाल मुझे बचा रही है? नहीं मैं सच

बोल रही हूँ," बूँदाजान लजा गई।

"मैं कब कह रहा हूँ कि आप ग़लत कह रही हैं? मेरा कहने का आशय भी यही है कि आप स्पष्ट बोलती हैं। जो नारी स्पष्ट बोलती है, वह अपनी स्वयं की रक्षा कर सकती है। संकोची नारी ही हमेशा दूसरों के रचाए जाल में फँसती है।"

"अरे, आपको तो मनुष्यों के स्वभाव का अच्छा अध्ययन है?"

"कोई ख़ास नहीं, व्यापारी वर्ग से हूँ, सारे दिन सौ-पचास व्यक्तियों से मिलना-जुलना पड़ता है, इस कारण से मनुष्य के स्वभाव को पहचानने का थोड़ा—बहुत अनुभव है।"

"आपकी साफ़गोई से मुझे अच्छा लगा, उम्मीद करूँ हमारी दुबारा मुलाक़ात होगी।"

"अवश्य, मुझे तो आप विदुषी महिला लगीं। मनुष्य को आशावादी तो होना ही चाहिए। आप से दुबारा भेंट होना मेरा सौभाग्य होगा।"

"अच्छा, आप बातों की मिठाई की चाशनी की तरह मीठा बना देते हैं," बूँदाजान ज़ोर से हँसी। भोर के उजाले में उसका खिला मुख सूर्य की तरह आभा दे रहा था।

तभी बूँदाजान की एक सेविका नर्मदा के तट से स्नान करके सारा सामान बाँधे आ पहुँची। उसे देख बूँदाजान जाने के लिए उत्सुक लगी। सेविका ने बूँदाजान के कपड़ों की गठरी बाँध ली।

"अब चलती हूँ, देर हो जाएगी तो तट पर भीड़ जुट जाएगी।"

"मुझे खेद है मैंने आपको बातों में लगा दिया।"

"नहीं, आप अपने को नाहक़ दोष दे रहे हैं, बल्कि मैंने ही आपको बातों में लगा दिया और देखिए आप स्नान नहीं कर पाए।"

" यह मान लीजिए ना, हम दोनों ही एक दूसरे से बात करने के लिए उत्सुक रहे।"

"सही कहा आपने, दरअसल मैं जिस लाइन में हूँ वहाँ पर अच्छे इंसान से बोलने को तरसती हूँ। दीवानों की भीड़ लगी रहती है, पर अच्छे दोस्त की कमी खटकती है।"

बूँदाजान आगे बढ़ गई। गोपीलाल मुड़कर बूँदाजान को जाता देखते रहे। वह स्नान करने वाली बात को एकदम भूल गए जीवन में उन्होंने बहुत सुंदर रूप सी स्त्रियों को देखा था, परंतु पहली बार किसी नारी-सौंदर्य ने उन्हें इतना प्रभावित किया था। विचित्र-सी चुंबक शक्ति थी इस नारी के समुचे व्यक्तित्व में, जो सामने वाले को बाँध लेती थी। गोपीलाल को लगा जैसे उसका कुछ खो-सा गया है, बहुत व्याकुल होकर उन्होंने जाती हुई बूँदाजान को देखा और थके से एक चट्टान पर बैठ गए।

बूँदाजान की आकृति जब एकदम ओझल हो गई, तब गोपीलाल का ध्यान भंग हुआ और उन्हें स्नान करने की सुधि आई। परिवार का, क़ाफ़िले का ध्यान

आया। गोपीलाल झटपट उठे और कपड़े उतारकर नर्मदा में छलांग लगा गए। नर्मदा के शीतल जल ने उनके मन की उत्तेजना को शांत किया, शरीर की थकान, ताप कम हुआ, मन स्थिर हुआ। देर तक वह नर्मदा के जल में स्नान का आनंद लेते रहे। लगा, जैसे पल-भर में युग ही सरक गया था, सब-कुछ वह भूल गए थे, अब वर्तमान में लौटे थे। अद्वितीय सुंदरी बूँदाजान के सम्मोहन से मुक्त हुए थे। कितनी बार जल से मुँह धोया पर लगा जैसे अभी भी आँखों में बूँदाजान की सुंदर छवि समाई हुई है।

बहुत प्रसन्न मुद्रा में गोपीलाल लौटे। जाने क्यों उन्हें लगा, जैसे आज का दिन शुभ है। भोर में ही नर्मदा के दर्शन हो गए, बूँदाजान का अनायास मिलना किसी पारस पत्थर से कम नहीं था। लगा अब आगे शुभ-ही-शुभ होने वाला है। मन-ही-मन ईश्वर को धन्यवाद देते, याद करते, जाप करते वह वापस ठिकाने पर पहुँचे।

सुहासनी चिंता में व्याकुल बैठी थी। बंगाली सिंह भी परेशान लगे। सामान सब बैलगाड़ियों से उतारा जा चुका था। सारे लोग नीचे बैठे थे। सुहासनी एक बड़े से महुआ के पेड़ की जड़ में बैठी थी। पास ही सारा समान रखा था।

"बड़ी देर लगा दी? तुम पंडितों में यही तो बुराई है अपने पूजा-पाट में लग जाते हो, सारे संसार को भूल जाते हो? सोचते नहीं की परदेश में अनजान लोगों के साथ परिवार छोड़ गए हो," बंगाली सिंह रोष में बोले।

"बंगाली सिंहजी, आप अनजान कहाँ?" गोपीलाल हँसें, इतनी लंबी यात्रा ने तो एकदम निकट ला दिया है। महीनों साथ रहने के बाद तो हम एक दूसरे की नस-नस जान गए हैं।"

"ठीक है, परंतु इसका मतलब यह नहीं है कि परिवार से बेख़बर हो जाओ। आप से उम्र में बहुत बड़े हैं इस कारण आपको चेतावनी दे रहे हैं, ताकि परदेश में सावधान रहो।"

"अवश्य ही उम्र में बड़ा व्यक्ति पिता और गुरु होता है।"

"अब आगे के बारे में क्या सोचा है," सुहासनी ने टोका। उसकी आँखों में रोष, उलाहना स्पष्ट झलक रहा था।

"वह भी विचार कर लेते हैं," गोपीलाल बोले और बंगाली सिंह की तरफ़ वापस मुड़े" बंगाली सिंहजी, शहर तो लगता है, बड़ा है। दिल्ली की टक्कर का तो नहीं है, फिर भी स्थान अच्छा लगा, शांत लगा।"

"हाँ, यह स्थान बड़ा अच्छा है नर्मदा का तीर्थस्थान है। नर्मदा के तट पर मेला लगता रहता है। मेलों का नगर है, अब आगे का क्या सोचा है?"

"वही विचार कर रहा हूँ। आपने सुरक्षित यहाँ तक तो पहुँचा दिया, जीवन भर आपके उपकार के लिए आभारी रहूँगा। इधर से परिचित तो हूँ नहीं, किसी को जानता नहीं, पर एक कमरे की खोज करना होगा।"

"यहाँ मेरे एक परिचित व्यक्ति हैं। मिठ्ठू सिंहजी नाम है उनका। बड़े ही भले व्यक्ति हैं। धनी हैं परंतु उतने ही सज्जन हैं। उनके पते पर चक्कर काट आना, शायद कोई रास्ता निकल आए। यहाँ के प्रतिष्ठित व्यक्ति हैं। वह किसी को भी ज़रा इशारा कर देगें तो तुम्हें तत्काल ठौर मिल जाएगा।"

"अच्छा," गोपीलाल गद्‌गद् हो उठे, "बंगाली सिंह आप मेरी इतनी मदद करेंगे, मैंने सोचा नहीं था। आपकी उदारता ने तो मेरी सारी परेशानियों को समाप्त कर दिया। मेरी दृष्टि में आप सदैव आदरणीय रहेंगे।"

बंगाली सिंह ने स्नेह से गोपीलाल के कंधे पर हाथ रखा, "गोपीलालजी रिश्ते तो ऐसे ही बन जाते हैं। कभी-कभी ख़ून का रिश्ता काम नहीं आता, परंतु बनाए रिश्ते अधिक निकट हो जाते हैं। जाने क्यों इतने दिनों के साथ ने आपसे मोह लगा दिया है।"

"आप लोग कहाँ ठहरेंगे?" गोपीलालजी भावुक हो उठे थे, कृतज्ञता से गद्‌गद् हो गया उनका चेहरा। हमारा क्या, हम लोग तो यहीं नर्मदा के तट पर रहेंगे। हम लोगों की तो ऐसी ही आदत है। हम लोग तो खुले आकाश के नीचे रहते हैं। ईंट और गारों के घरों में नहीं रहते। मेला चल रहा है, कुछ दिन इधर ही रहेगें, फिर आगे की सोचेंगे। हमारी तो आप चिंता मत करो।"

"मैं अभी आपके बताए ठिकाने पर मिठ्ठू सिंहजी का पता निकालता हूँ। मिल गए है तो ठीक है, वरना कुछ और तरफ़ से घर ढूढ़ लेंगे। ईश्वर ने इतनी दूर आपके सहारे पहुँचा दिया तो आगे भी कुछ करेगा, ऐसी आशा है।"

गोपीलाल ने जल्दी से बंगाली सिंहजी का बताया पता नोट किया। गोपीलाल सुहासनी के साथ बंगाली सिंह के परिवार से विदा लेकर अलग हुए। विदा की बेला सब एक-दूसरे के प्रति भावुक हो रहे थे। सुहासनी ने कटोरीबाई के हाथों में पड़े अपने कंगनों को दुःखी आँखों से अंतिम बार देखा और पति के पीछे हो ली। गोपीलाल अपने परिवार को लेकर नई दिशा की ओर बढ़ गए। एक ऐसी अनजानी दिशा जिसके बारे में ख़ुद उन्हें कुछ पता नहीं था।

गोपीलाल परिवार के साथ जबलपुर शहर में घुसे। बाज़ार में एक मिठाई की दुकान से मिठाई तथा कुछ पूड़ियाँ लीं। मावा की जलेबियाँ थीं, जो शुद्ध घी में बनी थीं। गोपीलाल और सुहासनी ने खोए की जलेबियाँ पहली बार खाई थीं। बड़ी स्वादिष्ट लगीं। दुकानदार ने बताया कि जबलपुर खोवा का नगर है। यहाँ विशेष रूप से खोवा बनाया जाता है। जबलपुर तो दूध और खोवा का नगर है। शुद्ध चीज़ मिलती है। मिलावट, नक़ल तो यहाँ है ही नहीं। गोपीलाल की आँख में चमक आई, लगा तक़दीर उन्हें सही स्थान पर लेकर आई है। मन शांत हुआ, पैरों में ताक़त आई और वह दुगने जोश और हर्ष के साथ आगे बढ़ गए।

सारा दिन नगर की सड़कों पर भटकते रहे। मोहल्ले से दूसरे मोहल्ले, दूसरे

से तीसरे। कोई जिधर का रास्ता बता देता उधर ही वह चल पड़ते थे। गोपीलाल ने मन-ही-मन सोच लिया था। यदि मिट्ठू सिंहजी का पता नहीं मिला, तो किसी धर्मशाला में जाकर शरण ले लेंगे, पर अब इस नगर को नहीं छोड़ेंगे। सुख, समृद्धि की सुगंध उन्हें यहाँ की हवा में मिल गई थी। मन ने भी जैसे उन्हें आश्वासन और विश्वास दे दिया था, कि अब तो यही नगर उनका भाग्य दोबारा फिर से गढ़ेगा। अंतर्आत्मा की मौन भाषा हमेशा सत्य होती है। ग़दर के कारण जो उनके पैरों में चक्कर लग गया था, एक नगर से दूसरे नगर वह यात्रा करते आए थे, अब जैसे उनका अंत आ गया था। यात्रा का अंतिम पड़ाव यही स्थान है। यहाँ से अब और दूसरी जगह नहीं जाएँगें। अद्‌भुत प्राकृतिक छटा और नर्मदा को शिव की भाँति अपने गले का हार बनाए हुए यह नगर चुंबक की तरह उन्हें अपनी ओर खींच रहा था। अपने आलिंगन में लेने आतुर-सा लगा। नर्मदा की ठंडी हवाएँ थके मन को हल्के-हल्के थप-थपा रही थीं।

4

वर्षा समाप्त हो गई थी। ठंड हवा में उतर आई थी। ठंड के दिनों में वैसे भी रातें जल्दी होने लगती हैं। गलियाँ सूनी हो जाती हैं। लोग जल्दी से अपने घरों में बंद हो जाते हैं। रात्रि गहरी हो गई थी। थकान से सुहासनी का मुख म्लानता से भर उठा था। शरीर की ऊर्जा जैसे समाप्त हो गई थी। एक तो नया, अनजान नगर, दूसरे आशंका और अनिश्चता से भरा भविष्य था, जो मन और शरीर दोनों को थका रहा था।

अंततः गोपीलाल को मिट्ठू सिंह का पता मिल ही गया। बड़ा-सा बाड़ा था। भीतर पुरानी हवेली थी, जिसकी छत लकड़ियों की थी और छोटे खपरैल लगे थे। गोपीलाल को लगा जैसे कश्मीर के घर में आ गए हों। मकान के पूरे किवाड़ भीतर से बंद थे।

गोपीलाल ने आगे बढ़कर भीतर जाकर किवाड़ की साँकल खटखटाई। भीतर से कोई आहट नहीं हुई, तो थोड़ी देर बाद फिर से साँकल खटखटाई। दो-तीन बार के बाद भीतर से आहट हुई और किसी ने साँकल खोला। किवाड़ खुले, एक पुरुष ने हाथ में लालटेन लिए बाहर झाँका।

"कौन है?"

"जी यात्री हैं। दिल्ली से आ रहे हैं। बंगाली सिंहजी के क़ाफ़िले के साथ आए हैं। उन्होंने आपका पता दिया था। हम लोग परदेशी हैं, इधर अजनबी हैं, दिल्ली

में ग़दर मचा तो इधर आ गए थे। बंगाली सिंहजी ने कहा था आप के सहारे कोई घर किराए पर मिल जाएगा। युद्ध के समय तो बिना परिचय के कोई ठिकाना नहीं देता है।''

''अच्छा-अच्छा, भीतर आ जाइए,'' उस पुरुष ने दूसरा किवाड़ भी खोल दिया और उन्हें भीतर आने का इशारा किया।

गोपीलाल और सुहासनी के थके चेहरे पर ताज़गी लौटी। दोनों भीतर आ गए। भीतर सोफ़ा, तख़्त, कुर्सियाँ लगी थीं। गोपीलाल परिवार सहित तख़्त पर बैठ गए। पुरुष मूर्ति सोफ़े पर विराज गई।

''जी, क्या आप का ही शुभ नाम मिट्ठू सिंहजी है?''

''हाँ, मेरा ही नाम मिट्ठू सिंह है।''

''जी, मेरा नाम पंडित गोपीलाल नाहर है, यह मेरी पत्नी सुहासनी है। हम लोग कश्मीरी हैं।''

''अच्छा-अच्छा, आप लोगों से मिलकर प्रसन्नता हुई। कुछ भोजन की व्यवस्था करूँ?''

''नहीं, आप कष्ट न करें। हमने बाज़ार से ख़रीदकर खा लिया था। वैसे भी जब से यात्रा पर निकलें हैं, एक समय ही भोजन करते हैं। इससे अर्थ और शरीर दोनों की सुरक्षा होती है।''

''पर अब तो आप यात्रा में नहीं, घर पर हैं,'' मिट्ठी सिंहजी हँसे।

''कुछ जलपान ग्रहण कर लेंगे।''

''बताएँ मैं आपकी किस तरह से मदद कर सकता हूँ?''

''आज तो आपका घर खोजते-खोजते रात्रि हो गई है, तो थोड़ा आज रात्रि को ठौर दे दें, दूसरा कहीं एक कमरा मिल जाए तो हम उसमें रहने लगें, फिर कुछ काम वग़ैरह शुरू करना चाहता हूँ। आपको रात्रि में कष्ट हो तो कोई धर्मशाला का पता बता दें।''

''धर्मशाला में क्यों, रात्रि यहीं ठहरें, भोर को कोई व्यवस्था हो जाएगी। दरअसल आज बाहर कोई चौकीदार नहीं है, वह आजकल छुट्टी पर गाँव गया है।''

''वही, मैं सोच रहा था, इतना बड़ा घर और कोई आदमी नहीं है।''

''इधर वैसे किसी बात का भय नहीं है। चौकीदार दो दिन के लिए गया था, कल लौट आएगा।''

मिट्ठू सिंह उठकर भीतर गए। थोड़ी देर में लौट आए, साथ में उनकी पत्नी थी। पत्नी के हाथ में काँसे की थाली में फल और मिठाई थी। मिट्ठू सिंह की पत्नी के सम्मान में दोनों खड़े हो गए। हाथ जोड़कर प्रणाम किया। मिट्ठू सिंह की पत्नी सीधी-साधी घरेलू महिला थीं। सोने के गहने पहने थीं। सभ्य और सौम्य रूप लगा। गले में सोने की मोहनमाला पहने थीं, हाथ में काँच की चूड़ियों के साथ सोने की

चूड़ियाँ, कंगन पहने थीं, कान में झुमके लटक रहे थे।

"बैठिए, आज आँगन में कव्वा बोल रहा था। अतिथि के आगमन की सूचना दे गया था," मिट्ठू सिंह की पत्नी ने प्रसन्नता से कहा।

मिट्ठू सिंह की पत्नी की बात पर गोपीलाल और सुहासनी प्रसन्न हो गए। सुहासनी को लगा जैसे घर का ही कोई व्यक्ति मिल गया हो। विचित्र आकर्षण था। सुहासनी ने आगे बढ़कर काँसे की थाली ले ली और सबको फलाहार दिया। सबने फलाहार खाया।

"बहुत दिनों बात अतृप्त आत्मा को तृप्ति मिली," गोपीलाल ने अश्वस्त होते हुए कहा।"

"घर आए अतिथि का स्वागत करना तो कर्तव्य है। थोड़ी ठंड हो गई है, थोड़ी आग जलवा लेते हैं?"

"नहीं-नहीं रहने दें," गोपीलाल ने संकोच से कहा।

"अरे इसमें संकोच कैसा? अच्छा है, आग जल जाएगी तो हम भी सेंक लेंगे," मिट्ठू सिंहजी ने हँसते हुए कहा।

मिट्ठू सिंह की पत्नी भीतर चली गई। थोड़ी देर में एक बुढ़िया सेविका बरौसी में आग जलाकर ले गई। मिट्ठू सिंह की पत्नी भी लौट आई थी और सुहासनी से घुलमिल कर बातें करने लगी थी।

"आप बंगाली सिंह को क्या काफ़ी पहले से जानते हैं?"

"जी नहीं, अचानक ही भेंट हुई। हम लोग दिल्ली से भाग रहे थे तो दिल्ली के बाहर इनका क़ाफ़िला मिल गया। विनती की तो यहाँ तक साथ ले आए।"

"अच्छा? मदद कर दी आपकी..." मिट्ठू सिंह कुछ और पूछना चाहते थे, परंतु संकोच कर गए।

"भले आदमी लगे, विपत्ति में साथ दिया," गोपीलाल ने कहा, परंतु कंगन देने वाली बात छुपा गए। गोपीलाल भी समझ गए थे कि मिट्ठू सिंहजी यही पूछना चाहते थे कि बदले में क्या दिया? और मिट्ठू सिंह भी गोपीलाल के संकोच से समझ गए कि देने-लेने वाली बात गोपीलाल छुपा गए हैं। जबकि दोनों एक-दूसरे के चेहरे के भाव से समझ गए थे।

"आप कब से जानते हैं बंगाली सिंहजी को, कैसे व्यक्ति हैं?" गोपीलाल ने पूछा।

"काफ़ी सालों से जानता हूँ। मेरा ठेकेदारी का कारोबार है। जंगल का ठेका लेता हूँ। बीड़ी पत्ते, लाख, चिरौंजी, सागौन और शीशम की लकड़ी, यानी समझ लो जंगल का सभी प्रकार का कारोबार मैं करता हूँ। व्यापारी हूँ, कई तरह के लोगों से संबंध होते हैं। बंगाली सिंह जंगली जानवरों की खाल और सींग हमें बेचने आते हैं। हम तो व्यापारी आदमी ठहरे, दस तरह से व्यापार करना पड़ता है।"

"कृपया करके आप मुझे भी किसी छोटे-मोटे व्यापार पर लगा लें। वैसे तो मेरे परिवार का पुश्तैनी धंधा मिठाई बनाना है। हमारी कश्मीरी मिठाइयाँ दूर-दूर तक प्रसिद्ध हैं, परंतु यहाँ परदेश में एकदम से वह कार्य करना कठिन है, उसमें पूँजी भी अधिक लगती है। मेरे पास कुछ रक़म भी नहीं है। जो पास था वह रास्ते में ख़र्च हो गया। पत्नी के हाथ में पाँच तोले के कंगन थे जो बंगाली सिंहजी को भाड़े के रूप में दे दिए," गोपीलाल अपनी रौ में बोलते गए परंतु अंतिम बात कहते चौंके और लज्जित होकर मिट्ठू सिंहजी की ओर देखा।

मिट्ठू सिंह भी हँस दिए। देर से दोनों के बीच जो बात गुप्त ढकी थी, वह खुल गई थी। मिट्ठू सिंहजी तो बंगाली सिंह को जानते हैं, बिना मुनाफ़ा लिए उपकार करने वाले लोगों में वह नहीं था, इसलिए उसकी इस सज्जनता पर उन्हें आश्चर्य हो रहा था।

"कोई बात नहीं अच्छा हमेशा ख़ाली हाथ ही होता है। व्यापार भी एक तरह से दाँव ही है। आपके हाथों में रुपयों की थैली है, पर दाँव लगाने की चालें समझते हो तो बाज़ी जीत सकते हैं।"

"पास कौड़ी नहीं, आप के पास तो बस ठौर के लिए आया था, पर आपकी सज्जनता से मन के भेद भी उगल दिए हैं। आपके सहयोग से फिर से रोज़ी-रोटी कमाना चाहता हूँ, जाने दिल्ली का वातावरण कब-तक सही हो।"

"देखते हैं, इस पर कल विचार करेंगे, अभी तो आप विश्राम करें, थके हुए आए हैं, रात्रि भी अधिक हो गई है। ऐसा करें, इसी कमरे में आज विश्राम करें, कल से फिर दूसरी व्यवस्था हो जाएगी।"

"आपकी उदारता के प्रति कृतज्ञ हूँ," गोपीलाल बोले।

गरम बरौसी की आग से सबके थके चेहरों पर ऊर्जा लौट आई थी। मिट्ठू सिंहजी के अतिथि भाव से बुझे चेहरों पर चमक भी लौटी। आग सेंकते जहाँ बाहर की ठिठुरन कम हुई थी, वहीं भीतर की ठंडक भी कम हुई। गोपीलाल को लगा वह सही ठिकाने पर पहुँच गए हैं। बंगाली सिंह चाहे कितना बुरा और ग़लत आदमी हो पर उसने मिट्ठू सिंह से मिलवाकर उन पर बहुत बड़ा उपकार ही किया था। चेहरों पर प्रसन्नता के भाव स्पष्ट उभर आए थे।

आग तापते हुए सब एक-दूसरे के निकट सरक आए थे साथ ही एक-दूसरे के मन के निकट भी। दोनों स्त्रियों में भी अच्छा मेलजोल हो गया था। सुहासनी पहली बार इतनी प्रसन्न दिखी थी। उसके चेहरे पर जो पिछले दिनों आतंक छाया रहता था, वह अब नहीं है। अपने को सुरक्षित जान वह प्रसन्न थी। सुहासनी के मुख का वह सहज भोलापन लौट आया था। थोड़ा-सा ही सहारा, आश्वासन पाकर दोनों पति-पत्नी में साहस और बल लौट आया था।

"ठीक है, अब आप लोग विश्राम करें, बाक़ी बातें कल करेंगे," कहते मिट्ठू

सिंहजी और उनकी पत्नी उठ गए।

मिट्ठू सिंह उनकी पत्नी दोनों अधेड़ अवस्था को पा गए थे। गृहस्थी को समझने की दृष्टि रखते थे। नई उम्र के पति-पत्नी और वह भी महीनों की लंबी यात्रा करके आए थे, उन्हें एकांत देना चाहिए। दोनों उठकर भीतर चले गए।

भीतर से किवाड़ लगा लिए, गोपीलाल ने ज़मीन पर बिछी दरी पर चादर बिछा दिया दोनों पति-पत्नी लेट गए।

गोपीलाल के मन में भविष्य की निश्चिता होते ही मन चहक उठा। सुहासनी भी इतने दिनों बाद पति की निकटता और एकांत पाकर प्रसन्न हो उठी थी। काफ़ी दिनों बाद एकांत मिला था। देह की लालसा, इच्छा जागी। गोपीलाल ने पत्नी को अपनी ओर खींच लिया। सुहासनी गोपीलाल के मन की बात समझ गई। वह धीरे से मुस्कुराई और उसने लालटेन की बत्ती उठकर बुझा दिया। और आकर पति के पास सरक गई। लगा जैसे आकाश पर ढेर सारे फूल बिखरे हों, महक से दोनों मस्त हो उठे। एक-दूसरे की देह गंध से आकर्षित दोनों आलिंगन में बंध गए।

रात्रि-भर दोनों एक-दूसरे से बँधे निश्चिंत सोते रहे। बहुत दिनों बाद ऐसी सुखद रात्रि मिली थी। जीवन के स्वर्णिम पल सरकते गए।

5

भोर को दरवाज़े की कुंडी खटकी। सुहासनी शीघ्रता से उठी और झट से किवाड़ खोलकर बाहर आ गई। सामने मिट्ठू सिंह की पत्नी मुस्कुराते खड़ी थी। सूर्य देवता का साम्राज्य चारों ओर फैल चुका था। गुनगुनी धूप चारों और फैली थी।

"दीदी नींद जल्दी नहीं खुली", सुहासनी ने संकोच से कहा।

"अरे तो क्या हुआ, कौन-सी आफ़त आ पड़ी है, हमने तो किवाड़ इसलिए खटखटाए की तुम्हें कुआँ, स्नान घर बता दें। पीछे कुआँ है, वहीं पास में स्नानघर है। वैसे तो अपने घर के पीछे ही नर्मदा मइया का तट है। हम तो भोर नर्मदा स्नान कर आते हैं, मइया के दर्शन भी कर लेते हैं।"

"अच्छा, क्या पिछवाड़े ही नर्मदा का तट है, मगर हमें तो बड़ी दूर पर मिली थी नर्मदा?"

"तो? घूम कर इधर से ही बहती है, पीछे बाड़ी है, खेत हैं अपने और उसी से लगकर नर्मदा बहती है। बाड़ी-खेत में सब्ज़ियाँ हो जाती हैं। अच्छी कछवारी हो जाती है। दालें हो जाती हैं, सब्ज़ियाँ सब घर में निकल आती हैं। पिछले बरस तो ख़ूब मूँगफली हो गई थीं। आम, कटहल, बेर, जामुन, महुआ, के पेड़ हैं।"

‘‘अच्छा, दीदी आप को तो घर बैठे सब मिल जाता है?’’

‘‘सब नर्मदा मइया की कृपा है। कोई बात का कष्ट नहीं है, बस एक ही बात का दुःख है कि निःसंतान हैं।’’

‘‘अरे,’’ सुहासनी दंग रह गई, ‘‘कोई उपाय, दवा नहीं किया दीदी?’’

‘‘अरे, क्या नहीं किया। भाग्य में जितना बदा होता है, उतना ही मिलता है न?’’

‘‘कल से दीदी, आपके साथ मैं नर्मदा स्नान पर चलूँगी,’’ सुहासनी ने बात बदलते हुए कहा।

‘‘ठीक है, कल चलेंगे। अभी तो नहा लो, मैं नाश्ता बनाकर लाती हूँ।’’

‘‘दीदी, इतना कष्ट मत करो, मैं नहाकर बना लूँगी न?’’

‘‘कब बनाओगी? नहाने में, कपड़े धोने में समय लग जाएगा। आज मेरे हाथ की रसोई खा लो, कल बनाना।’’

‘‘ठीक है दीदी,’’ कहते सुहासनी कपड़े लेकर कुएँ की ओर चली गई। स्नान कर अपने कपड़े धोकर सूखने डाल आई। बाल पोंछते भीतर कमरे में प्रवेश किया। गोपीलाल उठकर बैठ गए थे।

‘‘जाओ, उधर स्नानघर है, नहा आओ,’’ सुहासनी ने बताया और आगे बोली, ‘‘पता है, पीछे दीदी के खेत हैं और खेतों के पास नर्मदा बहती है?’’

‘‘नर्मदा? इधर, इतनी दूर?’’गोपीलाल चौंके।

‘‘हाँ, मैं भी हैरान रह गई थी। नर्मदा घूम कर इधर से बहती है।’’

‘‘अच्छा पहले पता होता तो भोर नर्मदा के दर्शन कर वहीं स्नान कर आता’’, गोपीलाल बोले और नर्मदा की याद करते ही, उन्हें एक सुंदर रूप याद आ गया। बूँदाजान। क्या कभी फिर भेंट हो पाएगी? विचार करते उनके मन में टीस-सी उठी। उन्हें आश्चर्य-सा हुआ कि कैसे बूँदाजान से एक ही भेंट ने उन्हें उसके मोह से बाँध दिया है। बूँदाजान की छबि आँखों में समा गई। वह खोए से बैठे रहे।

‘‘जाओ भी, देर क्यों कर हो हो? दीदी नाश्ता बनाकर ले आएगी। क्या हम इनके हाथ का खाएँगे?’’

‘‘हाँ,’’ गोपीलाल चौंके, ‘‘देखो, अब परदेश में ज़्यादा परहेज़ मत करो। परदेश में कितना और किस-किस बात का परहेज़ करेंगे। यह लोग भी तो ठाकुर लोग हैं। ज़्यादा धर्म-बैर पालन ठीक नहीं है।’’

‘‘तो ठीक है, मना करने से उन्हें बुरा लगेगा।’’

‘‘जितना निभा सकें, निभाएँगे, आगे ईश्वर की जो इच्छा।’’

‘‘जाओ, तुम स्नान कर आओ, तब तक मैं सब समेट कर कमरा ठीक कर देती हूँ।’’

गोपीलाल सुहासनी की बताई दिशा में स्नान करने चले गए। सुहासनी ने कमरा

सही किया—बिस्तर, कपड़े सब समेटे। गोपीलाल लौटे तो कमरा सही, हालत में मिला। गोपीलाल पूजा-पाठ और ध्यान में लीन हो गए थे।

पूजा समाप्त कर गोपीलाल उठे ही थे कि देखा, मिट्ठू सिंह खखारते हुए द्वार पर खड़े हैं। गोपीलाल तत्काल स्वागत के लिए खड़े हो गए।''

''आइए-आइए, शुभ-प्रभात।''

''शुभ-प्रभात''—मिट्ठू सिंह ने कमरे में प्रवेश किया। तख़्त पर विराजते हुए उन्होंने मुस्कुरा कर गोपीलाल को देखा, ''तुम काफ़ी सुंदर व्यक्ति हो, एकदम महिलाओं जैसा रंग है?''

''कश्मीर के सभी लोगों का ऐसा ही रंग होता है,'' गोपीलाल झेंप गए।

''हाँ, हर जगह की अपनी अलग तासीर होती है। देखो कहीं यहाँ रहते-रहते साँवले न हो जाओ। इधर साँवले रंग के लोग ही मिलेंगे'' मिट्ठू सिंह ज़ोर से हँसे।

''अरे, आप भी क्या रंग की बात ले बैठे? ईश्वर जैसा रखेगा रहेंगे। रंग-रंगत से क्या करना है।''

''रात नींद ठीक आई?''

''एकदम, काफ़ी समय बाद इतनी सुख की नींद दोबारा नसीब हुई, इतने दिनों से तो बस यात्रा में ही थे, जंगल, पहाड़ जहाँ रात आती वहाँ रुक कर सो लेते थे। कल समझो, चैन से सो पाया,'' कहते गोपीलाल थोड़ा झेंप से गए और द्वार के बाहर देखने लगे।

मिट्ठू सिंहजी ने गोपीलाल की नज़र को पकड़ लिया और उनके चेहरे पर भी मुस्कान उभर आई। गृहस्थ व्यक्ति तुरंत एक—दूसरे का भेद भाँप लेता है। रात का वैवाहिक सुख जैसे गोपीलाल के मुख पर लिखा था। मनुष्य भी कितना बुद्धिमान प्राणी है, चेहरा देखते ही भीतर के भेद ताड़ लेता है।

''ठीक है पंडित, रात तो तुम्हारी अच्छी कटी, अब आगे की सुध करो। मैं सोचता हूँ तुम आज से ही व्यापार शुरू कर दो?''

''आज से व्यापार? मगर पूँजी कहाँ है?'' गोपीलाल आश्चर्य से बोले।

''चिंता मत करो मेरे कुछ परिचित ठिकाने हैं, वहाँ तुम्हें भेजूँगा, तुम्हारी गाड़ी चल निकलेगी, फिर तो समझो दौड़ेगी। बस तुम संध्या को आकर मुझे सारे समाचार देना।''

''जी अच्छा।''

तभी नाश्ता एक नौकरानी उठाए आई, उसके पीछे मिट्ठू सिंह की पत्नी भी आ गई। ढेर सारा नाश्ता था। जलेबी, कचौड़ी, पकौड़ी, पेड़ा, केला, दूध आदि था।

''दीदी, इतना ढेर नाश्ता?'' सुहासनी संकोच से बोली।

''अरे, कुछ नहीं है, खाओ, ईश्वर की दया से किसी बात की कमी नहीं है घर में'' मिट्ठू सिंह की पत्नी बोली, ''किसी के घर में खाने में भंडार घटता नहीं

है, बढ़ता है। सब अपने भाग्य का खाते हैं, कौन किसे खिला देता है?''

''आप लोगों की सज्जनता देख, हम लोग तो निहाल हैं, परदेश में भला ऐसे परोपकारी लोग मिलेंगे, यह कहाँ सोचा था,'' गोपीलाल गद्गद होते बोले।

''सब ईश्वर की कृपा है, वही सब-कुछ करता है, मिलाता और बनाता है,'' मिट्ठू सिंहजी बोले, ''देखो पंडित, यह एक रुपया रखो, इससे आज तुम्हें व्यापार करना है। समझो यह सिक्का आज तुम्हारा भाग्य खोलेगा, पर हाँ ध्यान रखना यह रुपया मैं तुम्हें दान में नहीं दे रहा हूँ, समझो मेरा यह तुम पर क़र्ज़ है, नहीं चुका पाओगे तो चढ़ा रहेगा। इसे लौटाना है यह मान कर चलना।''

''जी,'' कहते गोपीलाल ने उठकर मिट्ठू सिंहजी के हाथ से सिक्का लिया। गोपीलाल ने वैसा ही सिक्का ग्रहण किया जैसे कोई श्रद्धा से मंदिर में प्रसाद लेता है। दोनों हाथों में लेकर उसने माथे से लगाया। आँख मूंदकर ईश्वर का स्मरण किया। आगे बढ़कर उसने मिट्ठू सिंह के पैर छू लिए। सुहासनी की आँख भी डबडबा उठीं, उसने झट सर का आँचल मुख पर खींचकर आँखों को छुपा लिया। भला परदेश में कोई इतना उपकार करता है? हथेली में रखे चमकते चाँदी के सिक्के को वह टक लगाकर देखते रहे।

''आपका यह उपकार जीवन भर नहीं भूलूँगा,'' गोपीलाल ने रुँधे गले से कहा, ''पता नहीं मनुष्य के वेश में आप कौन मिल गए हैं? आप तो लगता है साक्षात् भगवान हैं।''

''अब आगे क्या करना है बैठकर धैर्य से सुनो। तुम्हें अभी मंडी जाना होगा, मंडी यहाँ से दूर नहीं है, थोड़ा आगे चलने पर ही तुम्हें मंडी की हुड़दंग सुनाई दे जाएगी। वहाँ से ढेर सारी सस्ती सब्ज़ियाँ ताज़ी ख़रीद लेना। मैं जो पता लिखकर दे रहा हूँ, उस ठिकाने पर पहुँचा जाना। मेरा नाम बता कर कहना मैंने भिजवाया है। अपनी समझ से सब्ज़ी के दाम के मुनाफ़ा के साथ वसूल कर लेना। समझो आज से तुम्हारा धंधा शुरू हो गया।''

''इतने जल्दी मेरा काम शुरू हो जाएगा, यह तो मैंने सपने में भी नहीं सोचा था।''

''सब ऐसा ही होता है, शुभ घड़ी आने में कौन-सा समय लगता है। बस तत्काल तुम नाश्ता करके निकल पड़ो। आज मैं पता करके इसी मोहल्ले में तुम्हारे लिए कोई कमरा भी तय कर देता हूँ, वहाँ अपनी गृहस्थी जमा लो।''

गोपीलाल और सुहासनी कृतज्ञता से निहाल होकर मिट्ठू सिंह को देखने लगे। श्रद्धा और संकोच के भाव ने मन पवित्र कर दिया। लगा किसी घर में नहीं, किसी मंदिर में खड़े हैं। चकित भाव से प्रसन्नता से ओत-प्रोत वह खड़े रह गए।

''मित्र, ऐसे चकित भाव से मुझे मत ताको और न ही मेरे लिए बहुत बड़ी बात सोचो? विपदा में मनुष्य ही मनुष्य के काम आता है। अँग्रेजों की छावनी का

सारा इंतज़ाम मेरे ही पास है। वहाँ का मैं ठेकेदार हूँ। अँग्रेजों के मेस से लेकर बँगलों तक सारा सामान मैं ही पहुँचाता हूँ। माँस, अंडा, मुर्ग़ा, मछली, सब्ज़ी, दूध, फल और न जाने क्या-क्या, सब मैं ही पहुँचाता हूँ। घोड़ों से लेकर, ड्रेस, किराना, पेट्रोल सारा इंतज़ाम मेरे पास है। तुम ब्राह्मण आदमी हो, इसलिए सोचकर मैंने सब्ज़ी वाला अपना काम तुम्हें दे दिया है। जो भी मुनाफ़ा समझो ले लेना, तुरंत मिल जाएगा। आगे सब तुम्हारी सूझ-बूझ पर है। होशियारी से करोगे तो निहाल हो जाओगे। ख़ुद भी सुखी रहोगे और अपने परिवार को भी सुखी रखोगे।''

''आपकी कृपा दृष्टि रही तो जीवन में फिर से अपना खोया सब पा लूँगा,'' गोपीलाल ने हर्षमिश्रित भाव से कहा।

नर्मदा के किनारे ही गाँव से आए देहाती लोग बैठे थे। वह लोग नगर के ख़रीददारों को थोक में अपनी सब्ज़ी बेचकर अपने गाँव लौट जाते थे। बैलगाड़ियों में भर-भर कर सब्ज़ियाँ लाते थे। गोपीलाल देर तक सब्ज़ी की बैलगाड़ियों के इर्द-गिर्द चक्कर लगाते रहे। नर्मदा के तट पर कछवारी होती थी। नर्मदा के किनारे की धरती इतनी उपजाऊ थी कि बाँझ बीज भी गिर जाए तो बड़ा वटवृक्ष बन जाता था?

विंध्या और सतपुड़ा के पहाड़ों के मिलन स्थल पर जबलपुर नगर बसा था। नर्मदा का वेग जबलपुर में देखते बनता है। चट्टानों का भव्य दृश्य और जलप्रपात की मनोहरता अकथनीय है। नर्मदा के तट पर काछियों की भीड़ लगी थी। बैल, घोड़े सब किनारे बँधे थे। कोई नहा रहा था, कोई अपने जानवर नहला रहा था। जानवरों के गोबर, लीद जगह-जगह पड़ी थी। हर प्रकार की सब्ज़ियों से लदी गाड़ियाँ खड़ी थीं। गुड़, गन्ना, खोवा, दूध, फल। यानी हर गाड़ी में अलग-अलग सामान भरा था।

गोपीलाल ने एक गधा किराए पर लिया और उस पर ढेर सारी सब्ज़ियाँ लदवाकर छावनी की ओर चल पड़े। गधे वाला व्यक्ति भला-सा था, उसे सारे रास्ते पता थे, इस कारण भी गोपीलाल को अधिक खोज-ख़बर नहीं करनी पड़ी।

जबलपुर नगर बड़े-बड़े छायादार वृक्षों से भरपूर था, इसी कारण वहाँ सड़कों पर विचित्र ठंडक-सी थी। बकरियाँ, बतख़ों की हेड़-की-हेड़ गुज़र रही थीं। इतनी देर सारी बत्तख़ों को पहली बार गोपीलाल देख रहे थे, इसलिए उन्हें बड़ा अच्छा लगा। बतख़ों को सड़क पार करने में काफ़ी समय लग रहा था, वैसे तो वह अपनी कोशिशों से बहुत तेज़ दौड़ रही थीं।

गोपीलाल मन-ही-मन ईश्वर के नाम का जाप करते आगे बढ़े। बहुत दूर चलने के बाद छावनी का इलाक़ा आया। जहाँ अँग्रेज सिपाहियों का सख़्त पहरा था। बंदूक उठाए सैनिक पहरे पर गश्त लगा रहे थे। सतर्क, चौकन्ने थे। कुछ सैनिक घोड़े पर बंदूक उठाए गश्त लगा रहे थे। सुंदर, सजीले अँग्रेजों के सैनिक बड़े अच्छे लग रहे थे। चौड़े–खुले शाही मार्गों पर अधिक पहरा था। गोपीलाल पहले तो घबराया फिर हिम्मत बाँधकर आगे बढ़ गया। पहरा बहुत सख़्त और चौकस था। बड़ा गेट बंद था।

“ऐ, क्या काम है?” एक सैनिक ने कड़कदार आवाज़ में टोका।

“हुज़ूर, हम सेठ मिट्ठू सिंहजी के आदमी हैं। मेस में सब्ज़ियाँ पहुँचाने आए थे।”

“अच्छा, कोई पास बनाया?”

“जी नहीं हुज़ूर, आज पहली बार ही उन्होंने मुझे यहाँ भेजा है।”

सैनिक ने तेज आँखों से गधे पर लदी सब्जियों का मुआयना किया और सब्जियों के ढेर से उसने एक मूली निकाल ली और उसे चबाता बोला—“तुम्हारा गधा इधर रहेगा, तुम सब्जी लेकर भीतर जाएगा, वहाँ उधर, वहाँ हवलदार को माल देकर रसीद काटने का, उधर कैश लेकर तुरंत आने का, और हाँ तुम रोज़ आएगा?”

“जी सरकार।”

“तो हवलदार को बोलना, तुम्हारा पास बना दे, ठीक है? जाओ।”

“जो हुक्म,” गोपीलाल गधे की पीठ से सब्ज़ियों के बोरे उठाकर ख़ुद कंधे पर लादकर भीतर गए और हवलदार के आगे टोकनों में सब्ज़ियाँ खोली करके, बोरे और प्राप्ति की रसीद लेकर दूसरे काउंटर पर चला गया। रसीद देखकर एक गोरा सैनिक झाँका।

“कितना दाम?”

“जी, पाँच रुपया।”

तत्काल पाँच रुपए के सिक्के दे दिए गए और गोपीलाल ने झट से सिक्कों को अचकन की भीतरी जेब में रख लिए। बाहर लौटे तो उनके पैर धरती पर नहीं पड़ रहे थे। आज उन्होंने पाँच रुपए की आमदनी कर ली थी। प्रसन्नता से उनका मुख खिला पड़ रहा था। अचकन में रखे सिक्कों का भार उन्हें पुलकिल कर रहा था। भाग्य इतनी जल्दी उनका साथ देगा। उन्होंने सोचा नहीं था। मन नन्हीं चिड़िया-सा फुदक रहा था। लगा जल्दी से पहुँचे और सुखद समाचार सुहासनी को दे। सुहासनी कितनी प्रसन्न हो उठेगी? दोबारा अच्छे दिन लौटेंगे यह तो आशा थी पर इतनी जल्दी सब-कुछ मिलेगा, उन्हें तनिक भी विश्वास नहीं था। परदेश में अजनबी लोग इतनी जल्दी सहायता को तत्पर हो जाएँगे, यह अविश्वसनीय बात थी। बंगाली सिंह का मिलना फिर मिट्ठू सिंह का मिलना, जैसे सब सफलता की एक के बाद एक सीढ़ी थी, जिनपर चढ़कर वह ऊपर चढ़ने लगे थे।

खनकते सिक्कों के स्पर्श का आनंद लेते वह बाहर आए। गधे वाले को उन्होंने एक आना मजूरी दिया। आशा से अधिक पाकर गधे वाला भी प्रसन्न हो गया।

“बाबूजी, क्या अब यहाँ रोज़ आप सब्ज़ी देने आएँगें?”

“हाँ।”

“तो मैं आपको रोज़ सब्ज़ी वालों के पास मिल जाया करूँगा, रोज़ आपकी सब्ज़ी पहुँचा दिया करूँगा।”

"कल डबल लादना होगा।"

"कोई बात नहीं, आप जितना मेरा गधा ढो सके, लाद दिया करो, सब्ज़ी का वज़न कौन पत्थरों से भारी है? मेरा गधा तो सब ढो लेता है।"

"अच्छा, धन्यवाद, तुमने रास्ता बताया, वरना मुझे खोज़ने में समय लगता।"

"इधर आप नए हैं क्या?"

"हाँ।"

"कहाँ रुके हैं?"

"मिट्ठू सिंहजी की हवेली पर रुके हैं"

"अरे वहाँ? वह तो बड़े भले आदमी हैं, यहाँ उनकी काफ़ी इज़्ज़त है। बहुत पुराने ख़ानदानी लोग हैं। इनके पिता भी काफ़ी नामी आदमी थे। वह मकान बनाने का ठेका लेते थे। यहाँ की बड़ी इमारतें उन्हीं ने बनाई थीं। सभी बँगले उनके द्वारा बनाए गए हैं।"

"अच्छा, तुम्हें तो बहुत जानकारी है?"

"बाबूजी, बड़े लोगों को कौन नहीं जानता? वह तो सूरज और चाँद की तरह आभा देते हैं, सारी दुनिया उन्हें देखती है। बड़े लोगों की बातें तो छोटी-से-छोटी ग़रीब जनता को पता होती हैं।"

"तुम काफ़ी समझदार व्यक्ति लगते हो? क्या नाम है तुम्हारा?"

"घसीटाराम"

"बढ़िया, परंतु विचित्र नाम है।"

"बाबूजी मेरी माँ की कोई संतान जीवित नहीं रहती थी, इस कारण मेरी माँ ने सुअरनी की माँद में मुझे रख दिया था। सुअरनी ने मुझे सूँघा तब किसी ने मुझे घसीटकर उसकी माँद से बाहर निकाला, तभी से मेरा नाम घसीटाराम पड़ गया। मैं जीवित रहा, बाद में चार संतानें और जीवित रहीं।"

"अच्छा," गोपीलाल ने प्रसन्नता से कहा, "तो घसीटारामजी आज से आप मेरे मित्र और सहयोगी हो गए, समझो। अब आपके साथ ही मैं अपना व्यापार करूँगा।"

"आपकी बड़ी कृपा, ईश्वर करे, एक दिन आप इस नगर के सबसे बड़े व्यापारी बन जाएँ।"

"धन्यवाद! आपने कहा है तो ज़रूर मुझे सफलता मिलेगी।"

दोनों आगे बढ़े। छावनी का इलाक़ा बड़ा साफ़-सुथरा और शांत था। बड़े-बड़े मैदान थे जिनमें रेशम-सी मुलायम घास लगी थी। खेल के भी कई मैदान थे, जहाँ कुछ अँग्रेज सैनिक फुटबाल खेल रहे थे। एक मैदान में अँग्रेज सैनिकों की परेड हो रही थी। छावनी की शान देखते ही बन रही थी। घोड़े, पीतल की चमचमाती तोपें सजी थीं। रंग-बिरंगे, चमकदार ड्रेसों में सैनिक सजे घूम रहे थे। जगह-जगह अँग्रेजों के झंडे सजे थे। शानदार बग्गियाँ दौड़ रही थीं, उसमें जूते बढ़िया अरबी नस्ल के

घोड़ों की निराली छटा देखते बन रही थी। घोड़े क़ीमती और बहुमूल्य गहनों से सजे थे। घोड़ों की नस्ल उनकी कद-काठी देखकर ही घबराहट हो रही थी। कहीं-कहीं मैदानों में सैनिकों के शिविर लगे थे, तंबू गड़े थे।

गोपीलाल ने पहली बार जीवन में छावनी देखी थी। अँग्रेजों की छावनी का नज़ारा तो पहली बार ही देख रहे थे। ऐसा अद्भुत वातावरण उन्होंने कभी नहीं देखा था। तरह-तरह के फूलों से क्यारियाँ सजी थीं। सड़क इतनी साफ़-सुथरी कि उसमें एक तिनका भी ढूढे नहीं मिल सकता था। अँग्रेज अफ़सरों के शानदार बँगलों की क़तारें थीं। जगह-जगह सैनिक अरबी घोड़ों पर गश्त लगाते घूम रहे थे। सड़क के दोनों छोरों पर क़तार से वृक्ष थे। भव्यता और शालीनता का वातावरण था। मज़बूत, चौड़ी क़द-गठन के सैनिक थे। उनके सफ़ेद रंगत पर लाल कोट और सफ़ेद पैंट, सर पर सफ़ेद हैट सजता था। मन-ही-मन उनसे प्रभावित हुए। अनुराग और दोस्ती का भाव जागा। लगा काश! यदि इन लोगों का विश्वास यदि वह जीत गए तो जीवन में बहुत कुछ कर सकते हैं।

ढेर सारे संकल्पों और विकल्पों के बीच ग़ोता लगाते गोपीलाल चौराहे के पास आ गए। यहाँ से उन्हें दूसरी दिशा की ओर जाना था। उन्होंने घसीटाराम को देखा और मुस्कुरा दिए।

"अच्छा घसीटारामजी, कल मिलेंगे।"

"मैं आपकी राह देखूँगा।"

"ठीक है", कहते गोपीलाल आगे बढ़ गए।

गोपीलाल कई परिस्थितिओं में उत्साह से भर गए थे। आगे बढ़ने की आकांक्षा उनके मन में हूक-सी मार रही थी, प्रेरित कर रही थी। छावनी की आन-बान और शान ने उन्हें बेहद प्रभावित किया था। इस छावनी में एक दिन अपना असर क़ायम करना होगा, सोचते वह नगर के ऊँचे-ऊँचे प्राचीन भवनों को निहारते, परखते तेज़-तेज़ आगे बढ़ने लगे।

6

गोपीलाल घर लौटे तो संध्या होने को थी। विशाल भवनों की छाया लंबी होकर धरती पर पड़ रही थी। चिड़ियों का चहचहाना बढ़ गया था। पेड़ों पर अपने बसेरों में लौटने लगी थीं। नर्मदा के पानी में सूरज डुबकी लगाने को आतुर हो रहा था।

बाहर बरामदे में ही कपड़े लगी आराम कुर्सी पर मिट्ठू सिंह बैठे दिख गए। गोपीलाल को आता देख उत्सुक हुए और निहारने लगे।

"बड़ी देर लगा दी, सारा दिन क्या घूमते रहे?"

"जी हाँ, नगर को देखता, लंबे रास्ते से आया हूँ। सोचा, जब यहाँ रहना है तो नगर को भी तो अच्छे से देखना चाहिए न?"

"हाँ, बात तो ठीक है। कैसा लगा यह नगर?"

"बहुत अच्छा, इस नगर की शान ही निराली है। इतनी हरियाली, चौड़ी सड़कें शांत वातावरण, सज्जन लोग मैंने इससे पूर्व नहीं देखा।"

"और क्या ख़बर है?"

पूरे पाँच खनखनाते सिक्के जेब में रखे हैं।" कहते गोपीलाल ने पाँच सिक्कों को अचकन से निकालते मिट्ठू सिंह की ओर बढ़ा दिया।

"अच्छा," मिट्ठू सिंह प्रसन्नता से बोले और गोपीलाल की हथेली में पाँच सिक्कों को देखते रहे, फिर उन्होंने उनकी मुट्ठी वापस बंद कर दी, "इसे रखो अपने पास।"

"आप कृपया करके अपना एक सिक्का तो रख लें?"

"रखो इसे, समझो मेरा क़र्ज़ा तुम पर है। मेरी पूँजी तुम्हारे पास है, जब भी मागूँगा देना होगा। इसे अलग रखना। यह मत सोचना की अपनी पूँजी मागूँगा नहीं, दान कर दूँगा। नहीं, ज़रूर लूँगा पर अभी नहीं, अभी तो तुम अपने पैर जमा लो। व्यापारी को अपना असल और सूद हमेशा याद रखना चाहिए।"

"दया है आपकी। यह आपका बड़प्पन है, उपकार है। आपने मुझे पूँजी दी, अपने नाम का सहारा दिया, मार्ग बताया ठिकाने पर भेजा। इतना तो कोई अपने पुत्र के लिए भी नहीं करता है। आज से आप मेरे पुरखा, बुजुर्ग हुए," गोपीलाल ने कृतज्ञता से भरकर कहा। सुहासनी और मिट्ठू सिंह की पत्नी भी बाहर आ गईं थीं। सब प्रसन्नता से गोपीलाल को देख रहे थे।

"पुरखा मान रहे हो तो मैंने और मेरी पत्नी ने यह निश्चय किया है कि हमारा घर इतना बड़ा है। इतनी बड़ी हवेली ख़ाली और सूनी लगती है। तुम यहीं रहो। पीछे के दो कमरे मैंने ठीक करवा दिए हैं। उसी में अपनी गृहस्थी रख लो। लड़ाई का समय है। एक-दूसरे का सहारा बना रहेगा।"

"पता नहीं आप कौन हैं? मुझे तो अपनी आँख पर, कान पर भरोसा नहीं होता। कोई पराए व्यक्ति पर विश्वास और स्नेह लुटा सकता है? वह भी लड़ाई के समय में यह देखकर आश्चर्य-सा लगता है?"

"ऐसा मत सोचो। भले लोगों को भले लोगों का साथ मिल जाता है। ऐसे ही बुरे व्यक्ति को भी बुरे का साथ मिल जाता है। जैसी चाहत होती है वैसी ही राह निकल आती है। ज़्यादा सोच-विचार मत करो, इस घर को अपना घर ही समझो। जब-तक तुम अपने पैरों पर खड़े नहीं हो जाते तुम्हें दूसरी जगह जाने नहीं दूँगा।"

"जाने कैसे आपका यह उपकार चुका पाऊँगा," गोपीलाल का मन भर आया,

गला रुँध गया, आँख डबडबा उठीं।

"अब उठो और जाओ, अपना सामान कमरों में लगा लो, मैंने ठीक करवा दिया है।"

गोपीलाल और सुहासनी ने पीछे बने दो कमरे में अपना सामान लगा लिया। सुहासनी ने गठरी खोलकर सब सामना करीने से लगा दिया। छोटी-सी अलग से रसोई भी बनी थी, जिसमें कोने में छोटा-सा चूल्हा बना था। मिट्ठू सिंह की पत्नी लता ने अपनी रसोई का आधा सामान निकालकर सुहासनी को दे दिया। देखते ही देखते सुहासनी की गृहस्थी सज उठी। सुहासनी को लगा, जैसे वह दिल्ली वाले घर में ही रह रही हो। दोनों पति-पत्नी ने निश्चिंतता की साँस ली।

सुहासनी रसोई बहुत अच्छी बनाती थी। रोज़ कोई-न-कोई नई चीज़ बनाकर लता दीदी को दे आती। सुहासनी के हाथों बने कश्मीरी भोजन का स्वाद पहली बार चखा था। मिट्ठू सिंह को तो जैसे सुहासनी की बनाई रसोई में ही स्वाद आने लगा था। सुहासनी को भी जैसे उन दोनों को खिलाने में आनंद आता था। प्रशंसा से सुहासनी पुलकित हो उठती थी।

गोपीलाल को व्यापार की समझ आ गई थी। वैसे भी व्यापार करना तो उनके ख़ून में शामिल था। रोज़ वह नर्मदा के तट पर से थोक में सब्ज़ियाँ ख़रीदते और घसीटाराम के गधों पर लादकर छावनी में सब्ज़ियाँ पहुँचा आते। छावनी में सब्ज़ियों की बहुत खपत थी। रोज़ाना ही गोपीलाल को एक गधा बढ़ाना पड़ता। घसीटाराम भी प्रसन्न था। बँधा काम मिल गया था, अब जैसे उसने गोपीलाल का ही काम करना पसंद कर लिया था। दूसरे का काम करता ही नहीं था। घसीटाराम ने नए गधे भी कई ख़रीद लिए थे। कारोबार बढ़ने लगा था। गोपीलाल की छावनी के लोगों से अच्छी मित्रता हो गई थी। सब्ज़ियाँ पहुँचा कर दो-चार घंटे उन्हें इधर-उधर गप्पे भी मारना पड़ता था।

गोपीलाल पढ़े-लिखे व्यक्ति थे। मिट्ठू सिंह के बही-खाता भी अब वही लिखने लगे थे। पहले मिट्ठू सिंह किसी मुनीम को बुलाकर यह काम करवाते थे, पर अब उन्होंने सारी ज़िम्मेदारी गोपीलाल पर डाल दी थी। मिट्ठू सिंह का काम भी कर आते थे। मिट्ठू सिंह जी को एक विश्वासपात्र, चतुर, बुद्धिमान व्यक्ति अनायास मिल गया था। मिट्ठू सिंह को हाथ बटाने के लिए एक सहारा, लाठी मिल गई थी।

गोपीलाल मिट्ठू सिंह का सारा काम देखभाल करने लगे थे और सुहासनी ने सारे घर की व्यवस्था सँभाल ली थी। अब तो सुहासनी ही पूरा भोजन बनाती थी। एक ही जगह रसोई बनने लगी थी। गोपीलाल और सुहासनी के आ जाने से मिट्ठू सिंह और लता बहुत प्रसन्न और निश्चिंत से हो गए थे।

मिट्ठू सिंह के प्रभाव से तथा गोपीलाल के व्यवहार से छावनी के मेस की सब्ज़ियों का पूरा ठेका गोपीलाल को मिल गया था। नीलामी में दूसरा व्यक्ति खड़ा

ही नहीं हो पाता था। बोली चाहे कितनी ऊँची जाए गोपीलाल बोली नहीं छोड़ते थे। अंत में बोली उन्हीं के नाम पर टूटती थी। मेस के सभी अधिकारी गोपीलाल को पसंद करते थे।

वह ख़ुद भी यही चाहते थे कि सब्ज़ियों का पूरा ठेका साल का गोपीलाल को ही मिले। गोपीलाल को सब वहाँ पंडित कहते थे। मेस में अँग्रेज अधिकारी भी गोपीलाल को पसंद करते थे। मेस में पंडित गोपीलाल का एकछत्र राज्य हो गया था।

गोपीलाल की धीरे-धीरे बड़े अधिकारियों तक पहुँच हो गई थी। गोपीलाल केवल सब्ज़ियाँ, फल ही नहीं पहुँचाते थे, बल्कि नगर की सारी गुप्त खबरें भी लाकर देते थे। गोपीलाल अँग्रेज अधिकारियों का सबसे विश्वासपात्र गुप्तचर बन गए थे। सब्ज़ीमंडी के शहर की तथा आस-पास की सारी गुप्त ख़बरें मिल जाती थीं। जिनकी जानकारी वह लाकर पहुँचा देते थे। अँग्रेजों को बड़ी सुविधा हो गई थी। घर बैठे हर स्थान की टोह मिल जाती थी। सभी अँग्रेज अधिकारी गोपीलाल को मिट्‌ठू सिंह की तरह ही आदमी समझते थे।

मिट्‌ठू सिंह गोपीलाल के काम करने की क्षमता पर दंग थे। ग़ज़ब की सूझ-बूझ, दूरदेशी तथा कार्यक्षमता को देख हैरान थे। उन्होंने अपने जीवन में इतना कठोर परिश्रम करने वाला व्यक्ति नहीं देखा था। बाज़ार की मनःस्थिति से बख़ूबी परिचित, हवा को सूंघकर आने वाली विपत्ति को भाँप जाना उनकी ख़ास ख़ूबी थी।

भारतीय ज्योतिषशास्त्र की नींव बड़ी गहरी है। वैदिक काल से ही लोग गणना करना जानते थे। सृष्टि के निर्माण की संरचना व काल गणना का अध्ययन किया करते थे। ज्योतिषशास्त्र के द्वारा ग्रहों से राजनैतिक तथा सामाजिक व्यवस्था की जानकारी मिलती थी। व्यक्ति पर आने वाली विपत्ति तथा सुख की गणना की जा सकती थी। मनुष्य की अमान्य गतिविधियाँ, अंतर्ग्रही संतुलन की सत्यता की खोज हो सकती थी। नक्षत्रों के द्वारा समय, काल, देश, मौसम और प्राणी पर पड़ने वाले प्रभावों की जानकारी प्राप्त होती थी।

गोपीलाल ज्योतिष विद्या के गणित की गणना करने में, नक्षत्र को पहचानने की कला में पारंगत थे। इसी काल के कारण वह पक्ष और विपक्ष की दोनों तरफ़ की घटनाओं का आकलन कर लेते थे। अँग्रेज अधिकारी पंडित के ज्योतिष ज्ञान से भी बहुत प्रभावित थे। मेस में कार्य समाप्त करने के बाद भी उन्हें रुकना पड़ता था। लोग उन्हें ढूढ़ते फिरते थे। कई घटनाओं की उन्होंने पूर्व से ही अवगत् करवा दिया था, जानकारी दे दी थी, जिसके कारण अँग्रेजों को अपनी बैठाई बिसात बदलनी पड़ी, जिसमें वह सफल भी हुए, इससे गोपीलाल की पंडिताई पुख़्ता हुई, विश्वास अधिक हो गया अँग्रेजों को उससे सफलता हुई।

तीन अप्रैल 1857 को रानी विक्टोरिया भारत की साम्राज्ञी बनी थी। पंडित

गोपीलाल ने रानी विक्टोरिया की कुंडली बनाई थी। उनके ग्रह देखे थे। पंडित गोपीलाल ने एक अधिकारी को बताया था कि इंग्लैंड की रानी विक्टोरिया घुड़सवारी के समय गिर सकती हैं, जिससे उनकी बायीं आँख पर चोट लगने की आशंका है। आँख बच जाएगी पर रानी विक्टोरिया को कई दिनों तक बिस्तर पर अस्वस्थ रहना होगा।

पंडित गोपीलाल की इस भविष्यवाणी की जानकारी इंग्लैंड भेजने की किसी की हिम्मत नहीं पड़ी। थोड़े दिनों बाद जब घटना घट गई और उसकी सूचना जब मिली तो अँग्रेज अधिकारी ने पंडित की भविष्यवाणी वाली बात की सूचना इंग्लैंड भिजवाई। रानी विक्टोरिया बहुत चकित हुईं और कहा कि उन्हें आगे ऐसी विपत्ति की सूचना तत्काल भेजी जाए तथा पंडित को महारानी की ओर से कोई उपहार तुरंत भेंट में दिया जाए।

इंग्लैंड से ख़बर मिलते ही पूरी छावनी में हलचल मच गई। पंडित का दबदबा बढ़ गया। अब तो लोग उन्हें गेट पर ही देखते सैलूट मारते थे। गोपीलाल अपनी कार्य कुशलता और सफलता से गद्गद् थे। उन्हें अभी तक के किए अपने कार्यों पर संतोष और अभिमान था। दुगने उत्साह और समर्थन से वह अपने कार्य में लग गए।

मिट्ठू सिंह गोपीलाल की कार्य कुशलता के साथ राजनीति सूझ-बूझ दक्षता देखकर चकित थे। गोपीलाल मिट्ठू सिंह के नज़दीकी तथा सबसे अधिक विश्वासपात्र व्यक्ति बन गए थे।

मिट्ठू सिंहजी की अपनी कोई संतान नहीं थी। दूसरे ब्याह की बात भी नहीं सोची थी, जबकि तब घर-घर, दो-तीन पत्नियों का होना आम बात थी। दो-दो पत्नियों के साथ एक साथ संतान पैदा हो रही थीं। मिट्ठू सिंह साधु पुरुष थे। माता-पिता का देहांत हो गया था। एक बड़ी बहन थी। बड़ी बहन जब तक जीवित रहीं तब तक उन्हें ब्याह के लिए उकसाती थीं, पर अंत में उनकी उदासी देख चुप रह जाती थीं। बाद में बहन को तपेदिक ने आ घेरा और वह मर गई। बहन के बाद मिट्ठू सिंह का अपने परिवार का कोई नहीं बचा था।

मोहल्ले में मिट्ठू सिंह जी का सबसे बड़ा घर था। वह एक पूरी हवेली थी। मिट्ठू सिंह के पिता नगर के प्रसिद्ध ठेकेदार थे। सभी बड़े भवन, इमारतें, दफ़्तर, स्कूल उन्हीं के बनाए हुए हैं। मिट्ठू सिंह का बहुत सम्मान था। सारे शहर में मिट्ठू सिंह की इज़्ज़त थी। जिधर से वह निकलते लोग नमस्ते करते थे। आए दिन घर में भीड़ लगी रहती थी। उधार माँगने वालों से लेकर परिवारिक विवाद के लिए तक लोग मिट्ठू सिंह की ड्योढ़ी चढ़ते थे। मोहल्ले के किसी भी विवाद में मिट्ठू सिंह की बात मानी जाती। वही न्याय करते थे। कोर्ट-कचहरी की सीढ़ियाँ चढ़ना लोग पसंद नहीं करते थे।

सुहासनी ने आते ही सारे घर की देखभाल का काम अपने ज़िम्मे ले लिया था। घर के पिछवाड़े बगीचे में तरह-तरह के फलदार वृक्ष लगे थे। जूही, चमेली,

मोगरा, रातरानी की बेलें घर की चारों ओर चढ़कर घर को ठंडी रखती थीं और उनकी सुगंध से सारा घर महकता रहता था। तुलसी का चबूतरा जो घर के आँगन में विराजमान था, उस पर सुहासनी नियम से जल चढ़ाती थी, अब सुहासनी ने भी नियम बना लिया था। मुँह अँधेरे नर्मदा के तट पर स्नान करना और ताँबे के लोटे में जल लाकर तुलसी पर चढ़ाना।

सुहासनी के आने से लता को आराम हो गया था। सारा दिन वह अपने तख़्त पर बैठकर या लकड़ी के बड़े से झूले में जो लोहे की मोटी-मोटी कड़ियों से छत से लटकता रहता था, उस पर बैठी बड़ा-सा चाँदी का पानदान खोले पान बनाकर खाती रहती थीं। मिट्ठू सिंह को भी पान विशेष पसंद था। रोज़ाना तीन-चार डिब्बे पान उनके लिए बैठक में बनाकर रखना होता था। कहीं बाहर जाते तो पान का डिब्बा, बटवा उनके कोट में ध्यान से रखना होता था। पहले इन्हीं पान को बनाने में अक्सर विलंब हो जाता था, परंतु जब से सुहासनी आई थी। लता का काम केवल पान बनाना रह गया था। वह सारा दिन पान लगाती रहती थी। लता ने सुहासनी को भी पान खाना सिखा दिया था। सुहासनी जहाँ भी होती लता पान की गिलौरी देने पहुँच जाती थीं, जितनी बार वह ख़ुद पान खातीं, उतनी बार वह सुहासनी के लिए भी बनातीं। सुहासनी की भी पान खाने की आदत पड़ गई थी। लता को तो पान के साथ ख़ुशबूदार ज़र्दा खाने की आदत थी, पर सुहासनी ज़र्दा नहीं खाती थी। सारा दिन लता का मुँह पान से लाल बना रहता और उनके मुँह से ख़ूशबूदार ज़र्दे की महक आती रहती थी। रात को सोते समय भी लता को मुँह में पान की बीड़ा रखकर सोने की आदत थी, वरना उन्हें नींद नहीं आती थी। रात का आख़िरी बीड़ी ज़रा बड़ा-सा बनाती और उसमें ज़र्दे का पुट देकर मुँह में रखने के बाद ही वह बिस्तर पर लेटती थीं। भोर स्नान के बाद तुलसी में जल चढ़ाकर वह पहले तुरंत पान का बीड़ा मुँह में रखती थी, तक कोई दूसरी बात सोचती। कभी-कभी तो वह कोई चीज़ भूल जातीं ढूँढ़ने पर भी नहीं मिलती, थककर बैठ जातीं फिर पान का बीड़ा मुँह में रखतीं और जैसे चमत्कार हो उठता। तत्काल खोई वस्तु दिख जाती, जैसे चलकर अचानक ख़ुद आ गई हो। पान के बीड़े के इस चमत्कार को अब सुहासनी भी समझ गई थी। जब भी ऐसी कोई कठिन घड़ी आ पड़ती। बटुवा, सोने की चेन, अंगूठी, चाबी का गुच्छा जो अक्सर ही गुम हो जाते थे, या जानबूझकर छुप जाते और लता को परेशान करते रहते थे। पान का बीड़ा मुँह में रखते ही जैसे सामने आ जाते।

"दीदी, ज़र्दे वाला पान खा लो, ध्यान आ जाएगा, कहाँ धरा था," सुहासनी बिना विलंब किए झट से कहती थी।

"हाँ रे, जाने अब ध्यान को भी क्या होता जा रहा है, देख मिलता ही नहीं, पान का बीड़ा खाने से सुध लौटती है।"

"दीदी, तुमने तो मुझे भी पान की चट लगा दी है। अपने गाँव कश्मीर में

जाऊँगी तो लोग विश्वास ही नहीं करेंगे।''

''पान तो कश्मीर में भी पैदा होता होगा न?''

''बर्फ़ के देश में दीदी पान कहाँ से हो? पता नहीं मैंने तो यहीं आकर पान देखा है।''

''दिल्ली में तो ख़ूब खाते हैं पान।''

''हाँ खाते तो हैं, जब भी तुम पान खाओगी, मुझे याद करोगी, है न?''

''चल अच्छा है, जब भी तुम पान खाओगी, मुझे याद करोगी, है न?''

''दीदी, आप तो वैसे ही याद आओगी, भला भगवान को कोई भूल सकता है, आप तो हमारे धरती के भगवान हो।''

''इतनी बड़ी बात मत कहो।''

''दीदी, एक तरह से ठीक ही हुआ जो दिल्ली में लड़ाई मची।''

''अरे, क्यों?''

''लड़ाई मची, तभी तो यहाँ आना हुआ। आप से भेंट हुई। मुझे तो लगता ही नहीं कि परदेश में हूँ, लगता है जैसे अपने घर में हूँ। दिल्ली में तो जाने क्यों मेरा दम घुटता था। सारा दिन किवाड़ बंद करके भीतर रहना पड़ता था। चोर-उचक्के, गुंडे-बदमाशों, मवाली लोगों का भय बना रहता था। यहाँ तो बड़ा सुख लगा। नर्मदा मइया के रोज़ दर्शन हो जाते हैं।''

''बात तो सही है, जितना बड़ा नगर उतने जी के जंजाल लगे रहते हैं।''

''सब भाग्य का खेल है दीदी। हमारे भाग्य तो इस नगर में आकर खुलने थे न?''

''सुहासनी, जब तुम लोग आए थे तब मेरे पति को अपने पिता का इतिहास याद आ गया था। वह तत्काल तुम्हारी विपदा समझ गए थे। मेरे ससुर भी ऐसे संकट के समय आए थे। जिसे काँटा चुभता है, वही काँटे की पीर को समझता है। आदमी को समझने-परखने के लिए कौन एक जन्म लगता है, अच्छा बुरा आदमी तो पलभर में समझ आ जाता है।''

'' अच्छी घड़ी में निकलो तो अच्छे लोग मिल जाते हैं। शुभ-घड़ी ही रही होगी जब हम निकले थे।''

''शुभ-घड़ी कैसे? दिल्ली में इतनी मारकाट जो मची थी?''

''हाँ यह हो सकता है बुरी घड़ी का अंत होने वाला ही हो।''

''अब तुम्हें बाल-बच्चा होना चाहिए, कोई जड़ी-बूटी तो नहीं खा रही?''

''दीदी'', सुहासनी लजा गई, ''सच मैने कोई भी उपाय, जड़ी-बूटी नहीं खाई है।''

''एक तो होना चाहिए, अब हमें ही देखो, हमारे तो कोई संतान नहीं, हम किस के सहारे जीएँ न?'' कहते लता की आँख डबडबा उठीं।

“दीदी, नाहक़ सोच-सोच कर मन को कमज़ोर बनाती हो। भगवान हर जगह रास्ता खोल देता है। हम भी तो आपकी संतान हैं ऐसा ही आप हमें समझो।”

“वैसा ही तो सोचते हैं रे सुहासनी। मन को बहलाने के लिए चाहे जो सोच लें लली, मगर सत्य तो सत्य है। बाँझ कोख हरी नहीं बन जाती” लता ने भरी आवाज़ में कहा। आँसू का वेग गले तक आ गया था, पर उसे वापस ढकेल कर अपने को सहज करती लता ने ज़बर्दस्ती मुस्कुराने का प्रयास किया।

दोनों एक-दूसरे का दुःख बाँट लेतीं। सारी दोपहर दोनों की बोल-बतिया कर कट जाती।

7

जाबालिपत्तम एक प्राचीन तथा वैभवशाली नगर था। प्राचीनकाल में यहीं गौंड राजाओं की राजधानी था। कलचुरी राज्य के नाम से इतिहास के पन्नों में इसकी शौर्यगाथाएँ लिखी हैं। कलचुरी नरेश कर्णदेव को अपनी रानी हूणदेवी बहुत अधिक प्रिय थी। रानी के सम्मान में ही इस राज्य का नाम जाबालिपत्तम रखा गया था, जो बाद में जबलपुर नाम से प्रसिद्ध है। चंद्रवंशी हैहय क्षत्रिय राजाओं ने नर्मदा के इस क्षेत्र में हज़ारों वर्ष राज्य किया था। अपने अतिप्राचीन इतिहास में यह चेदिमंडल तथा डाहल के नाम से जाना जाता है। गौंड राजाओं तथा गौंडवाना की वीरांगना रानी दुर्गावती की कर्मस्थली होने के कारण इतिहास में इस नगर का नाम सुनहरें अक्षरों में अंकित है।

नर्मदा ने इस नगर को अषनी दोनों बाँहों से घेर रखा है। नर्मदा के किनारे संगमरमर की विशाल चट्टानें। संगमरमर की भव्य चट्टानों के बीच से नर्मदा कल-कल करके बहती है। नर्मदा यहाँ सर्वाधिक गहराई लिए है। नर्मदा का अद्वितीय सौंदर्य अद्‌भुत दृश्य उपस्थित करता है। नर्मदा के तट का एक-एक पत्थर शिव का रूप लिए है। इस कारण भी यहाँ कहा जाता है कि कंकड-कंकड़ में शिव विराजमान हैं। बंदरकूदनी, भूलभुलैया, धुआँधार, भेड़ाघाट यहाँ अपने अपूर्व सौंदर्य से आकर्षित करते हैं। चाँदनी रात में नौका-विहार का आनंद लूटने दूर-दूर से यात्री इकट्ठे होते थे। नर्मदा की ठंडक यहाँ के वातावरण में बसी थी।

गौंड़वाना की अप्रतिम वीरांगना रानी दुर्गावती का मदनमहल क़िला भी शिल्पकला का उत्कृष्ठ नमूना है। एक बड़ी विशाल चट्टान पर स्थापित मदनमहल का क़िला हैं। कहते हैं मदनसिंह नाम के गौंड राजा ने इस क़िले का निर्माण किया था। ग्यारह सौ ईस्वीं में बनकर तैयार हुआ यह क़िला अपने आप में अकेला उदाहरण है। चौंसठ

योगिनी के प्राचीन मंदिर हैं। चौसठ योगिनी की भग्न मूर्तियाँ कलचुरी राजाओं के कार्यकाल की शिल्पकला की बेजोड़ नमूना हैं। चौसठ योगिनी मंदिर का निर्माण कलचुरी नरेश ने किया था। कलचुरी राज्य का वैभव, कला के प्रति अप्रतिम रुचि, श्रद्धा, नूपुरों की झंकार आज भी पत्थरों पर अंकित हैं। पत्थर अपना इतिहास ख़ुद बोलते हैं। महाराज कर्ण और नृत्य साम्राज्ञी कामकंदला की प्रेमगाथा कलचुरी राज्य के एक-एक पत्थर पर बिखरी है।

पंडित गोपीलाल भ्रमण को निकलते तो जैसे रोज़ इतिहास के नए पृष्ठ से परिचित होते थे। नर्मदा के शांत जल में जैसे वह इतिहास प्रतिबिंब को रोज़ निहारते और स्वंय लगता इस नगर में उनके पैर धसते जा रहे हैं, नर्मदा के हृदय-बेधी सौंदर्य ने उन्हें मोह लिया था। नर्मदा के प्रवाह ने उन्हें आगे बढ़ने की प्रेरणा दी थी। नर्मदा तट के पक्षियों ने तो जैसे उनके रोम-रोम को गुदगुदा दिया था।

गोपीलाल जबलपुर आकर अपनी रोज़ी-रोटी की जुगाड़ में ऐसे लग गए थे कि वह सब को भूल गए थे। बंगाली सिंह ने अपना डेरा डाला है या चले गए हैं, वह यह बात भी भूल गए थे। लड़ाई का समय था, ऐसे में अकेले इधर-उधर जाने में भी भय लगता था।

गोपीलाल ने छावनी से निकलते ही निश्चित किया कि आज बंगाली सिंह की खोजख़बर लेनी है। गोपीलाल के पैर अपने आप भेड़ाघाट की तरफ़ बढ़ गए। दूर से ही उन्हें समझ में आ गया कि बंगाली सिंह का पड़ाव डला है। डेरे लगे थे।

गोपीलाल पहाड़ी से नीचे उतरते चले गए। डेरों के आगे जानवरों की चहल-पहल थी। डेरों के आगे खाटें बिछी थीं। बच्चे ऊधम कर रहे थे। महिलाएँ रंगीन परिधानों में अपने कार्यों में व्यस्त थीं। जगह-जगह चूल्हे जल रहे थे और मोटी-मोटी हाथ की बनाई रोटियाँ सिक रही थीं। पुरुष अपने हथियार बना रहे थे। भट्टियाँ गरम थी। जलती भट्टियों से चिनगारियाँ उड़ रही थीं। गोपीलाल पगडंडी से नीचे उतरते चले गए। पड़ाव नर्मदा के तट पर लगा था। बड़े से बरगद के बूढ़े पेड़ जिसकी मोटी-मोटी गाँठ-सी जड़ें बाहर आ गई थीं। गाँठों से ही लगता था कि पेड़ वर्षों पुराना है। ब्रंगाली सिंह खाट पर बैठे हुक्का गुड़गुड़ा रहे थे। सर की पगड़ी खाट पर रखी थी।

''अरे आओ पंडित,'' बंगाली सिंह ने हुक्का धरती पर रखा और खाट पर रखी अपनी पगड़ी को उठाकर सर पर रख लिया। गोपीलाल के स्वागत् में वह खड़े हो गए थे।

''प्रणाम बंगाली सिंह जी, आप भले मिल गए। मैं तो सोच रहा था कि आप कहीं आगे न बढ़ गए हों?'' गोपीलाल प्रसन्न होते बोले।

''बैठो पंडित,'' बंगाली सिंह ने खाट पर गोपीलाल को बैठाया, ''हमारा पड़ाव इतनी जल्दी कूच नहीं करता। हम तो महिनों, सालों भी एक जगह पड़े रहते हैं।

जब एक जगह से जी ऊब जाता है तो आगे बढ़ते हैं।"

"अच्छा-अच्छा, बड़ा मन कर रहा था आपसे मिलने को।"

"हमें भी आपकी चिंता हो रही थी, लगा जाने आप का क्या हुआ, पर आपको प्रसन्न देखकर लग रहा है आप सुखी हैं। चेहरे पर भी रौनक़ बढ़ गई है। इसका मतलब है यहाँ का पानी रास आ गया है।"

"कई दिनों से मन बना रहा था, पर नई जगह, नए वातावरण में अपना स्थान बनाने में समय लगता है। आज समय मिला तो सोचा आपकी खोजख़बर ले लें।

"अरे हम भी आपको याद करते रहते थे पंडित। वैसे तो देखो यात्रा के साथी दोबारा कब मिलते हैं? पर आप से भेंट की तो हमें उम्मीद थी। कहो कैसे गुज़र रही है? दिल्ली तो लौटना नहीं है? चलना हो तो बता देना। जैसा लाए थे, वैसे ही वापस पहुँचा देगें।"

"नहीं-नहीं, दिल्ली जाने का अभी विचार नहीं है, फिर वापसी आप ले चलोगे तो भाड़ा भी तो लोगे? एक जोड़ी कंगन बनाने होगें न?" गोपीलाल ज़ोर से हँस दिए।

दोनों हँस पड़े।

"बंगाली सिंहजी, यह वायदा रहा, जब भी दिल्ली लौटेंगे आपके साथ ही लौटेंगे।"

"ठीक है, जब भी अपको चलना हो कह देना। पंडित, हम लोग तो पिंडारी लोग हैं, भले ही हम चोरी-चकारी, लूट करते हैं पर जबान के पक्के होते हैं। जिसे जो ज़बान दे दी उसे निभाते हैं।"

"वह तो मैं समझता हूँ। आप के साथ महीनों का साथ रहा है। इतने दिन साथ रहने पर भी क्या हम एक दूसरे को समझेंगे नहीं? आपमें विश्वास नहीं होता तो कैसे आपकी ख़बर लेने आ जाता?"

"ख़ूब आए पंडित आपकी इस बात ने तो हमें ख़रीद लिया। हमने तो सोचा नहीं था? अब आपसे दोबारा भेंट होगी। कहो, गुज़र-बसर चल रही है, कोई धंधा शुरू किया?"

"आपने तो बंगाली सिंहजी, जिनके पास भेजा था, वह लोग तो साक्षात् भगवान निकले। आपने तो सीधे भगवान के पास भेज दिया। उन्हीं के घर रह रहे हैं पीछे कमरे रहने को दे दिए हैं। मिट्ठू सिंह ने हमें अपनी सब्ज़ी का ठेका वाला काम दे दिया है। अंग्रेजों की छावनी में सब्ज़ियाँ पहुँचाते हैं। आपका बहुत धन्यवाद।"

"अरे धन्यवाद कैसा? हम उन्हें थोड़ा-बहुत जानते हैं। व्यापारी आदमी हैं, हम, आदमी की परख रखते हैं। हमें पता था वह ऐसे संकट में ज़रूर आपकी मदद करेंगे।"

"बहुत भले आदमी हैं। हमारा काम भी अच्छा निकल पड़ा है। अब हम मिठाई वाले से सब्ज़ी के ठेकेदार बन गए हैं।"

"तो क्या हुआ, चतुर व्यापारी वही है जो बाज़ार का मिज़ाज भाँपकर व्यापार करे। अच्छी ख़बर सुनाई पंडित, तुम अँग्रेजों की छावनी पहुँच गए हो, हमारे लिए तो बड़े काम के आदमी हो गए तुम। हमारा भी ध्यान रखना। कुछ माल हमारा भी बिकवा देना, दो पैसा हम भी कमा लेंगे।"

"अच्छा, बताओ क्या काम कर सकते हो? छावनी के सारे अँग्रेज मुझे बहुत मान्ते हैं, इज़्ज़त करते हैं। हम पर सभी अफ़सर विश्वास करते हैं।"

"बहुत बड़ी बात है पंडित," बंगाली सिंह ने आवाज़ धीमी करके भेद-भरी आँखों से गोपीलाल को देखा, "गोरे लोग किसी पर विश्वास नहीं करते, क्या चक्कर चलाया?"

"कुछ नहीं, यहाँ पंडिताई काम कर गई। जन्मकुंडली, नक्षत्र देखकर अच्छी-बुरी बात बता देता हूँ, बस इसी से वह लोग भरोसा करने लगे।"

"बहुत बढ़िया पंडित हम जड़ी–बूटी का धंधा करते हैं। जानवर का चमड़ा, सींग आदि का भी व्यापार करते हैं।"

"चमड़ा? गोपीलाल का मुँह बिगड़ गया, बुरा-सा मुँह बनाकर बोले, "यह धंधा तो रहने दो, कोई दूसरा सोचते हैं। अच्छा हाँ उन्हें फ़ौज के लिए भारतीय आदमी चाहिए। सैनिकों की भर्ती होने वाली है। बोलो तो उसमें कुछ लोग लगवा दें?"

"यह तो और बढ़िया बात हुई। सरकारी नौकरी मिल जाएगी। मारे-मारे फिरना नहीं पड़ेगा। कितने आदमी को तुम लगवा सकते हो, पता करके बताना।"

"ठीक है, पता करके तुम्हें शीघ्र ही सूचना दूँगा।"

"पंडित, अब तो तुम अँग्रेजों के पास जाने लगे हो, हम पर भी मेहरबानी रखना। अच्छा अब तो बाहर का खाने-पीने लगे या नहीं।"

"अभी नहीं, पर पहले जैसे छुआ-छूत भी नहीं पालता। नियम-धर्म जब तक निभ जाएँ तक पालेगें, नहीं तो छोड़ देगें। जीवन से बढ़कर धर्म तो नहीं है?"

"क्या सोलह आने सच बात कही पंडित, केला तो खा लोगे?"

"हाँ केला ठीक रहेगा, उसे खा सकता हूँ।"

"ओ लटूरी, ज़रा देखना भभूया केला रखा होगा ले आ," बंगाली सिंह ने ज़ोर से टेरा।

गोपीलाल ने इधर-उधर देखा। कच्चे आम की चटनी की गंध तेज़ी से आई। मुड़कर देखा, दूर एक डेरे पर पत्थर की सिल पर एक औरत कच्चे आम, लालखड़ी मिर्च, लहसुन, नमक डालकर पीस रही थी। हवा का बहाव इसी ओर था, इस कारण महक तेज़ी से नाक में समा रही थी। पीसते कच्चे आम की गंध और लाल मिर्च, लहसुन की गंध बड़ी अच्छी लग रही थी। कच्चे आम की चटनी खाने का मन होने लगा।

घर जाकर आज सुहासनी के कहेगें कि चटनी बाँट दे। आज ज़रूर आम की चटनी खाएँगे। चटनी लायक़ आम हो गए पता ही नहीं चले? घर के पीछे आम की अमराई है। समय भी तो नहीं मिलता, भोर को मुँह अँधेरे नर्मदा स्नान करके घर से निकल पड़ते हैं। तपती दोपहरिया को लौटते हैं, फिर खाकर थोड़ा विश्राम करके फिर निकल पड़ते हैं तो रात को लौट पाते हैं। जीवन की आपाधापी कभी पीछा नहीं छोड़ती। तसल्ली से कभी मन चाही चीज़ खाने का भी समय नहीं होता।

"लो पंडित, केला खा लो," बंगाली सिंह ने कहा।

गोपीलाल चौंके। देखा एक लड़का, जिसका नाम शायद लटूरी रहा होगा, सामने खड़ा था। एक पीतल की छोटी थाली में केला और दूसरी थाली में उबला भुट्टा लिए था। गोपीलाल ने केला वाली थाली ले ली। उबला भुट्टा बंगाली सिंह ने ले लिया। दोनों खाने लगे।

"चलो यह ठीक रहा पंडित दूसरे का छुआ जो भले ही फल हो खाने तो लगे।"

"हाँ, अब देखो कितना निभाएँ?"

"बच्चों का मन यहाँ लग गया?"

"हाँ, खूब। सुहासनी तो यहाँ आकर बड़ी प्रसन्न रहती है। रोज़ नर्मदा स्नान करती है। मिट्ठू सिंहजी की कोठी के पीछे ही तो नर्मदा बहती है।"

"बस, यही होना चाहिए, मन जहाँ रमे वही देश अपना है," बंगाली सिंह ने उबला भुट्टा खाते हुए कहा।

"अच्छा बंगाली सिंहजी, यहाँ जो मेला लगा था, क्या वह उठ गया?"

"मेला तो अभी भी लगा है, क्या कुछ ख़रीदना था? वैसे तुमको बताएँ पंडित, इस मेले में बड़ी दूर का सामान बिकने आता है।"

"नहीं-नहीं बंगाली सिंहजी मुझे सामान नहीं ख़रीदना है," गोपीलाल बोलकर थोड़ा रुके और झिझकते झेंपते से बोले, "मेला लगा था, तब यहाँ बूँदाजान की नौटंकी लगी थी, क्या अभी है?"

"बूँदाजान की नौटंकी?" बंगाली सिंह बुरी तरह चौंक पड़े, लगा जैसे किसी ने पीछे से ज़ोर से धक्का मार दिया है और वह औंधे मुँह गिर पड़े हों, हक्के-बक्के से रह गए, फिर थोड़ा सँभले, सचेत होकर गोपीलाल को देखा, "पंडित, तुम को नौटंकी देखने का शौक़ है क्या? तुमने तो कभी बताया नहीं था? बूँदाजान को कैसे जानते हो? क्या दिल्ली में इनकी नौटंकी में जाते थे?"

"अरे नहीं बंगाली सिंह आप नाहक़ परेशान हो रहे हैं। मुझे नौटंकी देखने का शौक़ नहीं है, न ही कभी देखा है।"

"फिर बूँदाजान को कैसे जानते हो? नौटंकी देखकर ही लोग बूँदाजान को जानते हैं और दीवाने हो जाते हैं।"

"नहीं, दरअसल बंगाली सिंहजी जिस दिन हम लोग यहाँ भोर को यहाँ पहुँचे थे न, तो उस दिन मुझे नर्मदा के तट पर मिल गई थी," गोपीलाल का चेहरा लाल पड़ गया।

"तभी तुम उस दिन इतनी देर से लौटे थे?" बंगाली सिंह गोपीलाल को टक लगा कर देखते रहे, उनके चेहरे के आते-जाते रंग को परखते, पकड़ते रहे। बंगाली सिंह की आँखें आश्चर्य से फटी पड़ रही थीं।

"हाँ, उस दिन अचानक नर्मदा के तट पर मिल गई थी, थोड़ी बातचीत हुई। मुझे अपने डेरे पर आने को कहा था।"

"तो पता लगाए लेते हैं न, कौन-सी बड़ी बात है?"

"रहने दो, मैं ख़ुद पता लगा लूँगा।"

"पता लग जाएगा, मेला तो चलता है, फिर नौटंकी वाले जल्दी कहाँ जाते हैं, फिर बूँदाजान तो बड़ी मशहूर कलाकार है, बड़े क़िस्मत वाले हो पंडित, भाग्य तुम्हें ढूंढ़ता आता है।"

"मैं तो वैसी ही पूछ रहा था।"

"वैसे ही नहीं पंडित, औरत का पता कोई ऐसे ही नहीं पूछता? ऊँट की चोरी अकेले नहीं होती? साथ की ज़रूरत पड़ती है।"

"तो ठीक है, चलो। एक से दो भले। ऐसे ही मिलने की इच्छा जगी। उस दिन यहाँ पहुँचते पहली भेंट उन्हीं से हुई थी, लगा वह भेट मेरे लिए शुभ रही, सब अच्छा ही अच्छा हुआ।"

"हाँ, सो तो है, कई बार लोग फल जाते हैं। शुभ होते हैं, उनके दर्शन के बाद सब काम ठीक होने लगता है।"

"हाँ, वही तो," गोपीलाल कहीं डूबते से बोले," मुझे अपने डेरे पर बुलाया था।"

"तब तो ज़रूर चलना चाहिए हुज़ूर। मर्द के लिए कोई औरत अपनी तरफ़ से आने बोले और उसकी बात न मानना तो अधर्म है। अभी पता लगा लेते हैं। तमाम डेरे वाले अपने ही क़बीलों के भाई बंद हैं।"

तभी दूर से कटोरीबाई सर पर बड़ा-सा कपड़ों का गट्ठर उठाए आते दिखी। नर्मदा तट से शायद कपड़े धोकर, नहाकर लौट रही थी। दूर से ही कटोरीबाई ने गोपीलाल को पहचान लिया था और वंह सीधा ही बढ़ आई। कटोरीबाई पास आ गई थी।

गोपीलाल उसके स्वागत में खड़े हो गए और हाथ जोड़कर नमस्ते करने लगे। कटोरीबाई हँस दी। कपड़ों का गट्ठर नीचे पटक कर उस पर बैठ गई। कटोरीबाई के हाथ में सुहासनी के कंगन थे। कंगनों को देखकर गोपीलाल का मन बुझ-सा गया। आँख में कंगन चुभने लगे। जाने क्यों मन उतर-सा गया। अपने परिवार के

कंगन एक छोटी जात की स्त्री को पहने देख उनके मन में रोष सर उठाने लगा। आँख रोष से जलने लगीं।

बंगाली सिंह को भी लगा कि पंडित कुछ अस्वस्थ से जान पड़ने लगे हैं, परंतु अचानक इस परिवर्तन का वह कारण समझ नहीं पाए। ज़मीन पर रखा हुक़्क़ा उठाकर कटोरीबाई ने उसकी आग को कुरेदा और हुक़्क़ा का दम भरने लगी। हुक़्क़ा सुटक कर जैसे उसकी थकी देह में जान लौटी।

"पंडित, आपने ख़ूब हमारी सुध ली?" कटोरीबाई बोली।

"आप लोगों की याद आई तो देखिए मैं चला आया," गोपीलाल बोले मगर उनकी आँख कटोरीबाई के हाथों के कंगन पर ही टिकी रही। लगा मन के भीतर एक हूक-सी उठ रही है।

"सुहासनी कैसी है?"

"ठीक है, बाल-बच्चा होने वाला है।"

"अरे, यह तो बड़ी ख़ुशी की बात है।"

"चल पंडित?" बंगाली सिंह खाट से उठते बोले।

"हाँ, चलें," कहते गोपीलाल भी खड़े हो गए।

"कहाँ एकदम चल दिए?" कटोरीबाई ने हैरानी से पूछा।

"कुछ नहीं, ज़रा मेला घूम कर आते हैं," कहते बंगाली सिंह अपनी सफ़ेद हुई बड़ी-सी मूछों के भीतर मुस्कुरा दिए। गोपीलाल मुस्कुरा उठे। दोनों आगे बढ़ गए।

8

मेला उतार पर था, परंतु उसकी रौनक़ बनी हुई थी। मेले की चढ़ती जवानी समाप्त हो गई थी, पर जवानी अपने जोबन पर थी। गेहूँ कट गए थे। करौंदा पक गया था। पेड़ों पर आम की बहार थी। खट्टे आमों की गंध हवा में तैर रही थी। पलाश के लाल चटख़ फूलों से जंगल सज उठा था। अनाज मंडियों में पहुँच चुका था। इस कारण भी मेले की आब ज्यूँ की त्यूँ थी। भजिया-पकौड़ी, जलेबी, बर्फ़ी, सेव लाई, चना, लड्डू, तिल पापड़ी, बताशा ख़ूब बिक रहे थे। कपड़, बर्तन, सोना-चाँदी से लेकर श्रृंगार की हर वस्तु वहाँ बिक रही थी। मेले की रौनक़ निहारते वह लोग आगे बढ़ते गए। बालूशाही की दुकान के आगे से ही नौटंकी वालों के डेरे शुरू हो गए थे।

एक जगह गोपीलाल के पैर ठिठक गए। कलेजा धड़ से धड़क उठा सामने

ही बूँदाजान की नौटंकी का बड़ा बोर्ड टँगा था। एक आदमी बड़े से भोंपू मुँह में लगाए ज़ोर-ज़ोर से चिल्ला रहा था। रात होने वाले नाटक "शकुंतला" का विस्तार सुना रहा था। लोग भीड़ लगाए उसकी लच्छेदार वाणी से प्रभावित हो रहे थे। बूँदाजान की बड़ी-सी तस्वीर हाथ की बनी वहाँ टँगी थी। नृत्य की मुद्रा में बूँदाजान थी। गोपीलाल थोड़ी देर तक तस्वीर को निहारते रहे, लगा जैसे सामने ही बूँदाजान खड़ी है।

बंगाली सिंह भी तस्वीर का निहोरा करते रहे। सन्न से उसके सौंदर्य को देखते रहे। दोनों वहीं खड़े रह गए। गोपीलाल की आगे बढ़ने की हिम्मत नहीं हुई। मन किया लौट पड़ें। कहाँ और कौन के प्रपंच में वह फँस रहे हैं? शरम भी आई पर वह नगर उनके लिए अज़नबी था। इसलिए कोई परिचित नहीं था। यह ठीक लगा।

बंगाली सिंह उम्रदार, तजुर्बेदार व्यक्ति थे। खाया-पीया व्यक्ति थे। उड़ती चिड़िया के पंख पहचान लेते थे। चतुर शिकारी थे, ताड़ गया कि नया-नया चिड़िमार है, झिझक रहा है।

"पंडित, चलो यहाँ क्यों खड़े हो? अभी पता लगा लेते हैं। अच्छा आप यहीं ठहरो, मैं भीतर संदेश पहुँचा देता हूँ।"

"ठीक है," कहते गोपीलाल ने माथे का पसीना गमछे से पोंछा और भयभीत से बोले, "यहाँ कोई परिचित तो मिलेगा नहीं न?"

"अरे पंडित राम का नाम लो। तुम तो यूँ ही घबरा जाते हो। वैसे भी औरत के मामले में अच्छे-अच्छों के पसीना निकल जाता है। तुम तो नए खिलाड़ी हो? मान लो कोई दिखा भी तो डरना काहे का? अरे क्या नाटक देखने सारी दुनिया आ रही तो क्या हम लोग नहीं आ सकते?"

"ठीक है, ज़रा पड़ताल करो," गोपीलाल की थोड़ी हिम्मत बँधी, साहस बटोरकर कहा, "भीतर समाचार भेज दो, बुलावा आएगा तो जाएँगे, वरना लौट जाएँगे, ठीक।"

बंगाली सिंह तुरंत आगे बढ़कर एक नौटंकी के पास जाकर बात की। पहले तो उसने कुछ ध्यान नहीं दिया। सोचा, ऐसे बाई के दिवाने तो दस-पाँच रोज़ घूमते रहते हैं, पर जब बंगाली सिंह ने उसके हाथ में अठन्नी रखी तो रुचि दिखाई और भीतर समाचार देने चला गया। बंगाली सिंह वापस गोपीलाल के पास लौटे।

"अठन्नी में माना ससुरा।"

"आप यह रखो," कहते गोपीलाल ने अचकन की जेब से अठन्नी निकाली, फिर कुछ सोचकर अठन्नी वापस रख ली और एक रुपया कलदार बंगाली सिंह के हाथ में रख दिया। बंगाली सिंह प्रसन्न हो गए। समझ गए आग लगी है। रात्रि के शो शुरू होने में अभी दो-तीन घंटा समय था। आजकल मेला में एक ही खेल होता था।

थोड़ी देर में वह आदमी डेरे के बाहर निकला और इधर-उधर नज़र घूमाकर

खोजने लगा, फिर बंगाली सिंह को देखा निकट आया।

''बाईजी ने बुलाया है।''

गोपीलाल प्रसन्नता से खिल गए। बंगाली सिंह को बाहर ही रोक कर, .ख़ुद उस व्यक्ति के पीछे चले गए, गोपीलाल डेरे के पिछवाड़े से चले गए। एक जगह जाकर उस व्यक्ति ने इशारा किया और .ख़ुद आगे बढ़ गया। गोपीलाल परदा उठाकर भीतर चले गए।

बूँदाजान स्नान करके लौटी थी और तौलिए से बाल पोंछ रही थी। गोपीलाल को देख वह मुस्कुराई। जल्दी से गीले बालों का जूड़ा बनाकर सर पर दुपट्टा ओढ़कर पास आई। गोपीलाल एक नज़र में ताड़ गए थे कि बूँदाजान के बाल लंबे और घुँघरदार हैं। गोपीलाल बूँदाजान की रूप की चकाचौंध के आगे अपनी सुधबुध खो से गए थे। होंठ जैसे चिपक गए थे। गूगें की तरह खड़े थे। पीली ज़रीदार गोटे की चुनरी ओढ़ वह अद्भुत सुंदरी लग रही थी।

''बैठिए सरकार,'' बूँदाजान ने एक मोढ़ा आगे सरकाया।

''सरकार, नहीं हम पंडित हैं,'' गोपीलाल ने मुँह खोला, ''बताया था न, हमारा नाम पंडित गोपीलाल नाहर है।''

''हाँ-हाँ, ख़ूब याद है,'' बूँदाजान मुस्कुराई, ''यहाँ नौटंकी पर आए व्यक्ति को पंडित कहते ज़रा अजीब-सा लगता है।''

''हम नौटंकी देखने नहीं, आप से मिलने आए हैं।''

''मेहरबानी आपकी पंडितजी, मैं तो सोच रही थी आप अपना वादा भूल गए हैं। आज आपको देख बड़ा अच्छा लगा।''

''कैसे न आता, उस दिन कहा था न? ज़रा अपनी रोज़ी-रोटी की जुगाड़ में लग गया था।''

''आज के ज़माने में कोई अपना वादा निभाता है? पर हाँ आप जैसे ख़ानदानी लोग निभाते हैं। आज आपको दोबारा देख बड़ी प्रसन्नता हो रही है।''

''मुझे भी आपसे भेंट करके बहुत प्रसन्नता हो रही है।''

''कैसा लगा आपको यहाँ?''

''बहुत अच्छी जगह है, बड़ा अच्छा नगर है। प्राकृतिक छटा तो यहाँ की निराली है। अच्छे लोग अनायास मिल जाएँ तो समझो सोने पर सुहागा है,'' गोपीलाल मुस्कुराए। उनकी नज़र बूँदाजान के सुंदर मुख के काले तिल पर जाकर अटक गई थी, जो ठीक होंठ के ऊपर बाएँ कोने पर था।

''आप अन्यथा न लें तो मैं अपने गहने पहन लूँ''

''हाँ क्यों नहीं, वैसे भी आपके शो का समय हो रहा है।''

''वह बात नहीं, शो के शुरू होने में तो समय है, फिर मेरे कहने पर ही शो की घंटी बजाई जाती है। घंटी के बजते ही जनता इकट्ठी होना शुरू होती है।''

"अच्छा, मुझे शो के बारे में इतनी सारी जानकारी कहाँ है, कभी मैंने शो देखा ही नहीं।"

"तभी तो आप मुझे अच्छे लगे," कहते बूँदाजान ने बक्से से गहनों का डिब्बा निकाला और नीचे बिछे गद्दे पर बैठ गई। उसकी गोद में गहनों का डिब्बा था, जिसमें ढेर सारे गहने रखे थे।

बूँदाजान एक-एक करके गहने पहनने लगी। गहनों की चमक रुनझुन में वह खो गई थी। हर गहने के पहनते ही उसका मुख और सुंदर दिखने लगा था। बीच-बीच में वह कनखियों से गोपीलाल को देख लेती थी। गोपीलाल का ध्यान बूँदाजान के लाल नगों वाले बुंदे में अटक गया था। जिसकी लाल रंग की भी आभा बूँदाजान के दूध जैसे सफ़ेद मुखड़े पर पड़ रही थी।

"ज़रा यह कंगन की कील लगा देंगे," बूँदाजान ने कहा।

गोपीलाल चौंके, देखा बूँदाजान अपने कंगन की कील में उलझी है, लगातार प्रयास के बावजूद कील लग नहीं रही थी, बार-बार कंगन खुल जा रहा था। गोपीलाल पहले तो संकोच में गड़ से गए, समझ में नहीं आया क्या करें? मना करने पर बूँदाजान के पास गद्दे पर बैठ गए और उसके कंगन की कील लगा दी। इस क्षण में ही गोपीलाल पसीने से भीग गए थे।

गोपीलाल ने बूँदाजान का हाथ इतने निकट से देखा था। हाथ एकदम रुई के गोले की तरह सुंदर और मुलायम थे। लालरंग पर सुनहरी बूटीदार चूड़ियाँ बूँदाजान के हाथों के सौंदर्य में चार चाँद लगा रहे थीं। सोने का कंगन हाथों में पहनकर बूँदाजान किसी महरानी-सी सज उठी थी। कँगूरेदार सोने कंगन बहुत सुंदर लग रहे थे।

बूँदाजान के हाथों के कंगन देख गोपीलाल को सुहासनी के कंगन याद आ रहे थे। पहली बार गोपीलाल ने घूँघट से ढँकी सुहासनी कंगनों से सजे हाथ ही देखे थे। सुहासनी के हाथ भी बूँदाजान की तरह ही तब सुंदर थे। सुहासनी की प्रथम स्मृति के रूप में आज भी उनकी यादों में वह कंगन वाले हाथ आज तक स्मरण हैं।

बूँदाजान के नाजुक हाथ देख वह खो-से गए। बहुत सुंदर हाथ थे। इस अद्भुत सौंदर्य साम्राज्ञी के वह कितने निकट बैठे थे। भाग्य ने उन्हें निकट कर दिया था।

"क्या सोचने लगे पंडितजी?"

"कुछ नहीं...आप के हाथ बहुत ही सुंदर हैं। आप रूपरानी हैं ऐसे रूप की कल्पना तो केवल किस्से-कहानियों में ही मिलती है।"

"आप तो मुझे लज्जित कर रहे हैं?"

"नहीं , जो मैं कह रहा हूँ वह सत्य है," गोपीलाल ने बूँदाजान को देखा।

"कुछ नाश्ता लेंगे?"

"नहीं, रहने दें।"

"कोई धार्मिक अड़चन?"

"नहीं, वह बात नहीं, अभी इच्छा नहीं है," गोपीलाल बोले, "अच्छा एक बात पूछने की इच्छा हो रही थी, उस दिन भी पूछना चाहता था।"

"हाँ-हाँ, पूछिए न?"

"आप कहाँ की रहने वाली हैं। वैसे तो उस दिन आपने बताया था कि आप कानपुर की हैं, पर मेरे पूछने का अर्थ है जन्मस्थान कहाँ का है?"

"और आपका?" बूँदाजान ने उलटा प्रश्न किया।

"मैं तो कश्मीर का रहने वाला हूँ। दिल्ली में व्यापार करते थे। मिठाई का कारोबार था, कुछ कश्मीरी परिवार दिल्ली आ गए थे। ग़दर मची जो प्राण बचाकर परिवार को लेकर इधर आना पड़ा।"

"कितने बच्चे हैं?"

"अभी होने वाला है," गोपीलाल बोले, "देखिए आपने मेरे प्रश्न का अभी तक उत्तर नहीं दिया, मेरी ही जाँच-पड़ताल करती रहीं।"

"कौन से प्रश्न का?"

"यही की आप कहाँ की रहने वाली हैं?"

"आपको सुनकर हैरानी होगी," बूँदाजान ने सर नीचे झुका लिया, उसकी आँख भीग उठी थीं, "मैं भी कश्मीरी हूँ।"

"क्या?" गोपीलाल भौचक्के से रह गए। लगा किसी ने ज़ोर का धक्का दिया है। वह बुरी तरह से लड़खड़ा गए थे, "मगर आप फिर यहाँ कैसे आईं?"

"सब क़िस्मत का खेल है पंडितजी। किस्मत इंसान को कहीं से कहाँ ले जाती है। देखिए, कैसे आप दिल्ली से जबलपुर आए," बूँदाजान ने अपनी गीली आँखों को दुपट्टे से पोंछा, "हमारा परिवार भी दिल्ली क़ालीन बेचने आता था। हम मुस्लिम लोग हैं। हमारे यहाँ क़ालीन का व्यापार होता है। मैं तब पाँच बरस की थी, तब एक मेले में अपने परिवार से बिछुड़ गई, मैं रोती घूम रही थी। एक आदमी ने मेरे घर पहुँचाने की बात कही और मुझे अपने घोड़े पर बैठा लिया। वह मुझे कानपुर ले आया और एक नौटंकी वाली तमंचाजान के हाथों बेच दिया। तमंचाजान कानपुर की मशहूर नौटंकी वाली थी, दूर-दूर तक उनका नाम था। उन्होंने मेरी परवरिश की, मुझे माँ का प्यार दिया। अपना हुनर, नाम मुझे दिया। आज भी कानपुर के सारे लोग मुझे तमंचाजान की बेटी ही समझते हैं। तमंचाजान मुझे नृत्य, अभिनय, गायन सब की शिक्षा दी।"

"आपका नाम असली क्या यही है?"

"मेरा असली नाम बुंदा बेगम था, जो बाद में धीरे-धीरे बूँदाजान हो गया। सभी लोग मुझे बूँदाजान बुलाने लगे थे।"

"कभी अपने माँ-बाप को तलाशा नहीं?"

''छोटी थी, तब पता याद नहीं था। बड़ी हुई थोड़ा-थोड़ा याद था, पर फिर नहीं गई। पता था मेरे अब्बा-अम्मा मुझे नहीं रखेंगे। हम कश्मीरी मुसलमान बहुत कट्टर होते हैं, दूसरे मुसलमानों में ब्याह-शादी नहीं करते। घर से गई लड़की को मरी समझ लेते हैं।''

''दोबारा कश्मीर जाना हुआ?''

''नहीं।''

''क्या मन नहीं करता?''

''करता है, पर किस के साथ जाऊँ? किसे देखने जाऊँ? मुझे तो अपने गाँव का नाम भी याद नहीं है।''

''जबलपुर कब तक ठहरना होगा?''

''थोड़े दिन और फिर लौटना होगा।''

''क्या यहाँ स्थाई रूप से आप नहीं रह सकतीं? कानपुर छोड़ दो।''

''कैसे?''

''यहाँ छावनी के अँग्रेजों के बीच आपका नृत्य-अभिनय का कार्यक्रम करवाने की मैं कोशिश करता हूँ। इस तरह आमदनी अच्छी होगी और मेले-मंडई में घूमना नहीं पड़ेगा। स्थाई रूप से एक स्थान पर निवास हो सकता है।''

''हाँ, यह तो बहुत बढ़िया होगा, सुना है अँग्रेज लोग धन-उपहार काफ़ी दे देते हैं,'' बूँदाजान चहक कर बोली, ''परंतु अँग्रेजों तक किस की पहुँच होगी?''

''मैं रोज़ाना उनकी छावनी में सब्ज़ी पहुँचाता हूँ, सब्ज़ियों का ठेका मेरे पास है, इसके अलावा भी अब मेरी अच्छी क़दर होने लगी है, सब छोटे-बड़े अफ़सर मुझे मानते हैं।''

''अच्छा, यह तो बड़ी अच्छी बात है। आपने इतने कम समय में इतनी ज़्यादा पहुँच बना ली है,'' बूँदाजान ने प्रभावित होकर अचंभे से गोपीलाल को देखा।

''व्यापारी बुद्धि है, तत्काल अपने लिए रास्ते खोज लेती है।''

''लगता है, आपके सहारे मेरे भाग्य के द्वार भी खुलेंगे,'' बूँदाजान उठी और भीतर जाते बोली, ''आप रुकें, मैं अभी आई।''

बूँदाजान लौटी तो उसके हाथ में एक तश्तरी थी, इसमें सूखे मेवे रखे थे। बूँदाजान ने तश्तरी गोपीलाल के आगे रख दी।

''यह सूखे मेवे हैं, इन्हें खाने में तो आपको आपत्ति नहीं होनी चाहिए। अपने साथ थोड़ा यह रखती हूँ। वहीं कानपुर से लाई थी। मुझे सूखे मेवे पसंद हैं।''

''आप ऐसा न सोचें,'' गोपीलाल झेंप गए, ''आपके हाथ से कुछ भी खाने में मुझे कोई आपत्ति नहीं होगी।''

''अरे सच, अगर मैं मुसलमान, आप पंडित?''

''तो? हमारे बीच अब यह चर्चा दोबारा नहीं होना चाहिए। जहाँ मन मिल

गए, वहाँ यह सब बाधा कहाँ रह जाता है?''

''जी?'' बूँदाजान चौक कर लजा गई।

''मेरा मतलब,'' गोपीलाल हकला गए और झेंपकर हँस दिए। बूँदाजान भी हँस दी। दोनों साथ हँस पड़े।

''चोर ऐसे ही तो पकड़ता है'' बूँदाजान बोली।

''हाँ बातों-बातों में है न?'' गोपीलाल बोले और मोहक दृष्टि से बूँदाजान को देखने लगे, ''अब चलूँ, आपके शो का समय भी हो रहा है।''

''अब आप आते रहें, मैं रोज़ इंतज़ार करूँगी।''

बूँदाजान ने कहा तो गोपीलाल उसे गहरे से देखने लगे। बूँदाजान ने झट अपनी बड़ी-बड़ी सुंदर आँखों को धरती की तरफ़ झुका लिया।

''ज़रूर आऊँगा, रोज़ आऊँगा,'' कहते गोपीलाल ने बूँदाजान के दोनों नाजुक हाथों को अपने हाथों में समेट लिया और इन्हें आश्वासन से थपथपा दिया।

गोपीलाल बाहर आ गए और बूँदाजान भीतर डेरे में रह गई थी पर दोनों को लगा जैसे दोनों एक दूसरे के साथ हो गए हैं। छोटी-सी भेंट में लगा जैसे कब के पुराने परिचित हैं।

बाहर बंगाली सिंह बैठे बीड़ी पी रहे थे और एक नौटंकी वाले से बातें कर रहे थे। बंगाली सिंह लपक कर उठे और गोपीलाल के पीछे हो लिए। बंगाली सिंह ने भेदभरी आँखों से गोपीलाल को देखा और भीतर का भेद खोजना चाहा। गोपीलाल झेंप से गए और उनका मुख लाल हो उठा।

''क्या कहा? बात हुई?'' बंगाली सिंह ने पूछा

''हाँ।''

''क्या-क्या बात हुई?'' बंगाली सिंह ने उत्सुकता जिज्ञासा से भरकर कहा

''दोबारा आने को कहा है।''

''अच्छा,'' बंगाली सिंह अधीर हो उठे, ''तक़दीर वाले हो पंडित, औरत हर किसी से रोज़ आने को नहीं कहती, जिससे मन मिलता है, उसी से कहती है। बूँदाजान के लिए तो लोग लाइन लगाए रहते हैं, किसी की तरफ़ आँख उठाकर भी नहीं देखती है।''

''हाँ...हाँ...,'' गोपीलाल अनमने से बोले। बंगाली सिह की बातों में उनका ज़रा भी मन नहीं लग रहा था। उनकी आँखों में तो बूँदाजान का सुंदर मुखड़ा समाया हुआ था। उसकी बड़ी-बड़ी आँखें, मोहक मुस्कान, खनकदार आवाज़ सब याद आ रहा था। गोपीलाल खोए-खोए आगे-आगे चलने लगे थे, पर मन जैसे पीछे ही छूटकर रह गया था। सब कुछ विलक्षण-सा लग रहा था, अद्‌भुत था।

''क्या कल भी आओगे?'' अचानक बंगाली सिंह ने पीछे से पूछा।

''हाँ,'' गोपीलाल चौंके, अचानक बंगाली सिंह की उपस्थिति का भान हुआ।

वह रुके और जीत की मुस्कान से भरी मुस्कान लिए बंगाल सिंह को देखा। उनका चेहरा दमक रहा था।

"समझ गया पंडित, प्रेम की कोई भाषा नहीं होती पर उसकी पहचान होती है। तुम्हें बूँदाजान से प्रेम हो गया है।"

"कैसे?"

"यह इबारत तुम्हारे मुख पर जो लिखी है।"

"अच्छा, तो तुम मेरी मदद करोगे न?"

"एकदम, रोज़ तुम्हारे साथ आएँगे?"

"धन्यवाद।"

"कल रास्ता देखूँगा।"

"ठीक है।"

गोपीलाल मुड़कर दूसरे रास्ते पर बढ़ गए। बंगाली सिंह दूसरी तरफ़ मुड़ गए थे। सूने रास्ते पर ढेर सारे आम के सूखे पत्ते गिर पड़े थे, सूनी सड़क पर चलते जाने क्यों उन्हें लगा, जैसे उनका शरीर भी खोखला-सा डिब्बा रह गया है, आत्मा तो पीछे रह गई है। वह चुपचाप खोए, उदास, अनमने से सूने रास्ते पर आगे बढ़ते गए। शरीर और मन जैसे दो अलग भाग हो गए थे। जड़ की ख़बर तने को नहीं थी और तने की ख़बर जड़ को नहीं थी। मन सूखे झरे पत्ते-सा हवा की बाँह पकड़े विपरीत दिशा में दौड़ रहा था। हवा नासमझ मन को बहला कर पीछे खदेड़ रही थी। गोपीलाल पूरा ज़ोर लगाकर शरीर को आगे ढकेलते बढ़ रहे थे। तपते दिन की गर्मी ठंडी पड़ने लगी थी, हवा में कुछ देर पहले की गर्मी नहीं थी। हवा में ठंडक घुलने लगी थी। ठंडी ब्यार थके मन को हल्के-हल्के थपक रही थी। ठंडी हवा का स्पर्श बहुत भला लग रहा था। शरीर में नई स्फूर्ति लौटने लगी थी। गोपीलाल ने अपने क़दम तेज़ कर दिए।

9

सुहासनी ने एक सुंदर से बेटे को जन्म दिया। लता ने सुहासनी की ख़ूब देखभाल की थी। लता का यह प्रेम, स्नेह पाकर सुहासनी गद्‌गद्‌ थी। बहुत सोच-विचारकर बच्चे का नाम मोहनलाल रखा गया। सूनी हवेली में जैसे जीवन लौट आया था। चारों ओर वसंत खिल गया था। महीना-भर उत्सव की धूम मची रही। आनंद-उत्सव से पूरी हवेली कई दिनों तक जगमगाती रही। मंगलगीत गूँजते रहे।

ताई लता और माँ सुहासनी के प्रेम में वह पलकर बड़ा होने लगा। दो माँ

का प्रेम-दुलार एक साथ उसे मिल रहा था। नीरस जीवन में हलचल मच गई थी। माँ सुहासनी का दुलार लाड़ मोहन को मिल ही रहा था पर लता की सूखी बंजर कोख से भी जैसे ममता का झरना फूट गया था। दिन और रात कैसे बीत जाते किसी को पता नहीं लगता था। मोहन की छोटी-छोटी गतिविधि पर दोनों मुग्ध रहतीं। दो माँ का दुलार पाकर मोहन पलने और बढ़ने लगा।

मोहनलाल सात बरस का हुआ तो मिट्ठू सिंहजी ने उसे अँग्रेजों के छावनी स्कूल में दाख़िला दिलवा दिया। छावनी स्कूल में केवल अँग्रेजों के बच्चे ही शिक्षा पाते थे, परंतु मिट्ठू सिंह का छावनी के अँग्रेज अधिकारियों पर अच्छा दबदबा था तथा अनगिनत एहसान थे। सभी लोग उनका आदर करते थे। सारे नियमों को तोड़कर उन्होंने मोहन को अँग्रेजी स्कूल में दाख़िला दे दिया। मोहन अकेला ही भारतीय बच्चा था, जो अँग्रेजों के सैनिकों के बच्चों के साथ पढ़ने लगा था। मोहन का स्वभाव भी अच्छा था, देखने में भी वह बहुत सुंदर-सजीला था इसका कारण भी वह सबके बीच मेल खा गया था। मोहन की सबसे अच्छी दोस्ती हो गई थी। मोहन बुद्धि से बहुत तेज़ था, झट एक बार में ही सब सीख लेता था।

मोहन रोज़ स्कूल से अँग्रेजी के नए-नए शब्द सीखकर आता और घर में सुहासनी और लता ताई को सुनाता। दोनों महिलाएँ मोहन को अँग्रेजी बोलते सुन कर पेट पकड़-पकड़ कर हँसती थीं। इतने छोटे से बच्चे के मुख से अँग्रेजी सुनकर दोनों दंग रह जाती थीं। मोहन रोज़ स्कूल से नए शब्द सीखकर आता और सुहासनी को सिखाता रहता था।

"माँ, पता है अँग्रेजी में पेट को क्या कहते हैं?"

"क्या?"

"स्टॉमक।"

"इसटम?"

"इसटम नहीं, स्टॉमक कहते हैं।"

"बाप रे, तू तो एक दम अँग्रेज बन गया रे?"

"मैं भी अँग्रेज बन जाऊँगा माँ," मोहन गर्व से कहता।

"सब भाई साहब की कृपा और दया है, उन्हीं के कारण तो तू अँग्रेजी स्कूल में पढ़ने जाने लगा। हमारे तो बेटा दिन फिर गए। भाई साहब भगवान हैं भगवान।"

"माँ, मेरी टीचर बहुत सुंदर है? एकदम परी जैसी है। बोलती है तो लगता है जैसे कोई गुड़िया बोल रही है।"

"अच्छा क्या इतनी सुंदर है।?"

"हाँ माँ, एकदम परी जैसी। लंबा फ्राक और हैट लगाती हैं। बच्चों को बहुत प्यार करती हैं।"

"अच्छा, तू तो बड़ा होशियार हो गया है" सुहासनी बेटे की बातों पर प्रसन्न

होते बोली।

"देखना माँ, एकदिन मैं बड़ा आदमी बन जाऊँगा।"

"ज़रूर बनेगा बेटा," सुहासनी गद्‌गद्‌ स्वर में बोलती।

मोहन तेज़ बुद्धि का था। पढ़ने में उसका मन लगता था। अधिक महत्त्वाकांक्षी होने के कारण वह हर चीज़ को सीखने में रुचि रखता था। पढ़ाई में रुचि के कारण ही उसकी क्लास टीचर लोरा उसे प्रेम करती थी। तथा उसकी बुद्धि की चतुरता देख दंग रहती थी। मोहन के अक्षर भी सुंदर थे। लिखावट सधी हुई थी, जैसे प्रिंट कर दी गईं हो। मोहन फ़र्राटे से अँग्रेजी बोलने लगा था। मोहन का मन पढ़ने में ख़ूब लगता था।

क्लास समाप्त हो जाती तो वह बाहर खेलने नहीं जाता, क्लास में या तो पढ़ता रहता या मेम टीचर की मदद करता रहता था। लोरा मेम का सामान, कापियाँ सब क्लास-रूम में पहुँचाता था।

लोरा मेम मोहन को पसंद थी। गोरी, लाल रंगत वाली तथा खड़े नाक-नक़्शे वाली लोरा थी। बहुत मीठा बोलती थी। बच्चों को बहुत प्यार और दुलार से पढ़ाती थी। लोरा हमेशा अपने धर्म की बातें, छोटी-छोटी कथाएँ सुनाती थी। इंग्लैंड के बारे में बताती। उसे देश की सुंदरता, भव्यता और शालीनता की बातें सुनकर हमेशा मोहन को वह देश देखने का मन होता। महारानी के वैभव की बातों में वह डूब जाता था। उस अद्‌भुत, सुंदर रानी को देखने का मन बहुत आतुर रहता था। वहाँ के इतिहास की कथाएँ सुनने के बाद उसका मन वहीं घूमने लगता था।

मोहन को ग़रीबी, लाचारी से घृणा थी। उसकी छोटी बुद्धि में यह बात समा गई थी कि ग़रीबी मनुष्य के विकास में सबसे अधिक बाधक होती है। घुन की तरह मनुष्य को खा जाती है, और उसे खोखला करके फेंक देती है। इस बाधक रोड़ों को निकाल फेंकना चाहिए। भारत की ग़रीबी उसे पसंद नहीं थी। मन हमेशा इंग्लैंड के वैभव में बिताता रहता था।

मोहन को आश्चर्य होता था कि लोरा मेम ने उसका कितना ज्ञान बढ़ा दिया था। साड़ी पहनने वाली भारतीय नारी उसे अच्छी नहीं लगती थी। लंबे फ्राक पहनने वाली अँग्रेज महिलाएँ पसंद थीं। साड़ी पहनने वाली केवल उसे अपनी माँ पसंद थी। मोहन अपनी माँ को बहुत प्रेम करता था। तथा आदर करता था। मोहन के मन में माँ के लिए अधिक आस्था थी। माँ के अलावा उसे फिर कोई भी भारतीय स्त्री पसंद नहीं थी। भारतीय स्त्री गंदी, मैली, उदास, दुःखी तथा बीमार-सी दिखती थी, यह बात उसे एकदम पसंद नहीं थी। भारतीय महिला का शृंगार करने का तरीक़ा भी उसको पसंद नहीं था। माथे पर बड़ी बिंदी, माँग में ढ़ेर-सा सिंदूर, आँख में ढ़ेर-सारा काजल, बालों में चिपचिपा तेल, और चुभने वाले, खनकने वाले बड़े-बड़े गहने उसे पसंद नहीं थे। कम शृंगार करने वाली सुंदर, कम कपड़े पहनने वाली साफ़-सुथरी,

दूध-सी सफ़ेद अँग्रेज मेम अच्छी लगती थी। वह मन-ही-मन सोचता था, काश माँ अँग्रेज मेम रहती तो कितना अच्छा होता। माँ के रूप में उसे दूसरी स्त्री पसंद नहीं थी, काश माँ को ही अँग्रेज मेम के रूप में देखना चाहता था। वह अक्सर सोचता कि क्या अच्छा होता वह माँ के साथ क्रिश्चन धर्म अपना लेते। माँ फ्राक पहनने लगती, ऊँची एड़ी वाले जूते पहनती और फ़र्राटे से अँग्रेजी बोलने लगती। यह सोच थोड़ी देर ही टिक पाता, मन थोड़ी देर ही कल्पना की उड़ान भर पाता था, फिर खुरखुरी सत्य की ज़मीन पर आना पड़ता और दुःख से उसका मन भारी चट्टान-सा हो उठता था।

घर पर मोहन माँ से अपनी टीचर लोरा के बारे में, और इंग्लैड के बारे में बात करता। उस देश की खूबियों, अच्छाइयो के बारे में बताता रहता। सुहासनी हँसती रहती। अक्सर मोहन माँ को लोरा मेम से मिलने को कहता पर सुहासनी कभी साहस नहीं कर पाती, भयभीत-सी हो जाती। मोहन ने लोरा मेम से कई बार कहा था कि माँ को वह उनसे मिलाना चाहता है तथा वह ऐसी ही बढ़िया-बढ़िया बात माँ को बताएँ। लोरा मेम ने हँसकर कई बार कहा कि अपनी माँ को लाना, मुझे भी भारतीय औरत से बात करना है, पर वह कभी माँ को मना नहीं पाया। सुहासनी बेटे के स्कूल जाने का साहस नहीं कर पाती थी।

''माँ लोरा मेम ने तुम्हें स्कूल बुलाया है, वह तुम से मिलना चाहती हैं, भारतीय महिला से बात करना चाहती हैं। उसने कभी किसी भारतीय महिला से बात नहीं की है।''

''मुझसे?'' सुहासनी बेटे की बात पर मुँह पर आँचल रखकर ज़ोर से हँसी, ''भला मुझसे वह कैसे बात कर पाएगी? उसे हिंदी नहीं आती और मुझे अँग्रेजी?''

''बात हो जाएगी, तुम चलो तो?'' मोहन माँ को मनाते बोला।

''अरे, कैसे हो जाएगी बोलता है? वह कोई अंर्तयामी है। जो सब समझ जाएगी?''

''माँ, वह जो बोलेंगी मैं तुम्हें हिंदी में बताऊँगा और जो तुम कहोगी उसे मैं अँग्रेजी में उन्हें बताऊँगा, बस?''

''कहीं ऐसा भी होता है? ऐसे भी कहीं बात होती है? बेटा तू दो किताब पढ़ गया तो अपने को बुद्धिमान मानने लगा है। बात ज़बान से नहीं, दिल से की जाती है। जब तक सामने वाले से हमारा सीधा संपर्क न हो, हम उसके भाव नहीं जान सकते?''

''माँ, भाव क्या अंधे-गूँगे नहीं समझते? हम उनके भाव नहीं बूझ लेते?''

''तो तेरी माँ क्या अंधी-गूँगी है?'' तभी पीछे से लता ने कमरे में आते कहा। वह दोनों की बात दूसरे कमरे में पलंग पर लेटे-लेटे बड़ी देर से सुन रही थी।

''देखो दीदी, जब से कह रहा है अपनी टीचर के पास चलने, भला कभी मैं

बाहर गई हूँ? हम तो बेटा कुएँ की मेढ़क हैं, कुएँ में जन्मते हैं और कुएँ में मर जाते हैं।"

"ओफ़ माँ! वह सारी बाते छोड़ो। मेरी टीचर तुम्हें देखना चाहती हैं। भारतीय माँ को, उसने यहाँ के बारे में ढेर-ढेर सुन रखा है। पतिव्रत्ता नारी, धार्मिक नारी, देवी। वह तुमसे मिलकर सब जानना चाहती है।"

"क्या जानना चाहती है।"

"यही कि हिंदू नारी पति कि एक से अधिक पत्नियाँ रखने पर आपत्ति क्यों नहीं करतीं?"

"इसलिए बेटा कि यह पुरुष का अधिकार है। पति से सृष्टि है, मानव उत्पत्ति का बीज उसके पास है। और यह बीज उसके पास, और यह बीज जितनों के पास जाएगा उतने मानव जन्म लेगें।"

"नारी को आपत्ति क्यों नहीं होती?"

"कैसे होगी? हमारे धार्मिक ग्रंथों में लिखा है कि त्रेता युग में श्री राम के पिता दशरथ की साढ़े तीन सौ रानियाँ थीं। श्रीकृष्ण की सोलह हज़ार रानियाँ थीं। भगवान गणेश की दो पत्नियाँ थीं। शंकरजी की दो पत्नियाँ थीं। यह तो युग-पुरुषों से ही प्रचलन चला आ रहा है। इसमें आपत्ति क्यों?"

"माँ इतनी आसानी से भारतीय नारी क्यों बलि का बकरा बन जाती है। धर्म और इतिहास की बातों में सामाजिक जीवन में अंतर तो होना चाहिए। धर्म और इतिहास तो पुराने बही खाते हैं जो सजे हुए अच्छे लगते हैं, पर क्या ज़रूरी है उनके आधार पर हम भी अपने जीवन का निर्माण करें?"

"बेटा, धर्म ग्रंथों से ही तो हमें ऊर्जा मिलती है, आचरण करने की सीख मिलती है। जब हम उसे आदर्श मानते हैं तो उन बातों को कैसे नकार सकते हैं, झुठला सकते हैं? पुरुष के हाथ में सत्ता है, वही इस सृष्टि का रचेता है, इस बात को कैसे भूले?"

"स्त्री भी तो सृष्टि को जन्म देती है।"

"स्त्री केवल गर्भ धारण करती है तथा जन्म देती है, परंतु उसका स्वामी तो पुरुष है। पुरुष की ही तो वह संतान कहलाती है। पुरुष से ही दुनिया चली, बढ़ी है। इस बात को भला भूला जा सकता है। यहाँ बहस का मुद्दा नहीं, आस्था है और जहाँ आस्था होती है, सारे प्रश्न अपने आप समाप्त हो जाते हैं। जहाँ आस्था नहीं होती वही कुकुरमुत्ते की तरह प्रश्न खड़े होते हैं। जैसे तू कर रहा है। अँग्रेजी स्कूल में पढ़ने से तेरी आस्थाएँ समाप्त हो गई हैं।"

"आस्थाएँ समाप्त नहीं हो गई हैं, बल्कि जिज्ञासा अधिक बढ़ी है माँ।"

"मोहन को सुहासनी की बातें एकदम समझ में नहीं आ रही थीं। इतने दिनों तक अपनी टीचर लोरा के विचारों ने उसके मन की कल्पना की नई ज़मीन दी थी।

उसने अपनी बंद आँखों में एक नई दुनिया सजा ली थी। नारी का महत्व है, नारी प्रशासन करती है, नारी कहीं की महारानी होती है, उसके नाम का सिक्का चलता है। माँ के विचारों से उसके अपने विचार कहीं मेल नहीं खाते थे। नारी कितने सहज भाव से अपने पौराणिक कभी न देखी घटनाओं पर आँख मूँद कर विश्वास कर लेती है? नारी का अपना अलग से कोई महत्त्व, अस्तित्त्व क्यों नहीं है? वह पति की संपत्ति क्यों है। पति मरता है तो वह पति के साथ सती क्यों हो जाती है? पति को तो मृत्यु आती है, परंतु पत्नी को बिना मृत्यु के ही अपने जीवन का अंत करना पड़ता है, वह इसलिए कि अब उसका पति संसार में नहीं है। तो उसे संसार में रहने का अधिकार नहीं है। नारी अपनी गृहस्थी के मकड़जाल में फँसकर रह जाती है, उससे बाहर निकल नहीं पाती। मकड़जाल ही उसके जीवन का क्षेत्र होता, इसके बाहर भी कुछ और वह सोच तक नहीं पाती। बताए आदर्श, उपदेश और धर्म से वह निकल नहीं पाती। निकलने से भय खाती है। यहाँ लोक बिगड़ता है तथा मरने के बाद परलोक बिगड़ता है। नारी की इन्हीं सारी कमज़ोरियों के कारण पुरुष ने अपनी मनमानी की तथा थोपी। सारी उम्र वह इसी बात से भयभीत रहती है कि गृहस्थी की बागडोर न छूट जाए। सारी उम्र गृहस्थी के रथ की रास को थामे रहती है। रास थोड़ी भी ढीली हुई और रथ में जुटे घोड़े बेक़ाबू होकर बहकने लगते हैं, रथ को नियंत्रण करने में ही अपनी शक्ति समाप्त कर देती है। गृहस्थी के कुचक्र में फँसकर वह अपने जन्म-सिद्ध अधिकार भी खो देती है। मनुष्य होने का गुण खो देती है। गृहस्थी का तानाबाना सारी उम्र बिनती रहती है। सारी उम्र रेशम का सूत बुनती है फिर एक दिन अपने ही बनाए सूत में दबकर प्राण त्याग देती है, जिस प्रकार रेशम का कीड़ा रेशम बुनता है और अपने ही रेशम में दबकर समाप्त हो जाता है। ऐसा क्यों? मनुष्य जब अपने सिद्धांतों से समझौता कर लेता है तब उसमें लड़ने की शक्ति समाप्त हो जाती है।

मोहन समझ गया था कि माँ अपनी विचार धाराओं के दलदल में फँस गई है, वहाँ से उसे निकाला नहीं जा सकता। निकालने के प्रयास उसे और धँसा देते हैं, ऐसी अवस्था में किनारे खड़ा व्यक्ति उसे बस मरता देख सकता है। मोहन ने बचपन से ही निर्णय कर लिया था कि वह भारतीय नारी से विवाह नहीं करेगा। जब भी विवाह की आयु आएगी वह विदेश की लड़की से ही विवाह करेगा। देवी कहलाने वाली नारियों ने भी जब अपने अधिकारों की लड़ाई नहीं लड़ी और परिस्थितियों के आगे समझौता कर लिया, जबकि यह जानते हुए भी कि वह संसार के लिए आदर्श है, तथा उन्हें देखकर लोग सबक लेंगे।

ऐसी अवस्था में तो उसे धार्मिक ग्रंथों के नारी-चरित्र में से सीता का चरित्र ही ज़्यादा साहसी लगा। जिसने बिना पीछे मुड़े, याचना की अर्ज़ी जगाए बिना, पति से सुरक्षा की भीख माँगे बिना जीवन जिया और बच्चों को बराबर खड़ा किया, उन्हें

पति से भी ज़्यादा बुद्धिमान और शक्तिशाली बनाया। पति के घर लौटने के अनुरोध को ठुकरा कर धरती में समा गई। सीता साहसी और स्वाभिमानी नारी लगी। मोहन को अपना धर्म एकदम पसंद नहीं था। लोरा मेम से प्रभावित होने के कारण वह रविवार के दिन कभी-कभी चर्च जाता था और अंतिम बेंच पर बैठ कर पादरी के उपदेश सुनता था। बेंच पर बैठा-बैठा वह सोचता ईसाइयों की तरह परिवार के सब लोग एक जगह क्यों नहीं जाते? उपदेश सुनने का तो सब को अधिकार है, फिर इतना अंतर क्यों? माँ घर में पूजा लेती है और डैडी शंकर भगवान के मंदिर जाकर रोज़ जल-फूल चढ़ाते हैं। ऐसे चर्च में सब इकट्ठे होकर क्यों नहीं अच्छे-बुरे की बात सुन सकते? धर्म को तो सबको जोड़ना चाहिए फिर यह दूरिया क्यों हैं? धर्म, भगवान केवल पुरुष की पहुँच तक क्यों है?

ईसाई धर्म की सुगठित रीति रिवाज, वेषभूषाएँ देखना उसे अच्छा लगता था। मनुष्य जब तक अपने को नियंत्रित नहीं करेगा कैसे तरक़्क़ी कर सकता है। बेकार के पाखंडों में फँसा मनुष्य किस तरह खुली हवा में संघर्ष कर सकता है?

ईसाई धर्म में लोग तरीक़े से तथा व्यवस्थित ढँग से जीते हैं। हर कार्य क़ायदे से होता है। विवाह से लेकर मृत्यु तक के कार्य अनुशासन से करते हैं, हर कार्य में अलग शालीनता झलकती है। शादी में दूल्हा-दुल्हन कितने सुंदर लगते हैं तथा साथ सबके सामने आते हैं। सब की उपस्थिति में विवाह होता है। पादरी के कथन को दोनों सुनते हैं। लोगों का आशीर्वाद भी साथ-साथ लेते हैं। सारे लोग अनुशासन से बैठते हैं। उनके यहाँ की तरह कहीं भीड़, धकमपेल नहीं होता। सब काम सुचारू रूप से करते हैं। मृत्यु तक के कार्य में आस्था होती है, लगता है, वास्तव में कोई दुनिया से जा रहा है। पादरी उसके लिए प्रार्थना करना है, उसे विदाई देता है तब लगता है वास्तव में एक मनुष्य का, प्राणी का संसार से रिश्ता था, जो आज टूट रहा है। स्त्री-पुरुष जो उसके जीवन साथी थे वह अंत समय भी छोड़ने आए।

श्लोक, मंत्र, चिल्ल-पों में पता भी नहीं चलता की पुजारी ने क्या कहा,नए कपड़ों की गठरी में सुकड़ कर बैठी दुल्हन को पता भी नहीं चलता कि दूल्हा कैसा है और दूल्हे को भी पता नहीं चलता कि दुल्हन कैसी है? कैसी दिख रही है? पुराने समय में तो दूल्हा समय पर नहीं आता था तो उसकी तलवार, कटार से ही शादी रचाने का रिवाज़ था। ऐसे ही मुसलमानों में भी दूल्हा-दुल्हन शादी के समय इकट्ठा नहीं बैठते। दुल्हन भीतर रहती है, दूल्हा बाहर रहता है। निकाह हो जाता है। कई बार तो निकाह मस्जिद में होता है और दुल्हन घर पर ही रहती है। जीवन के उस बहुमूल्य क्षण में जब दो अलग-अलग ज़िंदगी का संगम हो रहा हो, उस क्षण एक-दूसरे के निकट न होना एक-दूसरे की प्रतिक्रिया पढ़े बिना, भाव समझे बिना जीवन की यात्रा कैसे शुरू हो सकती है। जिन्हें पास होना है। वही दूर रहते हैं, बाद में भी यह दूरियाँ बनी रहती हैं। सारी उम्र एक साथ रहने के बावजूद भी एक-दूसरे को

समझ नहीं पाते। पति क्योंकि सर्वश्रेष्ठ जीव माना जाता है इसलिए धर्म की सारी बात, क़ायदे, कानून सब उसके पक्ष में लिखे गए हैं। नारी तो केवल उसकी धरोहर है। पति कभी शिकार या भ्रमण को जाता है तो साथ एक पत्नी ले आता है। बकरियों की हेड़ की तरह इनके निवास और हरम भरे रहते हैं, जहाँ हर नस्ल की स्त्री मौजूद होती है। नारी की स्थिति केवल बिकी हुई गाय की तरह है, जिसकी डोरी उसके स्वामी के हाथ होती है। सारी उम्र अपमान का ज़हर पीने के बाद भी कहीं शिकायत या रोष नहीं, यदि मन के भीतर हो भी तो उसे व्यक्त नहीं कर सकती। सारी उम्र बहिष्कृत का अपमानित जीवन जीने का भय तथा ऊपर से रोटी की मुहताजी पति से जुड़ने को मजबूर करती है। जीवन के प्रत्येक क्षण को मनुष्य अपने साथी के साथ भोगना तथा जीना चाहता है, परंतु पहले ही क्षण से बनाई दूरियाँ धीरे-धीरे बढ़ती ही जाती हैं और वह नदी के दो किनारों की तरह रहते हैं, जो सारी उम्र साथ तो रहते हैं पर मिल नहीं पाते हैं, बीच में जीवन का सुख कल-कल पानी की तरह बहता रहता है।

दादा के देहांत पर डैडी के साथ मोहन कश्मीर गया था। पहली बार उसने लाश को चिता पर जलते हुए देखा था। भय और पीड़ा से वह नीला पड़ गया था। बहुत रोया था। डैडी से कितने प्रश्न पूछे थे। अपने प्रिय व्यक्ति को क्यों जलाते हैं? डैडी ने उसे बहुत समझाया कि मृत व्यक्ति को कोई कष्ट नहीं होता पर मोहन के भावुक और कोमल मन को यह बात काँटे की तरह चुभती रही थी। अपनी आँखों के सामने जलाकर समाप्त कर दिया, ऐसा क्यों? डैडी ने जब कपाल-क्रिया की, बाँस से सर को फोड़ा और उसमें जाने कितनी चीजें डालीं-घी, तिल, धूप तो मोहन सिहर कर काँप उठा। डैडी से जब कारण पूछा तो उन्होंने बताया था कि मनुष्य को इस जन्म का कुछ याद न रहे, उसकी मुक्ति हो जाए, इसलिए वह सब किया जाता है।

मुक्ति क्यों? नाता क्यों तोड़ा जाता है ? रिश्ते क्या दुनिया के ही थे ? जीवित रहने तक ही थे? फिर क्यों मनुष्य इतना कष्ट उठाता है, इतना दुःख-सुख झेलता है? अपने रिश्ते-नातों के लोगों को सुख देने के लिए दूसरे को दुःख देता है, लूटता है, हत्या करता है? जाने कितने प्रश्न थे? जो उसे चील की तरह नोच-नोच कर खा रहे थे। मनुष्य के जीवन का इतना बुरा अंत? जीवन के इस सत्यता को जानने के बाद तो मनुष्य को किसी से मोह नहीं रखना चाहिए। सबसे अधिक मोहने वाला व्यक्ति ही अपने कर्त्तव्य पूरा करने कपाल-क्रिया करता है। बेटा ही चिता में अग्नि देता है। क्यों? अपने प्रिय व्यक्ति से जुड़ी आत्मीयता के महीन धागों का इतना कठोर अंत? यक्षराज से युधिष्ठिर के पूछे प्रश्नों की तरह ही उसके अंतर्मन से ढेर सारे जिज्ञासु प्रश्न साँप की तरह फन काढ़ रहे थे। युधिष्ठिर के पास समाधान के लिए यक्षराज थे, परंतु उसके पास कोई नहीं था। कौतुहल-भरे आड़े-टेढ़े प्रश्नों के

उत्तर किसी के पास नहीं थे, डैडी के पास भी नहीं थे। मुसलमान भी दस फुट गड्ढे में अपने प्रिय को सुलाकर चटाई लकड़ी के फट्टे रखकर मिट्टी पटक देता है। कई बार तो कमज़ोर फट्टे टूट जाते हैं और मिट्टी मृत व्यक्ति पर पूरे वज़न से जा गिरती है। ऐसा क्यों? जिस व्यक्ति ने सारी उम्र परिवार के लिए मर-खप कर कमाया वह लोग अंत समय में उसकी एक क़ब्र तक ढंग से नहीं बना सकते? ईसाई लोग सुंदर ताबूत में रखकर मृत व्यक्ति को दफ़नाते हैं। उसकी चिंता करते हैं, उसकी क़ब्र पर नाम लिखते हैं परिवार का हर सदस्य आता-जाता रहता है, जैसे वह जीवित हो और वह किसी दूसरी जगह कुटिया बनाकर रह रहा हो।

मोहन अपनी टीचर लोरा मेम से प्रभावित था। जीवन की सच्चाइयाँ जो बंद सीप में क़ैद थीं, जिसके भीतर की मोती की जानकारी उसे नहीं थी। बहुमूल्य मोती की जानकारी नहीं थी। मोहन के निकट इतना कोई नहीं था, जो उसे विस्तार से सब बताता, समझाता। जीवन की खुरदुरी ज़िंदगी की सच्चाइयाँ देख-समझकर मोहन दंग था।

मोहन के लिए लोरा मेम पुरखा, गुरु, मार्गदर्शक सब थी। लोरा मेम बचपन से साधु हो गई थी, यानी दुनियादारी छोड़ चुकी थी, क्यों? उसे बड़ा विचित्र लगा था। माँ तो सारे दिन दुनियादारी की बात करती रहती है। दुनियादारी के कर्त्तव्यों की दुहाई देती रहती है और लोरा मेम ने दुनियादारी ही छोड़ दी? ऐसी दो विपरीत स्थितियाँ क्यों? लोरा मेम कभी शादी नहीं करेगी और माँ का थोड़ा बड़ा होता ही ब्याह हो गया, ऐसा क्यों? धर्म अलग-अलग अपनी ज़िम्मेदारी की बात कैसे करता है? या तो थोड़े बड़े होते ही गृहस्थी अपना लो, या साधु हो जाओ, बीच का संसार में रहने का कोई मार्ग नहीं है क्या? ढेर प्रश्न थे, जिनकी विस्तार से वह चर्चा करना चाहता था, पर साहस नहीं बटोर पाता था। लोरा मेम भी मोहन के मन के प्रश्नों को चुपचाप पढ़ती रहती थी और मौन रहती थी।

लोरा मेम ने एक बार कहा था कि अधिक विचार नहीं करना चाहिए, जहाँ समझ न आए मौन हो जाओ, परिस्थितियाँ अपने आप सब समझा देती हैं, फिर कुछ प्रश्नों के उत्तर ज़िंदगी की पुस्तिका में किसी ने लिखे ही नहीं, बनाए ही नहीं गए, तो उनका उत्तर ढूढ़ने से लाभ? जैसे सूरज क्यों उगता है, चाँद पंद्रह दिन तक कहाँ रहता है। अंधेरी-उजाली की फेरी का क्या अर्थ? चाँद फेरी लगाता है तो सूरज क्यों नहीं लगाता? सूरज यदि पंद्रह रोज़ न आए तब? सारी दुनिया में अँधेरा छाया रहेगा। चाँद की तरह सूरज घटता-बढ़ता क्यों नहीं? यह सारे प्रश्न ऐसे हैं, जिनका उत्तर किसी ने सोचा ही नहीं?

मोहन अपनी क्लास में जब फर्स्ट आया तो सभी दंग रह गए। एक भारतीय लड़के की बुद्धि इतनी तेज़? मोहन की फ़ीस माफ़ कर दी गई। मोहन को वजीफ़ा मिलने लगा था। मोहन को सब-कुछ स्कूल से मिलने लगा था। पुस्तकें, कापियाँ

आदि। स्कूल के सालाना जलसे में उसे पुरस्कार भी दिया गया।

मोहन को हॉस्टल में जगह दे दी गई थी। मोहन अब हॉस्टल में अँग्रेज बच्चों के साथ रहता था। बस संडे को वह घर आता था। प्रिंसिपल ने कह दिया था कि यदि मोहन ऐसे ही लगन से पढ़ता रहेगा तो उसे कॉलेज की शिक्षा के लिए लंदन भेजने की सिफ़ारिश करेंगे।

मोहन अपने स्कूल में घुड़सवारी सीखता था, वह बहुत अच्छा घुड़सवार था। अकेला घोड़ा दौड़ा कर दूर से ले आता था। पूरे मैदान के कई चक्कर लगा लेता। घोड़े को क़ाबू करने के सारे गुण उसने सीख लिए थे। घोड़े की पीठ पर वह चिपक जाता था और दोनों पैरों से घोड़े की पीठ को कस लेता था, फिर घोड़ा मोहन की गिरफ़्त में रहता था। हॉस्टल में रहते मोहन ने अँग्रेजों के सारे तौर-तरीक़े सीख लिए थे। बैठने का , खाने का, चलने का, बोलने का, सब तरीक़ा उसे आ गए थे।

सुहासनी बेटे की गंभीरता, सयानापन देख दंग थी। मोहन के सधेपन से वह दंग थी। उसके हॉस्टल चले जाने पर दुःखी रहती थी, पर बेटे के भविष्य को सोचकर चुप रह जाती थी। वह समझ गई थी, एक दिन उसका बेटा बहुत बड़ा आदमी बनेगा। उसे तो जैसे लगता था कि जैसे मोहन की जगह कोई दूसरा आ गया है। पहले बात-बात पर ज़िद्द करने वाला, पिनपिनाने वाला मोहन नहीं रह गया था। सुहासनी को तो अभी से चिंता होने लगी थी कि कैसे सुघड़ कन्या ढूढ़ पाएगी? क्या वह भारतीय लड़की अब पसंद करेगा?

10

मिट्ठू सिंह के घर के सामने नीम का बड़ा घना पेड़ था। नीम का पेड़ काफ़ी पुराना हो गया था? इस कारण उसकी छाया घर के किसी बुज़ुर्ग की तरह सारे घर को घेरे रहती थी। नीम के पेड़ की पीली-पीली पकी निबौलियाँ चारों ओर गिर कर बिखरी रहतीं, जिसे गिलहरी और तोतों का झुंड खाते रहते थे। नीम के पेड़ को मिट्ठू सिंह के पिता ने उनके जन्म के समय लगाया था। नीम के चारों ओर मिट्टी का चबूतरा बना था, जिस पर हमेशा मिट्ठू सिंह आकर बैठते थे, सर्दी में धूप तापते, गर्मी में उसकी लंबी-लंबी टहनियों की हवा का आनंद लेते और सर्दियों की रात को बरोसी की आग से वहीं बैठकर तापते थे और शकरकंद, आलू भून-भून कर खाते और खिलाते रहते थे। अक्सर वहाँ कुछ लोग जमा ही रहते थे।

गोपीलाल जब से आए थे, रात मिट्ठू सिंह की बैठक के नियमित सदस्य बन गए थे। मोहल्ले के लोगों की दुःख-सुख की गाथा भी सुन लेते थे। हर व्यक्ति अपनी

किसी-न-किसी समस्या को लेकर वहाँ आता रहता था। आधी रात कब बीत जाती पता ही नहीं चलता था। जब पास रखे कडे और लकड़ियाँ समाप्त हो जातीं और बरोसी की आग की गर्मी भी समाप्त होने लगती तब यह बैठक समाप्त होती थी। मिट्ठू सिंह व्यावहारिक और चतुर भी थे पर दुनियादार बिल्कुल नहीं थे। उनके इसी स्वाभाविक गुणों के कारण ही लोग उनसे जुड़े थे। उनकी निश्चछलता और ईमानदारी के कारण ही लोग कहीं बाहर परदेश जाते थे, तो उनके पास अपनी जमा-पूँजी, ज़ेवर धरोहर कि रूप में रख जाते थे। संतान न होने का दुःख उन्हें भीतर-ही-भीतर घुन की तरह चाटता रहता था। अपने मन का दुःख वह कभी व्यक्त नहीं करते थे, लौकिक और भौतिक सुखों को उन्होंने त्याग-सा दिया था। अपनी ईमानदारी, शराफ़त, नेकनीयती के गुणों के कारण सारे शहर में वह पूजे जाते थे। नाम का दबदबा था। भीतर से अकेले थे, परंतु बाहर से वह मित्र-परिचितों से घिरे रहते थे। मिट्ठू सिंह को इतिहास-धर्म की कहानियाँ याद थीं, जिन्हें वह सब को सुनाते रहते थे। उनकी रात्रि की चौपाल सारे मोहल्ले में प्रसिद्ध थी। सारे लोग भोजन करके फ़ुर्सत से आते, और घंटों वहाँ होती चर्चा को सुनते थे।

मिट्ठू सिंहजी हुक़्क़ा गुड़गुड़ाते अक्सर रात्रि को जबलपुर का इतिहास सुनाते रहते ''ब्रिटिश सरकार भारत में अपने पैर मज़बूती से जमा चुकी थी। उन्नीसवीं सदी का भारतीय इतिहास करवट बदल रहा था। भारतीय समाज के विभिन्न वर्गों के समुदायों का ब्रिटिश राज द्वारा सामाजिक, आर्थिक और राजनीतिक शोषण किया जा रहा था जिससे भारतीय समाज के विभिन्न जाति और समुदाय के लोग एक सूत्र में बँध गए थे। धनी-ग़रीब, हिंदू-मुसलमान, कुलीन सामंत तथा धार्मिक बुद्धिजीवियों का दल एक हो गया था। किसानों का बहुत बड़ा हिस्सा साथ हो गया था। देश भक्ति ने इन्हें एक मत जान कर दिया था।

गढ़ा मंडल के राजा शंकरशाह थे? जो रानी दुर्गावती के अंतिम वंशज थे। राजा शंकरशाह काली के भक्त तथा उपासक थे। अँग्रेज भारत में उत्तर की ओर अपनी सत्ता जमाने के अभियान में लगे हुए थे। वह हर ऐसे मौक़े की तलाश में रहते, जिससे भारत में राजा और रजवाड़ों की सत्ता समाप्त हो जाए। किसी राजा को देशद्रोही साबित कर, किसी को पागल और बीमार बताकर, किसी को बिना वारिस मानकर अँग्रेजों ने सत्ता हथियाने का योजनाबद्ध प्रयास किया था। भड़के जन-आक्रोश को दबाने के लिए उन्होंने इस अभियान को अधिक तेज़ कर दिया था।''

गोपीलाल जब से यहाँ आए थे उन्होंने ढेर सारी बातों की जानकारी इकट्ठी करनी शुरू कर दी थी। यहाँ का पुराना इतिहास वह खोद-खोद कर मिट्ठू सिंह से पता करते रहते थे। मिट्ठू सिंह उन्हें ढेर-ढेर बातें रोज़ाना बाताते रहते थे।

''गोपीलालजी, गोंड़वाना दूर-दूर तक फैला था। इसकी हदबंदी पूर्व में रतनपुर का राज्य, पश्चिम में मालवा, उत्तर में पन्ना और दक्षिण में दकन तक था। मुग़लों

ने ही इसकी हदबंदी करके इसका नाम गोंड़वाना रखा था। काफ़ी शक्तिशाली प्रदेश था, मिट्ठू सिंहजी कथा सुनाते रहते थे, ''गढ़ा का पहला राजा कौन था! एक लोककथा के आधार पर आदिराजा जादोराय था। वह गोदावरी के पार बीसकोस दूर पर बसे एक गाँव में रहता था। गाँव का नाम सहल था। सहल गाँव के पटेल का लड़का था। गाँव में उसका मन नहीं लगता था। उस समय गढ़ा का राजा नागदेव था। उसकी एक कन्या थी, पुत्र नहीं था। उत्तराधिकारी बनाने पर विवाद शुरू हुआ। राज्याधिकारियों ने राजा से परामर्श किया। अंत में निर्णय हुआ कि ईश्वरेच्छा से नीलकंठ पक्षी को छोड़ा जाए। नीलकंठ पक्षी जिस व्यक्ति के सर पर जाकर बैठ जाए उसे ही राजा घोषित कर दिया जाए।

''नर्मदा के किनारे जनता की भीड़ इकट्ठी की गई तथा नीलकंठ पक्षी छोड़ा गया। जनता की भीड़ में जादोराय भी शामिल होकर उत्सुक-सा सारी गतिविधियों को देख रहा था। नीलकंठ पक्षी उड़ा, आकाश के कई चक्कर काटे। सभी की आँखें नीलकंठ पक्षी पर टिकी थी। नीलकंठ पक्षी आकाश से नीचे उतरकर जादोराय के सर पर बैठ गया। जनता दंग होकर जय-जयकार करने लगी। राजा ने सहर्ष उसे अपना उत्तराधिकारी स्वीकार किया तथा अपनी कन्या रत्नावली का ब्याह उससे कर दिया।

''महाराज अशोक के पूर्वजों का राज भी यहाँ फैला था। महाराज अशोक पितामह चंद्रगुप्त मौर्य ने मगध के राजानंद का राज्य विनाश कर और सिकंदर के जीते हुए देश को अपने अधीन कर अपना राज्य नर्मदा के आस-पास फैला दिया था। ऐतिहासिक दृष्टि से यही भारतीय प्रथम चक्रवर्ती सम्राट है, जिसने बंगाल की खाड़ी और अरब समुद्र के मध्यस्थ तक अपना पूर्ण स्वत्व स्थापित किया था।

''महाराज अशोक राजसिंहासन पर बैठने से पहले मालवे की सूबेदारी करते थे। महाराज अशोक पहले बहुत दुष्ट प्रकृति के थे। उन्होंने अपने राज्य में एक नरक कुंड बना रखा था। छोटे-से-छोटे अपराधी को गरम तेल के कड़ाहों में डाला जाता था। असहाय वेदना तथा अत्यंत कष्ट से व्यक्ति को मारते थे। इसमें उन्हें विशेष आनंद आता था। बौद्वधर्म के निकट आने पर तथा बौद्धधर्म धारण करने के बाद तो उन्होंने धर्म्यबर्धनाथ अपना समस्त ही दान कर दिया था। स्वयं मिट्टी के बर्तनों में भोजन करते थे। अशोक प्रतापी और यशस्वी सम्राट् बने। जबलपुर के बहूरीबंद के पास रूपनाथ में उनका स्थापित शिलालेख उनके सुधरे और उदार व्यक्तित्व का परिचय कराता है। शिलालेख में लिखा है कि 'नीच-से-नीच व्यक्ति भी परिश्रम से ऊँचे-से-ऊँचा स्वर्ग प्राप्त कर सकता है।'

''क्या कभी बहूरीबंद जाकर हम लोग उस शिलालेख को पढ़ सकते हैं?'' गोपीलाल ने पूछा

''हाँ, क्यों नहीं, जब भी कहो गोपीलालजी अपन साथ चलेंगे। दो दिन का

कलेऊ साथ बाँध लेंगे। आने-जाने में इतना समय तो लगेगा ही।"

"ठीक है, यात्रा का कार्यक्रम बना लेंगे। मुझे ऐसी यात्रा में विशेष आनंद आता है।"

"आनंद तो मुझे भी बहुत आता है। पहले मैंने बहुत यात्राएँ की हैं, परंतु अब उम्र ने निराश कर दिया है। अब कहीं जाने-आने का मन नहीं होता है।"

"अभी उम्र ही क्या है? बंगाली सिंह को देखिए, आप से दो-तीन बरस बड़े होगें पर कैसे जवान बने रहते हैं।

"बंगाली सिंह," मिट्ठू सिंह हँसे, "अरे यह लोग रात-दिन मेहनत करने वाले लोग हैं, सारा दिन इनका दिमाग़ दो का चार बनाने में लगा रहता है, ऐसे लोग लंबी पारी की उम्र खींच ले जाते हैं। उम्र जीने के लिए मनुष्य को कुछ-न-कुछ लालसा, लालच होनी चाहिए। बंगाली सिंह बाल-बच्चेदार गृहस्थ आदमी हैं। मेरे पास तो कोई संतान नहीं, इसलिए भी मन अधिक संसार में नहीं लगता है।"

"आप तो ईश्वर भक्त हैं, आपको संतान का सुख होना चाहिए था। जाने आप के साथ ऐसा क्यों हुआ?"

"नहीं गोपीलाल, ईश्वर भक्त होने से संतान सुख होता है ऐसा कुछ नहीं है। मैंने तो धर्मग्रंथों का खूब अध्ययन किया है। मनुष्य का पूर्व जन्म का कुछ लेना-देना रहता है इसलिए दूसरे जन्म में वह संतान के रूप में आकर देता और लेता है। शास्त्रानुसार पुत्र तीन प्रकार के बताए गए हैं। एक पुत्र अपना पिछले जन्म का ऋण चुकाने आता है। वह कमा-कमा कर पिता-माता को देता है, परंतु माता-पिता का मन नहीं भरता, उन्हें लगता है बेटा कुछ नहीं दे रहा है। दूसरा पुत्र ऋण लेने आता है। वह पुत्र बनकर पिता की सारी जायदाद का नाश करता है। मदिरा, जुआ, यार-दोस्तों में वह सारा पैसा उड़ाता है, बाप कुछ नहीं कहता बस दुःखी रहता है। तीसरे प्रकार का पुत्र न तो देने आता है और न ही लेने आता है, वह तो बस माता-पिता की सेवा करता है और सेवा करके चला जाता है। उसे जो दो वह पहन लेता है, जो खाने को दो खा लेता है। इस प्रकार संतान तीन तरह की होती है। यह अच्छा है मेरा पूर्व जन्म में किसी से कोई लेना-देना नहीं था, इस कारण निस्संतान रहा। संतान होता तो बेकार की माया-मोह में यह जन्म जाता। संतान के कारण ही तो मनुष्य का माया-मोह जन्मता है।"

"अच्छा आज तो आपने बहुत ज्ञान की बात बताई संतान क्या वास्तव में पूर्व जन्म के लेनदार होते हैं?"

"हाँ हिसाब चुकाने तो आते ही हैं। संतान से बढ़कर किसी से मोह नहीं होता मनुष्य को। इस कारण ईश्वर संतान बनाकर ही उसके घर भेजते हैं। देखो एक कथा और बताता हूँ—जब महाभारत का युद्ध हुआ और गंधारी के सौ पुत्र मृत्यु को प्राप्त हुए तो गंधारी बहुत दुःखी हुई। शोक में व्याकुल हो गई वेदना की यातना

ने उन्हें तोड़ दिया था। एक दिन उन्होंने विदुर को बुलाया और उनसे कहा—अच्छा विदुर आप तो विद्धान हैं, आप बताएँ कि मेरे सौ पुत्र हुए परंतु सौ पुत्र मृत्यु को प्राप्त हो गए, ऐसा क्यों हुआ? आज मेरे पास एक भी संतान नहीं, ऐसा कैसे हुआ?''

''विदुर ने विचार किया और कहा—'आपके पेट में बहुत ज़ोर की पीड़ा हुई थी। किसी ने उपचार बताया था कि गूलर का फल खा लो तो पेट दर्द ठीक हो जाएगा। आपने तुरंत एक गूलर का फल लिया और खा लिया। पेट दर्द तो ठीक हो गया परंतु गूलर के फल के भीतर जो सौ कीड़े थे, जिसे खाते समय आपने देखा नहीं था और अनजाने में ही खा लिया था। वही सौ कीड़े इस जन्म में आपकी कोख से जन्म कर संतान बनकर यह दुःख देकर चले गए। यानी अपना बदला ले लिया।'

''गंधारी हक्की-बक्की-सी विदुर का मुख देखती रह गई। कितना विचित्र है पिछले जन्म का पाप हमें भोगना पड़ता है। हमारे दुःख और सुख कुछ नहीं, सब पिछले जन्मों के कर्मों का लेखा-जोखा ही होते हैं। जिन्हें हमें संसार में रहकर भोगना पड़ता है। इस कारण भी हमें इंसानियत के प्रति, अपने नैसर्गिक धर्म के प्रति ईमानदार होना ही चाहिए।''

मिट्ठू सिंह की कथा का सब उपस्थित लोगों पर अच्छा असर पड़ा। थोड़ी देर चुप्पी-सी छा गई। चेहरे पर दुःख का भाव स्पष्ट दिख रहा था। सभी भीतर-ही-भीतर व्याकुल से, भयभीत से हो उठे थे। सब को अपने पाप-पुण्य की याद आ रही थी।

''परंतु मिट्ठू सिंहजी, हमें अपने किए पूर्व जन्म के पापों की जानकारी कैसे मिलेगी, इसके लिए तो कोई देवी दृष्टि होनी चाहिए न?'' गोपीलाल ने पूछा।

''जानकारी हो यह क्या ज़रूरी है। हम जिस योनि से जन्म लें, हमें उसका धर्म निभाना चाहिए। अपना आत्म-विश्लेषण करते रहना चाहिए ताकि यदि हमने जाने-अनजाने में भी कोई भूल की हो तो उसे सुधारने का अवसर मिल जाए। आत्म-विश्लेषण एक तरह से चावल में से कंकड़ निकालकर फेंकने जैसा है। बिना बिने चावल खाने से जिस प्रकार दाँत टूट जाते हैं, इसी प्रकार बिना विचारे कार्य करने से भी हमें दंड भोगना पड़ता है। मनुष्य घृणा को घृणा से समाप्त करना चाहता है। जबकि महान पुरुष तथा ऋषि कहते हैं कि घृणा से घृणा समाप्त नहीं बल्कि और बढ़ती है। प्रेम और क्षमा से ही हम दूसरों पर विजय प्राप्त कर सकते हैं। इसके लिए हमें महाभारत का उदाहरण सबसे उत्तम लगता है। आपस के बैर, अहंकार, लाभ, घृणा, ईर्ष्या, क्रोध ने एक ही ख़ानदान को समाप्त कर दिया। सभी एक-दूसरे के नातेदार थे और आपस में लड़कर उन्होंने दूसरों का नाश नहीं किया बल्कि स्वयं का नाश कर लिया।''

मिट्ठू सिंह ने अपनी बात समाप्त करते हुए पैरों को खोलकर नीचे धरती पर रखा और जूतों में पैर डालकर उठने लगे। रात्रि की गहराई बढ़ गई थी। ठंड

उतरने लगी थी। सभी उठकर बाहर जाने लगे। बैठक विसर्जिन हो गई थी। मिट्ठू सिंह उठकर भीतर आ गए थे। गोपीलाल के मन में उठी हिलोरें अभी शांत नहीं हुई थीं। कई प्रश्न थे जो मन में धमा-चौकड़ी मचा रहे थे। कई बातें थी जिनको वह पूछना चाहते थे पर अब आगे कभी इस पर विस्तार से चर्चा का मन-ही-मन विचार कर वह भी उठ गए और बाहर के द्वार की साँकल लगा कर भीतर आ गए।

11

गोपीलाल का अँग्रेजों की छावनी में दिनों-दिन दबदबा बढ़ता गया। अँग्रेज अधिकारियों को अपनी इच्छापूर्ति के लिए एक ही व्यक्ति दिखता था जो सब कर सकता था और वह थे गोपीलाल। गोपीलाल दिखने में तो सीधे-साधे सरल से व्यक्ति थे, पर उनकी इच्छा शक्ति बहुत अधिक थी, इसी कारण वह जो और जैसे चाहते थे पा लेते थे।

गोपीलाल बूँदाजान के नृत्य का कार्यक्रम छावनी क्लब में करवाना चाहते थे ताकि बूँदाजान की स्थाई भूमिका बन सके और वह नौटंकी, मेला आदि से उसे मुक्ति मिल जाए। इसमें गोपीलाल को अपने कई लाभ दिखते थे। एक तो बूँदाजान के मन में गोपीलाल अपना डेरा जमा सकेंगे, दूसरे उसका मेला में नौटंकी करना छूट जाएगा, इस तरह से शोहदे-लोफरों की दुनिया से वह मुक्त हो जाएगी और अच्छे वातावरण में जी सकेगी। फिर बूँदाजान पर और उनका प्रभाव, अधिकार बढ़ जाएगा। बूँदाजान को वह अपनी इच्छा से चला सकेंगे।

अँग्रेज अधिकरियों को शेर की खाल और हाथी के दाँतों से विशेष प्रेम था। जिसे प्राप्त होते ही पानी के जहाज़ से वह अपने लंदन स्थित घर भेज देते थे, जहाँ उनकी सजावट की जाती थी। अँग्रेज अफ़सर अपनी बैठक और बार को बाघ की खाल से सजावट करते थे। पूरी दीवार और छत पर बाघ की खाल लगा दी जाती थी। जिसमें उनके विशेष अतिथि नाचने और शराब पीने आते थे।

बूँदाजान के नृत्य के प्रस्ताव को बहुत मुश्किल से अँग्रेज अधिकारी ने स्वीकारा। अँग्रेज अधिकारी गोपीलाल को मना भी नहीं करना चाहता थे और वह बूँदाजान के नृत्य को भी शंका से देखते थे। चतुर अँग्रेज अधिकारी जानता था कि राजाओं के महलों में इसी तरह नर्तकी घुसाई जाती थीं, जो भीतर का समाचार बाहर देती थी। दुश्मन गुप्तचरी का सारा कार्य नर्तकियों से ही करवाते थे। मन की शंका को बिना व्यक्त किए अंत में उसने गोपीलाल के प्रस्ताव को स्वीकार लिया।

फ़ौजियों के छावनी क्लब में बूँदाजान का नृत्य समारोह रखा गया था। दिसंबर

का महीना था। चढ़ती सर्दी की वजह से रात काफ़ी ठंड हो जाती थी। ओस काफ़ी पड़ने लगी थी। नर्मदा के कारण यूँ भी जबलपुर में काफ़ी सर्दी पड़ती थी। सुबह कोहरा छाया रहता था। क्रिसमस और नए वर्ष की तैयारियाँ ज़ोर पर थीं। जश्न की तैयारियाँ चल रही थीं। नृत्य और गाने की रिहर्सल होती रहती थी। फ़ौजियों में छुट्टियों और त्यौहारों की खुशियाँ दोहरी प्रसन्नता देखते बनती थी। मौज-मस्ती और शराब की पाबंदी ख़त्म हो गई थी, इससे वातावरण काफ़ी गरम रहता था।

बूँदाजान का नृत्य जिस मैदान में रखा गया था। वहाँ एक छोटा-सा मंच बनाया गया था। मोटी-मोटी लकड़ियों के लट्ठों के अलाव जगह-जगह सुलग रहे थे। तेज़ आँच दहक रही थी। मोटे-मोटे आग के अंगारे गर्मी दे रहे थे। बड़े-बड़े आलीशान तंबू लगाए गए थे। जिस में बड़े-बड़े फ़ौजी अँग्रेज अफ़सर बैठे थे। कीमती शराब की ट्रे इधर से उधर सर्व हो रही थी। गरम-गरम सींकें तंदूरी मुर्ग़, हरियल, सींक कबाब तैयार हो रहे थे। वर्दीधारी लाल वर्दी में वेटर अदब से ट्रे में सजा-सजाकर हर टेबल पर पहुँचा रहे थे। लोग खा रहे थे और शराब पीकर मस्त हो रहे थे।

बूँदाजान निहायत क़रीने से सज कर मंच पर आई। बूँदाजान की सजावट और सौंदर्य देखते बनता था। रात के अंधेरे में लग रहा था, जैसे कोई आकाश से अप्सरा उतर आई है। गैस की लाइट के बड़े-बड़े हंडे जगह-जगह लगे थे। सभी अँग्रेज फ़ौजी अफ़सरों की आँखें बूँदाजान पर टिक गई थीं। बूँदाजान अपने अद्‌भुत सौंदर्य से सबको चकित करती सबको मुज़रा कर रही थी। चारों तरफ़ सन्नाटा-सा छा गया। बूँदाजान ने अपने साथी कलाकारों के साथ संयुक्ता और पृथ्वीराज का नाटक प्रस्तुत किया। अँग्रेज ठगे से उसके सौंदर्य, अभिनय, नृत्य को देख रहे थे। भारतीय कला का अद्वितीय प्रदर्शन उन्होंने पहली बार देखा था। सब सुध-बुध खोकर हक्के-बक्के से देख रहे थे। बूँदाजान का बनारसी लाल ज़री की बूटीदार घाघरा जगमगा रहा था। शराब और तंदूरी मुर्ग़ का दौर पूरी रात चलता रहा।

रात-भर बूँदाजान का नृत्य चलता रहा। बूँदाजान के भाव प्रर्दशन ने सबको चकित करके रख दिया था। ख़ूब वाहवाही तथा दाद मिली। तालियों से सारा वातावरण गूँज उठा। ढेर-ढेर इनामों और सौग़ातों के अंबार लग गए। ढेर सारे इनाम और कई-कई थैलियाँ में रुपए लेकर बूँदाजान लौटी थी। जीवन में पहली बार इतनी बड़ी महफ़िल, इतने ऊँचे लोगों के बीच उसको अपनी कला प्रदर्शन का मौक़ा मिला था। पहली बार इतना धन क़ीमती तोहफ़े प्राप्त हुए थे। प्रसन्नता से उसका एक-एक अंग-अंग थिरक रहा था। कहाँ मेले की नौटंकी के इकन्नी, दुअन्नी और चवन्नी छाप दर्शक और जहाँ हज़ारों की निछावर करने वाले शालीन अफ़सर दर्शक। जैसे ज़मीन से वह आसमान पर बैठा दी गई थी। रात्रि कैसी बीत गई किसी को भान तक नहीं हुआ। बूँदाजान के नृत्य के जादू दुई प्रभाव से बड़ी मुश्किल से लोग अपने को मुक्त कर पाए थे। सभी चकित विस्मित से बूँदाजान को तक रहे थे। पहली

बार जैसे सभी भारतीय नृत्य, सौंदर्य को देख-समझ और प्रभावित हो रहे थे।

बूँदाजान का मुख सफलता की चमक से दमक रहा था। गोपीलाल के चेहरे पर भी विजय की मुस्कान थी। गोपीलाल को अनुमान तो था कि बूँदाजान सफल रहेगी परंतु इनकी सफलता के बारे में नहीं सोचा था। गोपीलाल का चेहरा विजय के उन्माद से खिल उठा था।

भोर का हल्का उजाला फूटने लगा था। समारोह का समापन हो चुका था। बूँदाजान ढेर सारे उपहारों के साथ अपनी बैलगाड़ी में बैठकर घर लौटने लगी। पक्षियों ने अपने कलरव से अपनी उपस्थिति दर्ज करा दी थी। बूँदाजान अपनी थकी देह से प्रसन्नता से भरी एक नए सबेरे को निहार रही थी। आत्ममुग्धता से भरी बूँदाजान अपनी सफलता पर गर्व करती बैलगाड़ी के हिचकोलों के साथ नींद की झपकियों में उतरने लगी थी। शृंगार के बासेपन के साथ थकान से उसका चेहरा उतर-सा गया था। बड़ी-बड़ी आँखें थकान के कारण लाल हो रही थीं।

अँग्रेज छावनी में बूँदाजान का नाम हरेक के मुख पर था। हर व्यक्ति जैसे बूँदाजान के नाम की माला जप रहा था। उसके सौंदर्य, नृत्य, अभिनय की प्रसंशा लोग बढ़ा-चढ़ाकर इधर-उधर सुना रहे थे। अँग्रेज छावनी में नीचे से ऊपर एक ही चर्चा गरम थी जिसका विषय बूँदाजान थी। बूँदाजान का जादू सर चढ़कर बोल रहा था। सभी की आँखों में बाण की तरह बूँदाजान चढ़ गई थी। रात्रि सभा का बखान हर ओर बढ़ा-चढ़ाकर बोला तथा सुनाया जा रहा था। बूँदाजान के रूप, तीखे नयन-नक़्श, रंगत, देह का लचीला कटाव सब की चर्चा का विषय था। बूँदाजान के नृत्य और सौंदर्य के सम्मोहन से कोई मुक्त नहीं हो पा रहा था।

अँग्रेज अधिकारी गोपीलाल से प्रसन्नता और प्रभावित हो उठे थे। गोपीलाल रातों-रात अँग्रेज अधिकारियों के प्रिय बन गए थे। उनकी आँखों में गोपीलाल के प्रति आदर, सम्मान, स्नेह उमड़ आया था। गोपीलाल एक ही रात में सबकी कृपा दृष्टि का पात्र बन गए थे।

गोपीलाल जहाँ हर्ष से गद्‌गद्‌ थे। वहीं उसके मन की भीतरी तहों से एक संदेह का कीड़ा कुनमुना रहा था। बार-बार मन में विचार आता, यदि बूँदाजान इतना वैभव, धन-संपदा देखकर अधिकारियों की चहेती बनकर कहीं उन्हें न भूल जाए? गोपीलाल के मन की भीतरी धरती पर प्रेम का बीज अंकुरित हो चुका था। वह बूँदाजान को मन ही मन प्रेम करने लगे थे। विचार के कौंधते ही एक फुरेरी-सी उठी और उनके सारे शरीर को कँपा गई।

उन्होंने अपने मन में निर्णय किया कि वह बूँदाजान को अब छावनी तभी लाएँगे जब उसका इस्तेमाल आवश्यक हो। बूँदाजान निश्चित ही तुरुप का इक्का है, जिसे सँभाल कर, सहेजकर रखना अति आवश्यक है। समय पर ही तथा सावधानी से ही चलाना हितकर होगा। बूँदाजान कला, नृत्य तथा सौंदर्य की साम्राज्ञी थी। सँभाल

कर इत्रदानी में नहीं रखी गई तो इत्र की गंध फैलने और उड़ने में कितना समय लगता है? बूँदाजान तो गुणों की, यौवन की खान है।

गोपीलाल जब बूँदाजान के डेरे पर पहुँचे तब बूँदाजान स्नान करके बैठी ही थी। गोपीलाल को देखते ही उसके तन-मन में जैसे स्फूर्ति कौंध गईं। झटपट दौड़कर उसने गोपीलाल का स्वागत किया। प्रसन्नता से उसकी बोटी-बोटी थिरक रही थी। आँखें और मन चंचल हो रहा था। आज गोपीलाल उसके मन मंदिर का आराध्य देवता बन गए थे। बूँदाजान के जैसे पैर धरती पर नहीं पड़ रहे थे। नारी सुलभ मर्यादाओं को पार कर वह गोपीलाल की बाहों में झूल गई। गोपीलाल ने भी काँच की गुड़िया की तरह सहेजकर बूँदाजान की देह को अपनी बाँहों में उठा लिया। दोनों देह-गरज-बरस कर जैसे एक हो उठीं। प्रेम की अतल गहराइयों में दोनों डूब गए थे। गोपीलाल का चेहरा विजय सुख की तृप्ति से लहलहा उठा। बूँदाजान की नारी सुलभ मर्यादाएँ पुनः लौट आई थी और वह लज्जा से सिकुड़ कर गठरी-सी बन गई। दोनों समर्पण और अर्पण के अमृतकुंड में जैसे बह गए थे।

बूँदाजान अपने अस्त-व्यस्त वस्त्रों की सकेलती उठी और भीतर चली गई। लौटी तो गोपीलाल ने देखा वह दूसरे कपड़ों में हाथ में नाश्ता और फल की तश्तरी लिए आई। गोपीलाल ने अर्थपूर्ण दृष्टि से बूँदाजान को निहारा और मुस्कुरा उठे। बूँदाजान ने सिमट कर तश्तरी मेज़ पर रख दी और नीचे धरती पर बैठ गई।

"नहीं बूँदा, तुम नीचे नहीं मेरे क़रीब बैठें," गोपीलाल ने बूँदाजान को उठाकर अपने पास बैठा लिया, "आज से हम दोनों के बीच में प्रेम और समर्पण का भाव आ गया है। तुम्हारी सारी ज़िम्मेदारी मेरी है।"

"अब मैं लौटकर कैसे जाऊँगी? तुम्हारी याद मुझे विचलित करती रहेगी।"

"अब तुम्हें कहीं नहीं जाना है। तुम्हारे लिए मैं यहीं स्थाई निवास खोज लेता हूँ। अब तुम्हें मेले में नौटंकी करने की भी आवश्यकता नहीं है।"

"सच," बूँदाजान प्रसन्नता से चहकी और गोपीलाल के निकट आते बोली, "मुझे तुमसे ऐसी ही आशा थी।"

"तुम्हारे निवास के लिए मैं यहाँ एक स्थायी निवास की खोज करता हूँ। मेरा मित्र बंगाली सिंह इसमें मेरी मदद करेगा। अब तुम यहीं स्थाई रूप से रहो। वैसे भी तुम्हें नर्मदा के प्रति विशेष प्रेम है।"

"हाँ, नर्मदा मइया ने ही तो हम दोनों की प्रथम भेंट करवाई थी।" बूँदाजान बोली और हँस दी, "देखो तुम मिले भी तो नर्मदा के तट पर, तुम तो अब मेरे लिए शंकर हो।"

"अरे नहीं," गोपीलाल हँसे, "इतना मत ऊँचे स्थान पर बैठाओ कि कल उतरना मुश्किल जान पड़े।"

"लो कुछ खा लो।"

"तुम्हें छावनी में कैसा लगा?" गोपीलाल ने केला खाते हुए पूछा।

"छावनी के कहने क्या हैं? मैंने तो अपने जीवन में इतने ऊँचे लोग देखे ही नहीं थे। कला के पारखी लोग हैं, फिर देखो कितना सम्मान दिया, ढेर तोहफ़े दिए हैं।"

"क्या-क्या दिया है?"

"अभी खोला कहाँ है, हाँ धन ज़रूर अच्छा मिला है, शायद मैं साल-छह माह भी नौटंकी न करूँ तो मेरे लिए काफ़ी है।"

"चलो तुम प्रसन्न हो, जान अच्छा लगा। तुम्हें उन लोगों ने उपहार दिया और बदले में तुमने मुझे प्रेम का उपहार दे दिया।"

"धत्!" बूँदाजान लजा गई, "इस कारण तुम्हारे इतने निकट आई ऐसा नहीं है। तुम से तो पहली बार मिली थी, तभी मुझे तुम प्रभावित कर गए थे।"

"ऐसा मेरे साथ भी घटा था, पहली बार नर्मदा तट पर तुम्हें देखा तभी जाने क्यों तुम्हारे प्रति मेरे मन में प्रेम जाग गया था। इसी कारण तो दोबारा तुम्हें खोजते आया था। प्यासा ही पानी की खोज में निकलता है।"

"अच्छा, शपथ लो जीवन के अंतिम क्षणों तक साथ निभाओगे?"

"तुम्हें पता है शपथ लेने वाले हमेशा झूठे होते हैं।"

"तुम टाल रहे हो?"

"नहीं टाल नहीं रहा, पुरुष शपथ नहीं लेता, स्त्रियाँ शपथ लेती हैं। पुरुष केवल प्रण करता है और निभाकर दिखाता है।"

"परंतु...धोखा, अविश्वास भी तो पुरुष ही देता है।"

"मैं ऐसा व्यक्ति लगता हूँ क्या?"

"ऐसा तो सभी पुरुष अपने बारे में कहते हैं, पुरुष दंभ और अहंकार में ऐसा कहता है। परंतु बाद में वह भूल जाता है।"

"छोड़ो, तुम कहाँ यह वाद-विवाद ले बैठीं? तर्क से हमेशा मन में कटुता ही बढ़ती है।"

"लेकिन दुःख तो नारी को ही उठाना पड़ता है न?"

"देखो दुःख और चिंता मनुष्य को तोड़ती है, स्मृतियाँ जीवित रखती हैं, इस कारण स्मृतियों को हमेशा सँजोकर रखना चाहिए। अपने को कमज़ोर साबित नहीं करना चाहिए। नारी यहीं तो चोट खा जाती है। इतनी हिम्मत, इतना विश्वास रखना चाहिए कि यदि धरती भी छूट गई तो उड़ने के लिए आकाश तो है।"

"मगर आकाश में उड़ने के लिए पंख भी तो होना चाहिए न?"

"चलो तुम्हारे तर्क के आगे मैं हार मान लेता हूँ पर शपथ नहीं लूँगा, केवल विश्वास दिला सकता हूँ। सांसारिक मनुष्य की स्थिति, परिस्थिति का कोई भरोसा नहीं होता, जाने कब कैसा समय देखना पड़े। क्या मैंने कभी सोचा था कि दिल्ली

छोड़कर मुझे यहाँ आकर रहना पड़ेगा?"

"ठीक है, चलो तुम्हारी इस बात पर मैं तुम्हें छोड़ देती हूँ। वैसे भी लोग रोज़ झूठी शपथ लेते हैं और रोज़ ही तोड़ देते हैं, उससे भी क्या लाभ?"

"बहुत ठीक सोचा तुमने, मनुष्य को शब्दों पर नहीं अपने पर विश्वास करना चाहिए। मनुष्य तो मृत्यु के समय भी सत्य नहीं बोल पाता। मन से नहीं विवेक से विचार करना चाहिए।"

"सही है, मैं इसका समर्थन करती हूँ।"

"चलो, आख़िर तुम निर्णायक भूमिका पर तो आईं। आख़िर हम एक निर्णय पर तो पहुँचे।"

बूँदाजान हँस दी साथ ही गोपीलाल भी हँस पड़े और बात गंभीर मोड़े लेने के पहले सही दिशा की ओर सहज रूप से बढ़ गई थी।

"देखो बूँदाजान, गोपीलाल ने अपनी बात पूरी करनी चाही, "पति-पत्नी तो कोई भी बन जाता है। हम रोज़ जीवन में देखते हैं कि लोग पति-पत्नी बनकर एक-दूसरे को ठगते रहते हैं। हंस का जोड़ा देखो, कैसा एक-दूसरे से प्रीत करता है। एक मरता है तो दूसरा जीवित नहीं रह पाता। दोनों कैसे प्रीत निभाते हैं। क्या उनके बीच कोई बंधन, मंत्र, सामाजिक दबाव रहता है? हम तो मनुष्य हैं, हमारे बीच वैसा ही प्रेम, आस्था, लगाव क्यों नहीं उत्पन्न हो सकता?"

बूँदाजान शांत होकर गोपीलाल की बात सुनती रही और मन-ही-मन उत्साहित होती रही। गोपीलाल की गोद में सर रखकर वह बच्चों की तरह लेट गई। बूँदाजान ने हाथ में लाल और काली रंग की चूड़ियाँ पहन रखी थीं जो बज उठीं।

"तुमने हाथों में बड़ी सुंदर लाल और काली रंग की चूड़ियाँ पहन रखी हैं," गोपीलाल ने बूँदाजान के हाथों की चूड़ियों को चूमते हुए कहा।

"पता है इसे क्या कहते हैं?"

"नहीं, तुम बताओ। भला स्त्रियों की बातें मैं कैसे जान सकता हूँ?"

"इसे हमारी तरफ़ कलीरे कहते हैं। एक चूड़ियाँ भी उधर प्रसिद्ध हैं जिसे कचेरा कहते हैं?"

"भई, चूड़ियों के भी नाम होते हैं, पता नहीं था।"

"सुना है बहुत पहले नौटंकी की पूर्वज दो बहनें थीं, जिसका नाम लद्दन-पुत्तर था। दोनों जुड़वा थीं। वही यह चूड़ियाँ पहनती थीं तथा उन्हीं का रखा यह कलीरे और कचेरा नाम है।"

"तो क्या तुम भी अपने को उन्हीं का वंशज मानती हो?"

"हाँ, जब नौटंकी करते हैं तो उन्हीं को अपना पूर्वज तो मानना ही पड़ता है। उन्हीं की पूजा हम लोग करते हैं और लकीरे और कचेरा चूड़ियाँ हमें पहनाई जाती हैं। यह उन्हीं का सुहाग माना जाता है।"

''अरे, तुमने तो आज बहुत ही विचित्र कहानी सुनाई?''

''यह कहानी नहीं, सत्य है।''

''जैसे तुम और मैं सत्य हैं, हैं न?''

''बूँदाजान हँस पड़ी, साथ ही गोपीलाल हँस दिए।

12

मिट्ठू सिंह अपने ऊपर के कमरे में धूप सेंक रहे थे। ऊपर का कमरा पूर्व दिशा की ओर था। भोर का सूरज सीधा कमरे में प्रवेश करता था। मिट्ठू सिंह कपड़े की आरामकुर्सी पर बैठे पैरों पर धूप ले रहे थे। मिट्ठू सिंह के दाहिने पैर पर घाव-सा हो गया था जिसपर वह काला मरहम लगाकर धूप में बैठते थे। सीढ़ियों से गोपीलाल चढ़कर ऊपर आए। मिट्ठू सिंह ने मुड़कर देखा और मुस्कुरा कर देखा उनके हाथ में गीता रखी थी, उसे वैसे ही खुली पुस्तक को औंधी अपने छाती पर रख ली। धूप में तीव्रता आ गई थी, उन्होंने कुर्सी थोड़ा पीछे सरका ली।

''आओ पंडित, कई दिनों से दिखे नहीं?''

''थोड़ा काम अधिक आ गया था, इस कारण व्यस्त हो गया था,'' गोपीलाल थोड़ा झेंपे, उनके चेहरे पर पकड़ लिए जाने का-सा भाव उतर आया था, जिसे मिट्ठू सिंह ने ताड़ लिया।

''परंतु ऐसी भी क्या व्यस्तता कि रात्रि विश्राम के लिए घर लौटने का समय न मिले?''

''छावनी में इधर कुछ कार्यक्रम हो रहे थे, इस कारण रात्रि में वहीं रुकना पड़ रहा था।''

''देखो, अँग्रेजों की सोहबत में अधिक मत रहो, कहीं घर न बिगड़ जाए। सुना है मेम औरत बहुत सुंदर होती हैं?''

''नहीं-नहीं,'' गोपीलाल लजा गए, कान तक लाल हो उठे, ''आप भी क्या सोच बैठे, भला मेम औरत से मुझे क्या कार्य?''

''भई देखो, पहले तो सब ऐसा ही कहते हैं, बाद में बड़े-बड़े लोगों को लार टपकाते देखा है।''

''छोड़िए, इस बात को,'' गोपीलाल धूप में लोहे की सीधी पीठ वाली कुर्सी को खींचते बोले, ''आज एक बात आप से पूछना था।''

''हाँ, कहो?''

''क्या, यहाँ नर्मदा में आत्महत्या करने का चलन है? कोई मुझे बता रहा था।''

"हाँ! नर्मदा असल में पवित्र नदी है, लोग सोचते हैं, इसमें प्राण त्यागने से सीधे स्वर्ग में जाएँगे, इस कारण जीवन से थके, संन्यासी या बूढ़े लोग आकर छलांग लगाकर अपने प्राण त्याग देते हैं।"

"विचित्र नहीं है? मैंने सुना तो आश्चर्य में पड़ गया।"

"आश्चर्य कुछ नहीं। पवित्र तथा धार्मिक नदियों के साथ यह धारणाएँ हमेशा जुड़ी रहती हैं। काशी में तो गंगा के तट पर एक घाट है जिसका नाम की काशीकरवट है। वहाँ पर जीवन से लाचार, बूढ़ा या जो व्यक्ति संसार त्यागने का विचार कर लेता है, वह आता है और काशी करवट घाट पर आकर लेट जाता है। नाक बंद करके करवट बदलता है और सीधा गंगा में चला जाता है। इस तरह वहाँ तो रोज़ाना ही कई ऐसी घटनाएँ होती रहती हैं।"

"अच्छा! क्या इस पर कोई रोक नहीं लगना चाहिए?"

"विरोध तो कई बार हुआ पर लोग मानते नहीं है। मुँह अँधेरे, दोपहर के सन्नाटे में या रात्रि के समय चुपचाप पहुँच जाते हैं। मृत्यु को पाने का इससे सरल और सुगम रास्ता दूसरा नहीं है।"

"अच्छा?" गोपीलाल हतप्रभ हो रह गए।

"मानव मन में जाने कितनी प्रकार की पीड़ाएँ रहती हैं, जिन्हें मन में गुप्त रख कर वह जीवित रहता है, जब जीना असहनीय हो उठता है तो आत्महत्या कर लेता है। आत्महत्या की मनोवृत्ति केवल मनुष्य में होती है ऐसा नहीं है, पशु-पक्षी तक में होती है।"

"हाँ मन की पीड़ा असहनीय हो उठती है तब ही मनुष्य ऐसा करता है।"

"सही कहा। सूरदास ने कितना सुंदर वर्णन किया है, जब कृष्ण की तरफ़ से संदेश लेकर ऊधौ गोपियों के पास जाते हैं और उन्हें उपदेश देते हैं कि मन कहीं और लगा लो तो गोपियाँ उत्तर देती हैं–"उधों मन न नाहीं दस बीस,

एक हतो सो गयो श्याम संग, को आराधे ईश।"

"अति सुंदर," गोपीलाल अधीर हो उठे, "इससे बढ़िया तो मन की व्यथा किसी ने नहीं कही होगी।"

"ईश्वर ने जोड़ियाँ बनाई हैं जैसे प्रेमी और प्रेमिका, पति और पत्नी, दिन और रात, सूरज और चाँद, जन्म और मृत्यु, अँधेरा और उजाला। ऐसी अनगिनत जोड़ियाँ बनाकर उसने सृष्टि की रचना की है। वैसा ही मन में भाव भी पैदा किया है, परंतु किसी कारणवश जब जोड़ी टूटती है तो व्यथित मन में पीड़ा और विराग उत्पन्न होता है, जिसके कारण संसार का मोह समाप्त हो जाता है और मन में आत्महत्या का विचार घर करने लगता है।"

"इसे पलायन भी तो माना जाएगा?"

"पलायन तो माना जाएगा परंतु दुःखी व्यक्ति के आगे जब सारे मार्ग अंधकार

में डूब जाते हैं, कोई मार्ग नज़र नहीं आता तब वह ऐसा करने पर बाध्य हो उठता है। कलंक, परिहास जैसे शब्द उसे खोटे सिक्के से लगने लगते हैं। मनुष्य विवशता के कारण ही हृदयहीन हो उठता है।''

''आपके पास बैठने से कई बातें अपने आप खुलती जाती हैं।''

''छोड़ों इन व्यर्थ की बातों को, तुम कहो तुम्हारा कार्य कैसा चल रहा है?''

''बहुत बढ़िया। अँग्रेज छावनी में मैंने पूर्ण विश्वास पा लिया है। काफ़ी दबदबा हो गया है।''

''ठीक है, परंतु हमेशा वैभव के मार्ग पर बहुत धीमी गति से ही बढ़ना चाहिए। कभी-कभी वैभव विनाश का कारण बन जाता है। देखो कृष्ण का अंत भी अति वैभव के कारण उद्‌दंड होकर द्वंद्व में फँसी संतान के कारण ही हुई थी।''

''वह कैसे, थोड़ा विस्तार से बताएँ? बचपन से व्यापार में रमे रहने के कारण धर्मग्रंथों की काफ़ी कम जानकारी है। व्यापारी के लिए तो धर्म बहुत ही अल्प समय के लिए आता है। सबेरे दुकान खोलते समय भगवान की मूर्ति के आगे फूल चढ़ाकर चरण स्पर्श कर लेना बस, फिर सारा दिन तो रुपयों की खनखनाहट पर आँख और ध्यान लगा रहता है।''

''ठीक कहते हो'' मिट्ठू सिंह हँसे, ''मेरा तो सारा जीवन केवल धर्मग्रंथों को पढ़ाने में ही बीता है। शायद इस कारण भी मन की कुंठा दूर हुई और परिपूर्ण, संतुलित तथा स्वस्थ जीवन जी सका हूँ।''

''आपके अनुभवों का प्रसाद मुझे समय-समय पर मिल रहा है, मैं तो उससे ही धन्य हूँ। आप कृष्ण के अंत की कथा सुनाएँ?''

''हाँ, सुनो! साधुओं की एक टोलो आकर ठहरी, उनका पड़ाव पड़ा हुआ था। कृष्ण द्वारका नरेश थे, उनका सारा समय राज-काज की व्यवस्था में लगा रहता था, इस कारण वह अपने पुत्रों पर ध्यान नहीं दे पाते थे। कृष्ण की पटरानियों से ढेरों संतान थीं। राज्य की व्यवस्था तो ठीक-ठाक चल रही थी, परंतु घर की व्यवस्था पर उनका नियंत्रण नहीं था। उनके पुत्र सारा दिन ऊधम करते थे और अपने आतंक से दूसरों को कष्ट पहुँचाते रहते थे। कृष्ण के पुत्र स्वांग भरकर साधुओं के डेरे पर पहुँचे। एक लड़के को नारी का भेष धारण कराकर उसके पेट पर पत्थर बाँधकर उसे गर्भवती स्त्री बनाकर पहुँचे। साधुओं के गुरु बैठे थे उनसे कहा–महाराज, आप तो अंतर्यामी हैं, ज़रा बताइए, इसके गर्भ में क्या है पुत्र या पुत्री? साधु लड़कों की इस वाचालता से दंग रह गए। उन्हें बहुत अधिक क्रोध आया परंतु उन्होंने अपने क्रोध को नियंत्रित किया और बोले–इसके पेट में क्या है, यह तो बता नहीं सकता, परंतु इसके पेट में जो भी है, उसी के कारण तुम्हारे वंश का नाश होगा।

लड़के जो हँसी–ठट्ठा करने आए थे, अब दुःखी हो उठे। भय से काँप उठे। क्षमा माँगी पर साधु ने क्षमा नहीं किया। लड़के घर लौटे। कृष्ण को इस श्राप का

पता चला तो वह दंग रह गए। कृष्ण दौड़े-दौड़े साधुओं के डेरे पर पहुँचे परंतु तब तक तो साधु अपना स्थान छोड़ चुके थे। कृष्ण निराश लौटे। कृष्ण ने जिस पत्थर के कारण श्राप मिला था उसे समुद्र में फिंकवा दिया। समुद्र में एक बड़ी मछली ने उसे निगल लिया। एक मछुवारे ने एक दिन जाल फेंका तो वह मछली फँस गई। पेट चीरा तो उसमें एक पत्थर था। पत्थर मछुआरे को पसंद आ गया। उसने नोक से अपना तीर बनाया। एक दिन मछुआरा हिरन के शिकार पर निकला। एक स्थान पर कृष्ण विश्राम कर रहे थे। मछुआरे का तीर कृष्ण के तलवे में जाकर लगा। कृष्ण के पैर में हिरन की आँख-सी बनी थी, जो अँधेरे में चमकती थी। मछुआरे को धोखा हो गया। कृष्ण की मृत्यु के बाद उनके पुत्रों में घमासान युद्ध मच गया। हर पुत्र राज्य और जायदाद का स्वामी बनना चाहता था। एक दूसरे को मारने-काटने के कारण कृष्ण के वंश का नाश हो गया। इस तरह अधिक वैभव, अधिक चतुराई भी नाश का कारण बन जाती है, इस कारण हमेशा सचेत और सावधान रहना चाहिए।''

''आपकी इस कथा ने तो मेरे रोंगटे खड़े कर दिए,'' गोपीलाल व्याकुल होकर बोले, ''वास्तव में वैभव आता है तो उसके बुरे परिणाम भी भोगने पड़ते हैं।''

''इस कारण किसी भी वस्तु का अति बुरा होता है, आवश्यकता से अधिक होने के कारण उसका दुरुपयोग होने लगता है।''

''इससे बचने के लिए क्या उपाय करना चाहिए?''

''अपने को नियंत्रित रखना चाहिए। आत्मसंयम करना चाहिए। आत्मसंयम वह युक्ति है जिसके कारण हम बिखरी और अव्यवस्थित अभिलाषाओं को नियंत्रित रख सकते हैं। जिस प्रकार हम बिखरी और फैली वस्तुओं की गठरी बाँध लेते हैं, वैसे ही आत्मसंयम से हम अपनी इच्छाओं की गठरी बाँध लेते हैं, फिर हमारी इच्छाएँ हमें अधिक नहीं भटकाती हैं,'' मिट्ठू सिंह बोलकर चुप हो गए और गोपीलाल की ओर देखते बोले, छोड़ो इन व्यर्थ की बातों को, लगता है नीचे शुद्ध घी में हलवा भूँजा जा रहा है, उसकी सोंधी महक अब मन को भटका रही है और अध्यात्मिक संसार से नीचे गृहस्थी सुख की ओर ले जा रही है।''

''हलवा नहीं, मैं ऊपर आ रहा था तब सुहासनी खोए की गुजिया बनाने में व्यस्त थी, लगता है उसी को तला जा रहा है।''

''अरे वाह, यह हुई न कुछ बात, देखो बहू के आने से कितना लाभ हुआ है।''

तभी सीढ़ियों पर गुजिया थाली में लिए मोहन ऊपर आता दिखा। मोहन को देखकर मिट्ठू सिंह और गोपीलाल दोनों चौंके तथा प्रसन्न हो उठे।

''अरे बेटा, तुम कब आए?''

''तभी आज घर में गुजियाँ बन रही थीं?'' गोपीलाल बोले, ''वही सोचूँ अचानक त्यौहार कैसे बीच में टपक पड़ा।''

''बेटा आया है तो त्यौहार तो है ही।''

मोहन ने हाथ में गुजिया की थाली पकड़े मिट्ठू सिंह के पैर छू लिए। मिट्ठू सिंह प्रसन्नता से निहाल हो गए।

''भई गोपीलाल बेटा अँग्रेजी गिटपिट पढ़ता है पर अपने भारतीय संस्कार नहीं भूला?''

''इसी से तो मुझे चिंता लग रही है कि इसकी शिक्षा सही नहीं हो रही है। अँग्रेजी तालीम में तो घर के पुराने संस्कार अब तक भूल जाना चाहिए था।''

''लो, तुम भी एक विचित्र व्यक्ति हो। ऐसी भी क्या शिक्षा जो पुराने संस्कार भुला दे।''

''मानता हूँ, जो मैं कह रहा हूँ वह ग़लत है परंतु यह एकदम सोलह आने सत्य बात है। अँग्रेजी जहाँ बैठती है, पुरानी चीज़ों को साफ़ करके ही बैठती है, वह अपने रंग में रंग लेती है। जैसे शराब का नशा चढ़ता है ऐसा ही अँग्रेजी का नशा चढ़ता है। सारा वातावरण, चोला बदल देती है।''

''तुम्हारी बात मेरी समझ में नहीं आ रही है,'' मिट्ठू सिंह को बुरा-सा लगा, खिन्न मन से बोले।

''समझ जाएँगे, जब मोहन लंदन से वापस लौटेगा तब समझ जाएँगे। आप इसे पहचान नहीं पाएँगे।''

''तो क्या मोहन लंदन जा रहा है?'' मिट्ठू सिंह अचंभे से फट से पड़े।

''कोशिश में लगा हूँ, देखें कब तक सफलता मिलती है। अँग्रेजों की ख़ुशामद इसी कारण से तो कर रहा हूँ।''

''ताऊजी गुजिया खा लें,'' मोहन ने कहा।

मोहन के आग्रह पर मिट्ठू सिंह ने गुजिया उठा तो ली पर उन्हें अब गुजियाँ में कोई स्वाद नहीं लग रहा था, सारा उत्साह ठंडा पड़ रहा था। गोपीलाल स्वाद ले-लेकर गुजिया खा रहे थे। मोहन भी एक मचिया पर बैठा गुजिया खाते बाहर पेड़ पर चढ़ती-उतरती गिलहरी को ताक रहा था।

13

''कहो पंडित, कैसी गुज़र रही है ?'' बंगाली सिंह ने पूछा।

''ठीक-ठाक समझो, जैसा मन चाहता था, एकदम वैसा?,'' गोपीलाल मुस्कुराए।

''देखो पंडित हम बहुत बड़े विद्वान हैं, पर इतना जान लो कि एक कहावत हमारे समाज में कही जाती है और वह हमें सोलह आने सही लगती है।''

''अच्छा, वह क्या?'' गोपीलाल उत्सुक होते बोले।

"पाग, मूँछ और नारी,
वारे ते काहे न सँवारी।"

"अब इसका अर्थ बताओ?" गोपीलाल चारपाई पर बैठते हुए बोले।

"इसका अर्थ हुआ, पाग याने पगड़ी। पगड़ी का पहला फंदा ढीला हो गया तो फिर बाद में चाहे जितना सुधारो वह नहीं सुधरती है। ऐसे ही मूँछ को भी शुरू से ही सुधारा जाता है, नहीं तो मूँछ को सही करना कठिन होता है, ऐसे ही नारी पर ध्यान नहीं दिया, उसे उपेक्षित करके भूल गए तो वह कभी नहीं आपके बस में होगी। इन तीनों चीज़ों को प्रारंभ से सँवारना ठीक रहता है। इसलिए पंडित सारा कुछ सही करके ही चलो।"

बंगाली सिंह की बात सुनकर गोपीलाल को हँसी आ गई। बंगाली सिंह भी ज्ञान की बात कर सकते हैं, इस पर कभी गोपीलाल ने सोचा नहीं था। बंगाली सिंह की बात ने उन्हें चकित-सा कर दिया।

"बंगाली सिंहजी, आप तो आज बहुत गहरी बात कह गए?"

"पंडित, ज्ञान तो बहुत है पर वह कभी-कभी ही फूटता है, तुम जैसा ज्ञानी व्यक्ति दिखता है तभी ज्ञान का रस टपकता है। एक बात कहें पंडित, तुम यदि हमें साथ रखोगे तो जीवन में कभी धोखा नहीं खाओगे। हमने ज्ञान अपने जीवन से सीखा है, कोई पुस्तक से नहीं रटा है।" बंगाली सिंह के चेहरे पर कुटिल मुस्कान फैल गई।

गोपीलाल चुप से बंगाली सिंह को निहारते रहे। बंगाली सिंह का यह रूप उनके सामने पहली बार उजागर हुआ था। वह मौन तकते रहे, आँखों में विचलन का भाव भर गया था।

"देखों पंडित, जिस प्रकार केवल उद्गम के स्रोत से ही नदी आगे नहीं बढ़ पाती, उसे सहायक नदी और नालों के पानी की आवश्यकता होती है, तभी वह विशाल होती है। उसी तरह मनुष्य को भी आगे बढ़ने के लिए हमेशा दूसरों के सहारे की आवश्यकता होती है, तभी मनुष्य अपने लक्ष्य को पा सकता है। तुम भी अपने जीवन में यदि शिखर पर पहुँचना चाहते हो तो हम जैसे सहायकों को मत भूलो और हमारा हक़ देना भी मत भूलो।"

"बंगाली सिंहजी आज तो आपने वास्तव के आश्चर्य में डाल दिया?" गोपीलाल स्तब्ध होते बोले।

"देशी दवा बेचते हैं, इसी तरह एकदम देशी, ज़मीन की बातों की जड़ियाँ हमारे पास रहती हैं। हमारी दवा या बातों को किसी ने ध्यान से चखा और सुना तो सच जानो वह कभी धोखा खा ही नहीं सकता है।"

"बंगाली सिंहजी आज से आप मेरे परम मित्र और गुरु दोनों हुए," गोपीलाल ने गद्‌गद् स्वर में कहा।"

"अरे पंडित, हम लोग बहुत पुराने ख़ानदानी लोग हैं। राजे-रजवाड़ों से हमारी बड़ी क़द्र रहती थी। बड़े-बड़े घरों की गहरे राज़ की बातें हम अपने पेट में रखते थे। हमारे बुजुर्गों के पास तो आज भी राजाओं की दी हुई गजासाई है।"

"गजासाई? यह क्या होती है?"

-"गजासाई, सोने के बहुमूल्य सिक्के को कहते हैं। प्राचीनकाल में गजासाई सबसे क़ीमती सोने के सिक्के को कहते थे। बुंदेलखंड के राजा वीरसिंह जूदेव बुंदेला थे, उनके ज़माने में गजासाई सोने का क़ीमती सिक्का चलता था। राजा जिस पर बहुत प्रसन्न होते थे उसे अपने हाथों से गजासाई सिक्का देकर निहाल कर देते थे। ऐसे ही दो गजासाई सोने के सिक्के हमारे ख़ानदान को इनाम में मिले थे, जो आज भी हैं और उसे हम लोग अपनी खानदानी धरोहर मानते हैं और केवल पूजा में ही निकालते हैं," बंगाली सिंह ने गौरव से बताया।

"आपने बड़ी विचित्र जानकारियाँ दी हैं।"

"आपको एक बात और बताएँ पंडित?" बंगाली सिंह उत्सुकता से बोला, "हमारी जाति के लोग कभी शतरंज नहीं खेलते।"

"अच्छा, ऐसा क्यों?"

"हमारी जाति बहुत प्राचीन है। महाभारत काल से चली आ रही है। हमारी जाति के लोगों ने पांडवों की बहुत सहायता की थी। उनके कष्ट देखकर हमारी जाति के पंचों ने निर्णय किया था कि हमारी जाति का कोई भी व्यक्ति शतरंज नहीं खेलेगा।"

"अच्छा?" गोपीलाल ठगे से रह गए।

"शतरंज! अब इसके शब्द को तोड़कर विचार करो। शत् का अर्थ होता है सैंकड़ा और रंज का अर्थ होता दुःख। याने शतरंज खेलने से सैकड़ों तरह के दुःख झेलने पड़ते हैं। जिस खेल का नाम ही शतरंज है याने सैकड़ों दुःख है उस खेल को छूने से भला क्या लाभ?"

"आज आपने बहुत बेशक़ीमती बात कही है। आपके समाज ने बहुत ही विवेकपूर्ण निर्णय लिया और शतरंज का आपने अर्थ भी ख़ूब बताया," गोपीलाल चकित से बोले।

"यह बात मेरी कही हुई नहीं है। मैं तो मूर्ख हूँ, यह बात तो मेरे बाबा याने पिताजी के पिताजी कहा करते थे।"

"अच्छा बंगाली सिंहजी आप की जाति ख़ानाबदोश की तरह क्यों रहती है, क्या इसका भी कोई इतिहास है?"

"है क्यों नहीं," बंगाली सिंह ने हुक़्क़ा गुड़गुड़ाया, "प्राचीन काल में सामंतीयुग के अभिशाप के कारण यह जातियाँ लावारिस जीवन जीने पर मजबूर हुईं। राजाओं के हरम में दासीप्रथा थी। राजपूत घराने में जो दासियाँ पहुँचाईं जाती थीं, उनसे उत्पन्न

अवैध संतानों को जब समाज में स्थान प्राप्त नहीं होता था तथा वह हेय दृष्टि से देखे जाते थे, तब इन्हें पेट पालने के लिए ख़ानाबदोशी का जीवन जीना पड़ता था। राजाओं के समय में यातायात का सारा कार्य इन्हीं के ज़िम्मे रहता था। सेना के साथ चलते थे। माल ढोने तथा सैनिकों का राशन पहुँचाने का कार्य इन्हीं के द्वारा होता था। घोड़ों का राशन पहुँचाने का कार्य भी करते थे। सेना का सारा सामान, तंबू आदि लेकर चलना वहाँ पहुँचकर सारी व्यवस्था करना इन्हीं के ज़िम्मे रहता था। समाज में उचित आदर-सम्मान नहीं मिला इस कारण भी भगौड़ा स्वभाव बन गया है। प्राचीनकाल में तो सम्मान सेना के साथ बने रहने के कारण मिला हुआ था। युद्ध के पड़ाव के साथ रहते थे। सैनिकों के दिल बहलाने, लूटपाट में बराबरी के सहयोगी रहते थे।''

''अच्छा! बंगाली सिंहजी, बताओ कि बूँदाजान के लिए क्या यहाँ स्थायी निवास की व्यवस्था हो जाएगी?''

''क्यों नहीं, ज़रूर हो जाएगी। यह आपने ठीक सोचा, जब बूँदाजान आपको पसंद आ गई है तो उसको यहीं नज़रों के सामने रखना चाहिए।''

''तो आप मकान की खोज करें।''

''दो दिन में सारी व्यवस्था करके चाबी लाकर आपको दे देंगे, परंतु रक़म ख़र्च करना होगा।''

''रक़म आपको पूरी मिल जाएगी।''

''बस तो फिर मकान भी समझो मिल जाएगा।''

''आप यह एक हज़ार रखें, बयनामा दे दें, बाक़ी रक़म भी तुरंत मिल जाएगी,'' गोपीलाल ने कोट की भीतरी जेब से एक हज़ार के नोटों की गद्दी निकालकर बंगाली सिंह को दे दी, ''मकान बढ़िया होना चाहिए, आसपास के लोग भी शरीफ़ हों।''

''आप चिंता मत करो, मकान पर दो आदमी अपने चौकीदारी पर रख देंगे, बढ़िया लठैत। किसी की क्या मजाल जो सीढ़ी पर बिना बुलाए पैर रख दे, समझो चिड़िया भी नहीं बैठ पाएगी।''

''वाह आपका तो वास्तव में कोई जवाब नहीं,'' गोपीलाल प्रसन्न मन हो उठे, ''बूँदाजान वाली इस व्यवस्था की बात आप हमारे घर या मिट्ठू सिंह जी से भी न कहें।''

''एकदम नहीं, हमारा तो पुरखों से ही यही काम है। बड़े-बड़े लोगों के बड़े-बड़े राज़ अपने भीतर रखते हैं।''

''ती ठीक है। आए शीघ्र ही कर लें। काम पक्का करें, लिखा-पढ़ी सब पक्की कर दें।''

''एकदम, आपको कभी कोई शिकायत नहीं मिलेगी। बढ़िया मुंशी से लिखा-पढ़ी कर लेंगे। एक मुंशी रामअवतार है, हमारे सारे काम वही करते हैं। बड़े-बड़े वकील-मुंशी

सब उन्हीं के चेले हैं। उनके हाथ का बनाया मसवदा बड़े-बड़े दिमाग़ वाले नहीं काट पाते। उनके हाथ का लिखा बयनामा से तो लोग बड़े-बड़े फ़ौजदारी जीत जाते हैं। कहने को अर्ज़ीनवीस हैं पर वकीलों के कान काटते हैं।''

''फ़ीस क्या लेते हैं?''

''फ़ीस की चिंता तुम हम पर छोड़ दो। वह रसिया आदमी है। मान गए तो एक रुपया में काम कर दें, न माने तो सौ रुपया में न करें। बस ज़रा ख़ुशामद की बात करना पड़ता है और प्रसाद के लिए एक बोतल दारू ले जाना पड़ता है।''

''अरे, तब तो बढ़िया है। हम छावनी से बढ़िया अँग्रेजी दारू की एक बोतल ला देंगे।''

''एक नहीं दो।''

''दो क्यों? अभी तो आपने स्वयं कहा था कि एक बोलत दारू में काम चल जाता है।''

''पंडित, हमको हमेशा विसरा देते हो, तनिक याद रखा करो।''

''अच्छा! वास्तव में मुझे आपका ध्यान रखना चाहिए था, पर कभी इससे पहले बात निकली नहीं, वरना हम तो रोज़ाना लाकर दे देते। मुफ़्त में मिलती है वहाँ, हम से तो अफ़सर लोग रोज़ कहते रहते हैं।''

''बूँदाजान का भेद भी तो आज ही उजागर हुआ है। रहस्य आज ही खुला है न?''

''आप बहुत चतुर हो?'' कहकर गोपीलाल झेंपकर हँसे।

''तो दारू की बोतल कब मिल जाएगी?''

''अरे, आज ही समझो।''

''बस तो समझो आपका काम भी कल ही हो जाएगा।''

''इतनी जल्दी भी मत करो।''

''नेक काम जितने जल्दी हो, ठीक रहता है,'' बंगाली सिंह मुस्कुराए, ''इधर नौटंकी ठंडी-सी लगती है काम बंद है क्या?''

''हाँ, बूँदाजान को कुछ दिनों से ज्वर आ रहा है, इस कारण बंद है। ज्वर ठीक होते ही नौटंकी करेगी।''

''वहीं,'' बंगाली सिंह ने कान से बीड़ी निकालकर सुलगाई, ''कोई भी काम धीरे-धीरे हो तभी ठीक रहता है, वरना लोगों के कान खड़े होते क्या समय लगता है।''

''सही कहा, आप बीड़ी भी मत पिया करो, छावनी से सिगार ला देंगे।''

''अरे नहीं अब इतनी भी मेहरबानी मत करो। आदत हमेशा पुरानी ही ठीक रहती है। घर की रोटी ही रोज़ खाना चाहिए, बाहर का न्यौता तो कभी-कभी ठीक

रहता है।''

''ठीक है कभी-कभी सही। हुक़्क़ा की जगह सिगार पी लिया करो।''

''तब ठीक है। बड़ी मेहरबानी दिखला रहे हो। पंडित मन की कहनी मानकर गृहस्थी मत बिगाड़ लेना बड़ी सुंदर बहू है। अक़्लमंद वही है जो दोनों और सामंजस्य स्थापित करके चले।''

''ऐसा कुछ नहीं, तुम ज़्यादा समझ रहे हो। बूँदाजान की बस मदद कर रहे हैं। अपने इलाक़े की ही है, कश्मीर की है।''

''अच्छा, तब तो ख़ूब काँटा फँसा।''

''समझो ऐसे ही मदद कर रहे हैं।''

''अब सफ़ाई क्यों देने लगे, क्या हम समझते नहीं? हम तो यह कह रहे हैं कि ज़्यादा प्रीत मत बढ़ा लेना।''

''अब प्रीत जुड़ गई है तो आगा-पीछा क्या सोचना। कौन बूँदाजान घर में रहेगी। अपना काम करेगी और आना-जाना रहेगा, बस'' गोपीलाल दार्शनिक भाव से बोले।

बंगाली सिंह चुप रह गए। मन-ही-मन पश्चात्ताप-सा हुआ कि बेकार में ही गोपीलालजी को छेड़ दिया। प्रेम की अग्नि कोई बुझा नहीं पाता। बुझाने वाला मूर्ख बनता है और अपने हाथ जला बैठता है। असमंजस का भाव चेहरे पर आ गया था, बात को सँभालते हुए उन्होंने बूँदाजान की प्रशंसा करना ठीक समझा।

''पंडित, बूँदाजान के रूप, यौवन और कला के चर्चे तो दूर-दूर तक हैं। समझो नायाब हीरा है, इस हीरे को सँभाल कर रखना।''

''तभी तो कह रहा हूँ कि आप स्थायी मकान दिलवा दो।''

''वह तो मिल गया जानो, दूसरा काम बताओ?''

''आप भी,'' गोपीलाल हँसे, ''सारे काम आपके बायें हाथ के खेल होते हैं।''

''सो तो हैं ही बस देखते जाओ। कोई भी कार्य हमारे लिए असंभव नहीं है, बस हिम्मत रखनी चाहिए। शहर में घूमना पड़ेगा, कुछ नाश्ता-पानी के लिए रुपया-टका दे दो। एक हज़ार तो मकान वाले को बयाना के देने होंगे। मुंशी को भी देना-दिलाना होगा।''

''अरे हाँ,'' गोपीलाल ने अपनी ग़लती महसूस की और जेब से सौ रुपए का नोट निकालकर बंगाली सिंह के हाथ में रख दिया।

''भई कमाल है, लक्ष्मी तो समझो तुम्हारी गुलाम हो गई है?'' बंगाली सिंह प्रसन्नता से नोट को जेब में रखते बोले।

''बस अब तो ऐसा करो कि ज़मींदारी ख़रीद लो?''

''अच्छा, सो कैसे?''

''अरे जमींदारी कोई आकाश से थोड़ी टपकती है, रुपया-टका से ही ख़रीदी

जाती है। कोई कमज़ोर, वक़्त का मारा देखो और उससे ख़रीद लो।''

''यह तो बड़ी बढ़िया बात सुझाई, तो आप पता करना?''

''ठीक है, आदमी लगा देंगे। गोपीलाल मिठाई वाले से गोपीलाल ज़मींदार बन जाओगे,'' बंगाली सिंह ने मज़ाक़ किया।

''हाँ भाग्य में होगा तो बन ही जाएँगे,'' गोपीलाल बोले पर उन्हें बंगाली सिंह का मज़ाक़ चुभ-सा गया था। मन के भाव को भीतर दबाकर बोले, ''रामजी ने सुनली तो वह भी बन जाएँगें, सत्यनारायण की कथा कराएँगे।''

''सब बन जाओगे। मन में ठानी हुई कौन-सी बात पूरी नहीं होती राजा-महाराज भी जो बनते थे, कैसे बनते थे? ऐसे ही तो बनते थे।''

''इस संबंध में पता लगाना।''

''लगाएँगे, समझो यह काम भी हम पर ही छोड़ दो। ब्राम्हण हो पर सारे गुन तो ठाकुरों जैसे पाए हो। ख़ूब फबोगे जब लोग ज़मींदार गोपीलाल कहेंगे।''

गोपीलाल को विचार अटपटा-सा लगा पर बात समझदारी की लगी। सही आदमी ऐसे ही तो सीढ़ी-दर-सीढ़ी चढ़ता है। मन-ही-मन गदबदाए से बैठे रहे, फिर उठे।

''तो चलते हैं बंगाली सिंहजी, सारे काम की याद रखना।''

''बंगाली सिंह वादे से कभी नहीं मुकरता है, समझो।''

''ठीक है, तो चलें?''

गोपीलाल गमछे से मुँह पोंछते आगे बढ़ गए। कई विचार मन को घेरे थे। ढेर सारी प्रसन्नता से पैर भारी-भारी से हो रहे थे। सच है किसी ने कितना सच कहा है कि जब ईश्वर देता है तो छप्पर फाड़कर ही देता है।

14

राजा—नवाबों की अलग-अलग रियासतें थीं, तब आम और ख़ास सभी के सामूहिक मनोरंजन का साधन खेल-तमाशा होता था। ज़मींदार की कोठी की ड्योढ़ी हो या गाँव की चौपाल, घोंसलों में पक्षियों के दुबकते ही छाई नीरवता के बीच नगाड़े की आवाज़ गूँजने लगती थी फिर भोर के पक्षियों की चहचहाट तक नौटंकी का आनंद लेते लोग बैठे रहते थे।

रोज़, ज़मींदारों की ड्योढ़ी में होने वाली नौटंकी की अपनी अलग ठसक होती थी। धीरे-धीरे ग़दर ने नौटंकी की चमक को समाप्त कर दिया था। पहले नौटंकी का व्यवसाय नट लोग ही करते थे। रस्सी पर चलना, ढोलक बजाना अभिनय करना इनके काम थे। पहले ब्याह शादी में भी नट लोग नौटंकी लगाते थे, बरात में जाते

थे। नट तो ब्याह में ढोलक और तुरही बजाता बरात में आगे-आगे भी चलता था। ढोलक और तुरही की आवाज़ से ही लोग समझ जाते थे कि बरात आ गई है। बरात का उद्घोषक हुआ करता था। ढोल पीटकर बरात के आगमन की सूचना देता था। गाँव से आराम से अनाज, इनाम, रुपया मिल जाता था। रबी और ख़रीफ़ की फ़सलों में भरपूर अनाज मिल जाता था, बाक़ी दिन यह अपनी कला के प्रदर्शन से कमाते थे।

धीरे-धीरे नौटंकी में दूसरे लोग आने लगे। पहले नौटंकी में महिला का प्रवेश नहीं था। महिला की भूमिका भी पुरुष ही करते थे। बाद में इसमें महिलाएँ आने लगीं तो इसका रूप बदल गया। नौटंकी अब व्यवसाय से मनोरंजन बन गया। मेले में नौटंकियाँ लगने लगीं। दूर-दूर महिलाएँ प्रसद्धि होने लगीं। मेले की शान ही नौटंकी से होने लगी। नौटंकी कंपनी बन गई। नौटंकी कंपनी की मालकिन मुख्य रूप से महिला ही रहने लगी। उन्हीं के नाम से नौटंकी जानी-पहचानी जाती थी।

बूँदाजान ने अपना सारा कारोबार सीमित कर लिया था। नर्मदा का तट उसे विशेष पसंद आ गया था। गोपीलाल से जब से उसका मन मिल गया था, उसे दूसरी जगह जाना पसंद नहीं आता था।

बंगाली सिंह ने दस हज़ार में दो मंज़िला मकान दिला दिया था। मकान दो मंज़िला था। बारह कमरे और दो बड़े दालान थे। सामने का बड़ा कमरा बहुत बड़ा था। उसमें बारह दरवाज़े लगे थे। अच्छी बड़ी सभा आराम से हो सकती थी। दरवाज़ों के ऊपर रंग-बिरंगे काँच जड़े थे। मकान किसी बोहरे का था। पत्थर की नक़्क़ाशी वाला मकान बूँदाजान को बहुत पसंद आया। बूँदाजान ने मकान का रुपया बहुत देना चाहा पर गोपीलाल ने बूँदाजान से रुपया नहीं लिया और अपनी तरफ़ से उपहार में मकान दे दिया।

बूँदाजान गोपीलाल के एहसानों से कृतज्ञ थीं। अब बूँदाजान ने मेले में नौटंकी करना बंद कर दिया। नौटंकी अपनी चहेती शिष्य को सौंप दिया था। बूँदाजान अब केवल छावनी में ही अपने कार्यक्रम देती थी। बाहर से कोई भी अँग्रेज अफ़सर आता तो बूँदाजान को तलब किया जाता था। गोपीलाल ही बूँदाजान को लाता-ले जाता था। गोपीलाल ने बूँदाजान को अपने हाथ में रखा था, वह अकेले कहीं आना-जाना नहीं कर सकती थी। छावनी के कार्यक्रम भी गोपीलाल के तय किए होते थे। बूँदाजान का कार्यक्रम तभी छावनी में होता जब गोपीलाल के अपने काम बन जाते थे, अन्यथा कार्यक्रम नहीं होता था। गोपीलाल का दबदबा बढ़ गया था।

ठाकुर ज्वाला सिंह की ज़मींदारी के गाँव रेहन में रखे थे। बेटी का ब्याह राजस्थान के ठाकुरों के बीच करने के मोह में उन्होंने कई गाँव रेहन में रखकर बेटी का ब्याह किया था। बहुत-शान-शौकत से ब्याह किया था। बरात के स्वागत अतिथि सत्कार के प्रबंध ने उन्हें क़र्ज़ में डुबो दिया था। बेटी का ब्याह काफ़ी महंगा पड़ा था। शान

गले का फंदा बन गई थी। बरात में हाथी, घोड़े आदि आए थे। मेहमानों की तथा जानवरों की सेवा के लिए अलग से नौकरों का दल आया था। तंबू क़नातें लगी थीं। मेहमानों के दिल बहलाने के लिए नौटंकी लगी थी।

ठाकुर ज्वाल सिंह की बेटी तो ससुराल चली गई। गाँव के लोगों ने महीना भर ख़ूब आनंद का उत्सव देखा, पर ठाकुर जो क़र्ज़ में डूबे तो उठ नहीं पाए।

चौक बाज़ार में तोतामल हलवाई की मिठाई की दुकान थी। तोतमल की मिठाई दूर-दूर तक प्रसिद्ध थी। तोतामल हलवाई बहुत मोटा था तथा थोड़ा तोतलाता था, पर धंधे में चोखा था। ठाकुर ज्वाला सिंह के गाँव तोतामल के पास ही रेहन रखे थे। बंगाली सिंह का अक्सर वहाँ आना-जाना रहता था।

"बंगाली सिंहजी, देथो, मेरा सारा रुपया डूबा पड़ा है, ठाकुर ज्वाला सिंह मेला रुपया नहीं लौताता है।"

"तो गाँव रक्खो न सेठ।"

"गाँव रथ कर में तया तलूँ बताओ, हमें तो रुपया चाहिए न?"

"तुम्हें रुपया दिलवा दूँ तो?"

"तो त्या, एहसान थलोगे न, अपना धंधा तलें की, गाँव सँभाले?"

"तो समझो तुम्हारा काम हो गया, मैं तुम्हारे गाँव बिकवा देता हूँ।"

"अले, ऐसी मुसीबत में तोन लेगा, सब ग़दर के मारे हैं, किसी के पाथ रुपया नहीं है।"

"मैं व्यवस्था करता हूँ। एक सेर जलेबी बच्चों के लिए बाँध दो।"

"थीत है, बाँध देता हूँ पल चार आना तुम्हारे हिसाब में लिथ लेता हूँ।"

"सेठ, क्या ऐसे नहीं दे सकते?"

"काम होथे के साथ हिसाब कात दूँगा, नहीं तो हिसाब में थला रहेगा।"

"ठीक है, आपका काम हो जाएगा।"

एक सेर जलेबी तौलाकर बंगाली सिंह दुकान के बाहर निकले। दुकान में और ग्राहक आने लगे थे। बंगाली सिंह सड़क पर बनी पुलिया पर बैठे बाज़ार की रौनक़ निहार रहे थे। बाज़ार अभी ठीक से खुला नहीं था। बाक़ी दुकानों में झाड़ू-सफ़ाई का कार्य हो रहा था। बंगाली सिंह अपनी चाँदी की दाँतकुरेदनी से अपने दाँतों की सफ़ाई कर रहे थे कि एक आदमी आकर पास बैठ गया।

"राम-राम मित्र।"

"राम-राम भाई।"

"आप जड़ी-बूटी बेचने वाले तो नहीं?"

"ठीक पहचाना," बंगाली सिंह ने अपनी चाँदी की दाँतकुरेदनी को जाकेट की भीतरी जेब में रखते हुए कहा, "पर आपने कैसे अनुमान लगाए?"

"आपको देख मुझे लगा, आपने निकट से कस्तूरी की गंध आ रही थी।"

''भई वाह, आप निकले पारखी व्यक्ति, अब अपना परिचय दें, मेरा नाम बंगाली सिंह है।''

''मेरा नाम लटारया है।''

''लटारया नाम असली है?''

''जन्म से समय बताते हैं, मेरी एक लट थी, इस कारण सभी लोग लटारया कहते थे, अब तो यही नाम प्रचलित हो गया है। वैसे माँ ने शंकर नाम रखा था, पर इस नाम को किसी ने पसंद नहीं किया। सभी लटारया ही कहते थे और इसी नाम से जाना जाता हूँ। वैसे जाति का बनिया हूँ। तोतामलजी मेरे ताऊ लगते हैं, इन्हीं की दुकान पर कार्य करता हूँ।''

''अच्छा, बंगाली सिंह चौंके और उसकी ओर खिसक कर बोले, ''अरे, यह तो बड़ा अच्छा है। देखो तुम्हारे ताऊ की दुकान से ही चार आने की किलो भर जलेबी ख़रीद कर ला रहा हूँ। बड़ी महँगी जलेबी बेच रहे हैं।''

''क्या बताएँ, ग़दर के बाद से तो बाज़ार भाव एकदम दुगना हो गया है। पहले दो आने किलो बेचते थे, अब चार आने करना पड़ा। शुद्ध घी ज़रा कठिनाई से मिल रहा है। एक बात ज़रूर है, सारे बाजार घूम आइए शुद्ध देसी घी की जलेबी तोतामल हलवाई की दुकान पर ही मिलती हैं। तोतामल हलवाई की दुकान की मिठाई तो दूर-दूर तक प्रसिद्ध है। अँग्रेज तक आकर ख़रीद ले जाते हैं।''

''क्या अँग्रेज अफसर मिठाई खाता है?''

''क्यों नहीं खाता। अब जब उनका राज्य चल रहा है, उनका सिक्का चल रहा है तो हमारे देश की मिठाई तो खाएँगे ही। रोज़ाना बीस-तीस सेर जलेबी बनकर छावनी जाती है।''

''अच्छा?''

''रात्रि गश्त के सिपाही, अफ़सर तो बराबर दूध पीने आते हैं।''

''अरे, शराब की जगह दूध।''

''एक बार की बात बताएँ। हमारे ताऊजी तोतामलजी का नौकर दूध बढ़िया फेंट कर देता है। एक लोटे से दूसरे लोटे में जब दूध फेंटता है तो गज़-गज़-भर लंबी दूध की धारा बन जाती है। एक दिन रात वह ऐसे ही दूध फेंट रहा था और ग्राहकों को दे रहा था कि दुकान के सामने कई अँग्रेज सैनिक खड़े हो गए। पहले तो मैंने और ताऊजी ने सोचा कि दुकान पर छापा पड़ गया है। जब पूछा तो पता चला कि गज़-भर लंबी दूध की धार वह देख रहे थे।''

''अच्छा, फिर क्या ख़रीदा?''

''हाँ, पूछा कि क्या दूध यहाँ गज़ के भाव से बिकता है? तब उन्हें समझाया कि सेर से बिकता है पर वह नहीं माने, बस यहीं रोज़ आकर बोलते, एक गज़ लंबा दूध दो।''

"वाह, भाई वाह," बंगाली सिंह ज़ोर से हँसे।

"रोज़ाना पीने आते और अपने साथियों को दिखाने लाते और बोलते–देख इंडिया में दूध गज़ से नाप कर बिकता है। "

"बढ़िया सुनाया दोस्त तुमने," बंगाली सिंह हँसे।

"और सुनाएँ?" लटारया उत्सुक-सा बोला।

"सुनाओ?"

"हमारी दुकान पर कुल्हड़ में दूध देते हैं लोग दूध पीकर कुल्हड़ फेंक देते हैं तो एक दिन एक अँग्रेज अफ़सर बोला–भाई तुम्हारे इंडिया में क्राकरी बहुत सस्ती मिलती है, तुम लोग रोज़ तोड़ देते हो?"

"कमाल हो गया दोस्त।"

"हमारे ताऊ की दुकान पर चनाचाट भी बढ़िया प्रसिद्ध है। लोग अक्सर शाम को खाने आते हैं। एक दिन सब ग्राहकों की देखा-देखी अँग्रेज सैनिकों ने चाट ख़रीद ली और खा लिया, फिर तो गुरू क्या धमाल मचा की देखते ही बना। मिर्ची के मारे सब हायतौबा मचाने लगे। गॉड-गॉड चिल्लाने लगे। पानी दिया पर उनकी हायतौबा बंद नहीं हुई। आँख से धारों आँसू बह रहे थे, आख़िर ताऊजी ने मिठाई खिलाई तब उनकी हाय-हाय बंद हुई। उस दिन से ताऊ ने नौकरों को डाँटा कि किसी अँग्रेज सैनिक को चाट न दिया जाए।"

"अँग्रेजों की नौटंकी आपने अच्छी सुनाई?"

"आप तो ज़रा रात्रि पर चक्कर लगाओ तो रोज़ाना दुकान पर नौटंकी देखने मिलेगी, रोज ही अँग्रेज सैनिक आते हैं।"

"हम भी तुम्हारी दुकान का गज़-भर लंबी धार का दूध पीने आया करेंगें।"

"ज़रूर आएँ, ऐसा बढ़िया दूध दूसरी दुकान पर नहीं मिलेगा, अपनी घर की भैंसे हैं।

"अच्छा, तब तो तोतामल हलवाईजी का ख़ूब कारोबार है।"

"ठीक जाना, बस एक कसर रह गई है।"

"वह क्या?"

"तोतामलजी की कोई संतान नहीं है।"

"अरे?" बंगाली सिंह चौंके।

"ताई बहुत दुःखी रहती हैं।"

"तुम्हारे ताऊ बहुत ज़्यादा मोटे हैं। क्या उम्र होगी।"

"पचास तो होगी ही।"

"तब तो संतान हो सकती है, हम दवा देंगे। सेठानी की क्या उम्र है?"

"बीस-तीस के बीच बैठेगी।"

"तब तो बात बन सकती है, हमें सेठ और सेठानी से मिलवा दो, रास्ता

निकालेंगे।

"आपका मुँह मोतियों से भर देंगे ताऊजी, मैंने इस कारण तो आपको छेड़ा और बात चलाई।"

"अरे हमारे पास तो ऐसी-ऐसी जड़ी हैं कि देखकर ही औरत बच्चा जन दे।"

"तो ठीक है, चलें ताऊजी से भेंट करवा देते हैं।"

"चलो," बंगाली सिंह जलेबी को दोना उठाकर उठ खड़े हो गए। देसी घी की सुगंध फैल रही थी। तोतामल हलवाई अपनी चिल्हर रेज़गारी गिन रहे थे। अठन्नी, चवन्नी, इकन्नी, दुअन्नी और रुपया सब अलग-अलग लाल थैलियों में छाँट-छाँटकर डाल रहे थे। बंगाली सिंह को दोबारा दुकान पर आता देख चौंके और सारी रेज़गारी, थैलियों को पेटी में वापस रख कर उन्हें देखा।

"थहिए, और तुथ लेना है?"

"ताऊजी, इन्हें तो मैं लाया हूँ" लटारया आगे बढ़कर उनके निकट गया और कान में फुसफुसाया, "बहुत बड़े बैद्य हैं।"

"तवा, इन्होंने तो तुथ नहीं बताया न?"

"आदमी को पहचानना पड़ता है ताऊजी, आपने जलेबियों के दाम ले लिए और वह भी नया दाम चार आने?"

"तो ? अब तो यही थाम चलेगा न?"

"सो तो ठीक है, पर आदमी देख भाव करो न, अँग्रेज सैनिकों को तो मुफ़्त में देना पड़ता है कि नहीं?"

"बात तो चोखी है।"

"इनके चार आने लौटा दो, अब अपने काम की बात करें।"

"अरे तो मुफ़्त वाली बाथ तल हो जाएगी न, आई लक्ष्मी जाना शुभ नहीं।"

"अच्छी बात करने में देर क्यों? संतान के लिए बढ़िया दवा बना देंगे।"

"अच्छा, थीत है," कहते तोतामल हलवाई ने बहुत बेमन से अपना लकड़ी का बक्सा खोला। उसमें से छाँटकर एक चवन्नी निकाली और लटारया को दिया। लकड़ी के बक्से के ऊपर चिल्हर डालने का छेद बना था और सिंदूर से उस पर शुभ-लाभ का चिह्न बना था। लटारया ने चवन्नी बंगाली सिंह को लौटा दी। बंगाली सिंह को लटारया ने सेठ के तख़्त पर बैठा दिया। तोतामल हलवाई भी थोड़ा आगे सरक आया। बंगाली सिंह ने नाड़ी देखी। चाल समझी। समझ गए संतान का योग नहीं है, पर बोले कुछ नहीं, बस चुप आँख बंद करके मनन करते रहे। थोड़ी देर बाद आँख खोली। दुकान से सभी नौकर झाँक-झाँककर उत्सुकता से देख रहे थे। बंगाली सिंह ने सर हिलाया।

"कुछ समझ में आया?" लटारया बोला।

"संतान तो हो जाएगी, हम दवा बना देंगे। संतान तो इसी वर्ष हो जाएगी, बस ज़रा सेठानी की नाड़ी भी देखनी होगी, तभी दवा बनेगी।"

"मतर सेठानी पर्दा करती है न।"

"कोई बात नहीं, हम डोरी बाँधकर नाड़ी गिन लेंगे।"

"अले, तुम तो बोथ ऊँचे वैद्य हो।"

"तभी तो लाया हूँ ताऊजी," लटारया गर्व से बोला।

"अच्छा किया बेता, जा घर ले जा, अभी दुकान थोल कर मैं नहीं जा सकता हूँ।"

"आप तो दुकान सँभालें, मैं ले जाता हूँ। आप चिंता न करें, ऐसी दवा बन जाएगी कि नौ माह बाद ही बेटा हो जाएगा।"

"अले बोत अथा! जा ले जा," तोतामल हलवाई प्रसन्न-से चहक उठे।

लटारया और बंगाली सिंह दोनों दुकान से नीचे सड़क पर आ गए। बंगाली सिंह चुपचाप चल रहे थे। लटारया बीच-बीच में बंगाली सिंह को भाँपता चल रहा था। जबकि वह सर नीचा किए चल रहे थे।

"कुछ लगा बैद्यजी आपको?"

"हाँ देखो, सेठानी को देखते हैं। मुझे तो लगता है सेठजी को संतान का योग नहीं है, फिर भी कोशिश करेंगे।"

"अपने ठीक विचारा, संतान योग नहीं है।"

"क्या?" बंगाली सिंह चौंके, "तुम जानते हो?"

"हाँ जानता हूँ" लटारया उदास होते बोला, "अब आपको संतान योग बनाना है।"

"वह कैसे?"

"इसलिए कि सेठानी गर्भवती हो गई हैं इसी माह?"

"क्या कहते हो?"

"वही तो चिंता का विषय है। सेठजी की संतान योग हो ही नहीं सकता। दस मन वाला आदमी क्या संतान पैदा करेगा?"

"अरे, तो तुम क्यों ले गए थे?"

"इस कारण कि सेठानी को संतान चाहिए और उसके मन की इच्छा इसी माह पूरी हुई है?"

"अच्छा, बात ज़रा खुलकर कहो, समझ नहीं पड़ी," बंगाली सिंह वापस उसी पुलिया के पास लौटे और बैठ गए।

"सेठानी बहुत सुंदर है, इनकी पुत्री के बराबर है, ग़रीब घर की है, पैस लेकर माता-पिता ने ब्याह दिया है। अभी भी रोज़ वसूल कर ले जाते हैं। सेठजी अपनी पत्नी की सुंदरता पर मोहित रहते हैं। संबंध दोनों के पति-पत्नी के नहीं हैं।"

"यह सब तुम्हें कैसे पता," बंगाली सिंह चौंके और चकित से लटारया को देखने लगे, "लगता है तुम उनके व्यापार में कम, गृहस्थी में ज़्यादा रुचि रखते हो?"

"सही समझा," लटारया शरमा कर लाल हो गया, "सेठानी से मेरे संबंध हैं, वह इस माह में या उस माह में गर्भवती हो जाएँगी।"

"अच्छा? मुझे क्या करना है?" बंगाली सिंह गुस्से से तनतना उठे।

"आपको सेठजी का इलाज करना है, विश्वास दिलाना है की संतान होगी, बस। संतान तो होगी पर वह सेठजी की न होकर मेरी होगी।"

"मान गए गुरू, तुम ऊँची कौड़ी हो?" बंगाली सिंह लटारया की चतुराई से दंग रह गए।

"इसी कारण तो आपकी सेवा में पहुँचा था। बहुत दिनों से चिंता थी। अब आपकी मेरी ख़ातिर और सेठानी की रक्षा के लिए यह नाटक करना होगा।"

"मुझे क्या मिलेगा?"

" जो कहेंगे, सेठानी की हर बात सेठ मानते हैं।"

"मुझे ठाकुर ज्वाला सिंह की जागीरी के गाँव देने होंगे।"

"यह तो बहुत कठिन शपथ है, सेठ बहुत ज़्यादा कंजूस है।"

"कार्य भी तो कठिन है। बात खुल जाए तो जान चली जाए, मुफ़्त कौन अपनी जान देगा?"

"बात तो ठीक है, मैं सेठानी से चर्चा करके आपको बताता हूँ, आप कहाँ मिलेंगे?"

"बस कल इसी समय यहाँ, समझो भगवान बुद्ध को पेड़ के नीचे ज्ञान प्राप्त हुआ था, मुझे भी उसी तरह इस पुलिया पर बैठने से सौभाग्य प्राप्त हो रहा है।"

"ठीक है तो कल यहीं मिलता हूँ।"

"एक दिन ठीक, बस चिंता मत करो। सेठ को तो मैं ऐसा शीशे में उतार लूँगा, तुम एक संतान की बात करते हो, सेठ सोचेगा दस-बीस की लाइन होनी चाहिए।"

"वाह गुरू वाह, आप तो मेरे लिए भगवान की तरह प्रकट हुए," कहते लटारया झट बंगाली सिंह के पैरों पर गिर पड़ा।

"जाओ, आनंद करो बेटा, समझो आज से तुम्हारी चिंता हमारी हुई है। सेठ तुम पर तिनका बराबर शक नहीं करेगा।"

"तो चलता हूँ।"

"जाओ, मैं यहीं बैठकर ज़रा जलेबी खा लेता हूँ, मुफ़्त का माल है, जल्दी से खा लेना चाहिए।"

लटारया हँसता, प्रसन्न-सा चला गया। बंगाली सिंह पुलिया पर ऊपर पैर करके बैठ गए और दोना खोलकर गपागप जलेबियाँ मुँह में भरने लगे। सेर-भर जलेबी पेट में उतारकर उन्हाने ज़ोर से डकार ली और गमछे से पुलिया की धूर फटकार

कर वहीं लेट गए। बंगाली सिंह शुरू से कम सोच-विचार वाले व्यक्ति रहे हैं। जीवन में उन्होंने कभी अधिक चिंता नहीं की, जब भी उनके सामने अधिक चिंता, दुःख या सोच आ पड़ता है, तब वह ऐसे पेट-भर खाकर तान कर सो लेते हैं। इससे उनके मन की सारी चिंता-सोच समाप्त हो जाती है, वरना वह परेशान हो उठते हैं, लगता है जैसे सर पर सौ मन का बोझ रखा है। पुलिया के पास खड़ा नीम का पेड़ जैसे उन्हें पंखा झल रहा था।

15

इस बार गर्मी अधिक पड़ी। वर्षा अब तक आ जाना चाहिए थी, परंतु जाने बादल किस दिशा में घूमने निकल कर भटक गए थे। गर्मी के ज़ोर से सब बेहाल थे। प्रकृति की मार से सब छटपटा रहे थे। हर घर, चौपाल, बाज़ार में मौसम की ही चर्चा होती थी। आज सुबह से ही अचानक वादल घिर आए थे, मौसम की गर्मी काफ़ी कम हो गई थी। सबके चेहरे पर प्रसन्नता और उत्साह दिखने लगा था। थके चेहरे चमकने लगे थे। रात से ही मौसम बदल गया था। लू की तपिश कम हो गई थी। बरसात की लोग बड़ी ही उत्सुकता से बाट तक रहे थे।

बंगाली सिंह सही समय पर तोतामल हलवाई की दुकान के पास वाली पुलिया पर आ पहुँचे। लटारया पहले से बैठा उनकी राह देख रहा था। लटारया आज प्रसन्नचित दिख रहा था। सुगंधित बादाम का तेल बालों में लगाया था, जिसकी सुगंध चारों ओर फैली थी। खस का इत्र कपड़ों से अलग महक रहा था।

''कहो लटारयाजी, आज बड़े जम रहे हो?''

''जी हाँ, अभी कोठी से ही आ रहा हूँ। सेठानीजी याने ताईजी से सारी बात हो गई है। वह आपसे भेंट करना चाहती हैं। आपको लिवा लाने को कही है।''

''अच्छा, ठीक है, चलते हैं,'' बंगाली सिंह पुलिया पर बैठ गए, ''भई, तुम हमारे सामने सेठानी का नाम ले सकते हो।''

''अरे ऐसा घोर अनर्थ करने को मत कहो, कहीं सेठजी के सामने या और किसी के सामने जीभ फिसल गई तो बड़ा संकट आन पड़ेगा।''

''चल ठीक है। सेठानीजी ही बोलो, ज़बान पर वही चढ़ा रहना चाहिए, क्या तुम्हारी सेठानी बहुत सुंदर है।''

''बहुत अधिक रूपवान है,'' लटारया बोला और उसकी झप से आँख झपक गई, जैसे वह सेठानी के रूप को निहार रहा हो। चेहरे पर विचित्र संतोष, आनंद छा गया, जैसे कोई साधु को भगवान में लीन होने पर प्राप्त होता है। बंगाली सिंह

लटारया की मुखमुद्रा देख समझ गए कि मामला गंभीर है।

"मौसम का मिज़ाज अब ठीक होने लगा है," बंगाली सिंह ने लटारया को जैसे जगाया। "हाँ-हाँ, मौसम ठीक हो गया है," लटारया ने हड़बड़ा कर आँखें खोलीं और झेंपते तथा सचेत होते हुए कहा।

"लगता है वर्षा बस आने वाली है, चिड़ियाँ भी लगातार शोर कर रही हैं।"

"आज तो मेरे कमरे पर चीटियाँ भी बहुत निकल रही थीं।"

"क्या अकेले रहते हो?"

"हाँ अकेले ही रहते हैं, मथुरा से आए साल-भर ही तो हुआ है।"

"तो तुम मथुरा के रहने वाले हो? और कौन-कौन हैं घर में तुम्हारे?"

"कोई नहीं, बस माता-पिता हैं। एक बड़ा भाई है उसका ब्याह हो गया है।"

"और तुम्हारा?"

"अभी नहीं," लटारया शरमा गया, "कुछ कमाने लगें तभी तो ब्याह-शादी होती है।"

"अब सेठानीजी की अर्दली में रहते हो तो ब्याह कैसे करोगे?"

"अरे ब्याह अलग बात है, यह अलग बात है। हम ब्याह करके कौन सेठानी जी को छोड़ देंगे? बल्कि ब्याह कर लेने से ज़्यादा सुरक्षित रहेंगे, कोई उँगली नहीं उठा सकेगा।"

"संतान दोनों तरफ़ करोगे?"

"हाँ, और क्या? यहाँ तो हम जो कर रहे हैं सठानीजी की सेवा तथा हुक्म से कर रहे हैं। इस पर तो सेठ-सेठानी का अधिकार रहेगा, हमारी पत्नी से जो संतान होगी वह हमारी कहलाएगी।"

"वाह, तुम्हारे तो दोनों हाथों में लड्डू होगा?"

"अब पहले एक हाथ में तो लड्डू आए, तब दूसरे की सोचेंगे। जीवन को तो ऐसे ही टेढ़े-मेढ़े रास्ते से गुजरना पड़ता है।"

"मान गए तुम हो बहुत चतुर?"

"चतुर कुछ नहीं। यह सारी बातें नारी के संकट के लिए हैं। हम तो नारी को धर्म संकट से बचा रहे हैं, उसकी रक्षा कर रहे हैं। संतान न हो तो कोई पुरुष पर उंगली नहीं उठाता, सब नारी को दोष देते हैं। देखिए बंगाली सिंहजी आप तो सयाने हैं, संसार देखा है, हम आपको क्या बताएँ। फिर भी हमारे गाँव में एक कहावत कही जाती है।"

"क्या?" बंगाली सिंह ने उत्सुकता से पूछा।

"घर के चार कोने होते हैं, जो हमें आसरा देते हैं। यदि घर का एक कोना टूट जाए तो झट से दूसरे कोने की शरण में चले जाना चाहिए, वह आसरा देगा। इस तरह घर की इज़्ज़त घर में ही ढकी रह जाती है। हम परिवार के आदमी हैं।

सेठानीजी यदि हमारी शरण में आईं हैं तो उनकी सहायता करना हमारा सामाजिक तथा पारिवारिक दायित्व है।''

''बात तो तुम्हारी सोलह आने सच है,'' बंगाली सिंह लटारया की चतुराई भरी बातें सुन आश्चर्य में रह गए।

''दुकान पर चलें?''

''नहीं, अब सीधे कोठी पर ही ले चलो।''

''हाँ, वहीं जलपान हो जाएगा, सेठानीजी पूजा से निपट गईं होंगी। रास्ता तक रही होंगी।''

'फिर देर क्यों करें, चलो। हाँ, वह जागीर के गाँव-वाली चर्चा कर ली थी।?''

''हाँ हमने चर्चा चलाई थी, सेठानीजी कह रही थीं कि इसमें सेठजी को राजी करना ज़रा मुश्किल होगा, पर वह आपको धन दे देंगी और सेठजी से सिफ़ारिश भी कर देंगी। आप स्वयं जागीर के गाँव ख़रीद लेना, भाव कम करवा देंगी।

''हाँ यह युक्ति सही लगी। समझ गए तुम्हारी सेठानी चतुर महिला हैं।''

''चतुर न हो तो इतना धन-वैभव कैसे सँभले। चील-कौए तो हाथ की रोटी छीन लेते हैं।''

''एक दम ठीक बात है, ग़रीब घर से हैं पर समझदार हैं।''

''समझदारी यहाँ आ गई है, परिस्थितियाँ सबको अक़्लदार बना देती हैं।''

''तो चलो?'' बंगाली सिंह उठ गए।

दोनों धीरे-धीरे चलते आगे बढ़ गए। कई घुमावदार गालियाँ पार करने के बाद एक खुली सड़क आई, उस पर दो मंज़िला शानदार कोठी थी। मुख्य द्वार से भीतर गए। आँगन पार कर लंबे बरामदे से होते, बग़ल वाली सीढ़ियों से ऊपर चढ़े। नीचे का मर्दाना हिस्सा था, जिसे कई लोग साफ़-सफ़ाई कर रहे थे। सीढ़ियाँ एक दम खड़ी और बहुत लंबी थीं, जिससे लगा, नीचे वाली बैठक का हिस्सा बहुत बड़ा है और ऊँचा है। सीढ़ियों के दोनों ओर पीतल का लंबा हत्था लगा था। सहारे के लिए जिसे पकड़ कर चढ़ा जा सकता है। बंगाली सिंह मन-ही-मन सोचते रहे कि तोतामल हलवाई इतनी सीढ़ियाँ कैसे चढ़ पाते होंगे? सौ से ऊपर ही लग रही थीं सीढ़ियाँ। जाने सेठानीजी कैसी दिखती होंगी। सोचते-विचारते बंगाली सिंह ऊपर सीढ़ियाँ चढ़ते गए। लटारया तो सरपट एक साँस में चढ़ गया परंतु बंगाली सिंह धीरे-धीरे चढ़ते गए। लटारया तो इन सीढ़ियों पर रोज़ चढ़ता-उतरता होगा, उसका अभ्यास बना है। लटारया भीतर चला गया था समाचार देने।

भीतर बहुत बड़ी खुली शानदार बड़ी-सी बैठक थी। नीचे दरी पर गद्दे लगे थे। सफ़ेद चद्दरें बिछी थीं। चारों तरफ़ तकिए लगे थे। बंगाली सिंह ने अपना चमड़े का जूता सीढ़ियों पर ही उतार दिया जहाँ लटारया ने उतारा था।

''आप बैठिए,'' कहता लटारया भीतर के दरवाज़े से बाहर आया फिर भीतर

चला गया।

बंगाली सिंह बैठ गए। चारों ओर खिड़कियाँ-ही-खिड़कियाँ बनी थीं। सभी खिड़कियों पर लाल-नीले नक़्क़ाशीदार काँच जड़े थे, जो केवल शोभा के लिए थे। उनसे बाहर का कुछ नहीं दीखता था। काँच विदेशी थे। छत पर बड़ा-सा झाड़फ़ानुस लगा था। दीवारों पर जगह-जगह बड़े-बड़े लैंप टँगे थे, जो मिट्टी तेल से जलते थे। बंगाली सिंह सर घुमा-घुमाकर चारों ओर देख रहे थे और घर की संपन्नता का अनुमान लगा रहे थे कि लटारया भीतर से आया।

"आइए, भीतर सेठानीजी बुला रही हैं।"

"चलो," बंगाली सिंह तत्काल खड़े होकर लटारया के पीछे चल दिए।

दोनों भीतर एक लंबा गलियारा पारकर भीतर के कमरे में गए। यह कमरा एक छोटी-सी बैठक के रूप में बनाया गया था। कमरे को दो भाग में बाँटा गया था। बीच में पतला पर्दा डला था। पर्दे के पीछे महिलाओं के बैठने की व्यवस्था थी। चारों तरफ़ गद्दे, गावतकिए लगे थे। बैठक सुंदर थी। सोने के रंग से भगवान के बनाए कई चित्र दीवार पर टँगे थे। कई चित्र तो बड़े सुंदर और सजीव बने थे। एक कृष्ण के बाल्यपन का चित्र तो बहुत ही गजब का था, जिसमें कृष्ण मटके से मक्खन निकाल कर खा रहे हैं और भय से पीछे देख रहे हैं। मक्खन से पूरा मुँह लिथड़ा हुआ था। एक कृष्ण और राधा का चित्र भी बड़ा मोहक-सा था। बंगाली सिंह समझ गए सेठानीजी कृष्ण भक्त हैं। कृष्ण लीला के कई चित्र टँगे थे।

बंगाली सिंह चित्रों को विस्मृत नज़रों से तक रहे थे कि किसी के पायलों की रुनझुन, गहनों की खनखनाहट, नये कपड़ों की सरसराहट ने ध्यान आकर्षित किया। एक मोहक भीनी से इत्र की गंध कमरे में भर गई थी। सेठानी को इत्र पसंद था, तभी लटारया इत्र के प्रेमी बने फिर रहे थे। बंगाली सिंह सतर्क से हुए और सर नीचा करके बैठ गए। परदे के पीछे सेठानीजी आकर बैठ गई थीं। विचित्र सुगंध तथा उपस्थिति का आभास पूरे कमरे में समाया हुआ था।

लटारया खाँसा तो बंगाली सिंह ने आँख उठाकर उसे देखा। लटारया ने इशारा कर पूछा, बंगाली सिंह ने हामी से सर हिलाया, तभी एक सेविका चाँदी की थाली में ढेर सारा जलपान रख गई। बंगाली सिंह सेठानी का वैभव देख दंग थे, ऐसा तो किसी रानी का होता है। मन-ही-मन सेठानी की तुलना मोटे, तोतले, मैले, गंदे से सेठ से करते रहे, जिसे केवल रुपया कमाने के अलावा कोई शौक़ नहीं था। भाग्य भी मनुष्य का कितना विचित्र होता है। कैसे-कैसे अनोखे बेमेल जोड़ गढ़ता है। एक कंगाल तो दूसरा संपन्न।

"वैद्यजी जलपान लें?"

पर्दे के पीछे से सेठानी ने कहा तो बंगाली सिंह हड़बड़ा गए और एक लड्डू उठाकर मुँह में भर लिया। शुद्ध घी, मेवा, केसर, केवड़ा, मावा, बेसन का मिला-जुला

स्वाद मुँह में भर गया। स्वाद से उनकी आँख झपक-सी गई। लटारया बेचैन-सा बैठा रहा। ''नाड़ी पहले देख लेते हैं।'' बंगाली सिंह ने मुँह का लड्डू समाप्त करके कहा, ''नाश्ता बाद में ले लेंगे।''

''ठीक है, पहले आप नाड़ी देख लें,'' लटारया ने रूखे शब्दों में कहा। उसे बंगाली सिंह का तुरंत मिठाई पर मुँह मारना ठीक नहीं लगा।

''हाँ, ज़रा यह डोरी सेठानीजी के हाथ में बाँध दो,'' बंगाली सिंह ने एक पतला रेशमी सूत का डोरा जेब से निकालकर लटारया को दिया। सूत पीले रंग का था।

लटारया ने जलपान लाने वाली सेविका को इशारा करके बुलाया और रेशम का डोरा दे दिया। सेविका पर्दे के पीछे गई और रेशम का कच्चा सूत सेठानी के हाथ में बाँधकर उसका छोर बंगाली सिंह के हाथ में लाकर दे दिया। बंगाली सिंह सामने पर्दे के पास खिसककर बैठ गए और रेशम की डोर के छोर को हाथ में लेकर सारा ध्यान डोर पर केद्रिंत कर दिया। कमरे में सन्नाटा भर गया। बहुत देर तक डोरे से बंगाली सिंह सेठानी की नब्ज़ गिनते रहे, सुनते रहे। सेठानी और लटारया अचंभे से उन्हें देख रहे थे। बंगाली सिंह कभी गंभीर हो जाते, कभी सर हिलाते कभी आँख मूँदकर ध्यान करने लगते। कुछ देर बाद उन्होंने अपनी आँखें खोलीं।

''डोरी खोलकर वापस ले आओ,'' बंगाली सिंह ने डोरी का छोर सेविका के हाथ में दे दिया।

सेविका डोरी खोलकर वापस लेकर उन्हें दे गई। फिर कमरे से बाहर चली गई। सेविका के जाते ही लटारया ने किवाड़ बंद कर दिया। बंगाली सिंह चुप से बैठे थे।

''बताएँ वैद्यजी,'' सेठानी ने उत्सुकता से पूछा।

''आपको दो-तीन दिनों से ज्वर आ रहा है, हाथ-पैरों में टूटन है, सर में दर्द भी है।

''पिछले हफ़्ते आपको दस्त भी आए थे और यह शिकायत जब-तब हो जाती है। आप अधिक चिंता में रहती हैं। पिछले तीन माह में आपका वजन भी कम हुआ होगा। कमर में दर्द की पीड़ा भी लगातार बनी रहती है,'' बंगाली सिंह बोले जा रहे थे।

लटारया और सेठानीजी, अवाक् होकर बंगाली सिंह को तके जा रहे थे। सेठानी-जी और कुछ पूछना चाहती थीं, परंतु संकोच के कारण बोल नहीं पा रही थीं।

''संतान योग के बारे में बताएँ,'' सेठानीजी ने अंत में संकोच तोड़ा।

''संतान का योग है और आगे भी रहेगा,'' बंगाली सिंह ने कहा पर उनके गले में कुछ अटकने-सा लगा था, वह असली बात से टल रहे थे। अच्छा हुआ जो सेठानी ने ख़ुद से संकोच तोड़ा।

"यही हम जानना चाहते थे।"

"आपके खाने के लिए कुछ चटनी सोना भस्म के साथ बना देंगे, मोतीभस्म के लड्डू भी बना देंगे। मौसम अब ठंडा होने वाला है। आप खा लें, संतान योग अच्छा है," बंगाली सिंह ने मरी हुई आवाज़ में कहा। उन्हें पता था सोनाभस्म और मोतीभस्म के बिना भी संतान योग उत्तम है, परंतु अपने आने का कुछ-न-कुछ फ़ायदा तो उन्हें दिखाना था।

"ठीक है, आप दवा बनाकर भेज दें, आपका मेहनताना मिल जाएगा।"

"मेहनताने के बारे में तो हमने लटारयाजी को बता दिया है। दो माह सेठ-जी की सेवा करनी होगी।"

"ठीक है, आपका वह काम हो जाएगा। हमारे सेठजी को जागीर से कोई लेना-देना नहीं है, बस उनकी रक़म मिल जानी चाहिए। आपको रुपया हम दे देंगे, आप सेठजी को दे दें, वह बोलीं और उठकर भीतर चली गईं।

बंगाली सिंह थोड़ी देर हतप्रभ से बैठे रहे। सेठानीजी के उठते ही लगा, कमरे की रौनक चली गई। लटारया बहुत ही प्रसन्न मुद्रा से बंगाली सिंह को देख रहा था। बंगाली सिंह खुद चकित से बैठे रहे। जीवन में पहली बार ऐसा हुआ था जो बिना मेहनताने के किसी ने मोतियों से मुँह-भर दिया था। संतान योग तो सेठानी को ख़ूब था, बस सेठजी को विश्वास में लेना था।

"सेठजी का इलाज आप कब से शुरू करेंगे?" लटारया ने बेचैनी से पूछा।

"कल से ही शुरू कर देते हैं। सबेरे मालिश, दवा और ध्यान करना पड़ेगा। उन्हें विश्वास दिलाना होगा कि उनका शरीर पूर्ण स्वस्थ है और संतान योग है।"

"वही तो करना होगा। आप जलपान करें, मैं अभी आता हूँ" कहता लटारया भीतर चला गया।

"बंगाली सिंह बैठे-बैठे आनंद से लड्डुओं का भोग लगाते रहे। अपने जीवन में उन्होंने इतने स्वादिष्ट लड्डू नहीं खाए थे। स्वाद का आनंद उठाते वह आँख मूँदे गावतकिए का टेक लगाए बैठे रहे। थोड़ी देर में लटारया भीतर से लौटे। उनके हाथों में लाल मख़मल की दो थैलियाँ थीं, जिसमें रुपये भरे थे।

"इन्हें आप रखें, यह बयाना के हैं, बाकी बाद में मिल जाएगा।"

"अच्छा, लाओ," कहते बंगाली सिंह ने झट से अपनी धोती से लड्डू के झूठे हाथ साफ़ किए, मूँछें पोंछीं और हाथ बढ़ा दिए। धोखे से दी गई रक़म लेते उनके हाथ काँपे। पति की कमाई ही पति को धोखे में रखकर लुटाई जा रही थी। पति की ही रक़म पति को दिए जाने के लिए दी जा रही थी। बड़े घरों की बड़ी बातें थीं। बंगाली सिंह ने रक़म अपने थैले में रख ली।

"सेठजी को देते समय थैली बदल लें, यह ध्यान रखें?"

"हाँ यह तो ध्यान रखना होगा," बंगाली सिंह ने सतर्कता से सर हिलाया।

चोरों से चोरी के गुर सीख रहे थे, "वैसे तो हम अपने को गुरू मानते थे पर आप तो हम से आगे हैं।"

"नहीं, ऐसी बात नहीं, आपको सतर्क कर रहे थे। रुपया तो कहीं जा नहीं रहा, घर का घर में आएगा, बस हाथ बदल कर आएगा।"

"हाँ चलिए, आप को सड़क तक छोड़कर आता हूँ।"

दोनों उठ गए और नीचे सड़क पर आ गए। थोड़ी दूर चलकर बंगाली सिंह रुक गए।

"ठीक है, अब मैं चलता हूँ, कल आ जाऊँगा। भोर के होते ही आना पड़ेगा।"

"ठीक है, नीचे ही आपको मिल जाऊँगा।"

"अच्छा अब तो सेठानी का नाम बता दो?"

"माधवी नाम है,"लटारया धीरे से फुसफुसाया।

"माधवी बहुत सुंदर नाम है। मादकता, यौवन सौंदर्य और भावना से भरपूर है।"

"ठीक है, ठीक है, आप नाम को भूल जाइए बस सेठानीजी याद रखें। सेठ जी से यही कहें कि सेठानी में खोट है, इलाज चल रहा है।"

"वह सब आप हमें मत समझाओ, हम अपने ज्ञान का बखान करना ख़ूब जानते हैं।"

बंगाली सिंह अचंभित से एक-एक क़दम तौल कर रखते आगे बढ़ते गए जैसे सपने में चल रहे हों। लगा किसी विषधर नाग ने डस लिया है। देहाचार में इतने उपाय? अपने में गहरे अतिरेक में उतरते चले गए। चरित्रहीनता और सात्त्विकता का खुला रूप देख वह चकित थे।

16

मौसम की पहली झड़ी थी, इस कारण पानी आड़ा-टेढ़ा बरसा था। सड़क भीगी पड़ी थी। चारों ओर पत्ते-ही-पत्ते पड़े थे। कई जगह पेड़ उखड़े पड़े थे। आँधी ने बड़े-बड़े पेड़ों को औंधा कर दिया था। सोंधी मिट्टी की भीनी-भीनी गंध चारों ओर फैली थी। बंगाली सिंह के डेरे में पानी-ही-पानी भर गया था। सामान बैलगाड़ियों पर लद रहा था, दूसरी तरफ़ कहीं डेरा ले जाने का विचार था।

अचानक गोपीलाल को देख बंगाली सिंह आश्चर्य में पड़ गए। गोपीलाल बैलगाड़ी पर सामान लदता देख दंग थे, चकित से देखते रहे।

"बंगाली सिंहजी कहीं जा रहे हैं ?"

"हाँ, थोड़ा ऊँचे स्थान की तलाश है।"

"चलिए आपको छावनी के पास की पहाड़ी दिखा देते हैं। आप इधर कहाँ थे? मैं कई चक्कर लगा चुका।"

"पंडित कुछ न पूछो, सारा महीना एक नए काम में फँस गया था। ऐसे ही बेमौसम बरसात आ गई थी।"

"बरसात से फ़ायदा हुआ या नुक़सान?"

"फ़ायदा तो होगा ही, बस समझो पंडित तुम बहुत भाग्यवान हो?"

"अच्छा कैसे?"

"पंडित, आँधी के आम खाना तुम्हारे भाग्य में लिखा है। किसी-किसी का भाग्य इतना बलवान होता है कि उसे तोड़कर, प्रयास कर आम खाने नहीं पड़ते। आँधी से टूटे आम अपने आप ढेर-के-ढेर प्राप्त हो जाते हैं।"

"पहेलियाँ क्यों कह रहे हो, स्पष्ट बताओ क्या बात है बंगाली सिंहजी," गोपीलाल हँसे।

"इतने दिनों में तुम्हारे काम से ही भटक रहा था।"

"वह कैसे?" गोपीलाल अचंभित होते बोले।

"आपके लिए जागीर ख़रीद रहे थे, उसी की जुगाड़ में लगे रहे।"

"अच्छा, पर रक़म कैसे मिली?"

"अभी मिली कहाँ? अभी तो खेत की माटी खेत में ही लग रही है। वहाँ तो हमें कोई लाभ नहीं है, वहाँ तो सौदा तुम्हारे लिए ठीक कर रहे हैं। रक़म तो तुम से मिलेगी।"

"हाँ-हाँ वह तो देंगे। यह तो आपने बड़ा सुखद समाचार दिया।"

"बंगाली सिंह जो कहता है वह करके दिखता है। उस दिन कहा था न कि तुम्हें जागीरदार बनाकर रहेंगे।"

"एकदम ठीक , मैंने तो उस दिन हँसी-मज़ाक़ समझ बात को भुला दिया था, पर आपने सच कर दिखाया," गोपीलाल प्रसन्नता से बोले।

"बस रक़म की व्यवस्था करो?"

"कितनी?"

"बीस हज़ार रक़म लूँगा, तभी काग़ज़ आपके हाथ दूँगा, लिखा-पढ़ी आपके नाम लिखा रखी है, बस दस्तख़त करवाना बाक़ी है।"

"अच्छा, क्या रुपयों से जागीरदारी मिल जाती है?"

"क्यों नहीं, युक्ति और रुपया क्या नहीं करवा सकता? सत्ता अब विरासत में नहीं मिलती, वह रुपए से ख़रीदी जाती है। अँग्रेज राज्य में तो रुपए का ही बोलबाला है।"

"सो तो आपने सही कहा। रुपए के बल पर ही तो अँग्रेज दुनिया में राज्य

करने निकल पड़ा है।''

''पंडित, तुम्हारे लिए मैंने एक बनिया हलवाई से जागीरदारी ख़रीदी है।''

''उसे क्या देना पड़ा?''

''कुछ नहीं बस अक़्ल से समझाना पड़ा कि सेठानीजी जो संतान जनेगी वह तुम्हारी है।''

''विश्वास क्या हुआ।''

''होगा कैसे नहीं, इतने दिनों क्या यूँ ही पापड़ बेलते रहे। उसे संतान मिली की तुम्हें जागीरदारी और मुझे रक़म। समझ गए न कितनी दूर की सोची है।''

''मान गए आपका दिमाग़, परंतु यह संतान वाली बात कुछ समझ नहीं पड़ी।''

''इस पर इतना दिमाग़ मत ख़र्च करो। बड़ा बुरा खेल है। बड़े घरानों की बड़ी माया है। तुम तो प्रसाद हाथ में लो, माथे से लगाओ और खा जाओ। त्याग, बलिदान, आदर्श सब धार्मिक पुस्तकों की बातें हैं, काल्पनिक है, यथार्थ नहीं हैं।''

''लगता है, आपके मन को गहरी चोट लगी है?''

''देह भोग की दुनिया में मन का अस्तित्व कहाँ रह जाता है ? समझो अपने आप भाग्य साथ दे जाता है। एक कथा सुनो?''

''हाँ-हाँ ज़रूर सुनाएँ।''

''आप इधर बैठें। किसी ने यह कथा सुनाई थी। एक राजा की अचानक उँगली तलवार से कट गई। उन्होंने अपने मंत्री को बताया। मंत्री ने देखा तो कहा—'अच्छा हुआ।' राजा को मंत्री की बात बुरी लगी। उन्होंने तुरंत हुक्म दिया कि मंत्री को बंदीगृह में डाल दो। मंत्री को बंदीगृह में डाल दिया गया। राजा एक दिन शिकार पर गए और जंगल में भटक गए। दूसरे राज्य की सीमा में पहुँच गए। राजा अपने लोगों से बिछड़ गए थे। वहाँ उन्हें कुछ लोगों ने पकड़ लिया और वहाँ के राजा के सामने ले गए। वहाँ का राजा मंदिर बनवाना चाहते थे। पुजारी ने नरबलि की व्यवस्था करने को कहा था। नरबलि के लिए खोज का आदेश दिया गया। राजा को पकड़कर बलि के लिए ले गए। बलि देते समय पुजारी ने राजा की कटी उँगली देखी और कहा कि इसकी बलि नहीं चढ़ सकती, यह खंडित व्यक्ति है। राजा को छोड़ दिया गया। राजा अपने राज्य में लौटे और प्रसन्नता से बंदीगृह से मंत्री को लाने का आदेश दिया। राजा ने मंत्री से अपने अपराध की क्षमा माँगी और कहा—'मैंने आपको बेकार में बंदीगृह में बंद रखा।' मंत्री बोला—'यह अच्छा ही हुआ।' राजा ने कारण पूछा। मंत्री ने कहा कि यदि मैं बंदीगृह में नहीं होता तो आपके साथ शिकार पर रहता और आप तो मुक्त रहते और मेरी बलि चढ़ जाती।''

''वाह, क्या बढ़िया कथा सुनाई बंगाली सिंहजी,'' गोपीलाल ने प्रसन्नता से उत्तेजित होते हुए कहा।

''अपने आप जो घट जाता है, वह ठीक होता है। हमेशा विचारा कार्य नहीं

हो पाता। बुरे-से-बुरे कार्यों के भी कभी अच्छे परिणाम होते हैं। देखो सेठानी को संतान चाहिए, सेठ को वंश चाहिए, उसके भतीजे को वैभव और स्त्री सुख चाहिए, तुम्हें जागीर चाहिए, मुझे रक़म चाहिए। अब आप देखें कि एक कार्य से कितने लेनदार और देनदार जुड़े हैं। किसी के लिए हानि है तो किसी को उसी से लाभ मिल रहा हैं। यही नियति का खेल है। अब हम धर्म-अधर्म, नियम की बातें सोचें तो सब व्यर्थ है। सामाजिक जीवन में जीने के अपने अलग नियम हैं, प्रकृति के भिन्न नियम हैं, मन का अस्तित्व अलग है। सब की अलग परिभाषाएँ हैं, दीवारें हैं। सब एक-दूसरे की आड़ में रहते हैं। आपस में सबका द्वंद्व चलता रहता है, बस यही संसार है। बाक़ी सब मिथ्या है।''

''आज आपने तो बहुत गहरी बातें कह दी हैं। दो टूक बातें कह दी हैं। आदर्श और सभ्यता के कपड़े उतार लिए हैं।''

''कपड़े पहन कर ही तो हम गुणों की बखान करने लगते हैं। हमारे अपने कोई आदर्श नहीं होते, भीतर से हम सब वैसे ही पापी होते हैं। हमारे चोले ही हमारी भाषा की श्रेणी देते हैं। जितनी श्रेष्ठ पोशाक उतनी श्रेष्ठ हमारी भाषा हो जाती है।''

''आपकी बातों ने वास्तव में झकझोर-सा दिया है,'' गोपीलाल की आँखें चमकीं।

''मेरी उम्र ही ऐसी है कि हम सबकी असलियत समझ सकते हैं,'' बंगाली सिंह ने गंभीर होते हुए गोपीलाल को देखा, ''पंडित, आप व्यापार की बात पर उतर आए। तुम तुरंत रक़म की व्यवस्था करो। ज़मीन के काग़ज़ात आपको सौंप दिए जाएँगे।''

''उन्होंने पूछा नहीं कि किस व्यक्ति के लिए ख़रीद रहे हैं।''

''नहीं, व्यापारी व्यक्ति इन बातों में नहीं पड़ता। सेठ को ज़मीन से क्या लेना-देना और मुझे भी ज़मीन से क्या लेना-देना? सत्ता सुख से हमें क्या वास्ता? सत्ता के साथ कुचक्रों-षड्यंत्रों के नाग वास करते हैं, जो हरेक के वश में नहीं आ सकते, इस सच्चाई को समझना चाहिए।''

''फिर रक़म लेकर क्या करेंगे? क्या यह कुचक्रों में नहीं फँसाती?''

''यह हमारी विवशता है। हम जो भी कार्य करते हैं रक़म के लिए ही करते हैं। रक़म आज मिली, कल ख़र्च कर दी, फिर दूसरे कार्य के बारे में सोचने लगेंगे। लक्ष्मी चंचल जो होती है, परंतु ज़मीन-जायदाद स्थायी होते हैं, जिसके आंतरिक संघर्ष में व्यक्ति लिप्त रहता है।''

''तो फिर आपसे कहाँ भेंट होगी?''

''थोड़ा आगे ही नर्मदा के किनारे पर चट्टानें हैं, कहीं-कहीं गुफा भी दिखी हैं, वहीं अभी तो डेरा डालने का विचार है। फिर लौटकर यहीं आ सकते हैं।''

''चलिए आपके साथ मैं भी उस स्थान को देख लूँगा, फिर मुझे ढूढ़ने में परेशानी नहीं होगी।''

"ठीक है चलो, कुछ जलपान, दूध आदि लें?"

"आप लें, मैं घर से पेट-भर कर ही चला हूँ।"

"क्या अभी भी बाहर नहीं खाते हो?"

"नहीं, अब तो सब खा लेता हूँ। अँग्रेजों की संगत पकड़ी है तो कब तक धर्म से बँधा रहूँगा। विस्तार चाहिए तो जब जहाँ और जैसा खाने को मिले खा लेना चाहिए। देखो यह लोग तभी तो हमारे देश में राज कर रहे हैं।"

"फिर दूध तो पी लो हमारी भैंस का है।"

"ठीक है, मँगवा लें, आपका अनादर भी नहीं करना चाहता, हाँ पेट के साथ ज़रूर ज़्यादती होगी।"

"कोई बात नहीं, दुनियादारी में सब करना पड़ता है। दूसरे की प्रतिष्ठा का हमेशा ध्यान करना पड़ता है।"

"आपकी बातें बड़ी गूढ़ होती हैं," गोपीलाल मुस्कुराए।

दो गिलास दूध और साथ में गुड़ पहुँचा देना," बंगाली सिंह ने पीछे की तरफ़ मुँह करके हाँक लगाई। थोड़ी देर में ही कटोरीबाई हाथ में दूध के गिलास उठाए आई। गोपीलाल को देख चकित हुई और मुस्कुराई।

"पंडित, कैसे हो, तुम्हारी बहू सुहासनी कैसी है? कभी मिलाना?"

"सब आपकी कृपा से अच्छे हैं।"

"चलो तुम व्यवहार निभाते हो, आते रहते हो।"

"विपत्ति में हुई मित्रता जल्दी नहीं टूटती," बंगाली सिंह ने कहा और कटोरीबाई के हाथ से गिलास ले लिया।

कटोरीबाई भीतर जाकर दोने में गुड़ ले आई और वहाँ धरती पर बैठकर बीड़ी सुलगाने लगी।

"बहू को एक दिन लीवा लाना?" कटोरीबाई ने दोबारा कहा।

"एक दिन आपको ले चलेंगे," गोपीलाल ने हँसकर टालते हुए कहा।

"अरे, बड़े घर की औरतें परदे में रहती हैं, कौन सड़क पर घूमती हैं?" बंगाली सिंह ने दूध का गिलास ख़ाली करते हुए कहा।

"हमें तो बहू रोज़ याद आती है, जब भी उसके कंगन देखती हूँ, वह याद आती है," कटोरीबाई ने सहजता से कहा।

कटोरीबाई के कहते ही गोपीलाल का मुँह उतर गया। सबके बीच सन्नाटा-सा खिंच गया। बंगाली सिंह ने मौक़े की नज़ाकत को भाँप लिया।

"आज आपने कंगन नहीं पहने?"

"वह बहू को पहना दिए थे, कभी-कभी रार करने लगती है तो देने पड़ते हैं"

"अच्छा तो चलता हूँ, आपकी रक़म दे जाऊँगा।"

"तुम्हारी यहाँ अच्छी गुज़र चल गई है लगता है पंडित," कटोरीबाई ने मज़ाक़

किया।

"दिमाग़ वाला आदमी कहीं भूखे नहीं मरता, चल अब यह गिलास भीतर पहुँचा," बंगाली सिंह ने अपनी पत्नी को उठाना चाहा।

कटोरीबाई गिलास उठाकर भीतर चली गई, परंतु गोपीलाल फिर नहीं बैठ पाए, उठ गए। बंगाली सिंह ने भी दोबारा बैठने को नहीं कहा।

"तो चलूँ," गोपीलाल ने उजड़े मन से कहा, "हाँ आपके वह सेठ का नाम क्या है?"

"सेठ का नाम-पता नहीं बताएँगे। यह हमारे धंधे का उसूल है। घर में भी नहीं बताते हैं।"

"अच्छा-अच्छा, मैंने तो यूँ ही पूछ लिया था," गोपीलाल हड़बड़ा से गए और आगे बढ़ गए। बंगाली सिंह पानी में भीगा अपना सामान पोंछने-धरने में लग गए।

17

मोहन पढ़ाई में तेज़ था, उसकी सोचने-समझने की शक्ति बहुत तेज़ थी। अपनी कक्षा में वह पहले नंबर पर आता था, इस कारण सारे स्कूल में उसका नाम होने लगा था। गोपीलाल ने ज़रूर अपनी पहुँच के कारण बेटे को अँग्रेजों के स्कूल में दाख़िला दिलाया था, पर मोहन ने अपने तेज़ बुद्धि से सबका मन जीत लिया था। छुट्टियों में भी वह घर पर पल भर नहीं बैठता था। पड़ोस में अमर उससे चार-पाँच वर्ष बड़ी उम्र का लड़का रहता था, उससे उसकी दोस्ती बढ़ गई थी। अमर के माता-पिता गाँव से आए थे। नर्मदा की बाढ़ में उनका गाँव बह गया था, इस कारण वे लोग शहर आ गए थे।

अमर बहुत ग़रीब माता-पिता का बेटा था। उसका पिता मोची का काम करता था। गली के नुक्कड़ पर बैठकर मोहल्ले-भर के लोगों के जूते ठीक करता था। अमर पढ़ने में तेज़ था। पाठशाला में पढ़ने जाता था। रात्रि को माँ जल्दी से दिया बुझा देती थी, ताकि तेल अधिक ख़र्च नहीं हो। अमर सड़क पर जलने वाले लैंपपोस्ट के नीचे बैठकर रोज़ पढ़ता था।

मोहन ने जब दो-तीन बार अमर को सड़क के लैंपपोस्ट के नीचे बैठकर पढ़ते देखा तो उसकी उत्सुकता बढ़ी और उसने अमर से दोस्ती बढ़ा ली। गोपीलाल को मोहन का अमर के साथ दोस्ती बढ़ाना पसंद नहीं था, परंतु उसके मना करने का कोई असर नहीं हुआ। सुहासनी ने भी कई बार बेटे को समझाना चाहा पर वह भी उसे रोक नहीं पाई, इसके लिए उसे कई बार गोपीलाल की डाँट भी खानी पड़ी।

अमर को नर्मदा में तैरने का बहुत शौक़ था। वह देखते-ही-देखते नर्मदा में छलाँग लगाकर तैरने लगता था। बहुत निडर युवक था। मोहन को उसकी यही वीरता बड़ी अच्छी लगती थी। अक्सर संध्या को मोहन अमर के साथ नर्मदा के तट पर घूमने चला जाता था। धर्म की बातें, समाज की बातें, हिंदू धर्म की बातें, संस्कारों की बातें, रीति-रिवाजों की बातें सब मोहन को अमर से पता चलती थीं। वह चलती-फिरती पुस्तक था। मोहन को कभी-कभी लगता उसके पास ज्ञान का भंडार है। वह अमर से बहुत ज़्यादा प्रभावित था।

अपने स्कूल के अँग्रेज मित्रों के बाद अमर ही उसका एक मात्र दोस्त-सखा हो गया था। अपने अँग्रेज मित्रों की तुलना में उसे अमर ज़्यादा बुद्धिमान और चतुर लगता था। अमर से मिलने के बाद मोहन बहुत प्रसन्न रहता था। उसके मन की प्यास जैसे अमर से ही बात करके मिटती थी। जहाँ उसके अँग्रेज मित्र अपने देश की रानी की चर्चा करते थे, वहीं अमर उसे सारी दुनिया के बारे में समझाता था। मोहन अपने बड़े भाई की तरह ही उससे प्रेम करता था।

घर में बड़े भाई की कमी थी जो अमर से मित्रता करके दूर हो गई थी। दोनों घंटों घाट पर घूमते रहते थे। उस दिन दोनों घाट पर बैठे थे, तभी किनारे पर एक शवयात्रा जाती दिखी। अमर तुरंत घाट से नीचे उतर गया और उसने जाती हुई शवयात्रा को प्रणाम किया। मोहन ने भी अमर की देखा-देखी वैसा ही किया। दोनों शवयात्रा को देख दुःखी से हो गए थे।

"भैया तुम शवयात्रा को देख खड़े क्यों हो गए?"

"उस व्यक्ति के सम्मान में जो अब इस संसार से सदैव के लिए जा रहा है। मोहन हमें चाहे कितना ही कार्य क्यों न हो, परंतु हमें सदा शवयात्रा के सम्मान में खड़े रहना चाहिए। जब वह निकल जाए तब हमें आगे बढ़ना चाहिए। यह उसके प्रति अंतिम विदाई है। वह व्यक्ति तो अब इस संसार से सदैव के लिए जा रहा है। चाहे वह परिचित हो अथवा अपरिचित हो। यह हमारे संस्कार होने चाहिए।"

"अमर भैया, मनुष्य मरता क्यों है और मर कर कहाँ चला जाता है?"

"मनुष्य का अंत मृत्यु है, यदि मृत्यु न होती तो मनुष्य अत्यधिक घमंडी हो जाता। मृत्यु भिखारी और राजा को समानरूप से आती है। मृत्यु का भय न हो तो मनुष्य कभी अच्छे कर्म न करे, अपने मोह-माया में ही लगा रहे। शरीर समाप्त होता है, परंतु आत्मा नहीं मरती। आत्मा अमर है। आत्मा के लिए शरीर एक वस्त्र मात्र होता है, वह तुरंत दूसरा शरीर धारण कर लेता है।"

"क्या मरने के बाद उसके सारे संस्कार करने ज़रूरी है?"

"हाँ, बहुत ज़रूरी हैं, वरना आत्मा भटकती है ," अमर ने घाट पर बैठते हुए कहा, "हमारे गाँव के सब लोग क्रिया-कर्म करने फूल ठंडा करने 'गया' जाते हैं। यह मानते हैं कि यदि गयाजी नहीं गए तो आत्मा का घर में वास हो जाता

है। वह देवता बनकर उपद्रव करने लगती है। हमारे एक पड़ोसी थे। उनके दादाजी ऐसे ही मर कर देवता बनकर उपद्रव करने लगे तो सबने कहा कि पूजा करके उन्हें मना कर 'गयाजी' ले जाओ और छोड़ आओ। घर में पूजा हुई, सारे गाँव के लोग स्टेशन तक छोड़ने आए। उस सज्जन ने अपनी अकेली की टिकट कटाई और गोद में ताँबे के लोटे में पानी-जल, फूल लेकर रेल में बैठ गए। जब वह गयाजी से लौटकर गाँव के स्टेशन पर उतरे तो उसके दादाजी ने हाँक लगाई—लल्ला, हम तो यही रह गए। वह दंग रह गए। गाँव वालों से पूछा तो उन्होंने बताया कि तुमने दादाजी के लिए टिकट तो कटाई नहीं, अकेले ही टिकट कटाकर चले गए। इस बार तुम इनके नाम की टिकट कटाकर ले जाओ तब यह जाएँगे। उस व्यक्ति ने दोबारा पूजा कराई, फिर सबसे विदा ली और दो टिकट कटवाया। एक सीट पर ख़ुद बैठे तथा दूसरी सीट पर लाल गमछा बिछाकर उस पर ताँबे का लोटा रखकर दादाजी को ले गए। गयाजी जाकर पूजा कराई तब से घर में देवता का उपद्रव कम हुआ। तब से हमारे गाँव में यह नियम-सा हो गया है कि अब सभी लोग पूजापाठ कराने गयाजी में जाते हैं तथा बक़ायदा दो टिकट कटाकर ले जाते हैं। एक अपना दूसरे परिवार के देवता का होता है। गयाजी जाने वाले रेल में ढेर सारे मिल जाते हैं, जो दो टिकट कटाकर देवता को बक़ायदा सीट पर बैठाकर ले जाते हैं, यदि आप डिब्बे में चढ़ो और कहो कि ज़रा सरककर जगह दे दो तो वह व्यक्ति झट माफ़ी माँग लेगा या नीचे बैठ जाएगा और कहेगा—भैया साथ में देवता जा रहे हैं, हमारी जगह पर बैठ जाओ पर देवता को मत हटाओ नहीं तो वह रूठ गए तो दोबारा यात्रा करनी पड़ेगी।''

''अच्छा बड़ी विचित्र बात आपने सुनाई अमर भैया। यह सारी मान्यताएँ आज भी हमारे गाँव में चलती हैं, जानकर अजीब लगा।''

''समय कोई सा भी आए, चाहे जो परिवर्तन आ जाए पर हमारी सामाजिक तथा धार्मिक मान्यताएँ कभी नहीं बदलेंगी, वह ज्यूँ की त्यूँ यथावत रहेंगी। अब सुनो हमारे गाँव की एक और कथा तुम्हें सुनाते हैं।''

''हाँ-हाँ, ज़रूर सुनाओ।'' मोहन ने ढेर सारी उत्सुकता से भरकर कहा।

''देखो, ऐसे ही हमारे गाँव में नियम है कि घर का कोई व्यक्ति घर से लापता हो गया या भाग गया तो वर्ष-भर उसकी बाट देखते हैं, फिर उसे मरा हुआ घोषित कर दिया जाता है। हमारे गाँव के एक व्यक्ति को डाकू उठाकर ले गए। बहुत खोज-ख़बर ली, पर उनका पता नहीं मिला। अंत में उनको बिरादरी की सभा बुलाकर मृत घोषित कर दिया गया। घर में रोना-धोना हुआ, उसकी पत्नी का सारा शृंगार उतारा गया। सब लोग श्मशान तक गए और नदी में स्नान कर लौटे। उस परिवार के लोगों ने गाँव के लोगों को नीम की पत्ती और पानी हथेली में दिया। हमारे गाँव में सब लोग श्मशान से लाश जलाकर लौट कर उसी व्यक्ति के घर आते हैं, वहाँ उन्हें नीम की एक पत्ती और लोटे से ज़रा-सा जल देते हैं। उसे मुँह में रखकर चबाकर

खाना पड़ता है। इसे "कड़वा" खाना कहते हैं। इसका अर्थ हुआ कि मरे हुए व्यक्ति से आज संबंध समाप्त कर दिया गया। उस व्यक्ति के परिवार में उसके सारे क्रियाकरम कर दिए गए। जैसे तेरहवीं, गीतापाठ आदि कर दिया गया। सब लोग उस लापता व्यक्ति को भूल गए। दो-चार वर्षों में वह वापस लौटा तो उसे किसी ने गाँव में घुसने नहीं दिया। उसने अपने जिंदा रहने के सारे सबूत दिए, फिर भी उसे गाँव में प्रवेश नहीं मिला। वह गाँव के बाहर झोपड़ी बनाकर रहने लगा। गाँव के लोग उसे रोटी पहुँचा जाते थे, घर की रोटी खाने नहीं देते थे। बाद में फिर गाँव की, परिवार की पंचायत बुलाई गई, वहाँ उस व्यक्ति को जीवित माना गया तथा फिर उसके सारे संस्कार किए गए। जैसे मुंडन संस्कार हुआ, कनछेदन संस्कार हुआ, जनेऊ संस्कार हुआ, फिर उसकी पत्नी से विवाह किया गया। वह सारे कार्यक्रम तीन माह में कराए गए, फिर उसका प्रवेश घर में हुआ। इतने खटक्रम के बाद वह घर आ पाया, जबकि उसके चार बच्चे थे। इस प्रकार सामाजिक मान्यताओं का हमारे भारतीय जीवन में बहुत बड़ा महत्व है।"

"अमर भैया यह मनुष्य की भीरुता नहीं है?"

"नहीं, दरअसल मनुष्य सामाजिक प्राणी है, इस कारण उसे समाज के नियम मानने पड़ते हैं। परिवार के, समाज के नियम होते हैं। जन्म से ही यह नियम संस्कार शुरू हो जाते हैं और श्मशान तक नियम संस्कार चलते हैं। याने आपके जन्म से लेकर मृत्यु तक आपको सामाजिक नियम संस्कारों से बँधना पड़ता है। मनुष्य और पशु में अंतर है। आपको जन्म देने के लिए भी आपके माता-पिता को सामाजिक बंधनों से बँधना पड़ता है, तब बालक का जन्म होता है।"

"अमर भैया तुम एक दिन बड़े आदमी बनोगे।"

"वह कैसे?"

"तुम्हारे पास ज्ञान का भंडार है, तुम कितने ज्ञानी हो।"

"इसलिए तुमने यह धारणा बना ली?" अमर ज़ोर से हँसा, "यह बातें तो हमारे गाँव का हर व्यक्ति करता है, सभी को यह सारी बातें पता हैं। तो क्या वह बड़ा आदमी बन गया? नहीं, ऐसा नहीं मोहन। हमें फल की आशा किए बिना अपने उद्देश्य में लग जाना चाहिए। मेरी इच्छा है कि मैं वकालत पास करूँ। हमारे घर में पढ़ाई का बिल्कुल वातावरण नहीं है, न ही उन्हें शिक्षा का महत्त्व समझ में आता है, परंतु मुझे उनसे कोई विरोध, द्वेष नहीं है। हर व्यक्ति की अपनी क्षमतानुसार सीमाएँ होती हैं। मेरे पिता ने अपना पैतृक धंधा ही करना ठीक समझा और उन्होंने उसे ही सहजता से अपना लिया, परंतु मैं अपने लक्ष्य को पाना चाहता हूँ। ठीक मुझे मेरे पिता के द्वारा कोई मार्ग नहीं मिला। परंतु यह क्या कम है कि मेरे पेट भरने की समस्या नहीं है। मेरे पिता परिवार के लिए दो समय की रोटी कमा लेते हैं। मेरे लिए यही कितनी बड़ी बात है। मनुष्य को छोटी-छोटी उपलब्धियाँ की बड़ी

संभावनाओं पर विचार करना चाहिए। समझ रहे हो न?''

''समझ रहा हूँ।''

''अच्छा, बताओ मोहन मेरे जीवन का लक्ष्य तो वकील बनना है, तुमने अपने बारे में क्या सोचा है?''

''मैं...मैं ,'' मोहन चकित हो गया, ''मैं तो अभी कुछ नहीं सोचता, भला बताओ अमर भैया मेरे सोचने की अभी कोई उम्र है?''

''क्यों नहीं? तुम छोटे ज़रूर हो, पर तुम्हारे पास अपना मन है, विचार है। कम-से-कम तुम अपने भविष्य पर विचार तो कर सकते हो, उसकी रूपरेखा तो बना ही सकते हो। देखो अभी तो हमारे पूर्वजों ने कहावत कही थी—पूत के पाँव पालने में ही दिख जाते हैं।''

''मैं तो पिता पर आश्रित हूँ। हम लोग ग़दर से भागकर इधर आए थे। पिताजी ने व्यापार शुरू किया ही है, ऐसे में मैं अपनी जीवन की रूपरेखा कैसे बना सकता हूँ?''

''मैंने तो बहुत छोटी उम्र में ही निर्णय ले लिया था कि अपना पैतृक धंधा नहीं करूँगा, अलग से हटकर अपना जीवन बनाऊँगा। देखो नर्मदा मइया कैसे पहाड़ तोड़कर अपनी सीमाएँ तोड़कर बहती हैं। इसमें कष्ट तो होता है, परंतु अपनी पहचान तो बनती है।''

''अमर भैया, तुम रोज़ नर्मदा में तैरने जाते हो, तुम्हें डर नहीं लगता?''

''अरे, डर कैसा? मोहन तू बहुत डरपोक है। भय ही तो जीवन का अवरोध है। मनुष्य बड़े से बड़ा काम कर सकता है, परंतु भय के कारण नहीं कर पाता।'' अमर पल भर चुप रहा फिर बोला, ''मनुष्य देखो जितने अपराध करता है, सब भय के कारण करता है। भय की ही उपज पाप और अपराध है। भय न हो तो मनुष्य कभी बुरे काम ही न करे। संसार से छुपाने के लिए ही वह सारे अपराध करता है।''

''अमर भैया तुम ठीक कहते हो। देखो आज तुमने मुझे कितनी ढेर सारी बातें बताईं, जो मैं कभी पुस्तकों से नहीं समझ सकता था।''

''हमारे पूर्वज इसलिए तो कहते थे कि ज्ञान की बातें सत्संग से ही प्राप्त होती हैं। अच्छा चलो अब, तुम्हारी घर में ढूढ़ हो रही होगी।''

''हाँ मैं तो तुम्हारी बातों में घर को भूल ही गया था। माँ ने कहा था जल्दी आ जाना, वह रास्ता देख रही होगी।''

''तो चलो, क्या तुम कल ही हॉस्टल लौट जाओगे?''

''हाँ अमर भैया, हमारे हॉस्टल वाले घर जाने को अधिक छुट्टी नहीं देते, उनका मानना है कि ज़्यादा घर रहने से फिर लौटकर विद्यार्थी हॉस्टल के नियम-क़ायदे को भूल जाता है।''

''बात तो सही है, देखो तुम नदी घाट पर आवारा लड़कों की तरह घूम रहे हो।''

''परंतु इस तरह घूमने से ज्ञान भी तो मिला न?''

''यह तुम सोचते हो, शायद यह ज्ञान तुम्हारे किसी काम न आए, हॉस्टल का पढ़ा या सिखा ही जीवन में काम आए।''

''नहीं, ऐसा नहीं है। यह भी तो हो सकता है स्कूल की पुस्तकों से केवल किताबी ज्ञान सीखता और जीवन की व्यावहारिक बातों से अनजान ही रहता।''

''चलो, तुम बड़े होकर जब मिलोगे तब तुम से आज के प्रश्नों के उत्तर ज़रूर मागूँगा।''

''अमर भैया, तब भी मेरा यही उत्तर होगा।''

''अच्छा? तब तो तुम भीतर से काफ़ी ठोस हो।''

''दोनों हँस दिए और वापस सड़क से होते अपने मोहल्ले की गली में मुड़ गए।

18

गोपीलाल ने जागीरी के काग़ज़ात बग़ल में दबाए हाथ में सवा सेर बूँदी के लड्डुओं की डलिया उठाए घर में प्रवेश किया। बाहर धूप में ही मिट्ठू सिंह बैठे अपनी कोठी के काग़ज़ातों में उलझे थे। प्रसन्नता से गदबदाए गोपीलाल को देख चौंके और सर उठाकर देखा। डलिया में पलाश के पत्तों से ढँके लड्डुओं को पकड़े गोपीलाल को देख चकित हुए और अपनी मुखमुद्रा पर बड़ा-सा प्रश्न लगाए वह उन्हें ताकने लगे। मौन रहकर भी जैसे उनकी आँखे प्रश्नों की बौछार कर रही थीं।

''आज जागीरी ख़रीद कर आ रहा हूँ'' गोपीलाल ने प्रसन्नता से फट पड़ते हुए सूचना दी, ''हनुमानजी के मंदिर में सवा सेर लड्डुओं का प्रसाद चढ़ाकर आ रहा हूँ, यह घर के लिए ले आया। आप सब को अपने हाथों बाँट दें।''

''अरे वाह,'' मिट्ठू सिंह भौचक्के से रह गए, ''पंडित तुमने तो कमाल ही कर दिया। इतनी जल्दी गढ़ जीत लिया। अँग्रेजों के साथ काम करते हो, लगता है उन्हीं से सारी राजनीति सीख रहे हो?''

''सही कहा आपने। कभी-कभी भाग्य भी साथ दे देता है,'' गोपीलाल गद्‌गद् शब्दों में बोले।

''ठीक बात, हानि-लाभ, जीवन-मरण, यश-अपयश, विधि-विधान, जिसके भाग्य में यश लिखा होता है उसे कोई नहीं रोक सकता और जिसे विधाता को बचाना

होता है उसे कोई नहीं मार सकता," मिट्ठू सिंहजी ने एक लड्डू मुँह में रखते हुए कहा, "एक राज्य की सीमा पर युद्ध हो रहा था। घमासान मचा था। उसी मैदान में एक ट्टिहरी ने अपने अंडे रखे थे। अचानक युद्ध हो गया। ट्टिहरी बेचारी घबराई, परेशान, दुःखी खड़ी युद्ध की विनाश लीला को देखती रही, समझ गई अब तक तो उसके अंडे चूर-चूर हो गए होंगे। बेचारी लंबे-लंबे आँसू ढलकाते रोती रही। तीन दिन बाद युद्ध समाप्त हुआ। लाशों से मैदान पट गया था। लड़-भिड़कर सेनाएँ जा चुकी थीं। लाशों को जलाया जा रहा था। मैदान में बिखरा सामान उठाया जा रहा था। एक स्थान पर हाथी के गले का घंटा गिर गया था। जब उसे उठाया गया तो उसके नीचे सुरक्षित ट्टिहरी के अंडे थे, ट्टिहरी अचंभे में भौंचक रह गई।"

"सही कहा आपने, जाको राखे साँइया, मार सके न कोय।"

"हाँ देखो, जहाँ लाशों का ढेर लगा था, वहाँ पर ट्टिहरी के अंडे सुरक्षित रह गए," मिट्ठू सिंह गहरे आनंद से चहकते हुए बोले, "भई, घर के प्राणियों को भी तो टेरो, क्या सारे लड्डुओं का भोग हम दोनों लगा लेंगे?"

गोपीलाल तुरंत उठे और सुहासनी और मिट्टू सिंह की पत्नी को बुला लाए और आकर चुपचाप मुस्कुराते बैठ गए। दोनों आकर भौचक-सी खड़ी हो गईं। गोपीलाल गंभीर बने मुस्कुराते रहे। मिट्ठू सिंह समझ गए कि रहस्य उन्हें ही खोलना है, इसलिए लड्डुओं का टूकना लिए उठे और अपनी पत्नी के हाथ में थमाते मंद-मंद मुस्कुराए।

"भई, अपने पंडित अब जागीरदार हो गए हैं, उन्होंने जागीरी ख़रीद ली है।"

"क्या?" मिट्ठू सिंह की पत्नी आश्चर्य से दंग रह गई। सुहासनी असमंजस की स्थिति में मौन रहकर उत्सुक-सी प्रतिक्रिया जानने के लिए पति को देखती रह गई।

"हाँ सुहासनी, मिट्टू सिंहजी के और दीदी के आशीर्वाद से मैंने जागीरी ख़रीद ली है।"

सुहासनी जैसे बोलने की स्थिति में नहीं थी, बस टूकुर-टूकुर पति को देखती रही। मिट्ठू सिंह की पत्नी ने एक लड्डू उसके मुँह में ढूँसते हुए कहा—"जागीरदारनी को देखो कैसे ठगी-सी खड़ी है।"

सुहासनी अकबकाई-सी लड्डू चबाते हुए झट आगे बढ़ी और मिट्ठू सिंह के तथा उनकी पत्नी के पैर छू लिए।

"बनिया से सत्ता के क्षेत्र में आ रहे हो पंडित अब सत्ता के गुण सीखने होंगे। सत्ता भाग्य से आती ज़रूर है, परंतु युक्ति और चतुराई से इसे सँभालना पड़ता है। इसकी अनिवार्यता को भी समझना ज़रूरी है।"

"घोड़ा जब मिला हो तो घुड़सवारी भी आ ही जाएगी। जब असंभव बन गया तो आगे भी सब ठीक ही होगा," गोपीलाल रहस्यपूर्ण ढंग से मुस्कुरा दिए।

"वास्तव में तुमने यह कमाल कैसे कर लिया, यह देख मैं तो कम-से-कम

चकित हूँ। महज़ दो वर्षों में तुमने जिस तेज़ी से प्रगति की है, उसे देख हैरानी तो होती है। तुम स्वयं में उदाहरण बन गए हो।''

''सभी को लड्डू बाँट दो,'' गोपीलाल ने सुहासनी से कहा।

दोनों महिलाएँ प्रसन्नता से चहकती भीतर चली गईं। मिट्ठू सिंह प्रसन्नता से बोले– ''ऐसा करो पाँच-दस सेर लड्डू मँगवाकर मोहल्ले में बँटवा दो, सभी को सूचना हो जाएगी।''

''आपने सही सुझाव दिया है। मोहल्ले में बाँट देते हैं, सभी को पता चल जाएगा।''

''कथा भी करवा लो।''

''यह भी ठीक है।''

''आख़िर तुमने यह सब किया कैसे?''

''यह रहस्य है। यह भी व्यापार ही है। अब व्यापार के मार्ग से ही सत्ता सुख मिलता है। बंगाली सिंहजी का हाथ है, उन्होंने सारा चक्रव्यूह रचा था।''

''तभी,'' मिट्ठू सिंह थोड़ा विचलित से हुए, ''बंगाली सिंह आदमी तो अच्छा है, पर सावधान रहना भी आवश्यक है।''

''आप चिंता न करें, भाग्य ने जब यहाँ तक पहुँचाया है तो आगे भी ठीक ही रहेगा।''

''सो तो है ही। मनुष्य का उद्देश्य यदि सही है तो सफलता भी मिलती है।''

''लक्ष्य सही होना चाहिए, तभी हम उद्देश्य में सफल होते हैं,'' मिटठू सिंह ने उत्साहित होकर कहा ''महाभारत के समय अर्जुन अति व्याकुल प्रतिज्ञाबद्ध हुए थे, कि अभिमन्यु के हत्यारे जयद्रथ का सूर्यास्त तक वध नहीं किया तो आत्मदाह कर लेंगे। सूर्यास्त हो गया और अर्जुन के लिए चिता तैयार की जाने लगी। जयद्रथ प्रसन्नता से नाचता हुआ गुप्त गुफा से बाहर निकल कर अपनी विजय पर आनंद मना रहा था कि तभी कृष्ण ने अर्जुन से कहा—अर्जुन, सूरज की किरण की अंतिम रेखा बाक़ी है, अभी सूर्यास्त कहाँ हुआ है? अर्जुन तुरंत सतर्क हुए और तेज़ी से आगे बढ़कर बाण चला दिया। जयद्रथ का वध हो गया। अर्जुन के लिए जो चिता सजाई जा रही थी, उस पर जयद्रथ का अंतिम संस्कार किया गया। कभी-कभी सफलता हमें इस तरह डूबते-डूबते भी प्राप्त हो जाती है।''

''कृष्ण की तरह सही मार्गदर्शक मिले तो सफलता तो अपने आप आकर पैर चूमती है।''

''अर्जुन की तरह विद्यार्थी मिलना भी क्या कोई सरल काम है?''

''आपने सही कहा, अर्जुन जैसा विद्यार्थी मिलना भी बहुत मुश्किल है, परंतु यह भी सही है कि भविष्य की अशंका किए बिना मैं ज़रूर चुनौतियों का सामना करना चाहता हूँ।''

"अपना मनोबल ऊँचा रखो, सफलता तो मिलनी ही है," मिट्ठू सिंह ने स्नेह से कहा, "जाओ, जाकर भोजन करो और तनिक आराम कर लो।"

"बहुत कुछ गया है और बहुत कुछ मिला है, इतनी उथल-पुथल के बाद तो विश्राम बहुत ज़रूरी है।"

गोपीलाल भीतर गए और मिट्ठू सिंह वापस अपने काग़ज़ों में उलझ गए। बहुत दिनों से उनकी कोठी का झगड़ा चल रहा था। उनके पिता दो भाई थे। संयुक्त परिवार होने के कारण सब-कुछ शामिल खाते में चलता था। पिता ने कोई वसीयत नहीं की थी। उनके पिता तथा चाचा की मृत्यु के बाद चाचा के बेटों ने मुकदमा कर दिया। वह दोनों भी मिट्ठू सिंह की जायदाद में हिस्सा चाहते थे। मिट्ठू सिंह का अपना कोई वारिस नहीं होने के कारण भी मामला उलझ गया था। वह वर्षों से मुक़दमें से परेशान थे। कचहरी के चक्कर लगाते-लगाते उनकी चप्पलें घिस गई थीं। चाचा गाँव की जायदाद सँभालते थे, अब बेटे शहर की जायदाद में हिस्सा चाहते थे। मिट्ठू सिंह भी मन से उन्हें हिस्सा देने के लिए राज़ी थे, परंतु उनका अपना स्वभाव चाचा के बेटों से मेल नहीं खाता था। कोठी में हिस्सा देते ही वे लोग क़ाबिज़ हो जाएँगे। आकर रहने लगेंगे और रात, दिन की कलह से घर की शांति भंग होगी। चाचा के बेटे जो कभी किसी दुःख-सुख में आकर खड़े नहीं हुए, वही आज मिट्ठू सिंह की जायदाद में हिस्सा चाहते थे। दीवानी मुक़दमे यूँ ही लंबे चलते हैं और वकील का जेब भरते-भरते उनकी जेब ख़ाली हो रही थी। मानसिक क्लेश के कारण रातों को उन्हें नींद भी नहीं आती थी।

मिट्ठू सिंह काग़ज़ों को उलटते-पुलटते रहे। कल फिर पेशी लगी थी। चश्मा उतार कर उन्होंने मुँह पर हाथ फेरा, सर खुजलाया। नीचे धरती पर बहुत सारी चींटियाँ इकट्ठी हो गई थीं। उन्होंने ध्यान से देखा। वहाँ पर लड्डुओं का टुकड़ा गिर गया था, उसी पर चीटियाँ झूम गई थी। टुकड़े के दानों को ले-लेकर कर भाग रही थीं, परंतु टुकड़ा उनकी शक्ति से बड़ा था, इस कारण बार-बार छूट जाता था। चींटियों का संघर्ष देखकर उन्हें विचित्र-सा लगा। हर प्राणी के भीतर ईश्वर ने लालच भर दिया है। वह अपने सामर्थ से अधिक इकट्ठा करना चाहता है। इसी में सारा जीवन नष्ट कर देता है।

संसार के प्रति मनुष्य का मोह कितना अधिक होता है। कहते हैं कि कपड़ा जब धोते-धोते पहनने योग्य बनता है तब-तक उसके फटने के दिन आ जाते हैं और मनुष्य जब समझदार होने के योग्य होता है, अपने-बुरे की पहचान बनती है, तब-तक उसके मरने के दिन निकट आ जाते हैं।

यकायक मिट्ठू सिंह के मन में विचार आया, क्यों न कोठी और बगीचा गोपीलाल के नाम चढ़ा दिया जाए। आख़िर इतने दिनों से साथ रहते-रहते पुत्र की तरह ही स्नेह हो गया है। वैसे भी गोपीलाल सारे उनके कार्य देख ही रहे हैं, आख़िर

चाचा के धूर्त पुत्रों से गोपीलाल तो ठीक ही रहेगा। कम-से-कम धोखा तो नहीं करेगा, बाद में वह वापस ज़मीन ले लेगें। वसीयतनामा ही तो लिखना है? विचार मन में उमड़ने-घुमड़ने लगा। मन में कई बार मंथन किया, हर तरह से उन्हें यह बात सही लगी।

भीतर से गोपीलाल बाहर आए। वह किसी कार्य से बाहर जा रहे थे। उनके हाथ में कुछ काग़ज़ थे।

"कहाँ जा रहे हो पंडित?"

"कहीं नहीं, सोचता हूँ थोड़ा पटवारी के पास तक हो आऊँ। कहीं कुछ कार्य तो नहीं?"

"नहीं कार्य तो नहीं, परंतु अचानक अभी एक विचार मन में उठा है, सोचता हूँ तुम से कह दूँ?"

"कहिए-कहिए, मेरे करने लायक़, या सलाह देने लायक़ बात होगी तो अवश्य ही करूँगा।"

"तुम तो जानते हो, इस कोठी पर मेरे चाचा के लड़कों ने दीवानी का मामला लगा रखा है। पाँच वर्षों से मैं कचहरी की पेशियों में जा-जाकर तंग आ गया हूँ।"

"मैं भी सोच रहा था किसी दूसरे वकील से सलाह ले लूँ।"

"नहीं वह बात नहीं," मिट्ठू सिंह व्यग्रता से थोड़ी देर चुप रह गए फिर बोले, "सोचता हूँ क्यों न इस कोठी को तुम्हारे नाम वसीयत कर दूँ? तुम्हारा नाम चढ़ा दूँ?"

"क्या कह रहे हैं," गोपीलाल अचानक इस प्रस्ताव से घबरा उठे, पलट कर नजदीक आए और बोले, "समझ में नहीं आया, आप क्या कहना चाहते हैं?"

"यही कि तुम्हारे नाम कोठी कर दूँ। तुम भी पुत्र बराबर हो। आख़िर मेरे चाचा के लड़कों से तो ठीक ही रहोगे। वैसे भी साथ रह रहे हैं। बाद में जब दीवानी मुक़दमा समाप्त हो जाएगा तो तुम वापस कोठी मेरे या मेरी पत्नी के नाम कर देना। इतना तो विश्वास कर ही सकता हूँ न?"

गोपीलाल एकदम से कोई उत्तर नहीं दे पाए। वह हक्के-बक्के से हुए ठगे से रह गए थे। भाग्य की चाल देख रहे थे। कहावत है न कि ईश्वर जब देता है तो छप्पर फाड़ कर देता है और लेता भी है तो बूँद-बूँद सब सोख लेता है। आज का दिन लगता है सौभाग्य वाला है। उनकी क़िस्मत का सितारा चमक रहा है। आज ही जागीरी के काग़ज़ात मिले और अचानक मिट्ठू सिंहजी यह प्रस्ताव रख रहे हैं। आज तो विजय का दिन है।

"बताओ पंडित, तुम सहमत तो हो न? आज अचानक मेरी आत्मा में यह विचार उठा हैं।"

"आपने जब संकल्प किया ही है तो इसे मैं अपना सौभाग्य समझ कर स्वीकार

करता हूँ, परंतु आपका इतना स्नेह, मोह देख मैं तो गद्‌गद् हूँ। आपने परीक्षा के लिए मेरा निर्वाचन किया है, क्या मैं आपकी कसौटी पर सही उतर पाऊँगा? इस विचार ने मुझे धर्म संकट में डाल दिया है।''

''तुम चिंता मत करो। विश्वास तो अपने भीतर होता है, उसे बाहर खोजना नहीं पड़ता। अपने निर्णय को मुझे मूर्त रूप देना है। बस थोड़ी-सी औपचारिकताएँ पूरी करनी होगीं।

''आपके चाचा के लड़कों को आपत्ती नहीं होगी?''

''हाँ होगी क्यों नहीं? संयुक्त परिवार की परंपरा है हमारे देश में, पहले तो कोई बँटवारे की बात सोचता भी नहीं था, जिसके पास जो होता था, उसे उसका ही माना जाता था। कचहरी की सीढ़ियाँ कोई नहीं चढ़ता था। पारिवारिक बँटवारे को ही मान लिया जाता था, पर अब तो सब हवा ही दूसरी हो गई है।''

''सही कहा आपने।''

''तो कल ही तुम्हारे नाम वसीयत के काग़ज़ लिखवा देता हूँ?''

''जी...लेकिन...'' गोपीलाल सकपका से गए।

''अरे, लेकिन-वेकिन क्या? आख़िर मैं ज़िंदा हूँ और कोठी मेरे नाम है, मैं अपनी इच्छा से इसे किसी को भी दान कर सकता हूँ न?''

''आपकी कृपा, उपकार पाकर तो मैं निहाल हो उठा हूँ,'' गोपीलाल भावुक होते बोले।

''तुम्हारे पास जागीर आ ही गई है, अब कोठी भी आ गई समझो। जागीरदार बनने से पहले मकान का मालिक बनना भी तो ज़रूरी है।''

''आप तो मज़ाक़ करने लगे,'' गोपीलाल संकोच से बोले।

''नहीं, यह दिल्लगी नहीं है, ठीक है मान लिया कि मकान का मालिक मैं ही रहूँगा, पर रजिस्ट्री के काग़ज़ात पर तो तुम ही मालिक रहोगे न?''

''कुछ सोच नहीं पा रहा हूँ।''

''सोच-विचार छोड़ो, सोच लो तुम्हारे भाग्य का था, इस कारण तक़दीर तुम्हें दिल्ली से यहाँ तक खींच लाई, वरना तुम भला यहाँ क्यों आते?''

गोपीलाल उठे और आगे बढ़कर मिट्ठू सिंह के पैर छू लिए। मिट्ठू सिंह गद्‌गद् होकर भावुक हो उठे, उन्होंने गोपीलाल को कलेजे से लगा लिया।

''यदि मेरा पुत्र होता तो शायद तुम्हारी उम्र का ही रहता। तरस गया था पुत्र को गले लगाने। चलो आज यह आस भी पूरी हुई।''

''आपने इतना विश्वास देकर मेरा सम्मान बढ़ा दिया है।''

''चलो, इस बीच यदि मेरी मृत्यु भी हो गई तो मन में मलाल नहीं रहेगा कि मेरी कोठी ग़लत हाथों में गई। बहुत प्रेम और लगन से मैंने कोठी को सँवारा था।''

''नहीं , ऐसा मत सोचिए सब-कुछ आपका है और सदैव ही आपका ही रहेगा।''

मिट्ठू सिंहजी की आँख में आँसू आ गए। उन्होंने चश्मा उतार कर अपने आँसू रूमाल से पोंछे। ''पंडित, समझो, यह घर नहीं मंदिर है। इसकी एक-एक ईंट मेरी निगरानी में रखी गई थी।''

''मैं आपकी भावनाओं को समझता हूँ तथा इस भावना का सदैव ध्यान रखूँगा। आप तो भगवान हैं। भगवान ही इतना बड़ा हृदय रखते हैं।''

''ठीक है, जाओ तुम अपना कार्य कर आओ। आज मेरे मन का भार हल्का हुआ।''

गोपीलाल मिट्ठू सिंह का पैर छूकर बाहर आ गए। वह धीरे-धीरे मौन चल रहे थे। भाग्य का वैभव देख वह दंग थे। ईश्वर ने तो लगता है उनके भाग्य से सोने की खान लिख रखी हैं? भाग्य के चमत्कार को देख वह हतप्रभ रह गए थे। कहाँ दिल्ली की छोटी-सी गली में मिठाई की दुकान करने वाला, यकायक एक सुंदरी प्रेमिका पा गया, जागीरी मिल गई और अब इतनी विशाल कोठी का मालिक बन गया।

19

गोपीलाल बंगाली सिंह के साथ सूनी सड़क पर जा रहे थे। सड़क दोपहर के कारण सूनी थी। बंगाली सिंह के चमड़े के जूते चरमर-चरमर की तेज़ आवाज़ कर रहे थे। बरसाती फूलों की गंध से सड़क भरी थी। इक्का-दुक्का आदमी चल-फिर रहे थे। गोपीलाल मौन थे।

''बंगाली सिंहजी एक बात आप से कहना था?'' गोपीलाल देर की चुप्पी के बाद बोले।

''हाँ-हाँ बताओ पंडित?''

''मिट्ठू सिंहजी ने अपनी कोठी मेरे नाम दान कर दी है।''

''क्या?'' बंगाली सिंह सन्नाटे में रह गए, जैसे किसी ने एक बार में ही उनके चेहरे की खाल खींच ली हो। काले तो थे ही और अधिक काले दिखने लगे।

''हाँ, मिट्ठू सिंहजी ने अपनी कोठी मेरे नाम लिख दी है,'' गोपीलाल ने जैसे पुनः समझाते हुए कहा।

''मैं समझा नहीं पंडित?''

''कैसे समझाऊँ?'' गोपीलाल खिन्न से होते बोले, ''उनके चाचा के लड़कों ने पाँच वर्षों से दीवानी मुक़दमा कचहरी में चला रखा था। परेशान होकर उन्होंने यह क़दम उठाया है। बाद में मैं उन्हें लौटा दूँगा।''

"अच्छा?" बंगाली सिंह चलते-चलते ठिठक कर खड़े हो गए। उनके चेहरे पर कई भाव आ-जा रहे थे। गोपीलाल परेशान से बंगाली सिंह का मुख देखने लगे।

"आपका क्या विचार है, यह ठीक हुआ या ग़लत?"

"ग़लत कैसे कहूँ? पर जाने क्यों मुझे भीतर से ठीक नहीं लगा। बिना टका-धेला दिए जो संपत्ति ली जाती है, उसे हम लोग ठीक नहीं मानते, इस कारण ही तो हम घर बनाकर नहीं रहते, घुमक्कड़ों की तरह घर उठाए पीठ पर घूमते रहते हैं। लेकिन लक्ष्मी अपने आप चलकर तुम्हारे पास आ रही है पंडित, देखना एक दिन तुम बहुत बड़े आदमी बनोगे?"

"यह आशीर्वाद है या श्राप?" गोपीलाल भयभीत हो उठे।

"लो, तुम भी पंडित ज़रा-सी ऊँच-नीच में घबरा जाते हो। भला मैं तुम्हें श्राप दे सकता हूँ? आशीर्वाद दे रहा हूँ। भाग्य तुम्हारा साथ दे रहा है, यही बात तो कह रहा हूँ। बस हम ग़रीबों को भूल मत जाना। देखो उस दिन जागीरी मिली अब इधर कोठी मिल गई। मिट्ठू सिंह कोठी कोई छोटी-मोटी नहीं है। ऐसी कोठियाँ जबलपुर में दस-बीस ही होंगी।"

"सेठ के क्या हाल हैं?"

"समझो सब अपनी-अपनी जगह मस्त हैं। मैं भी दस-बीस दिनों के लिए परिवार सहित बाहर रहूँगा।"

"कहाँ जा रहे हो?"

"कार्तिक पूर्णिमा का मेला भरने वाला है। वहीं जा रहे हैं। कुछ धंधा भी हो जाएगा, नहान भी रहता हूँ।"

"मैं भी चलता पर यह जागीरी आ गई है, तो इसके बहुत से झमेले आ गए हैं, रोज़ाना परेशान हो जाएगा।"

"धीरे-धीरे सब चाले समझने लगोगे। पहले-पहले घोड़े को नाल ठोंको तो वह चल नहीं पाता, लड़खड़ाता है पर बाद में सरपट दौड़ता है और बाद में तो बिना नाल के चल ही नहीं पाता। ऐसा ही तुम्हारे साथ होगा। बाद में सब ठीक हो जाएगा।"

"हलवाई से जागीरदार बनने में समय तो लगेगा?"

"तुम ऐसे जागीरदार बनोगे कि तुम्हारी दस पुश्तों के लोग भूल जाएँगे कि ख़ानदान में कोई मिठाई वाला भी था," बंगाली सिंह ज़ोर से हँसे।

"यही तो डर रहा हूँ। जागीरी यदि सँभल नहीं पाई तो इधर से भी जाएँगे और ख़ानदानी पेशा भी भूल जाऊँगा।"

"ख़ानदानी पेशा तो अब भूल ही जाओ, अपने बच्चों को भी कभी याद मत बताना। अभी तो छोटे होंगे, उन्हें भूलने में कितना समय लगेगा? जैसे-जैसे बड़े होंगे, बचपन का सब भूल जाएँगे। कितने भी बड़े आदमी बनो पंडित, अपने पैरों को हमेशा देखना, उसे मत भूलना। आदमी घमंड में सब भूल जाता है।"

"बात तो सही है, पर ज़मीन संभालना भी मुश्किल काम है। आपने मुझे जागीरदार बनवा दिया है, अब ज़मीन संभले तब है।"

"ठीक कहा पंडित। कहते हैं न, खेती आपसेती। याने .खुद करो तब ही खेती है, दूसरे के बलबूते पर खेती नहीं होती। इतनी तुम .खुदकाश्त तो नहीं सकते, कुछ पास में रखकर ज़मीन पट्टे पर दे दो।"

"मालगुज़ारी अदा करना भी कहीं मुश्किल न पड़ जाए, आजकल लोग बेईमानी पर उतर आते हैं। जब से हमारे मुलक में अँग्रेज आए तब से लोगों की आँख का पानी उतर गया है।"

"सो तो है ही, वह तो कहावत ही है जैसा खाओगे वैसा सोचोगे। जब लूटघसूट कर उन्होंने अपना राज्य जमाया है, कौन अँग्रेजों को राज्य विरासत में मिला? हिकमत अमली और व्यापारी बुद्धि से वह इस देश के हाकिम बने हैं।"

"धीरे बोलो बँगाली सिंह, अँग्रेजों के राज्य में हवा भी उनकी ताबेदार है। हमारे यहाँ तो लोग दीवारों के कान होने की बात कहते हैं, पर अँग्रेजों के राज्य में तो हवा से भी डर लगता है। जाने कहाँ की बात कहाँ पहुँचा दे।"

"अच्छा पंडित, यह मोड़ आ गया, मुझे ज़रा बाज़ार में काम है, इधर निकलता हूँ, फिर मिलेंगे। हाँ जाते-जाते एक बात की ताकीद करता हूँ, मिट्ठू सिंह ने तुम पर बेटे से बढ़कर विश्वास किया है, उनके साथ कभी बेईमानी मत करना?"

"कैसी बात कह रहे हो?"

"मैं तो समझा रहा था, समय की हवा ख़राब है। लोग एक हाथ से दूसरे हाथ पर विश्वास नहीं करते। तुम तो उनके कोई नहीं लगते, अच्छे समय की भेंट है," बंगाली सिंह दूसरी सड़क की ओर मुड़ गए, "ठीक है, अब चलता हूँ।"

गोपीलाल ने रुककर बंगाली सिंह को जाते हुए देखा और आगे बढ़ गए। कई गलियाँ, मोहल्ले पार कर बूँदाजान के मकान पर पहुँचे। बूँदाजान ने घर को बढ़िया सुंदर बना लिया था। नई कलाई, रंग-रोग़न से उसकी रंगत बदल गई थी। बूँदाजान का सलीक़ा और शऊर देखकर गोपीलाल मन-ही-मन प्रसन्न हुए।

औरत चाहे जिस क्षेत्र में काम करे, चाहे कितना बाहर काम करे पर उसके भीतर एक घरेलू औरत छुपी होती है जो उसके घर के कार्य करवाती है। बूँदाजान जो चौबस घंटे नौटंकी में व्यस्त रहने वाली महिला भला घर सँवार सकती है, यह बात वह सोच भी नहीं सकता था। बूँदाजान के भीतर भी एक औरत है जिसे घर सँवारना, सहेजना आता है। औरत का प्राकृतिक रूप और गुण होता है, पत्नी और माँ बनने का, शायद अपने इसी स्वाभाविक गुणों के कारण ही वह घर बनाती और सजाती है।

बंगाली सिंह का रखा आदमी शमशेर सिंह बाहर गेट पर बैठा तमाखू मीड़ रहा था। उसकी बग़ल में मोटा लट्ठ रखा था। गोपीलाल को देख वह हड़बड़ाकर

उठा और सलाम करता खड़ा हो गया।

"कहो शमशेर सिंह ठीक हो?"

"जी मालिक, एकदम ठीक हैं।"

"पगार बराबर मिल रही है?"

"जी, आपकी दया से मालकिन दस रुपया पगार दे रही हैं।"

"चलो ठीक है।"

"सरकार, हमें भी अँग्रेज की छावनी में लगवा देते, सुना है ख़ूब लंबी वेतन दे रहे हैं।"

"फिर यहाँ कौन करेगा?"

"मेरा छोटा भाई है न सरकार, यहाँ की तो आप फ़िक्र मत करो। जब हमारे बड़े ताऊ ने कह दिया याने काम तो करना है, उनका हुक्म कोई नहीं टालता। हम तो घर के आदमी हैं, बिरादरी का कोई आदमी नहीं टाल सकता। बिरादरी के मुखिया हैं। सारी बिरादरी के सारे झगड़े वही निपटाते हैं। बिरादरी की हमारी जो पंचायत है उसके मुखिया हैं।"

"अच्छा, इतना सब तो पता नहीं था," गोपीलाल चौंके, "कभी बंगाली सिंहजी ने बताया नहीं"

"आपने मुँह से क्या अपनी बड़ाई करते।"

"और इधर, कोई गड़बड़ तो नहीं?"

"नहीं, कोई गड़बड़ नहीं। दो-चार दिन मोहल्ले के दो-चार मनचले लड़के फेरी देने लगे थे, हमने गर्दन पकड़कर ठीक कर दिया। बता दिया की इस सड़क पर शरीफ़ों के घर हैं, आइंदा दिखे तो शक्ल बिगाड़ देंगे।"

"अच्छा-अच्छा," गोपीलाल हँसे, "भीतर हमें तो जाने दोगे न?"

"अरे, क्या बोलते हैं सरकार, आपका नमक खाकर आपकी नमकहरामी करेंगे? क्यों नरक में घसीटते हैं। आप भीतर जाएँ सरकार।"

"ठीक है, देखेंगे छावनी में कोई काम," कहते गोपीलाल सीढ़ियाँ चढ़कर ऊपर चले गए।

मकान दो तल्ले का था। नीचे मेहमान ख़ाना था, तथा ऊपर बूँदाजान रहती थी। नीचे का मेहमान ख़ाना बना ज़रूर था, पर ख़ाली ही पड़ा रहता था।

ऊपर की सीढ़ी पर बूँदाजान खड़ी मुस्कुरा रही थी। दोनों ने प्रसन्नता से एक-दूसरे को देखा।

"नीचे बड़ी देर लगा दी?"

"मेरे आने का कैसे जाना?"

"तुम्हारी सुगंध से," बूँदाजान बोलकर हँस दी, "मैंने खिड़की से ही तुम्हें देख लिया था। तुम्हारी आवाज़ सुनाई दी तो झट झाँक कर देखा।"

"तो तुम्हें मेरे आने की आशा थी?"

"क्यों नहीं, तुम्हारा तो रोज़ ही इंतज़ार करते रहते हैं। अब वह नौटंकी वाला रोज़ का झमेला नहीं है न। फ़ुर्सत-ही-फ़ुर्सत है।"

गोपीलाल तख़्त पर बैठ गए। पास ही बूँदाजान बैठ गई। गोपीलाल आज बहुत प्रसन्न थे। उन्होंने बहुत स्नेह और प्रेम से भरकर बूँदाजान को देखा। बूँदाजान कुछ पहले से कमज़ोर-सी दीखि। मुख पर पहले जैसी फूलों की-सी रंगत ओर ताजगी नहीं दिखी।

"क्या बात है बूँदाजान, कुछ पीली-सी दिख रही हों, स्वास्थ्य ठीक है न ?"

"स्वास्थ्य ?" कहकर बूँदाजान मुस्कुराई," एक खुशख़बर सुनानी थी।"

"अच्छा? परंतु पहले मुझे कह लेने दो। जब से तुमने भेंट हुई है, भाग्य मुझसे बहुत प्रसन्न है। अनायास सभी कुछ प्राप्त हो गया है। देखो, जब मैं दिल्ली से आया था तब ख़ाली हाथ था। समझ नहीं पा रहा था कि कैसे जीवन आगे चलेगा? कैसे परिवार को पालूँगा, परंतु भोर को ही तुम्हारे दर्शन हो गए और सौभाग्यलक्ष्मी मुझ पर अति प्रसन्न हो गई। मैंने जागीरदारी ख़रीद ली और अब मिट्ठू सिंहजी ने अपनी कोठी ही मेरे नाम लिख दी है।"

"सच, तब तो बहुत ही अच्छी ख़बर है। मेरे पास भी एक बड़ी अच्छी ख़बर है।"

"क्या मुझ से अलग भी कोई ख़बर तुम्हारी हो सकती है?"

"हाँ क्यों नहीं?" बूँदाजान पुनः मुस्कुराई, "मैं जल्दी ही माँ बनने वाली हूँ।"

"क्या?" गोपीलाल को जैसे सौ बिच्छुओं ने एक साथ डंक मारा, उनका चेहरा पीला पड़ गया, "परंतु यह सब इतनी जल्दी? तुमने भी गृहस्थनों की तरह झमेला पाल लिया।"

"तुम्हें सुनकर अच्छा नहीं लगा?" बूँदाजान हतप्रभ रह गई।

"भला यह अबोधता नहीं है, अभी इतनी जल्दी क्या थी?"

"यह तो मुझे पता नहीं, सब ऊपर वाले की इच्छा।"

"ऊपर वाले की इच्छा कहकर हम बात को समाप्त नहीं कर सकते। देखो अभी तो जीवन में ऊपर उठना है। प्रेम-प्रेम ही बना रहता तो ठीक था। जाने समाज किस तरह देखेगा। तुम मुसलमान मैं हिंदू।"

"यह तो अविश्वास वाली बात हुई। हिंदू-मुसलमान की बात तुमने कहाँ से उठा दी? क्या इस कारण तो नहीं कि अब तुम बड़े व्यक्तियों की श्रेणी में आ गए हो," बूँदाजान रोष में भरकर बोली। उसका मुख तमतमा उठा था।

"तुम गुस्से से मत आओ, मैं तो तुम्हारा ऋणी हूँ। तुमने तो देह, धर्म और समाज से ऊपर करके मुझे शिखर तक पहुँचाया है। मेरे लिए इतने तंग घेरे मत बनाओ। तुम्हें मैंने मन से प्रेम किया है। सुहासनी को मुझे परिवार ने दिया था, परंतु

तुम्हें तो मैंने प्राप्त किया है। पहली बार जाना और समझा कि प्रेम का अर्थ क्या होता है।"

"तुम्हें दुःखी करना नहीं चाहती थी," बूँदाजान थोड़ा नरम पड़ी। गोपीलाल को दुःखी देख उसने अपने हाथों को गोपीलाल के हाथों पर रख दिया। बूँदाजान का स्पर्श पाकर दुःखी, परेशान गोपीलाल की जैसे चेतना लौटी।

"मैं तुमसे बहुत अधिक प्रेम करता हूँ बूँदा।"

"जानती हूँ, क्या हम दोनों की मनःस्थिति एक-दूसरे से छुपी है? सिर्फ़ तुम ही नहीं, मैं भी तो तुम्हें बहुत चाहती हूँ। तभी तो बरसों का अपना कार्य, नौटंकी सब छोड़ दिया है। क्या यह सब संभव था? मनुष्य जब शोहरत के शिखर पर खड़ा होता है, तब उससे नीचे उतरा नहीं जाता, पर मैंने तुम्हारी ख़ातिर सारी–मान–मर्यादा छोड़ दिया।"

"जानता हूँ। मन के भीतर जो पुराना धर्म का कीड़ा घुसा हुआ है, वह कभी-कभी सर निकालने लगता है, जबकि अब इतनी दुनिया देखने के बाद मेरे भीतर का यह भय समाप्त हो जाना चाहिए था। मैंने तुम्हें चोट पहुँचाई है, मुझे क्षमा करो। मेरा आशय तुम्हें कष्ट देना नहीं था। शायद मैं स्वार्थी हो गया था।"

"नहीं-नहीं स्वार्थी नहीं, मन से अपनी ग़लती स्वीकार ली जाए तो उसे स्वार्थी नहीं कहते।"

"यह मेरे मन की अस्वस्थता ही है," गोपीलाल ने डूबी आवाज़ में कहा।

"अच्छा छोड़ो, इस बहस को यहीं समाप्त कर लेते हैं। कोई और बात करते हैं।"

"घर तो तुमने बहुत अच्छा कर लिया है," गोपीलाल ने विनम्र होकर बात बदली," काफ़ी सही कर लिया है। अब इसका नया रंग देखने के बाद कौन सोच सकता है कि यह बंद भुतहा बखरी होगी।"

"नहीं, अभी तो इसमें ढेरों काम हैं। सामने ही मैंने थोड़ा-सा ठीक करवा लिया था। पीछे का हिस्सा तो काफ़ी टूटा-फूटा है। मरम्मत की आवश्यकता है," बूँदाजान थोड़ी रुकी और कुछ सोचते बोली, "हाँ तुमने क्या कहा था, बखरी?"

"बखरी यहाँ हवेली को कहते हैं।"

"अच्छा।"

"बूँदा, सच, कसम से अब हम कभी नहीं लड़ेंगे।"

"हाँ, यह शपथ तुमने ठीक ली। तुम्हें पता है, तुम्हारी ख़ातिर मैंने बूँदाजान को क़ब्र में मनों मिट्टी के नीचे गाड़ दिया है। अब वह कभी नहीं निकलेगी। यहाँ तो बस तुम्हारी प्रेयसी बूँदा रहती है, "बूँदाजान का रूप शरद की चाँदनी-सा खिल रहा था। गोपीलाल ने सरकार अपना सर बूँदाजान की गोद में रख दिया।

"बूँदा, सच बताओ, तुम सुखी तो हो न?"

"एकदम, पहली बार महसूस किया है कि पुरुष का साथ कितना सुख देता है," बूँदाजान ने उत्साह में भर कर कहा, "मैंने घर-गृहस्थी के ढेरों काम सीख लिए हैं।"

"जैसे?"

"रोटी पकाना आ गया है, यदि जात-पात का भय न हो तो बनाकर खिलाऊँ?"

"तुमने फिर जात-पात वाली बात दोहराई। चलो, आज तो इसी बात पर यहाँ से भोजन करके ही जाऊँगा।"

"सच्ची," बूँदाजान की आँखें प्रसन्नता से चहक उठीं।

"एकदम सही," गोपीलाल ने प्यार भरी आँखों से बूँदाजान को निहारा।

"घर में तो रोज बढ़िया भोजन करते हो, आज मेरे हाथों की अधजली और कच्ची रोटियाँ खा लेना।"

"अधजली रोटी में तुम्हारी सुंदर, पतली उँगलियों का जादू होगा जो पकवान से कम नहीं होगा।"

"तुम कितने अच्छे हो," बूँदाजान की आँखें सजल हो उठीं। बूँदाजान उठकर भीतर गई और गोपीलाल गावतकिए का टेका लगाकर आँख मूँदकर चुपचाप शांत-सा लेट गए।

20

चौक बाज़ार में तोतामल हलवाई की दुकान के पास पुलिया पर बंगाली सिंह बैठे थे। तोतामल हलवाई अपनी गद्दी पर बैठे थे। दुकान के सामने भीड़ लगी थी। कई नौकर समान दे रहे थे। गरम-गरम कढ़ाव में सामान तैयार हो रहा था। चौक बाज़ार की पूरी रौनक़ ही तोतामल हलवाई की दुकान से थी। चौक बाज़ार आया हुआ व्यक्ति बिना तोतामल की दुकान का पकवान चखे बग़ैर जा ही नहीं पाता था। उसके पैर अपने आप तोतामल हलवाई की दुकान की ओर बढ़ जाते थे।

भोर की पौ फटते ही तथा मुर्ग़े की बाँग के साथ ही तोतामल हलवाई की दुकान से पकवानों की सुगंध फैलने लगती थी। सारी रात तैयारी चलती थी। चिड़ियाँ भी जैसे पकवानों की सुगंध से ही जाग उठती थीं। ठंड बढ़ गई थी। अँग्रेजों के सिपाही रात्रि गश्त के चले गए थे। दूसरी पारी की गश्त के सिपाही अभी आए नहीं थे। रात्रि को जलाए गए अलाव जगह-जगह दिख रहे थे, गंदगी पड़ी थी। अभी सड़कों की झाड़ू हुई नहीं थी। ठंड के दिनों सूरज भी देर से निकलता था। सूरज की ताप के साथ बाज़ार की चमक-दमक, चहल-पहल तेज़ होती थी। नर्मदा स्नान

से निवृत्त होकर, मंदिरों में पूजा-अर्चना करने के बाद दुकानदार अपनी-अपनी दुकान के किवाड़ खोल कर पूजा कर रहे थे।

गधों की पीठ पर सामान लादे मंडी के व्यापारी आ-जा रहे थे। कुछ कंज़ड़ लोग गधों पर मिट्टी ढोकर ले जा रहे थे। उनके गुज़रते ही पीछे से लटारया आता दिखा। बंगाली सिंह ने चिलम का सुड़ाघा ज़ोर से खींचकर लटारया को देखा। लटारया ज़री की गोट लगी धोती पहले था, रेशमी कुरता, बढ़िया चमड़े की जूतियाँ पहने था। मन-ही-मन गुनगुनाता, मुस्कुराता वह धीमे-धीमे चलकर दुकान की ओर बढ़ रहा था।

अचानक बंगाली सिंह को देख चौंका, थोड़ा सतर्क हुआ। दोनों की दृष्टि मिली। कृतज्ञता भरी मुस्कान लटारया के चेहरे पर उभर आई। बंगाली सिंह की चिलम ठंडी पड़ गई थी। जली तंबाकू को हटाकर चिलम को अचकन की जेब में रख कर उन्होंने दोनों हाथ झाड़े-फटकारे और लटारया के निकट आने का रास्ता देखने लगे।

"जय राधे-कृष्ण," लटारया निकट आकर पुलिया पर बैठ गया।

"जय राधे-कृष्ण भैया, कहो कैसे हो?"

"ठीक हूँ, आप बड़े दिनों बाद दिखे?"

"हाँ थोड़ा बाहर भी रहा। पहले लड़ाई के ज़माने में आना-जाना बंद था, परंतु अब चारों ओर शांति है। अँग्रेजों का राज्य बढ़िया चल रहा है, इस कारण घूम आते हैं, दूर तक व्यापार कर आते हैं। तुम अपनी कहो, इधर के क्या समाचार हैं?"

"मौज ही मौज है अपनी," लटारया कुटिलता से मुस्कुराता बोला, "माधवी गर्भवती है। तोतामलजी के घर वारिस पैदा होने वाला है, यही नया शुभ समाचार है। कोठी में सब तरफ़ आनंद मचा है। कोठी का रंग-रोग़न हो रहा है, नई साज-सज्जा से सब सजाने की तैयारियाँ हो रही हैं।"

"अच्छा," बंगाली सिंह अचंभे से बोले, "तो वह शुभ घड़ी निकट आ गई? परंतु कभी-कभी मुझे अपने झूठ पर दुःख होता है। एक भोले-भाले व्यक्ति को मैंने ठगा है, धोखा दिया है।"

"संसार ही धोखा है। धोखे पर ही तो संसार चल रहा है। सब एक-दूसरे को धोखा दे रहे हैं।"

"नहीं, ऐसा नहीं है। जीवन का स्वभाव आनंद है, परंतु हर कोई आनंद के लिए जीवन नहीं जी रहा है। कुछ लोग लगन, कर्तव्य और आस्था के कारण भी जी रहे हैं।"

"मनुष्य का प्राकृतिक स्वभाव ही मौजमस्ती है, उसे उसी के लिए भेजा गया है। चाहे पशु को देखो, चाहे मनुष्य को—प्रेम, आनंद के लिए ही वह जी रहा है।"

"तुम तो काफ़ी चतुर हो गए हो?" बंगाली सिंह ने व्यंग्य से कहा, "पहले से भी चतुर हो गये, परंतु मुझे तुम उस दिन काफ़ी सरल और सीधे दिखे थे।"

"सीधा व्यक्ति मूर्ख होता है और मैं मूर्ख नहीं हूँ।"

"वह तो मैं समझ ही रहा हूँ। संसार में अच्छे व्यक्तियों की कमी नहीं है। बड़े-बड़े प्रलोभन भी उन्हें डिगा नहीं पाए। उनके सत्संग में आकर बुरा व्यक्ति भी अच्छा बना है। तुम जो भी कर रहे हो क्या वह सही है? क्या तुम्हें भय नहीं होता कि किसी दिन तुम्हारी यदि पोल खुल गई तो तुम्हारी साख क्या होगी?"

"हम जैसे बित्ते-भर के व्यक्ति की क्या साख होती है? साख तो बड़े लोगों की होती है। मेरा तो पहले भी घर-घाट नहीं था, आज भी नहीं है। जब तक खेत हैं, चर रहे हैं जिस खेत में चारा नहीं होगा, दूसरी जगह पहुँच जाएँगे। आप इसकी चिंता मत करिए। हम तो अमरबेल हैं। हमारी जड़ें नहीं होतीं। हम तो हमेशा हरे-भरे वृक्षों पर अपना जाल फैलाते हैं और एक दिन उनका अस्तित्व ही समाप्त कर देते हैं। दूसरों की जड़ों से हम भोजन खींचते हैं", लटारया ने दार्शनिक के रूप में अपनी बात कही।

"बेटा, तुम मेरे बेटे से भी छोटी उम्र के हो। यह सारी बातें मैं तुमसे ईर्ष्या और द्वेष के कारण नहीं कह रहा। यह दुनियादारी है, जो तुम्हें बता रहा था। दुनियादारी का सबक़ न तो बाज़ार में मोल मिलता है और न ही किसी पुस्तक में मिलता है, इसे तो बुर्जुगों से सीखना होता है। बाज़ार में ख़रीदारी हो तो इंसान कम-ज़्यादा तुलवा ले, परंतु दुनियादारी का सबक़ तो बराबर नाप तौल कर सीखना होता है। न ही बाल बराबर ज़्यादा और न ही बाल बराबर कम, दुनियादारी तो धर्म-काँटे पर ही तुलती है।"

"नहीं, मैं भी तो आपको समझा ही रहा था," लटारया का स्वर में नम्र पड़ा और उसके चेहरे पर आज्ञाकारिता का भाव उभर आया।

"चलो, मैं तो तुम्हारी तरक़्क़ी और ख़ुशहाली से प्रसन्न हूँ," बंगाली सिंह के स्वर में भी स्नेह उतर आया।

"वह ज़मीन जो जागीरी की आपने ख़रीदी थी। उसे ठीक से काश्त कर रहे हैं न?"

"हम जैसे घुमक्कड़ लोग भला क्या खेती करेंगे?" बंगाली सिंह ने चाँदी की दाँत कुरेदनी से दाँत कुरेद कर दाँत साफ़ किए और थूक दिया," ज़मीन को जोत-बहाली की ज़रूरत होती है। किसानों से लगान, हक़, दस्तूरी वसूलनी पड़ती है।"

"फिर ज़मीन का क्या किया?"

"वह तो मेरे एक मित्र को दिलवाना था, दिला दिया। अब वही उसके मालिक हैं।"

"क्या नाम है उनका?"

"नाम तो नहीं बताएँगे, यह हमारे धंधे का उसूल है। जहाँ की बात, वहीं समाप्त कर देते हैं। दूसरी जगह चर्चा नहीं करते।"

''बड़ी अच्छे उसूल है धंधे के?''

''तभी तो राजा-महाराजा से लेकर अब अँग्रेजों के बीच काम कर रहे हैं। बड़े-बड़े लोगों के भेद पेट में छिपाए रहते हैं। यह समझो हमारा पेट साँप का बिल है, एक बार जो भेद पहुँचा उसे दूसरा नहीं निकाल सकता।''

''वाह क्या बात है,'' लटारया की आँख प्रसन्नता से चमक उठीं,'' दुकान से नाश्ता लाऊँ या वहीं चलें?''

''वहीं चलो, थोड़ी ताक़त की दवा और सेठ को बना देगें, हमारी आमदनी भी हो जाएगी।''

''हाँ चलिए,'' कहते लटारया उठ गया।

दोनों तोतामल हलवाई की दुकान पर चढ़ गए। तोतामल हलवाई गद्दी पर बैठकर नोट गिट रहा था। दोनों को देखकर उसने नोटों की गड्डी बक्से में रखकर ताला ठोंक कर कमरे में चाबी खोंस ली और मुस्कुरा कर बंगाली सिंह को देखा।

''अले आइए वैद्यजी, तैसे हैं? बेले दिनों बथ आए?''

''ताऊजी, वैद्यजी बाहर चले गए थे, अचानक रास्ते में दिख गए। सुना है अँग्रेजों के बीच आजकल दवा बनाकर दे रहे हैं। आप भी कुछ ताक़त की दवा बनवा लो।''

''अत्था-अत्था अब त्या ताक़त की दवा थाएं। सेठानी के थो बत्ता होने वाला है,'' सेठजी शरमा कर बोले।

''बधाई हो सरकार, भगवान ने सुन ली, शुभ दिन देखना नसीब हुआ। बच्चा होगा तो निछावर लेने आएँगे।''

''जलुल-जलुल,'' सेठ प्रसन्नता से बोला, ''लटारया वैद्यजी को जलपान तलाओ। ताक़त की दवा औल बना देना, यह सौ लुपीया लखो।''

सौ रुपया का बड़ा-सा विक्टोरिया वाला नया नोट लेकर प्रसन्नता से वैद्य ने झुक कर सलाम किया और लटारया के साथ दुकान की दूसरी तरफ़ आ गया। छक कर मिठाई खाई और थोड़ी घर के लिए बाँध ली। लटारया दबी हँसी हँसता प्रसन्नता से चहक रहा था। बंगाली सिंह ने देखा और मन-ही-मन अनुमान लगाया कि लटारया का दुकान में पहले से दबदबा बहुत बढ़ गया था। सभी नौकर उसे छोटे मालिक कह रहे थे। दोनों दुकान से नीचे उतर आए।

''तुम्हारा दबदबा बढ़ गया है?''

''देखना आप एक दिन इस गद्दी पर मैं बैठा मिलूँगा।''

''वह तो सच होना ही है। सेठ ज़्यादा-पाँच-दस वर्ष जी सकेगा। बाद में तो सब आपका है।''

''आप ऐसा नहीं कर सकते की वह जल्दी मर जाए?''

''नहीं, यह दोग़लाई वाला काम हम लोग नहीं करते ,'' बंगाली सिंह ने आँखें

निकालकर उसे डपट दिया, "सबर करो, क्यों उतावले हो रहे हो? आख़िर तुम्हें मिलना तो है ही, फिर बेसबर क्यों हो रहे हो? सेठानी हाथ में है ही, तुम ससुराल के नातेदार हो, तुम्हीं को आगे रखेगी, फिर तुमसे जो टाँका भिड़ा है, उससे तो तुम्हें सभी राजपाट देगी ही।'

"नारी जाति का क्या भरोसा?"

"ऐसा क्यों कहते तो? भरोसा तो किसी पर नहीं होता। लोग तो पत्थर को पूज कर उससे जुड़ जाते हैं। तुम प्रेमिका पर भरोसा नहीं रखते?"

"नहीं, वह बात नहीं है।"

"फिर क्या बात है? धीरे-धीरे खाओ, तभी हज़म होगा। सेठ का बड़ी मेहनत का कमाया माल है ऐसे हज़म नहीं होगा।"

"फिर क्या करूँ"

"आने वाले सुनहरे दिनों की बाट निहारो। देखों कबीर ने क्या कहा है–

कबीर नाव जरजरी, कूड़े खेवन हार।
हल्के-हल्के तिर गए, बूड़े खेवनहार।।

"वाह! समझ गया गुरु! आप ने ठीक सीख दी है, याद रखूँगा।"

"ठीक है, अब चलता हूँ।"

बंगाली सिंह लटारया को उसी पुलिया के पास छोड़ कर आगे बढ़ गए। लटारया प्रसन्नचित-सा पुलिया पर बैठा बाज़ार की चहल-पहल निहारता रहा। लटारया के मन में ढेर सारी उमंग भरी थीं। वह चाहता था बंगाली सिंह और बैठे तो वह उनसे अपने मन की भड़ास निकाल सके पर बंगाली सिंह को जल्दी जाना था, इस कारण वह व्याकुल बौराया-सा पुलिया पर बैठा रह गया।

21

गोपीलाल जागीरदार के साथ अँग्रेजों के मुख़्तार नियुक्त हो गए थे। बड़े-बड़े लोगों के बीच उनका उठना-बैठना था। गोपीलाल की चर्चा अक्सर बड़े लोगों के बीच होती थी। गोपीलालजी के कुछ मुँह लगे अफ़सरों ने यह मशहूर कर दिया था कि गोपीलाल दिल्ली के पुराने रईस हैं। ग़दर के समय हवेली-जायदाद सब छोड़कर भागना पड़ा था। ग़दर की कहानी को हर व्यक्ति सच मानता ही था। ग़दर के समय जिन लोगों की जान बच गई थी वह दानी और धार्मिक व्यक्ति होगा, ऐसा सभी का मानना था। वरना दिल्ली में उस सयम भला कोई चिड़िया भी बच सकती थी?

गोपीलाल की कोठी पर शहर के सभी इज़्ज़तदार हाकिम, अमीर-उमरा तथा

बड़े अँग्रेज अफ़सरों की फिटन आकर रुकती थीं। रात-रात भर दावतें चलतीं, शराब की बोतलें ख़ाली होती थीं। सामने की बड़ी बैठक को गोपीलाल ने ख़ासतौर पर सही करवा लिया था। बड़े-बड़े मिट्टी तेल के लैंप रात भर जलते थे। मोहल्ले का हर व्यक्ति गोपीलाल को आते-जाते सलाम ठोंकता था। गोपीलाल को भी एक पुरानी फिटन छावनी से दे दी गई थी। अब वह उसी पर आते-जाते थे। मोहल्ले में अधिकांश राजपूत तथा ब्राम्हण के घर थे। गोपीलाल का हर छोटा-बड़ा काम वहीं जाकर निपटाते थे। कश्मीरी पंडित होने के कारण ब्राम्हणों में उनका ऊँचा आदर था।

मिट्‌ठू सिंहजी गोपीलाल की बढ़ती साख देखकर प्रसन्न रहते थे। उन्होंने अपने आप सामने का हिस्सा, बैठक सब ख़ाली कर दिया। मिट्‌ठू सिंहजी अब नर्मदा की तरफ़ खुलने वाले हिस्से की तरफ़ रहते थे। मिट्‌ठू सिंह मन-ही-मन गदबदाए रहते थे कि जो घर सूना पड़ा रहता था, अब रौनक़दार हो गया था। उसमें बड़े-बड़े हाकिम, अमीर-उमरा, तथा अँग्रेज अफ़सरों की बैठकें होती थीं।

सभी लोग गोपीलाल के घर पर ही आकर गुप्त बैठकें करते थे। गोपीलाल की कोठी का पता हर कोई जानने लगा था। सारी रात कोठी पर रौनक़ रहती, जश्न होता। गोपीलाल अँग्रेजों के मुख़्तार नियुक्त थे। अँग्रेजों को हिंदी बोलना नहीं आता था, इस कारण कार्य में रुकावटें आती थीं। गोपीलाल अँग्रेजों की तरफ़ से सारे मुक़दमें करने लगे थे। अमीर-उमरा, राजा-जागीरदारों को समझा कर वह फ़ैसले समझौते में ख़त्म करवा देते थे। दोनों तरफ़ से राज़ीनामा हो जाता था।

यह सारे पेचीदे काम गोपीलाल अपनी कोठी पर ही करते थे। दोनों तरफ़ के लोगों को सामने बैठाकर दोनों के हित में मामला तय करवा देते थे। इस तरह से दोनों तरफ़ उनका दबदबा बना रहता था और दोनों ओर से फ़ीस मिल जाती थी। दोनों ओर के लोग उनका कहा मानते थे। सभी उन्हें अपना हितैषी मानते थे।

अधिकार, वैभव, बुद्धि सब-कुछ गोपीलाल के साथ था। दिनों दिन स्वास्थ भी अच्छा हो गया था। लंबे, गोरे व्यक्ति तो थे ही, अब चेहरे पर भी अच्छा ख़ासा रोब आ गया था। बड़ी-बड़ी मूँछें विशेष सजती थीं। आँखों में चीते-सी चमक आ गई थी। बोलचाल में सलीक़ा और दृढ़ता आ गई थी। गोपीलाल की कोठी के आस-पास रात को अँग्रेज पुलिस की गश्त होती थी। रात के सन्नाटे में पुलिस के घोड़ों की टापें सुनाई देती थीं।

शहर की सारी ख़बरें पहले गोपीलाल को मिलती थीं, फिर उन ख़बरों को गोपीलाल छावनी पहुँचाते थे। गोपीलाली ने मिट्‌ठू सिंह के लिए भी एक इक्का ख़रीद लिया था। मिट्‌ठू सिंह अब कोठी से कहीं बाहर जाते नहीं थे। इक्के पर मिट्‌ठू सिंह के साथ परिवार के लोग कभी-कभी मंदिर दर्शन को चले जाते थे। गोपीलाल के साथ-साथ मिट्‌ठू सिंह का रोब-दाब भी बढ़ गया था। सभी उन्हें गोपीलाल का पिता समझते थे। कोठी पर कई नौकर रख लिए गए थे। घर का सारा काम, रसोई सब

नौकरों के हाथ में हो गया था। बग़ीचे की व्यवस्था के लिए दो माली रख लिए गए थे। कुछ मिस्त्री रात-दिन कोठी की मरम्मत और सुधार काम में लगे रहते थे। चारों दिशाओं में तरक़्क़ी हो गई थी।

गोपीलाल दिनों दिन व्यस्त होते गए। मनुष्य जब बड़ा आदमी बन जाता है, तो उसकी छोटी-से-छोटी बात भी बड़ी बन जाती है। उसके यदि दुःख, ग़रीबी और यातनाओं के दिन थे, तो उनका भी यशगान होने लगता है। छोटी-छोटी बातें तक मिर्च-मसाला लगाकर बढ़ा-चढ़ाकर बताई तथा सुनाई जाती हैं। गोपीलाल मुँह से कम बोलते थे। गंभीर प्रकृति के व्यक्ति थे, इस कारण भी उनकी चर्चा, उनकी बातें बड़बोले लोग क़िस्सों में बना-बनाकर सुनाते थे।

बूँदाजान वाली बात भी बहुत से लोगों ने चोर नज़रों से पता कर ली थीं, पर सभी अब इसे बुराई के रूप में नहीं लेते थे। सब का मानना था कि बड़े रईस तथा बुद्धिमान लोगों के साथ यह छोटी-मोटी चरित्र की बुराई तो आटे में नमक की भाँति होती ही है, वरना बड़े आदमी बनने से क्या लाभ? चारों ओर की मिट्टी जुड़ती है तभी तो ऊँचा टीला बनता है। लोग दबी-ज़बान से फुसफुसाकर चर्चा करके रह जाते थे।

बंद कमरे में भी चूल्हा सुलगाओ तो उसका धुआँ उठकर बाहर ही आता है। ऐसे ही दबी-ढकी चर्चा कितनी दबाई जाए उसका धुआँ बाहर, ऊपर आता ही है। मिट्ठू सिंहजी को भी बूँदाजान वाली ख़बर भनक के रूप में कहीं सुनाई दी, पहले तो उन्हें विश्वास ही नहीं हुआ, पर जब यही बात दो-चार लोगों के मुँह से सुनी तो न चाहते हुए भी विश्वास करना पड़ा। पहले तो विचित्र-सा लगा। सुहासनी जैसी रूपवती पत्नी के रहते भी पति बाहर भटक सकता है, सुनकर दंग थे। मन-की-मन फिर उन्हें लगा कि वीरपुरुष, प्रतापी लोगों के यह सद्गुण हैं। जितने भी बड़े-बड़े पराक्रमी राजा हुए, उतने ही उनकी रानियों से रनिवास भरे रहे।

दूसरों से तसदीक़ करने की बजाए उन्होंने गोपीलाल से ही पूछना ठीक समझा, इस कारण जब गोपीलाल बन-ठनकर इत्र-फुलेल लगाकर बाहर जाने की सोच ही रहे थे कि बाहर नीचे सीढ़ियों से ऊपर आते मिट्ठू सिंहजी से टकरा गए। मिट्ठू सिंहजी को देख पहले तो वह सकुचा से गए फिर आगे बढ़ने लगे कि तभी मिट्ठू सिंहजी ने टेर लिया।

"पंडित, एक बात कहनी थी?"

"जी कहिए।"

"बड़े दिनों से एक बात मन में उमड़-घुमड़ रही है, सोचा तुम से कह ही लूँ। ज़रा बैठ जाओ?"

"हाँ-हाँ कहिए न," गोपीलाल एक कुर्सी पर बैठ गए। मिट्ठू सिंहजी की गंभीरता देख थोड़ा विचलित से हुए।

"देखो पंडित, यह ठीक बात है कि हर व्यक्ति का अपना जीवन एकदम नितांत व्यक्तिगत होता है, उस पर केवल उसी का अधिकार रहता है, उसमें ताका-झाँकी करना या उसे कुरेदना ठीक नहीं होता। अब जबकि इतने वर्षों से हम साथ रह रहे हैं, इस कारण कोई बात ढकी-छुपी रहना ठीक नहीं मानता। घर में विवाद उठे उससे पहले मैं सोचता हूँ कि बात सही पता चल जाए तो मुझे तुम्हारा पक्ष लेकर विवाद को शांत करने में सहायता होगी," मिट्ठू सिंह ने गंभीर भूमिका तैयार कर ली थी।

"कौन-सी बात? कौन-सा विवाद?" गोपीलाल मन-ही-मन स्तब्ध होते बोले।

"पंडित तुम्हें पता है, महान व्यक्ति आसानी से नहीं बन पाता। जाने कितनी विपदाओं को, कष्ट को, यातनाओं को झेलना पड़ता है। कहते हैं सूर्य देवता का असली रूप वह नहीं है जो हमें दिखाई पड़ता है। कहते हैं जिस रथ पर वह खड़े होकर निकलते हैं, उस रथ का एक पहिया नहीं है। उस पहिए की कीलें गन्ने की हैं। रथ के सारथी के दो पैर नहीं है, यानी वह दोनों पैरों से अपंग हैं। रथ के सात घोड़े सात रंग के हैं और लगाम साँपों की हैं। साँप ज़हरीले हैं और लगातार घोड़ों को डसते हैं। ऐसी विचित्र सवारी सूर्य देवता की है। इतनी विपदाओं, बाधाओं तथा परेशानी के बावजूद सूर्य देवता एकदम सही समय पर निकलते हैं और समय पर लौट जाते हैं। कई बार मन में यह विचार उठता है कि सारथी अपाहिज क्यों है? इसके लिए भी कई अलग-अलग धाराणाएँ हैं। शायद बहुत से कारणों में एक कारण यह भी है कि सारथी भाग न जाए।"

"आपने तो भयानक और विचित्र जानकारी दी," गोपीलाल प्रभावित होते बोले।

"मेरा कहने का अर्थ यह है कि मनुष्य को मेहनत तो करना पड़ता है, तभी वह ऊँचाइयों पर चढ़ता है। सूर्य का स्थान इस कारण से भी उच्च है कि वह अपने उद्देश्य से सफल रहे हैं। चाँद की तरह कई-कई दिन ग़ायब नहीं रहते और न ही घटते-बढ़ते हैं। संसार को अंधकार में नहीं डालते। मैं चाहता हूँ तुम भी अपना आचरण सूर्य की तरह रखो। किसी को अंधकार में मत रखो।"

"मैंने तो किसी को अंधकार में नहीं रखा?"

"तुमने कभी क्या बूँदाजान के बारे में बताया? दूसरों से इन गतिविधियों के बारे में सुनते हैं तो अच्छा नहीं लगता।"

"जी...जी...बात दरअसल यह नहीं है," गोपीलाल भयभीत हो उठे, उनका चेहरा काला पड़ गया, दबी ज़बान से बोले, "बूँदाजान से भेट मेरी यहाँ पैर रखते ही हो गई थी। नर्मदा के घाट पर भोर को बूँदाजान से भेंट हो गई। मुझे तो पहली बार में लगा था कि जैसे मैं नर्मदा के ही दर्शन कर रहा हूँ। उससे भेंट के बाद ही आपसे भेंट हुई थी। बूँदाजान मेरे लिए शुभ रही, ऐसा मैं सोचता हूँ, फिर बुरे दिनों की अपनी साथिन को कैसे भूल जाऊँ?"

"मुझे प्रसन्नता है कि तुमने सच बता दिया?"

"पहले भी बता देता, परंतु अवसर नहीं आया था, अब आया है तो बता रहा हूँ।"

"क्या उससे संबंध तोड़ नहीं सकते? सुहासनी को पता चलेगा तो दुःख होगा।"

"अब नहीं तोड़ सकता। समझ लीजिए वह संबंध मेरे होने ही थे, और हो गए। अब तो वह माँ बनने वाली है," गोपीलाल ने नीचे मुँह करके दबे स्वर में सूचना दी।

मिट्ठू सिंहजी धीरे से मुस्कुराए फिर गंभीर हो उठे। कहने के लिए जैसे कुछ शेष नहीं था। मौन रह गए। गोपीलाल भी मौन रहकर मिट्ठू सिंहजी के सामने चुप बैठ रह गए लेकिन भीतर से बेहद अशांत मिट्ठू सिंहजी ने एक लंबा जीवन देखा और जीया था। जानते थे इस मोड़ पर आकर रास्ता समाप्त हो जाता है। कोई शब्द, परिभाषा नहीं रह जाती जो उसे अर्थ दे सके। यौवनकाल में की गई ग़लतियों का दंड चाहे कितना कठोर मिले परंतु इन परिणामों पर कोई पहले से विचार नहीं करता।

मिट्ठू सिंहजी को मौन देखकर गोपीलाल बिना आगे की प्रतिक्रिया जाने उठे और चलने को हुए।

"आगे आप समझ कर समझा बुझा लें तो मैं समझूगाँ कि आपने मेरा भार कम कर दिया।"

मिट्ठू सिंहजी मौन ही रहे। गोपीलाल सीढ़ियों से उतरे और द्वार पर लगी फिटन में बैठ गए। फिटन आगे बढ़ गई। जाती हुई फिटन को वह देखते रहे और सोचते रहे कि गोपीलाल ने अपने जीवन में कोई सिद्धांत नहीं बनाए हैं। दो नाव की सवारी उनके लिए ठीक नहीं होगी। जीवन के रथ को दो सारथी मिलकर एक साथ कभी नहीं खींच सकते। त्याग और तपस्या का रास्ता लंबा होता है। गोपीलाल के जीवन में शुरू से ही अच्छी फसल में खरपतवार उगने लगे हैं, तो निश्चित ही एक दिन पुरी फसल को खाकर ज़मीन नष्ट कर देगी।

मिट्ठू सिंहजी को बार-बार सुहासनी का चेहरा याद आता रहा। सीधी, सरल और सुंदर पत्नी, जिसने घर के आँगन का ही सूरज देखा है। उसे तो पता ही नहीं कि सूरज की दुनियाँ बहुत बड़ी है, उसकी दूरियाँ लंबी है। वह सीमा के बाहर है। सुहासनी को इस घटना की जानकारी से कितना आघात लगेगा वह कल्पना कर रहे थे। ख़ुद उन्हें यह घटना कष्ट दे रही थी, इसकी पीड़ा से वह मुक्त नहीं हो पा रहे थे।

22

दोपहर के भोजन का समय हो गया था। मिट्ठू सिंहजी तख़्त पर लेटे तो सो ही गए। जब भी उनका मन पीड़ा-युक्त रहता है तब वह चुप-चाप सो जाते हैं। सोने के बाद वह थोड़ा हल्के होते हैं, मन और कुछ विचार करने लायक़ स्थिति में वह आ पाते हैं।

जब देर बाद भी वह अपने कमरे से बाहर नहीं आए तो उनकी पत्नी लता उन्हें देखने, खटखटाने आई। कमरे की खिड़कियों के द्वार उसने खोल दिए। कमरे में उजाला पसर गया। खिड़कियों की खड़खड़ से मिट्ठू सिंह जागे। लता को देख उठ बैठे। देर तक सोने के कारण या मन के अस्वस्थ रहने का परिणाम था कि शरीर टूट रहा था। चेहरे पर उदासी घिरी थी। रूखे बाल चेहरे पर बिखरे थे। बिना तेल के बाल अधिक रूखे और सफ़ेद दिख रहे थे, जिसके कारण वह ज़्यादा बूढ़े लग रहे थे। चेहरे की झुर्रियाँ गहरी होकर लटक गई थीं।

''लगता है आपने अभी तक स्नान नहीं किया?''

''स्नान तो हो गया। भोर को ही नर्मदा में डुबकी लगा आए थे, परंतु तेल नहीं लगा पाया और ही न कपड़े बदल पाया। जाने क्या-क्या सोचता सो ही गया।''

''वही आज आप नीचे उतरे ही नहीं। सुहासनी ने कहा दादा ने नाश्ता नहीं लिया और भोजन के लिए भी नहीं आ रहे, ज़रा टोह लेकर आओ दीदी।''

''सुहासनी ने कहा, इस कारण तुम यहाँ आई, वरना नहीं आती न?'' मिट्ठू सिंह ने हास्य में कहा, फिर सुहासनी का ध्यान आते ही वह तनिक उदास हो उठे।

''अब नीचे चलकर भोजन ले लें?''

''अभी जाने क्यों भोजन की इच्छा नहीं है, रहने दो। इकट्ठा रात्रि को ही भोजन कर लेंगे।''

''कोई परेशानी या चिंता का कारण तो नहीं, जिसके कारण आप इतना अस्वस्थ हो रहे हैं?''

''हाँ, एक बात मन को तोड़ रही है, बार-बार मन के आस-पास, चक्कर लगा रही है।''

''मुझे तो बताएँ, शायद जी हल्का हो?''

''इधर कुछ गोपीलाल के हाल सही नहीं दीखते। लगता है घर में कोई घटना होने वाली है।''

''अच्छा, आपको क्या लगता है?''

''गोपीलाल ने अपना एक और ठिकाना बना लिया है, उसका एक और घर है।''

''क्या?'' लता व्याकुलता से बोली, ''देखने में तो सीधे दीखते हैं?''

''मन की बात मुख पर थोड़ी लिखी रहती है। जीवन ऐसे ही चलता है। सब एक-दूसरे को धोखा देते रहते हैं।''

''कौन है वह स्त्री?''

''उसका नाम बूँदाजान है, नौटंकी वाली है। उससे उन्हें प्रेम हो गया है। अब तो वह गर्भवती भी है।''

''हे भगवान!'' लता ने गहरी ठंडी साँस छोड़ी।

''देखी, पुरुष का यह आचरण तो होता है। गोपीलाल सुंदर है, चतुर है, बुद्धि के सभी दाँवपेंच उसे आते हैं, अब वह धनवान भी है।''

''और अब वह कोठी का मालिक भी है,'' लता ने रोष में आकर कहा और आँख तरेरकर मिट्‌ठू सिंह को घूरा।

''तो मुझे पहले यह सब थोड़ी पता था? ठीक है यह उसका व्यक्तिगत मामला है। कौन कोठी से निकाल रहा है, मैं जब चाहूँ कोठी वापस ले सकता हूँ।''

''यह विश्वास तो अब आप मन से निकाल दें। मिला धन कोई नहीं लौटाता। लगता है अब तो भी माँगना पड़ेगी। जीवन में आपने कभी कोई काम सलाह से किया? कभी पूछा? अब बैठकर रोओ।''

''तुम तो कहाँ की बात कहाँ उतार रही हो। सुहासनी के कष्ट की बात है और तुम ज़मीन-कोठी को रोने बैठ गई?''

''जो आदमी अपनी ब्याहता का नहीं हुआ, वह भला हमारा क्या होगा?'' लता ने व्यंग्य से मुँह बिचका कर कहा।

''क्या करता, उस समय इससे बढ़िया उपाय दूसरा नहीं सूझा था। चाचा के बेटे कचहरी में रोज़ इज़्ज़त उतार रहे थे।''

''अब क्या होगा?'' लता चिंता से बोली।

''देखो, जिसके भाग्य में जो बदा होता है, वह घट कर रहता है। कोठी जानी थी, समझो गई। चाहे जिसके पास गई। फिर सभी से हताश होने से भी क्या लाभ? कोई घटना सत्य थोड़ी हो गई है? तुम सोचो सुहासनी का परदेश में कौन है? जो होगा अब इकट्‌ठे झेल लेंगे। तुम सुहासनी को धीरे से उचित समय देखकर समझा लेना। अब वह इस घर की बेटी है। चाहे जो हो मुझे तो पंडित का यह आचरण अच्छा नहीं लगा,'' मिट्‌ठू सिंहजी ने दुःखी स्वर से कहा।

मिट्‌ठू सिंहजी के स्वर में दुःख, विरोध और संघर्ष की छटपटाहट का बर्फ़ीला ठंडापन उतर आया था। लता पति की हालत देख सिहर-सी गई। एक ठंडी-सी झुरझुरी से उसके शरीर के रोएं खड़े हो गए। भविष्य के लिए असुरक्षा का जो संकेत पति के शब्दों में था, उसे मन के भीतर महसूस कर लता सन्नाटे में रह गई। क्या वास्तव में अब कुछ अशुभ घटने वाला? कोठी तथा बग़ीचा गोपीलाल के नाम चढ़ाकर क्या उन्होंने अपने पैरों पर कुल्हाड़ी नहीं मार ली? अपना ही पाला-पोसा-पुचकारा साँप

यदि अपने को ही डस ले तो? आने वाले समय के बुरे परिणामों की परछाई को महसूस कर लता का मुख चिंता में काला-सा पड़ गया। आँख भयभीत-सी पथराई-सी हो उठीं। किसी ने कितना सही कहा है कि मनुष्य का सोचा कभी सत्य नहीं होता। वह तो जाने-अनजाने में वही करता रहता है जो उससे ऊपर वाला करवाता है। गोपीलाल की तक़दीर भाग्य ने सिकंदर तक़दीर लिखी थी। अपने आप बिना मेहनत के उसे सब-कुछ मिलता जा रहा था।

"किस सोच में पड़ गई?" पत्नी को हतबुद्धि-सी बैठी देखकर हिचकिचाते हुए मिट्ठू सिंह ने समझाया," अधिक चिंता करके अपना स्वास्थ ख़राब करने से कोई फ़ायदा नहीं। जो होगा देखेंगे, अभी से सोच-सोचकर क्यों अपनी तबीयत ख़राब करती हो?"

"मुझे क्या पता था कि तुम अपने बगीचे में बबूल का पेड़ लगा रहे हो, अब बढ़कर उसके काँटे पैरों को तो घायल करेंगे ही न? जाने उस रात यह आश्रय की खोज में हमारे घर आ गए और तुमने बिना सोचे-विचारे उसे ठौर दे दिया। लो अब परिणाम भुगतो। काँटे-ही-काँटे गिरेंगे।"

"तुमने सही कहा लता। मनुष्य के आचरण को देखकर ही हम उसका मूल आँकते हैं," मिट्ठू सिंहजी ने उदास होकर कहा, "मुझे क्या पता था कि मेरे घर ठौर पाने वाला एक परदेशी इस घर का मालिक बन जाएगा। अब यह स्वीकार लो यह अनहोनी होनी ही थी। वह अपने आप नहीं आया, उसका भाग्य यहाँ उसे खींच कर लाया।"

"आदमी को पहचाना भी तो जाता है? बबूल और आम के पेड़ में अंतर तो होता है। इसी कारण तो बबूल का पेड़ जंगल में और आम का पेड़ बग़ीचा में लगाया जाता है। दोनों पेड़ों में भेद तो है। बबूल के पेड़ को काटों तो कोई नहीं बोलता कि क्यों काट रहे हो? सब कहते हैं अच्छा हुआ जो काट दिया। बेकार में इसके काँटे पैर को चुभते थे, पर वहीं आम के पेड़ को काटो तो भीड़ जुट जाती है। सभी टोकने लगते हैं, कि आम का पेड़ को क्यों काट रहे हो? फल देता था, छाया देता था, सब फल खाते थे, इसकी ठंडी छाया में लोग दो घड़ी बैठते थे, इसकी पत्तियों से घर में शुभ कार्य होता था। द्वार पर बंदवार लगाते थे। ऐसे बढ़िया पेड़ को क्यों काट रहे हो? ऐसे ही बुरे व्यक्ति के अंत पर कोई विलाप नहीं करता। सभी कहते हैं, बुरा था मर गया, परंतु अच्छे भले व्यक्ति के अंत पर तो सब रोते हैं, दुःख करते हैं, भीड़ जुड़ जाती है।"

"अरे, तुम बहुत होशियार हो गई हो? बड़ी अच्छी बात कही?" मिट्ठू सिंह आश्चर्य से टकटकी लगाकर लता को ताकते रह गए।

"इसमें चतुराई की भला क्या बात है? ऊँच-नीच क्या औरत की समझ में नहीं आता? अरे औरत तो पुरुष से अधिक बुद्धिमान होती है, हर ख़तरे को तुरंत

भाँप लेती है, आदमी को पहले परखना चाहिए, तभी उसे सम्मानित और प्रताड़ित करना चाहिए। दोनों के लिए ही उसे कसौटी पर कसना ज़रूरी है।''

''ठीक कहती हो, पर अब क्या करें? गुड़ पर मक्खी बैठ गई है, उसे भगाने से कोई लाभ नहीं। लाभ तो अब उसके बैठे रहने पर ही है, क्योंकि भगाने से पुरानी मक्खी तो भाग जाएगी, दूसरी नई भूखी मक्खी और आ बैठेगी। वह ज़्यादा खाएगी, नोचेगी। इस कारण अब मक्खी को बैठे रहने देना ही बुद्धिमानी है। उड़ाना मूर्खता होगी। हम अधिक असुरक्षित हो जाएँगे। गोपीलाल शक्तिशाली व्यक्ति बन गया है, उसका साथ छोड़ना विपत्ति को आमंत्रण देना होगा'', कहते-कहते मिट्ठू सिंह उद्विग्न हो उठे।

''आप अधिक उत्तेजित मन होइए, अब जो होगा देखा जाएगा,'' लता ने भयभीत होते कहा।

''पहले तो तुम सुहासनी को देखो, सही समय देखकर उसे आने वाले ख़तरे के प्रति सचेत कर दो, अभी तो हमें सुहासनी को ही सँभालना है, अपनी चिंता तो बाद में करेंगे।''

''सुहासनी से क्या कहूँ? कैसे कहूँ? औरत हूँ ? क्या औरत के मन की स्थिति नहीं समझ सकती। मन को समझाना क्या इतना सरल है। किसी को समझाने या सिखाने से धैर्य नहीं आता, वह तो अपने आप धैर्य जुड़ता है, हिम्मत आती है।''

''ठीक है, जैसा तुम उचित समझो।''

''भोजन थोड़ा-सा ही कर लो?''

''नहीं, अभी एकदम इच्छा नहीं है। ज़िद मत करो। मन थोड़ा ठीक होगा तो शाम को खा लेंगे।''

लता उठी और बिना कुछ बोले एकदम द्वार से बाहर आ गई। बाहर आते ही वह जड़ हो गई। बाहर द्वार से टिककर सुहासनी खड़ी थी। सुहासनी के वेग से बहते आँसू इस बात के गवाह थे कि उसने भीतर की सारी बात सुन ली है। उसके हृदय पर गहरा आघात लगा है।

''तुम सुहासनी?'' लता चिंता से शिथिल हो उठी।

''हाँ, दीदी बहुत देर हो गई थी तो सोचा क्या बात है। दादा कहीं बीमार तो नहीं, यही सोचकर इधर आ गई थी। आप दोनों बातों में मग्न थे, इस कारण चुप द्वार से लगी भीतर की बात सुनती रही,'' सुहासनी ने अपराध बोध से भयभीत होकर सत्य कह दिया।

''सुहासनी, मैं तुम्हें बताने वाली थी,'' लता ने सुहासनी के दोनों हाथों पर अपने हाथ रख दिए सांत्वना के लिए,'' अच्छा हुआ बहन, तुमने .ख़ुद ही सब सुन लिया। शायद मैं तुमसे कहने का साहस संजो नहीं पाती।''

''अपने दुर्भाग्य की कथा सुनकर किसे अच्छा लगेगा? दीदी नर्मदा के दर्शन

करने तो लोग दूर-दूर से आते हैं, अपनी मनोकामना पाते हैं, पर नर्मदा के तट पर मेरा सर्वस्व डूब गया? ऐसा क्यों हुआ?''

''धैर्य रखो सुहासनी, जो हो गया उस पर किसी का बस नहीं था, आगे के लिए सचेत रहना होगा।''

''मेरा क्या दोष था?''

''दोष तो नारी का कभी नहीं होता, परंतु हमेशा यह दंड उसे दिया जाता है। यह पुरुष का अपना अहं है। पुरुष प्रधान समाज ने पुरुष को स्वामी बनने के अधिकार दे रखे हैं और यह उन्हीं अधिकारों का ग़लत उपयोग है। तुम जैसी सुंदरी के साथ भी पति ऐसा धोखा दे सकता है तो बताओ कौन स्त्री सुरक्षित? यह पुरुष की दुष्टता है। चरित्रहीन व्यक्ति ही ऐसा करता है।''

सुहासनी भयभीत-सी काँप रही थी। अचानक वह कई वर्ष बढ़ गई थी। पति चाहे कोई सुख दे या न दे, परंतु वह पत्नी को पूर्णरूप से प्रेम करता है तो नारी इसको अपना सबसे बड़ा सौभाग्य मानती है। सारे वैभव हो, वह राजमहल की मालकिन भी क्यों न हो, परंतु यदि पति उसे प्रेम नहीं करता या उसका मन किसी अन्य स्त्री से जुड़ा हो तो यह उसका सबसे बड़ा दुर्भाग्य ही होता है। शेष जीवन पांखड ही होता है। जीते जी भी जीवित नहीं रह पाती। सारा जीवन पति और पत्नी के बीच का जीवन केवल भ्रमों के सहारे ही होता है। जिस दिन भ्रम टूट जाता है। उस दिन सब मिथ्या लगने लगता है। आज वही हुआ, सुहासनी को सब अंधकार में डूबता दिखने लगा था। लगा, अब कैसा संसार? कैसा जीवन? सब अर्थहीन हो गए थे। पति और पत्नी के बीच यदि पवित्रता नहीं सात्त्विकता नहीं तो जीवन का, बंधन का कोई मूल्य नहीं था। संसार में तो सभी लोग एक-दूसरे को छलते हैं परंतु इतनी बड़ी सामाजिक व्यवस्था के बीच किए गए बंधनों में भी यदि छल-कपट का गणित बीच में आ गया तो फिर इतना सब करने का। सामाजिक बंधनों में भी यदि नक़लीपन आया तो मनुष्य और जानवर में क्या अंतर रह जाता है?

ढेर सारी बातें मन में द्वंद्व मचाए थीं। आँसू थे कि थम नहीं रहे थे। सुहासनी की मनःस्थिति समझ कर लता मन-ही-मन भयभीत थी। बहुत मुश्किल से वह उसे उसके कमरे में पहुँचा पाई। उस दिन दोपहर का भोजन किसी ने नहीं किया। सब वैसा ही ढका-का-ढका बिना परोसा रह गया। देखते-ही-देखते समूचा दिन कैसे ढल गया, किसी को पता ही नहीं चला। सूरज ढला, संध्या हुई और रात्रि का अंधकार सारे दिन को निगल कर बैठ गया।

माँ को देखने लगातार दो-तीन बार मोहन हॉस्टल से आया था, परंतु पढ़ाई ख़राब होने के भय से गोपीलाल ने मोहन को घर में अधिक ठहरने नहीं दिया था। इस वर्ष मोहन पढ़ने के लिए इलाहाबाद के स्कूल में जाने वाला था। छावनी अँग्रेजी स्कूल के होशियार बच्चों को इलाहाबाद के छावनी अँग्रेजी स्कूल भेज दिया जाता था। इस वर्ष हाई स्कूल की पढ़ाई मोहन को इलाहाबाद में ही रहकर करनी थी। गोपीलाल बेटे के भविष्य की चिंता में रात और दिन लगे रहते थे। गोपीलाल का सपना था कि मोहन इंग्लैंड पढ़ने के लिए चुन लिया जाए। अपनी ओर से वह सारी कोशिश कर रहे थे।

मोहन जब घर में आता, तो सुहासनी की सारी शक्ति लौट आती थी। बिस्तर से उठकर वह रसोई तक चली जाती थी। बेटे के पसंद के दो-चार पकवान ख़ुद बना देती थी। बेटे के आगे बीमार बने रहना उन्हें पसंद नहीं था। बेटे के आगे वह सदैव मुस्कुराती रहती थीं। उन्हें इस बात का भय सताता था कि माँ की बीमारी को लेकर मोहन के मन में कोई चिंता न बैठ जाए जिससे उसकी पढ़ाई में अंतर आ जाए और सारा दोष उन पर आ जाए। इस कारण भी वह बेटे के आगे पूरी ताक़त लगाकर चलती-फिरती रहतीं। बेटा चला जाता तो फिर खाट पकड़ लेती थीं। बेटे से घंटों उसकी स्कूल और हॉस्टल की कथा सुनती थीं। बेटा अँग्रेज टीचरों की बातें बताता था। मोहन को अँग्रेजी कपड़े पहने देख उन्हीं बड़ी प्रसन्नता होती थी। मोहन छरहरे शरीर का ऊँचे क़द का सुंदर-सजीला युवा बन रहा था। मोहन की मूछों की रेखें निकलने लगी थीं। उसकी आवाज़ में भी परिवर्तन हो गया था। युवावस्था के परिवर्तन देख-देख कर सुहासनी प्रसन्नचित रहती थी। मन-ही-मन बेटे के लिए आशीष देतीं, नज़र उतारती थी। बेटे को निहारकर उनका स्वस्थ्य, जवानी लौट आती थी।

मोहन भी जैसे दो माँ का लाड़-प्यार पाकर धन्य था। सुहासनी तो माँ थी ही, परंतु लता भी उसे बड़ी माँ का स्नेह देती थी। मोहन घर में दो-तीन दिन रहता पर उस दो-तीन दिनों पर साल दो साल निछावर हो जाते थे।

गोपीलाल अपनी फिटन में बैठाकर मोहन को हॉस्टल छोड़ने जा रहे थे कि उन्होंने अचानक फिटन बूँदाजान के मकान की ओर मुड़वा दी। मोहन ने भी नया रास्ता, नया इलाक़ा देखा। फिटन बूँदाजान के घर के आगे जाकर खड़ी हो गई।

"डैडी यह किसका घर है?" मोहन ने पूछा। अब वह गोपीलाल को डैडी संबोधन करता था। सुहासनी को वह अभी भी माँ ही बोलता था। सुहासनी के लिए दूसरा शब्द उसके मुख से निकलता ही नहीं था।

"यह बूँदाजान का घर है, देश की विदुषी तथा सुंदर नर्त्तकी है। अँग्रेजों की छावनी में इन्हीं का कार्यक्रम होता है। मेरी इनसे दोस्ती है।"

"अच्छा," मोहन आश्चर्यचकित-सा रह गया। पिता का नया रूप देखा।

दोनों भीतर गए। मोहन को देखकर बूँदाजान प्रसन्नता से गद्‌गद् हो गई। मोहन भी बूँदाजान को देख दंग रह गया। बूँदाजान इतनी सुंदर होगी इसने कभी कल्पना नहीं की थी। मोहन ने अपने जीवन में इतनी सुंदर महिला इससे पहले नहीं देखी थी। बूँदाजान का गोरा रंग जिसमें लाल सिंदूर मिला है ऐसा प्रतीत होता था। देर तक मोहन टकटकी लगाए बूँदाजान को ताकता रहा। मोहन बूँदाजान का रूप, सलीक़ा, बातचीत देखकर बहुत प्रभावित हुआ। बूँदाजान भी मोहन को देख निहाल थी। देर तक उसे अपने पास बैठाकर उससे बातें करती रही। ''तुम्हारे डैडी, रोज़ाना तुम्हारे बारे में बताते रहते थे। आज तुम्हें देख बड़ा अच्छा लगा। तुम तो मेरी कल्पना से भी अच्छे और सजीले युवा निकले,'' बूँदाजान बोली। फिर गोपीलाल से बोली'' हम आपके अहसानमंद हैं जो आपने बेटे से आज मिलवा दिया।'' जाते समय उन्होंने ढेर सारे उपहारों से मोहन को लाद दिया और अंत में जो उपहार दिखाया उसे देख मोहन सकपका कर रह गया। बूँदाजान दूसरे कमरे से एक नन्हें शिशु को उठा लाई और उसकी गोद में रख कर मुस्कुराई।

''देखो मोहन, यह तुम्हारा नन्हा भाई है, कैसा लगा?''

मोहन की गोद में एक सुंदर, गोल-मटोल, रुई की तरह कोमल नन्हा शिशु था जो टकटकी लगाकर मोहन को देख रहा था। बच्चे को देख मोहन विचित्र स्थिति में आ गया। मन-ही-मन सुहासनी से बूँदाजान की तुलना करके जोड़कर कल्पना करता रहा, सुहासनी एक बीमार, घरेलू स्त्री और बूँदाजान खिले कमल-सी सुंदर, चटकदार थी, तो क्या अब उसका एक भाई भी हैं? भाई को देख जाने क्यों मोहन को अच्छा नहीं लगा। जल्दी से मोहन ने बच्चे को बूँदाजान की गोद में दे दिया। मोहन का मुँह उतर-सा गया था।

''चलें डैडी, देर हो जाएगी,'' मोहन बेचैनी से उठ गया।

बूँदाजान से विदा लेकर मोहन सीढ़ियाँ उतर कर फिटन में बैठ गया। नौकर उपहार रख गया। फिटन चल पड़ी। दोनों चुप रहे। गोपीलाल चाह रहे थे कि मोहन अपनी तरफ़ से प्रतिक्रिया व्यक्त करे। परंतु मोहन चुप रहा। पूरे रास्ते दोनों मौन रहे। हॉस्टल आ गया। मोहन उतर गया।

''डैडी, उपहार आप घर ले जाएँ, यहाँ हॉस्टल में कहाँ रखूगाँ, बाद में कभी ले आऊँगा।''

''अच्छा, ठीक है, एक बात कहना है मोहन,'' गोपीलाल बेटे के निकट आ गए,'' अपनी माँ से कभी बूँदाजान की चर्चा मत करना।''

''क्यों डैडी?''

''बस ऐसे ही, बेटा तुम पुरुष हो, पेट में बात पचाना अभी से सीखो। घर की बात कभी बाहर और बाहर की बात कभी घर में मत कहो। दो अलग-अलग सीमाएँ हैं। इनकी दूरी बनाकर रखोगे तो कभी कोई परेशानी नहीं उठानी पड़ेगी।''

गोपीलाल बेटे से बिदा होकर वापस फिटन में बैठ गए। फिटन आगे बढ़ गई। मोहन जाती हुई फिटन को देखता रहा। उसे अचानक लगा वह बड़ा हो गया है। मोहन बदहवासी की स्थिति में ठगा-सा देर तक खड़ा रहा।

डैडी के कहे शब्द उसके कानों में चक्कर काट रहे थे। डैडी ने कहा था कि कभी घर की बात बाहर और बाहर की बात घर में मत कहो। दोनों की अलग-अलग सीमाएँ हैं। डैडी की बात वास्तव में बेजोड़ थी। दो अलग-अलग किनारे होते हैं, बीच में नदी बहती रहती है। उसकी ठंडक दोनों तट को तर करती रहती है। दुनियादारी का पहला पाठ आज डैडी ने उसे सिखाया था। बूँदाजान इतनी सुंदर होने के बावजूद उसे अच्छी नहीं लगी। अपनी माँ का स्थान दूसरी औरत ले ले, इससे बुरा और क्या होगा? अच्छा हुआ जो उसने उसके दिए उपहार नहीं रखे। बूँदाजान के दिए क़ीमती उपहार क्या कभी माँ के सूखे फैडे हाथों से बढ़कर हो सकते हैं? माँ यदि अपना सूखा हाथ भी बच्चे के सर पर फेर देती है तो सूखा पेड़ भी हरा हो जाता है, यह शब्द कभी अमर भैया ने कहा था, जिसका अर्थ वह तब नहीं समझ पाया था, परंतु आज समझ रहा था।

मोहन ढेर सारी बातों पर विचार करता धीमी गति से अपने हॉस्टल की ओर बढ़ने लगा। माँ की बीमारी का कारण आज उसकी समझ में आने लगा था। हतबुद्धि और मर्माहत ने उसे गूँगा और मौन कर दिया था।

24

रात्रि काफ़ी पानी बरस गया था, इस कारण मौसम अधिक ठंडा हो गया था। भोर की गतिविधि धीमी पड़ गई थी। अभी तक कोई नौकर आया नहीं था। सुहासनी की पीड़ा अधिक बढ़ गई थी। सारी रात लता लालटेन पर नमक की पुठलिया रखकर सिंकाई करती रही थी। रात्रि के अंतिम पहर में जाकर कुछ आराम मिला था और सुहासनी सो गई थी। इस कारण अभी भी वह गहरी नींद में थी।

गोपीलाल स्नान करके बालों में तेल लगाके खड़े थे कि बाहर द्वार की कुंडी किसी ने खटखटाई। इतने भोर पर कौन आया होगा? गोपीलाल तेल से सने हाथों को अपनी पिंडलियों पर पोंछते विचार करते उघाड़े शरीर पर गमछा डाले बाहर निकले और बंद किवाड़ खोला। सामने बंगाली सिंह खड़े थे।

"अरे बंगाली सिंहजी, इतने ख़राब मौसम में इतने भोर आ गए?"

"क्या करता सरकार, अपना वायदा जो पूरा करना था," बंगाली सिंह भीतर आ गए," पहले तो आप अपनी धरोहर इन कंगनों को सँभाल कर रखा लें।"

बंगाली सिंह ने भीतर अचकन की जेब से एक कपड़े की पुटरिया निकाली और उसे खोलकर गोपीलाल के आगे दोनों हाथों से बढ़ा दिया। गोपीलाल कंगन देखकर प्रसन्नता से आश्चर्य-चकित से रह गए। देर तक कंगन को निहारते रहे फिर हाथ बढ़ाकर कंगनों की जोड़ी को उठा लिया और माथे से लगाया, मानो माँ को प्रणाम करे रहे हों। वहीं कंगन थे। प्रसन्नता के मारे उनकी आँख में आँसू आ गए।

"देख लो सरकार, वही हैं न?"

"हाँ," गोपीलाल ने सर हिलाकर उत्तर दिया, "बहुत-बहुत धन्यवाद बंगाली सिंहजी।"

"अरे सरकार, आप कहें और हम काम न करें, भला ऐसा कहीं हो सकता है? अब क्या बताएँ सरकार इन कंगनों की ख़ातिर अपने घर में ही डाका डालना पड़ा।"

"कैसे?"

"पहले तो हमने पत्नी से जाकर कहा तो पत्नी तो पहले एकदम मना कर गई। कहने लगी जाने किस को दे दिए। जाने कितनी बातें बतानें लगी। हमें गुस्सा आ गया तो उसकी जमकर धुनाई कर दी, फिर भी नहीं फूटी। आप तो समझ सकते हैं स्त्रीजात को गहनों से कितना गहरा प्रेम होता है। इतने पर भी उसने कंगन नहीं दिए तो हमने उसकी चौकसी शुरू कर दी। देखा, रात को वह बार-बार एक स्थान को जाकर देखती थी, बस समझ गए कि हो न हो इसने यहाँ चूल्हे के पास गाड़ रखे हैं। आधी रात के बाद चुपचाप उठकर हमने उस स्थान को खोदा, बहुत सारे गहने एक पीतल के लोटे में रखे थे। कंगन की जोड़ी निकाल कर बाक़ी सब वही जस का तस धर आए और मिट्टी को छाप कर चुपचाप आ गए। अभी भोर में आते तो घर में पता चल जाता, इस कारण रात ही निकल आए। इस तरह घर में ही डाका डाल कर आ रहे हैं।"

"आपने तो कमाल कर दिया," गोपीलाल गद्गद् भाव से हँसे।

"क्या करते, आपका हुक्म था, फिर आपके मन को दुःखी नहीं कर सकते थे। घर में पत्नी हाय-हल्ला करके रोती बैठी होगी। समझ गई होगी, हम कंगन ले गए। अब आठ-दस दिन घर नहीं जाएँगे, दूसरे शहर चक्कर लगा आएँगे।"

"कुछ जलपान कर लें?"

"नहीं सरकार, अब चलते हैं। आप ज़रा हमारे काम का ध्यान रखें। अपने लड़के सिपाही में भर्ती हो जाएँ।"

"आप बेफिक्र रहें, आज ही मैं जाकर बात करता हूँ और आपको सूचना देता हूँ, पर आप तो बाहर जा रहे हैं, फिर?"

"कहीं नहीं जा रहें, हम तो यहीं शहर में चक्कर लगाएँगे, आप तो बूँदाजान की कोठी पर हमारे भतीजे को ख़बर दे दें, हम उधर ही रहेंगे तुरंत आ जाएँगे।"

"तब तो ठीक है।"

"सरकार, हमारा तो पुराना ही काम है यह, पहले राजा-महाराजाओं की सेना के लिए काम करते थे। रसद की गाड़ियाँ हमीं लोग लेकर सेना के साथ चलते थे, अब अँग्रेजी हुकूमत के लिए काम करेंगे। अब अपने बच्चे सिपाही में भर्ती हो जाएँ तो समझेंगे तरक़्क़ी मिल गई है। बच्चे ठिकाने पर लग जाएँ, घूम-घूमकर थक गए हैं।"

"ठीक है बंगाली सिंहजी, फिर मिलते हैं।"

बंगाली सिंह बाहर चले गए। गोपीलाल ने हाथ में रखे कंगनों की जोड़ी को निहारा और मुस्कुराते हुए भीतर कमरे में आ गए। सुहासनी रज़ाई लपेटे सो रही थी। वह देर तक सुहासनी को देखते रहे फिर आवाज़ लगाई।

"सुहासनी-सुहासनी।"

सुहासनी हड़बड़ा कर उठी। गोपीलाल को सामने खड़ा देखकर चौंक पड़ी। धीरे से उठ बैठी।

"आप अभी गए नहीं?"

"देखो, इन कंगनों को पहचानो," गोपीलाल ने कंगनों को सुहासनी के सामने कर दिए। सुहासनी भौचक्की-सी कंगनों को देखती रही, फिर उसने कंगन ले लिए। उसके बीमार चेहरे पर एक आभा बिखर गई। बीमार चेहरे पर चमक लौटी, सूखे पपड़ाए होंठ मुस्कुरा उठे।

"लाओ, इन्हें तुम्हारे हाथों में पहना देता हूँ," कहते गोपीलाल ने दोनों कंगनों को सुहासनी के हाथों में डाल दिए। कंगनों के पहनते ही सुहासनी के हाथ खिल उठे। उसने बिस्तर से उठकर पति के पैर छू लिए।

"यह कंगन तो मेरे हैं न, यह आपको कैसे मिल गए?" विस्फारित नेत्रों से सुहासनी ने देखा।"

"बंगाली सिंह से वापस लिए हैं।"

"अरे, अच्छा?" सुहासनी अचंभे से बोली।

"बदले में उसके कुछ काम कराने हैं छावनी में, वह तो मैं तुरंत कर दूँगा। पहले तुम बताओ, तुम प्रसन्न हो न।"

"हाँ, मुझे तो लग रहा है जैसे मेरे पुराने दिन लौट आए हैं।"

"उठो, अब स्नान करके पूजा कर लो, थोड़ा मन ठीक लगेगा।"

"जी।"

"मैं अब चलता हूँ, बंगाली सिंह से किया वायदा पूरा करना हैं, नहीं तो वह यहाँ डाका डालने चला आएगा। घर में डाका डालकर वह कंगन लाया है।"

"अच्छा," सुहासनी हँस पड़ी।

सुहासनी को प्रसन्न और हँसता देखकर गोपीलाल को अच्छा लगा और वह

भी हँस पड़े। दोनों की हँसी और प्रसन्नता से कमरा जी उठा।

"तुम्हें हँसता देख अच्छा लग रहा है, हलवा बनाकर भोग लगवा देना। मैं चलता हूँ।"

"ठीक है।"

गोपीलाल कपड़े पहनकर, छाता लेकर बाहर आ गए। गोपीलाल के कमरे से बाहर निकलते ही, लता भीतर आ गई। जैस वह ताक में ही थी।

"आज तो बड़ी हँसी हो रही थी, क्या बात है?"

"देखो दीदी, मेरे हाथों को देखो," सुहासनी चहकते हुए बोली, "यह मेरे ही कंगन हैं, मेरी सास के थे, मुँह दिखाई में मुझे पहनाए थे। दिल्ली से आते समय बंगाली सिंह को गाड़ी का भाड़ा के लिए इन्हें देना पड़ा था। आज बंगाली सिंह ने .खुद आकर लौटा दिए।"

"अरे, यह अनहोनी कैसे हो गई। आज का दिन तो बड़ा ही शुभ है।"

"हाँ दीदी, स्नान करके पूजा कर लेती हूँ, तुम भोग के लिए सूजी का हलवा बना दो।"

"ठीक है, चलो आज तुम्हारा स्वास्थ्य ठीक दिख रहा है, क्यों न मंदिर तक हो आएँ?"

"ठीक है, वहाँ भी चलते हैं, पहले यहाँ पूजा कर लूँ। दीदी आज खिचड़ी नहीं, रोटी खाऊँगी।"

"अच्छा-अच्छा," लता प्रसन्नता से बोली, "देखो देवरजी को तुम्हारा कितना ध्यान रहता है।"

"हाँ दीदी," सुहासनी की आँख में पुराने दिन स्मृतियों में जीवित हो उठे। उसने झट झुककर दीदी के पैर छू लिए।

"दूधो नहाओ और पूतों फलो।"

"अरे दीदी, अब बुढ़ापे में क्या आशीर्वाद दे रही हो," सुहासनी ने संकोच में कहा।

"बुढ़िया? और तुम? अभी तुम्हारी उम्र ही कितनी है? तुम तो बीमारी में सूख गई नहीं तो तुम जैसी सुंदरी तो शहर भर में नहीं थी।"

"दीदी," सुहासनी लजा गई। उसके गालों पर .खून दौड़ गया।

"चलो अब स्नान कर लो, मैं गरम पानी भिजवाए देती हूँ।"

"हाँ दीदी, आज तो मन प्रसन्न है। ज़रा मेरी पीली साड़ी, लाल बूटे वाली निकाल दो। देवी के मंदिर जाऊँगी तो मन से तैयार हो लूँ। बहुत दिन बाद मेरे आँगन में .खुशी की धूप खिली है।"

"मैं तो सुहासनी तुझे समझाती ही थी, तू ही नाहक़ चिंता कर-करके हलकान होती रही। पति की ज़रा-सी अवहेलना पर तूने जाने क्या-क्या सोच लिया।"

"और वह बूँदाजान?"

"अब तू किसी भी जान को याद करके अपनी जान को तंग मत करो। रहने दे। ऐसी तो बीसियों पड़ी रहती हैं। हाथी चलता है तो कुत्ते भोंगते ही हैं, ऐसे ही आदमियों के आगे-पीछे ऐसी ही तितलियाँ मँडाराती रहती हैं। आख़िर घर की मालकिन तो तू ही है न?"

लता की बात सुनकर सुहासनी के थके शरीर में प्राण लौट आए, जैसे बिजली सी कौंध गई। कमज़ोरी, शिथिलता क्षण भर में ग़ायब हो गई।

"सच दीदी, मुझे तो लग रहा है मैं बिना हकीम, वैद्य के ठीक हो गई हूँ।"

"तुझे स्वस्थ, प्रसन्न देख मुझे भी अच्छा लग रहा है।"

दोपहर के पहले-पहले ही स्नान, पूजा तथा भोजन से निपटकर सुहासनी और लता इक्के पर बैठकर मंदिर के लिए निकल पड़ीं। मंदिर भेड़ाघाट पर था, संध्या बाद ही दोनों लौट पातीं। सुहासनी पीली साड़ी, कंगन, सिंदूर, आलता, बिंदी में नई नवेली ब्याहता लग रही थी। आज सुहासनी के मन से चिंता कोसों दूर थी।

25

सूर्योदय हो चुका था। सूर्य की चमकीली चादर धरती पर फैली थी। दिन अच्छा ख़ासा निकल आया था, फिर भी बाज़ार बंद था। बस कहीं-कहीं दुकानें खुल रही थी। शरद पूर्णिमा का त्यौहार लोग बड़े उत्साह से मनाते हैं। सारी रात जागरण करते हैं, खीर बनाई जाती हैं, जिसे छत पर खुला रखकर आधी रात को खाया जाता है। ऐसी मान्यता है कि शरद पूर्णिमा के दिन रात्रि को आकाश से अमृत बरसता है। सारे शहर में लोग बड़ी धूमधाम से त्यौहार मनाते हैं। बच्चे टेसू का विवाह करते हैं। घूम-घूम कर आटा, चावल, रुपया इकट्ठा करते हैं। दिवाली का पर्व आने में पंद्रह दिन ही शेष बच जाते हैं। अमावस्या के साथ ही दिवाली का पर्व आ जाता है। नर्मदा भेड़ाघाट के तट पर पूरी-पूरी रात्रि मेला लगा था। नौका विहार के लिए आई लोगों की भीड़ देखते ही बनती थी। एक-एक नाव पर दस गुना अधिक सवारियाँ लदी रहतीं। नर्मदा की पहाड़ियाँ चटक चंद्रमा की रोशनी में अद्भुत आकर्षक लगतीं। नर्मदा का जल इतना साफ़-सुथरा दिखता कि कोई भी उसमें अपना प्रतिबिंब निहार ले। भेड़ाघाट की संगमरमर की चट्टानें अपने अर्पूव सौंदर्य से सबको चकित कर देती थीं। दुग्ध सौंदर्य की छटा सबको मंत्र-मुग्ध कर सबको बाँध देती थी।

ऐसे अद्भुत उत्सव से अभी शहर जागा नहीं था। अलसाया शहर देर से जागेगा। रात के उत्सव की उष्णता, उत्साह, चंचलता शायद मन को घेरे थी। रतजगा करके

अभी शहर सो रहा था।

बंगाली सिंह शहर की गतिविधियों का अवलोकन करते धीरे-धीरे सड़क पर चल रहे थे। पीली माटी की सड़क जिस पर ढेर सारे दोना—पत्तल, हार-फूल पड़े थे। सूने शहर के सन्नाटे को भाँप कर कुत्ते भी अलसाए एक-दूसरे पर लदे सो रहे थे। एक जगह एक कुतिया के नन्हें-नन्हें पिल्ले एक दूसरे से चिपके कूँ-कूँ कर रहे थे। कुतिया दूर जाकर सो रही थी। पिल्ले बार-बार उसको दूध पीकर तंग करते थे, इस कारण वह दूर जाकर सो रही थी। पिल्ले माँ को ढूढ़ते, व्याकुल से एक-दूसरे से लिपटे परेशान थे।

रात्रि को गाँव से चलकर आई बैलगाड़ियाँ खड़ी थीं, उनके चालक इधर-उधर दिशा-मैदान गए थे, कुछ लोग निगरानी कर रहे थे। बैलगाड़ियों में अनाज, सब्ज़ी, घास-लकड़ियाँ आदि भरा था। हर गाड़ी अलग-अलग सामान लिए अलग खड़ी थी। गाड़ी को टेका लगाकर उलार कर दिया गया था। बैल खुले एक स्थान पर बैठकर विश्राम कर रहे थे। गाड़ीवान अपनी-अपनी आवश्यकतानुसार इधर-उधर गए थे।

धीरे-धीरे सूरज की गर्मी के साथ शहर जागा और लोग बाहर नज़र आने लगे। घरों के, दुकानों के द्वार खुलने लगे। घरों के आगे खरेटा झाडू से सफ़ाई होने लगी थी। गोबर के घोल का छिड़काव होने लगा था। कहीं-कहीं गोबर के छड़े के बाद चौक पूरा जा रहा था। देखते-ही-देखते शहर गति में आ गया था। देर से जागा, परंतु जल्दी ही उसमें हलचल भर गई थी। घरों से भोर के नाश्ते की सुगंध सड़कों पर उतरने लगी थी। मंदिर के आगे फूल वाले अपनी दुकान लगाने लगे थे। भक्तों की आमद बढ़ने लगी थी। मज़दूरों की टोलियाँ आने लगी थीं। मस्जिदों में झाड़ू लग रही थी। दरी-क़ालीन, मसनद फटकारे जा रहे थे। भोर की नमाज़ के बाद सफ़ाई होने लगी थी। सन्नाटा और स्तब्धता से शहर पूर्णतः जाग चुका था। धीरे-धीरे शोरगुल-कुहराम वातावरण में समाने लगा था। मज़दूरनियाँ औरतें अपनी-अपनी गठरी खोलकर रोटी, प्याज और मिर्चों का कलेवा कर रही थीं।

दीवाली का त्यौहार भी एकदम पास ही थी इस कारण भी बाज़ार में जल्दी रौनक़ आ जाती थी। दुकानों में नया माल, सामान भरा था। चतुर गृहस्थ त्यौहार के बहुत पहले गृहस्थी का सामन ख़रीदने लगता है। कम दाम में सही सामान मिल जाता है। किफ़ायती दरों में सामन बढ़िया मिल जाता है, बाद में तो रईस लोग ही बढ़े दाम का सामान ख़रीदते थे।

बंगाली सिंह अपने पूर्व ठिकाने पर यानी तोतामल हलवाई की दुकान के सामने वाली पुलिया पर आ बिराजे। बाज़ार की रौनक़ और दिनों से अधिक लगी। वैसे भी त्यौहारों के समय बाज़ार की चहल-पहल देखते ही बनती है। सड़कों की, नालीयों की सफ़ाई चल रही थी। हर दुकान के सामने कलाईगिर पुताई का सामान रखे कुछ न कुछ पोत ही रहे थे। रंग-बिरंगी पगड़ियों में सजे, धोती-कुरता पहने लोग ख़रीद-फ़रोख़्त

में लगे थे। खपरैल की छतों के आगे हर दुकानदार ने क़नात लगाकर अपनी दुकान बढ़ा रखी थी। कुछ लोग तो छतों के आगे तो सामान ख़रीद रहे थे और कुछ तो यूँ ही बाज़ार की चहल-पहल निहारने निकले थे। गाँव की औरतें घूँघट काढ़े बर्तन, कपड़ा, गहना ख़रीद रही थीं।

लटारया आते दिखे। बालों के बीचोंबीच माँग निकली हुई थी। बाल दोनों और बढ़िया ढंग से कढ़े हुए थे। जयपुरी अंगरखा धोती पर पहने वह ख़ास जम रहे थे। पुलिया पर बंगाली सिंह को बैठा उसने दूर से ही देख लिया था। तेज़-तेज़ कदम बढ़ाते पास आए।

''राम-राम, बंगाली सिंहजी, बड़े दिनों बाद इधर चक्कर लगा?''

''क्या बताऊँ, इधर अपने ख़ानदान के बच्चों को सिपाही में भरती करवाना था, उसी में लगा था।''

''अच्छा, यह तो बड़े ही ग़ज़ब की बात हो गई। भरपूर वेतन और ठसका अलग।''

''हाँ सात रुपए वेतन मिलने लगा है। अपने ख़ानदान के दस बच्चे सिपाही पर लग गए हैं। सभी को घोड़े ख़रीदने के लिए सौ रुपया अलग से दिया गया है। घोड़े की ख़ुराक के लिए अलग से तीन रुपया दिया गया है। बंदूक़ अभी नहीं मिली है। थोड़े दिनों बाद वह भी मिल जाएगी।''

''ग़ज़ब हो गया, आपका तो रुतबा बढ़ गया बंगाली सिंहजी। बढ़िया नस्ल के घोड़े ख़रीदना भी मुश्किल बात होगी?''

''हाँ है तो, पर एक घोड़े का व्यापारी इधर आता है, उसके पास उम्दा नस्ल के घोड़े होते हैं, पहले वह राजघरानों में सेना के लिए देता है, अब अँग्रेजों को देता है। अपना पुराना परिचित है उसी से ख़रीदेगें, क़िफ़ायत में दे देगा। दूसरों को अगर सौ रुपए में देता है तो हमें अस्सी में दे देगा। हमीं से दवा ख़रीदता है।''

''तब तो और बढ़िया बात हो गई,'' लटारया प्रभावित होता बोला ''अच्छा क्या सिपाही की नौकरी मुझे नहीं मिल सकती?''

''तुम्हें?'' बंगाली सिंह हँसें, ''तुम्हें, क्या ज़रूरत है? तुम तो अपने आप में राजा हो। सारा कारोबार तुम्हारे हाथ है।''

''यह तो कहने की बात है, आख़िर हम उनकी मेहरबानी पर ज़िंदा हैं कि नहीं? जब तक ठीक हैं ठीक, फिर बाद में तो परेशानी भोगनी होगी न?''

''अरे नहीं बेटा, तुम जैसे लोग कभी परेशानी नहीं भोगते, कोई-न-कोई मुर्ग़ा फाँसे रहते हैं,'' बंगाली सिंहजी बोलने को बोल गए फिर तुरंत सतर्क हुए, बोली में मधुरता लाते बोले, ''बेटा, सिपाही की भरती में कसरती जवान चाहिए। तुम नज़ाकत वाले सुखी शरीर वाले, ऐसे लोग सिपाहीगिरी नहीं कर सकते। इसमें बड़े मेहनत है, रात और दिन भागा-दौड़ी, भूखे-प्यासे रहने की आदत। यह सारे काम तुम्हारे

बस का नहीं है।''

''बात तो ठीक है,'' लटारया हताश होकर बोला।

''छोड़ो, इन बातों को, बताओ उधर के क्या समाचार हैं? माधवी के कोई बाल-बच्चा हुआ?''

''वही तो बताने आपकी ओर लपके थे, परंतु चर्चा दूसरी चल पड़ी। माधवी के बेटा हुआ है। बड़ी खुशी मनाई गई। दो दिन तो समझो मुफ़्त में मिठाई बटी। आपकी बहुत खोज की पर आप दिखे नहीं।''

''अच्छा, वही तो जानना चाह रहे थे।''

''आपकी दवा ने ग़ज़ब का कमाल दिखाया।''

''मेरी दवा का कमाल या तुम्हारा कारनामा सफल रहा?''

''धीरे बोलिए, कोई सुन लेगा,'' लटारया भयभीत हो उठा, ''सब तो आपके गुण गा रहे हैं। अब दोनों ओर से इनाम-इकराम तो बटोरो? कुछ हमें भी दे देना।''

''ठीक है, इस कारण तो हम सेठ से पहले नहीं मिले, सोचा पहले तुमसे समाचार जान लें। चलो मिल आएँ, तुम बड़े ग़ज़ब के जम रहे हो?''

''अच्छा? धन्यवांद, तो चलें?'' लटारया अपनी प्रसन्नता सुनकर खिल गया।

दोनों उठे और तोताराम हलवाई की दुकान की तरफ़ बढ़ गए। तोतारामजी ने दूर से बंगाली सिंह को देख लिया और तुरंत गद्दी पर से उतर गए और अपने भारीभरकम शरीर के साथ दुकान के सामने आ खड़े हुए।

''अले आइए वैद्य जी, आपतो खोथ रहे थे। लोज आपती बाँत लहे थे, थे कआँ?''

''रात-राम सेठजी ज़रा बाहर था। सुना है आपके घर कुलदीपक ने जन्म लिया है, बधाई हो। शरद पूर्णिमा का चंद्रमा तो आपके घर जन्मा है।''

''अले बेथो वैद्यजी, सब आपते उपचार का फल है, ''सेठजी वापस अपनी गद्दी पर विराजते बोले, ''तैसी मनाई शरद पूर्णिमा?''

''हाँ, बढ़िया रहा। रात्रि को परिवार में खीर बनी थी। पूरा परिवार रात्रि को चंद्रमा के उजाले में सुई में डोरा पिरोता रहा। बहुओं में, लड़कियों में तो विशेष होड़ लगी रही। हमारे यहाँ सुई में डोरा पिरोने का कार्यक्रम विशेष होता है। जो सुई में डोरा रात्रि में पिरो लेता है, उसकी आँख सोलह आने स्वस्थ मानी जाती है।''

''अले ये तो बली अच्छी बात बताई। आपने पिलोई या नहीं?''

''आप सुनकर हँसेंगे। बहुएँ, बेटियाँ पीछे रह गईं। सबसे पहले सुई में डोरा हमने ही पिरोया। प्रथम नंबर पर हम ही रहे, बाद में दूसरों का नंबर लगा।''

''अले वाह, आपने तो तमाल ही कल दिया। इस उम्र में भी आप चंद्रमा के उजाले में सुई में डोरा पिलो लेते हैं?''

''देखिए सेठजी, मेरी उम्र तो साठ बरस से ऊपर हो गई है। परंतु हमारी आँख

एकदम सही है। हमारी माँ तो नब्बे वर्ष में चंद्रमा के उजाले में सुई में डोरा पिरो लेती थी।''

''आस्था, बला कमाल है।''

''कमाल-वमाल कुछ नहीं। सब अभ्यास का खेल है। आँख का तो है ही, पर अभ्यास के कारण भी हो जाता है। बचपन से ही हम रात्रि में डोरा पिरोते थे। आप बताये आपके क्या हाल-चाल हैं?''

''सब ईश्वलकृपा से थीठ है। सेठानी ते वेता जन्मा है। आपसी थोज होती लही। तम-से-तम ईनाम-इकराम तो लेते जाएँ।''

''ले लेगें। बड़े लोगों के घर की कोई चीज़ कभी रुकती थोड़े है? वह तो मिलकर रहती है। आप जैसे लोग बेईमानी करेंगे तो बताओ संसार किसके दम पर चलेगा? कुछ लोगों के ईमान पर ही तो संसार टिका है। दीवाली भी आने वाली है। आपके घर तो सुख दरवाज़े से नहीं छप्पर फाड़कर आया है। ऐसा सुख स्थायी रहता है।''

''आपते मुँह में घी-शक्कर। इधल तहाँ थे?''

''सिपाहियों की भरती हो रही थी। अपने लोगों को नौकरी में लगाने की जुगाड़ में लगा था। बिना ज़ोर लगाए सेठजी, कोई काम तो होता नहीं। बड़ी मुश्किल से काम बना। चलो जैसा भी बना बन गया। हमें पेड़ गिनने से क्या काम, आम खाने चाहिए। मेहनत करने के बाद मीठे आम मिल जाएँ तो समझो सब कार्य सफल हो गया।''

''बढ़िया लहा, लो पेले तो मिथाई चखो।''

लटारया गरम-गरम खोए की जलेबी लाकर आ गया था। बंगाली सिंह गरम जलेबी का स्वाद लेने लगे। दुकान में भीड़ बढ़ने लगी थी।

''बड़ी बढ़िया जलेबी हैं, आनंद आ गया। आत्मा सुखी हो गई।।''

''आप के जैसे वैद्य का तो सम्मान होना चाहिए, है। न लटारया?''

''एकदम, राजाओं का राज्य चला गया नहीं तो बड़े-बड़े तमग़े और जागीर मिलती,'' लटारया बोला।

''छोड़ो,'' बंगाली सिंह अपनी बड़ी-बड़ी मूँछों पर लगी चाशनी को गमछे से पोंछते भेद भरी मुस्कान से मुस्कुराए, ''राजा का कोई ठिकाना था? सम्मान करता, नहीं तो सूली पर चढ़ा देता। सूली पर बेचारे सीधे-सादे लोग ज़्यादा चढ़ जाते थे।''

''तैसे-तैसे?'' सेठजी उत्सुकता से बोले।

''आदमी-आदमी में अंतर होता है न सेठजी। अब आप देखिए चंदन का कितना पवित्र–गुणी मानते हैं, पर वही चंदन मंदिर के पुजारी के पास पहुँच जाए तो तिलक के काम आता है। और मोची के घर पहुँच जाए तो पादुका में कील ठोंकने का टेका में काम आ जाए। चंदन है तो वही परंतु कहाँ किसके ठिकाने पहुँचे और वहाँ उसकी क्या उपयोगिता है, इस पर निर्भर करता है। आपकी आवश्यकता ने मुझे

चंदन माना, दूसरा व्यक्ति दूर से दुतकार देता है। यह तो हमारे धंधे में होता रहता है।''

''अत्ता कहा।''

''बच्चा तो स्वस्थ है न?''

''आप जातल देतो न?''

''अभी जाकर देखता हूँ। सेठानी के स्वास्थ के लिए असली मोतीभस्म के लड्डू भी बना दूँगा। कभी कोई शारीरिक कष्ट नहीं होगा।''

''लटारया, वैद्यजी तो घल ले दाओ,'' सेठजी ने लटारया को आदेश दिया।

''जी, अभी ले जाता हूँ। पहले सोचा था आपसे मिलवा दूँ।''

''हूँ-हूँ'' कहकर सेठजी ने सर हिलाया, फिर अपनी तिजोरी से निकालकर नक़द एक हज़ार की गड्डी बंगाली सिंह की ओर बढ़ा दी।

बंगाली सिंह रुपयों की गड्डी लेने लपके। रुपयों की गड्डी लेते में जाने कैसे अचानक बंगाली सिंह की निगाह सेठ से टकरा गई। सेठजी की आँखों में कुछ पढ़कर बंगाली सिंह को रुपया लेते हाथ काँप उठे। उन्हें लगा सेठ भोला दिखता है परंतु भोला है नहीं?

नोटों की गड्डी उठाकर पगड़ी कि छोर में बाँधकर उन्होंने सर पर रखकर पगड़ी दोबारा बाँध ली। लटारया के साथ बंगाली सिंह दुकान से नीचे उतरे और सड़क पर उतर आए। सड़क पर भीड़ बढ़ गई थी। जाने क्यों बंगाली सिंह को सेठ की आँखें याद आती रहीं। सेठ की आँखों के भाव का अर्थ मन-ही-मन वह खोजते रहे। दूर तक सेठ की आँखें पीछा करती रहीं। थोड़ा आगे जाने पर उन्होंने मन से दुविधा वाले आते विचारों को झटक दिया और अपने को स्वस्थ किया। जाने क्यों कभी-कभी किसी के मन की बातों को वह आवश्यकता से अधिक पढ़ लेते हैं।

लटारया अपनी धुन में लापरवाह-सा मस्त चल रहा था। वह धीमे-धीमे कोई गीत गुनगुना रहा था। बंगाली सिंह समझ गए लटारया को बहुत प्रसन्न होना भी चाहिए। लटारया के सारे मनसूबे फल-फूल रहे थे। उसने जितना का सोचा था, उससे अधिक पा रहा था। शहर का सबसे बड़ा सेठ उसके क़ब्ज़े में था। उसकी पत्नी उसकी प्रेयसी थी। उसका बेटा सेठ के घर पल रहा था। लटारया चतुर नाग था जो दीमक के मेहनत से बनाए घर में सेंध लगाकर आराम से सुख भोग रहा था। दीमक बेचारी तो सारी उम्र मेहनत करके अपना घर बाँधती है और उसमें नाग वास करता है। दीमक को तो ज़रा भी आभास नहीं होता कि वह एक ज़हरीले नाग के लिए घर बाँध रही है। इंसान करना कुछ चाहता है परंतु होनी उससे कुछ और करवाती है।

प्राणी इसी तरह तो एक दूसरे को धोखा देता है। जीवन का दूसरा नाम ही छल-कपट है। सारी उम्र वह दूसरे के लिए कपट का जाल बुनता है या दूसरे के द्वारा कपट के बिछाए जाल से निकलने की सोचता रहता है। कोयल कितना मीठा

बोलती है, मीठा-मीठा बोलकर ही चतुर कौए को भी ठग लेती है। अपने अंडे कौए के घोंसले में चुपचाप रख देती है।

बेचारा कौआ अपने अंडे समझ कर उन्हें सेहता है। बच्चे जब होते हैं तो उन्हें दाना खिला-खिलाकर पालता है, बड़ा करता है। कोयल और कौए के बच्चे एक जैसे दिखते हैं, परंतु जब कंठ फूटता है तो कोयल के बच्चे कूकते हैं और कौए के बच्चे काँव-काँव चिल्लाने लगते हैं। तब कौए बेचारा दंग रह जाता है, कि कैसे चतुर मीठा वाणी बोलने वाली कोयल ने उसे ठगा है।

हर प्राणी अपने स्तर से अपनी ठग विद्या का तंत्र गढ़ता है। ऐसे ही लटारया कितनी चतुराई से अपने बच्चे को सेठ के घर पैदा करके पाल रहा है। इतनी सुख-सुविधा तो वह कभी नहीं दे सकता है। लटारया के बच्चों के भाग्य में ऐसा सुख कभी नहीं आ सकता था, उसे तो झूठी रोटी के टुकड़े ही मिलते, परंतु चतुराई से वह भी सोने की फसल काट रहा है और उसके बच्चे भी सोना ही काटेंगे, लेकिन बड़े होने पर क्या लटारया के बच्चे पहचाने नहीं जाएँगे? बच्चे पिता का नाक-नक्शा और आचरण लेकर ही तो बड़े होंगे। जैसे कौव्वे और कोयल के बच्चे पहचाने जाते हैं, ऐसे ही क्या मनुष्य के बच्चे पहचाने नहीं जाते? हो सकता है मनुष्य पशु-पक्षियों से अधिक बुद्धि रखता है इस कारण बच जाता है? जाने कितने प्रकार की बातें मन में आती रहीं और रास्ता कब कट गया, बंगाली सिंह को पता ही नहीं चला। सेठ की कोठी पर पहुँचते ही बंगाली सिंह चौंक उठे। उन्हें लगा लटारया के साथ वह भी उसके पाप के भागीदार हैं। आख़िर लटारया ने उन्हीं के सहारे तो इतनी ऊँची पतंग उड़ाई है?

"आइए, हम पहुँच गए," लटारया प्रसन्नता ये चहकता बोला।

"कब आ गए पता ही नहीं चला," बंगाली सिंह चौंके और आश्चर्य से बोले और ऊपर की सीढ़ियाँ चढ़ने लगे।

सड़क, गिट्टी और मिट्टी की होने के कारण धूल बहुत उड़ती थी। नगर की सभी सड़के कच्ची थीं, केवल छावनी के तरफ़ की सड़क को ईंटें रखकर सीमेंट और चूना से पक्का किया गया था, जिस पर अँग्रेज अधिकारियों की सवारी निकला करती थीं। शहर की कच्ची सड़कों पर पानी का छिड़काव दिन में दो समय अनिवार्य रूप से होता था। अभी-अभी पानी का छिड़काव मुश्क से किया जा रहा था, जिससे माटी की सौंधी गंध इत्र की तरह वातावरण में बस गई थी। सड़क पर लगे चिमनी वाले लैंपों के काँच को चमकाया जा रहा था तथा उसमें तेल भरा जा रहा था। बड़ी मुख्य सड़कों पर लगे चिमनी वाले लैंप तो पूरी रात्रि जलते थे, परंतु गलियों में लगे लैंपों से तेल चुरा लिया जाता था, जिसके कारण ज़रा देर को लैंप जल पाते और कहीं-कहीं तो जलते ही नहीं थे। मोहल्ले के ग़रीब बस्ती के बच्चे तेल चुरा लिया करते थे।

बंगाली सिंह निहारते-परखते बड़े कमरे में ऊपर पहुँचे। लटारया उन्हें बैठाकर

भीतर चला गया था। हवेली में पहले सन्नाटा भरा रहता था, अब उसमें बच्चे के रोने के स्वर सुनाई दे रहे थे। बच्चे के रोने के स्वर से ऐसा लग रहा था जैसे कहीं घंटी टुनटुना रही हो, सोई कोठी अपनी मनहूसियत छोड़ कर जैसे जाग उठी थी। बच्चे को शायद नहलाया जा रहा था। बच्चे के रोने का स्वर और किसी स्त्री के पुचकारने तथा मनाने का स्वर एक साथ सुनाई दे रहे थे। विचित्र नए राग से कोठी झूम रही थी। कोठी में जैसे तरंग फूट रही थी। कोठी का एकाकीपन, नीरसता जैसे बरसों बाद समाप्त हुआ था।

बंगाली सिंह मसनद से टेका लगाकर बैठ गए। कमरे में गुलाब के इत्र की और चंदन की अगरबत्ती की मादक गंध समाई हुई थी, जो बड़ी अच्छी, सुख देने वाली थी। बंगाली सिंह ने अपनी नाक के दोनों नथुनों को खोलकर ज़ोर से साँस भरकर उस मादक गंध को अपने भीतर खींचा। गादी पर किनख़ाब का गलीचा बिछा था। आँखें नटेर-नटेर कर बंगाली सिंह कमरे का मुआयना करते रहे और आनंद लेते रहे।

तभी छम...! छम...! छम...! की धीमी पायलों के घुंघरुओं के स्वर ने तंत्रा तोड़ी। सेठानी झीने परदे के पीछे आ विराजी थी। सफ़ेद झीने परदे से उनका सजीला रूप स्पष्ट दिख रहा था। परदा तो केवल मर्यादा के रूप में लगाया गया था। सितारों से जड़ी महीन जार्जेटी कुसुमली ओढ़नी, सुर्ख़ लाल रेशमी रुपहली की झालर जड़ी सोने की पायज़ेब में उनके आलता लगे गोरे पैर सुंदर लग रहे थे।

बंगाली सिंह उस अद्‌भुत रूप को निहारने का मोह त्याग नहीं पाए। सेठानी हल्के से मुस्कुरा उठीं लटारया आकर बंगाली सिंह के पास बैठ सेठानी को ताक रहा था।

"कैसे हैं वैद्यजी?" सेठानी ने अपनी सीपियों जैसी बड़ी-सी कज़रारी पलकों को उठाकर पूछा।

"आपकी कृपा है," बंगाली सिंह सकुचाते हुए बोले।

"आपके आशीर्वाद से इस घर में संतान का सुख देखना नसीब हुआ है।"

"आपको बधाई! सेठ जी को दुकान पर दे आया हूँ," बंगाली सिंह बोले, परंतु जीभ जैसे लड़खड़ा-सी रही थी।

"मेरी ओर से यह भेंट स्वीकारें," कहते सेठानी ने परदे के पीछे से एक थाली आगे सरकार दी, जो सोने की अशर्फ़ियों से भरी थी।

"सेठानीजी, मैं निहाल हो गया, आपने मेरी औक़ात से ज़्यादा मुझे इनाम बख़्श दिया, जबकि आप जानती हैं कि मैंने आपको या सेठजी को कोई दवा नहीं दी है, बस ताक़त की दवा बनाकर दी है।"

"हमारे प्रेम को तुम्हारी आड़ की ज़रूरत थी वैद्यजी। जीवन में जब भी कभी मुसीबत पड़े इस घर का दरवाज़ा हमेशा आपके लिए खुला रहेगा," कहते सेठानी

उठकर भीतर चली गई।

सेठानीजी के जाते ही थोड़ी देर वातावरण में चुप्पी छाई रही। मौन पसर गया। बंगाली सिंह भी और लटारया दोनों चुप से बैठे रहे। बड़ी देर के बाद जैसे चेतना लौटी और बंगाली सिंह ने पगड़ी उतार कर सारी अशर्फ़ियों को डालकर बाँधा और एक थैले में गठरी रख दी और चलने के लिए उठ खड़े हुए।

''लटारयाजी, तुम्हारी संतान ने मेरे दिन फेर दिए।''

''सेठजी की कहो वैद्यजी, इतना अनर्थ मत करो'', लटारया ने अपने कान पकड़ लिए।

''हाँ-हाँ, सेठजी ने और सेठानीजी ने तो मेरे जीवन के सारे दलीदर मिटा दिए। अच्छा अब चलता हूँ।''

''फिर कभी मिलें।''

''हाँ वहीं पुलिया पर मिलेंगे,'' कहते बंगाली सिंह सीढ़ियों से नीचे उतर गए। सीढ़ियाँ उतरते हुए बंगाली सिंह ने पीछे मुड़कर देखा और थोड़ा चौंके। लटारया ऊपर की सीढ़ी पर खड़ा था। उन्हें विदा देने नीचे उतरकर सड़क तक नहीं आया था, बंगाली सिंह ने हैरानी से सोचा। लटारया इस घर का मालिक बन गया है। बंगाली सिंह नीचे उतर कर सड़क पर आ गए। बंगाली सिंह ने अपने सिर पर हाथ फेरा, उनके सर पर पगड़ी नहीं थी। नंगे सिर, खुली चाँद पर हाथ फेरते रहे। पगड़ी में सोने की अशर्फ़ियाँ बँधी थीं। अपना नंगा सर उन्हें विचित्र-सा लगा। कभी-कभी समृद्धि इतनी आ जाती है कि तन नंगा कर जाती है। इतना धन कहाँ रखेंगे? घर में रखना ख़तरे से कम नहीं, फिर? विचार करते रहे। अचानक ध्यान आया नर्मदा के तट पर शंकरजी का सुनसान में मंदिर है। उसी मंदिर के पास गाड़ देते हैं? परंतु किसी को पता चल गया तब? घर पर ही अपनी बैठक के नीचे गाड़ लें? इस विचार के आते ही मन हल्का हो गया और उनकी चाल तेज़ हो गई।

बग़ैर पगड़ी के नंगे सर वह तेज़-तेज़ चल रहे थे। अपना नंगा सर बार-बार याद आ रहा था। एक हाथ से वह सर की चाँद पर हाथ फेर लेते थे। चौबीसों पहर सर पर पगड़ी रहती थी, इस कारण भी उन्होंने अपने सर की चाँद का अनुभव ज़्यादा नहीं किया था। आज जाने क्यों उन्हें लग रहा था कि उनके बाल उड़ गए हैं, सर चिकना घड़ा है। आज लक्ष्मी ने उनके सर की पगड़ी ही छीन ली। भौचक्के से इधर-उधर तकते वह आगे बढ़ते गए। मन-ही-मन सोचते रहे कोई परिचित न टकरा जाए, वरना क्या सफ़ाई देंगे?

26

मोहन के साथ बचपन में दो लड़के अक्सर घर पर खेलने आते थे। एक का नाम अलीम था और दूसरे का नाम दुर्योधन था। दोनों ही पीछे मोहल्ले में रहते थे। अलीम के पिता मौलाना थे। मोहल्ले की मस्जिद में नमाज़ पढ़ाते थे और मोहल्ले के मुसलमान बच्चों को सुबह अरबी पढ़ाया करते थे। मदरसा सुबह चलता था, जिसमें छोटे-छोटे बच्चे-बच्चियाँ अरबी पढ़ने आते थे। लड़कियों को तो दस बरस की उम्र से परदे में बैठना अनिवार्य था। इस कारण उनका मदरसा आना बंद हो जाता था। जितना वह पढ़ जाती थी, उतना उनके लिए काफ़ी मान लिया जाता था। वैसे भी दस बरस में कई लड़कियाँ क़ुरान ख़त्म कर लेतीं थी, जो नहीं कर पाती थीं उन्हें घर में पढ़ाया जाता था। क़ुरान पढ़ने के बाद लड़कियों का आगे पढ़ना ज़रूरी नहीं समझा जाता था। सरकारी स्कूल में अँग्रेजी या हिंदी की शिक्षा लेना एकदम मना था। हाँ कहीं-कहीं जो उर्दू के मदरसे थे वहाँ वह तीन या चार किताब तक कुछ लड़कियाँ पढ़ लेती थीं, जिससे उन्हें उर्दू पढ़ना-लिखना आ जाता था। मस्जिद वाले मदरसों में तो केवल अरबी ही पढ़ाई जाती थी। लड़के पढ़ते रहते थे। पढ़-पढ़कर हाफ़िज़ बन जाते थे।

अलीम भी क़ुरान पढ़ गया था, उसने पूरा क़ुरान ज़बानी रट लिया था और हाफ़िज़ बन गया था। अलीम का सुर बहुत बढ़िया था। जब वह मस्जिद में क़ुरान की तिलावत करता था तो सड़क चलते लोग रुककर सुनते थे। रमज़ान के महीने में अलीम मस्जिद में तरावी पढ़ता था। बीस बरस की उम्र में अलीम मौलाना बन गया था, यह देख सभी ख़ुश होते थे। रमज़ान के महीने में जिस मस्जिद में अलीम तरावी पढ़ाता था, सुरीले कंठ से जब क़ुरान की तिलावत करता तो सारी मस्जिद में जैसे ख़ामोशी छा जाती, लगता कोई फ़रिश्ता ज़मीन पर उतर कर आ गया है और पढ़ रहा है। मस्जिद छोटी थी पर सबसे ज़्यादा भीड़ इसी मस्जिद में लगती थी। अलीम के घर एक से बढ़कर एक ऊँचे ख़ानदान की लड़कियों के शादी के पैग़ाम आ रहे थे।

दुर्योधन एक ग़रीब परिवार का लड़का था। उसके घर के लोग कट्टर धार्मिक विचार के थे। मोहन की अलीम और दुर्योधन से अच्छी बनती थी। सब लोग नर्मदा के तट पर इकट्ठे होते थे, जहाँ अमर भैया मिलते थे। घंटों गप्पें होतीं। गोष्ठी अच्छी जम जाती थी। सब लोग बड़े ध्यान से अमर भैया की बातें सुनते थे। अमर को तरह-तरह की पुस्तकें पढ़ने की बड़ी रुचि थी। सभी मित्रों को रोज़ उनका इंतज़ार रहता और कोई-न-कोई कहानी सुनने की इच्छा होती थी। अमर को भी कहानी सुनाने में विशेष रुचि रहती थी।

उस दिन भी अमर बैठकर सबको कहानी सुना रहे थे। सभी मित्र बड़ी उत्सुकता

और ध्यान से उनकी कथा सुन रहे थे। नर्मदा का शांत जल बह रहा था, उसके ऊपर से ढेर सारे पक्षी उड़कर जा रहे थे, जिनकी परछाई कभी शांत जल में दिख जाती थी।

"फल्गु नदी बौद्ध गया की एक ऐसी नदी है जिसे श्राप मिला था। जब राजा दशरथ की मृत्यु हुई तब राम और सीता फल्गु नदी के किनारे श्राद्ध करने आए थे। फल्गु नदी बहुत विशाल नदी है, मीलों लंबा उसका तट है। बहुत गहरी नदी है। उस नदी का बड़ा आदर तथा सम्मान था। जिस प्रकार यहाँ पर नर्मदा का सम्मान है उसी तरह गया में फल्गु नदी का सम्मान था। नर्मदा की तरह ही गहरी तथा विशाल नदी थी। प्राचीन काल में इसका नाम निरंजना था। बाद में फल्गु नाम से पुकारी जाने लगी। राम और सीता श्राद्ध करने पहुँचे तब पंडित ने कहा—दही नहीं है, दही ले आइए। राम दही लेने चले गए, परंतु समय पर लौट नहीं पाए। मुहूर्त का समय बीत रहा था। पंडित बार-बार परेशान हो रहे थे। अंत में सीता ने कहा लाइए पंडितजी मैं श्राद्ध कर देती हूँ। पंडित ने सीता के हाथों श्राद्ध करवा दिया तथा दक्षिणा लेकर चला गया। राम लौटे तो देखा पंडित नहीं हैं। पूछा कहाँ गए? सीता ने बताया—मुहूर्त बीत रहा था, इस कारण श्राद्ध मैंने कर दिया और पंडित चले गए। राम को विश्वास नहीं हुआ। राम ने कहा—किसने देखा तुम्हें श्राद्ध करते हुए? सीता ने कहा—देखो यह गाय चर रही है, इसने देखा और ख़ुद निरंजना नदी ने देखा, चाहो तो पूछ लो। राम ने पहले गाय से पूछा तो गाय ने कहा—मैंने नहीं देखा। मैं घास चर रही थी। फिर निरंजना नदी से पूछा तो उसने कहा—मैंने भी नहीं देखा, मेरा ध्यान कहीं और था। राम हँसे। सीता परेशान और दुःखी हुईं। गाय और निरंजना ने उन्हें झूठा ठहरा दिया था। उन्होंने गाय को श्राप दिया कि तुम अपना दूध अपने बछड़े को नहीं पिला पाओगी, तुम्हारा दूध कोई दूसरा ही दुह लेगा और निरंजना का श्राप दिया कि अब तुम्हारा जल ऊपर नहीं दिखेगा तथा कोई भी शुभ कार्य के लिए यहाँ नहीं आएगा, बस मुर्दों का तपर्ण ही तुम्हारे तट पर होगा। तब से निरंजना का नाम फल्गु हो गया तथा वह सूख गई और वहाँ अब केवल पितरों का तर्पण का कार्य ही होता है। दूर-दूर से लोग केवल इसी कार्य के लिए आते हैं," अमर ने अपनी कथा समाप्त करके सब को देखा।

"विचित्र कथा सुनाई तुमने भैया," मोहन ने कहा, "क्या गाय और नदी गवाही दे सकते थे? राम इतने बड़े और महान व्यक्ति कहलाए पर उन्होंने अपनी पत्नी सीता की कही बात पर कभी विश्वास नहीं किया। यही अविश्वास उनके जीवन का अभिश्राप बना। सब कुछ विश्वास पर ही तो टिका है। तर्पण करना भी तो महज़ विश्वास ही है, पता नहीं तर्पण किया मरे व्यक्ति को मिलता है भी या नहीं?"

"हाँ-हाँ, क्यों नहीं मिलता, ज़रूर मिलता है," अमीन बोला, "क़ुरान में भी लिखा है कि अपने मरे हुए रिश्तेदारों के नाम से किया नेक काम को उसका सबाव

उसे मिलता है। अल्लाह उसके गुनाहं माफ़ कर देते हैं। उसकी क़ब्र में नूर और रहमत की बारिश करते हैं।''

''हाँ मोहन दोनों धर्मों में एक की बात लिखी है। यदि ऐसा ना होता तो मनुष्य पीछे किए गए पुण्य के लिए पुत्र की इच्छा न रखता। धर्मों में लिखा है कि 'पुम न नाम नरकात त्रयते पुत्रः'। अच्छा सुनों इसके लिए भी एक कथा सुनाता हूँ। किसी राजा के राज्य में एक क़ैदी को फाँसी देने ले जा रहे थे। फाँसी देने के पूर्व उससे उसकी अंतिम इच्छा पूछी गई। उस क़ैदी ने दुःखी होकर कहा—सारा जीवन मैंने पाप किया, चोरी-डकैती, ख़ून-ख़राबा किया है। कभी विवाह के बारे में सोचा भी नहीं। अब सोचता हूँ काश मेरा विवाह हो जाता तो कितना अच्छा होता। मृत्यु से पूर्व क़ैदी की इच्छा पूरी करने का नियम था। इस कारण एक ग़रीब विधवा को तथा उसकी कन्या को पकड़ कर लाया गया। उसे धन का लालच देकर उसकी कन्या का क़ैदी से विवाह कर दिया गया। विवाह के बाद क़ैदी अपनी पत्नी को एकांत में ले जाकर बोला कि तुम मेरी पत्नी हो। मेरे छोड़े गए धन की तुम स्वामिनी हो। उत्तर दिशा में एक पुराने क़िले के खंडहर के देवस्थल में मूर्ति के पास मैंने अपना धन गाड़ कर रखा है। तुम उस ख़ज़ाने को खोद लेना। उसके चार भाग करना। एक भाग अपने लिए रखना, दूसरा भाग के धन से एक किराए का आदमी करना और उसके नियोग से एक पुत्र प्राप्त करना, जब पुत्र प्राप्त हो जाए तो उस आदमी को धन देकर विदा कर देना। फिर तीसरे भाग के धन से उस पुत्र का पालन करना और चौथे धन से मेरा पिंडदान उस पुत्र के द्वारा करा देना। इतनी बात कहकर वह क़ैदी अपनी पत्नी से क्षमा माँगकर फाँसी पर चढ़ गया। उस स्त्री ने उसके बताए स्थान को खोदकर धन प्राप्त किया और एक किराए के आदमी से पुत्र जन्मा कर उसे धन देकर विदा कर दिया। पुत्र के जन्म से लोक-लाज का भय सताने लगा तो उसने एक सुंदर से बक्से में बच्चे को और धन को रख कर उस स्थान पर रख दिया जहाँ राजा स्नान को आता था। राजा जब स्नान को आया तो उसने बच्चे के रोने का स्वर सुना और उसने उस बक्से को खोलकर देखा तो उसमें सुंदर बालक था तथा उसमें ढेर हीरे-जवाहरात रखे थे। राजा समझ गया, बच्चा उच्च कुल का है किसी ने लोकलाज के कारण इसे छोड़ दिया है। राजा बच्चे को उठाकर महल में ले आया और पालने लगा। स्त्री भी पेड़ के पीछे छुपकर सब देख रही थी। प्रसन्न हो गई कि उसका बच्चा महल में पलेगा। बच्चा बड़ा होने लगा। स्त्री कभी-कभी दूर से अपने बच्चे को देख लेती थी। कुछ वर्षों बाद राजा की मृत्यु हो गई और वह बालक राजा बन गया। जब वह उसी नदी के तट पर पिंडदान करने आया तो जैसे ही नदी में पिंडदान करने बढ़ा तो देखा नदी से तीन हाथ एक साथ पिंडदान लेने बाहर निकले। राजकुमार परेशान हुआ सोचा क्या मेरे तीन पिता थे? एक हाथ में हथकड़ी लगी थी, दूसरा हाथ नंगा था तथा तीसरे हाथ में सोने के कंगन तथा

हीरा-पुखराज की अँगुठियाँ थीं। हथकड़ी वाला हाथ क़ैदी का था, नंगा हाथ उस ग़रीब का था जिसने रुपयों के लिए स्त्री को गर्भवती बनाया और तीसरा हाथ राजा का था। राजकुमार दुविधा की स्थिति में पड़ गया। तभी नदी के तट पर वह स्त्री धन का चौथा भाग लेकर पहुँची और राजकुमार को पूरी कथा सुनाते बोली—बेटा यह चौथा भाग तुम्हारे पिंडदान करने के बाद तुम्हें मिलेगा। हे पुत्र, तीनों ही तुम्हारे पिता हैं। जिससे मेरा विवाह हुआ, पहला उसके मस्तिष्क में पुत्र की इच्छा जन्मी तथा वही पिंडदान की इच्छा रखता था। इस कारण उसने मुझे सारा अपना गड़ा धन दिया था। जिसके संकल्प में तूने जन्म ले लिया था, दरअसल वही तेरा असली पिता है। संकल्प और इच्छा ही प्रधान होती है, इस कारण तेरा वास्तविक पिता वही है। इसलिए तू हथकड़ी वाले हाथ में अपना पिंडदान रख दे। राजकुमार ने क़ैदी के हाथ में ही अपना पिंडदान रख दिया।''

''कितना विचित्र है न भैया? तुमने कभी दो कथाएँ सुनाईं। एक में राम ने अपनी आर्दश और चरित्रवान पत्नी का भी विश्वास नहीं किया। हमेशा उसकी बातों का अनादर किया। उन्हें समय-समय पर प्रताड़ित ही करते रहे और दूसरी तरफ़ एक फाँसी के फंदे पर चढ़ने वाला क़ैदी क्षणों में बनी पत्नी पर विश्वास करके अपने लिए पुत्र की कामना करके पिंडदान की इच्छा व्यक्त करता है। वह अपनी पत्नी पर कितना विश्वास करता है। दो पुरुष की दो कथा हैं पर दोनों के आचरण में इतना अंतर क्यों? जबकि होना तो यह चाहिए था कि राम को अपने लिए समर्पित पवित्र—सात्विक पत्नी पर विश्वास करना था और क़ैदी को अपने आचरण के अनुकूल पत्नी पर संदेह करना था, परंतु दोनों व्यक्ति भिन्न संस्कृति में पलने के बाद भी अपने परिवेश से अलग जाकर आचरण करते हैं। बताइए आपकी दृष्टि में कौन पुरुष उत्तम ठहरा?''

''तुम ठीक कहते हो मोहन, तुम्हारा तर्क भी सत्य है, परंतु हमें बातों को समझने के लिए या पात्र का सही निर्णय करने के लिए परिवेश को नहीं भूलना चाहिए। राम एक राजा थे। उनके आगे अपनी प्रतिष्ठा कुल की मर्यादा और समाज का भय था। उसका अपना निजी सुख और दुःख का कोई अर्थ नहीं था। वहीं क़ैदी के आगे कोई बंधन नहीं है, इस कारण उसके विचारों पर मन हावी था, मन की आस्था, भावना प्रमुख रहीं। वहीं राम हर निर्णयों के आगे समाज, आदर्श, उद्देश्य, कुल के पाखंडों के अभियान से वह मुक्त नहीं रह पाए। बड़ा व्यक्ति या राजपरिवार में पलने वाला व्यक्ति—बंधनों में चारों ओर से घिरा होता है, इस कारण दो अलग-अलग संस्कृति के व्यक्ति की तुलना करना बेकार है। वैसे भी देवपुरुषों के आचरण पर कोई टिप्पणी नहीं की जानी चाहिए। क्या हम अपने माता-पिता के आचरण पर जानते-बूझते भी कोई टिप्पणी कर पाते हैं? वस्त्र जिस प्रकार नंगी देह को ढक लेता है ऐसा ही हमें महापुरुषों पर विचार करते समय वस्त्र की ओट डाल देनी चाहिए,

ताकि उसकी सात्विकता आंतरिक नग्नता ढकी रह सके। राजतंत्र और प्रजातंत्र ही मनुष्य के स्वभाव को गढ़ता है। उसे भीरु और कठोर बना देता है।''

''परंतु भैया क्या पति-पत्नी के संबंध विश्वास पर ही नहीं टिके हैं? विश्वास समाप्त तो संबंधों का भी तो अंत हो जाता है,'' दुर्योधन ने बीच में टोका।

''तुमने ठीक कहा दुर्योधन। ब्याह के संबंध केवल विश्वास और आस्था पर ही टिके होते हैं। कभी-कभी जीवन अपनी इच्छा से नहीं दूसरों की इच्छा पर भी जीना पड़ता है। विवाह केवल स्त्री और पुरुष का मेल नहीं है, यह कुल की मर्यादा भी है, इस कारण तुमने देखा होगा कभी नाटे व्यक्ति से लंबी लड़की ब्याह दी जाती है। सुंदर पुरुष से कुरुप कन्या बाँध दी जाती है। विवाह पारिवारिक, सामाजिक कारणों से भी किए जाते हैं। इतिहास में हम देखते हैं कि अपनी सत्ता-शासन तथा राज्य में शांति रखने के लिए भी शक्तिशाली राजा के यहाँ से कन्या ब्याह कर लाई जाती थी ताकि चैन से रह सके। अपने राज्य के विस्तार के लिए भी ब्याह शादी किए जाते थे। ब्याह मनोरंजन प्रेम और विश्वास के लिए किए जाते हैं, यह हम और तुम जैसे साधारण व्यक्ति सोच पाते हैं। ऐसा किसी राजा या राजनेता के यहाँ नहीं सोचा जाता। वहाँ जीवन बहुमूल्य नहीं है, वहाँ राजसत्ता अमूल्य है।''

''चलो आज की बातचीत के मंथन से मथे मक्खन का स्वाद बढ़िया रहा।''

''हाँ यह बात तो समझ में आई कि असंतुलन और असहजता से ही जीवन निर्माण होता है।''

''हाँ हर जीवन की परिभाषा अलग होती है। हम एक ही परिभाषा सब पर लागू नहीं कर सकते। जिस प्रकार भवन निर्माण से साबित ईंट के साथ टुकड़ा ईंट भी जोड़ी जाती है, तभी निर्माण कार्य हो पाता है। इसी तरह व्यक्ति का निर्माण भी अपनी आवश्यकता और ज़रूरत के अनुसार ही हो पाता है। कहीं आपके मन प्रथम होते हैं और कहीं इच्छाओं पर, मन पर आपका अपना कोई अधिकार नहीं होता। आपको दूसरों के अधीन होकर ही अपने निर्णय लेने पड़ते हैं।''

''अब चलें मुझे मस्जिद में पहुँचकर नमाज़ पढ़ानी हैं,'' अलीम ने आज की बातचीत पर विराम लगाया।

''हाँ, मुझे भी पिता की दुकान पर बैठना है। पिता का मंदिर जाने का समय हो गया,'' दुर्योधन ने अचानक घबराहट में कहा, ''परंतु नर्मदा स्नान भी करना था, मैं तो इसलिए आया था।''

''अच्छा चलो पहले नर्मदा में थोड़ा डुबकी लगा आएँ,'' मोहने ने प्रस्ताव रखा।

''नहीं, मुझे तो पढ़ाई करने जाना है, तुम तीनों जो करना हो करो, मैं तो विदा चाहता हूँ,'' कहते अमर गया, ''आज बातचीत में समय का पता ही नहीं चला।''

तीनों मित्र तत्काल कपड़े उतारकर नर्मदा में उतर पड़े। नर्मदा का पानी शांत-ठंडा होने लगा था। नर्मदा में कई नाव घूम रही थीं। कुछ नाव में तो सवारियाँ इस पार

से उस पार जा रही थीं। तीनों नदी घाट से नीचे पानी में उतरकर मस्ती करते रहे। तीनों आनंद में ऐसे डूबे कि भूल गए उन्हें किसी ज़रूरी कार्य से भी जाना है। देर तक तैरने के बाद मोहन वापस घाट पर लौट आया और सीढ़ियों पर बैठकर आतुरता से अलीम और दुर्योधन का रास्ता देखता रहा। मोहन ने दोनों का नाम लेकर आवाज़ भी लगाई, पर दोनों नहीं लौटे।

मोहन अपने कपड़े पहनकर जाने की सोच ही रहा था कि देखा नर्मदा के पानी में हलचल-सी मची है। कई नाव पास-पास आने लगी हैं। देखते-ही-देखते घाट पर कोहराम-सा मच गया। चिल्लाने की आवाज़ आने लगीं। मोहन की तो पहले कुछ बात समझ में नहीं आई। जब बात समझ में आई तो वह दंग रह गया। सारा शरीर जड़, ठंडा, काठ-सा हो गया।

अमीन और दुर्योधन किसी गहरे में फँस गए थे। घाट पर हड़कंप मच गई था। मोहन के शरीर में ठंडी झुरझुरी दौड़ गई। यदि अमीन और दुर्योधन को कुछ हो गया तो? अमर भैया उचित समय पर निकल गए थे! काश! वह भी उनके साथ निकल गया होता? वैसे भी नर्मदा स्नान करने में उसे कभी रुचि नहीं रही थी। हमेशा पानी से भय सताता था। वह तो अमर भैया का ही प्रयास और प्रोत्साहन रहा जो वह थोड़ा बहुत पानी में हाथ-पैर चलाना सीख गया। अमर के साथ इतने दिनों से तैरते हुए भी कभी ज़्यादा दूर जाने का साहस नहीं कर पाया। हमेशा किनारे पर ही तैर कर लौट आता था। जाने आज कैसे उसने उत्साह में आकर तैरने के लिए हामी भर दी थी। डैडी तो पिटाई लगाएँगे ही परंतु अमीन और दुर्योधन के घर के लोग भी छोड़ेंगे नहीं।

उल्टी-सीधी बातों को सोचता भयभीत, रोआँसा-सा मोहन घाट की सीढ़ियों पर बैठा एकटक नर्मदा के पानी को देख रहा था, जहाँ भीड़ बढ़ती जा रही थी। घाट पर भी भीड़ बढ़ गई थी। दो-तीन तैराक लड़के पानी में कूद चुके थे। अभी थोड़ी देर पहले ही तो वह सब मित्र बैठकर संसार की कितनी गहरी बातें कर रहे थे। क्षण-भर में ही जैसे प्रलय आ गई थी। सब-कुछ जड़ हो गया था। रह-रह कर दोनों का चेहरा आँखों में घूम रहा था। भीड़ घाट पर लगातार बढ़ रही थी, विस्मित, अनगिनत नज़रें जड़ होकर नर्मदा को देख रही थीं। सभी परेशान, भयभीत थे। जाने कौन लोग हैं? भय के कारण मोहन की कुछ कहने की हिम्मत नहीं थी, उसकी घिग्गी बँध गई थी।

धीरे-धीरे अँधेरा घिरने लगा था। मछुआरे अपनी नाव में जाल लेकर लालटेन के साथ इधर-उधर खोज रहे थे। नदी का बहाव इतना तेज़ था कि सभी खोज-खोजकर परेशान हो रहे थे।

कई घंटो के प्रयास के बाद दोनों मिले, परंतु अमीन और दुर्योधन लाश में बदल गए थे। उनके बेजान शरीर को जब घाट पर डाला गया तो कोहराम-सा मच

गया। सब स्तब्ध रह गए थे। मोहन की ज़ोर-ज़ोर से रुलाई फूट पड़ी। भीड़ का ध्यान उसकी ओर गया। कुछ लोग उसकी ओर दौड़े।

"इसका नाम जानते हो?"

"किस मोहल्ले के हैं?"

"दोनों एक जाति के तो दिखते नहीं। एक हिंदू और एक मुसलमान दीखता है? देखते-देखते ख़बर जंगल में लगी आग की तरह चारों दिशा में फैल गई। अमीन और दुर्योधन के परिवार के लोग पहुँच गए थे। खाट पर डालकर दोनों को उठाकर घर ले जाया गया।

मोहन भी पीछे-पीछे चलने लगा, पर वह रास्ते में ठहर कर अमर के घर चला गया। अमर से लिपट कर वह फूट-फूटकर रोता रहा।

अमर आश्चर्य चकित ठिठका रह गया। अकस्मात् यह कैसी घटना घट गई? दो प्राणी कैसे अचानक मृत हो गए? क्या वह सभी मित्र अंतिम बार मिले थे? पिंडदान की चर्चा यूँ ही बीच में नहीं आई थी, होनी, काल उनसे चर्चा करवा रही थी? अमर देर तक सोचते-विचारते अवसादपूर्ण मलिन चेहरे से अँधेरे को घूरते रहे। मोहन अभी भी भयभीत थर-थर पत्ते की तरह काँप रहा था। अकस्मात् आँख के सामने मृत्यु का ताडंव देख वह चकित था। मुख जैसे गूँगा हो उठा था, शब्द नहीं फूट रहे थे।

"चलो मोहन, हमें दोनों के घर जाना चाहिए।"

अमर के पीछे-पीछे मोहन भी चलने लगा।

अमीन और दुर्योधन एक ही मोहल्ले में पास-पास ही रहते थे। मोहल्ले में कोहराम मचा था। दोनों ही अपने माता-पिता के इकलौते पुत्र थे। अमीन की चार बहने थीं। थोड़े दिन बाद ही अमीन की बहन का ब्याह होने वाला था। दोनों की लाशें खाट पर रखी थीं। चारों बहने खाट के चार खूँटे पकड़ कर विलाप कर रही थीं। अमीन के माता-पिता ज़मीन पर लोट-लोट कर रो रहे थे। यह स्थिति भी दुर्योधन के परिवार की थी। उनके घर का तो बस एक ही चिराग़ था जिसे आँधी ने बुझा दिया था। अब तो बस अँधेरा-ही-अँधेरा था। सारा शहर सिमट आया था। सभी इस हादसे से दुःखी थे। कुल लोग अर्थी और जनाज़े की तैयारियों में लगे थे। भागा-दौड़ी मची थी।

"अरे भैया, बड़े मानता-मुराद के बाद यह अमीन चार बेटियों पर जन्मा था। कितने दरगाह चादर मानी, कहाँ-कहाँ नहीं गए, पीर-फ़कीरे सब माने तब जाकर बेटे का मुँह देखा था," अमीन का पिता रो-रोकर सब को बता रहा था।

"बहन की ब्याह की तैयारी बड़े चाव से कर रह था। अपनी पसंद से सब ख़रीद रहा था, पर क़िस्मत को और अल्लाह को हमारी ख़ुशियों देखी नहीं गईं," अमीन की माँ बता रही थीं।

ऐसा ही दर्दनाक दृश्य दुर्योधन के घर का था। दुर्योधन की तो सगाई हो गई

थी, इसी बरस उसका ब्याह होने वाला था। बड़ी सुंदर लड़की माँ-बाप ने पसंद की थी। दोनों परिवारों में हाहाकर मचा था। लड़की भी अपने माता-पिता की इकलौती संतान थी।

अमर और मोहन सन्नाटे में दुःखी और चिंतित खड़े थे। दोनों मित्र अचानक जिस प्रकार उठकर दूसरी दुनियाँ में चले गए थे यह कम भयंकर घटना नहीं थी। अंतिम समय में दोनों की उन्हीं लोगों से चर्चा हुई थी। देखते सब छिन्न-भिन्न हो गया था। काल का कुचक उन्हें निगल गया था। अंतिम बातचीत, अंतिम मुख मुद्रा दोनों को विचलित कर रही थीं। तरह-तरह की आशंकाएँ मन में उठ रही थीं। अपराधी भाव दोनों को घेरे था। वह लोग नर्मदा के घाट पर ही क्यों मिलते थे? दोस्ती का इतना भयानक, भयंकर अंत होगा किसने सोचा था? मृत्यु दोनों का पीछा कर रही है, यह कौन जानता था। काश! वह दोनों इस गुप्त-रहस्य को समझ सकते? कोई उपाय सोच लेता? परंतु ऐसा कहाँ होता है न? सब-कुछ अकस्मात् घटता है। मनुष्य मृत्यु का भेद समझ ले तो सारी रणनीतियों को पहले से ही न सुधार ले? मृत्यु के आक्रमण की ब्यूह रचना को ध्वस्त न कर दे? दोनों ने काँप कर सोचा।

दोनों सहमें अपने विचारों में डूबे बैठे रहे। रात्रि ज्यूँ-ज्यूँ गहरी होती गई, रोदन के स्वर अधिक तेज़ होते गए। समय का आभास ही जैसे किसी को नहीं था। मृत्यु तो गिद्ध बनकर अपना शिकार खा चुकी थी। देखते-ही-देखते दोनों घरों में सब कुछ ध्वस्त हो चुका था। भूकंप आया और देखते-ही-देखते सब-कुछ तहस-नहस कर गया था। चारों ओर केवल मलबा, कोहराम, रोदन के स्वर थे। चारों ओर केवल विनाश-ही-विनाश था।

भोर के उजास से फूटते ही जैसे दृश्य अधिक भयानक हो उठे थे। दृष्टि में देखने की शक्ति नहीं थी। मोहन एक बार फिर ज़ोर से फफक उठा। अमर ने ढाढ़स के लिए अपना हाथ मोहन की पीठ पर रख दिया। भोर के उजाले के साथ ही मातम का स्वर अधिक तेज़ हो उठा। नाते-रिश्तेदारों का जमघट लगने लगा। मोहल्ले की हर गली भीड़ से घिर गई थी। ऐसी दर्दनाक जवान मौत के आतंक ने सब के दिल दहला दिए थे। जो सुनता उसका मुँह खुला-का-खुला रह जाता था, आँखें विस्मित-सी फटी रह जाती थीं। सभी ने अपने सारे काम बंद कर दिए थे। बाज़ार, हाट सब बंद थे। घाट पर भी कोई स्नान करने नहीं गया था, घाट भी पूरा सूना था। अंतिम संस्कार के बाद ही लोग स्नान के लिए जाएँगे।

सूरज जब पूरी ऊँचाई पर पहुँच गया तब दोनों घर से एक साथ अर्थी और जनाज़ा निकले। अर्थी के साथ हिंदू धर्म को मानने वाले थे। और जनाज़े के साथ मुसलमान धर्म को मानने वाले थे। दोनों मित्र इकट्ठे जा रहे थे। बचपन से साथ खेले एक ही मोहल्ले में पले-बढ़े और अब अंतिम यात्रा पर भी इकट्ठे जा रहे थे। दोनों अर्थियाँ साथ-साथ चल रही थीं। लोग साथ-साथ चल रहे थे। दोनों धर्मों के

लोग अदल-बदल कर दोनों तरफ़ कंधा दे रहे थे। आख़िर मोहल्ले का पड़ोस का रिश्ता था। एक-दूसरे के घर भले ही पानी-रोटी नहीं खाते-पीते थे, पर दुःख-सुख में तो सब एक साथ जुटते ही थे। हिंदू के घर की शादी में मुसलमान जाते, इसी तरह मुसलमान के घर की शादी में हिंदू जाते थे पर खाते नहीं थे। धर्म की सीमाएँ, पाबंदी दोनों ओर थीं। परंतु सांसारिक रिश्तों को सभी मानते थे। दोनों धर्म की यदि कोई बेटी जिस गाँव में होती तो लोग बराबर उसके द्वार जाकर पैर पूज आते थे। यह मानते थे कि फ़ला गाँव से कैसे बैर बाँधें वहाँ तो हमारे मोहल्ले की बेटी ब्याही है। यह घरों का जोड़ कर रखने वाली दीवार के रिश्ते इंसानों को भी जोड़े थी। इंसान भी भाईचारे के रिश्ते की दीवार से जुड़े थे।

अजब दृश्य था। अर्थी के साथ बोले स्वर–राम नाम सत्य है, गूँज रहे थे। वहीं जनाज़े के साथ पढ़े जा रहे कलमे के स्वर गूँज रहे थे। दोनों स्वरों की मिली-जुली जुगलबंदी से विचित्र भयानक, आतंक, दहशत वाला दृश्य उपस्थिति हो रहा था। परिवार के लोगों का विलाप आकाश को गुँजा रहा था। सब लोग स्तब्ध मौन थे। लग रहा था वहाँ केवल मृत–देह दो नहीं हैं, बल्कि सभी मृत की तरह खड़े हैं, किसी में साँस लेने का भी साहस नहीं बचा था।

ईश्वर भी क्या चीज़ है? उसे अपने ईश्वर होने पर कितना घमंड है। उसने हाड़-माँस का पुतला गढ़ा, उसमें प्राण फूँके, इच्छाएँ जगाईं, मोह दिया और फिर उपदेश दिया कि संसार से मोह मत करो सब कुछ नश्वर है। जब सब-कुछ नश्वर है तो तुमने दुनियाँ क्यों बनाई। मोह, प्रीत लगाकर मृत्यु का दंड दिया। दुःखी व्यक्ति भाग्य को कोस कर छटपटाकर, मन मसोसकर रह जाता है। माँ से बेटा, पत्नी से पति को विलग करते हुए क्या उसका पत्थर दिल ज़रा नहीं दहलता? अपने किए पर क्या उसे ज़रा पश्चात्ताप नहीं होता? मनुष्य के भीतर इतना मोह-ममत्व जगाकर उसे उतना ही दुःख दिया, उतना ही कष्ट दिया। ऐसा क्यों किया? संसार में आने का गृहस्थी बनाने की जब इतनी सज़ा भोगनी पड़ती है तो गृहस्थी का प्रपंच रचे क्यों मनुष्य? गृहस्थी की रूपरेखा भी उसने ही सोची। उसने ही संसार की उत्पत्ति की। जब संसार का निर्माण मनुष्य के द्वारा ही तुमने किया तो उसे किस अपराध की सज़ा दी। अपराधी तो ईश्वर हुआ, मनुष्य नहीं, क्योंकि सब रचने वाला तो वही है, फिर मनुष्य को दंड क्यों? जन्म और मृत्यु की रचना ही क्यों की? मनुष्य अपने भाग्यचक्रों को देख दंग। यानी उस बेचारे के हाथ में तो कुछ नहीं कि कब जन्म होगा और कब मृत्यु होगी। वह तो मात्र सृष्टि का एक खिलौना है, उससे तो ईश्वर बस अपना मन बहलाने के लिए खेलता रहता है। कहीं भी कुछ औघट-घट जाता है तो रोता बेचारा मनुष्य ही है। जन्म और मृत्यु का खेल खेलकर ईश्वर अपनी सत्ता दर्शाता है। ईश्वर के हाथ मनुष्य पराधीन है। उसके अपने हाथ में तो कुछ भी नहीं। मनुष्य का बस चले तो वह संसार में ही नहीं आए। संसार के दुःख और

सुख भोगने की ग़लती वह क्यों करे? वह जाता है तो दूसरे दुःखी होते हैं और दूसरे जाते हैं तो वह रोता है। यह कितना विचित्र नियम है और इस नियम को मानने के लिए मनुष्य बाध्य क्यों हैं? क्यों वह संसार में आए? क्यों गृहस्थी ढोए? जिसमें केवल रोना ही रोना लिखा है।

अमर और मोहन भीड़ के पीछे-पीछे विवश, मृत बेजान से चलते रहे।

चौराहा पार करते ही भीड़ दो दिशा में बँट गई। एक रास्ता श्मशान को जाता था, एक क़ब्रिस्तान को जाता था। दोनों पहले तो असमंजस की स्थिति में रहे। उन्हें तो दोनों तरफ़ जाना था। दोनों ही मित्र थे। क़ब्रिस्तान पास थी, श्मशान के लिए तो नर्मदा के घाट पर जाना था। दोनों ने निर्णय किया पहले क़ब्रिस्तान चल कर मिट्टी देकर सीधे श्मशान पहुँच जाएँगे।

संध्या को दोनों नर्मदा में स्नान कर रहे थे। मोहन के आँसू बंद ही नहीं हो रहे थे। कल ही तो यहाँ तीनों स्नान कर रहे थे, डुबकियाँ लगा रहे थे।

"मोहन, पढने-लिखने के बाद कभी-कभी कहावतों पर विश्वास नहीं होता, परंतु पुराने लोगों ने शुभ-अशुभ के जो संकेत रखे हैं बहुत सोच-समझ कर ही रखे हैं। अब मैं सोचता हूँ हमारे मोहल्ले के कुत्ते दो-तीन महीने से दिन और रात क्यो रोते थे। बिल्लियों को भी कई बार मैंने रोते देखा। मैंने कई बार पत्थर फेंककर इन्हें भगाया है। एक बार तो अमीन और दुर्योधन मेरे घर से निकल क़र जा रहे थे और कुत्ता ज़ोर से रोया। दुर्योधन ने हँसकर, मज़ाक़ में कहा भी भैया तुम्हारे गली के कुत्ते बहुत रोते हैं। अब विचार करता हूँ तो लगता है मृत्यु इनका पीछा कर रही थी। देखो अमीन कितने दिनों बाद कल ही तो अपने गाँव से लौटा था और कितने दिनों बाद हम इकट्ठे बैठे थे। मृत्यु जैसे बाट तक रही थी।"

"हाँ भैया, सब कैसा विचित्र घट गया। ऐसा अहित क्यों हुआ?"

"सब ईश्वर की मेहरबानी है न, हमें दुःख नहीं मिले तो सोचो हम उसकी महिमा कैसे गाएँगे?" मनुष्य सक्षम है न, इस कारण उसे यह दुःख दिया जाता है, परंतु क्या ईश्वर एक बार भी मनुष्य की जगह जीकर दिखा सकता है?"

"असंभव भैया, मंदिर के कोने में बैठकर अपना गुणगान करवाने के अलावा ईश्वर को आता ही क्या है? वह सुनता है, सुन रहा है, यह तो मनुष्य का भ्रम है। भ्रम के सहारे ही तो वह संसार के दुःख-दुःख काट लेता है।"

"और देखो मनुष्य स्वर्ग और नरक के भय की कल्पना से ही सारी उम्र भयभीत बना रहता है। अच्छे करम करने के बाद फिर दुःख क्यों मिलता है? राजा हरिश्चंद्र को क्या खुद भगवान ने आकर नहीं ठगा? केवल इस कारण कि राजा हरिश्चंद्र की यश-कीर्ति स्वर्ग में भी गूँज रही थी। और ईश्वर को अपनी सत्ता, अपने राज्य सिंहासन के छिन जाने का भय हुआ, इस कारण उसने राजा हरिश्चंद्र को ख़ुद आकर दर-दर का भिखारी बना दिया था।"

"मनुष्य भी भैया कितना लाचार-विवश है। ईश्वर के हाथों की कठपुतली है। जीवन के सारे दुःखों को एक दुःस्वप्न की तरह भूलने की कोशिश करता रहता है," मोहन पानी से निकल कर घाट की सीढ़ियों पर थका-सा बैठ गया, "भैया मैं तो मृत्यु को इतने निकट से देखकर जड़वत् हो गया हूँ। अब तो मैं इस शहर को छोड़ दूसरी जगह चला जाऊँगा, तभी मेरा चित्त शांत होगा।"

"हाँ मोहन," अमर भी पानी से बाहर आ गए और मोहन के समीप बैठे बोले, "मित्र तू बाहर जा सकता है, मुझे तो यहीं रहना होगा। गाँव से शहर आ गया यही मेरे जीवन की सबसे बड़ी तरक़्क़ी है। जीवन यूँ ही घसीटता है, ऐसे ही दूरियाँ बनती हैं, जाने फिर हम कब मिलें? परंतु मैं तुम्हें और अपने बाक़ी मित्रों को कभी नहीं भूल पाऊँगा, भूलना भी नहीं चाहता। तो चलें?"

"ठीक है," मोहन आँखे फाड़-फाड़कर अमर को देखता रहा, मन-ही-मन सोचता रहा, क्या वास्तव में यह सभी मित्रों से आख़री भेंट है? नहीं ऐसा तो नहीं होना चाहिए।

"भैया मैं पढ़ने अब बाहर चला जाऊँगा," मोहन अचानक दोबारा बोला।

"कहाँ?"

"शायद लंदन।"

"क्या?" अमर चकित हो उठा, फिर एकदम चुप हो गया।

दोनों उठे। मोहन के कंधे पर हाथ रखे अमर धीरे-धीरे सीढ़ियाँ चढ़ने लगे। दोनों मौन थे। अपने-अपने विचारों में गुम, ऊपर आकर वह दोनों अलग होकर अलग-अलग दिशा में आगे बढ़ गए।

27

सर्दी विदा होने को थी, बसंत के आगमन की आहट थी। शरद ऋतु ने जहाँ सारी प्रकृति को जड़ और बूढ़ा कर दिया था, वहीं बसंत फिर से जीवन का संदेश बाँटने आ पहुँचा था। हवा में वेगभर गया था। चिड़ियों का चहचहाना बढ़ गया था। आम के पेड़ बौर से लद गए थे। कोयल की कूक ने वातावरण को अधिक रसीला बना दिया था। कोयल की कूक से मन को बड़ी शांति-सी मिलती थी। हवा की अठखेलियाँ शुरू हो गई थीं। किसी शैतान बच्चे की तरह बसंत झड़ी, सूखी पत्तियों को बुहारता आगे-आगे दौड़ रहा था। सूखी पत्तियों की दूर से आती ध्वनि ऐसी लग रही थी जैसे कोई बच्चा किसी डिब्बे में कंकड़-पत्थर भर कर खँखाल रहा हो। धरती का सारा कचरा, कुरूपता को समेटने के लिए ही क्या बसंत आता है? उजाड़ धरती

को थोड़ा सुहाग-यौवन की मस्ती बाँटने ही शायद बसंत आता है।

बंगाली सिंह बाज़ार वाली अपनी उसी पुरानी पुलिया पर पहुँचे तो देखा वहाँ लटारया पहले से बैठे थे। बंगाली सिंह को देखते ही लटारया प्रसन्नता से खड़ा हो गया। बंगाली सिंह ने अपन झोला-डंडा पुलिया पर रखा और अपनी जूतियों को उतारकर फटकारा, उसमें धूल भर गई थी। बंगाली सिंह ने लटारया को तका, लटारया प्रसन्नता से गद्‌गद् उनके निकट बैठ गया।

"क्या बात है लटारया बाबू, बड़े चमक रहे हो, प्रसन्नता जैसे शरीर से फूटी पड़ रही है। क्या बसंत का असर हो गया है?"

"दो दिन से आपकी बाट तक रहा था। आपको समाचार देना था, मेरा ब्याह होने वाला है।"

"ब्याह?" आगे कुछ कड़वा बोलना चाह रहे थे, परंतु शीघ्र ही उन्होंने अपने को रोका, "कब कर रहे हो? कहाँ? बड़ा अच्छा समाचार दिया।"

"मथुरा में तय हुआ है। वापस जाना था, आपकी ही राह देख रहा था। ब्याह करके पत्नी को माता-पिता को सौंप दूँगा। उनकी बहुत इच्छा थी।"

"फिर, यहाँ का राजपाठ कौन देखेगा? किसके आसरे छोड़े जा रहे हो?"

"मेरा राजपाठ क्या? हमारे गाँव में एक कहावत कही जाती है कि चमगादड़ के घर मेहमान का आगमन? मेरी स्थिति भी वही है। आप देखिए चमगादड़ बडे-बड़े सूने-वीरान, भुतहा पुराने महल और क़िलों में लटके रहते हैं, कोई नया चमगादड़ ठहरने का आसरा माँगे है तो वह कहता है, भई कहने को तो इतना बड़ा महल है, पर मेरा क्या अधिकार? मैं टंगा हूँ, एक अँधेरा कोना देखकर तू भी लटक जा, बस ऐसे ही ज़िंदगी कट जाएगी। वही स्थिति मेरी है। इस राजपाठ, वैभव पर मेरा क्या अधिकार? मैं तो बस चमगादड़ के तरह अवसरवादी हूँ। अवसर देखकर टँगा हूँ।"

"वाह लटारया बाबू, क्या बढ़िया बात कही। मान गए उस्ताद। एक बात तो माननी ही पड़ेगी, जीवन की उठा-पटक ने तुम्हें काफ़ी समझदार बना दिया है," बंगाली सिंह शांत हुए कुछ सोचते रहे। जेब से तम्बाखू और चूने का मिश्रण बनाते रहे। मन-ही-मन लटारया को ताड़ते-सूँघते रहे, फिर बोले, "क्या सेठानी ने अनुमति दे दी?"

"वही तो रोना है," लटारया बेचैनी से बोला, "क्या बताऊँ, बड़ा कलह मचा है। बहुत विरोध कर रही है, बड़ा बवाल मचाए हैं रूठी हैं। क्रोध के कारण मुझसे बात तक नहीं कर रही हैं।"

"तो, तुम रह वहीं रहे हो न?"

"वहीं रह रहा हूँ, बताइए उन्हें संतान चाहिए थी, उसकी पूर्ति हो गई। अब मुझे अलग से भी तो अपना सोचना चाहिए न? मेरे माता-पिता ब्याह की रट लगाए हैं, उन्हें कैसे शांत करूँ। पता नहीं यह नारी जात इतना उपद्रव क्यों करती है। शांत

रहे तो बड़ी-बड़ी समस्याओं का हल निकल आए। क्रोध करने और लड़ने से क्या विवाद हल हो जाते हैं?''

''बरखुरदार, नारी अधिकार चाहती है। अपने अधिकार में आई वस्तु को दूसरे को देना नहीं चाहती। अपना एकछत्र राज्य चाहती है।''

''परंतु इसी से तो पोल खुल जाती है। अब आप ही कहें, क्या मैं सदैव वहाँ रह सकता हूँ? पर्दे की आड़ में बड़े-बड़े रहस्य पड़े रहते हैं। मेरा ब्याह की आड़ में सब कार्य ठीक-ठाक चल सकता है। समाज का शक भी समाप्त हो जाएगा। मेरे कुँआरे रहने पर तो लोग और शक की निगाह से देखते है।''

''तुम दोनों हाथों में लड्डू चाहते हो, परंतु वह तुम्हें छोड़ना नहीं चाहती, ब्याह के बाद तुम दो भागों में बँट जाओगे। इस विरोध से तो यही लगता है कि सेठानी तुम्हें बहुत प्रेम करती है। किसी क़ीमत पर तुम्हारा त्याग नहीं करना चाहती। तुम सुखी तो हो, बल्कि कहना चाहिए अति सुख पा रहे हो, फिर यह ब्याह का प्रपंच त्याग क्यों नहीं देते? वह नारी तुम पर खुले हाथों इतना लुटा रही है तो तुम्हें भी तो निष्ठापूर्वक उसका साथ देना चाहिए। अपने को संन्यासी घोषित कर दो। गृहस्थी और कैसी होती है? यह तो है। सेठ के मरने के बाद तो तुम्हारा ही राज्य है।''

''आप ठीक कह रहे हैं, परंतु मेरे माता-पिता मान नहीं रहें, फिर मैंने सब तरफ़ से विचार करके देख लिया और यही उचित लगा कि ब्याह से समस्या उलझती नहीं सुलझती है। मैं जो हरेक की शक की दृष्टि से घिरा रहता हूँ, उससे मुक्ति पा जाऊँगा। पत्नी को कौन मैं यहा लाऊँगा, वह तो मेरे माता-पिता के पास रहेगी। सभी जानते हैं कि मैं सेठजी का व्यापार सँभालता हूँ।''

''यही बात सेठानी को समझाना था न?''

''सब करके देख लिया, परंतु उनकी बुद्धि में तो अंधकार भर गया है, कुछ नहीं दिखता। आप ही बताइए। प्रेम में आदमी अधीर होता है पागल तो नहीं? मैं सारा जीवन कैसे दाँव पर लगा दूँ? मेरे हिस्से क्या आएगा? बस यही है कि मैं सेठानी का साथ कभी नहीं छोड़ूँगा, सदैव उनका सेवक बनकर जीवन जीऊँगा। मेरे ब्याह से रुकावट कहाँ आती है? क्या मैं पत्नी के मोह में पड़ जाऊँगा?''

''यही भय तो नारी को सताता है।''

''जब मैं इतनां आश्वासन दे रहा हूँ, क़सम खा रहा हूँ,'' लटारया बंगाली सिंह के अधिक निकट खिसक आया, ''सोचो गुरु मैं सेठानी को छोड़ दूँगा तो मेरी गति होगी। मैंने तो जवानी में एक धेला नहीं कमाया, ब्याह तो मैं उन्हीं की भलाई के लिए कर रहा हूँ। उन्हें निंदा से बचाने के लिए ही तो मैंने यह सारा ताना-बाना बुना है।''

बंगाली सिंह ने चौकन्नेपन से लटारया को देखा और मन-ही-मन उसकी चतुराई पर दंग रह गए। लटारया का वास्तव में चरित्र बड़ा रहस्यपूर्ण था। कभी तो वह

सरल-सहज लगता, कभी वाचाल, कभी भ्रमित और कभी चतुर, षड्यंत्र और तंत्र में डूबा लगता था। इतने ढेर सारे गुण जब एक व्यक्ति में दिखें तो उसकी सत्यता को परखने में दृष्टि धोखा खा जाती है। असमंजस की स्थिति में वह चुप मौन होकर उसे शंकित से ताकते रहे।

"नारी सदैव अपना ही हित देखती है, अपनी ही विपदा, बाधा उसकी समझ में आती है। दूसरे की विपत्ति को तो वह भूल जाती है," लटारया ने निराशा से बंगाली सिंह को मौन देखकर उन्हें दोबारा जैसे खटखटाकर सचेत करना चाहा।

"ठीक कहते हो," बंगाली सिंह हड़बड़ाए और सतर्क होकर बैठे और बोले, "नारी की सारी विपदाओं का कारण भी तो पुरुष ही है। वही तो उसे स्वर्ग और नरक की सीमाओं में घसीटता फिरता है।"

"नारी के कारण ही तो पुरुष संसार के मोह-माया, लालच में फँसता है।"

"यह बात तो दोनों के लिए कही जा सकती है। दोनों ही तो एक-दूसरे को भ्रमित करते हैं। किसी एक पर आरोप नहीं लगा सकते। एक दूसरे में विश्वास न हो तो सब थोथा है। जितना पुरुष स्त्री सात्विकता चाहता है। उतना ही स्त्री भी अपेक्षा करती है। उस नारी ने तो तुम पर सब-कुछ निछावर कर दिया है। अपने पति का सारा धन वैभव तुम पर लुटा रही है, बदले में वह भी तो कुछ चाहती है न?"

"उसकी यह चाहत मुझे महँगी भी तो पड़ सकती है। मैं किस तरह अपना जीवन एक कुत्ते की तरह उसकी देहरी पर बैठकर काट दूँ? कुत्ते और मनुष्य में अंतर तो होना चाहिए न? मेरा अपना क्या अस्तित्त्व रहेगा? कैसे मैं एक छलावे में आकार सारा कुछ होम कर दूँ?"

"जब नारी प्रेम करती है तो पुरुष चाहता है वह एक बंद पिंजरे में क़ैद होकर उसके द्वार पर टंकी मैना की तरह अपना जीवन काट दे। अपना आगा-पीछा सब भूल जाए। स्त्री करती भी है। एक ही पुरुष के मायाजाल में फँसकर सब निछावर कर देती है और पति अपनी गृहस्थी का साम्राज्य फैलाए साथ ही पिंजरे की मैना को भी पुचकारता रहता है। यह घटनाएँ तो हम रोज़ देखते रहते हैं। पुरुष के तो रनिवास के रनिवास भरे पेड़ रहते हैं। आज जब ऐसा सौभाग्य किसी नारी का आया है तथा वह तुम्हें पाल रही है तो क्यों नहीं उसके लिए अपना जीवन त्याग सकते? तुम भी उसकी हवेली में सोने के पिंजरे में तोते की तरह टँग जाओ।"

"आप मेरा उपहास कर रहे हैं, भला ऐसा कैसे हो सकता है?"

"उपहास नहीं है, सत्य कह रहा हूँ। सोचो तुम थे ही क्या? उस नारी ने तुम्हें इस क़ाबिल बनाया या नहीं? यदि हाँ तो फिर अब तुम्हें अपना हित-अहित क्यों दिख रहा है? इतनी समझ तुममें कैसे आ गई? यही पुरुष मन की चंचलता है। तुम्हें अब अपना अस्तित्त्व दिखने लगा। भूल जाओ सब, उसके मन को चोट मत पहुँचाओ। उसका आदर करो, उसकी मजबूरी का लाभ मत उठाओ। तुम जानते

हो उसका पति केवल नाममात्र के लिए है। संसार को दिखाने के लिए है।''

''फिर क्या करूँ? मेरे लिए तो दोनों ओर धर्म-संकट है। एक ओर कुआँ है तो दूसरी ओर खाई है। ब्याह नहीं करता तो मेरे परिवार के लोगों को संदेह हो जाएगा।''

''देखो, मैंने तुम्हें काफ़ी खुलकर विस्तार से बातें खोल-खोलकर समझाई हैं। इसे तुम कितना समझ सके मैं नहीं जानता, बस इतना निवेदन है जो भी करना सोच-विचार कर ही करना। मैं कुछ महीनों के लिए बाहर जाऊँगा, लौटने पर मैं अच्छा-ही-अच्छा सुनना चाहता हूँ।''

''आप निश्चिंत रहें, सभी अच्छा होगा। चिंता के कारण पूरी रात मैं सो नहीं पाया।''

''तभी तुम बीमार से दिख रहे हो। सीधा रास्ता छोड़कर चलोगे तो चिंता तो होगी ही। मुझे तुम्हारी चिंता रहेगी। लौटने पर भेंट होगी।''

''कब तब लौट पाएँगे?''

''चैतीचाँद पर। गड़ी पड़वा के नव वर्ष पर भेंट होगी।''

''तभी आपको शुभ समाचार दे सकूँगा।''

''सोच विचार कर जो उचित लगे वही करना, अनुचित कार्य मत कर जाना जिससे जीवन-भर पछतावा बना रहे।''

''पछतावा वाला कार्य मैं कभी नहीं करता।''

''इतना अहं मत पालो, अभी तुम्हारी उम्र ही क्या है। जैसे कभी बिना तिथि और मौसम के वर्षा आ जाती है, वैसे ही विपत्ति भी हमेशा अनायास आ जाती है। अच्छे और बुरे की पहचान भी उम्र के साथ ही आती है। जीवन का पाठ किसी पुस्तक में पढ़कर रट लेने से नहीं आ जाता, वह तो अनुभव से ही आ पाता है।''

''आपकी सीख को याद रखूँगा,'' लटारया झेंपता बोला।

''तुम्हारे जीवन का बहुत विशेष मोड़ आ गया। तुम चौराहे पर खड़े हो, किस ओर जाना है, यह उचित मार्ग तुम्हें स्वयं ही निश्चित करना है। बहुत से रास्ते हैं जो हमें चाहे जहाँ ले जा सकते हैं, परंतु सबसे पहले तो हमें यह तय करना चाहिए कि हमें जाना कहाँ हैं? बेकार भटकने में कोई लाभ नहीं होता।''

''कभी-कभी दूसरों के अनुभव भी काम आ जाते हैं।''

''खूब कहा,'' बंगाली सिंह ज़ोर से हँसे, ''इसको कहते हैं उधार की बुद्धि। कटोरी-भर साग पड़ोसी से माँग लेने से तो भूख मिटती है और न ही तृप्ति होती है। दूसरे की कटोरी में माँगी साग को चख लेने से उसको बनाने की विधि नहीं आ जाती। बनाने की विधि, नाप का अनुभव बनाने से ही आता है। साग में चुटकी भर नमक या मुट्ठी-भर नमक पड़ेगा। यह विद्या केवल अनुभव से आती है। मित्र।''

''आप ने ठीक कहा,'' लटारया ने अपनी जीभ काटकर अपनी ग़लती का

अनुभव किया।

"अब चलूँ, लौटकर तुम्हारे अनुभव सुनने को उत्सुक रहूँगा।"

"आशीर्वाद तो देते जाइए।"

"अरे हाँ, मैं तो भूल गया था। ख़ूब सुखी गृहस्थी को प्राप्त करो। दूधो नहाओ, पूतों पाओ, लौटकर आऊँगा तो तुम्हारी बहू को देखना चाहूँगा।"

"पत्नी को अभी ला नहीं पाऊँगा, सुना है इस वर्ष उनके घर गौना नहीं होगा। कोई ग़मी हो गई है।"

"फिर ब्याह कैसे कर रहे हैं"

"तिथि तय हो गई थी, इस कारण।"

"भई, यह तो तुम बड़े लोगों के यहाँ होता ही रहता है। सारे काम मुहूर्त देखकर होते हैं। ग़रीब लोग बिना मुहूर्त के कार्य करते हैं। और सुखी रहते हैं।"

"पुराने संस्कार हैं।"

"अब देखो, तुमने जो चमगादड़ वाली कहावत सुनाई थी न, कहीं ऐसा तुम भी मत करना। चमगादड़ की तरह ससुराल की हवेली में मत लटके रहना।"

"नहीं-नहीं", लटारया सतर्क होकर शरमा गया।

"बड़े लोगों के घर ऐसा ही होता है, बल्कि बड़े घरों में तो ग़रीब–मूर्ख दामाद ही खोजा जाता है, ताकि उसे चमगादड़ बनाकर टाँग सकें। कन्या मायके में बनी रहती है। हमारी जातियों में ऐसा नहीं होता। लड़का ससुराल की ड्योढ़ी में नहीं रह सकता, उसे पत्थर तोड़कर भी पत्नी को खिलाना पड़ता है," बंगाली सिंह बोले फिर थोड़ा रुककर रहस्य-भरे शब्दों में बोले, "तुम्हें तो पता है चमगादड़ उजाड़ जगह ही टँगने के लिए स्थान ढूढ़ती है, जिस स्थान पर चमगादड़ लटकती है, ऐसी मान्यता है कि वह स्थान दोबारा नहीं बसता।"

लटारया बंगाली सिंह की बात सुनकर स्तब्ध रह गया, चकित-सा उन्हें निहारने लगा। हँसने का प्रयास किया परंतु चाहकर भी मुख पर हँसी नहीं आ पाई। आशंकित-सा ठगा खड़ा रह गया।

बंगाली सिंह लटारया के मन में उठी ढेर सारी महत्त्वाकांक्षाओं की ज्वाला पर पानी की छींटा छिड़क कर आगे बढ़ गए। द्वंद्व की स्थिति में लटारया पीछे छूट गया।

28

चैत मास शुरू हो चुका था। चैत मास की नवरात्रि पर्व की तैयारियों में शहर में गहमागहमी मची थी। शक्ति की साधना और आराधना को इस पर्व को लोग बड़े

उत्साह से मनाते हैं। मंदिरों को सजाया जा रहा था। पूजा-अर्चना-हवन आरती के कार्यक्रमों की तैयारियाँ बड़े पैमाने पर शुरू थीं। अखंड प्रज्वलित तथा शतंचडी-यज्ञ के लिए दशहरा-मैदान में ज़ोर-ज़ोर से तैयारी हो रही थी। जप-प्रवचन जोत के लिए मैदान को बाँसों से घेरा जा रहा था। रंग-बिरंगी झंडियाँ लगाई जा रही थीं। द्वार बनाए जा रहे थे, जिन्हें तोरण से सजाया जा रहा था।

दुर्गा प्रतिमा की स्थापना हो रही थी। देवी के अभिषेक की तैयारियाँ हो रही थीं। जगह-जगह झाँकियाँ सजाई जा रही थीं। नृत्य-अर्चना के समारोह के रंगारंग आयोजनों में लोग लगे थे। बंदनवार, तोरणद्वार बनाए जा रहे थे, उन्हें पुष्प-सज्जा से सजाया जा रहा था। घट पूजा-हवन-कन्याभोज और भंडार के कार्यक्रमों में लोग हमेशा बढ़-चढ़कर भाग लेते हैं।

शक्ति और साधना के इस पर्व में नव-संवत्सर पर मनाए जाने वाले गुड़ी-पड़वा और चैतीचाँद के साथ ही भारतीय तिथिनुसार नववर्ष की शुरुआत मानी जाती है। इस कारण भी इसे बड़े उत्साह तथा लगन से मनाया जाता है।

बंगाली सिंहजी चाहे पूरे वर्ष कहीं भी भ्रमण करते रहें परंतु गुड़ी-पड़वा और चैतीचाँद पर अपने परिवार के पास ज़रूर लौटते थे। नवरात्रि पर विशेष पूजा करते थे। इस बार बंगाली सिंह बड़े दिनों बाद लौटे थे, इस कारण भी मन बहुत उत्साह भरा था।

सारे कार्यक्रमों से निपटकर जब बंगाली सिंह फुर्सत में आए तो उन्हें सबसे पहले अपने प्रतिभाशाली शिष्य लटारया बाबू की याद आई। जिज्ञासा से मन अतृप्त था। कई बातें मन के सागर में हिलौरें भर रही थीं। क्या लटारया बाबू ने ब्याह कर लिया? ब्याह की प्रतिक्रिया माधवी पर क्या हुई? नए ब्याहता दूल्हा लटारया बाबू की छवि कितनी निखरी है? किस प्रकार दो अलग-अलग साम्राज्य की सत्ता सँभाले हैं? व्यस्तताएँ तो अधिक बढ़ गई होगीं? हर्षित बंगाली सिंह उत्सुक-मन से लटारया बाबू के समाचार जानने के लिए घर से प्रातःकाल ही निकल पड़े।

सूर्योदय हो चुका था। ठंड हवा चली गई थी परंतु अभी हल्की-सी ठंडक सुबह की हवा में घुली रहती थी। दिन तो अच्छा-ख़ासा गरम हो जाता था। पक्षियों का कोलाहल जो ठंड में कम सुनाई देता था, अब भोर से ही सुनाई देने लगता था।

बंगाली सिंह तेज़-तेज़ कदमों से बाज़ार की ओर बढ़े। आज और दिनों की तरह सेठ की मिठाई की दुकान पर भीड़ नहीं थी। सूनी-सूनी दुकान लगी। सेठ की गद्दी भी ख़ाली थी। आश्चर्य-सा लगा। कभी भी सेठ को उन्होंने दुकान पर ग़ैरहाज़िर नहीं पाया था फिर आज? आगे बढ़े। दो नौकर दुकान की सीढ़ी पर बैठे थे। दोनों ही बंगाली सिंह को पहचानते थे। शंका हुई। किसी अनहोनी के घट जाने का भय हुआ। सेठ कहीं समाप्त तो नहीं हो गए?

"वैद्य राज, राम-राम।"

"राम-राम, कहो कैसे हो। दुकान कैसे सूनी डली है भाई?" बंगाली सिंह ने विस्मित होकर डरते-डरते पूछा।

"आपको पता नहीं?"

"क्या?" बंगाली सिंह का मुँह भय से खुल गया, साँस रुक-सी गई।

"यही कि सेठजी पिछले दो हफ़्ते से दुकान पर नहीं आए।"

"क्यों? ऐसा क्या घट गया? क्या बात हुई?" बंगाली सिंह की व्याकुलता कम हुई।

"घटना तो विशेष ही है न?"

"विशेष घटना...? ज़रा जल्दी कहो? सच कहता हूँ मुझे कुछ पता नहीं, दो माह से बाहर था।"

"सेठ के बेटे का तथा पत्नी का देहांत हो गया न।"

"अरे?" बंगाली सिंह सन्नाटे में आ गए, "यह सब क्या हो गया?" उन्हें लगा लड़-खड़ाकर गिर पड़ेगें।

"अब क्या कहें?"

"सेठ कहाँ मिलेगें?"

"हवेली पर होंगे।"

"और...और लटारया बाबू?"

"वह भी वहीं होंगे।"

बंगाली सिंह काँप उठे। कैसा विकट समाचार सुनने को मिला। घटना इस तरह नया रूप ले लेगी, सोचा नहीं था। मनुष्य की सारी योजनाएँ असफल हो जाती हैं, काल अपना चक्र घुमाता रहता है। सारी सृष्टि ही ईश्वर के अधीन है तो मनुष्य क्यों इतना जोड़-घटाव करता है? सब-कुछ प्रकृति पर छोड़ देना चाहिए, परंतु मनुष्य ऐसा कहाँ सोचता है?

बंगाली सिंह हताश-थके-थके से सेठजी की कोठी की तरफ़ बढ़ गए। जाने वहाँ कौन-सा दृश्य देखना नसीब हो? विचारते, घबराए से बंगाली सिंह आगे बढ़े।

कोठी पर पहुँचे। कोठी पर हलचल थी। काफ़ी लोग आ-जा रहे थे। बंगाली सिंह ने नज़रे घुमा-घुमाकर लटारया को खोजा पर वह कहीं नहीं दिखा। काफ़ी देर तक शंकित, असमंजस की स्थिति में बैठे रहे। तथा आते-जाते लोगों को वह उत्सुकता से देखते रहे। अंत में वह संकट से उबरे और उन्होंने अपने आने की सूचना सेठ तक भेज दी।

तत्काल एक नौकर उन्हें लिवाने आ पहुँचा। बंगाली सिंह सीढ़ियाँ चढ़ते गए। पहले के जाने में और इस बार के जाने में कितना अंतर था। पैर जैसे आगे बढ़ते ही नहीं थे। शरीर साथ नहीं दे रहा था, पर मन आगे खींच रहा था।

भीतरी कक्ष में सेठजी विराजमान थे। दो-चार लोग बैठे थे। सेठजी ने सब

को विदा कर दिया और बंगाली सिंह का स्वागत किया। सेठ जी दुःखी और चिंतित बैठे थे।

"अले आईये वैद्य राज्य, तैसे हैं?"

"ठीक हैं सरकार, आपके घर घटी घटना से विचलित हूँ," दुःखी मन से बोले।

"घटना तो तुत न तुत तो होनी ही थी। तलो यह घट गयी, ठीक है न," सेठजी ने सहजता से कहा।

"सेठानीजी को क्या रोग हो गया था?"

"रोग तहाँ? उसने तो धतुरे के बीज पीस तल था लिए और बेटे को भी थिला दिए।"

"अरे? क्यों?"

"बस ऐसे ही," सेठजी ने कान खुजाया, "लटराया ने ब्याह तल लिया। जिस दिन उतका ब्याह था उसी दिन उतने आत्महत्या कर ली।"

"ओह!" बंगाली सिंह का मुख भय से खुल गया।

"भई, मरती नहीं तो तया तलती? उतते प्रीत थलक वह ब्याह तल रहा था। इस कारण अथने जीवन का अंत कल लिया।"

"अरे?" बंगाली सिंह चौंक उठे।

"हाँ वैद्यजी, आपने भी तूब इलाज किया था। देथिये बिना आपकी दवा थाये मेरे घर संतान हुई थी।"

"क्या?" बंगाली सिंह आकाश से गिरे।

"हाँ आपकी दी दवा यहाँ तिजोरी में धली है।"

"वह रकम, इनाम जो आपने दी थी, वह?"

"तुम मुझे धोका दे ले थे, मैं आपतो धोखा दे ला था। संसार तो ऐथे ही तलता है न? अले आप तो अनुभवी हो।"

"तो आपको लटारया और सेठानी के प्रेम की कथा पता थी?"

"हाँ, एकदम। मैं बुद्धु नहीं हूँ, तुम औल सब मुझे धोखा तेते लये न?" कहते सेठ रो पड़े।

बंगाली सिंह स्तब्ध रह गए, जिस सेठ को हमेशा वह एक बेवकूफ मानते थे, हमेशा उसका हास्य बनाते रहे परन्तु वह तो भीतर से कितना चतुर था। उसने चुप, मौन रहकर सभी को मात दिया। बहुत आसानी से पत्नी और लटारया के कपट को देखता और पचाता रहा। उनके छल को चुपचाप विष की तरह पीता रहा। जो लोग उसकी मृत्यु की बाट तक रहे थे। रोज षडयंत्र का जाल बुन रहे थे वह ख़ुद अपने फैलाये जाल में फँस गये। मौन, शान्त होकर वह ख़ुद अपने ही धन को लुटते देखता रहा। वह एक शांत तवस्वी की तरह अपने कार्य में लगा रहा। दोनों हाथों से कमाता रहा और दोनों आँखों से लुटते देखता रहा। वह अचल भाव लिए समाधिस्थ

मुद्रा में मूक बना सहता रहा।

लज्जा से बंगाली सिंह धरती में गड़े जा रहे थे। सेठ की ओर दृष्टि उठा कर देखने तक का साहस नहीं कर पा रहे थे। सेठ उठे तिजोरी खोलकर बंगाली सिंह की दवा की गठरी निकालकर सामने रख दी। बंगाली सिंह भयभीत से बैठा रहा। सेठ कहीं अपने आदमियों से उसकी हत्या करवा दे तो? घर के लोगों को उसकी एक हड्डी तक नहीं मिलेगी। सेठ, लटारया और बंगाली सिंह के बीच का व्यापार तीनों को ही पता था। सेठ के घर उसका आना-जाना है, क्यों था, उसके परिवार के लोग नहीं जानते थे।

"मैं तभी दवा नई थाता, ले दाओ, किसी औल के ताम आ जाएगी," सेठ ने आँसू पोंछते हुए कहा, "वैद्यजी आगे से तिसी भले आदमी तो मत ठगना, दाओ अब।"

बंगाली सिंह बैठे रहे पत्थर की शिला की तरह, जीवन में कभी भी उन्हें इतना बड़ा आघात नहीं लगा था। कैसे एक दो कौड़ी के आदमी ने उन्हें ठगा और आज एक भले-सीधे-सरल व्यक्ति के आगे उन्हें अपमानित होना पड़ रहा है। लटारया के भीतर छल-कपट-स्वार्थ भरा था, परन्तु उन्हे तो ऐसे व्यक्ति का साथ नहीं देना चाहिए था? आज उनके सयानेपन को, सफेदी पर कालिख पुत गई थी। बड़ा घमंड था उन्हें अपने पूर्वजों के इस पुश्तैनी कार्य पर, उनके ख़ानदान के लोगों ने राजा-महाराजाओं से तक कितना आदर-सम्मान पाया था। आज सब पर कलंक लग गया। पूर्वजों की प्रेत-आत्मा अब कभी उन्हें क्षमा नहीं करेगी। मन-ही-मन वह सिहर उठे। उद्वेग से विमोहित से वह बैठे रह गए। जैसे धरती से चिपक गए हों, हिलने का भी साहस नहीं था।

"सेठजी, आपके चरणों की सौगंध खाकर कहता हूँ, लटारया बाबू ने मेरी बुद्धि समाप्त कर दी थी। मैं कपटी आदमी नहीं हूँ। मैंने कभी छल-कपट से धन इकट्ठा नहीं किया। हमारी जाति के लोग आत्म-सम्मान वाले होते हैं, इस कारण ही हम लोग घुमक्कड़ी करके अपना धन्धा करते हैं। लटारया बाबू ने इस प्रकरण में कई लोगों का हित बताया था। आपके यहाँ भी संतान हो जाती और सेठानी भी माँ बन जाती। आपके कुल की बात सोचकर ही मैंने इतने बड़े अनर्थ में साथ दे दिया था। मुझे पता नहीं था, मेरे जूते मेरे ही सर पड़ेंगे। आप जो भी दण्ड देना चाहें दें। आपका धन भी मैंने खर्च नहीं किया है। घर में गड़ा रखा है, कल भोर उगते ही ला दूँगा," स्तब्ध होकर बंगाली सिंह बोले।

"नई-नई वैद्यजी, धन नई चाहिए। मेले घर से गया धन मेला नहीं है। मेले पिता ने मेहनत कलके थाने तहा था, इससे ताम बलता था," कहते सेठजी फफक कर रो पड़े।

"मुझे क्षमा कर दें सेठजी, मुझे कोई श्राप न दें वरना मेरे बाल-बच्चे जीवित

नहीं बचेंगे," कहते बंगाली सिंह रो पड़े।

"मेला मुँह काला हो दया न, उतका क्या कलूँ? सबके मुँह पल बस यही चर्चा है। घल से नितल नहीं सकता न?"

"मुझे गिन-गिन कर जूते मारे सेठजी, पर मेरे प्रति मन में बैर न पालें, मुझसे भारी अपराध हो गया है, अब मैं क्या करूँ?"

"तुम जाओ वैद्य, ओल तभी मेले सामने भूल की न आना। मेले भीतर जो ज्वाला जल रही है, तभी तुम्हाले भीतर भी जलेगी, जाओ," सेठजी क्रुध होकर चीत्कार उठे।

बंगाली सिंह उन्मत्त से उठे और बाहर आ गए। क्षण-क्षण उनकी आत्मा उन्हें अपनी पैनी चोंच से टोंचती रही। विक्षिप्त से बंगाली सिंह नीचे सीढ़ियाँ उतरते गए। गुड़ी-पड़वा याने नव-वर्ष की शुरुआत इतनी बुरी त्रासदी पूर्ण होगी, उन्होंने सोचा नहीं था। सेठ आज जितने दुःखी, खाली हाथ, शून्य-हृदय लिए बैठे थे, ऐसा उन्होंने पहले कभी नहीं अनुभव किया था। उनके किए पाप उजाकर हो चुके थे। यदि ऐसे समय पागल होकर सेठ उन्हें श्राप दे देते, तो हो सकता है वह भस्म तक हो सकते थे। अच्छा हुआ जो अब मनुष्य की वाणी में वह तेज़ नहीं रहा, वरना आज सेठ के भीतर की तपती ज्वाला उन्हें नष्ट ही कर देती।

अचानक एक बड़े पत्थर से चलते-चलते वह टकरा गए। ठोकर खाकर वह सँभले। उनकी धड़कन तेज़ हो गई थी। नाड़ी का धड़कना वह स्पष्ट सुन रहे थे। कान की लौ गरम हो उठी। उत्तेजना के कारण हृदय की धड़कन, उसकी ध्वनि शरीर के हर अंग में सुनाई दे रही थी।

29

सड़क पर उतर कर बंगाली सिंह अपने ही विचारों में खोए चलते रहे। गलियों में यूँ ही बेमतलब चक्कर काटते रहे, अपने को थकाते रहे। मन को जो गहरा आघात पहुँचा था, उसकी वेदना तो झेलनी थी। प्यास से और गर्मी के कारण उनका गला सूख रहा था। अपने को ख़ुद ही दंड देना था, बिना दंडित किए मन काबू में नहीं आता। दूसरे के घर दिया जलाने गए थे अपने ही हाथ जला बैठे।

एक स्थान पर कुआँ था कुछ लोग पानी भर रहे थे। बंगाली सिंह वहाँ पहुँच गए और पानी की इच्छा प्रगट की, सहजता से सामने वाले व्यक्ति ने एक बाल्टी पानी खींच कर उन्हें दिया। गट-गट कर के उन्होंने लगभग आधी बाल्टी पानी पी लिया, बचे पानी से मुँह को धो लिया। इतने अधिक प्यासे थे, सोच वह चकित

थे। उस व्यक्ति को धन्यवाद देकर वह आगे बढ़े। उत्तर में वह व्यक्ति उन्हें मुस्कुरा कर देखता रहा।

धूप में आगे चलते ढेर सारे विचारों से घिरे वह बढ़ते रहे। जाने क्यों उन्हें उस दिन की घटना बार-बार याद आ रही थी। जब लटारया के साथ पुत्र होने की बधाई देने सेठ की दुकान पर गए थे। इनाम के रुपए लेते समय उनकी आँखें सेठ की आँख से पल-भर के लिए टकरा गई थी और वह जाने क्यों सिहर गए थे। नोटों की गड्डी थामते ही सोचा था कि सेठ मूर्ख नहीं है, वह सबको मूर्ख बना रहा है। सेठ की आँख का भाव पढ़ कर वह चौंके थे। परंतु अपनी सफलता की उत्तेजना और धन के लोभ ने उन्हें अंधा बना दिया था। देख कर भी जैसे वह अनजान बन गए थे। मनुष्य भी कितना स्वार्थी है, हमेशा उसकी बैठक ठगी आदमी से हो जाती है। धोखे बाज़ व्यक्ति की संगत ही अच्छी लगती है। जितना बड़ा पाप का अपराधी लटारया था, उसका साथ देने के कारण वह भी उतने ही बड़े ही अपराधी थे। बराबर के हिस्सेदार थे। सुख के हिस्सेदार बने तो पाप के भी तो बनना पड़ेगा?

गमछे से अपने गीले मुख को पोंछते वह आगे बढ़े। मन जाने क्यों रोने को कर रहा था। गर्मी से, घबराहट से पसीना अलग बह रहा था। वेदना के कारण आँखें अलग बह रही थीं। उनके मुख पर तीन प्रकार का पानी बह रहा था। एक तो कुएँ का ठंडा पानी, दूसरा पसीना, तीसरा आँसू। तीनों की मिली-जुली प्रतिक्रिया थी। तीनों के भाव अलग थे। सत्य किसे मानें? चेहरे पर तीन भाव लिए वह चल रहे थे और मन-ही-मन अपने को धिक्कार रहे थे। मनुष्य ऐसे ही अपने कितने मुख लिए चलता है। हर मनुष्य के रावण की तरह ही दस सर होते हैं। हर मनुष्य के भीतर एक रावण होता है। अपने स्वार्थ की ग़रज़ के अनुसार ही उसका हर मुख प्रकट होता है और वह उस मुख से उसके आचरणानुसार व्यवहार करता है। काम, क्रोध, लोभ, दुःख, सुख, प्रेम, घृणा, धार्मिक, नास्तिक और ममत्व। यह सारे के सारे भाव वाले मुख एक ही मनुष्य के तो होते हैं। हर भाव के आते ही मनुष्य वैसा ही बन जाता है।

विचारते अपना आकलन करते वह कब बाज़ार पहुँच गए। कब सेठ की दुकान के पास वाली पुलिया तक आ पहुँचे, वह समझ नहीं पाए। शायद उनके पैर आदत के अनुसार चलते रहे, उनके शरीर को ढोकर चलाते रहे और यहीं रोज़ के ठिकाने तक पहुँचा दिया।

पुलिया के पास पहुँच कर वह चौंके, उन्होंने तो यहाँ आने का सोचा भी नहीं था, फिर आप-से-आप कैसे आ गए? जैसे सोते से जागे हों सामने देखा तो लटारया, बाल छितराए गंदा-सा, भिखमंगा-सा बैठा था। उन्हें देख हड़बड़ाकर खड़ा हुआ उनके हाथ पर अपना हाथ रख रो पड़ा।

''वैद्यजी, कैसे मैं तो बरबाद हो गया, लुट गया।''

"क्यों, क्या हुआ? तुमने अपनी यह कैसी दशा बना ली है?" बंगाली सिंह अनजान बन कर बोले।

"आप बैठें, क्या बताऊँ मेरे तो सारे किए-कराए पर पानी फिर गया। बाढ़ आई और अचानक सब बहाकर ले गई।"

"अच्छा?" बंगाली सिंह चुपचाप पुलिया पर बैठ गए और लटारया को घूरने लगे।

"कैसी अनहोनी घट गई मेरे साथ। मैं उधर ब्याह करने गया। सेठानी ने...।"

"सेठानी, नहीं माधवी बोलो, यहाँ तीसरा कोई नहीं सुन रहा," बंगाली सिंह ने टोका।

"वही...वही, माधवी ने मुझे बड़ी प्रसन्नता से विदा किया मुझे रुपया भी दिया, सामान भी दिया। मेरी पत्नी के लिए भेंट में सोने का हार भी दिया। ख़ुश-ख़ुश होकर मैं गया ब्याह करके प्रसन्नता से बहू को लिवाकर लौटा, तो पता चला माधवी ने ज़हर खा लिया और ख़ुद को और बच्चे को समाप्त कर दिया। भागा-भागा यहाँ आया। माधवी ने मर कर मेरे सारे भेद खोल दिए थे। उसने सेठ से क्षमा माँग कर अपने सारे अपराध स्वीकार कर लिए थे। सोचिए मेरी क्या दशा हुई होगी। सेठ ने मुझे अपने आदमियों से कुत्ते की तरह पिटवाया और अपमान करके भगा दिया। कोठी में घुसने भी नहीं दिया। माधवी मेरे साथ ऐसा बदला लेगी, मैंने उसका साथ दिया उसके बदले में उसने मुझे यह सुलूक दिया। बताइए, मैं तो लुट गया, भिखमंगा हो गया। कहीं का नहीं रहा। सब दूर तक फैल गई। मेरे परिवार के पास भी सेठ ने ख़बर भेज दी है। अब कोई मुझे अपने यहाँ नहीं आने दे रहा है। सारे द्वार मेरे मुख पर बंद हो गए हैं।"

"बहुत बुरा हुआ? मित्र मैंने उसी दिन कहा था औरत को तुम नहीं समझ सकते। वह जितनी ऊपर से शांत दिखती है उसके भीतर उतना ही भूचाल होता है। जीवन के सारे दुःख दर्द, अपमान, घृणा को अपने भीतर छुपाए ऊपर से शांत नदी की तरह बहती है। बड़े-बड़े मगरमच्छ, कीट पतंगे, गंदगी, मरे-सड़े पशुओं और मनुष्य की अस्थियों का बोझ अपने गर्भ में ढोए मौन—शांत बहती है। तुमने एक साथ कितने लोगों को ठगा है। कितने लोगों का एक साथ विश्वास खोया है। माधवी, सेठ, बेटा, पत्नी, माता-पिता इतनों को तुमने एक साथ धोखा दिया है। सही मानों तो इतनों की हत्या कर दी है। केवल माधवी तथा तुम्हारा पुत्र मरा है, परंतु क्या जीते जी इन सब लोगों को तुम ने नहीं मारा? और...और मेरा सोचो? तुमने मुझे झूठा, पाखंडी ठहरा दिया। सेठ की आँखों में तुमने मेरी साख गिरा दी। मैंने कभी झूठा व्यापार नहीं किया, पहली बार तुमने मुझे नीचा दिखाया है," बंगाली सिंह ने क्रोध में भर कर कहा।

"क्या आप सेठ से मिले थे?" लटारया ने भयभीत होकर पूछा।

"हाँ," बंगाली सिंह ने क्रोध से फुफकारते हुए कहा, "इतना नीचा देखकर मैं कैसे जीवित हूँ, आश्चर्य है।"

"तो क्या सेठजी ने आपको धमकाया, मारा?"

"मार क्या केवल लाठी से मारने को ही समझते हो? कुछ न कह कर, कुछ दंड न देने वाली मार सबसे बड़ी होती है। मैं केवल सेठ की आँखों से नहीं गिर गया, बल्कि जीवन के लिए अपनी आँखों से गिर गया हूँ। सोचो, हमने किस तरह सेठ को लूटा? और उसने दवा ज़रा-सी चखी तक नहीं। ढ़ेर सारी अपनी मिठाइयाँ मुफ़्त में खिलाकर क्या जीवन भर के लिए विषपान नहीं करवाया है। जिस तरह नाग को दूध पिलाया जाता है, उसी तरह क्या उसनें तुम्हें और मुझे दूध नहीं पिलाया? इससे क्या लाभ हुआ? हमारे भीतर का विष बढ़ा न? मज़ेदार बात तो यह है कि वह सब-कुछ पहले से जानता था, समझता था। होशियार और सतर्क व्यक्ति को ठगना कितना बड़ा पाप है और जानबूझ कर ठगा जाना कितना बड़ा पुण्य है? सेठ बहुत बड़ी आत्मा है। तुमने हमेशा उसके तन के दोष देखे मन को झाँकने की, समझने की कभी कोशिश ही नहीं की।"

"तो क्या सेठ को सब पहले से पता था?"

"पहले दिन से ही वह समझ गया था। जब आदमी को पता चला जाता है कि उसका अपना, नज़दीक का व्यक्ति ही उसे ठग रहा है तो वह मूक, गूंगा, बधिर बन जाता है। उसके मन के दुःख की गहराई तो तुम कभी नाप ही नहीं सकते? तुम तो अपने किए पर रो रहे हो और वह अपनों के धोखे, दग़ाबाज़ी पर दंग हैं। अपनों द्वारा दिया दुःख और दंड सबसे भारी और वज़नदार होता है। सेठ को अपनों ने ही तो दंड दिया है।"

"अब मैं क्या करूँ? मेरा तो सब-कुछ समाप्त हो गया। जीवन की सारी व्यूह-रचना माधवी को ही तो लेकर मैंने रची थी," लटारया का मुँह लटक-सा गया, आँखों की उदासी अधिक गहरी हो उठी, उसकी आँखों के चारों ओर जो काले गड्ढे बन आए थे, वह अधिक काले दिखने लगे।

"आगे वाली व्यूह-रचना भी तुम ही रचो। मेरी तो अब यह तुमसे अंतिम भेंट है। तुम्हारे कारण मुझे भी लज्जित होना पड़ा। याद रखो अब हम कभी नहीं मिलेंगे," बंगाली सिंह अन्य मनस्क हुए, "इस गहरे धक्के से उबरने के लिए तो मुझे बहुत समय लगेगा, बल्कि मैं तो सोचता हूँ इस आघात ने तो मेरे जीवन की दशा ही बदल दी है। अब आगे से मैं भी बाहर दवा का व्यापार करने नहीं निकलूँगा, अब मेरे बेटे जाया-आया करेंगे। मुझ से तो मेरे बच्चे ज़्यादा समझदार हैं। मैं तो सठिया गया था।"

"मुझे इतना बड़ा दंड मत दें, इतना बड़ा अपराधी न बनाएँ।"

"अपराधी, अपराधी शब्द तो तुम्हारे लिए छोटा है, तुम तो पापी हो। कुकर्म

तो हम लोग भी करते हैं। परंतु इतनी नीचता तो हमारे भीतर नहीं है।''

''मुझे क्षमा कर दें,'' लटारया व्याकुल हो उठा।

''जिस दिन तुम्हें सेठ क्षमा कर देंगे, उस दिन मैं भी क्षमा कर दूँगा। मैं जानता हूँ अब सेठ तुम्हें कभी क्षमा नहीं करेंगे। बेकार भ्रम मत पालो। अच्छा तो यही है कि तुम इस शहर को छोड़कर ही चले जाओ।''

''कहाँ जाऊँ?''

''बहुत ठिकाने हैं। तुम जैसे लोगों को बहुत शिकार मिल जाते हैं।''

''मुझे तो उन्होंने ललकार कर निकलवा दिया, किस साहस से क्षमा माँगने जाऊँ, बताइये।''

''मित्र सेठ ने तुम्हें केवल ललकारा है, मुझे तो धिक्कारा है,'' बंगाली सिंह व्यंग्य से हँसे,'' ललकारने और धिक्कारने का अर्थ समझते हो? ललकारना तो फिर भी छोटी बात है, धिक्कारना तो सबसे बड़ी प्रताड़ना, मान-हानि है। मैं तो धिक्कारा गया हूँ। तुम तो अपना प्रायश्चित कर लोगे परंतु मेरा तो कोई विकल्प है ही नहीं,, बंगाली सिंह उत्तेजित होकर बोले, ''तुमने कैसी मन को चोट दी है। अब मैं घर जा रहा हूँ।''

बंगाली सिंह उठे और चलने को हुए। लटारया भयभीत हुआ। उसकी आँखें रो उठीं, अधर कापनें लगे, मुख मलिन हो उठा।

''रुक जाइए वैद्यजी,'' लटारया पीछे-पीछे भागने लगा।

''वैद्य कह कर अब और अधिक मेरा अपमान मत करो। मैं जाति की पिंडारी हूँ, पिंडारी ही रहने दो।''

''आपने उस दिन हास्य में मुझे कहा था कि चमगादड़ की तरह मत लटक जाना। आपकी बात पूर्णतः सत्य हुई। मैं चमगादड़ की तरह ही टँग गया हूँ। दुनिया के आगे परिचितों के आगे, मित्रों के आगे जाने का साहस नहीं रहा। मेरे लिए तो अँधेरा, वीराना ही शेष रह गया है। दिन के उजाले से भय लगने लगा है, बस अंधकार ही अच्छा लगता है। सुख की लालसा ने मुझे अंधा बना दिया था, अब मुझे अपनी अबोधता समझ आ रही है।''

''कभी-कभी मुर्ख से निकली बात सत्य हो जाती है। अपना आकलन करो और अपने को सुधारो, देखो काल घंटे बजा रहा है। हमारी और तुम्हारी मित्रता का समय भी समाप्त हो चुका है। मैं चलता हूँ।''

बंगाली सिंह तीव्रगति से आगे बढ़ गए। लटारया हतप्रभ-सा खड़ा रहा गया। क्षण भर में लगा, जैसे पतझर आया और वृक्ष के सारे पत्ते झाड़ गया, ऐसे ही लटारया को लगा वह एकदम नंगा खड़ा है। घबराकर उसने अपने दोनों हाथों में अपना मुँह छुपा लिया।

30

आत्मसंयम एक ऐसा वस्त्र है जो बिखरी, फैली चीजों को अपने भीतर समेट कर एकत्रित कर गठरी बाँधने का कार्य करता है। जिस प्रकार सारी चीज़ों को हम सहेजकर, समेटकर कपड़े में गठरी बाँध लेते हैं, वैसे ही मनुष्य को भी अपने बिखरे-छितरे स्वरूप को नियंत्रण में करके आत्मसंयम की गठरी में बाँध लेना चाहिए, ताकि वह इधर-उधर से टपके नहीं और वास्तव में इस युक्ति से वह टपक या बिखर नहीं पाता। अपने को नियंत्रण में रखने के लिए आत्मसंयम की सबसे अधिक ज़रूरत होती है।

सुहासनी जब अपने पति के साथ जबलपुर आई थी, तब उनके पास क्या था? भिखमंगों की दशा में उन लोगों ने इस शहर में प्रवेश किया था। सुहासनी ने कश्मीर के अपने गाँव के बाद दिल्ली नगर की थोड़ी झलक देखी थी, बस। सुहासनी तो सोच भी नहीं सकती थी, कि दिल्ली के आगे भी नगर होंगे या कोई दुनिया होगी? दिल्ली ने जहाँ सब-कुछ छीन लिया, वही इस नगर ने अपना सब-कुछ दान में दे दिया। भाग्य ने उसके द्वारे सारे वैभव बिखेर दिए थे। मिट्ठू सिंह ने जो एक रुपया ऋण में दिया था, उस एक रुपए ने उनके लिए जैसे कुबेर का धन दिला दिया था। पति गोपीलाल वैभव प्रतिष्ठा की एक-एक सीढ़ी चढ़कर सौभाग्य की देवी के मंदिर में पहुँचे थे। देवी ने प्रसन्न होकर अपना सारा ऐश्वर्य लुटा दिया था। जीवन के कौने-कोने में आनंद, उमंग, उत्साह और आशा भर गई थी। जैसे भाग्य उसकी ही बाट तक रहा था।

बेटा मोहन लंदन पढ़ाई करने चला गया था। गोपीलाल अब रायबहादुर कहलाने लगे थे। गोपीलाल ने मिट्ठू सिंह का पुराना घर गिराकर नये भवन का निर्माण कर दिया था। मिट्ठू सिंह ने गोपीलाल के हाथों ख़ुद अपना भाग्य सौंप दिया था। अब मिट्ठू सिंह पीछे वाले हिस्से में रहने लगे थे। वृद्ध मिट्ठू सिंह पहले भी साधु पुरुष थे अब तो पूरी तरह बैरागी हो गए थे। भजन-पूजन और नर्मदा स्नान के बाद संसार से उन्हें कोई लेना-देना नहीं रह गया था। पुराना टेढ़ा-मेढ़ा-सा वह भवन अब संगमरमर की कोठी में बदल गया था। सारी सुख-सुविधाओं से वह भवन व्यवस्थित हो गया था। नौकर-नौकरानियों से घर भर गया था। भवन का नामकरण भी सूर्योदय की प्रथम किरण पर सूर्य-भवन रखा गया था। जाने कितने ज्योतिष, पंडित तथा विशेषज्ञों के महीनों अध्ययन के बाद ही कोठी की दशा-दिशा तय की गई थी। भवन निर्माण को एक पवित्र धार्मिक संस्कार तथा जीवंत तत्त्व माना गया था। भवन की मुख्य-मुख्य दिशाओं को भिन्न-भिन्न देवताओं को अर्पण किया गया था। ब्रह्मा, ईश्वर, अग्नि, वरुण, यम, दानव को ध्यान में रखकर ही दिशा निश्चित की गई थी। सूर्य एक बहुत बड़ी सार्वभौम ब्रह्माण्ड की सत्ता यह ग्रह है जो सारे ब्रह्माण्ड को प्रकाश तथा उष्णता प्रदान करता है। इस मान्यतानुसार सभी देव शक्तियाँ मिलकर भवन में रहने

वालों के लिए सुख-शांति की प्रार्थना करती हैं। सभी के विचारानुसार भवन का नामकरण किया गया था। वस्तु के अर्थ के अनुसार मनुष्य तथा देवताओं का निवास स्थान माना जाता है।

उज्ज्वल श्वेत रंग के कारण अंधकार में भी कोठी अलग से चमकती थी। कोठी के पीछे बहती नर्मदा जो चौबीस घंटे अपने होने का आभास देती थी। उसका कल-कल करता वेग से बहते पानी की ध्वनि हमेशा अपनी उपस्थिति दर्ज कराती थी। दीया की जगह लालटेन तथा लैंप ने ले ली थी। भवन में हमेशा आनंद तथा उत्सव से भरी पार्टियाँ होने लगी थीं।

घर में वैभव आया, नौकर-चाकर से घर भरा गया। सुहासनी को लगा, जैसे वह अपंग होती जा रही है। पहले वह मन से अपंग हुई धीरे-धीरे शरीर से अपंग होने लगी। घर में सब-कुछ था बस एक पति का प्रेम नहीं था। जैसे वैभव ने उससे उसका पति छीन लिया था। लक़वे ने शरीर को जगह-जगह से तोड़ दिया था। वैद्य, हकीम, झाड़-फूँक, टोना-टोटका सब हुआ पर कोई लाभ नहीं मिला। अँग्रेजी डॉक्टरों ने भी इलाज किया पर कोई अधिक लाभ नहीं हुआ।

सुहासनी धीरे-धीरे सिमटते-सिमटते अपने पलंग तक ही रह गई थी। टेबल, अलमारी दवाइयों से भरे रहते थे। शरीर की सारी शक्ति ही जैसे निचुड़ गई थी।

मोहन बैरिस्टर बनने क्या इंग्लैंड गया, जैसे वहीं का होकर रह गया था। मोहन की याद करके, चिंता करके सुहासनी और घुलने लगी थी। मन-ही-मन सोचने लगी थी कि मोहन इंग्लैंड से कोई गोरी मेम ज़रूर साथ ले आएगा या वहीं बस जाएगा। सुहासनी तिल-तिल करके मर रही थी। पति गोपीलाल इतने दूर चले गए थे जहाँ उनके साथ, उनकी आवाज़ नहीं पहुँचती थी। पति को बस आँधी की तरह आते और जाते देख लेती थी। बीमारी के बाद से उनका कमरा भी अलग करना पड़ा था। पति की कार की आवाज़ से ही वह उनका आना और जाना अनुभव कर लेती थी। पति का भोजन तो बाहर ही होता था, बस जब घर में कोई आलीशान दावत का आयोजन होता तभी वह भोजन करते थे।

धन-वैभव जिस रास्ते से आए, वे अपने साथ घर में ढेर-ढेर बुराइयाँ भी लाए। गोपीलाल के चरित्र की गिरावट की रोज़ ख़बरे सुन-सुन कर उनका रहा-सहा ख़ून भी जल जाता था। सुहासनी समझ गई थी। आख़िर सौभाग्य की देवी को प्रसन्न करने के लिए किसी-न-किसी को बलि तो चढ़ना था। सौभाग्य की देवी ने सुहासनी की जीवित बलि ले ली थी। उन्हें पलंग से बाँध दिया था। सुहासनी को रौंद कर ही पति वैभव के शिखर पर पहुँचे थे।

जीवन का सांध्यकाल सुहासनी को नज़र आने लगा था। जीवन का सूर्य बस डूबने में थोड़ा ही समय शेष था। जाते हुए जीवन के रथ की ध्वनि, घंटियाँ सुनाई देने लगी थीं। शरीर की शक्ति, तेज़, रूप, साहस, दृढ़ता, दर्प सब चुकने लगे थे।

एक-एक कर सब साथ छोड़ रहे थे। वह जाते हुए रथ के पीछे घसिटने लगी थी। पति से सुहासनी को कोई शिकायत नहीं थी। पति ने ढेरों सुख, वैभव उसके पैरों के आगे उलीच दिए थे। उसके पास सब-कुछ था, केवल पत्नी के अधिकारों से उसे वंचित कर दिया गया था। पति का प्रेम, पति की बाहों का दुलार सब उसे बीते युग की कहानी-सा लगता था। जीवन के व्यापारी ने पति का दाम तो बहुत आँका था, परंतु उसका मूल्य बहुत कम आँका था। शायद इस कारण जीवन की हाट जल्दी उठने को थी।

सुहासनी पत्नी बनकर जितना दुःखी रही थी, उतना ही वह मोहन की माँ बनकर सुखी थी, परंतु भाग्य से उसका यह भी सुख देखा नहीं गया और मोहन भी उससे दूर चला गया। समस्त वैभव और साधन सहित सौभाग्य के बीच वह स्तंभित, चकित अपनी रीते आँचल को जड़ होकर तकती है। इस मंगलकरिणी अभिषेक में क्या उसकी बलि चढ़ गई?

एक दिन सुहासनी ने लगता से निवेदन करके पति को अपने पास बुलाया। पति के पैरों पर गिर कर सुहासनी ने पति से अपनी अंतिम इच्छा कही।

"मोहन का ब्याह मैं अपनी आँख से देखना चाहती हूँ। जाने कब यह आँखों से दीप का तेल चुक जाए, उससे पहले आप मेरी पहली और अंतिम विनती सुन लें। भारतीय संस्कारों में पली लड़की को ही मैं अपनी बहू देखना चाहती हूँ।"

"ब्याह!" गोपीलाल चौंके, "अभी तो उसे पढ़ना है, ब्याह से तो उसकी तरक़्क़ी में बेड़ियाँ पड़ जाएँगी।"

"ब्याह से आपकी तरक़्क़ी में क्या बाधा आई? ब्याह तो एक पारिवारिक अनुष्ठान है, अपने बड़ों की इच्छा तथा ख़ानदान को जीवित रखने का माध्यम है। बहू कौन मोहन की पढ़ाई में बाधा डालेगी, बस घर में रहेगी। मेरा भी मन लगा रहेगा, फिर इतनी बड़ी कोठी में डोलेगी-फिरेगी तो सूनापन जाएगा। बहू के भाग्य से मोहन के भाग्य में चार-चाँद भी तो लग सकते हैं। मेरी अंतिम इच्छा का मान आप रख लें तो मेरी यह नारी देह का जीवन सफल हो जाएगा। मैंने मोहन को लेकर कभी किसी बात पर आपसे विवाद नहीं किया। आपने उसे मुझसे छोटी आयु में ही अलग कर दिया था, मैंने कुछ नहीं कहा। आपने उसे बैरिस्टर की पढ़ाई करने इंग्लैंड भेज दिया तब भी मैंने कोई विरोध नहीं किया, परंतु मेरा बेटा मेरी इच्छा से अपना विवाह कर ले यही मेरी इच्छा है और इसमें मेरी तथा कुल दोनों का सम्मान और मर्यादा बढ़ेगी।"

"तुम सोचो क्या कह रही हो? तुमसे बेटे को अलग किया तो उसमें कोई दुश्मनी या कोई बुरा-भाव नहीं था। यह सब तो उसके भविष्य के लिए ही किया है। ऐसे में अधूरी पढ़ाई में उसका विवाह करना कितना ग़लत होगा? उसका ध्यान बँट जाएगा। पैरों में बेड़ियाँ डली रहें तो पक्षी कितना ऊँचा उड़ सकेगा?"

"मैंने अपने मन की बात आप पर प्रकट कर दी, मानना न मानना अब आपके हाथ है। बेटा यदि मेरी इस अंतिम इच्छा की लाज रख ले तो मैं मानूँगी वह माँ के ऋण से मुक्त हो गया।"

"ठीक है, मैं उसे तुम्हारी इच्छा बता देता हूँ। आगे निर्णय लेना उसकी इच्छा पर है। इतना ज़रूर कहूँगा तुम अपने मन के छोटे से सुख के लिए बेटे के सुखद भविष्य में बाधा बन रही हो।"

"ऐसी बात है तो रहने दीजिए, उससे कुछ न कहें। मैं बिना पढ़ी-लिखी महिला, मेरी समझ में दुनियादारी की बातें कम आती हैं। आप तो उचित समझें करें।"

गोपीलाल लौट गए। पति के बाहर जाते ही सुहासनी की आँसू बह निकलीं। यातना की अनगिनत गहरी रेखाएँ चेहरे पर उभर आईं। पति और पुत्र के सौभाग्य की ख़ातिर जीवन-भर एकाकी जीवन का दुर्भाग्य ढोती रही। आज मृत्यु के भय के कारण अपनी इच्छा व्यक्त किया था परंतु यहाँ आते ही जैसे उसके जीवन की पुस्तक बंद कर दी गई। वह घर में केवल एक बेकार सामान की तरह डली रही। अपने मन की आर्तचीत्कार कभी-कभी उसे बेबस कर देती थी, परंतु उसने कभी विरोध नहीं किया। यही सोचकर चुप रह गई कि पति उसे पत्नी के सम्मानित पद से भी वंचित न कर दे। इस भय से वह सारी उम्र अंधकारमय भविष्य को ढोती रही थी। शून्य हृदय लिए पत्नी की पद-मर्यादा का सुख लेती रही। सारी उम्र इस बात से भयभीत रही कि कहीं पति बूँदाजान को पत्नी बनाकर घर में न ले आएँ। जीवन में एक अच्छी साड़ी के लिए लालायित रहती थी परंतु आज भाग्य ने चारों तरफ़ वैभव-ही-वैभव खड़ा कर दिया था। साड़ियों से आलमारियाँ भरी पड़ी हैं, परंतु कहाँ पहन कर जाए? किसे दिखाए? मन की पीड़ा को मन में ही दबाए रखा, कभी गृह-कलह नहीं किया। मन की पीड़ा को किसी को आगे व्यक्त नहीं किया। मन के द्वंद्व को कभी बाहर आने का अवसर नहीं दिया।

किसी की आहट से द्वार हिला। सुहासनी ने मुड़कर देखा। लता दीदी हाथ में हल्दी मिला दूध लिए खड़ी थी। सुहासनी ने झट अपने आँसू पोंछ लीं। लता पास आकर बैठ गई। सुहासनी के मुख की उदासी उससे छुप नहीं पा रही थी। लता भी अनजान बनी रही।

"लो उठो, दूध पी लो।"

सुहासनी ने उठकर दूध पिया और वापस लेट गई। लता देर तक सुहासनी को देखती रही, फिर साहस करके पूछा ही लिया।

"क्या बात हुई?"

"कोई विशेष नहीं," सुहासनी ने टाला।

"तुमने बुलाया था तो कोई विशेष बात तो होगी," लता ने आग्रह किया।

"मोहन के ब्याह की इच्छा व्यक्त की थी। डरती हूँ कहीं मोहन विदेश में

ही ब्याह न कर ले। इस कारण चाहती थी, विवाह हो जाए, परंतु सब को जीवन में सब रंग नहीं मिलते। उन्होंने मना कर दिया।''

''अरे, देखो मैं भी समझाने की कोशिश करूँगी, इनसे भी कहूँगी।''

''रहने दो दीदी। यह सोचेगें मैंने ही आप लोगों से कह कर ज़ोर डाला होगा।''

''तो क्या हुआ। विवाह तो सभी की इच्छा से ही होता है। शायद इस सुख से तुम फिर से स्वस्थ हो उठो। तुम मन में दुःख मत पालो, मैं बात करूँगी,'' कहते लता उठकर चली गई।

सुहासनी उन्हें जाते देखती रही और मन-ही-मन सोचती रही। देखो, कैसे सारी उम्र पराए लोग अपने बने रहे। अपना भाग्य दूसरों के हाथ सौंपकर भी कभी कोई चाह, नाराज़गी नहीं जताई। आज यदि पति ने अपने सपनों का महल खड़ा भी किया तो किस के बल पर? उसकी नींव में किन लोगों की अस्थियाँ दफ़न हैं? अपने को ठगा गया समझ, कंकाल, भिखमंगा समझ कर बड़ों-बड़ों का धैर्य चुक जाता है, परंतु उनके मुख की शांति देखकर कभी भीतर से भूचाल का आभास नहीं हुआ। ऐसे दानवीर लोग आज भी धरती पर हैं? अपना सब-कुछ खोकर भी हमेशा दूसरे का हित और सुख ही सोचा।

सुहासनी देर तक किवाड़ों के पल्लों को तकती रही, जहाँ से अभी लता दीदी गई थी। लोहे की साँकल अभी भी हिल रही थी।

31

चारों ओर से दबाव देखकर आख़िर गोपीलाल ने मोहन के ब्याह की अनुमति दे दी। कोठी में प्रसन्नता की लहर दौड़ गई। चारों तरफ़ से सुख की तरंगे उठने लगीं। जिसने सुना, उसी का चेहरा खिल उठा। ज़ोर-शोर से लड़कियों की जानकारी इकठ्ठी होने लगीं। बड़े-बड़े घरों से रिश्तों के प्रस्ताव आने लगे। दहेज में जागीरदारी देने के प्रलोभन भरे प्रस्ताव तक आए।

ढेरों ख़ानदान छाँटने के बाद आख़िर सुहासनी और लता को पृथादेवी पसंद आई। पृथादेवी का परिवार नितांत परंपरावादी संस्कृति में पला-बढ़ा था। दोनों परिवारों का परिवेश एकदम भिन्न था, परंतु सुहासनी देवी को पृथा इतनी पसंद आई कि उन्होंने हठ कर बैठी कि पृथा ही उनकी बहू होगी। पृथा सीधी-सादी एकदम अपनी सास सुहासनी जैसी थी।

बेटे के ब्याह के सुख ने सुहासनी के शरीर में ताक़त ला दी थी। रोज़ बिस्तर पर पड़ी रहने वाली सुहासनी अब चलने फिरने लगी थी। सुहासनी अपनी बीमारी,

अपने कष्टों को भूल गई थी। बेटे का ब्याह की ख़ुशी की उमंग ने शिथिल हो चुके अंगों में नई चेतना, स्फूर्ति, उत्साह, साहस और बल भर दिया था। देह की स्थूलता को मन जैसे नकार चुका था। सुहासनी को सारे घर में डोलते देख सभी आश्चर्य चकित थे।

मनुष्य के मन की भीतरी पर्तों में छुपी भावनाएँ जो किन्हीं कारणों से दब जाती हैं, छुप जाती हैं, जैसे चट्टान के नीचे दूब सूख जाती है परंतु कभी मरती नहीं है, समय पाकर दोबारा जीवित हो जाती है। ऐसे ही भावनाएँ भी नहीं मरतीं बस केवल दब जाती हैं, अवसर पाकर दोबारा हरिया उठती है। एक औरत के प्राण उसके बच्चे होते हैं, उन्हीं में वह अपना खोया रूप दोबारा जीवित होते देखती हैं। ईश्वर का निर्माण सृष्टि है, मनुष्य है। उसी तरह एक माँ का निर्माण संतान होती है। वह उन्हें जन्मते, बढ़ते, पलते देखती है और सुख पाती है। औरत के अपने स्वयं के जीवन का कोई उद्‌देश्य नहीं होता, उसे तो लगता है वह अपने बच्चों से बँधी है, उसके जीवन की डोर बच्चों के हाथ है, वही उसे चलाते हैं, रुलाते हैं, हँसाते हैं। वह कठपुतली की तरह उनसे बँध जाती है। बच्चों के दिए सुख और दुःख धूप और छाया की तरह उसे घेरे रहते हैं। ज़रा धूप लगी तो छाया में सरक गई ठंड लगी तो धूप में सरक गई। सारी उम्र वह इसी तरह सरक-सरक कर ही बिता देती है। उसके जीवन के भेद को कोई नहीं समझ पाता, परंतु वह ख़ुद अपने जीवन के गहरे भेद को, अर्थ को जानती है। स्त्री माँ बनकर ही अपने जीवन के सारे आघात भूल जाती है। दूसरे के सारे अपराध क्षमा कर देती है। बच्चे ही वह खूँटे होते हैं, जिससे उसके गले की डोरी बँधी रहती है। जब तक स्त्री माँ नहीं बनती तब तक उसकी देह सूनी रहती है, माँ बनकर ही उसकी देह की माटी में जो ख़मीर का मिश्रण होता है, उससे उसके मुख और शरीर पर नई आभा, नई लोनाई नज़र आने लगती है। वह त्याग, ममत्व, और बलिदान की मूर्ति बन जाती है। माँ बनकर स्त्री देह की परिणति से परे पहुँच जाती है। जीती भी है तो बच्चों के साथ और आत्महत्या भी करती है तो बच्चों के ही साथ, ऐसा विचित्र संबंध स्त्री का और किसी से नहीं हो पाता। बच्चों से आँतों का रिश्ता होता है और यही आँतों का रिश्ता जीवन की डोर बन जाता है। पुरुष उसे माँ बनाने के लिए माध्यम बनता है और सारी उम्र ही पुरुष उसके जीवन में केवल एक बिचौलिए के रुप की ही भूमिका निभा पाता है। ख़ुद कभी खूँटा बनकर उसे बाँधने की शक्ति नहीं सजो पाता। शायद इसलिए ऐसा होता होगा, क्योंकि पुरुष स्त्री की देह से आगे बढ़ने की बात नहीं सोच पाता, सारी उम्र वह नारी शरीर की भूल-भुलैयों में ही गुम रहता है, उसके मन की तहों तक पहुँचना ही नहीं चाहता। स्त्री और पुरुष के रिश्ते इसी कारण टिकाऊ और मज़बूत नहीं होते। एक समय-अवधि तक ही उनका रिश्ता क़ायम रहता है, बाद में तो बस जीने की अनिवार्यता, मज़बूरी शेष रह जाती है। एक समय के बाद पुरुष

नारी की उपेक्षा करने लगता है। और उपेक्षित नारी बच्चों की तरह सरक जाती है। इसी कारण से भी पुरुष की आँखों में बच्चे उसे खटकने लगते हैं। स्त्री को वह कंकाल, ग़रीब, रोगी, बना देखना चाहता है, परंतु बच्चे उसे कंकाल अकेला होने से बचा लेते हैं।

नारी की परिभाषा पुरुष ने अपने शास्त्रों में और तरीक़े से लिखी है। जैसा उसे कुलटा, चरित्रहीन, दुष्टता, ठगनी कहा है, परंतु माँ के बार में पुरुष कोई परिभाषाएँ नहीं दे पाया। पुरुष का संबंध केवल स्त्री की देहार्थ तक ही सिमट कर रह गया है। उसके लिए नारी केवल देह है और कुछ नहीं।

सुहासनी के भीतर माँ जागृत हो गई थी। माँ के दायित्व को निभाने की भूमिका में वह सक्रिय हो उठी थी।

घर में गहमागहमी बढ़ गई थी। ब्याह की धूमधाम शुरू हो गई थी। सूर्य-भवन एक वधू की भाँति ही सज उठा था। मंगलगीत के मधुर स्वर से कोठी गूँज रही थी। सारे नगर में ब्याह की चर्चा थी। विवाह के निमंत्रण इंग्लैंड तक बाँटें गए थे। बड़े-बड़े अतिथियों के आने का समाचार नगर के कौतुहल का विषय था। विशेष अँग्रेज अतिथियों के स्वागत की तैयारियों में सभी जुटे थे। सुना था। इंग्लैण्ड से भी महारानी विक्टोरिया के विशेष प्रतिनिधि आने वाले हैं। सभी और विशेष उत्साह का वातावरण था। अद्वितीय सजावट के साथ मैदान को मंड़प में बदला जा रहा था। बड़े लोगों के घर ब्याह-शादी पारिवारिक अनुष्ठान नहीं होता है, बल्कि समाज में प्रतिष्ठा का माध्यम और अपनी हैसियत दिखाने और बनाने का सूत्र होता है। अपने निजी स्वार्थ के लिए शासन-व्यवस्था के साथ तालमेल बैठाने का राजनीति राजतंत्र ही होता है।

मोहन का विवाह भी रायबहादुर गोपीलाल के लिए अपनी हैसियत बनाने तथा शासन और प्रशासन को प्रसन्न करने का माध्यम था। इससे वह बड़े-बड़े लोगों को अतिथि सेवा से प्रसन्न करना चाहते थे, तथा अपने बराबर के ज़मींदार और जागीरदारों में अपना दबदबा क़ायम करना चाहते थे। इस कारण रुपया पानी की तरह बहाया जा रहा था। गोपीलालजी को पता था। यह जो पूँजी वह खर्च कर रहे हैं, दरअसल वह गँवा नहीं रहे, बल्कि यह जुआ में दाँव पर लगा रहे हैं। इस पूँजी से उन्हें सौ गुना बढ़ी हुई पूँजी दोनों हाथों से बटोरनी है। अँग्रेज़ों के विशेष प्रतिनिधि के आगमन के समाचार ने अपने आप उपचार का कार्य किया था। लोग अपने आप बढ़-बढ़कर आगे आकर मदद कर रहे थे। रुपयों की थैलियाँ ला-लाकर दे रहे थे। साथ ही अपने कार्यों की, अपनी इच्छाओं की सूची भी गोपीलाल को थमा रहे थे। गोपीलाल भी अपने रहस्य चरित्र से प्रेरित लोगों को वादा कर रहे थे, प्रलोभन और आशा का पाठ पढ़ा रहे थे। विश्वास दिला रहे थे कि उनके सारे कठिन कार्य वह बस चुटकी बजा कर करवा देंगें।

रायबहादुर गोपीलाल को कोई विशेष भागा-दौड़ी नहीं करनी पड़ रही थी। सारे काम आप-से-आप हो रहे थे। जैसे जादू की छड़ी घुमाने से अल्लादीन का कोई चिराग़ वाला जिन्न आ गया था। अल्लादीन के पास तो केवल एक जिन्न था, यहाँ तो गोपीलाल के पास ऐसे सैकड़ों जिन्न थे, जो इशारा करते ही कार्य-सिद्धकर देने के लिए आतुर-लालायित थे। विवाह के भव्य आयोजन की कीर्ति दूर-दूर तक फैल गई थी। दूर-दूर के घरों में केवल गोपीलाल के घर का ब्याह समारोह ही चर्चा का विषय था।

दूर-दूर से नाट्य मंडली वाले रामलीला का राम ब्याह, नौटंकियाँ, जादू के रहस्य वाले, क़व्वाली वाले, अतिशबाज़ी वाले, अखाड़े वाले आकर अपने दलों के साथ आ पहुँचे थे। उनके डेरे लगा दिए गए थे। महीनों चलने वाले इस आयोजन में सबको अपने-अपने कार्यक्रम की तिथि बाँट दी गई थी। मेले का-सा वातावरण हो गया था। शहरवासियों का जन-जन उत्साह देखते बन रहा था।

अलग-अलग व्यवस्था के लिए व्यक्ति विशेष की नियुक्ति की गई थी। जो आदमी जिस चीज़ का जानकार-विशेषज्ञ था, उसे वही कार्य दिया गया था। ढेरों हरकारे भागा-दौड़ी में लगे थे। इन सब के ऊपर भी सारे प्रबंध को देखने के लिए एक विशेष मुखिया रखा गया था।

अब तक लोगों ने छप्पन भोज वाली बात केवल क़िस्से-कहानियों में ही सुनी थी, परंतु पहली बार जीवन में प्रत्यक्ष देख रहे थे। एक बड़े मैदान में पूरे भारत से आए हलवाइयों के लिए टेंट लगे थे। हर व्यक्ति अपनी कला में एक-से-एक बढ़कर एक उस्ताद था। ऐसी-ऐसी मिठाइयों का वर्णन जिसे कभी सुना, न देखा था उसे जब गली-मोहल्लों में लोग एक-दूसरे को उसका विवरण बताते तो सुनने वाला दाँतों ले उँगली दबा लेता और अदृश्य मिठाई आँख के आगे जीवित हो उठती, उसके स्वाद से मुँह में लार बहने लगती थी।

मौसम का कोई धोखा ही न हो, इस कारण बीच सर्दी को चुना गया था। ठिठुरती सर्दी में ब्याह के आयोजन से अच्छी ख़ासी गरमाहट भर गई थी।

ब्याह के समय पृथादेवी ने जो साड़ी पहन रखी थी, उसे कश्मीरी कारीगरों ने महीनों लग कर विशेष रूप से बनाया था। सोने के तार से बेल बूटे काढ़े गए थे, सच्चे मोती बीच में जड़े थे। साड़ी पहनकर पृथादेवी स्वर्ग की अप्सरा लग रही थी। चमचमाते आकाश के तारे जैसे उसके शरीर के वस्त्रों में टके थे और विशेष आभा दे रहे थे। मोहन ने सोने की जरी के तारों से विशेष शेरवानी, चूड़ीदार पैजामा और ज़रीदार साफ़ा बाँधा था।

छह घोड़े की शानदार सजी बग्घी में बैठाकर पृथदेवी को आयोजन स्थल पर लाया गया था। सजे हाथी पर मोहन बैठे थे। दोनों उतर कर बिछे लाल क़ालीन पर चलकर आए। दोनों ओर से ढेरों फूलों की वर्षा हुई। वर-बधू को देखने के लिए

विशाल जनपद उमड़ पड़ रहा था। सारे राजपथ सजाए गए थे। ढेरों स्वागत द्वार बनाए गए थे। हर विशेष प्रतिनिधि अतिथि के सम्मान में अलग द्वार बनाया गया था।

स्वागत में विविध प्रकार के मंगलगीत और वाद्य बजाए जा रहे थे। वेदी के समीप दोनों को बैठाया गया। वेद-मंत्रों का श्लोकों का, उच्चारण हुआ। दम साध कर सभी ने ध्यान से सुना। विवाह सम्पन्न होने पर चारों ओर से बधाई की प्रतिध्वनियाँ सुनाई देने लगीं। इत्र और गुलाबपाश का चारों ओर छिड़काव होने लगा। उपहारों का ढेर लग गया।

विवाह के बाद अतिथियों को भोजन कराया गया। चाँदी के बर्तनों में विशेष भोज का आयोजन किया गया। हर तरह का भोजन था। अँग्रेज अतिथियों के लिए विशेष शिकार के जानवरों से भोजन तैयार किया गया था। सुअर, हिरन, चीतल, मोर, नीलगाय, सामर के गोश्त से भाँति-भाँति के व्यंजन बनाए गए थे। क़ीमती शराब पी जा रही थी। वर-वधू ने बैठकर अँग्रेज अतिथियों के साथ भोजन किया। हर एक की आँख वर-वधू पर टिकी थी।

मोहन की फ़र्राटेदार अँग्रेजी से सभी अँग्रेजी से सभी अँग्रेज अतिथि प्रसन्न थे। और भारतीय अतिथि दंग थे। पृथादेवी से भी अँग्रेज मेमों ने बोलना शुरू किया तो पृथादेवी के माथे पर पसीना आ गया, आँखों से आँसू भर गए। पृथादेवी अँग्रेजी थोड़ा-बहुत ही समझ पा रही थी। बोलना तो उसे आता ही नहीं था। मोहन चौंका। चकित-सा पृथादेवी को तकता रहा गया। पिता ने तो बताया था कि पृथादेवी अँग्रेजी माध्यम से पढ़ी-लिखी है। मोहन इस धक्के के लिए तैयार नहीं था।

एक मेम ने हँसकर मोहन से कहा—''मोहन, तुम तो बढ़िया अँग्रेजी बोलते हो, तुम्हारी दुल्हन को तो लगता है अँग्रेजी नहीं आती।''

मोहन अपमानित-सा हो गया। उसका चेहरा तमतमा उठा। अँग्रेज मेम को शराब का गिलास पकड़ाकर मोहन पृथादेवी के निकट आया।

''तुम्हें अँग्रेजी नहीं आती?''

''नहीं।''

''तब तो मेरे साथ धोखा हुआ है।''

''मैंने हिंदी और संस्कृत पढ़ी है।''

''वह भी कोई भाषा है, वह तो गँवारों की भाषा है।''

मोहन गुस्से से अपने इंग्लैंड से आए मित्रों के निकट चला गया और उसके साथ हँसने बोलने लगा। सब नाच रहे थे। मोहन भी अपनी अँग्रेज महिला मित्रों के साथ नाच रहा था।

पृथादेवी ठगी-सी अपमानित होकर देखती रह गई। आज पहले ही दिन उसे अयोग्य साबित कर दिया गया था। उसे असंस्कृत और अनपढ़ क़रार दे दिया गया

था। उसकी हिंदी और संस्कृत की पढ़ाई कोई अर्थ नहीं रखती थी। पृथादेवी को लगा कि वह नितांत जंगल में अकेली खड़ी है। और चारों ओर उसके जंगली जानवर हल्ला मचा रहे हैं, अपनों के बीच अजनबी की तरह वह खड़ी रह गई थी। उसे लगा वह असभ्य लोगों के बीच आ गई है। लज्जा और संकोच से वह जैसे धोती में गड़ी जा रही थी। उसकी आँख से झर-झर आँसू बहने लगे, जिसे उसने जल्दी से पोंछ लिया। उत्साह के उन्माद और कोलाहल के वातावरण में सब अपने में खोए थे।

माँ ने जहाँ पृथादेवी को अपने सर का मुकुट समझा था, वहीं बेटे ने क्षण-भर में एक मक्खी की तरह झटक दिया था। दोनों में कितना अंतर था। पृथादेवी जीवन के पहले चरण में पैर रखते ही जैसे सहम गई थी। बचपन से पाली कल्पना कपूर की तरह उड़ गई थी। बाल सुलभ, भावुक मन लाजवंती के पेड़ की तरह ही छूते ही तत्काल मुरझा गए। तरह-तरह के डरावने प्रश्नों ने उसे भयभीत-सा कर दिया। मन लुहार की धौकनीं की तरह ज़ोर-ज़ोर से धड़कने लगा।

रात्रि को ढेर महिलाओं ने जब उसे फूलों से सजे कमरे में पहुचाँया तो पृथादेवी को थोड़ी आशा बँधी परंतु रात्रि के बीतते एक-एक पल ने उसे उसकी हैसियत का भान कर दिया। मोहन की कार कोठी में नहीं आई। देर रात को सूचना आई कि मोहन अपने इंग्लैंड के मित्रों के साथ पार्टी में व्यस्त है।

गंभीर धैर्य तथा संयमित-संतुलित पृथा ने इस दुर्घटना को अपना भाग्य समझ स्वीकार लिया। दोनों हाथों में अपना चेहरा ढांपकर वह फफक उठी। इतने बड़े परिवार की बहू बनने का सौभाग्य उसे मिला था। सिंहासन पर बैठाकर भाग्य ने उसे किस तरह ठगा था। आशा, उत्साह उमंग से भरकर जिस छह घोड़ों की बग्घी से वह उतरी थी, अब उसे लग रहा था जैसे अप्रतिम वैभव ने उसकी बलि ले ली थी। विशाल सजी कोठी सजावट के लिए वह केवल एक अनुपम मूर्ति मात्र है।

भाग्य की षड्यंत्रकारी ब्यूह-रचना में वह घिर चुकी थी, निकलने का कोई मार्ग नहीं था। निकलने की चेष्ठा में अभिमन्यु की तरह उसे भी मृत्यु ही मिलनी थी, क्योंकि अभिमन्यु की तरह ही उसे भी राजनीति-युद्ध के शस्त्रविद्या का अधूरा ही ज्ञान था। भविष्य के अंधकार से वह अनजान थी। मूक-बधिर बनकर रह गई थी। पति के भावहीन व्यवहार ने उसे जड़ बना दिया था।

ब्याह के पूरे आठ दिन बाद जब मोहन के सभी साथी इंग्लैंड चले गए तब मोहन को घर की सुध आई। शराब के नशे में चूर मोहन को पति के रूप में पाकर पृथा भौचक्की रह गई समझ गई उसकी आवश्यकता पति से अधिक सास सुहासनी को अधिक थी। पूरे एक माह ठहर कर मोहन वापस अपनी पढ़ाई पूरी करने इंग्लैंड चला गया। पृथा बहुत रोई-गिड़गिड़ाई परंतु पति ने उसकी भावुकता को बेवकूफ़ी बताया।

"पत्नी को क्या चाहिए? कोठी, कार, गहनें, साड़ियाँ, वैभव, नौकर-चाकर सभी तो हैं। अच्छी और आदर्श पत्नियाँ इन्हीं में अपना मन लगाती हैं, पति के पल्लू से बँधे रहने के लिए नहीं होता। उसे तो बाहर काम करना है, शासन और सत्ता सँभालनी है।"

पति की बात सुनकर पृथा विस्मित रह गई। अभी जीवन का समय प्रारंभ होना ही था और प्रमुख मुखिया की हत्या कर दी गई। बिना युद्ध के ही पराजय स्वीकारनी पड़ी। राजकुल की स्त्रियों का दुर्भाग्य उसके भी भाग्य में लिखा था? महलों का एकाकी जीवन और खुली जेल की यातना भोगना लिखा था। स्त्री-जन्म की यातना का अभिशाप उसे भी ढोना था! आगे भाग्य में कितना और क्या सुख होगा, यह बात अपने भविष्य की जन्म-पत्रिका का पहला प्रहार देख अनुमान लगा चुकी थी। भाग्यहीन के भाग्य की रेखाएँ तो सामने खुली थीं। अपने ही नरवीविष से वह घायल हो गई थी। पति के बिना प्रेम-स्नेह के नारी-जनम कितना सार्थक होगा, इसके अंधकारमय परिणाम का धुँधला रेखाचित्र उसे नज़र आने लगा था। बिना नमक का स्वादहीन भोजन वह चख चुकी थी। पृथा शांत, गंभीर, क्षुब्ध-सी बैठी रही।

ब्याह के पूर्व जो मन में अपने ब्याहता जीवन को लेकर जो ज्वार-भाटा उठा था, वह सब शांत हो चुका था। चारों ओर अब सन्नाटा-ही-सन्नाटा था। मूढ़-अवाक् सी वह पत्थर की शिला बनी रह गई। सारी जिज्ञासाएँ समाप्त हो चुकी थीं, मन का कोलाहल थम गया था।

घर में मेहमानों की गहमागहमी अभी थी। घर में नाते-रिश्तेदारों की भीड़-भाड़ पृथा को अच्छी नहीं लग रही थी। रोज़ कोई-न-कोई ढोलक लेकर गाने और नृत्य करने वालों का टोल पहुँच जाता और नाचता-गाता था। घर भर का मनोरजंन होता रहता था। रोज़ाना घर में एक-न-एक जंगली शिकार मार कर लाया जाता और दावत का भोज होता। विदेशी शराब की ढेरों बोतलों का ढेर लग जाता। पृथा एक विदुषी कन्या थी। हमेशा प्रथम श्रेणी में ही उसने अपनी पढ़ाई पूरी की थी। वेद, महापुरुषों की जीवनियाँ पढ़ने में उसकी विशेष रुचि थी। इतिहास उसका प्रिय विषय था। इतिहास की पुस्तकों में वह हमेशा डूबी रहती थी। ज्योतिष ज्ञान में भी उसकी दिलचस्पी थी। सब विद्या में निपुण थी, परंतु जैसे वह गृहस्थी का गणित समझ नहीं सकी। गृहस्थ जीवन के ग्रहों की गणना में उससे भूल हो गई थी। पति की राशि में नीच का मंगल था। जिसने दंगल करा रखा था। यह बात उसके अपने परिवार के पंडित ने उसके पिता से कहा था, परंतु पिता इतने बड़े परिवार के इकलौते पुत्र के रिश्ते का लोभ छोड़ नहीं सके थे। पृथा स्वतंत्र विचारों वाले घर में पली थी। उसके परिवार के सभी लोग अँग्रेजों के विरुद्ध थे। शुद्ध, परंपरावादी परिवार था। देशी भोजन तथा देशी रहन पर विश्वास करते थे। पृथा के घर भोर वेद-मंत्रों के उच्चारण से प्रारंभ होती थी। यज्ञ-अनुष्ठान का आयोजन परिवार में होता रहता था। पृथा के विवाह

का प्रारंभ ही यज्ञ-अनुष्ठान से हुआ था। दूर-दूर के ब्राह्मणों, मुनियों और अतिथियों का जमावड़ा हुआ था।

मोहन अपनी अधूरी पढ़ाई पूरी करने वापस इंग्लैंड चले गए थे। समंदर के किनारे पड़ी रेत की तरह पृथा पीछे छूट गई थी। समंदर की लहरें जहाज़ को बहुत आगे ले जा चुकी थीं। बालू की भुरभुरी माटी पर वह खड़ी थी, जहाँ पैर टिक नहीं पाते थे। स्थिर नहीं रह पाते थे। क्या वह जीवन की ऐसी ही भूमि पर नहीं खड़ी थी? असुरक्षित भविष्य ने उसके स्त्रीत्व, रूप, यौवन, मर्यादा की बलि नहीं ले ली थी? जीने के लिए मुट्ठी भर विश्वास भी जो पति उसे नहीं दे सका, उससे वह आगे क्या उम्मीद रखे। वह लौटेगा भी या नहीं, इस बात तक का आश्वासन उसने नहीं दिया था।

पृथा का कोमल संवेदनशील मन मुरझाए फूल की तरह कुम्हला गया। फूलों की पंखुड़ियाँ एक-एक कर झरने लगीं।

32

सूर्यभवन के ठाठ देखकर पृथा दंग थी। पूरी कोठी जैसे पाश्चात्य सभ्यता के रंग में डूबी थी। रोज़ाना घर में किसी-न-किसी बहाने अँग्रेज मित्रों का भोज-नृत्य होता। अँग्रेज़ी धुन पर पूरी कोठी थिरकती थी। किसी राजमहल के बराबर ही उस घर में सुख-सुविधा और ठाठबाट थे। चारों और वैभव-ही-वैभव का साम्राज्य था। भोर को सूर्य भी निकलता तो सबसे पहले उसकी किरण सूर्यभवन को स्पर्श करती फिर धरती पर पड़ती थी। रात्रि को सूर्यभवन की आभा के आगे चंद्रमा की आभा भी फीकी लगती थी। सभी का यह मानना था कि पूर्व जन्म के अच्छे कर्मों के प्रताप के कारण ही रायबहादुर गोपीलाल के घर ऐश्वर्यदास के रूप में चाकर बन गए थे।

दोनों परिवार की संस्कृति एकदम भिन्न थी। पृथा इस वातारण की आदी नहीं थी, कारण तालमेल बैठाने में उसे समय लग रहा था। जिस प्रकार पक्षी उड़ान भरने से पूर्व अपने पंखों को तौलता है, उसी तरह पृथा भी कमरे से बाहर पैर रखने से पहले भयभीत-सी वातावरण को तौलती-निरखती थी। भैचक्की-सी जगर-मगर होकर कोठी की भव्यता को निहारती थी। किसी भी चीज़ को छूने तक में उसे भय होता था। घर की हर चीज़ बहूमूल्य थी, सभी कुछ जहाज़ में लदकर समंदर पार से आया था। चाय की पत्ती, सिगरेट, तंबाकू सेंट, कपड़ें फर्नीचर, क्राकरी, हवेली में लगे काँच, खिलौने, सजावट की सामग्री, मोटर गाड़ियाँ फिटन, सारा-का-सारा सामान विलायत से आता था। कोठी में रहने वाले लोगों को छोड़कर बाक़ी सब कुछ विलायती था।

पृथा को अपनी सास सुहासनी के पास तथा ताई सास लता के पास बैठना पसंद था। दोनों का उसके प्रति विशेष स्नेह-प्रेम था। जब भी समय मिलता लता पृथा के पास टोह लेने आ जाती।

"बहू, कैसी हो, क्यों घबरा तो नहीं रही हो?"

"नहीं, ताईजी।"

"कोई कष्ट, किसी चीज़ की ज़रूरत हो तो कह देना बेटी।"

"नहीं, कोई कष्ट नहीं है। भला यहाँ इतनी सुख-सुविधा में रहने के बाद मुझे क्या संकट होगा।"

"कैसा लगा हमारा बेटा मोहन?"

"जी ठीक है", पृथा ने लजाकर सर नीचे कर लिया, "विदेशी प्रभाव अधिक है।"

"विदेश में पढ़ता है तो वहाँ का प्रभाव तो होगा ही," लता ने पृथा की गंभीरता और उदासी को लक्ष्य करते हुए कहा।

पृथा नहाकर आई थी। उसके गीले बाल पीठ पर बिखरे थे। गीले बालों के कारण पीठ का ब्लाऊज और कमर पर की साड़ी गीली हो गई थी। हल्की बसंती साड़ी में वह सुंदर लग रही थी।

"ताईजी, ढेर सारी उमंग, भावना और कौतुहल के साथ मैंने ब्याहता जीवन में प्रवेश किया था, परंतु अब लगता है, क्या वास्तव में गृहस्थ जीवन की यही सच्चाई है?"

"इतनी जल्दी निर्णय मत लो बहू। यात्रा के शुरू में कई बार बड़ी अव्यवस्थाएँ हो जाती हैं, इसका अर्थ यह नहीं कि यात्रा सुखद नहीं होगी? ऐसा अनुमान लगाना ग़लत होता है। नए वातावरण में, फिर एकदम दो अनजान व्यक्तिओं का मिलन, दोनों तरफ़ से व्यवहार में गाँठें होती हैं, खुलने में समय लगता है। हम भारतीय स्त्री तो वैसे भी सारी उम्र पति के सामने खुल नहीं पातीं।"

"ऐसा क्यों होता है ताईजी?" पृथा जिज्ञासा से भर उठी।

"बेटा, इसलिए कि हमारे यहाँ पति स्त्री का दोस्त नहीं मालिक होता है। उसके व्यवहार में दोस्ती का लहजा नहीं होता, बल्कि उसके स्वर में मालिक होने की ध्वनि सुनाई देती है। इस कारण भी दोनों के बीच की दूरियाँ कभी समाप्त नहीं हो पाती हैं। जैसे हमारे और नौकर के बीच की दूरियाँ समाप्त नहीं होती। नौकर चाहे कितना पुराना, स्वामी भक्त हो, अपनी जाने दे दे परंतु दोनों के बीच की दूरियाँ समाप्त नहीं हो सकतीं। हम लोग जो पुरानी पीढ़ी के लोग हैं, हमने कभी इस पर विचार नहीं किया, तुम नई लड़कियाँ पहले दिन से जाने क्या-क्या सोचने लगती हो। पति के अलावा, कुल, सास-ससुर, वैभव भी तो देखो। तुम इस घर की राज़रानी हो। पति का स्वभावगत बुराइयों पर ध्यान मत दो। वह दूसरे वातावरण में पला-बढ़ा है।"

"तो क्या ताईजी, यह मानना होगा कि पति केवल स्त्री का स्वामी तथा आश्रयदाता ही है?"

"बहुत हद तक सही है। पुरुष के भीतर की यह भावना की यह भावना धन तथा वैभव के साथ अधिक बढ़ती जाती है। पुरुष जितना बड़ा आदमी होगा, उतना ही अत्याचारी होगा। वह अपनी प्रतिष्ठा की ख़ातिर ही सारे काम करता है। इसी कारण देखो पहले जिस राजा कि जितनी रानी और दासियाँ होती थीं, उतना ही वह शक्तिशाली माना जाता था। पहले तो बक़ायदा स्त्रियों की ख़रीदी-बिक्री के लिए हाट भरते थे। व्यापारी आते थे और स्त्री का रूप रंग-शरीर-आयु देखकर मोल लगाया जाता था। यानी स्त्री पहले घरेलू उपयोग की वस्तु की तरह ख़रीदी तथा बेची जाती थी। अब कम-से-कम ऐसा नहीं है, इस कारण हमें उम्मीद रखनी चाहिए कि धीरे-धीरे सुधार हुआ और आगे होगा।"

"मनुष्य का जानवर की तरह क्रय-विक्रय? कितना घोर अपराध था। एक इंसान दूसरे इंसान के साथ पशु की तरह व्यवहार करता था। उसमें सुधार हुआ है, इसको सोचकर हम संतोष कर लें यह कितना ग़लत है। हम मनुष्य से मनुष्य की तरह ही व्यवहार की आशा क्यों नहीं रखते? दयाभाव की आशा करते हैं कि चलो कल ठीक होगा, इसी उम्मीद में जीवन काट देते हैं। यह तो ग़लत है न ताई जी?"

"तुम ठीक कहती हो बहू, तुम पढ़ी-लिखी हो इस कारण अपने दुःख-सुख को घुमा-फिराकर उसका आगा-पीछा देख लेती हो, हम लोग तो मूर्ख थे, जैसे मिला, वैसा ही जीवन बिना सोच-विचारे जी लेते थे। यह करना भी चाहिए, इसमें बुराई भी कुछ नहीं है, परंतु तुमसे बस एक निवेदन है कि यहाँ का आकलन करते समय केवल मोहन के आचार-व्यवहार को मत देखना, दूसरी बातों पर भी ध्यान देना। सुहासनी ने तुम्हें बहुत सोच-विचार कर अपनी बहू बनाया है, उसके विश्वास को चोट मत देना। इस घर की आभा-बरकत सब सुहासनी के कारण ही है, वही आभा अब तुममें देखना चाहते हैं," लता ने भाव-विहल होकर भावुक शब्दों में कहा।

"नहीं-नहीं, ताईजी," पृथा घबरा उठी, "वह तो आप दोस्त जैसी लगी इस कारण मैंने आपसे इतने विस्तार से बात कर ली। हम स्त्रियों को अपनी स्थिति पर चर्चा करने का, विचार करने का तो अधिकार होना चाहिए न?"

"अधिकार? यह तुमने ख़ूब कहा, बेटा अधिकार माँगने से कभी नहीं मिलते। यह तो अपने आप मिलना चाहिए, तभी उसका महत्व होता है। मन से दी गई वस्तु में और हाथ से छीन कर ली गई वस्तु प्राप्त करने में अंतर होता है।"

"तो क्या भाग्य के भरोसे हाथ-पर-हाथ धरकर बैठे रहना चाहिए?"

"यह मैंने कब कहा? परंतु अच्छा नाविक वही होता है जो मौसम की नबज़ को पहचाने। अपना संतुलन बनाए। मौन रहकर सधकर चले तो वह कभी तूफ़ान

में नहीं घिर सकता। मौन रहना चुप बैठाना नहीं होता? तब भी हम अपनी बिखरी शक्तियों को बटोर कर संतुलित करते हैं।''

''आप वास्तव में ताईजी बहुत बुद्धिमान हैं'', परंतु क्या ऐसा हमेशा से नहीं हुआ कि एक पीढ़ी दूसरी पीढ़ी को समझाती-बुझाती रही। उसे संतुलन बनाने का सधकर चलना सिखाती रही। इस कारण भी शायद स्त्रियों को कभी उनका सही स्थान नहीं मिल पाया?''

''निस्संदेह तुम्हारी बात सत्य है, परंतु इसमें बुरा क्या है? एक यात्री जो अपने अंतिम पड़ाव पर पहुँचकर अपनी थकान उतार रहा हो वह अपने अनुभव से सामने वाले को समझा तो सकता है न? जीवन इतना बुरा नहीं है, जिसे देखकर हम शुरू में भयभीत हो उठते हैं। यह ज़रूर है हम अति इच्छा की कामना के साथ ही जीवन जीना शुरू करते हैं, जब वैसा नहीं मिलता तो घबरा जाते हैं। तुम ऐसा मत सोचो। तुम्हें प्रतिष्ठा और सौभाग्य दोनों ही मिलेंगे। हाँ तुमने तत्काल इसकी आशा की थी, वह तुम्हें धीरे-धीरे समय पर मिलेगा। यह तुम्हारे साथ हुआ है। तुम हम सबकी आशा हो, मर्यादा हो।''

''ताईजी आशा कहिए, मर्यादा मत कहिए। जाने क्यों इस शब्द में मुझे आहुति की, बलि की बू आती है। मर्यादा के लिए ही तो हम अपनी बलि दे देते हैं। आशा हमें आगे बढ़ने के लिए प्रेरित करता है। परंतु मर्यादा हमारे जीवित शरीर की बलि माँगता है।''

''चलो, तुम्हारी बात ही सही है। बस तुमसे आशा रखते हैं। मैं तो तुम्हें आशीष देती हूँ कि तुम्हें शीघ्र ही अपना सौभाग्य और प्रतिष्ठा दोनों ही मिल जाएँ। कुलवधु परंपरा को निभाते हुए अपने लक्ष्य को भी प्राप्त करो।''

''हाँ अब आपने ठीक कहा। केवल कुलबधू ही नहीं, मुझे मेरा लक्ष्य भी मिलना चाहिए और एक स्त्री के आगे पति का समूचा स्नेह ही उसका लक्ष्य होता है।''

''देखो बहू, हम सोचते हैं, नदी अपने आप बहती है, नहीं कभी-कभी हमें उसके लिए रास्ता बनाना पड़ता है। उसके वेग को अपने सुविधानुसार मोड़ना पड़ता है, ऐसे ही जीवन की गति को भी हमें अपने मन-मुताबिक़ दिशा देनी चाहिए। नदी के नीचे, उसके गर्भ में कितना पत्थर-चट्टानें होती हैं, पर उन्हें वह ढक लेती है। हम दूर से जब नदी के पानी को देखते हैं तो सोच भी नहीं पाते कि इसके गर्भ में इतनी बड़ी-बड़ी चट्टानें होगीं। हमें तो वह दूर से बहती शांत नदी ही दिखती है, इसी तरह हमें अपने जीवन के बड़े-बड़े दुःखों को अपने भीतर छुपा लेना चाहिए। उन्हें ऊपर आने नहीं देना चाहिए। अपने पर हावी होने नहीं देना चाहिए। मनुष्य जीवन की इसी में सफलता है। उथले लोग अपने दुःखों का प्रदर्शन करते हैं।''

''आप तथा आप से पहले की पीढ़ी के लोग सभी महान स्त्रियाँ थीं ताईजी,'' पृथा ने स्तब्ध होकर लता के मुँह को निहारा और प्रशंसा से बोली, ''आप लोगों

ने कितने बड़े-बड़े दुःख सहजता से स्वीकार लिए, ज़रा भी चूँ-चपड़ नहीं की। अपनी बड़ी व्यथा को छोटा करके देखा और सोचा। इतना धैर्य, इतना बड़प्पन हम लोगों में कहाँ है।''

''धैर्य कहीं से उधार नहीं लिया जाता, वह तो भीतर से धीरे-धीरे उगता है। जीवन की व्याधियाँ ही संतुलित होना सिखा देती हैं। आज जो बातें तुम कह रही हो, मैं जानती हूँ, कल नहीं कह पाओगी। जब मैं कभी याद भी दिलाऊँगी तो तुम्हें विश्वास नहीं आएगा। ऐसा ही होता है बहू। तुम्हारे साथ नहीं सब के साथ ऐसा होता है। हम जब-तक दूर खड़े रहते हैं या पहली बार किसी घर में प्रवेश करते हैं। तब हमें उसमें ढेर सारे दोष-ही-दोष नज़र आते हैं, परंतु जब उसमें रहने लगते हैं तो अपने आप सब अच्छा लगने लगता है, बल्कि हम उसके दोष ढकने लगते हैं, छुपाने लगते हैं। तब वह हमें अपना लगता है। ज्यूँ-ज्यूँ दिन गुज़रने लगते हैं, उतना ही अच्छा लगने लगता है। ऐसा क्यों होता है? वह इसलिए होता है कि हम उसे स्वीकार कर लेते हैं। हमारे भीतर आस्था पैदा हो जाती है। जीवन बड़ा विचित्र है रे बहू, इसे जितना दुतकारों वह उतना ही हमें मोह-माया में फँसाता जाता है, कुत्ते की तरह हमारे तलवे चाटता रहता है और हम उसके इस मायाजाल से अंत तक मुक्त नहीं हो पाते। बचपन में माता-पिता का मोह बाँधे रहता है, बड़े होने पर अपनी गृहस्थी और पति का, बुढ़ापे में बच्चों का मोह बाँधे रहता है। हम कोल्हू के बैल बनकर रह जाते हैं।''

''आप तो बहुत विद्वान है ताईजी।''

''विद्धान नहीं कहते रे बहू, अनुभवी कहते हैं। जाने तुम लोग पढ़-लिखकर कौन-सी भाषा बोलने लगते हो? क्या पढ़, लिखकर मनुष्य इतना एकाकी हो उठता है? बस अपना ही सोचता है, दूसरो का नहीं? तुम तो इस परिवार की उठती दीवार में ईंट की तरह लगा दी गई हो, यदि एक ईंट भी खिसकती है तो पूरी ढह सकती है। दूसरों से बँध गई हो, जुड़ गई हो।''

''हाँ आपने ठीक कहा।''

''जब तुम घर में नहीं आई थीं, तक शुद्ध जल थीं, परंतु यहाँ आकर तुम्हारा अपना रंग रहा ही नहीं, सब में शामिल हो गई हो, हर रंग में मिल गई हो। अपने सुख-स्वप्न को भूल जाओ, दूसरो के सुख-स्वप्न को देखो। तुम्हारा और दूसरों का सुख-दुःख पृथक नहीं है। बस सोचने और देखने की दृष्टि बदल गई है। बस समझो सोचने का ढंग बदल गया है। यह जिस दिन से लगने लगेगा उस दिन से समझो तुम्हारे अपने दुःख तुम्हें कम लगने लगेंगे।''

''ताई, ऐसी व्यवस्था कब तक चलती रहेगी। स्त्री कब तक गृहस्थी तथा पति की मोहताज बनी रहेगी, कहीं इसका अंत होना चाहिये न?''

''व्यवस्था नहीं है रे बहू, इसे किसी ने बनाया नहीं और किसी ने इसे कानून

में बाँधा है। यह तो हम खुद ही अपने आप सामाजिक पारिवारिक व्यवस्थाओं के कानून में बँध कर रह जाते हैं। बंधन कोई लादता थोड़े है वह तो हम ख़ुद ही बँधा हुआ महसूस करते हैं। अब देखो एक नये बछड़े को जब हम पकड़ते हैं तो कैसे वह छूट-छूट कर भागता है। खुले मैदान या जंगल में तो दस व्यक्ति भी उस बछड़े को पकड़ नहीं पाते, परंतु जब वह बड़ा हो जाता है। और जब बैलगाड़ी में जोता जाता है उसके काँधे पर बोझ लादा जाता है, तो उसे अपने कर्त्तव्य का बोध हो जाता है। अब वह यही काम करता है। वह बँधे-बँधाए रास्ते पर चलता है, और उसी रास्ते से शाम को लौट आता है। हमारे गाँव में तो बहू, एक बार किसान को जो बैलगाड़ी पर हाट गया था, रास्ते में गुंडों ने मार दिया और उसे बैलगाड़ी में लाद दिया और बैलगाड़ी को हाँक दिया। बेचारे बैल धीरे-धीरे चलकर पूरी रात यात्रा करके दोपहर को अपने मालिक की लाश को लेकर सीधे घर ले आए। रास्ते में ख़ून के कारण गिद्धों ने उस व्यक्ति की दोनों आँखें नोच ली थीं। देखो बैलों की ईमानदारी। बैलों की तरह हम भी जीवन के इसी रट्टे में फँसकर रह जाते हैं, सध जाते हैं। जीवन की नियति समझकर सब स्वीकार लेते हैं। हमें कोई मजबूर नहीं करता है, ख़ुद मजबूर हो जाते हैं। तुम भी धीरे-धीरे आदी हो जाओगी। तब तुम्हें जीवन मजबूरी नहीं कर्त्तव्य लगने लगेगा।''

''आप बहुत चतुर हैं ताईजी,''पृथा के चेहरे पर भेदभरी मुस्कान खिल गई, ''अपनी बात को मनवाने के लिए, समझाने के लिए आपके पास बड़े-बड़े तर्क हैं।''

''यह भी तुम्हारी ग़लतफ़हमी है बहू, मैं समझा रही हूँ ऐसा नहीं, कल तुम ख़ुद यह सब दूसरे को समझाओगी। यह प्रकृति है। प्रकृति के संसार के नियम बने हैं। तुमने तो ख़ैर गाँव का जीवन नहीं देखा, हमने देखा है। वहाँ कहावत कही जाती है कि कुत्ता समझे हैं, उसी के बल पर उसी के साहरे दुनिया चल रही है। सो कैसे? सुनो। देखो जब बैलगाड़ी चलती है तो बैलगाड़ी पर सारी गृहस्थी लादकर बंजारे चलते हैं। उनका पालतू कुत्ता भी साथ होता है। कुत्ता बैलगाड़ी के नीचे-नीचे छाँव में चलता रहता है। बैल बेचारे धूप ओर गर्मी से तंग-दुःखी चढ़ाई चढ़ते जाते हैं। हाँपते रहते हैं, मुँह से फेन निकलता रहता हैं और कुत्ता आराम से बैलगाड़ी के नीचे छाया में चलता रहता है। जब बैलगाड़ी रुकती है तो वह भी रुक जाता, चलती है तो चलने लगता है। यात्रा के अंत में बैल तो हाँफते-थककर दूर बैठ जाते हैं। और कुत्ता घमंड में सर ऊँचा किये सोचता रहता है कि आख़िर उसने तो रास्ता पार कराया, उसी के निर्देशन में तो बैलगाड़ी चल रही थीं। वह नहीं होता तो बैलगाड़ी कैसे चल पाती। कुत्ते के इस भ्रम की तरह ही पुरुष का भ्रम होता है कि वही तो गृहस्थी को चला रहा था, ढोये था परंतु असली बोझा तो स्त्री ने बैलों की तरह अपने कांधों पर ढो रखा था। स्त्री यदि नहीं होती तो गृहस्थी की गाड़ी दो क़दम नहीं चल पाती। जिनकी पत्नी मर जाती हैं। उनके घर की हालत देखो क्या होती

है। इस सच्चाई को हम स्त्रियों को समझकर गृहस्थी की बागडोर को पकड़े रहना चाहिए। पति बस में न रह न सही गृहस्थी पर क़ब्ज़ा तो रखना ही चाहिए न? यह छोटी- सी बात हमारी नई उम्र की लड़कियों की समझ में नहीं आती। पुरुष तो बस गृहस्थी की बैलगाड़ी के नीचे चलता रहता है। बैलगाड़ी की छाया के आसरे वह अपनी यात्रा पूरी कर लेता है और यह मुग़ालता पाले रहता है कि उसी ने सारी यात्रा तय कराई। रास्ते के सारे कष्ट उसी ने झेले, जबकि सहती तो बेचारी नारी है। वह बैलों की तरह बैलगाड़ी में जुटी रहती है, पुरुष तो बस कुत्ते की तरह बैलगाड़ी के नीचे छाया में चलता रहता है। यह कड़वी सच्चाई जीवन की है।''

''आपके कहने का अर्थ है कि मेहनत स्त्री करती है और सारा-का-सारा श्रेय पुरुष ले जा लेता है,'' पृथा ने आश्चर्य से अपनी आँखें चौड़ी कर ली,'' अपने कितना सुंदर और सटीक उदाहरण दिया है ताईजी। भला ऐसा जीवन का असली सत्य पुस्तकों में कहाँ मिलेगा?''

''सटीट-वटीक कुछ नहीं, बस गाँव में माँ और दादी से कभी बचपन में सुना था। मेरी माँ का कहना था कि पति से स्नेह-पुचकार या सांत्वना की आशा नहीं रखनी चाहिए, बस अपनी गृहस्थी को अपने क़ब्ज़े में रखना चाहिए। अधिकार को छोड़ना नहीं चाहिए। हर व्यक्ति अपने भाग्य का लिखा जीवन का सुख भोगता है। और दुःख भी भोगता है। इसमें किसी की भागीदारी नहीं है। हम व्यर्थ ही दूसरों के दिए मुट्ठी-भर सुख की लालसा के पीछे अपने को तोड़ देते हैं, बरबाद कर लेते हैं। अरे, आशा ही मत करो। आशा ही तो दुःख का कारण है? बस चुपचाप नदी की तरह अपनी गति से चलते रहो।''

''जीवन में है तो आशा तो होती है न ताईजी? आशा मनुष्य ही तो कर सकता है, पशु तो नहीं कर सकता।''

''कर्मण्येवाधिकारस्ते मा फलेषु कदाचन, अर्थात मनुष्य का अधिकार केवल कर्म करने पर ही है। उसके फल पर नहीं, इस कारण फल की इच्छा रखो ही नहीं, देखो तुम्हें दुःख होगा ही नहीं। छोटी-सी बात है जो गीता में कृष्ण ने कही है।''

''अरे, आप तो बहुत ज्ञानी है ताईजी?'' पृथा चौंक गई।

''यह सारी बातें तुम्हारे ताऊजी कहते रहते हैं, रोज़ाना तो गीता पढ़ते हैं न?''

''आपने तो वास्तव में मेरी आँखें खोल दीं, आपसे बात करके बड़ा अच्छा लगा, बड़ी ठंडक लगी। वैसे ही ठंडक लगी जैसे कोई तेज़ धूप से चलकर आया व्यक्ति झरने की ठंडक में बैठ जाए,'' पृथा भावावेश में डूब गई।

''अब चलूँ बहू ढेर सारे काम हैं। तू भी जल्दी से नाश्ता करके थोड़ी देर अपनी सास के पास जाकर बैठ जा, तुझ से बात करने उसका मन बहुत ललचाता रहता है। तू सुहासनी की आँख का सपना है रे बहू।''

लता उठकर चली गई। पृथा उन्हें चुपचाप खड़ी जाती हुई देखती रही। पृथा

ठगी-सी खड़ी रही। एक अनपढ़-गवाँर-घरेलू स्त्री के भीतर ज्ञान का, अनुभव का इतना भंडार? कैसा अनोखा ज्ञान का प्रकाश दे कर चली गई,ऐसा गूढ़ ज्ञान की बात क्या कोई संत बोल सकता है? उसकी तो दृष्टि ही बदल गई। पृथा विस्फारित आँखों से तकती हक्की-बक्की अवाक् सोचती खड़ी रह गई।

33

गर्मी के दिन थे, चारों ओर गर्मी की तेज़ी थी। गर्मी से सूने और भारी नीरस दिन थे। अचानक पृथा को लगा कि वह माँ बनने वाली है। पत्नी के सुख से वंचित नारी के सूखे-कंकाल से दिनों में जब मातृत्व की पहली बूँद ने सरक कर अपना पहला स्पर्थ उसे किया तो वह निहाल हो उठी। मन कोयल की तरह कुहूक उठा। उमंग, कौतुहल और जिज्ञासा से वह भर उठी। तन-मन मयूर-सा नाच उठा।

सूर्यभवन में समाचार आग की भाँति फैल गया। चारों ओर जैसे प्रसन्नता-ही-प्रसन्नता भर गई। सभी फूल की तरह खिल उठे। सबकी आत्मा जैसे तृप्त हो उठी। पृथा का विशेष ध्यान रखा जाने लगा। उसकी सुख-सुविधाओं की तरफ़ सबका ध्यान लगा रहता है। क्षण-क्षण उसकी निगरानी-चौकसी होने लगी। उसे क्या चाहिए, क्या पसंद है। उसका मन क्या खाना चाहता है? बस इसी बात की चिंता सब को लगी रहती। सभी उसको प्रसन्न रखना चाहते, उसके मन बहलाने के लिए तरह-तरह के उपाय किए जाते। वैद्य-हकीम की लाइन लग गई थी। तरह-तरह की जड़ी-बूटियाँ कूटी और पीसी जाने लगी थीं। पृथा के हाव-भाव-लक्षणों से सभी को अनुमान हो गया था कि पृथा बेटे की माँ बनने वाली है। ख़ानदान को वारिस और सूर्यभवन को उसका हक़दार मिलने वाला था। नेग-दस्तूर-निछावर की आस लगाए लोग पल-पल प्रतिक्षा में बैठे थे।

पृथा ने दो जुड़वा बच्चियों को जन्म दिया। प्रसन्नता के कोलाहल को जैसे किसी ने सन्नाटे में बदल दिया। सब स्तब्ध रह गए। पृथा भय से पीली पड़ गई। भाग्य की इस मार ने जैसे उसे अचेत कर दिया था। दुर्भाग्य की विडंबना के आगे पृथा बहुत रोई-पीटी और अंत में सिसककर चुप हो गई। समझ गई कि विधाता ने उसके भाग्य में अधिक कुछ लिखा ही नहीं। दोनों बच्चियों के जन्म पर भी कोठी के सभी लोग गहरा, ठंडा निःश्वास छोड़कर रह गए। जश्न की सारी भव्य तैयारियाँ धरी-की-धरी रह गईं। उत्सव जैसा वातावरण शोक में बदल गया।

दोनों जुड़वा बच्चियों के नाम चंद्रकला और चंद्रप्रभा रखा गया। चंद्रकला बड़ी थी तथा देखने में अद्भुत सुंदर थी। रूप का दान जैसे ईश्वर ने खुले मन से दिया

था। मक्खन की लोनी की तरह उसका सफ़ेद और चिकना रूप था। वहीं चंद्रप्रभा का नाक-नक़्शा तथा रूप-रंग साधारण था। चंद्रप्रभा रूपरंग तथा अपने सलोने रंग पर माँ पर गई थीं। दोनों बहनों ने आते ही जैसे परिवार का बँटवारा-सा कर दिया था। चंद्रकला अपने पैतृक कश्मीरी सौंदर्य लेकर जन्मी थी, वहीं चंद्रप्रभा ने अपने ननिहाल का रूप रंग लिया था। एक ही कोख से जन्मीं बहनों में इतना अंतर देख सभी दंग थे। जिस तरह दोनों के रूप-रंग में अंतर था। उसी तरह दोनों के स्वभाव में भी अंतर था। चंद्रकला ज़रा भूखी होते ही सारा घर सर पर उठा लेती थी, वहीं चंद्रप्रभा भूखी होने पर बस अपना अंगूठा चूसती चुप पड़ी रहती थी।

चंद्रकला को ज़रा भी गीला बिस्तर पसंद नहीं था, रो-रोकर कोठी सर पर उठा लेती, वहीं चंद्रप्रभा मिनमिना कर चुप पड़ी रहती थी। चंद्रप्रभा दूध पीती तो गट-गट करके झट माँ के दोनों कोठे ख़ाली कर देती। पृथा को चंद्रकला का दूध पिलाते में ख़ुद दो गिलास पानी पीना पड़ता। वहीं चंद्रप्रभा चंद्रकला का छोड़ा थोड़ा-सा दूध पीकर ही शांत हो जाती थी। दोनों बहनों के इस स्वभाव को देखकर सभी चकित रह जाते थे।

दोनों बहनें बड़ी होने लगीं। चंद्रकला सौंदर्य साम्राज्ञी अपने ठसके से रहती थी, सभी उसकी चाकरी में लगे रहते थे, वहीं चंद्रप्रभा बीमार और कमज़ोर देह लिए थी। चंद्रकला बुद्धि की बहुत तेज़ थी और चंद्रप्रभा शरीर से भी तथा बुद्धि से भी कुंद थी।

चंद्रकला और चंद्रप्रभा दोनों बहनों का बक़ायदा ज़मीन जायदाद की तरह बँटवारा हो गया था। चंद्रकला अपने दादा रायबहादुर गोपीलाल को सोहबत में पलने लगी और चंद्रप्रभा माँ का आँचल पकड़कर बढ़ने लगी। चंद्रकला के लिए आया—गर्वनेस रखी गई थी। चंद्रप्रभा के लिए माँ ही काफ़ी थी। चंद्रकला हमेशा अपने दादा के पास बनी रहती थी और चंद्रप्रभा माँ की छाया के पीछे-पीछे घूमती थी।

पृथा अब अपने एक ही रट्टे में फँसे जीवन की अभ्यस्त हो गई थी। पति मोहन को वह बस आते-जाते ही देखती थी। दो-चार दिन रहकर वह किसी सपने की तरह अदृश्य हो जाता था। मोहन के लिए यह घर सराय जैसा था। दो-चार दिन ठहरे और चल दिए। पति की विदेश रहने की बातें ही वह सुनती थी। परीकथाओं के शहज़ादे की तरह ही उसके लिए पति भी दुर्लभ ही था। शुरू-शुरू में तो उसे पति के बिना बेहद अकेलापन लगता, परंतु धीरे-धीरे उसे आदत हो गई थी। पृथा ने भी अपने स्वयं को परिस्थितियों के अनुकूल ढाल लिया था। वह इसी जीवन-शैली की अभ्यस्त बन गई थी। रोज़ एक तरह की भोर होती, रोज़ एक तरह की संध्या होती। पति एक परदेशी की तरह ही बस घर पर कभी आते, थोड़ा विश्राम करते और चले जाते। पति की बाहरी दुनिया से पृथा अनजान थी। किसी से पूछने का भी साहस नहीं कर पाती थी। पति को देखना-निहारना आकाश को देखने जैसा ही

था, जिसका ओर-छोर नहीं दिखता था। पृथा को जीवन एक लंबी यात्रा की तरह नज़र आता था, जिसके अंतिम पड़ाव की न जानकारी थी और न अता-पता था। बस बिना-सोचे-विचारे चलते रहना था। एक अंतहीन लंबी यात्रा करना था। जीवन में आस-पास भीड़ थी। पर अपना कहने के लिए कोई नहीं दिखता था। पति जिसके पल्लू से बँधकर आई थी, वही जब दूर पराए व्यक्ति की तरह खड़ा था तो दूसरों से क्या आस रखती। सोने के पिंजरे में क़ैद मैना की तरह वह छटपटाती थी। मन सोने के पिंजरे में भी नहीं रमता था और बाहर की दुनिया भी अब पराई लगती थी। अपने ख़ुद के डैनों की ताक़त पर संदेह होता था। आहत और घायल मन से वह बस टुकुर-टुकुर देखती रहती थी। उसे अपनी स्थिति वैसी ही लगती थी, जैसे कोई यात्री घर से चलते समय ढेर सारे धन-रत्न-गहनों के साथ चला हो और रास्ते में डाकुओं के दल ने जैसे लूट कर कंगाल बना दिया हो। लुटा-पीटा वह भिखारी बना बैठा हो।

पृथा के लिए तो अब दोनों बच्चियाँ ही जीवन की आशा थी। चंद्रकला जो सुंदर थी वह तो अपने दादा के पास ही रहती थी। उसका कमरा दादा के कमरे से लगा हुआ था। बेटी को देखने-छूने के लिए तक पृथा तरस जाती थी। दूर से ही बेटी को देखकर अपने को समझा लेती थी। दोनों बहनें जुड़वाँ थीं पर स्वभाव, आदतें तथा लालन-पालन, खान-पान या हर चीज़ में दो छोर की तरह दूर-दूर थीं। कहीं कुछ नहीं मिलता था। लोग जुड़वाँ सुनकर आश्चर्य करते थे। ऐसा विचित्र संजोग बहुत कम देखने में आता था। चंद्रकला को चंद्रप्रभा ज़रा पसंद नहीं थी। चंद्रप्रभा भूल से भी कभी चंद्रकला के किसी खिलौने को छू जाती थी। उसकी ख़ूब पिटाई कर देती थी। चंद्रप्रभा रोती अपनी माँ के पास चली जाती थी। पृथा भी हर समय इस बात की चौकीदारी करती कि चंद्रप्रभा चंद्रकला के पास न जा पाए। चंद्रप्रभा चंद्रकला से बहुत प्रभावित थी। वह सबकी आँख बचाकर चुपचाप चंद्रकला के पास पहुँच जाती और पिटकर रोते आख़िर लौटती थी। चंद्रप्रभा अब समझ गई थी कि चंद्रकला से उसकी बराबरी नहीं है, इस कारण अब वह उसके पास कम जाती, बस दूर से बहन को देखती रहती थी। दोनों के बीच नदी के दो किनारों की तरह दूरियाँ थीं।

पृथा रिश्तों के भँवर में फँस गई थी। वह दंग थी, नारी का भी कितना विचित्र जीवन होता है। वह सब को त्याग कर अपनों को छोड़कर दूसरे के घर आती है। दूसरे का सब अपना लेती है। नए रिश्ते, नया रहन-सहन, नया तौर-तरीक़ा यहाँ तक कि नया ख़ान-पान सब ग्रहण करती है, उसे बताया जाता है अब यही तुम्हारे संसार है, यही तुम्हारा घर है। जहाँ डोली आती है वहाँ से अर्थी जाएगी, परंतु क्या नए लोग उसे वह प्यार, स्नेह, ममत्व, मजबूती दे पाते हैं? सारी उम्र वह रिश्तों के मोहमाया में, जीवन की भूल-भूलैया में घूमती रहती है, भटकती रहती है और अंत में वह भटक-भटक कर प्राण त्याग देती है, बाहर निकलने का मार्ग ही नहीं खोज पाती हैं।

34

सूर्यभवन का दक्षिण दिशा वाला हिस्सा जो भवन बनने के बाद से ही महिलाओं के लिए सुरक्षित था। दक्षिण दिशा वाला हिस्सा नर्मदा के तट की तरफ़ था, जो पूर्णतः प्राकृतिक सौंदर्य से भरपूर था। सूर्यभवन कई खंडों में बना था। बाहर से लेकर अंत तक कई चौक पड़ते थे। हर चौक अपने आप में पूर्ण था, वहाँ से ही भीतरी रास्ते से दूसरे चौक में जाया जा सकता था। बीचो-बीच चौक बना था उसके चारों ओर कमरे और दालान बने थे। हर खंड अलग-अलग लोगों को ध्यान में रखकर बनाया गया था। बाहरी खंड रायबहादुर गोपीलाल के लिए था जो पूरा का पूरा अति आधुनिक तथा पाश्चात्य सभ्यता को ध्यान में रखकर बनाया गया था। वहाँ की एक-एक कील तक विदेश से मँगवा कर लगाई गई थी। यहाँ डांसिंग हाल, बाररूम जो लकड़ी की सुंदर नक़्क़ाशी से बनाए गए थे। दीवारों पर भी लकड़ी की छत थी, नीचे भी लकड़ी का फ़र्श था ताकि डाँस में कोई गिर न सके। इसके दरवाज़े बहुत बड़े-बड़े तथा लंबे थे। छोटी-बड़ी कई बैठकें थीं, जहाँ पर बाहर से आने वाले अतिथि को उसकी हैसियत के अनुसार बैठाया जाता था। भोजन कक्ष भी कई थे। पार्टियों के लिए अलग कमरे बने थे। लाईब्रेरी का हॉल बहुत बड़ा था, जिसमें विदेशी पुस्तकें लगी थीं। लाईब्रेरी से लगा बैडमिंटन हाल था। चारों तरफ़ गेस्टरूम बने थे। भीतर की तरफ़ गोपीलाल जी के निजी कमरे थे। ऐसी ही व्यवस्था मोहन के खंड में थी। यहाँ भी हर चीज़ उपलब्ध थी। सारी साज-सज्जा विदेशी थी।

इसके बाद सुहासनी का खंड था जो पूरा भारतीय ढंग से बना था। इसी में पृथा के रहने की व्यवस्था की गई थी, क्योंकि सुहासनी एक कमरे में सिमट गई थी। पूरा खंड पृथा को दे दिया गया था। यहाँ भी हर सुविधा थी। इसके बाद मिट्ठू सिंह और लता का खंड था, जो पूरा भारतीय तथा सस्ती साज-सज्जा वाला था। उसके बाद मंदिर बने थे। सारे घर को जोड़ने वाला लंबा गलियारा था। चारों तरफ़ गोल-गोल खंभों पर टिका लंबा विशाल बरामदा था। सुहासनी के कक्ष की साज-सज्जा भारतीय शैली पर थी। जगह-जगह चार खंबों में लगी चौकोर लालटेनें टँगी थीं, जिनके शीशे संध्या होते ही पोंछकर जला दिए जाते थे। बड़ा मसहरी वाला शीशम का पलँग था, जिसके सिरहाने काँच जड़े थे, चाँदी की नक़्क़ाशी बनी थी। चाँदी के फ्रेम में राधा-कृष्ण के मीनाकारी के चित्र लगे थे। सामने बड़े से तख़्त पर मसनद लगी रहती थीं, जिस पर चाँदी का बड़ा-सा पानदान रखा रहता था। अक्सर दोपहर को लता का समय सुहासनी के कमरे में बीतता था। दोनों अपने-अपने दुःख-सुख की बातें करते पान की गिलोरियों का आनंद लेती थीं। लता द्वारा डाली शौक़िया आदत अब लत बन गई थी। बिना पान खाए सुहासनी को चैन नहीं आता था। अकेले पान खाने का मन भी नहीं होता था, इसलिए हमेशा लता के आने की टोह लेती रहती

थीं। अक्सर लता मज़ाक़ उड़ाती थीं।

"सुहासनी पान अकेले भी तो खाया जा सकता है?"

"दीदी, तुम्हारे हाथों का दिया पान खाने की आदत जो पड़ गई है। तुम्हारे हाथों में जादू है, पान का स्वाद दुगना हो जाता है।"

"देखो, हमारी पान की दोस्ती भी ख़ूब निभी।"

"पान की संगत ने मन को ख़ूब जोड़ रखा। एकदम कत्थे-चूने की जुगलबंदी जैसा हमारा प्रेम इतने साल निभ गया। जीवन में कितने मौसम आए और गए, पर हमारा प्रेम जस का तस बना रहा," सुहासनी कहती तो उसके चेहरे का आत्मीय भाव लता के मुख पर भी उतर आता। लता गद्‌गद्‌ भाव से निहाल हो उठती।

"तुमने भी सुहासनी ख़ूब निभाई, अच्छे दिनों में भी वही संबंध बनाए रखे, राम करे इतनी कट गई थोड़ी बची है वह भी ऐसे ही कट जाए," लता भावुक हो उठती। निष्ठा और भक्ति शब्दों में उतर आती थी।

सुहासनी लता के शब्दों के स्नेह के स्पर्श की ठंडक से निथर उठती। लता के भोले स्वभाव पर सुहासनी निहाल हो जाती। भला ऐसा कहीं होता है अपना सब-कुछ निछावर करके आदमी अनजान बना रहे? ऐसा तो साधु ही कर पाते हैं? मिट्ठू सिंह और लता सारी उम्र यही सोचते रहे कि गोपीलाल की अपनी स्वयं की कमाई से सारा वैभव इकट्ठा हुआ है। गोपीलाल और मिट्ठू सिंह के बीच में फँसी सुहासनी हमेशा असमंजस की स्थिति में रहती, कभी कुछ खुलकर नहीं बोल पाती थी। विचित्र मनःस्थिति में फँसी बस मकड़ी की तरह छटपटा कर रह जाती थी। जाने इन पति-पत्नी का ऋण कभी वह लोग चुका पाएँगे भी या नहीं? जाने कितने ढेर-ढेर विचारों में डुबकी लगाती वह बैठी रहती थी। अपराध-बोध से मन हमेशा दबा रहता था, परंतु गोपीलाल हमेशा मस्त बने रहते। उनके सोचने का तरीक़ा एकदम भिन्न था। वह कहते, लक्ष्मी जिसके भाग्य की होती है, उसी के हाथ आती है, और जिसके भाग्य की नहीं होती, उसे कुबेर का धन नीचे टीले में गड़ा होता है, परंतु पता तक नहीं चलता।

जेठझूमर का पानी अचानक हरहराकर बरस पड़ा था। जेठ का तपता महीना था, चारों और भयानक गर्मी थीं। गर्मी के कारण लोग बेचैन से हो गए थे। बड़े घरों में खस की टट्टियाँ लग गई थीं। खस में नियमित पानी देने के लिए दो महीने के लिए लड़के रख लिए जाते थे जो सारा दिन खस की टट्टियों को पानी पिलाते रहते थे। गीली खस की धीमी-धीमी सुगंध से सारी कोठी महकती रहती थी। कमरों में छत से झूलते बड़े-बड़े झालदार पंखों की डोरियाँ खोल दी गई थीं छत के पंखे बहुत भारी होते थे इन्हें खींचने के लिए हर कमरे के लिए लड़के नियुक्त कर लिए जाते थे, जो दो-दो घंटे की ड्यूटी बाँधकर पंखा खींचते रहते थे। बरसात की प्रथम फुहार के साथ इन्हें दूसरे कामों में लगा दिया जाता था या अलग कर दिया जाता

था। कोठी खस की टट्टियों से ढक जाती थी। कुछ लोग पानी कुओं से लाने के काम में लगा दिए जाते थे। हर वर्ष कोठी पर चालीस-पचास लड़के नौकरी पर दो महीने के लिए भर्ती किए जाते थे। सारी कोठी खस की सुगंध से महकती रहती थी।

जेठ की गर्मी का आकाश पर दबाव पड़ता और जेठडूमर की वर्षा अचानक बरस जाती थी। अक्सर शाम के बाद धूल-भरी आँधी उठती और सारा वातावरण उलट-पुलट हो उठता। आँधी की हवा से नीम के फूल झर कर चारों ओर बिखर जाते और कच्ची कैयरी टूट-टूट कर ढेर हो जाती थीं। आकाश मे लाल बादल उमड़ पड़ते और देखतें-ही-देखते ज़ोर से वर्षा भरभरा कर बरस जाती। चारों और दौड़ा-दौड़ी-सी मच जाती।

आज ऐसे ही अचानक धूल भरी आँधी आई और देखते-ही-देखते बड़े-बड़े ओले बरसने लगे। आड़ा-टेढ़ा पानी बरस गया। तूफ़ानी हवा के झोंके न सह पाने के कारण जाने कितने पेड़ धराशायी हो गए। पुराने पेड़ ज़मीन छोड़कर गिर गए थे। हड़कंप-सी मची थी। सब इधर-उधर भागा-दौड़ी कर रहे थे जल्दी-जल्दी खिड़कियों के कपाट लगा रहे थे। इतने ताबड़-तोड़ मुस्तैदी के बावजूद कई खिड़कियों के काँच टूट गए थे। काँच बरामदें में बिखर पड़े थे। आराम से बैठ अपनी पारी की बाट तकते कर्मचारी जो सुँघनी की डिबिया खोलकर सुँघनी का आनंद ले रहे थे, उनके हाथ में सुँघनी की डिबिया हड़बड़ाहट में गिर गई और तेज़ हवा के साथ सारे बरामदे में इधर से उधर बिखर गई थीं। सुँघनी की तीखी गंध चारों ओर बिखर गई थी और लोग तड़ातड़ छींक रहे थे। सुँघनी का नशा बड़ा तीखा और व्यग्रता से फैलता है, देखते-ही-देखते हर कोई छींकने लगा। छींकने का स्वर सुनकर भीतर से कोई बाहर देखते आता तो वह भी छींकने में व्यस्त हो जाता। देखने वाले का हँसी-ठट्ठा के मारे दम फूलने लगा।

पृथा अपने कमरे में बैठी बाहर का सारा दृश्य देख रही थी। हँसी के मारे उसका बुरा हाल हो गया। लता जो पृथा को समाचार देने आई थी, पृथा को हँसता देख, ख़ुद भी खिड़की के पास आ खड़ी हुई। बाहर का दृश्य देख उसकी भी हँसी फूट गई।

"ताईजी, देखो बाहर कैसा मज़ा आ रहा है।"

"हाँ बहू, मैं तो तुम्हें समाचार देने आई थी कि तुम्हें लिवाने तुम्हारे मायके से बलदेव मामाजी आए हैं, बस अभी-अभी रेल से उतर कर इक्के पर आए हैं।"

"क्या? इतने आँधी-पानी में बलदेव मामा आए हैं?"

"आँधी तो यहाँ पहुँचने पर उठी है। यह जो बाहर घोड़ा हिनहिना रहा है। लगता है वही इक्के वाला घोड़ा है। कहीं इक्के से छूट तो नहीं गया? ऐसे तूफ़ान में सब हो सकता है।"

''इक्के वाला घोड़ा क्यों, अपना भी तो हो सकता है न?''

''अपने घोड़े ऐसी आवाज़ में नहीं चिल्लाते, हम सब की आवाज़ पहचानते हैं। अपने तो सब घुड़साल में बँधे हैं, यह समय उनके भोजन का है।''

''आपकी बुद्धि वास्तव में तेज़ है ताईजी, कैसे आगा-पीछा सब सोच लेती हैं, पृथा ने हैरानी से अपनी आँखें चौड़ी कर लीं, ''अच्छा ताईजी, इक्के से यदि घोड़ा निकल गया होगा तो उसने तो आफत खड़ी कर दी होगी, बिदक कर भाग गया होगा?''

''और क्या,'' लता पृथा की कल्पना का आनंद लेते ज़ोर से हँसी,'' वास्तव में वह घोड़ा तो अनजान जगह में घबराकर इधर-उधर भाग रहा होगा।''

''आज की आँधी ने जैसे हवा में ही भाँग मिला दी है, बाहर देखो, कैसे सब छींक-छींक कर बेसुध हो रहे हैं, नाक खुजा-खुजाकर बेचारों की नाक लाल हो रही है।''

''हाँ, देखो लाल तुंबा-सी नाक लिए परेशान हैं।''

''क्या सुँघनी का इतना तेज़ असर होता है?''

''हाँ बहू, बड़ी तेज़ असरदार होती है ससुरी, जो इसके लत वाले होते हैं, उन्हें ही एक चुटकी सुँघनी कितना असर होता है। यहाँ तो एक डिबिया बिखरी ही होगी। आज तो समझो बिना पैसे का तमाशा हो गया है। तुम्हारे ससुर को ख़बर होगी तो डाँट अलग खाएँगे। अरे हाँ, जाओ बहू तुम्हारे मामा आए हैं, बात कर लो। नाश्ता-पानी तो हम भेज कर ही इधर आ रहे हैं। तुम थीं तो अच्छा लगता था, रौनक़ थी। अरे घर में बेटी-बहू से ही तो शोभा होती है। बड़े जल्दी लिवाने आ गए? सुहासनी का जी भी दुखेगा, तुम तो मना कर दो, कहना सावन में आ जाएँगे। सच, तुम इस घर की प्राण हो।''

''अच्छा, देखती हूँ, पहले तो माँजी और डैडी को बताना होगा, वही निर्णय करेंगे।''

''निर्णय क्या करेंगे, मना कर देंगे। गोपीलाल को तो कभी मायके भेजना पसंद नहीं, कभी सुहासनी को जाने तक नहीं दिया,'' लता ने अपनी भौहें टेढ़ी करते हुए कहा।

''अच्छा?'' पृथा भयभीत-सी हो उठी।

''अरे, अब तुम नाहक़ दुःखी होने लगीं,'' लता संकुचित होकर बोली, ''बहू, ब्याह के बाद तो ससुराल ही लड़की का घर हुआ न? अब इसे सँवारो-देखो। तुम्हारे आसरे तो अब हम लोग पड़े हैं न?''

पृथा ने कृतज्ञ आँखों से ताईजी को देखा, कैसा स्नेह-दुलार से बोलती हैं। पृथा सर का पल्ला सही करते हुए बाहर चली गई।

पृथा जब बलदेव मामा से मिलने भीतर गई तो बलदेव मामा बड़ी बेसब्री से

उसकी प्रतीक्षा कर रहे थे। पृथा को नीचे से ऊपर तक निरीक्षण करते हुए उन्होंने देखा, माणक और हीरे के गहने पृथा के शरीर पर थे। थोड़ी उदास और गंभीर दिखी पर गहनों से अनुमान लगाया कि घर से ख़ूब सुखी है।

"कैसे हैं मामाजी, घर में सब ठीक है?"

"हाँ आनंद में हैं। मैं तुम्हें लेने नहीं आया था। इधर आ रहा था, सोचा तुम्हारे समाचार लेता चलूँ, कहेंगे तो साथ विदा भी करा लूँगा," बलदेव मामाजी घबराए से बोले।

बलदेव मामाजी का संतुलन बिगड़ा-सा देख पृथा समझ गई कि उनकी भेंट डैडी से हो चुकी है। मन-ही-मन मुस्कुराई। बलदेव मामा अपने आने का कारण छुपा रहे थे, भला इधर उनका क्या काम? खेती-किसानी वाले आदमी थे। झुंझलाकर झूठ का सहारा ले रहे थे।

"इक्का रोक रखा है, इधर तो बहुत आँधी-पानी उठा है, नीचे सीढ़ियों पर ही तुम्हारे ससुर से भेंट हो गई थी, उन्होंने बताया था कि तुम्हारी विदाई अच्छे से ही की जाएगी। मुहूर्त निकाल कर बाद में पहले से चिट्ठी भेज दूँगा। मैं तो ऐसे ही चला आया, सोचा तुम्हारी ख़बर लेता चलूँ।"

"हाँ, सावन का ताईजी कह रही हैं," हड़बड़ाते बलदेव मामा को धैर्य बँधाया। खिलाना और सब नौकरों को भी बाँट देना," बलदेव मामा मौन-गंभीर होकर बोले।

"आए हैं तो कम-से-कम एक रात ठहर कर जाएँ मामाजी।"

"नहीं अब ठहरने में कोई लाभ नहीं दिखता, तुम से भेंट हो गई। समाचार ही तो लेना था, कौन तुम्हें लेने आया था," मामाजी जाने को आतुर लगे और बार-बार सफ़ाई दे रहे थे कि वह विदा करने नहीं आए हैं।

बलदेव मामा की मनःस्थिति को भाँपकर तथा उन्हें लगातार विचलित देखकर पृथा दुःखी हो उठी थी। समझ गई थी कि उन्हें मामा अब रुकने वाले नहीं हैं। बेटी का जहाँ सौभाग्य, वैभव, राजपाट दिखा था, वहाँ वैभव एवं विलासिता के घमंड में अपमान की गंध भी वह पा गए थे। उच्चता और नीचता के चारित्रिक रहस्य को समझ चुके थे। इस कारण वह चुपचाप सरलता से निकल जाना चाहते थे।

पृथा जानती थी, बहुत छोटी उम्र से लेकर वृद्ध अवस्था तक बलदेव मामा का काम ही यही रहता रहा है, कि परिवार की बहू-बेटियों को लाना तथा पहुँचाना। बचपन से वह यही काम करते रहे हैं। बदलदेव मामा का आना यानी बेटी की बिदाई ज़रूरी समझी जाती थी। पृथा की माँ को भी मामा ही लाते-ले जाते रहते थे। बिदाई की मना की चिट्ठी आने के बाद भी यदि बलदेव मामा पहुँच जाते तो ससुराल वाले विदा करा देते थे। लाड़-प्यार से पलने वाले मामा के पास इस कार्य के अलावा दूसरा कार्य नहीं था। उन्हें भी इस कार्य में विशेष आनंद आता था। बेटियों के ससुराल में हमेशा उनका आवभगत से स्वागत होता रहा है। सत्तर वर्ष की आयु में पहली

बार ऐसा हुआ, जो बिना ठहरे कहीं से बलदेव मामा जा रहे थे। जहाँ भी जाते बदलदेव मामा हफ़्ता-पखवाड़ा तो ठहरते-ही-ठहरते थे। शरीर से हष्ट-पुष्ट तथा सुखी देह वाले थे। उनके स्वागत में तरह-तरह के आयोजन होते, मिष्ठान-पकवान बनते। गँजेड़ी और भँगेड़ियों का जमाववाड़ा होता। सैर-सपाटे होते। पान, भाँग और मिष्ठान के शौक़ीन मामाजी ऐश करने में मस्त रहते। ख़ुद तो अपना विवाह नहीं कर पाए, परंतु दूसरों के ब्याह-शादी में सबसे आगे वही होते हैं। सामने जनवासे से लेकर पीछे भंडार घर तक का सारा बंदोबस्त उन्हीं के हाथों में रहता था। मामा के स्वभाव में थोड़ा-थोड़ा सभी का मिश्रण था। थोड़े धार्मिक, निर्भीक, दबंग, क्रोधी? रसिया, मुक्त हाथों से शाही ख़र्च करने वाले हमेशा हर कार्य के मुखिया, नेतृत्व सँभालने वाले व्यक्ति थे। चाहे सामाजिक कार्य हो, चाहे पारिवारिक, चाहे मोहल्ले का धार्मिक आयोजन, ब्याह-शादी, पंचायती झगड़े यानी हर जगह मामा आगे बैठे दिखते। हरेक के दुःख दर्द में शरीक रहते थे। परिवार, मोहल्ले का सब कार्य मामा की सलाह के बिना संभव ही नहीं हो पाता था। किसी का सर फोड़ना है या किसी का समझौता करवाना हो। सबके पीछे बलदेव मामा की बुद्धि का चमत्कार दिखता था। बिना गंडा बाँधे उनके शार्गिदों की एक बड़ी सेना हमेशा उनके आँख के इशारे पर काम करती थी। किसी की लड़की भाग गई हो या किसी लड़की को भगाना हो तो लोग पता करने सबसे पहले उन्हीं के पास पहुँचते थे। बलदेव मामा कान में जनेऊ चढ़ाए चिल्ला-चिल्ला कर हाँका लगाते दिखते—'राम-राम, क्या मेरी छबि का सत्यानाश करके रखा है मोहल्ले के इन लफंगे-लौंडों ने?'

बलदेव मामा डेढ़ बाँस कूदते, सामने वालों की सिट्टीपिट्टी गुम किए रहते पर अंत में उन्हीं की सलाह पर बताए स्थान पर खोजने पर लड़की बरामद होती। कन्या का सेहरा सर पर बाँधे वह सारे मोहल्ले में गर्व से घूमते थे, पर सभी जानते थे कि सारे छल-कपट-प्रपंच के पीछे बुद्धि बलदेव मामा की ही चलती थी।

ऐसे बुद्धिमान ब्रलदेव मामा को सकपकाया देख पृथा दंग थी। गणित ग़लत बैठ गया था।

"तेरे शरीर के गहनों के ठाट-बाट देखकर तो अनुमान लगा रहा हूँ कि तू सुखी है, परंतु मन से भी तो सुखी है न?" बलदेव मामा ने उसे भरपूर आँख से देखते पूछा।

"हाँ, सुखी हूँ। सासु माँ की बीमारी के कारण मामा अभी नहीं जा पा रही हूँ।"

"तेरा मन ससुराल में रम गया है, देख अच्छा लगा," बलदेव मामा ने प्रसन्न होते हुए कहा।

"माँ को राज़ी-खुशी के समाचार देना, कहना मेरी चिंता न करे। मैं शीघ्र आने की कोशिश करूँगी," पृथा ने उद्धिग्न स्वर में कहा और अपराधी की भाँति अपना

सर नीचे कर लिया।

"अच्छा, अब चलता हूँ, सुखी रहो," कहते बलदेव मामा तेज़ी से बाहर की ओर निकल गए।

बलदेव मामा चले गए। आँधी थम चुकी थी। गर्मी की उमस समाप्त हो गई थी, ठंड़ी ब्यार बहने लगी थी। मौसम की उमस, बेचैनी तो थम गई थी, परंतु पृथा के भीतर अजब तेज़ आँधी उठने लगी थी। आँखों की उदासी बढ़ गई थी। ठंडी साँस खींचकर उसने अपने को सचेत किया और धीरे से दरवाज़े का पर्दा उठाकर भीतर चली गई।

35

ब्राह्ममुहूर्त से उठकर पृथा ने चंद्रप्रभा को जगाया। हल्दी, चंदन का उबटन करके उसे स्नान कराया। आज चंद्रकला और चंद्रप्रभा दोनों का पाँचवाँ जन्मदिन था। आज दोनों पाँच वर्ष की हो गई थी। पृथा आज ही के दिन माँ बनी थी। माँ बनकर जैसे उसका जीवन सार्थक और धन्य हुआ था। दो बेटियों को पाकर वह प्रसन्न थी कि चलो जीवन का दुःख-सुख बाँटने के लिए कोई आया। कम-से-कम बड़े होकर बेटियाँ उसके मन की व्यथा को समझ पाएँगी। जीवन भी कितना विचित्र होता है और मनुष्य का अपना धैर्य भी कितना ग़ज़ब का होता है। जब बड़े सहारे छूट जाते हैं तब वह नन्हें तिनकों को ही पकड़ लेता है। साहस वह स्वयं बटोरता है पर श्रेय कभी अपने को नहीं देता। हमेशा दूसरों के सहारे के लिए भटकता रहता है।

पृथा भी दोनों बेटियों की मुस्कान में अपने खोये जीवन की मुस्कान खोजती रही। चंद्रप्रभा तो उसके पास रहती थी पर चंद्रकला की सूरत देखने भी वह तरस जाती थी। चंद्रकला अपने दादा के पास रहती थी, उन्हीं की देख-रेख में पल रही थी। गोपीलाल चंद्रकला को एक बेटे की तरह पालना चाहते थे। वह उसमें वह सारी संभावनाएँ देखना चाहते थे जो एक बेटे में होती हैं।

पृथा देवी कृष्णभक्त थी। आज कृष्ण मंदिर को विशेष रूप से सजाया गया था। पृथा के लिए ही सूर्यभवन में कृष्ण मंदिर का निर्माण किया गया था। सूर्यभवन में सभी देवी-देवता थे, बस एक कृष्ण नहीं थे, जिनका प्रवेश पृथा के साथ हुआ। सुहासनी शंकर की भक्त थी, मिट्ठू सिंह तथा लता राम-सीता के भक्त थे। सबके अपने अलग-अलग भगवान थे, उनके मंदिर थे। पृथा के आने से कृष्ण भी आ विराजे। पृथा के गाये मीरा के भजन गूँजने लगे। पृथा जब भजन गाती तो सुहासनी अपनी खिड़कियाँ खुलवा देती और मन से भजन सुनती रहती। पृथा की भक्ति देख उन्हें

बड़ा अच्छा लगता था। अनाच्छादित-चित्त चैन पाती थीं। दुःख की पीड़ा कम होती थी। बहू पर वह मोहित थीं। बहू के रूप में उन्होंने ऐसे ही रत्न की कल्पना की थी। पृथा के पिता रत्नों के व्यापारी थे। एक से बढ़कर एक रत्न उनके पास थे परंतु पृथा उनका सबसे क़ीमती रत्न थी।

चंद्रप्रभा का जन्मदिन का आयोजन कृष्णमंदिर में रखा गया था। प्रातः से ही पुजारीजी आ गए थे। मंदिर को फूलों से सजाया गया था। आम के पत्तों से बंदनवार, लगाये गये थे। हवनकुंड की तैयारी की गई थी। बैठने के लिए दरी-गद्दे-गाव तकिए लगा दिए गए थे। नर्मदा के जल से राधा-कृष्ण की प्रतिभा को स्नान कराकर उनका अपूर्व श्रृंगार किया गया था। कोठी के भीतरी नौकर दौड़ा-भागी में लगे थे।

सुहासनी भोर से ही स्नान करके लता के सहारे धीरे-धीरे चलकर मंदिर पहुँच गई थी। सुहासनी अब बहुत कम कमरे से निकल पाती थी, इस कारण कभी सुहासनी को कोठी के कर्मचारी देख नहीं पाते थे। आज उन्हें सामने देख सब प्रसन्न हो रहे थे। सुहासनी की उम्र अधिक नहीं थी, परंतु वह अपनी अपंगता के कारण बहुत बड़ी उम्र की लगती थी। झुककर चल पाती थी। चार क़दम का फ़ासला उन्हें कोसों लंबा लगता था।

पृथा के साथ चंद्रप्रभा भी आ गई थी। मिट्ठू सिंहजी भी अपनी झुकी कमर को छड़ी का टेका देकर धीरे-धीरे आ विराजे थे। सभी लोग हवनकुंड के पास बैठ गये। सभी की आँखों में आनंद, उल्लास भरा था। पूजा की सभी समाग्री रखी थी। पुजारीजी ने पूजा समाप्त करके चंद्रप्रभा के माथे पर तिलक लगाया और गले में गेंदे के फूलों की माला पहना दी। शंख फूँका, सभी अतिथियों को आचमन का पानी दिया। चंद्रप्रभा ने सभी के वरण छूकर आशीर्वाद लिया और मिट्ठू सिंहजी की गोद में जाकर बैठ गई। पृथा सबको प्रसाद बाँटने लगी। पूजा समाप्त हुई। सब अपनी-अपनी चर्चा में लग गए।

"दादाजी, आज तो मेरा और दीदी दोनों का जन्मदिन है, फिर दीदी यहाँ क्यों नहीं आतीं?" चंद्रप्रभा ने मिट्ठू सिंहजी की गोद में बैठे-बैठे जिज्ञासा से पूछा।

"तुम्हारी दीदी का जन्मदिन तुम्हारे दादाजी और डैडी मनाएँगे। तुम्हारा हम मना रहे हैं। देखों, घर में दो दादा हैं न और दो बेटियाँ भी हैं तो दोनों दादा ने बेटियाँ बाँट ली हैं। ठीक है न?"

"लेकिन सब लोग एक साथ भी तो मना सकते हैं?"

"अच्छा है, इस तरह सब को, नौकरों को दो-दो बार मिठाई खाने को मिलती हैं न? तुम्हारे जन्मदिन के लड्डू और दीदी के जन्मदिन का केक।"

"मगर मुझे तो केक खाने को नहीं मिलता कोई उधर जाने नहीं देता।"

"केक में अंडा होता है, इसलिये तुम्हारी माँ खाने नहीं देती और जाने नहीं देती।"

''मगर मुझे केक चखना था न?''

''छिः उसे नहीं खाते।''

''तो दीदी कैसे खाती है?''

''दीदी को दादाजी ने छूट दे रखी है।''

''मुझे क्यों नहीं?''

''एक तो ऐसा होना चाहिए न, जो माँ के गुणों पर चले।''

''यदि मेरा जन्म नहीं होता तो?''

''छिः ऐसी गंदी बात नहीं बोलते, चलो उठकर लड्डू खाओ सबको खिलाओ।''

''आपको?''

''मुझे दमा है, इसलिए बेटा लड्डू नहीं खा पाऊँगा।''

''थोड़ा सा चख लो जैसा मैं थोड़ा सा केक चखना चाहती हूँ।''

''ठीक है लाओ,'' मिट्ठू सिंह हँसे। चंद्रप्रभा उठकर गई और चंद्रप्रभा के तर्क-वितर्क पर विराम लगा। चंद्रप्रभा लड्डू ले आई दोनों खाने लगे।

''दादाजी, लड्डू अच्छा है न? क्या दीदी को दे आऊँ?''

''दीदी को?'' मिट्ठू सिंह हड़बड़ा कर विचार करते रहे फिर बोले,'' दीदी लड्डू खा लेगी तो केक कैसे खाएगी?''

''हाँ यह बात तो है। अच्छा दादाजी क्या लड्डू से केक ज़्यादा बढ़िया लगता है?''

''अब यह तो पता नहीं, पर मेरे विचार से तो लड्डू ज़्यादा स्वादिष्ट होते हैं। हम बढ़िया चीज़ खा रहे हैं। इसमें घी है, मेवा है, बेसन है, खोवा है।''

''और केक में?''

''केक में?'' मिट्ठू सिंह फिर दुविधा में पड़ गए फिर विचार कर बोले, ''केक में अंडा, मक्खन शक्कर, बस।''

''क्या अंडा अच्छा नहीं होता?''

''एकदम बुरा, बुरे लोग खाते हैं।''

''फिर दीदी क्यों खा रही है।''

''क्यों खा रही है?'' मिट्ठू सिंहजी विचार में पड़ गये। समझ गए आज प्रश्नों से छुटकारा नहीं है और किसी भी उत्तर से चंद्रप्रभा की जिज्ञासा शांत नहीं होने वाली है। अपनी मुट्ठी में चंद्रप्रभा की नन्हीं हथेलियों को स्नेह से पुचकारते बोले, ''देखो बिटिया, दीदी पूजा नहीं करती न, इसलिए सब खा सकती है, तुम पूजा करती हो न, इस कारण हर चीज़ नहीं खा सकतीं, यह नियम है।''

''अच्छा...?'' चंद्रप्रभा ने अपनी नन्ही आँखें ततेरते हुए चौड़ी कर ली, ''ऐसा किस ने कहा था?''

''भगवान ने!''

''क्या कृष्ण ने?''

"हाँ, गीता में कहा है न।"

"तब तो मैं भी पढ़ूँगी, और क्या लिखा है?"

"बड़े होकर पढ़ना, ढेर बातें हैं।"

"ठीक है," चंद्रप्रभा को अपनी बात का उचित समाधान मिल गया।

"अब तुम खेल आओ, "मिट्ठू सिंहजी ने उसे गोद से उतारा और मुक्ति की सांस ली।

चंद्रप्रभा दौड़कर अपनी माँ के पास चली गई। पृथा मिट्ठू सिंहजी के निकट आ गई, उन्हें प्रसाद दिया।

"ताऊजी, कैसे हैं, उस नये वैद्य की दवा से कुछ आराम मिला?"

"थोड़ा मिला, देखो यहाँ तक आ गया, नहीं तो क़दम चलने पर साँस फूलती थी।"

"नहीं स्वास्थ तो अभी भी ठीक नहीं है, पोती की ममता ने आपको यहाँ तक खींचा।"

"हाँ, सो तो है, तुम कैसी हो बहू? ज़रा कमज़ोर लग रही हो?"

"ठीक हूँ, बहुत दिनों बाद, आपने देखा न, इसलिए लगा। अपना ध्यान रखें ताऊजी।"

"अब जो जैसा है ठीक ही है बहू, इतनी कट गई, थोड़ी बची है, वह भी कट जाएगी।"

"ऐसा मत कहिये। ताऊजी, अभी भजन होगा, बैठें।"

"उतरता सूरज तो सभी को दिखता है बहू, भला समय और काल को कोई रोक पाया है? अच्छा तुम व्यवस्था देखो, मैं चलकर थोड़ा विश्राम कर लेता हूँ। थक रहा हूँ। भजन भीतर कमरे से सुन लूँगा।"

मिट्ठू सिंह उठे और लकड़ी के सहारे धीरे-धीरे चले गए। पृथा आगे बढ़ गई।

सुहासनी को अब सभी सुहासनी देवी कहते थे। सभी उन्हें सम्मान से बुलाते थे। वैसे भी उन्हें देखने से ही लगता है जैसे किसी प्रतिष्ठित घर की हैं। चेहरे पर अलग आभा दिखती थी, व्यवहार में अलग गरिमा झलकती थी। वैभव, संपदा देखने के बाद भी उनके स्वभाव में भक्ति-शक्ति का आभास होता था। आज भी उन्होंने सफ़ेद चंदेरी साड़ी जिस पर सोने के तार की किनारी और बूटियाँ बनी थी, उसे पहन रखा था। हाथों में उनके सोने के पुराने पैतृक कंगन हमेशा पड़े रहते थे, किसी आयोजन में हीरों की चूड़ियाँ पहने रहती थीं। माथे पर बड़ा-सा सिंदूर का टीका तथा माँग नियम से भरती थीं। चमेली उनकी सेविका हमेशा पास बैठी रहती थी। उसके हाथ में चाँदी का पान का डिब्बा होता, जिसमें गीले कपड़े में छोटे-छोटे पान के बीड़े रखे रहते, जो सुहासनी देवी खाती रहती थीं। लता से उनका विशेष स्नेह

तथा प्रेम था। लता से वह गहरी-से-गहरी बात कर लेती थीं, जीवन का हर भेद लता से कह देती थीं। लता ने भी बड़ी बहन और माँ जैसा रिश्ता जीवन भर निभाया। सभी जानते थे कि लता से कहीं बात सुहासनी देवी के पास पहुँच जाएगी।

चंद्रप्रभा लहँगा-चुनरी से सजी गुड़िया-सी लग रही थी। सुहासनी देवी ने अपने गले से उतारकर चंदनहार चंद्रप्रभा के गले में डाल दिया। भार से चंद्रप्रभा की गर्दन झुक गई।

"बाप रे दादीजी, आप कैसे इतने बड़े हार को पहनती हैं?"

"वैभव का यही भार तो बेटा उतारना चाहती हूँ। मोर का यह चंदनहार कश्मीर से बनवाकर मँगवाया था, आज से तेरा है। बड़े होकर पहनना।"

"लेकिन अभी तो छोटी हूँ, बड़े होने पर देना न दादीजी?"

"और यदि जी न पाँऊ तो? कम-से-कम तुझे पहने देखकर कलेजे को ठंडक तो मिल रही है।"

तभी बद्री, रामचरण, कालू जो कोठी के पुराने नौकर थे, अपने साथियों के साथ आ गए और वह कीर्तन मंडल अपने झाँझ, मंजीरे, ढोलक, हारमोनियम की तान सँवारने लगे। सभी का ध्यान उनकी ओर लग गया। देखते-ही-देखते वातावरण में संगीत उतर आया, सभी आनंदोत्सव में मगन हो गए थे। भेंट में आए छोटे-बड़े उपहारों का ढेर लग गया था। सभी ने अपनी हैसियत के अनुसार उपहार दिया था। कोठी के सभी कर्मचारियों ने रुपया इक्ट्ठा करके एक चाँदी की थाली भेंट की थी। आज भी सुहासनी ने अपना पुराना व्यवहार छोड़ा नहीं था। सभी उनके स्नेह के पात्र थे, इसलिए तो चंद्रप्रभा के जन्मदिन को अतिउत्साह से मनाते थे।

देर रात्रि तक उत्साह चलता रहा। चंद्रप्रभा माँ की गोद में सो गई थी। पृथा ने एक बाद बेटी को देखा और उसका भोला मुख देखकर मुस्कुरा उठी।

अचानक बाहर बैंड बजने लगा, उस पर अँग्रेजी धुन बजने लगी। पृथा चौंकी। लगता है बाहर अँग्रेज अतिथि आ गए? बाहर आज चंद्रकला के जन्मदिन के उत्सव की पार्टी थी। भजन बंद कर दिया गया।

36

सूर्य भवन में चंद्रकला का जन्म उत्सव मनाया जा रहा था। बहुत सलीक़े से सुंदर सजावट की गई थी। कोठी जगमगा रही थी। गुलाबपाश के फव्वारे और इत्र के फोहे के साथ अतिथियों का स्वागत किया जा रहा था। बाहर चार घोड़ों की तथा दो घोड़ों की फिटन तथा इक्कों की भीड़ लगी थी। दरबान फिटन का दरवाज़ा

खोल-खोलकर मेहमानों को उतार रहे थे। बैंड अँग्रेजी धुन बजा रहा था। क़ीमती सूट में अँग्रेज अधिकारी थे। अँग्रेज मेम सुंदर-सजीले रेशमी कपड़ों में परियों की तरह कार से उतर रही थीं। दूर से लोग छुप-छुपकर भौचक्के-सहमे हैरान होकर मेमों को तक रहे थे। मनुष्य भी इतना सुंदर हो सकता है? सोचते लोग चकित थे। जागीरदार, ज़मींदार शेरवानी चूड़ीदार पैजामा और साफ़े बाँधकर आये थे। मेहमानों को देख-देखकर ही उसके स्वागत में देशी तथ विदेशी धुन बजाई जा रही थीं।

कोठी के नौकर नई सजीली वर्दियों में दौड़ा-भागी कर रहे थे। चारों तरफ़ हाय-तौबा-सी मची थी। साँस लेने की भी जैसे किसी को फ़ुर्सत थी, सब बदहवास से घूम रहे थे। कोठी में जन्मदिन बड़े धूमधाम से मनाया जाता था। चंद्रप्रभा का जन्मदिन देशी तरीक़े से मनाया जाता था और चंद्रकला का अँग्रेजी तरीक़े से मनाया जाता था। वैसे तो कोठी पर दावते-जश्न तो होते रहते थे पर जन्मदिन की पार्टी का लोग महीनों से इंतज़ार करते थे। छोटे-बड़े सभी अँग्रेज अधिकारी अपनी मेम के साथ आते थे। ज़मींदार-जागीदार साल-भर से इस आयोजन की बाट तकते थे। अँग्रेज अधिकारियों से सलाम दुआ करने और संबंध बढ़ाने का ले-देकर यही तो एक अवसर मिलता था। अँग्रेज अधिकारी केवल रायबहादुर गोपीलाल की कोठी पर ही आना स्वीकारते थे। इस कारण सभी लोग इस दिन को ताकते रहते थे। पार्टी में आने का तथा अपनी छोटी-मोटी समस्या कहने का सही अवसर होता था। जन्मदिन का उत्सव राजनीति तथा सामाजिक प्रतिष्ठा का केंद्र बिंदु था।

गोपीलाल भी उन्हीं लोगों का परिचय अँग्रेज अधिकारियों से करवाते थे जिनसे उनका साझा गठबंधन पहले से तय होता था। गोपीलाल के कहते ही बड़े-बड़े उलझी गाँठ भी देखते-ही-देखते सुलझ जाती थी। सामने वाला व्यक्ति गोपीलाल के एहसान के नीचे गले तक डूब जाता था। सारी उम्र वह गोपीलाल के आगे आँख उठाकर देखने की ताक़त नहीं रखता था। गोपीलालजी की नज़दीकियाँ तथा घनिष्ठता अँग्रेजों से कितनी गहरी हैं, यह बात हर कोई जानता था।

बूँदाजान की फिटन जब गेट पर आकर लगी तो सभी अर्दली, दरबार बदहवास से दौड़े। बूँदाजान बनारसी घाघरे और ज़रीदार जूतियों में नीचे उतरी। बूँदाजान के रूप की चकाचौंध से सभी आतंकित थे। बूँदाजान की मोहक मुस्कान से सब घायल हो गये थे। नख-से-शिख का उनका सौंदर्य देखते ही बनता था। बीर-बहूटी के रंग वाली बनारसी चुनरी उनके रंग से मेल खा रही थी। कमर में माणिक के रत्नों से सजी सोने की करधनी ख़ूब फब रही थी। कानों और गले में हीरे और मोती की सजावट को चारचाँद लगा रही थी। पैरों में सोने की माणिक जड़ी पायज़ेब ख़ूब फब रही थीं। चलने पर सोने के नन्हें-नन्हें घुँधरुओं का स्वर हर एक का ध्यान खींच लेता था। बूँदाजान जब से गोपीलालजी की पोती चंद्रकला का जन्मदिन मनाया जाने लगा था, तभी से कोठी पर आने लगी थी, वरना इससे पहले कभी नहीं आती थी।

बूँदाजान की उम्र जैसे जहाँ की तहाँ ठहर गई थी। आज भी उतनी ही सुंदर-नाजुक थी। बूँदाजान के आते ही अतिथियों में बेचैनी-उत्सुकता भर गई थी। सभी उन्हें कहीं की रानी समझ रहे थे। पुराने अँग्रेज अधिकारी जो अब अधेड़ हो गए थे, पर उन्हें आज भी बूँदाजान की स्मृति थी। बूँदाजान को देखकर उनके अधेड़ पौरुष में जवानी का जोश भर उठा था। सभी मुस्कुरा कर बूँदाजान की गुलाबी रंगत को तक रहे थे। बूँदाजान झुक-झुककर सब को आदाब कर रही थी। बूँदाजान का ज़री का सच्चे मोती टंका बटुआ अँग्रेज मेमों के आगे कौतुक का विषय था। बूँदाजान जब सोने के तार वाले फुदनों की डोरी को खीचतीं तो वह खुल जाता, इस चमत्कार को देख अँग्रेज मेम दंग थीं। अँग्रेज महिलाओं के हीरे, नीलम के गहनों की चमक सब को मोहित कर रही थी। अशर्फ़ियों की थैलियाँ भेंट में लेकर मुज़रा करने वाले बूँदाजान के रानियों के से ठाट-बाट देखकर अँग्रेज अधिकारी चकित थे। बूँदाजान के चेहरे पर आज भी कमसिन, भोला बचपन बरक़रार था।

चाँदी के गिलासों में शराब भर-भर कर अर्दली दौड़ रहे थे, तब भी देर होने पर डाँट खा रहे थे। जैसे-जैसे शराब के गिलास खाली होते जा रहे थे, वैसे-वैसे बूँदाजान के मुख पर लोगों की नज़रें गहराई से चिपकने लगी थीं।

रायबहादुर पंड़ित गोपीलाल का तथा अपने डैडी मोहन का हाथ पकड़कर चंद्रकला ने हॉल में प्रवेश किया। सभी ने तालियों से खड़े होकर चंद्रकला का स्वागत किया। अपना घेरदार क़ीमती गाऊन जो पेरिस से सिलकर आया था, उसे शालीनता से पकड़कर चंद्रकला ने झुककर सबको अभिवादन किया।

केक वाला टेबल जिसमें नीचे पहिये लगे थे, उसे ठेलकर लाया गया। पाँच मंज़िल के सुंदर केक को देख सभी प्रसन्न हैं। चंद्रकला अपने दादा और डैडी के साथ केक के टेबल के पास आती हैं। दादाजी कला का हाथ पकड़कर केक कटवाते हैं। सब तालियाँ बजाते हैं। "हैप्पी बर्थ टे टू डार्लिंग चंद्रकला," सब गाते है। शैंपैन की बोतलें खोली जाती हैं। सब को केक बाँटा जाता है। अँग्रेजी बालडांस की धुन बजने लगती है। सब नाचने लगते हैं। ठहाके, बातचीत, मुस्कुराहट, फुसफुसाहट से हॉल भर उठता है। लोग मस्ती उत्साह में डूबे हुए हैं। हर दरवाज़े पर सभी अर्दली कर्मचारी भौचक्के से खड़े देख रहे हैं।

पंडित गोपीलाल बूँदाजान के पास आते हैं। मुंह से सिगार निकालकर मुस्कुरा कर शरारत से बूँदाजान को निहारते हैं।

"बड़ी सुंदर लग रही हो?"

"आप भी तो इस अँग्रेजी सूट में पूरे अँग्रेज दिख रहे हैं," बूँदाजान झेंपकर बोलती है।

"तुम तो कहीं की रानी लग रही हो?"

"सच आख़िर हूँ भी तो आपके दिल की मलिका।"

"आओ डांस करते हैं।"

"न बाबा, मुझसे यह नहीं होगा।"

"अच्छा तो बैठो, कुछ पीयो, मैं मेहमानों को देखता हूँ।"

"अच्छा"

पंड़ित गोपीलाल जाते हैं और तभी एक अधेड़ मेम आकर बूँदाजान के पास आकर बैठ जाती है। दोनों एक-दूसरे को मुस्कुरा कर देखते हैं।

"हैलो, आप को देख अच्छा लगा।"

"शुक्रिया।"

"क्या यह पर्स अजीब नहीं?" मेम बूँदाजान के बटुवे की ओर इशारा करती है।

"इसे पर्स नहीं, बटुवा कहते हैं, याने हमारा देशी पर्स।"

"ओ, अच्छा," मेम ने बूँदाजान के हाथ से बटुवा ले लिया और उसे उलट-पुलट देखने लगी। दो-तीन और मेम पास आ गईं और सब मिलकर देखने लगीं। बूँदाजान ने बटुवे की डोर खींचकर बंद करके दिखाया। सब हैरानी से देखती रहीं, उन्हें इंडिया की औरतों का यह देशी पर्स बड़ा पसंद अया।

बूँदाजान ने बटुवे के अंदर रखी चाँदी की डिबियाँ दिखाईं जिनमें सुपारी लौंग इलायची रखा था। एक डिब्बी में चूना था, एक डिब्बी में कत्था, एक डिब्बी में गीले कपड़े में पान रखे थे। सारा सामान देखकर वह भौचक्की-सी देखती रहीं और पान खाने का तरीक़ा, फ़ायदा पूछती रहीं। बूँदाजान ने पान बनाकर खाकर दिखाया तथा उन्हें खाने के लिए पूछा भी, पर सभी ने मना करके सिगरेट सुलगा लीं।

"यहाँ तो यह बटुवा आदमी भी रखते हैं जो पान खाते हैं," बूँदाजान ने बताया तो सभी और दंग रह गईं। औरतें बूँदाजान को घेर कर बैठी थीं। इस उत्सव में सभी अँग्रेज महिलाएँ थीं, केवल बूँदाजान ही भारतीय महिला थी। घर की औरतों को तो गोपीलाल कभी अँग्रेजों के बीच बुलाते नहीं थे। एक तो वातावरण दूसरा होता, फिर परदे के कारण या संकोच के कारण खुद कभी औंरते बाहर नहीं आती थीं। पृथा जरूर दूर-दूर से चक्कर काट लेती थी, फिर जश्न की गर्मी और खुलापन देखकर खुद ही कन्नी काट जाती थी।

मिस्टर राबर्ट जो बड़े अधिकारी थे, उनके पीछ जागीरदार-ज़मींदार आगे-पीछे घूम रहे थे। सेवा में लगे थे। सब किसी न किसी तरह अटके कामों को करवाने की फ़िराक़ में थे। मिस्टर राबर्ट उनकी बातें सुन रहे थे पर उनका ध्यान कहीं और फँसा था। उनकी नज़रों में बूँदाजान फँसी थी। वह बार-बार मुड़कर उसे ही देख रहे थे।

"यह बूँदाजान क्या अब नहीं नाचती-गाती? महफिल सूनी लग रही है?"

"हुजूरे आला, बूँदाजान तो अपने रायबहादुर सहाब की ख़ास हैं, उन्होंने सब

बंद करवा दिया। सुना है इनकी तरफ़ से एक बेटा भी है," एक जागीरदार ने धीरे से फुसफुसाकर चुग़ली कर दी।

"ओ, तभी, इसे बहुत सालों बाद देखा, पहले हमारे मेस के कार्यक्रमों में आती थी," मिस्टर राबर्ट को बूँदाजान पर अकेले गोपीलाल के क़ब्ज़े वाली बात पसंद नहीं आई। उनके चेहरे पर तनाव-सा आ गया, उन्होंने जल्दी से विस्की का गिलास खाली कर दिया। ख़ाली गिलास को भरने के लिए दो-तीन जागीरदार दौड़े और तुरंत विस्की का गिलास बनाकर ले आये।

"हमारे इंग्लैंड में डांसर ही रहती है,वाईफ़ नहीं बनती।"

"सरकार यहाँ तो सब उलटा-पुलटा होता रहता है। नौकरानी रानी बन जाती है।" एक राजा ने मौक़ा देखकर मिर्च का लेप लगाना शुरू कर दिया।

"यह इतना रईस आदमी कैसे बन गया?" मिस्टर राबर्ट रोष से बोले।

"सर सुना है, मिट्ठू सिंह की जायदाद हड़पने के बाद जब इसने घर को तोड़ा तो इसे गड़े खजाने मिल गए, बस मालामाल हो गया।"

"रियली? इसे गौरमेंट को इत्तेला देना था।"

"सर सारा माल दब गया। सुना है ढेर सारी तो सोने की ईंटें मिलीं," मौक़ा देखकर राजा सहाब ने मन की सारी ईर्ष्या विस्की के साथ उड़ेल दी। गोपीलाल के वैभव तथा सामाजिक प्रतिष्ठा से सब भीतर-ही-भीतर जले-भुने बैठे थे।

"पंडित चालाक आदमी है।"

"सर, वह बुदनी घाट का जंगल मुझे दे दिया जाए, कब से फ़ाइल चल रही है।"

"गाँव वाले आपत्ति करते हैं, उसमें जंगली जानवर बहुत हैं, नदी का कछार है।"

"सर, जानवर तो आते-जाते रहते हैं। वहाँ हुज़ूर के लिए शिकार का इंतज़ाम हो जाया करेगा। एक छोटा-सा रेस्ट हाउस बना लेंगे।"

"राजा साहब, पाँच सौ एकड़ का जंगल है, क़ीमती फारेस्ट है।"

"हुज़ूर चाहें तो सब कर सकते हैं, दिल्ली में प्रिंस ऑफ़ वेल्स आ रहे हैं, जो कहेगें, नज़राना देने को तैयार हूँ।

"ठीक है, देखते हैं।"

रायबहादुर गोपीलाल अपनों की भीतरी घात से अनजान एक कोने में बैठे एक अँग्रेंज मेम के साथ विस्की पी रहे थे। गोपीलाल मैडम मारीया की सुंदरता से बहुत प्रभावित थे। मैडम मारीया थामस प्यानो बहुत बढ़िया बजाती थीं। उनकी आवाज़ बहुत मधुर थी।

जब वह गाती थी तब चारों ओर सन्नाटा छा जाता था। क्लब के सारे कार्यक्रम वही आयोजित करती थी। डांस में भी कोई सानी नहीं था। इतनी प्रतिभावान महिला

थी, परंतु थोड़ा लालची और शौक़ीन था। क़ीमती भेंट स्वीकार लेना और हर तरह की दोस्ती के लिए तैयार रहना उनकी विशेषता थी। म्यूज़िक की टीचर भी थी। सभी अँग्रेजी स्कूलों में बच्चों को अँग्रेंजी, संगीत, गायन, नृत्य सिखाती थी। गोपीलाल जी से बहुत प्रभावित थी। एक तो गोपीलाल बहुत ज़्यादा रईस आदमी थे, दूसरे सुंदर-सजीले और गठीले थे, तीसरे उन्हें महिलाओं को सहेजना, तारीफ़ करना, प्रेम करना आता था। उनके इसी अपनत्व तथा सलीक़े से महिलाएँ प्रभावित हो जाती थीं।

मैडम मारीया ने बहुत ज़्यादा विस्की गले के भीतर उड़ेल ली थी। इस कारण वह अब अधिक पीना नहीं चाहती थीं। गोपीलाल ने उन्हें जब विस्की से भरा गिलास दिया तो उन्होंने मनाकर दिया और अपने सोने के सिगरेट केस से सिगरेट निकालकर सुलगा लिया।

''बस, अब और नहीं पंड़ित गोपीलाल, डॉक्टर ने मना किया है, इधर मेरा ब्लडप्रेशर बहुत बड़ा रहता है। कंट्रोल करने को कहा है।''

''हमारी ऐसी नाजुक जान को किसकी नज़र लग गई? ऐसा क्यों? तुम ज़्यादा सोचती हो।''

''पूरी फैमिली इंग्लैंड में है पंडित। बच्चा तो मेरा एक भी नहीं है। सुना है, मेरे हस्बैंड ने दूसरी शादी कर ली है। मैं क्या करती, इतना बढ़िया ऑफ़र मिल रहा था, इसलिए इंग्लैंड से यहाँ आ गई।''

''हस्बैंड को भी ले आतीं?''

''वह नहीं आ सकता था, वहाँ पैलेस की आर्मी में था।''

''ओ, अच्छा,'' पंडित गोपीलाल चौंके फिर सहज होते हुए बोले, ''तुम भी भूल जाओ उसे। तुम इंग्लैंड साल में तीन बार जाती थीं, उसे ऐसा नहीं करना था।''

''उसकी नौकरी भी मैंने उनसे कहकर दिलाई थी, एक प्रोग्राम में क्वीन आई थी, मेरा गाना सुनकर ख़ुश हो गई थीं। बाद में मैंने उनसे कहकर उसे आर्मी में लगा दिया था।''

''ऐसे अहसान फ़रामोश को तो भूल जाना चाहिए। तुम्हारी जैसी सुंदर, गुणीं औरत भला उसे कहाँ मिलेगी?''

''अब सुना है उसने एक घरेलू औरत से शादी की है। मैं तो वहाँ नौकरी करती थी। हमारी लव मैरिज हुई थी, जब शादी हुई थी, तब वह पढ़ता था। सारा खर्च, कॉलेज की फ़ीस में देती थी। नौकरी भी मैंने लगवाई। क्वीन चाहती थी कि मैं इंडिया जाऊँ तो देखो कैसे मना करती है, न पंडित?'' मैडम मारीया विस्की के नशे के साथ अधिक भावुक होती जा रही थी।

''डोंट वरी, तुम यहाँ नहीं आती तो मुझ से कैसे दोस्ती होती? इसलिए जो होता है ठीक ही होता है,'' पंड़ित गोपीलाल ने मैडम मारीया के हाथ पर अपना

हाथ रख दिया और उसे धीरे से किस कर लिया।

"पार्टी अच्छी है पंड़ित, पर तुम जब रायबहादुर बने थे तब जो पार्टी दी थी वह बहुत बढ़िया थी।"

"वह हमारे लिए थी, यह पोती के लिए है।"

"तुम्हारे यहाँ औरतें पार्टी में नहीं आतीं पंड़ित?"

"परदा करती है", गोपीलाल बोले और विषय को बदलते हुए बोले, "देखो प्रिंस ऑफ़ वेल्स आ रहे हैं, उनके वेलकम में शानदार धुन तैयार करो।"

"हाँ ठीक है, पर वह यहाँ जबलपुर तो नहीं आ रहे?"

"लेकिन नये कमीश्नर भी तो आ रहे हैं न?"

"हाँ मैं तो एकदम भूल ही गई थी, " मैडम मारीया घबरा उठी।

तभी सामने से चंद्रकला दौड़ती आई और अपने दादा की गोद में चढ़ गई। मैडम मारीया मुस्कुरा उठी।

"बहुत स्वीट है, तुम्हें बहुत प्यार करती है, डैडी को ज़्यादा नहीं, है न पंड़ित?"

"उसका डैडी अभी बच्चा है, वह अपने दोस्तों में और पढ़ाई में रहता है। हमारे इंडिया में वैसे भी रिवाज है कि दादा-दादी ही बच्चों को सँभालते हैं, डैडी लोग नहीं, डैडी शरमाता है।"

"रियली? अच्छा रिवाज है।

"देखो आंटी क्या बोल रही हैं, तुम सुंदर हो," गोपीलाल ने चंद्रकला से कहा।

"आंटी भी तो परी हैं।"

"आंटी प्यानो बढ़िया बजाती हैं?"

"यहाँ क्यों नहीं बजातीं?"

"हर जगह बजाने की उन्हें परमिशन नहीं है, अँग्रेजो के द्वारा दी पार्टी में ही बजा सकती हैं।"

"अच्छा ऐसा क्यों"

"रूल्स हैं, क़ायदा है। अँग्रेजी क़ानून की पाबंदी है।"

"नहीं कभी अकेले में आकर तुम्हें सुनाऊँगी। ठीक है?"

"थैंक्स आंटी।"

"ओ. के. डियर।"

मैडम मारीया पर नशा चढ़ने लगता है। कुर्सी के पीछे वह सर टेक लेती है और कोई धुन गुनगुनाने लगती है। गोपीलाल उनकी गुनगुनाहट को घ्यान लगाकर सुनते हैं। मोहित होते हैं। चंद्रकला भी उन्हें ध्यान से देखती है। मैंडम मारीया थोड़ी देर बाद आँखें खोलती है और अपनी तरफ़ गोपीलाल को और चंद्रकला को ताकता पाकर झेंप जाती है। गोपीलाल की आँखों की प्रेम भाषा को पढ़ती है और शरमाकर चंद्रकला को देखने लगती है। चंद्रकला सबसे अनजान उनके सिगरेट को देख रही थी।

"पंड़ित, अपनी ग्रेंड डॉटर को भी चखाओ न?"

"यस-यस," गोपीलाल प्रसन्नता से निहाल होते बोलते हैं। समझ जाते हैं मैडम मारीया उन पर मेहरबान हो रही है। उनकी आँखों में अपने लिए स्वीकृति पढ़ लेते हैं। अपना गिलास चंद्रकला के मुंह से लगा देते हैं। चंद्रकला प्रसन्नता से दादाजी के गिलास से व्हिस्की सिप करती है। दादाजी की इस उदारता को समझ नहीं पाती है। पहला घूट भरते ही चंद्रकला कड़वा-सा मुँह बनाती है। दोनों हँसते हैं। कला दूसरा घूँट भरती है, इस बार उसे मज़ा आता है।

"मारीया, तुमने कितनी उम्र से पीना शुरू किया था" गोपीलालजी मैडम मारीया की तरफ़ अधिक झुकते हैं, उनकी जाँघों का दबाव मारीया की जाँघों पर पड़ने लगता है।

"सेम ऐज," कहते मैडम मारीया गोपीलाल की गहरी आँखों को गहराई से देखते लगती है।

"कला तुम अपने दोस्तों में जाओ," कहते गोपीलाल चंद्रकला को गोद से उतार देते हैं। चंद्रकला व्हिस्की का गिलास पकड़े प्रसन्नता से आगे बढ़ जाती है। चंद्रकला को शराब पीता देख कोठी के अर्दली हक्के-बक्के रह जाते हैं। चंद्रकला अपने दोस्त हैरी के पास पहुँच जाती है। गोपीलाल मैडम मारीया की कमर में हाथ डालकर उसे निकट खींचकर प्यार करने लगते हैं। मैडम मारीया प्रसन्नता से गुस्सा होने का नाटक करती है।

"हैरी, तुम भी पीयो वेरी-वेरी टेस्टी," चंद्रकला अपने दोस्त हैरी से कहती है।

हैरी च्रंदकला के गिलास से व्हिस्की सिप करने लगता है, मज़ा आता है तो गिलास ले लेता है। चंद्रकला प्रसन्नता से दूसरा गिलास लाने जाती है। अर्दली देता नहीं तो उसकी पीठ में घूँसा मारकर गिलास ले आती है। लौटती है तो देखती है हैरी शराब पी रहा था और एक क़ीमती मूर्ति को छू रहा था। मूर्ति एक औरत की है, जो अपने कपड़े उतार रही थी, उसके कपड़े नीचे पड़े थे और वह नंगी थी। हैरी बड़े ध्यान से उसे छू-छूकर देख रहा था।

"ऐई...डोंट टच," चंद्रकला पास आकर हैरी का हाथ मूर्ति से झटक देती है, "तुम्हें दूसरे के घर का सामान नहीं छूना चाहिए।"

चंद्रकला की डाँट से हैरी सहम जाता है। चंद्रकला देखती है दादाजी मैडम मारीया के गले में हाथ डाले उसके हीरों के नेकलेस से खेल रहे हैं। डैडी एक गोरी अँग्रेज मेम के साथ डांस कर रहे हैं। चंद्रकला भी हैरी के गले में हाथ डालती है और दोनों डांस करने लगते हैं। हैरी प्रसन्नता से झूमने लगता है। अत्यंत कुतूहल से सब लोग हैरी और चंद्रकला को देखने लगते हैं और ठहाके लगाते हैं।

आधी रात के बाद पार्टी समाप्त हुई। एक-एक करके अतिथि विदा हुए। गुलाबी जाड़ा पड़ना शुरू हो गया था। आधी रात के बाद सिहरन शुरू हो जाती थी।

37

पृथा अपने कमरे में गहरी सोच में बैठी थी। जाने कितने विचार मन को घेरे थे। बाहर बगीचे में खिले सुंदर-सुंदर फूलों की गंध भीतर कमरे में भर गई थी, लग रहा था जैसे किसी ने इत्र छिड़क दिया हो। पृथा सर कुमाकर खिड़की से बगीचे को देखने लगी। कितना सुंदर-सहेजा हुआ बगीचा था। दूर-दूर से लाकर रोपे गए वृक्ष थे। सुंदर फूल जैसे किसी ने छाँट-छाँटकर गुलदस्ते में सजा दिया हो। रंग-बिरंगे फूलों की बहार थी। कैसे ध्यान से बगीचा तैयार किया गया था। संगमरमर की कई मूर्तियाँ बगीचे में सजी थीं। मूर्तियाँ नारी की थीं उनके कंधे पर मटका था। मटके से पानी गिर रहा था। फौव्वारा देखते बनता था। मूर्ति को देखकर लगता था जैसे तालाब से अभी-अभी स्नान करके आई है, उसके सारे कपड़े गीले थे और शरीर से चिपके थे, जिससे उसके शरीर का उभार-कटाव स्पष्ट झलक रहा था। देखकर ऐसा लगता था जैसे स्नान करके मटके में पानी भरकर लाई है और उलीच रही हो। बगीचे में जगह-जगह संगमरमर की तिपाइयाँ बैठने के लिए रखी थी। अद्‌भुत सुंदर बगीचा।

जिस घर में बगीचा तक इतना सुंदर हो, वहाँ उस घर की नारी की ऐसी दुर्दशा? कितना विचित्र था। संसार से विरक्त होने को मन चाहता था। इस एकांत वातावरण में जाने क्यों बार-बार घड़ी की सुई की तरह काँटा एक ही प्रश्न पर क्यों अटक जाता है कि वह ज़िंदा क्यों है? किसके लिए? बार-बार अपने वर्तमान से ऊबकर अनमना होकर आत्मचिंतन के गहरे ताल में डुबकियाँ लगाने लगता है और सोचता रहता है कि क्या जीवन का यही अर्थ है? इसी को जीवन कहते हैं? यही मोहमाया है? इसी के लिए मनुष्य इतनी उठापटक में लगा रहता है? इन्हीं रिश्तों के भँवर से वह सारी उम्र फँसा रह जाता है?

उसे याद आया एक बार जब वह छोटी थी तब एक ज्योतिष ने उसके भाग्य की रेखाओं को देखकर भविष्य वाणी की थी कि वह जवानी में वैराग्य ले लेगी। तब उसे ज्योतिष की बात सुनकर हँसी आई थी, परंतु अब उसे ज्योतिष की बात सत्य लगने लगी थी। क्या इस जीवन को कोई गृहस्थ जीवन कहेगा?

वह तो संसार देखना चाहती थी। मन में जाने कितनी अनगिनत भावनाएँ कुतूहल, उमंग, उत्साह कुलबुलाया करते थे, जिनका अंत हो गया था।

"अरे बहू, कमरे में अँधेरा हो गया। तुमने अभी तक लैंप नहीं जलाया?"

पृथा चौंककर पलटी तो देखा सास सुहासनी देवी खड़ी हैं। अपने कमरे में उन्हें देखकर वह हैरान रह गई। कमरे में अँधेरा हो गया था। अपने विचारों में डूबी होने के कारण उसे कुछ ध्यान नहीं रहा था। जमुना तो संध्या के पहले ही मिट्टी तेल का लैंप और माचिस रख गई थी। सुहासनी देवी आगे बढ़कर लैंप जलाने लगीं।

"नहीं माँजी, आप रहने दें, मैं जला लेती हूँ।"

"कोई बात नहीं बहू, तुम रुको, लैंप मैं जला देती हूँ, वैसे भी जब अँधेरा बढ़ रहा है तो बड़ों को चाहिए आगे बढ़कर रौशनी का इंतज़ाम करें।

"जी?" पृथा चौंकी।

"ठीक कह रही हूँ न?"

पृथा सास के दिए उलाहना से अपराधी की तरह सर झुकाकर खड़ी थी। लैंप के जल जाने से कमरे में उजाला हो गया था। लैंप के उजाले में पृथा का मुरझाया, पीला चेहरा साफ़ दिख रहा था।

"आओ, बैठो बहू," कहते सुहासनी पास रखी कुर्सी पर बैठ गई। पृथा भी शीशम के अपने बड़े से पलंग पर चढ़कर बैठ गई।

"आज मैं तुम्हारे कमरे में क्यों आई हूँ, पता है? मैं तुमसे ढेर सारी बातें करना चाहती हूँ। मेरे कमरे में तो लोग ख़ैरियत पूछने आते जाते हैं, इसलिए मैंने चमेली से कहा, मुझे बहू के कमरे में पहुँचा दे। दरवाज़े पर पहुँचा कर मैंने उसे भी भगा दिया," सुहासनी ने एक ठंडी निःश्वास छोड़ी, "पहले देखो यह सौ कमरों की कोठी कितनी भली लगती थी, सारा दिन मैं डोला करती थी, अब तो अपने चौक से दूसरे चौक में जाना ऐसा लगता है जैसे एक शहर-से-दूसरे शहर जा रहे हैं। तुम्हारे चौक बैठा मैंने अपने चौक से लगा हुआ ही बनवाया था, मुझे पता था, तुम्हारे दुःख-सुख की आहट मुझे रखनी पड़ेगी। तुम्हारे एकांत में सेंध लगाकर मुझे भेद लेते रहने होंगे।"

पृथा समझ गई आज सुहासनी देवी फुर्सत में बैठेंगी और आज उससे पूछताछ की कार्यवाही ज़रूर करेंगी, परंतु जैसा पृथा को भय था ऐसा नहीं हुआ। सुहासनी ने अपनी तरफ़ से कोई प्रश्न नहीं किया, बस .ख़ुद ही लगातार बोलती रहीं।

"बहू, तुम इस घर की बहू हो। इस घर की अधिकारिणी हो, इसलिए तुम्हें हर बात पता होनी चाहिए। ऐसा न हो इस घर के रहस्य मेरे साथ ही चले जाएँ।"

"रहस्य! क्या यहाँ कोई रहस्य है?" पृथा दंग रह गई।

"रहस्य तो बेटा हरेक के जीवन में होते हैं। हर आदमी सामने से बड़ा साफ़-सुथरा दिखता है, परंतु उसके खाने के दाँत पेट में छुपे होते हैं। इसलिए धोखा नहीं खाना चाहिए। मैं जानती हूँ, तुझे यहाँ लाकर ठीक नहीं किया। तुम जैसी सीधी-भोली लड़की के साथ बड़ा ज़र्बदस्त धोखा हुआ है। मेरा बेटा इतना बुरा निकलेगा, मुझे अनुमान नहीं था। पहले दिन से ही तुझ से उसका व्यवहार ठीक नहीं है। मुझसे कुछ छुपा नहीं है। माँ से भला बच्चे के कोई भेद छुपे होते हैं?"

"आप बहुत दयालु हैं, इसलिए मेरी तरफ़ बोल रही हैं।"

"बेटा, यह घर बहुत विचित्र है। यह तो कोठी सूर्यभवन देख रही हो, यह हमारी नहीं है यह तो मिठ्ठू सिंह भाई साहब की है, अपने पारिवारिक झगड़ों के कारण उन्होंने इनके नाम लिख दी, जिसे बाद में तेरे ससुर ने लौटाया ही नहीं। इनके विश्वास को छला, यह दोनों पति-पत्नी भी देखो कैसे देव पुरुष हैं कि भाग्य की

विपदा समझकर ग़म खा गए। जब यह हवेली तोड़ी गई तो इसमें नीचे गड़ा ख़ज़ाना निकला जिसकी जानकारी मिठ्ठू सिंह को भी नहीं थी और न यह भेद तेरे ससुर ने इन्हें पता लगने दिया। यह बात तो केवल मैं जानती हूँ। हम दोनों पति-पत्नी ने रातों-रात सारा धन खोदकर निकाला था। सात सोने के बड़े मटकों में तो केवल हीरे-जवाहरात रखे थे। सोने की ईंट और सोने की अशर्फ़ियों की तो कोई गिनती नहीं थी। इतना बड़ा ख़ज़ाना था, जिससे पूरा एक नगर बसाया जा सकता था, राजा का राज्य चल सकता था। वह ख़ज़ाना मूल्यवान रत्नों से भरा पड़ा था।

"अरे, इतना बड़ा ख़ज़ाना? लेकिन, पता कैसे चला था माँजी?"

"क्या था बेटी, जब हम यहाँ आए थे तो मिठ्ठू सिंहजी ने हमें रहने के लिए पीछे वाला अपना हिस्सा दिया था, जिसमें कभी कोई नहीं रहता था। हम लोग ही रहे। रात को अक्सर मैं अकेली सोती थी, तब मोहन बहुत छोटा था और तेरे ससुर अँग्रेजों के काम से इधर-उधर शहर जाते रहते थे। एक दिन आधी रात के समय मेरी अचानक आँख खुली तो मैंने देखा—मेरे सामने से सैकड़ों बिच्छुओं की लंबी क़तार जैसे चीटियों की क़तार घनी चलती है, ऐसे जा रही थी। दीये के उजाले में मैंने स्पष्ट देखा। खाट पर बैठे-बैठे मैं डर के मारे थरथर काँपती रही। भय के मारे मेरा गला सूख गया। चेहरा पीला पड़ गया। सबेरे मैंने डरते-डरते जब यह बात लता दीदी को बताई तो वह हँस दी और बोली कि तू ने कोई सपना देखा होगा, एक-दो बिच्छू तो समझ में आता है, सैकड़ों बिच्छुओं की क़तार कैसे होगी? मैं चुप रह गई, परंतु यह घटना मुझे रोज़ाना आधी रात को दिखती। किसी खटके से मेरी आँख खुल जाती और यह विचित्र अद्‌भुत दृश्य मुझे रोज़ दिखता। धीरे-धीरे मेरा भय कम होने लगा क्योंकि वह काले बिच्छू करते कुछ नहीं थे, बस एक दीवार से निकलकर दूसरी दीवार में रोज़ गुम हो जाते थे। ऐसा मेरे साथ कई महीनों तक हुआ, अंत में हारकर मैंने एक दिन अपने पति को यह बात बताई तो वह चकित रह गए और बोले—इसका मतलब है सुहासनी इस कमरे में कोई बहुत पुराना ख़ज़ाना गड़ा है, क्योंकि हमारे गाँव में एक कुम्हार के साथ ऐसी ही घटना हुई थी। उसे भी सैकड़ों बिच्छू चलते दिखते थे। अंत में वह समझ गया कि यहाँ लक्ष्मी गड़ी है, जो बाहर निकलना चाहती हैं, उसे मार्ग नहीं मिल रहा है। उसने सारे घर को खोदा तो बड़ा भारी ख़ज़ाना उसे मिला। लक्ष्मी चंचल होती है वह अपना स्थान बदलती रहती है। बिच्छू-साँप उस संपत्ति के रक्षक होते हैं, वही उस धन की रक्षा करते हैं और वही स्थान बदलवाते रहते हैं। तुमने यह बात किसी से कही तो नहीं? मैंने बताया कि दीदी से कहा था तो दीदी ने हँसकर सपना कहकर बात को उड़ा दिया।"

"अच्छा, क्या बिच्छू धन का प्रतीक होते हैं?"

"हाँ बहू, कहते हैं, पुराने गड़े धन, ख़ज़ाने में जीव पड़ जाता है, वे धन की रक्षा करते हैं। साँप और बिच्छू उसके रक्षक होते हैं। साँप पहरा देते हैं और बिच्छू

धन को घेरे रहते हैं, ये छोटे सैनिक होते हैं। धन को इधर-से-उधर सरका कर सुरक्षित रखते रहते हैं। जब भी लगे कहीं सैकड़ों काले बिच्छू क़तार बाँधकर पंक्तिबद्ध तरीक़े से धीरे-धीरे रेंग रहे हैं, इसका मतलब है नीचे धरती से वह धन को सरकाकर कहीं पहुँचा रहे हैं। इनका यही काम है, इसलिए गाँव में लोग जब ऐसा कुछ देखते हैं तो कहते हैं धन जा रहा है। ऐसे धन को कोई छूता भी नहीं, क्योंकि जो हाथ लगाएगा मौत के मुँह में जाएगा। ऐसा धन तो जिसके भाग्य का होगा, उसके आते ही यह अपने आप हट जाते हैं।''

''अच्छा? कितनी विचित्र बात है, फिर माँजी आपको कैसे वह ख़ज़ाना मिला?''

पृथा ने बहुत उत्सुकता से पूछा।

''एक दिन दोपहर को मैं कमरे में सो रही थी। मैंने दीवार पर दोनों पैर टेक रखे थे, मुझे झपकी-सी आ गई जिससे मेरे पैर घसीट से गए और भड़ की आवाज़ के साथ दीवार में लगी एक पटिया पीछे की तरफ़ गिर गई। मैं चौंककर हड़बड़ा कर जागी। दीवार की पटिया गिर गई सोचकर डर गई, तभी देखा कुछ सोने की गिन्नियां नीचे मेरे पैर के पास गिर पड़ी हैं। मैंने उठाकर देखा तो वह सोने की थीं। मैं दंग रह गई। भौचक्की-सी पागलों की तरह मैंने उस खुली पटिया के भीतर झाँककर देखा तो भीतर मुझे लगा, वहाँ कोई बड़ा-सा कमरा है और वहाँ से यह गिन्नियाँ गिरी थीं। मैंने गिरी हुई गिन्नियों को उठाकर बक्से में रख दिया और पटिया को वापस लगा दिया। दो दिन बाद जब पति आए तो उन्हें यह घटना धीरे से सुनाई। पति ताज्जुब खा गए। समझ गए यहाँ कोई बड़ा ख़ज़ाना गड़ा है। रात को दीये से इन्होंने भीतर झाँक कर देखा तो भीतर सोना-ही-सोना रखा था। अब क्या करें? धन को कैसे निकालें? निकालें भी तो रखे कहाँ? इन्होंने वापस पटिया लगाकर दीवार को मिट्टी से छाप दिया। हम उसी कमरे में रहते थे।''

''फिर आपने कैसे निकाला माँजी?''

''देखो बहू, धन सबको नहीं मिलता। जिसके भाग्य का होता है, उसी को मिलता है। इस हवेली में तो लोग बरसों से रह रहे थे, पीढ़ियाँ गुज़र गईं थी पर वह धन किसी को नहीं मिला बल्कि किसी को आभास तक नहीं था और देखो उसका द्वार मेरे ज़रा पैर का झटका लगते ही खुल गया। निश्चित ही वह धन हमारे भाग्य में था। देखो भाग्य की देन। इस घटना को साल भर गुज़र गया। हम इस घटना को लगभग भूल गए थे, कि अचानक मिठ्ठू सिंह भाई साहब ने हवेली इनके नाम लिख दी और ख़ुद दोनों पति-पत्नी तीर्थ को चले गए। अब जब हवेली ही नाम चढ़ गई तो अब धरती में गड़ा धन तो अपना था ही, बस धीरे-धीरे इन्होंने उस धन को निकाला और एक नया कमरा बनवाकर उसमें गाड़ दिया। फिर हवेली को तोड़कर उसी धन से नई कोठी बनी, सारी सुख-सुविधाएँ जुटाईं। तीन-चार माह बाद जब मिठ्ठू सिंह लौटे तो सारे घर का कायाकल्प देखकर सोचा कि इन्होंने अँग्रेजों

से धन कमाकर सब जोड़ा तथा बनाया, पर यह सब-कुछ तो उन्हीं का था। वह लक्ष्मी केवल उनके भाग्य की नहीं थी, हमारे भाग्य की थी, इसीलिए देखो हम लोग कहाँ दिल्ली से यहाँ आए और कैसी विपत्ति में आए और इन्हीं का द्वार खटखटाया और मुझे पता चला। है न कि विचित्र बात?''

''अनहोनी बेताल कथा जैसी लगी। बाद में आपको पता चला वह धन किसका था?''

''वह तो पता नहीं चला, पर वह धन बहुत ज़्यादा पुराना था। किसी भाग्यहीन राजा ने अपने ख़ज़ाने को यहाँ गाड़ा होगा। बरसों से गड़ा रहा और देखो कैसे अकस्मात् उसका पता मुझे मिला।''

''आप बहुत भाग्यशाली हैं माँजी, इस वैभव-संपदा की असली मालिक तो आप हैं।''

''तुम ठीक कहती हो बहू। लेकिन मैं ऐसा नहीं सोचती। आज जिस वैभव के ठाठ के लोग चमत्कृत होते हैं, दसअसल वह मिठ्ठू सिंहजी का है, आख़िर वह धन उनके पूर्वजों का ही तो होगा। रही बात मेरी तो हमारे शास्त्रों में लिखा है बहू, कि पुरुष स्वामी होता है, इसलिए घर का, धन का मालिक वही होता है। जिस तरह राज्य के हर धन का मालिक राजा होता है, वैसे ही पत्नी के सभी धन का मालिक पति ही होता है।''

''आप तो साक्षात् लक्ष्मी हैं माँजी, देवी हैं, तभी तो पति के लिए इतनी ऊँची बात सोचती हैं'', पृथा उत्सुकता दबा नहीं पाई और चमत्कृत होते बोली।

''शायद उसी धन का पुण्य आज तक भोग रही हूँ। जाने कौन लोग थे जो मेरे लिए इतना धन संग्रह करके रख गए, वरना तुम्हारे ससुर की तो बुद्धि यहाँ आकर भ्रष्ट हुई। उसे देखते हुए तो उन्हें कभी का मुझे बहिष्कृत कर देना चाहिए था, परंतु ख़ज़ाना मेरे द्वारा मिला था, इस कारण तुम्हारे ससुर ने मेरा मान-सम्मान रखा,'' कहते हुए सुहासनी देवी की आँखों से आँसू बह गए।

''माँजी, क्या कभी ताऊजी और ताईजी पर यह रहस्य खुल पाया?''

''नहीं, अभी तक नहीं खुला, परंतु मैं सोचती हूँ अपने अंतिम क्षणों में यह रहस्य ज़रूर उन्हें बताकर जाऊँगी, ताकि भारमुक्त होकर चैन से मर सकूँ, वरना मेरी आत्मा पर यह बोझ ही बना रहेगा। वह दोनों सज्जन और शाश्वत देवता समान हैं। अपने दुर्भाग्य के द्वारा छले गए तन-मन से थकित प्राणी हैं, यदि उन्हें इस रहस्य का भेद पता भी चल गया होगा, तब भी वे अपने मुख से पहले यह बात नहीं खोलेंगी। मैं यह बात जानती हूँ। ऐसे अद्‌भुत व्यक्ति ने सारी उम्र कष्ट झेला। निष्ठावान व्यक्ति ही जीवन में दुःख भोगता है। ऐसे व्यक्ति को .खुद भगवान भी छलता है। राजा हरिश्चंद्र का उदाहरण देखो न, कैसा अपना राजपाठ लुटाकर नौकरों की हाट में पति-पत्नी और बेटा बिक गए।''

''माँ जी, क्या आपको बूँदाजान के बारे में पता है?'' पृथा ने डरते-डरते कहा।

''तो तुम्हें पता है?'' कहते सहासुनी देवी ज़ोर से हँस पड़ी, ''सिर्फ़ बूँदााजान का ही नहीं, पति के हर संबंधों के बारे में पता है।''

''आपने कभी विरोध नहीं किया?'' पृथा चकित होते बोली।

''बहू, तुम्हें एक बात बताऊँ विरोध करने से पुरुष के भीतर का पशु कभी नहीं सुधरता, बल्कि वह अधिक भड़कता है। ऐसे लोग अपने चक्रव्यूह में फँसकर ख़ुद मरते हैं, अधिक चतुर व्यक्ति का ऐसा ही अंत हुआ है।''

''माँजी, आज मैं अपने को अत्यधिक सौभाग्यशाली मान रही हूँ, जो आप जैसी देवी मेरी सास हैं।''

''यही बात तुम्हें कहनी थी, बहू इस घर को तुम्हें सँभालना है, अपने को कमज़ोर मत करो। यह धन, यह वैभव एक स्त्री के द्वारा प्राप्त किया हुआ है, इसलिए इस घर में जो व्यक्ति भी अपनी पत्नी को तंग करेगा उसका अंत बुरा ही होगा।''

''मुझे माफ़ कर दें माँजी,'' पृथा अप्रतिभ हो उठी।

''तुम दुःखी मत हो बहू, ऐसे लोग मनुष्य नहीं राक्षस हैं। यह लोग अपना दीन, ईमान तक बेच डालते हैं। जो व्यक्ति अपनी पत्नी को सुख नहीं दे सकता ऐसा व्यक्ति पिशाच की योनि का है। ऐसे व्यक्ति को दंड तो भोगना ही होता है। तुम चिंता मत करो, काल अपने-आप ऐसे व्यक्ति को दंड देता है?'' सुहासनी देवी उत्तेजित होते बोली, ''उसका पतन होता ही है।''

सुहासनी देवी का भीतरी तेजस्वी रूप देखकर पृथा डर गई। भयभीत-सी सुहासनी देवी को तकती रह गई।

''बहू हर मनुष्य के अपने जीवन एक समय होता है, उसे अपना समय स्वयं ही लड़ना पड़ता है। जिस प्रकार काँटे से ही काँटा निकाला जाता है, उसी प्रकार समय से ही समय परास्त किया जाता है। हरेक को अपनी लड़ाई ख़ुद ही लड़नी पड़ती है।''

''आज आपसे बात कर बहुत अधिक अच्छा लगा।''

''हमारी बातें अपने तक ही रखना बहू, एक बात को दूसरी जगह न खोलना बहुत बड़ा गुण होता है। दो की चर्चा कभी तीसरे से न करना बहुत बड़ा कौशल है, ऐसा व्यक्ति हमेशा विश्वस्त और अनुशासन से सुसज्जित होने के कारण ऊँचे-से-ऊँचे स्थान को पाता है। किसी का भेद खोलना वैसा ही है, जैसे नाव में छेद का होना, समझो ऐसा व्यक्ति एक-न-एक दिन डूबता ही है। मेरी इस सीख को हमेशा ध्यान में रखना। लता दीदी हमेशा मेरी प्रिय रहीं, पर वह मेरी वही बातों को जानती हैं जो उन्हें जानना चाहिए। बस, इससे अधिक नहीं।''

''इस घर के पुरुष व्यस्त भी तो बहुत रहते हैं, इस कारण भी यहाँ की औरतें अकेले जीवन जीने के लिए मजबूर हैं।''

"सो तो है, पर मेरा मानना है बहू, मनुष्य को सदैव व्यस्त रहना चाहिए, व्यस्त रहना तो अच्छी बात है। व्यस्तता ठीक है, लेकिन त्रस्तता नहीं होनी चाहिए। व्यस्तता और त्रस्तता में ज़मीन-आसमान का अंतर है। यह भेद जीवन में बड़े-बड़े मोड़ ला देती है।"

"आपने माँजी व्यस्तता और त्रस्तता की बात अच्छी कही?" पृथा प्रभावित होकर बोली।

"हाँ भई व्यस्त रहो, पर हमसे त्रस्त मत हो," सुहासनी देवी ने हँसकर कहा, "अच्छा चलूँ बहू, बहुत दिनों से सोच रही थी तुमसे बात करूँ, चलो आज मन हल्का हुआ। मन में छिपे भेद भी एक प्रकार से विष ही होता है। इसी गर्मी, ज़हर से इंसान परेशान रहता है। जब तक विष बाहर न निकले तब तक कैसे चैन आए। बड़े से बड़ा विषधर भी अपने भीतर छिपे विष को पचा नहीं पाता।"

सुहासनी देवी उठ खड़ी हुईं। पृथा ने कृतज्ञ नेत्रों से उन्हें देखा जैसे उनके यूँ अकस्मात् आने का आभार व्यक्त करना चाह रही हो। पलंग से नीचे उतरकर पृथा ने सुहासनी देवी के पैर छू लिए।

"बहू, मुझे मेरे कमरे तक छोड़ने चलो।"

पृथा दौड़कर उनके निकट पहुँच गई और अपने कंधे का सहारा देती खड़ी हो गई। सुहासनी देवी पृथा के कंधे का सहारा पकड़े और एक हाथ से लकड़ी टेकती धीरे-धीरे आगे बढ़ गईं।

38

सूर्य दक्षिणायन हो गया था। सूर्य पृथ्वी की परिक्रमा करते हुए दक्षिण दिशा में चला गया था, जिससे वह पृथ्वी से दूर हो गया था। इस कारण से ठंड अत्यधिक बढ़ गई थी। दो रज़ाई का जाड़ा पड़ने लगा था। सारा दिन कोहरे के प्रकोप से धरती ढकी रहती थी। संसार बीमारी का घर बन गया था। सर्दी-खाँसी-ज्वर, घर डेरा डाले पड़े थे। उनके आतंक से सब भयभीत थे। जहाँ जाओ, बस बीमारी की ही चर्चा सुनाई देती थी। बीमारी तथा ठिठुरती सर्दी, दो ही विषय चर्चा के बन गए थे। घरों में, नुक्कड़ों पर, खलिहानों में बस हर जगह यही चर्चा चलती रहती। जैसे बातचीत के लिए दूसरा विषय ही नहीं रह गया था। सभी ठंड से त्रस्त हो उठे थे। ठंड के कारण काफ़ी लोगों की मृत्यु हो गई थी। अँग्रेजी प्रशासन चिंतित हो उठा था। सभी सक्रिय हो उठे थे। सरकारी ख़र्चे पर हर मोहल्ले में अलाव जलाने की व्यवस्था की जा रही थी। रोज़ाना हर मोहल्ले में एक बैलगाड़ी लकड़ी पहुँचाई जाती थी। मोहल्ला

समिति के कार्यकर्ताओं को अलाव जलाने का कार्य करने की ज़िम्मेदारी सौंपी गई थी। मोहल्ला समिति के लड़के आधी लकड़ी जलाते और आधी अपने घरों पर पहुँचा देते। सरकार की तरफ़ से यह व्यवस्था ग़रीबों के लिए की गई थी, परंतु आयोजकों की धाँधली के कारण ग़रीबों को आग तापने का लाभ नहीं मिल पाता था। गप्प मारते, भजन-कीर्तन करते, नाच-गाना करते थे, यानी आधे रात तक तो उनकी गप्प सभा चलती रहती थी। मनोरंजन चलता रहता था। रात्रि के अंतिम पहर में जब अलाव की आग ठंडी होने लगती थी, तब कहीं जाकर सभा विसर्जित होती। सब उठकर अपने-अपने घर चले जाते थे। घर के किवाड़ों की साँकलें जब भीतर से लग जातीं, तब कहीं जाकर कुछ भिखारी लोग तथा गली के लावारिस कुत्ते आकर बुझते अलाव को घेर लेते और बची-खुची गर्मी को अपने ठिठुरे शरीर में समेटने की कोशिश करते थे।

मोहल्ले की गलियों में सर्दियों के कारण जल्दी सन्नाटा छा जाता था। कृष्णपक्ष की अँधेरी रातें थीं। अँधेरी काली स्याह रात्रि थी। काले आकाश पर सारे-के-सारे तारे स्पष्ट चमकते दिख रहे थे। जैसे किसी अँधेरी गुफ़ा में कोई चकमक चट्टान चमक रही हो।

ऐसी ठंडी-ठिठुरती रात में भी गोपीलाल अकेले अपने कमरे में बैठे थे। कई चिंताएँ मन को घेरे थीं। मनुष्य बड़ा आदमी बनने के बाद अकेला स्वतंत्र कहाँ रह पाता है? नाना प्रकार की चिंताएँ, घटनाएँ उसे घेरे रहती हैं। जय-पराजय के मायाजाल में वह फँसा रहता है।

राजबहादुर पंडित गोपीलाल की जागीरी के गाँव धीरे-धीरे बढ़कर सौ पर पहुँच गए थे। गोपीलाल का दबदबा चारों ओर था। नये कमीश्नर शहर में आ चुके थे। चारों ओर उनके स्वागत के कार्यक्रम हो रहे थे। जगह-जगह क्लबों में डिनर आयोजित हो रहे थे। पंडित गोपीलाल भी नये कमीश्नर से परिचय बढ़ाने की योजना बना रहे थे। यूँ तो गोपीलाल के लिए कमीश्नर से मिलना ज़्यादा मुश्किल बात नहीं थी, पर गोपीलाल हमेशा चाहते थे कि जब बड़े आदमी से मिलो तो अपने प्रभाव, अपने ज़रूरत की छाप छोड़ देना चाहिए, ताकि सामने वाले की नज़रों में हमेशा महत्त्व बना रहे। रोज़ाना सैकड़ों राजा, ज़मींदार, जागीरदार अपनी फिटन में बैठकर नये कमीश्नर को मुजरा करने पहुँच रहे थे। आने वाले लोगों की सूची कमीश्नर बंगले में नोट होती थी। हरेक का नाम नोट होता था। दो-चार क्लर्क बैठकर सूची लिखते रहते थे।

बहुत सोच-विचार के बाद भी गोपीलाल कोई ढँग की बात या ढँग का उपहार नहीं सोच पा रहे थे। दिन-पर-दिन निकले जा रहे थे। पहले बूँदाजान के कारण उनके सारे कार्य सिद्ध हो जाते थे। बूँदाजान के कार्यक्रमों से अँग्रेज़ अधिकारी प्रसन्न हो जाते थे, पर जब से बूँदाजान को उन्होंने अपनी पत्नी स्वीकार किया था तब से

वह उसका सार्वजनिक स्थलों पर भेजना पसंद नहीं करते थे। गोपीलाल के बेटे की बूँदाजान माँ भी थी, फिर बूँदाजान को वह मन से प्रेम करते थे। यूँ तो उनके जीवन में सैकड़ों स्त्रियाँ आईं और गईं पर बूँदाजान का स्थान अलग सुरक्षित थ। वह किसी भी कीमत पर बूँदाजान को खोना नहीं चाहते थे।

गोपीलाल अँग्रेजों की बात से प्रभावित रहते थे, कि अँग्रेज कुशल-चतुर और चालाक प्रशासक थे। उन्हें अपने कार्य के प्रति विशेष लगाव था। वहा अपने देश इंग्लैंड के प्रति विशेष निष्ठावान थे तथा क्वीन के प्रति वफ़ादार थे। यही उनकी चमत्कृत सफलता का रहस्य भी था। वह औरत के पीछे पागल नहीं रहते थे। दूसरे भारतीय महिलाओं के प्रति वह सतर्क रहते थे। उन्हें पता था भारत के सभी राजा-महाराजा रूप और यौवन के सागर में ग़ोता लगाते-लगाते ख़ुद डूब गए थे। वर्दी उतारने के बाद ही उनके भीतर का वहशी जानवर जागता था और वह अपनी प्यास अपने क्लबों में मस्ती करके शांत करते थे। प्रेम भी वह अँग्रेज औरतों के साथ ही करना पसंद करते थे। वैसे वहाँ की औरतों से वह प्रभावित नहीं थे, ऐसी बात नहीं थी पर यह सारी पाबंदियाँ उन पर ऊपर से ही लगाई गई थीं। ज़रा भी उनकी चरित्रावली ख़राब पाई जाती उन्हें तुरंत इंग्लैंड वापस बुला लिया जाता था। अँग्रेजों का गुप्त विभाग काफ़ी तगड़ा था। वैसे भी वह लोग अपने अधिकारी को छह माह से एक जगह नहीं रहने देते थे। उन्हें हमेशा भय रहता था कि अधिक दिन रखने से वह स्थानीय लोगों से उसका मेलजोल अधिक न बढ़ जाए या राजनीतिक गुटबाज़ियों का शिकार न हो जाए।

पंडित रायबहादुर गोपीलाल शहर के सबसे बड़े रईस थे, शहर के सबसे ज़्यादा इज़्ज़तदार आदमी कहलाते थे। अँग्रेज कमीश्नर अपनी बग़ल की सीट पर उन्हें बैठाता था। अँग्रेजों के हर क्लब में कार्यक्रमों में वह बेखटके आते-जाते थे। अँग्रेज सरकार उन पर बहुत विश्वास करती थी। भारत के किसी भी पेचीदे मसले पर उन्हें बुलाकर सलाह ली जाती थी। उनका पुराना इतिहास क्या था यह सभी लोग भूल गए थे। वह आज क्या हैं बस इसे ही सब जानते थे और जानना चाहते थे। परिस्थितियों के साथ ही जीवन मूल्य बदलते हैं, मान्यताएँ बदल जाती हैं, सोच का तरीक़ा बदल जाता है। आज उनके पास यश, वैभव, मान-सम्मान सब-कुछ था। कपड़े की कई मिलें, चीनी बनाने का कारख़ाना, तेल बनाने का कारख़ाना, चीनी-मिट्टी बर्तन बनाने का कारख़ाना, काग़ज़ तैयार कराने का कारख़ाना था। सारा सामान तैयार होकर सीधे इंग्लैंड आयात किया जाता था। वहाँ से इंग्लैंड की सील लगकर वापस भारत बिकने आता था। कच्चा लोहा निकाल कर उसे इंग्लैंड भेजा जाता था, वहाँ से तैयार माल वापस भारत आता था। इस तरह एक रुपए में माल ख़रीदा जाता था और तैयार होकर सौ रुपए के हिसाब में वापस भेजा जाता था। इस तरह से गोपीलाल कंपनी सरकार के सबसे बड़े ठेकेदार माने जाते थे। इन्हीं से माल ख़रीदा जाता था

और लौटकर इन्हीं के पास बिकने आता था। कच्चा माल ले जाने-लाने के लिए भी पूरे भारत में रेल लाइनें बिछाई गई थीं।

ब्रिटिश साम्राज्य दुनिया का सबसे शक्तिशाली साम्राज्य बन गया था। संसार का पाँचवाँ भाग ब्रिटिश सरकार के अधीन आ गया था। कोई नज़र उठाकर देखने की ताब नहीं रखता था। ब्रिटिश साम्राज्य शक्तिशाली विशाल समुंद्र जैसा था, जिसमें रोज़ाना छोटे-मोटे ज्वार-भाटे उठते रहते थे, जिन पर कड़ी नज़र रखकर क़ाबू पा लिया जाता था।

नये कमीश्नरों की जो नियुक्तियाँ हुई थीं, उसे इसी दृष्टि को ध्यान में रखकर की गई थीं। भारत में काँग्रेस की गतिविधियाँ दिन-ब-दिन बढ़ रही थी। रोज़ाना नये षड्यंत्रों के मनसूबे बनाए जा रहे थे, इसके बावजूद स्थिति बेक़ाबू होती जा रही थी। पंडित गोपीलाल जब नये कमीश्नर के बंगले पर भेंट करने पहुँचे तब गोपीलाल के बारे में उनकी क्षमताओं के बारे में सारी जानकारी नये कमीश्नर को मिल गई थी। ख़ुद कमीश्नर उनका बेसब्री से इंतज़ार कर रहे थे। गोपीलाल को मिलने का समय कमीश्नर ने रात्रि को ही दिया था और भोजन पर आमंत्रित भी किया था। पंडित गोपीलाल इस सम्मान से बहुत प्रसन्न थे।

शानदार रेसीडेंसी कोठी में जब पंडित गोपीलाल की नई ओवरलैंड कार दाख़िल हुई तब एक अँग्रेज अधिकारी ने आगे बढ़कर कार का दरवाज़ा खोला। पंडित गोपीलाल अपने प्रति इस सम्मान से गद्गद् हो उठे। अँग्रेज अधिकारी को यह सम्मान देने की ख़ुद कमीश्नर की हिदायत थी। वर्दीधारी कर्मचारी बंगले में इधर-उधर दौड़-भाग रहे थे। अँग्रेज अधिकारी के द्वारा कार का दरवाज़ा खोलना सबसे बड़ा सम्मान था। एक सौभाग्य भारतीयों को कभी प्राप्त नहीं था, आज यह सम्मान अपने लिए देख गोपीलाल का रोम-रोम एहसान में डूब गया।

बड़े से लॉन के किनारे वाली सड़क पर चलकर वह रेसीडेंसी कोठी के सामने पहुँचे। लाल क़ीमती क़ालीन से सनी सफ़ेद संगमरमर की कोठी की लंबी सीढ़ियाँ चढ़कर गोपीलाल ऊपर गए।

बड़े से हॉल में कमीश्नर साहब क़ीमती सूट में बैठे थे। उनकी बड़ी-बड़ी रोबदार मूँछें उन पर विशेष फब रही थीं।

"आइए मिस्टर पंडित, आपसे पहली मुलाक़ात है, बड़ी बेसब्री से हम आपका इंतज़ार कर रहे थे।"

"देर से आने के लिए माफ़ी चाहता हूँ, पिछले दिनों मेरी रीढ़ की हड्डी में दर्द हो गया था," गोपीलाल ख़ुशामदी शब्दों में बोले।

"ठीक है, आपकी ख़बर मिल गई थी, अब कैसा है आपका दर्द, किसी अच्छे डॉक्टर को दिखा दें?"

"जी...जी नहीं, अब ठीक हूँ, मेहरबानी है आपकी।"

'बैठो पंडित, देखिए मैं क्वीन की आर्मी में मेजर था, मुझे ज़रूरी कार्य से ही यहाँ भेजा गया है।''

''जी, आप कहें सरकार मैं आपकी क्या मदद कर सकता हूँ। मुझे जो भी काम देंगे मैं मुस्तैदी से करूँगा।''

''आपके यहाँ यह काँग्रेसी बहुत ऊधम कर रहे हैं, इनके कारण नींद हराम हो गई है। रोज़ाना कहीं न कहीं कांड हो जाता है, इन्हें कैसे दबाया जाए आप बताएँ?''

''सज़ा सख़्त कर दी जाए।''

''सज़ा तो सख़्त है ही, रोज ही लोगा फाँसी पर चढ़ रहे हैं, पर उससे भय नहीं फैल रहा है। विद्रोह जाग रहा है, कोई दूसरा तरीक़ा सोचना होगा। इन्हें दबाने का तरीका आप बताएँ? वैसे आपसे क्वीन बहुत ख़ुश हैं। आपको कभी इंग्लैंड भी क्वीन के दरबार में जाना चाहिए।''

''ओह! अच्छा?'' पंडित गोपीलाल ने आश्चर्यचकित प्रसन्नता से उन्हें देखा, ''इतनी बड़ी बात तो मैंने कभी सोची नहीं थी।''

''तुम अगर साथ दो तो सब काम आसानी से हो सकता है, मैं अपने साथ तुम्हें इंग्लैंड क्वीन की जन्मदिन पार्टी में ले जाऊँगा।

''जी,'' गोपीलाल के मन में इस प्रस्ताव से गुद-गुदी होने लगी। मुस्कुराते हुए उन्होंने कमीश्नर को देखा कि वास्तव में यह सत्य कह रहे हैं या मज़ाक़ तो नहीं? परंतु कमीश्नर की गंभीर मुद्रा देखकर गोपीलाल को उनकी बात की सत्यता पर शंका नहीं हुई।

ठंडी व्हिस्की के गिलास आ गए थे। व्हिस्की के साथ खाने के लिए भूना तीतर आ गया था। गोपीलाल ने जब से अँग्रेजों की सोहबत पकड़ी थी तब से हर प्रकार का मांस खाने लगे थे, अब किसी बात पर परहेज़ नहीं था, वरना एक जमाने में तो दिशा मैदान भी जाना होता था, तो कान पर जनेऊ चढ़ाते थे, तथा कपड़े भी दूसरे पहन कर जाते थे। धीरे-धीरे अब तो वह ख़ुद बड़े अँग्रेज बन गए थे।

''देखो ऐसा है पंडित, इस काँग्रेस में यदि कुछ अपने लोग घुस जाएँ तो काम आसान हो जाएगा,'' कमीश्नर ने व्हिस्की का गिलास ख़ाली कर दिया।

''वह कैसे?'' गोपीलाल उनकी चतुर बुद्धि देख दंग रह गए।

''आपका शहर में नाम है, दबदबा है, लोग भरोसा करते हैं, क्यों नहीं आप काँग्रेस ज्वाइन कर लेते?''

''मैं...?'' गोपीलाल हड़बड़ा उठे।

''यस, आप काँग्रेस में आ जाओ, कोई पद सँभाल लो, आप ज़िला कांग्रेस के अध्यक्ष हो जाइए।''

''आप तो सर दिल्लगी कर रहे हैं, अभी तो काँग्रेस का मेंबर भी नहीं बना, वह लोग मुझे अध्यक्ष कैसे बनाएँगे सर?''

"वह ऐसे माई डियर," कमीश्नर ने गोपीलाल के गिलास में व्हिस्की भर दी, "डोनेशन और बख़्शीश में क्या नहीं हो सकता? बादशाहों का राज्य रहा, यहाँ की जनता बख़्शीश, ईनाम लेना ख़ूब जानती है। आज मोटी रक़म काँग्रेस को डोनेशन दो और इनमें शामिल हो जाओ। इन्हें अपने आंदोलन चलाने के लिए रुपयों की सख़्त जरूरत है। आपके पास रुपयों की कमी नहीं है, फिर आपके पीछे हम खड़े हैं।"

"वह इस बात के लिए तैयार नहीं होंगे, सभी जानते हैं कि मैं आपका आदमी हूँ।"

"देखो पंडित, सब हो सकता है। बुरा क्या है, इसे एक तजुर्बे की तरह करो। कामयाब हो गए तो कल भारत जब स्वतंत्र हो जाएगा तो यहाँ राज्य कर सकते हो और यदि कामयाब नहीं हुए तो आपका क्या बिगड़ेगा? उल्टा उनका विश्वास मिल जाएगा।"

"लेकिन उनका विश्वास कैसे मिलेगा?"

"इसका भी उपाय सोचेंगे, पहले मन तो बनाओ? सोचो यदि यह आंदोलन सफल हो गया तो इस देश की क्या दशा होगी। क्या कभी इन लोगों ने शासन चलाया है जो आज उसके लिए लड़ रहे हैं? यदि यह लोग सफल हो गए तो सोचो आप जैसे लोगों की यह लोग क्या दशा बनाएँगे? सबसे पहले आप लोगों को देश से खदेड़ेंगे। गेहूँ के साथ घुन भी पीसेगा। आपका इतना बड़ा व्यापार है, इतनी मिलें-फैक्टरियाँ हैं, सब बंद हो जाएँगी। आपका सारा व्यापार ही चौपट हो जाएगा।"

"बात तो आप ठीक कहते हैं, गोपीलाल के शरीर में एक झुरझुरी दौड़ गई।"

"इन्हें रोको?"

"कैसे?"

"अब इन्हें का एक ही तरीक़ा है कि इनके भीतर इनके बिलों में घुस जाओ और सारा रहस्य जानकर इन्हीं के हथियारों से इन पर वार करो। कामयाब हुए तो ठीक है, वरना आगे आख़िर राज्य संचालन तो कर सकोगे? हमारे आदमियों को उनकी वफ़ादारी के लिए यह क्वीन की तरफ़ से तोफ़ा होगा।"

"लेकिन मैंने कभी राजनीति नहीं की है।"

"राजनीति के सारे गुर हम सिखायेंगे। राजनीति रणनीति से चलती है। समय को पहचानो। आने वाला समय राजनीति का है। हर काम राजनीति से हल होंगे। यहाँ तक की व्यापार भी राजनीति से चलेगा। इस तरह राज्य सत्ता और व्यापार दोनों ही आपकी मुट्ठी में होंगे। मान लो, यदि इन्हें दबाने में कामयाब नहीं हुए तो हम भारत के दुश्मनों के हाथों नहीं दोस्तों के हाथों सौंपना चाहेंगे। हम आपकी हर जगह यह समझो आख़री हदों तक साथ निभाएँगे।"

"यह काम बड़ा जोखिम वाला है सर।"

“कोई कठिन नहीं है पंडित, देखो राजनीति रणनीति से चलती है और रणनीति बुद्धि से तैयार की जाती है। उच्चआकांक्षाएँ रखो तो उसके लिए साहस भी करो।”

“मुझे क्या करना होगा सर?” गोपीलाल ने उत्साहित होकर तीसरा व्हिस्की का गिलास ख़ाली किया और गिलास आगे बढ़ा दिया। पानी की इच्छा तेज़ हो गई थी। व्हिस्की के साथ कठिन समस्याएँ सुलझाने में आसानी लग रही थी।

“बस, अब मत पीयो पंडित, आप पहले ही काफ़ी पी चुके हो। हमेशा बुद्धि की खिड़कियाँ खुली रखनी चाहिए, बंद हो गईं तो सोचो कैसे इतना ढेर सारा काम कर पाओगे,” कमीश्नर साहब ने डाँट पिलाई।

गोपीलाल डाँट खाकर सिकुड़ गए। साँप की तरह लंबे पसर गए थे, डाँट खाकर साँप की तरह सिकुड़कर वापस अपनी बैठक में आ गए। अपनी औक़ात का तुरंत भान हुआ। घड़ी देखी तो रात के ग्यारह बज रहे थे।

“डिनर लगाओ,” कमीश्नर साहब ने अर्दली को पुकार कर कहा।

देखते-ही-देखते टेबल लगा दिया गया। कमीश्नर साहब के साथ गोपीलाल ने अकेले भोजन किया। गोपीलाल ने इस सम्मान की कल्पना नहीं की थी। रेसीडेंसी कोठी के सभी अधिकारी, कर्मचारी और अर्दली के लिए गोपीलाल को दिया गया लंबा समय और अकेले भोजन कर रहस्य बना हुआ था। बगले का वातावरण बड़ा रहस्यमय था।

“देखो पंडित, यह बात तो आप स्वयं ही मानते होंगे कि यदि भारत में ब्रिटिश साम्राज्य न आता तब भी यह देश राजा-महाराजा और बादशाह के कारण समाप्त हो जाता। तब महाविलास में डूबे थे। पशु थे यह लोग। धर्म के नाम पर मनुष्य की बलि, पशु की बलि और पति के नाम पर स्त्री की बलि देते थे। देवी को प्रसन्न करने के लिए मनुष्य की बलि, पशु की बलि देते थे। पति मर जाता था तो साथ में पत्नी को भी जला देते थे। सोचो इन्हें जीना किसने सिखाया? इनके भीतर के सोऐ शेर को किसने जगाया? आज जो यह लोग दहाड़ रहे हैं। नये समीकरण यदि बने हैं, तो इनके पीछे किसका हाथ है? यह हमारी शिक्षा का ही असर है। यह लोग क्या था? गँवार जाहिल, जानवर, “कमीश्नर ने देशी मुर्ग़े की भूनी टांग को चबाते हुए कहा,” भला हम अँग्रेजों को हुकूमत करना कभी आता था? ईस्ट इंडिया कंपनी तो एक व्यापारिक कंपनी थी। यहाँ बूढ़े-बूढ़े राज्य कर रहे थे, कमसिन बेग़में और रानियाँ रखते थे। हिंदुस्तान का राज्य तो समझो हमारी झोली में पके आम की तरह अपने आप टपक गया था।”

“आपने ठीक फ़रमाया। दिल्ली का बादशाह तो एकदम बूढ़ा शेर बन गया था, जिसके सामने अपने पेट भरने के लाले थे, वह क्या शिकार करता? उससे कौन जानवर डरता। तख़्त-ताज जवान बेटों को सौंपना चाहिए था। वैसे भी सियासत जवान आदमी को ही शोभा देती है।”

"ईस्ट इंडिया कंपनी को एकदम व्यापारियों की कंपनी थी, भला उसे कैसे प्रशासन चलाना आता? लेकिन उस समय हिंदुस्तान के हालात ऐसे थे कि दख़लअंदाज़ी करनी ही पड़ी। कहीं का बादशाह बूढ़ा, कहीं का राजा बीमार, कहीं वारिस नहीं, समझो चील-कव्वे यहाँ मौज कर रहे थे," कमीश्नर साहब ने हँसते हुए नेपकिन से मुँह पोंछा।

भोजन समाप्त हो गया था। दोनों आतिशदान के पास आकर बैठ गए। अर्दली ने आतिशदान की आग तेज़ कर दी थी। रात्रि का आधा पहर बीत गया था। ठंड तेज़ तीखी होकर शरीर को चुभ-सी रही थी। खाना खाने के बाद ठंड ज़्यादा लगने लगी थी। कमीश्नर साहब अभी और बोलना-बैठना चाहते थे, परंतु गोपीलाल को ज़्यादा देर बैठना उचित नहीं लगा। दोस्ती और नज़दीकियाँ सीमा के अंदर ही ठीक रहती हैं। सीमा का उल्लंघन ठीक नहीं होता। गोपीलाल उठने का मन बनाने लगा।

"सर, आपकी बात मुझे पसंद आई, सोचकर अपनी योजना से शीघ्र अवगत कराता हूँ। रात काफ़ी हो गई है, आप भी आराम करें। आपने डिनर में बुलाकर मुझे जो सम्मान दिया उसके लिए आभारी हूँ।"

"ठीक है पंडित, हम फिर मिलते हैं। क्या करना है, कैसे करना है, इस पर सोच लो। ठीक है तुम जाओ, रात काफ़ी हो गई है।"

39

बूँदाजान की हवेली के सामने आकर गोपीलाल की गाड़ी आ लगी। बूँदाजान की हवेली रात के अँधेरे में सुनसान-सी पड़ी थी। गाड़ी की आवाज़ सुनकर हाथ में लालटेन लिए बंगाली सिंह का लड़का जो चौकीदारी करता था, दौड़ आया। गेट का ताला खोलते सलाम करने लगा।

"अरे, इतनी जल्दी सब बत्ती बुझाकर सो गए?"

"क्या करें सरकार, इधर आप काफ़ी दिनों से आ नहीं रहे थे, ठंड भी बढ़ गई थी। ऊपर मालकिन के कमरे में अँधेरा होते ही, हम भी नीचे ताला डाल, बत्ती बुझाकर सो जाते हैं। समय बड़ा ख़राब चल रहा है।"

"ठीक है, भीतर ख़बर पहुँचा दो।"

"सरकार, ख़बर तो लग गई है, देखो ऊपर बत्ती जल रही है। सलमा बीबी सीढ़ियों पर खड़ी हैं। आपके आने की ख़बर तुरंत लग गई है।"

"अच्छा-अच्छा," कहते गोपीलाल आगे बढ़े।

"सलाम सरकार, चलें, ऊपर मालकिन देख रही हैं" सलमा ने स्वागत किया।

सीढ़ियां चढ़कर गोपीलाल ऊपर पहुँचे। सामने ही बूँदाजान अलसाई-सी रात के कपड़ों में खड़ी थीं। गोपीलाल को थोड़ा ठीक नहीं लगा।

''लगता है आप सो रही थीं। हमने आकर आपको रतजगे के लिए जगा दिया।''

''नहीं, बहुत दिनों से आप आए नहीं, इसलिए ज़रा जल्दी सो जाते हैं, आइए।''

गोपीलाल सोफ़े पर बैठ गए। सलमा जल्दी से मच्छरदानी खोलने में जुट गई थी। मच्छरदानी खोलकर वह उसे लेकर बाहर चली गई।

''आप कुछ लेंगे, वैसे खाना भी रखा है, बस थोड़ा गरम करवाना पड़ेगा।''

''नहीं खाना रहने दो, आज कमीश्नर साहब के घर से खाकर आ रहा हूँ।''

''ओ, तब तो ठीक है, आज मैंने भी खाना नहीं खाया था।''

''अच्छा क्यों?'' गोपीलाल चौंके, ''कुछ मँगवा लो मैं फिर ले लूँगा, तुम तो कुछ खा लो। अच्छा ख़ाना किस ख़ुशी में नहीं खाया था?'' गोपीलाल ने बूँदाजान के उतरे और उदास चेहरे को ताकते हुए पूछा।

''पहले यह बताइए, आपने इधर का रास्ता कैसे छोड़ दिया था?''

''कोई ख़ास बात नहीं, हिंदुस्तान में राजनीति की हँडिया गरम हो रही है। आज-कल सारा ध्यान उधर ही लगा है। आंदोलन वालों ने नाक में दम कर रखा है।''

''हाँ हालात ख़राब हो रहे हैं, पर हम तो आपके भरोसे, आपके प्यार की आस में बैठे रहते हैं। बताइए हमारे पास और कोई दूसरा काम भी तो नहीं है। पहले तो नौटंकी में व्यस्त रहती थी।''

''तुम कुछ बीमार लग रही हो,'' गोपीलाल को सहसा कुछ याद आया, ''हाँ तुमने भोजन क्यों नहीं किया था, यह तो बताया नहीं,'' गोपीलाल ने पास बैठी बूँदाजान के बालों को सँवारते हुए पूछा।

''बात यह है कि अब आप जल्दी ही एक और बच्चे के बाप बनने वाले हैं।''

''क्या,'' गोपीलाल ने जैसे जलता अंगारा छू लिया हो, ''ऐसी ख़बर मत सुनाओ, देखो देश के हालात क्या हो रहे हैं। एक बेटा तो है तुम्हारा, आगे माँ बनने की क्यों इच्छा पाल ली?''

''बेटा है तो क्या, बेटी तो नहीं? मुझे एक बेटी चाहिए थी।''

''तुम भी अच्छा मज़ाक़ कर लेती हो। ऐसी हालत में बेटी को जन्म देने में क्या फ़ायदा?'' गोपीलाल चिंता में बोले, ''कोई उपाय, दवा कर लेतीं।''

''अब तो वह वक़्त निकल गया। सात महा पूरे होने वाले हैं,'' बूँदाजान लजाते हुए बोली।

''ओह! तुमने तो आज मुझे नई चिंता में डाल दिया। मैं यही तो कहने आया था कि हो सकता है मैं कुछ माह नहीं आ पाऊँ, मुझे बाहर रहना होगा।''

“कहाँ?”

“शायद दिल्ली, तुम सुनकर हँसोगी मैं काँग्रेस पार्टी में शामिल हो रहा हूँ।”

“अरे?” बूँदाजान चौंकी, “यह कैसे हो सकता है? सारे लोग जानते हैं आप अँग्रेजों के आदमी हैं?”

“यही तो राजनीति है। काँटे-से-काँटा निकाला जाएगा। इनके बीच घुसकर इन्हें कमज़ोर बनाना पड़ेगा।”

तभी सलमा एक बड़ी-सी थाली में खाना सजाकर उस पर जाली का दस्तरख़ान ढाक कर ले आई। बूँदाजान ने एक प्लेट में एक रोटी और कबाब रखकर पंडित को दिया, दूसरी प्लेट अपने लिए सजाने लगी। गोपीलाल बूँदाजान को ताक रहे थे। बूँदाजान और सुंदर हो उठी थी। शरीर भर गया था। गोपीलाल की दृष्टि को भाँपकर बूँदाजान मुस्कुराई।

“क्या देख रहे हैं?”

“यही की तुम अधिक सुंदर हो गई हो। एकदम संगमरमर की प्रतिमा जैसी लग रही हो।”

“अच्छा, आप शरारत कर रहे हैं। पहले खा लीजिए, फिर बैठकर तसल्ली से बात करेंगे।”

‘क्या कोई आ जाएगा?”

“और नहीं तो क्या?” सलमा बर्तन उठाने आ जाएगी।”

“तो फिर बर्तन जल्दी नीचे भेज दो और दरवाज़ा लगा लो,” गोपीलाल ने उत्तेजना से भरकर कहा।

‘आप भी, एक तो आते इतने दिनों में हैं, फिर तसल्ली से बात भी नहीं करते। कभी सोचा है, मेरा वक़्त कैसे कटता है।”

“यह बात तो हम पर भी लागू होती है न? क्या करें? कुछ तो मजबूरियाँ लगी रहती हैं।”

“सलमा-सलमा,” बूँदाजान ने सलमा को पुकारा। थोड़ी देर में सलमा भागती आई और बर्तन उठाकर ले गई। बूँदाजान ने उठकर दरवाज़ा लगा दिया।

“देखो सर्दी कितनी बढ़ गई है,” कहते गोपीलाल ने अपना कोट उतारा और बूँदाजान के बिस्तर में पड़ी रज़ाई में घुस गए और बूँदाजान का हाथ पकड़कर अपनी ओर खींचा। बूँदाजान गोपीलाल के आलिंगन में बँध गई। बूँदाजान लजा कर मुस्कुराई।

भोर के उजाले के साथ ही गोपीलाल तैयार हुए और घर जाने के लिए निकले। बूँदाजान अभी भी बिस्तर पर लेटी थी और लेटे-लेटे ही थकी-सी गोपीलाल को देख रही थी।

“अब कब आना होगा?”

“देखो, बता नहीं सकता। सब कुछ ठीक-ठाक रहा तो शीघ्र मिलेंगे,” गोपीलाल

चौकन्ने से बोले।

"मेरी जो स्थिति चल रही है, ज़रा ख़बर लेते रहें।"

"बूँदाजान, देखो तुम अपनी इस स्थिति के लिए ख़ुद ज़िम्मेदार हो, तुम में थोड़ी भी बुद्धिमत्ता होती तो तुम यह संकट गले न लगातीं।"

"आप परेशान न हों, इसकी ज़िम्मेदारी मैं ख़ुद सँभाल लूँगी। आप बेटे को सँभाल लें। यदि कुछ ठीक न बन पड़ा तो मैं इसे अपनी तरह नौटंकी वाली बना लूँगी।"

"आख़िर तुम रही न वहीं की वहीं। कितनी आसानी से कह रही हो नौटंकी वाली बना लूँगी। सबसे कहते फिरोगी कि इसका बाप फ़लाँ है। सोचो कल यदि मैं हिंदुस्तान के किसी बड़े पद पर पहुँच गया तब?"

"तब? ख़ुदा क़सम पंडित, कभी भूलकर भी तुम्हारे दरवाज़े नहीं आऊँगी," बूँदाजान ने रोष में भरकर कहा, उसकी आँख डबडबा उठी थीं।

"नहीं, मेरा मतलब यह नहीं था, ख़र्च की कमी क्या मैंने कभी तुम्हें होने दी है?" गोपीलाल चिंताकुल होकर अस्त-व्यस्त हो उठे।

"ख़र्च की तो कोई बात नहीं है, अब तो मर्यादा आगे आएगी। बड़े आदमी बनते ही तुम्हें अपनी इज़्ज़त का ख़्याल रहेगा, है ना।"

बूँदाजान ने प्रश्नभरी आँखें गोपीलाल पर टिका दीं, "बड़े लोग अपनी इज़्ज़त के ख़ातिर सब त्याग देते हैं। पर पंडित तुम बूँदाजान को इतना कमज़ोर कभी मत सोचना।"

"लो, अच्छा-भला अपना चेहरा गुस्से में बिगाड़ लिया न। मेरी बात का यह अर्थ नहीं। तुम तो बेकार में इतना बड़ा जाल बुन लेती हो।"

"फिर क्या अर्थ था," बूँदाजान ने तमतमाकर पूछा।

"देखो, मेरे कहने का यह मतलब था कि समय ठीक नहीं चल रहा है, हमें देखभाल कर रहना चाहिए। यदि मैं कल राजनीति में आता हूँ तब ध्यान रखना होगा। लोग तो गड़े मुर्दे उखाड़ते रहते हैं। इतनी थोड़ी-सी बात थी और तुमने बखेड़ा खड़ा कर दिया," गोपीलाल ने हँसकर कहा।

"पहले ही सोच-समझकर रिश्ता जोड़ना था न।"

"सोचकर कभी रिश्ते बनते हैं? वह तो अपने आप बन जाते हैं। तुम्हारे और मेरे प्रेम को कौन नहीं जानता।"

"हाँ, सब मुझे तुम्हारी रखैल कहते हैं।"

"लो, तो तुमने अभी तक गुस्सा थूका नहीं है," गोपीलाल बूँदाजान के तर्क से शिथिल से हो गए।

"तुम अब बहुत विचार करने लगे हो, आगा-पीछा सोचने लगे हो? गुस्सा तो आएगा ही न? मैंने तो अपना सारा जीवन तुम पर समर्पित कर दिया था। हम नौटंकी

वाले हैं तो क्या, हमारी भी इज़्ज़त होती हैं, मर्यादाएँ होती हैं। सात्विकता हमारे भी गुण होते हैं।''

''तुम्हें यह सब मुझे समझाने की आवश्यकता नहीं है।''

''यही तो, इसीलिए दुःख हो रहा है। जब अपने एकदम निकट के व्यक्ति को समझाना पड़े तो इससे ज़्यादा दुःख और क्या होगा,'' बूँदाजान की रुलाई फूट पड़ने को हुई, एक क्षण मौन रहकर उसने अपने को सहेजा और बोली,''सब झूठ है। पाखंड है, संसार के सारे रिश्ते अर्थहीन हैं, भावनाएँ ढकोसला हैं। सारे आदर्श थोथे हैं।''

''बूँदाजान अपने को सहेजो, मुझे माफ़ करो, मैंने जानबूझ कर तुम्हें दुःख पहुँचाने के लिए यह सब नहीं कहा था। जाने कहाँ और कैसे यह चर्चा शुरू हो गई। हमने इतने वर्ष इकट्ठे काटे हैं, भला मैं तुम्हें भूल सकता हूँ, तुम्हें चोट लगे, ऐसा विचार मन में भी नहीं ला सकता। मेरी तो बस इतनी-सी बात थी कि हम अब सामान्य व्यक्ति नहीं रहे हैं।''

''फिर तुम अपनी उसी बात पर आ गए न? क्यों बार-बार चंदन घिस रहे हो? क्यों मुझे दुःख दे रहे हो? सामान्य व्यक्ति नहीं रहे, पर हम हैं तो वहीं न? तुम वही दिल्ली से भागकर आए पंडित हो और मैं वही नौटंकी वाली बूँदाजान हूँ, अब हमारे बीच यह बड़ी-बड़ी पोथियाँ कहाँ से आ गई हैं? जो है उसे वैसा ही स्वीकारना चाहिए। दाएँ-बाएँ बहकने में कोई फ़ायदा नहीं है।''

''अच्छा छोड़ों यह बहस, मुझे माफ़ कर दो। तकरार तो अपने नज़दीक वाले से ही होती है। चलो, अब ज़रा मुस्कुरा दो, अच्छे से विदा दो, जीवन में बहुत ऊँचे जाना है,'' गोपीलाल बहुत अधिक उद्विग्न हो उठे और बूँदाजान के पास बैठ गए, ''तुम्हें आघात पहुँचा, मुझे क्षमा करो। तुम मत रूठो, तुम मेरा सौभाग्य हो।''

''चलो, छोड़ो, मैंने भी तुम्हें क्षमा किया,'' बूँदाजान मुस्कुराई, ''तुम्हारी सारी दुष्टता तुम्हारे प्रेम के आगे छोटी हो जाती हैं, बोनी हो जाती हैं।''

''तो चलूँ? कहोगी नहीं फिर कब आओगे?''

''हाँ, देखो जल्दी लौटना, मेरे जीवन में तो बस एक तुम ही हो और तो कोई भी रिश्ते नहीं हैं, दूर-दूर तक कोई रिश्ता-नाता याद नहीं आता।''

''बस-बस, अब अधिक दुःखी मत हो,'' गोपीलाल भर आए गले से बोले, ''हमारा रिश्ता अटूट है, तुम्हारे सम्मोहन से बँधा हूँ।''

गोपीलाल ने बूँदाजान को आलिंगन में बाँध लिया। बूँदाजान एक अबोध बालिका-सी गोपीलाल से भयभीत होकर चिपक गई। उसकी आँखों में मौन हँसी कौंध गई। गोपीलाल ने शरारत से अपनी नाक बूँदाजान की नाक से रगड़ दी और उठ खड़े गए। बूँदाजान भी हड़बड़ा कर पलंग से नीचे उतरी और गोपीलाल को विदा करने सीढ़ियों तक आई और जाते हुए गोपीलाल को देखती रही। गोपीलाल

एक स्वप्न की तरह आए और एक स्वप्न की ही तरह चले गए। बूँदाजान अकेली खड़ी-की-खड़ी रह गई, फिर बोझल पैरों से लौट पड़ी। जाने क्यों बूँदाजान आज बहुत व्याकुल हो उठी थी, मन गहराई में कह रहा था कि अब गोपीलाल बहुत दूर हो गए हैं। संदेह का नाम मन को बार-बार डस रहा था। संदिग्ध भविष्य सामने पैर पसारे खड़ा था।

40

मन के अंतःकक्ष में संदेह के घूम रहे नाग को बूँदाजान फिर कभी वश में नहीं कर सकी। मन की व्याकुलता को किसी पर प्रकट भी नहीं किया। प्रकट करती भी तो किस पर? भविष्य की आशंका ने दिन और रात का चैन जैसे छीन लिया था। एक-एक दिन किसी कठिन परीक्षा में कट रहे थे। मन जो पहले उमंग में रहता था अब आगे आने वाले संकट के कारण भयभीत रहता था। बूँदाजान ख़ुद ही गोपीलाल से प्रभावित हुई थी। मन में उन्हें वरा था। वह स्वयं ही गोपीलाल के प्रेम में डूब गई थी। गोपीलाल इतने अधिक समझदार, चतुर, उथले होंगे, यह तो कभी सोचा ही नहीं था। पहले तो वह दंभ में भरी रहती थी, सब-कुछ निछावर करने पर आतुर रहती। जानकर ही सब-कुछ अर्पण कर दिया था, गोपीलाल की अधीनता स्वीकार कर ली थी।

विचित्र उथल-पुथल के दिन थे। ढेर आशा-आकांक्षा से भरे बोझिल दिन थे। उपेक्षा और अपेक्षा का गणित जोड़ता थका मन था। सब-कुछ हारकर भी भीतर का दर्प नहीं गया था। ऐसे ही एक अंधकार में डूबी रात्रि को बूँदाजान ने एक नन्हीं-सी बच्ची को जन्म दिया। सलमा दौड़कर दाई को बुला लाई थी। दाई पीछे मोहल्ले में ही रहती थी। सलमा के कहने पर, लालटेन लेकर बंगाली सिंह का बेटा बंगाली सिंह को और अपनी माँ को बुलाने दौड़ा। बंगाली सिंह और उसकी पत्नी के आने से पूर्व ही बूँदाजान ने एक सुंदर बेटी को जन्म दे दिया था। दाई ने बच्ची को नहला-धुलाकर कपड़े में लपेट रखा था।

सफ़ेद धूप की रंगत वाली फूल-सी नाजुक, एकदम गुड़िया की तरह प्यारी कन्या को देख बूँदाजान गद्‌गद् हो उठी। शांत मन से उसने दोनों हाथों में बच्ची को लेकर चूमा।

बंगाली सिंह ने बच्ची को देखा तो उसके रूप को देखकर चकित रह गए। प्रसन्नता से मन भीग गया।

"एकदम फल की तरह सुंदर और कोमल है।"

"आपने ठीक कहा, यह एक दुर्लभ फूल ही है। इसका मैं जूही नाम रखूँगी।

बंगाली सिंहजी, इसे मैं अपनी तरह कलाकार बनाऊँगी। इसे मैं फ़िल्म में डालूँगी। मैं चाहती हूँ यह बहुत बड़ी कलाकार बने, मेरी तरह अदाकार बने। अभिनय की ऊँचाइयों पर पहुँचे। हमारी दुनिया में धोखा नहीं है, आपके बाहर के संसार में तो बस दग़ा-ही-दग़ा है,'' बूँदाजान प्रसन्नता से गद्‌गद्‌ थी।

''सोचकर ही निर्णय लें, जल्दी क्या है,'' बंगाली सिंह ने धैर्य देते कहा, ''हम और आप कौन होते हैं?''

''नहीं, आपने ठीक कहा यह जूली के फूल की तरह ही सुंदर है, मैं अब यही नाम इसे दूँगी। रहा भविष्य की बात तो मैंने बहुत पहले ही निर्णय ले लिया था कि यदि बेटी हुई तो उसे अपनी तरह कलाकार बनाऊँगी। मोह-माया में फँसकर मैंने क्या पाया? अपना सब दाँव पर लगाकर बैठ गई। आपके मित्र को तो झाँकने की फुर्सत नहीं होती कि मैं जी रही हूँ या मर गई। बस भूले-भटके आ जाते हैं। पहले तो मुझे बरग़ला-बरग़ला कर मेरा अपना सुख-चैन छीन लिया। मुझे रास्ते से भटकाया था।

''बेटा, घर-गृहस्थी में तो सब खोना ही पड़ता है। औरत को तो अपना सब भूलना पड़ता है,'' कटोरीबाई ने दिलासा दिया और गरम हल्दी डला हरीला का गिलास लाकर बूँदाजान को पकड़ा दिया।

''पंडित, शायद बाहर गए हैं?''

''हाँ, दिल्ली गए हैं, समझो अब वह नेता बनकर ही लौटेंगे। सुना है काँग्रेस पार्टी का उन्हें अध्यक्ष बनाया जा रहा है।

''कितना विचित्र है न?''

''विचित्र कुछ नहीं है, राजनीति तो ऊँट है जाने किस करवट बैठ जाए? इसका कोई भरोसा नहीं।''

''तो क्या अब वह अँग्रेजों का साथ छोड़कर काँग्रेस का साथ देंगे?''

''चतुर व्यक्ति हवा का रुख़ पहचान कर अपनी दिशा बदल देता है। काँग्रेस को अच्छे असरदार लोगों की ज़रूरत है। सभी बड़े-बड़े उद्योगपति इसमें शामिल हो रहे हैं, यदि शामिल नहीं होते हैं, तो उनकी मिलें दूसरे दिन बंद हो जाएँगी। मज़दूर हड़ताल कर देंगे। यह दोहरी चाल है। दो नाव की सवारी है। यदि एक डूब भी गई तो दूसरी तो है।''

''उनकी इन चालों को क्या काँगेस के लोग समझ नहीं पा रहे हैं?''

''उनकी भी मजबूरियाँ हैं। असरदार व्यक्ति के आने से जनता में प्रभाव पड़ता है। आंदोलन भूखे पेट नहीं किए जाते, इसके लिए रक़म चाहिए और आज की स्थिति में रुपया केवल पूँजीपति ही दे सकता है। पूँजीपतियों की भी अपनी मजबूरियाँ हैं। यदि साथ नहीं देंगे तो कल उनका कहीं अता-पता नहीं होगा। उन्हें कोई घास भी नहीं डालेगा। इसलिए पूँजीपतियों को तो स्वदेशी आंदोलन का साथ देना ही होगा,

आख़िर कल रहना तो यहीं है न?

''इतनी छोटी-सी बात आप और मैं समझ सकते हैं तो महात्मा गाँधीजी की समझ में नहीं आती?''

''उनकी भी मजबूरी है। राजनीति की चाल थोथी आर्दशों से नहीं लड़ी जाती। इसके लिए हर तरह की चाल चली जाती हैं। वह उन्हें लेना भी नहीं चाहते, परंतु बिना इनके साथ लिए उनका वज़न भी नहीं बढ़ सकता। हमें यह बात नहीं भूलना चाहिए कि अँग्रेजी हुकूमत पहले ईस्ट इंडिया कंपनी है। उसने हमारी पूंजीपतियों के दम पर ही अपनी जड़ें यहाँ मज़बूत की हैं, इन्हें कमज़ोर करने का यह भी एक रास्ता है। पूँजीपति की भी मजबूरी है। अँग्रेजों की भी मजबूरी है और काँग्रेस की भी मजबूरी है। सभी अपनी हिस्से की थोड़ी-थोड़ी चाल चल रहे हैं, जो जीत गया वह सिकंदर है। सब अपनी मजबूरी के कारण दाँव खेल रहे हैं।''

''भोले लोग अपनी जान दे रहे हैं।''

''यह तो होता ही है। हर युद्ध में सेना के सिपाही मरते हैं, नाम राजा का होता है। ऐसा ही इधर है, पर हमें यह भी नहीं भूलना चाहिए कि संचालन की अपनी अलग अनिवार्यता होती है, उसका महत्त्व होता है, उसकी निर्णायक भूमिका होती है। युद्ध में सब-कुछ जायज़ माना जाता है।''

''आपको तो बहुत ज़्यादा ज्ञान है,'' बूँदाजान हतप्रभ-सी बोली।

''ज्ञान कुछ नहीं, सब दुनियादारी की समझ है। इतने घाट-घाट का पानी पिया है तो समझदारी आएगी ही न? एक शिकारी को जंगल की बारीक-से-बारीक गतिविधियों की जानकारी होती है, तभी वह बेहतरीन शिकारी सिद्ध होता है, लेकिन इसका अर्थ यह नहीं हुआ कि शिकारी ही जंगल की जानकारी रखता है। जानकारी तो जंगल में रोज़ लकड़ी काटने वाला लकड़हारा भी रखता है। जानवर की एक-एक पद्चाप पहचानता है, चिड़िया के हर स्वर को पहचानता है। यह बारीकियाँ अपने आप उसकी समझ में आने लगती हैं। मेरा भी ऊंचे लोगों में और ग़रीब-से-ग़रीब के बीच आना-जाना है। मैं ठहरा व्यापारी आदमी और व्यापारी आदमी समय की गति को पहचानता है।''

''अब तुम ज़्यादा बिटिया को थकाओ मत, उसे सो जाने दो, कच्चा शरीर है,'' कटोरीबाई राजनीति की बेसिर-पैर की बातों में ऊब कर बोली।

''नहीं, मैं ठीक हूँ। आपके बनाए हरीले ने बहुत आराम दिया है।''

''अब दो-चार दिन तो हम यहीं पड़े हैं, कौन भागे जा रहे हैं, तुम तनिक आराम कर लो। अभी चौबीस घंटे ही तो हुआ है, जचकी हुए,'' कटोरीबाई ने दिलासा दिया।

''नहीं, आप दोनों यहीं बैठें, जब मैं थकने लगूँगी, तब ख़ुद ही बता दूँगी। जाने क्यों आज ढेर सारी बात करने-सुनने को मन हो रहा है,'' बूँदाजान व्यथित होते हुए बोली।

''पंडित के पास सूचना तो भेज ही दें। जाने दिल्ली में कितने दिन लग जाएँ,'' बंगाली सिंह ने खलबट्टे में दवा कूटते हुए पूछा।

''नहीं-नहीं, रहने दें, उन्हें कोई समाचार न दें, आपको पता नहीं, अब उन्हें अपनी इज़्ज़त, मर्यादा का अधिक ध्यान रहने लगा है। अपनी प्रतिष्ठा की चिंता सताने लगी है। भावनाएँ, आदर्श सब भ्रम लगने लगा है।''

''नहीं, ऐसी बात नहीं है,'' बंगाली सिंह सतर्क होते बोले, ''मुझे याद है, वह तुम्हें अपना सौभाग्य मानते थे।''

''अब नहीं,'' बूँदाजान हँसी, ''यह सब पुरानी बातें हैं। मैंने तो कह दिया, पहले ही इतना सोच-विचार कर संबंध बनाना था।''

''ठीक बात है, मनुष्य को बहुत सोच-समझकर कोई कार्य करना चाहिए। बाद में वह काम ग़लत लगे और पश्चात्ताप में अपने को सुधारने की कोशिश में अपने को दंड देने में और दूसरे को दंड देने में क्या लाभ।''

''जो आदमी एक को सुख नहीं देता वह किसी को सुख नहीं दे सकता,'' कटोरीबाई बोली, ''पंडित की अपनी पत्नी क्या कम सुंदर थी? बेचारी को कभी ध्यान नहीं दिया। हमारे साथ दिल्ली से आई थी, क्या रूप था, कैसी सुंदर थी।''

''पंडित के भाग्य में तो दो-दो सुंदरी थीं पर उसने कभी ध्यान नहीं दिया'' बंगाली सिंह ने कटोरीबाई का समर्थन किया।

''बलिदान तो मैंने दिया? पंडित ने अपना क्या खोया? मैनें ही अपने सब लोगों को खोया। आज कितनी बातें सुननी पड़ती हैं। मेरा अपना अस्तित्व समाप्त हो गया। पंडित की रखैल बनकर रह गई हूँ,'' बूँदाजान का गला भर आया।

''छोड़ो, बेटा दुःख मत करो, अपने को कष्ट मत दो। पंडित तो शुरू का कपटी आदमी है,'' कटोरीबाई ने गुस्से से कहा।

''राजनीतिज्ञ पैतरेबाज़ आदमी है, पंडित। अपने भले के लिए कितना भी नीचे गिर सकता है, किसी का भी गला काट सकता है। जब वह यहाँ आया था, तब उसके पास गाड़ी का भाड़ा देने तक के लिए रुपया नहीं था और आज देखो सोने के चम्मच में खाता है। क्या इतना ठाट, इतना वैभव यूँ ही जुट जाता है?'' बंगाली सिंह रोष में खुलकर बोले।

''चतुर-चालाक आदमी है,'' कटोरीबाई ने स्पष्ट कहा।

''अरे नहीं, ऐसे लोग सम्मोहन की विद्या जानते हैं, सभी को प्रभावित कर लेते हैं। बुद्धि तो भगवान ने जरूरत से अधिक दे रखी है?'' बंगाली सिंह ने सर हिलाया।

''ठग विद्या को तुम बुद्धि कहते हो?'' कटोरीबाई बोली।

''दृष्टता, ठग विद्या, चरित्रहीनता, लालची, पैनी-दृष्टि यह सब वैभवशाली व्यक्ति के गुण माने जाते हैं। ऐसे ही लोग जीवन का सच्चा आनंद भोगते हैं,'' बंगाली

सिंह ने कुटी हुई जड़ी-बूटियों को कपड़छन करते हुए कहा।

बूँदाजान ने दुःखी और विचलित आँखों से बंगाली सिंह को देखा, फिर दृष्टि मोड़कर अपने बग़ल में सोती बेटी को देखती रही। भयभीत-सी छत को तकती रही। जीवन अब आगे अंधकार-सा दिखने लगा था। कुछ समझ नहीं आ रहा थे। जीवन के आकाश पर बादल-ही-बादल मँडरा रहे थे। आँधी, पानी, ओले, बरसा कभी-भी किधर से भी बरस सकते थे। गोपीलाल एक संसारी व्यक्ति है। संसार का सारा वैभव अपनी गठरी में बाँध लेना चाहता है।

''क्या सोचने लगी बेटी,'' कटोरीबाई ने स्नेह से पूछा।

''कुछ नहीं, भविष्य की चिंता सताने लगी थी, बेटी के बारे में सोचने लगी थी,'' बूँदाजान ने मुस्कुरा कर कहा।

''बेटी के भविष्य के बारे में कुछ मत सोचो,'' बंगाली सिंह ने कहा, ''स्वाति-नक्षत्र चल रहे हैं। स्वाति-नक्षत्र के शुभ योग में कन्या का जन्म हुआ है। स्वाति-नक्षत्र में सीप में पानी की बूंद गिर जाती हैं तो मोती बन जाती हैं। स्वाति-नक्षत्र चमत्कारिक प्रभाव रखता है, शनि को भी अपना मित्र बना लेता है, ऐसे समय जन्म कन्या बहुत नाम, शोहरत और वैभव पाएगी। सुंदरता तो उसने अपने माता-पिता से प्राप्त किया ही है।''

''अच्छा, तो आप नक्षत्रों का भी ज्ञान रखते हैं?''

''ज़्यादा नहीं थोड़ा-थोड़ा परिवार के बड़े-बूढ़े कहते रहते थे, बताते रहते थे तो सुनता रहता था।''

''स्वाति-नक्षत्र बहुत शुभ होता है?''

''हाँ इसमें सीप के मुँह में पानी की बूंद चली जाए तो मोती बन जाती है और साँप के मुँह में बूंद चली जाए ता ज़हर बन जाती है। इतना विचित्र प्रभाव है। ऐसा व्यक्ति संसार के सारे वैभव पाता है, वही सर्प की तरह काट भी रखता है। ऐसे व्यक्ति का कोई बुरा नहीं कर पाता। डरो नहीं, तुम्हारी यह नन्ही बिटिया एक दिन राजलक्ष्मी बनेगी। वैभवशाली नक्षत्र में जन्मी है सुख और समृद्धि इसके दास-चाकर बनकर रहेंगे।''

''नाम तो यही सही रहेगा न?''

''तुमने जूही नाम सोचा है, बढ़िया है। जूही की सुगंध की तरह दूर-दूर तक प्रसिद्धि होगी। माँ का रखा नाम सबसे बढ़िया होता है। अब ज़्यादा मत विचारो, हमेशा पहला विचार सार्थक और पवित्र होता है।''

''मैं इसे यदि फ़िल्म कंपनी में डालना चाहूँ, तो उससे इसके पिता को आगे बाधा तो नहीं आएगी?''

''कोई बाधा नहीं आएगी। पंडित ने जो भी प्राप्त किया है वह अपनी ज्ञानशक्ति और कूटनीति से ही तो प्राप्त किया है। अपनी उच्चता पर उसे घमंड है, लेकिन

प्रकृति का नियम है कि ऊँचाइयों पर आदमी हमेशा टिक नहीं पाता। यह शिखर का अपना स्वभाव है, वह चंचल है। हमेशा नीचे की ओर हमेशा मनुष्य का पतन कराता है। कूटनीति से सांसारिक वैभव तो प्राप्त होते हैं, पर वैभव को हमेशा ग्रहण ही लगता है। चंद्रमा अपने वैभवशाली सौंदर्य के लिए जग प्रसिद्ध है, परंतु ग्रहण का अंधकार भी उसे झेलना पड़ता है।

"कूटनीति से सही, परंतु पंडित सफल व्यक्ति तो हैं"

"सफलता ही तो व्यक्ति को स्वच्छंद बनाती है। भाग्य ने उन्हें सफलता दी, अब राजनीतिक परिस्थितयाँ ही उन्हें हाथ पकड़कर टेढ़े-मेढ़े रास्ते से नीचे उतारकर लाएँगी। सफलता की स्वच्छता के आगे उन्होंने अपने सारे रिश्तों को भुला दिया है, आख़िर उन्हें इसका दंड तो भोगना ही होगा। पंडित अपने मौलिक गुणों से विचलित हो चुके हैं। मूल स्वभाव को त्यागने वाले व्यक्ति के नीचे आने की यही पहचान है।"

"आप के अनुभव तो बहुत गहरे हैं?" बूँदाजान दंग रह गई।

"बिटिया को आराम करने दो, चलो तुम भी कुछ कलेऊ-पानी कर लो," कटोरीबाई ने फिर बीच में आकर टोका।

"हाँ, आप जाकर कुछ नाश्ता कर लें, सलमा ने तैयार कर दिया होगा।"

"ठीक है" कहकर बंगाली सिंह नीचे धरती से उठे। चट-चट कर उनकी हड्डियाँ बोल उठीं।

बंगाली सिंह के जाते ही बूँदाजान भी करवट होकर अपनी बच्ची को दुलारते सोने का प्रयत्न करने लगी।

41

चंद्रकला अपने दादाजी की फिटन में बैठकर स्कूल जाती-आती है। आज भी उसकी फिटन स्कूल के गेट के सामने रुकी। चंद्रकला फिटन से उतर रही थी, कि सामने एकदम से एक अंधा भिखारी आ गया। भिखारी की दोनों आँखें जन्म से नहीं थीं, उसके दोनों पैर भी सूखे की बीमारी से कमज़ोर थे, लाठी टेकता वह चल रहा था।

"अंधे-लगड़े भिखारी पर दया करो, भगवान बहुत देगा, सुख भोगोगे," अंधे भिखारी ने हाँक लगाया।

"हटो, क्या रास्ते पर खड़े हो जाते हो? जूली इसे हटाओ," चंद्रकला चिढ़ गई और अपनी गर्वनेस से बोली।

जूली तत्काल फिटन से नीचे कूदी और उसने भिखारी को किनारे किया।

कोचवान भी उतर कर आगे आ गया था।

"ए, हटो देखता नहीं फिटन खड़ी है?"

"देख ही तो नहीं पाता सरकार, क्षमा करें, ग़लती हो गई?" अंधा भिखारी क्षमा माँगते एक ओर सरक गया।

जूली चंद्रकला को स्कूल के भीतर पहुँचा कर, वापस फिटन में बैठ गई। फिटन वापस दौड़ने लगती है। तभी चंद्रप्रभा का इक्का आकर स्कूल के आगे रुकता है। चन्द्रप्रभा इक्के से उतरती है, साथ में बद्री उतरता है। बद्री चंद्रप्रभा का हाथ पकड़ स्कूल की ओर बढ़ता है। चंद्रप्रभा झट बद्री का हाथ छुड़ाकर भिखारी की ओर दौड़ पड़ती है। बद्री भौचक्का-सा मुँह खोले खड़ा रह जाता है।

"बिटिया कहाँ जा रही हो?"

"तुम ठहरो बद्री काका मैं अभी आती हूँ। यह अंधे बाबा को देकर आती हूँ।"

चंद्रप्रभा झटपट अंधे बाबा के पास दौड़कर पहुँचती है। उसके कटोरे में अधन्ना डाल देती है।

"आज तुम गेट पर नहीं थे?"

"तुम्हारे इक्के के धोखे से तो बिटिया रानी मैं आगे बढ़ गया था, पर वहाँ फिटन खड़ी थी। फिटन से उतरकर एक लड़की ने मुझे ज़ोर से डाँट दिया।"

"अरे, यह तो बुरा हुआ, अच्छा चलती हूँ, कल वहीं मिलना, यहाँ दूर आती हूँ तो बद्री काका की डाट खानी पड़ती है।"

चंद्रप्रभा दौड़कर वापस आती है। स्कूल का घंटा बज रहा था। सारे बच्चे क्लास की ओर भाग रहे थे।

"बिटिया, तुम रोज़ अपना जेब खर्च का अधन्ना अंधे भिखारी को दे देती हो, बहू रानी सुनेगी तो मुझे डाँटेगी।"

"बद्री काका, उसे अंधा भिखारी नहीं, अंधा बाबा बोलना चाहिए। किसी को भी अपमान से नहीं बोलना चाहिए।"

ग़लती हो गई, पर बहूरानी कभी पूछेगी कि प्रभा बिटिया अधन्ना रोज़ माँगकर ले जाती है, क्या करती है, तब क्या कहूँ?"

"माँ को कभी तुम यह बात मत बताना कि मैं रोज़ जेब ख़र्च का अधन्ना दान कर देती हूँ।"

"फिर क्या बताऊँ?"

"कहना तिल पपड़ी खाती है।"

"राम-राम, झूठ बोलूँ?" बद्री ने झट अपने कान पकड़ लिए।

"अच्छे काम में झूठ बोलने से पाप नहीं लगता। बद्री काका, वह बेचारा अंधा बाबा मुझे रोज लंबी आयु का आशीर्वाद देता है।"

"बड़ी दयावान निकलेगी बिटिया।"

"अच्छा, बद्री काका ईश्वर ने अंधे बाबा को इतना दुःख क्यों दिया? भगवान तो सबके लिए हैं, अलग-अलग व्यवहार क्यों?"

'बाप रे, तुम्हारी बातों के उत्तर मैं रोज़-रोज़ कहाँ से लाऊँ, बताओ? जल्दी चलो, देखो देर हो रही है। टीचर डाँटेंगी, मुझे मुर्गा बनाएगी।"

"चलो-चलो," चंद्रप्रभा दौड़ने लगी, पीछे-पीछे बद्री भी दौड़ने लगा।

स्कूल दोपहर बाद छूटा। चंद्रप्रभा बरामदे में बैठी अपनी पुस्तकें बस्ते में रख रही थी कि तभी चंद्रकला अपनी कुछ मित्रों के साथ वहाँ से निकली। चंद्रकला ने चंद्रप्रभा को नहीं देखा और आगे बढ़ गई। सामने दादाजी वाली काली चमचमाती कार आकर रुकी। चंद्रकला प्रसन्नता से कार की ओर दौड़ती है। चंद्रकला अपनी दो-तीन मित्रों को कार में बैठा लेती है।

"दीदी रुको—दीदी रुको मैं भी आ रही हूँ," चंद्रप्रभा हड़बड़ी में चिल्लाती है और जल्दी-जल्दी अपना सामान समेटने लगती है। कार की ओर दौड़ पड़ती है, परंतु कार चली जाती है। चंद्रप्रभा निराश-हताश खड़ी रह जाती है। दो लड़कियाँ गेट की ओर जा रही थीं, जाते-जाती रुकती हैं और चंद्रप्रभा से पूछती हैं।

"तेरी दीदी तुम्हें साथ क्यों नहीं ले जाती? तुम दोनों अलग-अलग हो, ऐसा क्यों?"

चंद्रप्रभा चुप रहती है, कोई उत्तर नहीं देती। मन और दुःखी हो उठता है। अपमान से वह कानों तक लाल हो उठती है, तभी सामने इक्का आकर ठहरता है, बद्री काका उतर कर दौड़कर चंद्रप्रभा के पास आते हैं।

"बिटिया रानी, आज ज़रा आने में देर हो गई, कोचवान कहीं चला गया था। तुम परेशान तो नहीं हुई न?" बद्री काका ने बस्ता चंद्रप्रभा के हाथ से ले लिया।

"अच्छा काका, यह बताओ, दादाजी की कार दीदी को लेने आती है, मुझे नहीं, ऐसा क्यों?"

"क्या दादाजी की कार आई थी?"

"हाँ दीदी बैठकर गई, अपने मित्रों को बैठाकर ले गई। हैरी भी बैठा था। मैंने बहुत आवाज़ लगाई दौड़ी भी, पर दीदी ने देखा तक नहीं, ऐसा क्यों? मेरी क्लास की दो-तीन लड़कियों ने पूछा भी था," कहते चंद्रप्रभा के मन की पीड़ा आँखों में स्पष्ट झलकनें लगी।

"जाने दो बिटिया, दीदी का स्वभाव ही विचित्र है। मन छोटा न करो, देखो अपना इक्का आ गया है। यह इक्का बहुरानी का है, यह भी सोचो कि तुम्हें माँ की, दादी का इक्का स्कूल के लिए मिलता है, दीदी को कहाँ? इसका काला घोड़ा कैसा सरपट भागता है, एकदम हवा से बातें करता है न?"

"वही तो, वही तो पूछना चाहती हूँ, दीदी इक्के पर क्यों नहीं बैठती है और

मैं कार या फिटन में क्यों नहीं बैठ सकती?''

''दादाजी ने दीदी को अपना पोता मान लिया है।''

''मुझे क्यों नहीं?''

''फिर माँ के पास कौन रहेगा? दीदी तो बड़ी होकर दादाजी का कारोबार सँभालेंगी।''

''मैं क्यों नहीं?''

''दीदी दिमाग़ की तेज़ है। अच्छा सुनो, जल्दी चलो और बैठो इक्के पर। हम लोग दूर तक सैर करेंगे फिर घर जाएँगे, ठीक?'' बद्री ने चंद्रप्रभा को बहलाने की कोशिश की और जल्दी से आगे बढ़ गया।

चंद्रप्रभा इक्के पर बैठ गई। काले घोड़े को देख प्रसन्न हो उठती है। घोड़े की पीठ पर हाथ फेरती है। नन्हें हाथों के स्पर्श को पहचान कर काला घोड़ा मुड़कर देखता है और ज़ोर से हिनहिनाता है। चंद्रप्रभा के मुख पर छाई उदासी की बदली धीरे-धीरे छँटने लगती है और वह सब-कुछ भूलकर सरपट भागते काले घोड़े पर अपना ध्यान केंद्रित कर देती है। बालसुलभ मन बहल गया था। स्पर्श के भाव इंसान पहचानता है। घोड़ के स्पर्श ने चंद्रप्रभा को ढाढ़स दिया, वही चंद्रप्रभा के नन्हें स्पर्श को भी घोड़ा पहचानता था, उससे विश्वास-आदर पाकर वह दुगने वेग से दौड़ने लगा।

42

रायबहादुर पंडित गोपीलाल की जागीरी के कुछ गाँव के लोग इकट्ठा होकर आए थे। पंडित गोपीलाल अक्सर अपने अँग्रेज मित्रों को अपने इलाके में शिकार खेलने ले जाते रहते थे। जंगल में बड़ा-सा तालाब था, जहाँ जानवर पानी पीने आते थे। पक्षी, बतख, पनडूबकी के झुंड तालाब में आते थे। तालाब पहाड़ के नीचे था, इस कारण भी सुंदर और रमणीक स्थान था। पहाड़ से बड़े जानवर सीधे पानी पीने, डुबकी लगाने उतरकर आते थे। जंगल में शेर और चीता बहुत थे। काला चीता, काला हिरण भी जिसे चिनकारा कहा जाता था इस जंगल में बहुत थे। अंग्रेजों ने यूँ तो चीते बहुत देखे थे, पर काला चीता बहुत कम देखा था। पिछले वर्ष गर्मियों में पंडित गोपीलाल ने अपनी बंदूक से एक काले चीते का शिकार किया था। जिसकी खाल ब्रिटिश साम्राज्य के जनरल को भेंट की गई थी।

अक्सर बाघ आस-पास के गाँव में घुस आते थे। जंगल में लकड़ी बीनने या घास काटने आई औरतों पर हमला कर देता था। एक-दो लोगों को वह अपना शिकार बनाता रहता था। गाँव के लोग भयभीत हो गए थे। डर के कारण लोगों ने जंगल

जाना बंद कर दिया था।

गाँव वालों की शिकायत पर मोहन ने शिकार का कार्यक्रम बनाया। मोहन ने अपने सभी अँग्रेज मित्रों को सूचना दी। शिकार की तैयारियाँ होने लगीं। इस बार के शिकार में चंद्रकला भी साथ गई। दादा की स्वीकृति मिलते ही चंद्रकला प्रसन्नता से नाच उठी।

बंदूकें आलमारियों से निकाली गईं। गोपीलालजी ने अपने स्प्रिंग-फील्ड की दोनाली बंदूक निकलवाई। दूसरे घोड़ेवाली बंदूक निकाली गई। सफ़ाई हुई, तेल देकर दोबारा कपड़े से पोंछा गया ताकि हाथों से फिसले नहीं। कारतूसों का बक्सा निकाला गया। बारूद, गोलियों को अलग-अलग डिब्बे में सँभालकर रखा गया। दो कारतूसों में चार का बारूद सिक्का भरा गया। दुगनी ताक़तों के कारतूस तैयार किए गए।

गोपीलाल और मोहनलाल दोनों ने घुटनों तक आने वाले अपने राईडिंग बूट, बिर्जिस, ख़ाकी कमीज़, बेल्ट और सर पर सोलरहैट पहना, जिसका फीता ठोडी के नीचे बँधा था। सभी अँग्रेज अतिथियों ने भी अपने कपड़े पहने। चंद्रकला को भी शिकारी कपड़े पहनाए गए। काठिया वाडीनस्ल के तेज़ तर्रार घोड़ों पर जीन कसी गई। रास्ता पहाड़ी और दुर्गम था। चंद्रकला, जूली, दो-तीन नौकर सफ़ारी जीप से गए तथा खाने-पीने का सारा सामान जीप पर लादा गया।

सूनसान, भयानक जंगल था। सभी उत्साह से भरे थे। वीरान दहशत से भरा था जंगल। जानवरों की हेड़-की-हेड़ रास्ते में दौड़ते मिले। साँभर, नीलगाय, हिरण, चीतल सब झुंड-के-झुंड रास्ते में मिल रहे थे। घोड़ों को देख तथा उस पर बैठे मनुष्यों को देख वह घबराकर इधर-उधर भागने लगते थे। जंगली पक्षियों के कोलाहल से जंगल गूँज रहा था। बड़े-बड़े भयानक जानवरों को देखकर चंद्रकला भयभीत हो उठती। अचानक वह जूली से चिपक गई। जूली ने हँसकर उसका भय दूर किया। तरह-तरह के जंगली फूलों से जंगल, सुसज्जित था। जंगली फूलों की सुंगध से जंगल महक रहा था। हवा बड़ी शालीन और शांत-सी बह रही थी। जंगल के इस भव्य सौरभ को देखकर चंद्रकला स्तब्ध थी। घोड़ों की टाप की आवाज़ और उठती धूल से जंगल के छोटे-छोटे जानवर खरगोश, जंगली मुर्ग़े, लोमड़ी सब भयभीत हो उठे थे और झाड़ियों में जाकर छुप रहे थे। काले और लाल मुँह वाले बंदर झटपट लपककर वृक्षों की ऊँचाइयों पर चढ़ अपने को सुरक्षित कर रहे थे। बंदरों के नन्हें-नन्हें बच्चे अपनी माँ के पेट से चिपके भयभीत से इधर-उधर देख रहे थे, जैसे ख़तरा वह भी पहचान गए हों।

लंबा रास्ता पार कर जब लोग गाँव के बताए स्थान पर पहुँचे तो दिन पूरा चढ़ गया था। सूर्य तप कर जैसे पिघल रहा था। ऊँची पहाड़ी के पास एक छोटा-सा नाला था, वहीं पेड़ों के बीच एक औरत की लाश पड़ी थी। लाल रंग की साड़ी वह पहने थी। लाश सड़ गई थी और तीखी और सड़ाँध से भरी बदबू फैली थी। वहीं

पास ही झटपट ऊंचे पेड़ों पर मचान बाँधी गई। गाँव वाले ढोल लेकर हाँका देने लगे। सभी मचान पर चढ़े बैठे थे। चारों ओर सन्नाटा-सा खिंच गया था। कोई नहीं बोल रहा था।

हाँके से घिरा बाघ धीरे-धीरे अपने शिकार के पास आया। बाघ को देखकर कई बंदूकें तन गईं। गोपीलाल ने आँख के इशारे से सबको बंदूक चलाने से मना किया और मोहन को इशारा किया कि वह बंदूक चलाए। मोहन का अचूक निशाना था। पहले भी कई बार गोपीलाल ने बेटे को निशाना लगाने का मौक़ा दिया था जिसमें सफलता मिली थी।

मोहन दम साध कर निशाना लगाए बैठा था। दूसरी भी बंदूकें तनी थीं पर निशाना मोहन को ही लगाना था, बाक़ी तो सहायता के लिए तनी थीं। बाघ को भनक लग गई वह अपने शिकार की ओर जाते-जाते अचानक पीछे घूमा। उसने मोहन को देख लिया था। बाघ मचान की तरफ छलाँग लगाना चाहता ही था कि मोहन ने अपनी दोनाली बंदूक का घोड़ा दबा दिया।

बाघ के कर्कश भरी चीत्कार से सारा जंगल काँप उठा। दिल दहला देने वाली दहाड़ ने सबको स्तब्ध कर दिया। धुएँ से जंगल भर गया। सब अपनी-अपनी जगह दम साधे चुप बैठे थे। थोड़ी देर बाद जब धुआँ छटा। बाघ अपने शिकार के पास ढेर होकर पड़ा था। काफ़ी देर बाद एक कंकड़ से बाघ को मारकर जगाया गया पर बाघ अपनी जगह से हिला-डुला नहीं।

रायबहादुर की जयकार से तथा मोहनलाल की जयकार से जंगल गूँज उठा। सभी मचान से उतर पड़े। कुछ देर पहले जड़ हुए भयभीत चेहरे अब प्रसन्नता से खिले थे। बंदूक की आवाज़ से जो जंगल में सन्नाटा छा गया था, उसमें हल्की-सी चहल-पहल शुरू हुई। स्तब्ध चिड़ियों ने फिर धीरे से टटकारना शुरू किया था।

तत्काल एक पेड़ काटा गया जिसमें बाघ के चारों पैर बाँधे गए, जिसे पचासों आदमियों ने ढोया। कुछ लोगों ने सूखी लकड़ियाँ इकट्ठी की और उस स्त्री का अंतिम संस्कार किया गया। स्त्री के परिवार तथा गाँव के लोग वहाँ रुक गए। बाक़ी लोग सब लौट आए। रास्ते में मोहनलाल के अँग्रेज मित्रों ने दो-तीन हिरन और साँभर का भी शिकार किया।

रात के सभी लोग गाँव में रुके, वहाँ दो हिरन का माँस पकाकर जश्न मनाया गया। नाच-गाना हुआ। अँग्रेजी शराब पूरे गाँव के लोगों को बाँटी गई। बाघ को देखने के लिए लोगों की भीड़ जुट आई। कई लोग भीड़ में आकर बाघ को देख रहे थे। रात्रि के लिए टेंट लगाए गए। सब अपनी-अपनी सुविधानुसार ठहरे। गाँव वालों का नृत्य और गायन का आनंद सभी अँग्रेज मित्रों ने भरपूर लिया। बाघ के साथ खड़े होकर सभी ने फोटो उतरवाई।

दूसरे दिन सभी वापस लौटे। कोठी के लॉन में बाघ को रखा गया। सभी

लोग देखने आए। फोटो उतरवाई गईं। रात को कोठी में डिनर रखा गया।

शिकार की चर्चा कई दिनों तक सभी के मुख पर थी। ढेर सारी बधाई पत्र कई दिनों तक मिलते रहे।

एक दिन चंद्रप्रभा भोर को आँख मलते उठी तो देखा माँ के पास धरती पर एक सीधी सादी-सी एक छोटी-सी लड़की बैठी है। साँवली, भोली-सी वह लड़की थी। चंद्रप्रभा चकित रह गई। झट से दौड़कर माँ के पास आ गई।

''माँ, यह लड़की कौन है?''

''इसका नाम गंगा है, अब हमारे घर ही रहेगी। प्रभा तुम्हें याद है न, दादाजी और तुम्हारे डैडी पिछले दिनों शिकार पर गए थे, तो जिस औरत को बाघ खा गया था। गंगा उसी की बेटी है। तुम्हारी दादी जी ने तुम्हारे खेलने के लिए गंगा को यहाँ बुलवा लिया है, अब यह यहीं रहेगी।''

''सच्ची माँ, यह तो बड़ा अच्छा हुआ, हम दोनों खेला करेंगे'' चंद्रप्रभा ने प्रसन्नता से चहक कर कहा।

''जाओ, जल्दी से नहा कर आओ। फिर नाश्ता कर लेना, गंगा को भी देना,'' पृथा ने कहा।

माँ की बात सुनकर पृथा दौड़कर भीतर गई। थोड़ी देर में ही झटपट तैयार होकर आ गई। चंद्रप्रभा की उतावली और उत्सुकता देखकर पृथा मुस्कुरा पड़ी।

सामने रामरती फूलों की डलिया पकड़ें आई। गंगा को सामने देखकर उसकी आँखों में कुतुहल जगा। फूलों की डलिया को नीचे रखकर उसने लड़की को ढंग से देखा।

''कौन है मालकिन?'' जिज्ञासा से रामरती ने पूछा।

''रामरती, यह गंगा है। अब यह यहाँ की सदस्य है, इसी की माँ को बाघ खा गया था।''

''क्या इसी की माँ को बाघ खा गया था,'' रामरती की आँख में दया उमड़ पड़ी।

''हाँ तुम अपने कमरे के बग़ल वाला कमरा ठीक करके इसे रहने के लिए दे देना।''

''जी ठीक,'' कहते रामरती गंगा को देखती चली गई।

गंगा सर झुकाए बैठी थी, उसके मुख से लग रहा था कि इस तरह की पूछताछ उसे भली नहीं लग रही थी। माँ को बाघ खा गया सुनकर उसको बुरा लगता था। माँ की चर्चा के साथ ही बार-बार उसकी आँख के आगे माँ का सुंदर-सलोना मुखड़ा घूम जाता था। बाघ की याद आते ही वह पीड़ा और क्रोध में भर जाती थी। बाघ ने माँ को खाया होगा, तब उसे कितना कष्ट हुआ होगा? कितने कष्ट से, पीड़ा से उसने प्राण दिए होंगे? माँ की याद आते ही उसकी आँख भीग उठती थी, जिसे

वह बड़ी चतुराई से पोंछ लेती थी ताकि कोई देखे नहीं। अपने लिए दूसरों की हमदर्दी, बेचारगी, दया शायद उसे पसंद नहीं थी।

''आओ गंगा हम नाश्ता करके खेलते हैं,'' चंद्रप्रभा ने कहा तो गंगा जल्दी से उठ गई।

दोनों भीतर कमरे में आए, जहाँ टेबल पर नाश्ता रखा था। चंद्रप्रभा ने एक प्लेट में ढेर सारा नाश्ता लगाकर गंगा को दिया और ख़ुद कुर्सी पर बैठकर खाने लगी। गंगा नीचे फ़र्श पर बैठकर खाने लगी।

''तुम्हारे और कितने भाई-बहन हैं?''

''एक भाई है, बापू ने मुझे यहाँ भेज दिया। भाई वहीं बापू के साथ रहकर काम करेगा। दोनों काम पर जाते हैं तो मैं अकेली रह जाती हूँ, इसलिए।''

''अच्छा हुआ तुम आ गईं। मैं भी एकदम अकेली थी। दीदी हैं पर मुझसे बोलती ही नहीं।''

''अरे, क्यों?''

''वह बहुत सुंदर है, दिमाग़ की भी तेज़ है, वह दादाजी के साथ रहती है।''

''हाँ मैंने देखा है, बाघ को मारने जब सरकार आए थे, तब दीदी भी थी।''

''अच्छा, तुमने दीदी को देखा था?'' चंद्रप्रभा ने उत्सुकता और निराशा से भरकर कहा।

''हाँ देखा था।''

''क्या तुम्हें दीदी अच्छी लगी थी? क्या तुम मेरे साथ नहीं खेलोगी?''

''खेलूँगी न, मुझे तो आप बड़ी अच्छी लगीं, एकदम अपनी जैसी, आपको देखकर डर नहीं लगा, उन्हें देखकर तो बड़ा डर लगा था।''

''सच्ची, दीदी से मुझे भी बहुत डर लगता है। मुझे बहुत डाँट देती हैं।''

''यहाँ आई थी, तब बहुत डर लग रहा था, पर आपसे बात कर डर नहीं लगा।''

''अच्छा,'' चंद्रप्रभा प्रसन्नता से बोली, ''और क्या-क्या लगा तुम्हें मुझे देखकर?''

''यही कि आप दयावान हैं, कपटी नहीं हैं। आपके साथ मेरे दिन अच्छे से कट जाएँगे।''

''मैं सुंदर भी लगी?''

''हाँ, बहुत सुंदर लगीं,'' गंगा ने जल्दी से कहा उसे अपनी ग़लती महसूस हो गई थी, ''आप बहुत सुंदर हैं, एकदम देवी की तरह।''

''मगर यहाँ तो सब दीदी को सुंदर कहते हैं, दीदी को एकदम गोरी चमड़ी है न! हम दोनों जुड़वा हैं पर कितना अंतर है न?''

''नहीं, मुझे तो आप सुंदर लगीं, आप कितनी भोली हैं।''

''तुम भी अच्छी हो।''

“मेरी माँ को जिस बाघ ने खाया था, उसे यहाँ लाए थे, आपने उसे देखा?”

“हाँ, देखा न फोटो नहीं खिंचा सकी, तब मैं स्कूल गई थी।”

“वह क्या यहीं है?”

“हाँ, बाहर बैठक में है।

“क्या आप उसे मुझे दिखा सकती हैं?”

“चलो।”

दोनों बाहर बैठक में आ गईं। बैठक में बड़े से काँच की बंद आलमारी में वह बाघ रखा था। एकदम दहाड़कर दौड़ता हुआ लग रहा था। गंगा बाघ को देख पहले तो डर गई थी। फिर ध्यान आया कि अब तो यह मर गया है। गंगा ध्यान से बाध को देखती रही। गंगा की आँखों में क्रोध, घृणा भर गई थी। देर तक वह उसे ताकती रही।

“तूने ही मेरी माँ को खाया था न?” गंगा की आँख से क्रोध की चिनगारी फूटने लगी, वह विचलित हो उठी।

“छोड़ो, गंगा इसे अपनी करनी की सज़ा मिल गई है। तुम दुःखी मत हो। माँ कहती है पापी को उसके पाप का दंड मिलता है, देखो इसे भी दंड मिल गया न?”

“हाँ,” कहते गंगा विवश-सी रो पड़ी।

“मत रो गंगा, आज से तुम मेरी मित्र हो, हम साथ-साथ रहेंगे। मैं तुम्हारा ध्यान रखूँगी। भूल जाओ सब पुरानी बातों को, है न?”

चंद्रप्रभा ने गंगा का हाथ पकड़ लिया। गंगा प्रसन्नता से मुस्कुरा उठी। उसके मुख से उदासी का अंधकार छँटने लगा था। दुर्भाग्य और सौभाग्य दोनों का मिला-जुला प्रभाव उसके मुख पर था। भाग्य की विचित्रता को वह अवाक् होकर देख रही थी। चंद्रप्रभा का दिया ढाढ़स उसे बल दे रहा था। भाग्य ने जहाँ छीना था, वहीं चंद्रप्रभा के रूप में लौटा भी रहा था। कहीं से टूटे तार कहीं जुड़ रहे थे।

43

पृथादेवी फिर से बीमार पड़ गई थी। चार दिन से बुख़ार का ताप ज़ोर मार रहा था, उतर नहीं रहा था। लगातार बुख़ार ने उन्हें कमज़ोर कर दिया था, कमज़ोरी के कारण उठ तक नहीं पाती थी। पृथा के बार-बार मना करने पर भी लता ने बद्री काका को डॉक्टर को बुलाने भेज दिया था। बद्री काका के साथ इक्के पर बैठकर डॉक्टर नज़ीर अहमद आए। बद्री काका उन्हें लेकर पृथादेवी के कमरे में पहुँचा।

"बहूरानी, डॉक्टर साहब आ गए।"

"अरे," पृथादेवी हड़बड़ाकर उठ बैठी। दरवाज़े पर डॉक्टर साहब खड़े थे।

"कैसी हैं आप?" डॉक्टर अहमद कुर्सी पर बैठते बोले।

"ठीक हूँ डॉक्टर साहब, नाहक़ ताईजी आपको परेशान करती हैं "पृथादेवी संकोच से बोली।

"देखिए, डॉक्टर का तो काम ही मरीज़ देखना है, इसमें परेशान होने वाली क्या बात है? आपने दवा खाना छोड़ दिया था लगता है।"

"बद्री, चाय-पानी डॉक्टर साहब के लिए ले आओ।"

"यह सब छोड़िए मैडम, पहले आपकी सेहत देखें," डॉक्टर साहब बोले।

बद्री भागकर बाहर गया। डॉक्टर साहब नाड़ी देखने लगे। बुखार से माथा गरम हो रहा था। थोड़ा ही उठने से चक्कर आने लगा था। पृथादेवी वापस बिस्तर पर लेट गई।

"मैडम आपको कुछ दिनों तक तो दवा बराबर लेनी पड़ेगी, ज़रा भी कोताही नहीं चलेगी।"

"थोड़ा ठीक लगा था, इसलिए दवा खाना बंद कर दिया था।"

"नहीं, अब ऐसा मत करिए, जब मैं कहूँ तब ही दवा बंद करें।"

"अच्छा।"

"ताज्जुब है आप बार-बार इधर बीमार क्यों पड़ रही हैं?"

"पता नहीं डॉक्टर साहब।"

"सोचना पड़ेगा। बीमारी से ज़्यादा दिनों की दोस्ती अच्छी नहीं होती, यह तो तुम्हारी दुश्मन है। दुश्मन को तो मार भगाना चाहिए। जैसे अँग्रेज हमारे दुश्मन हैं, है न।"

"हाँ, एकदम ठीक कहा आपने," पृथादेवी मुस्कुरा दी," डॉक्टर साहब क्या हमारा देश आज़ाद हो जाएगा?"

"बेशक, लेकिन आप इसी तरह बीमार रहीं तो बताइए कैसे होगा? हिंदुस्तान की औरत को भी तो इस मुहिम में शरीक़ होना होगा न? जल्दी सेहत ठीक करें और आप भी बाहर निकलें। इस कोठी से बाहर देखें, दुनिया में क्या हो रहा है, दुनिया कितनी ख़ूबसूरत है। मेरी दोनों बहनें शीरीन और फ़ातमा दोनों ही गांधीजी के साथ काँग्रेस में काम कर रही हैं। आप भी उनके साथ जाएँ। एक दिन मैं अपनी दोनों बहनों को आपके पास लाऊँगा, ठीक है।"

"यह तो बड़ी अच्छी बात है। दिल्ली में तो मेरे परिवार के सभी लोग काँग्रेस में काम कर रहे हैं।"

"लीजिए, फिर क्या बात है। आप भी उठिए और टक्कर लीजिए। ज़िंदगी कौन रोज़-रोज़ नसीब होती है। लेटे रहिए, ज़रा आपका बुखार नोट कर लूँ।"

‘‘डॉक्टर साहब मैं अगर बाहर काम करने लगूँ तो बिना दवा के ठीक हो जाऊँगी।’’

‘‘देखिए, हमने आपकी सही बीमारी पकड़ ली न? अच्छा अब आप यह बताइए आप और क्या-क्या करती हैं?’’

‘‘जैसे?’’

‘‘मसलन..., आपकी रोज़मर्रा की क्या हरकतें रहती हैं?’’

‘‘पूजा करती हूँ, भजन गाती हूँ, कविता लिखती हूँ।’’

‘‘लीजिए साहब, आप में इतनी ढेर सारी ख़ूबियाँ हैं, तब तो आपको बीमार पड़ने की फ़ुर्सत नहीं होना चाहिए। अच्छा, एक दिन आपकी कविता ज़रूर सुनेंगे। आप शाम को क्या सैर करती हैं?’’

‘‘नहीं।’’

‘‘किया करिए। रोजाना सुबह-शाम नदी के किनारे टहलने जाइए, नाव की सैर करें। नर्मदा तो ख़ुद आपके बग़ल में बह रही है। रोज़ाना आपको बुलाती है, आप जाती नहीं। आप जाइए। आप देखेंगी कि आपको कितना अच्छा लग रहा है। यू फ़ील बेटर।’’

‘‘अब आपने कहा तो जाया करूँगी।’’

‘‘मैंने कहा इसलिए आप जाएँगी? बस यही तो कमज़ोरी है हम हिंदुस्तानियों में। कितनी ढेर नियामतें हमारे आस-पास बिखरी हैं, पर उन्हें देखते तक नहीं। आपको पता है नदी के किनारे की हवा आबेज़मज़म है, याने...याने...वह हिंदी में जिसे अमृत कहते हैं न, बस वही। कल से आप पाबंदी से जाएँ। मैं रोज़ाना पूछता रहूँगा। देखिए, नेचर कितने पास है, क़रीब है और हम महसूस तक नहीं करते।’’

‘‘अच्छा, कल से ज़रूर जाऊँगी।’’

‘‘आपको बुखार तो है, दवा लिख रहा हूँ, मेहरबानी करके ज़रूर खाएँ। मैं जाते ही आपकी दवा अपने दवाख़ाने से तैयार कर भेज रहा हूँ। छह ख़ुराक होगी। तीन आज, तीन कल खाएँ। इंशा अल्लाह बुखार नहीं रहेगा।’’

तभी चंद्रप्रभा गंगा के साथ आ गई। डॉक्टर अहमद चंद्रप्रभा को देख ख़ुश हो गए।

‘‘डॉक्टर अंकल, माँ का बुखार कैसा है?’’

‘‘कल तक ठीक हो जाएगा, कल से आप माँ को नदी तक घुमाने ले जाया करें, साथ आप भी घूमें। घूमना सेहत के लिए अच्छा होता है।’’

‘‘जी अच्छा।’’

‘‘यह कौन है,’’

‘‘यह गंगा, मेरी दोस्त है। इसकी माँ को बाघ ने खा लिया था। डैडी ने बाघ को मारा था।’’

"अरे, अच्छा, तो मैं चलूँ, कल फिर देखने आ आऊँगा। दवा बद्री के साथ भेज रहा हूँ।"

"वह लाल दवा? अंकल वह बड़ी कड़वी होती है।"

"हाँ, आपको भी दिया था। कड़वी दवा ही जो फ़ायदा करती है।"

"दवा पीकर मुझे गुड़ खाना पड़ता था।"

"ठीक है, माँ को भी गुड़ दे देना, पर दवा ज़रूर खाना है। कल माँ बिस्तर पर नहीं, बरामदे में बैठी दिखनी चाहिए।"

डॉक्टर अहमद जाने के लिए उठे। पृथादेवी ने मुस्करा कर हाथ जोड़ लिए। चंद्रप्रभा और गंगा डॉक्टर अहमद को छोड़ने बाहर बरामदे तक आए।

पृथा देवी बिस्तर पर उठकर बैठ गई, लगा जैसे डॉक्टर अहमद कह नहीं गए हैं, बल्कि आदेश सुना गए हैं। लगता है जैसे कुएँ में गिरा कचरा देर बाद पानी में हिचकोले खाता नीचे गहराई की तराई में बैठने लगता है, बिल्कुल ऐसे ही अब मन का संताप भी धीरे-धीरे नीचे बैठने लगा था। पानी साफ़ नज़र आ रहा था, चाहो तो अपना मुख निहार लो।

डॉक्टर अहमद का इक्का चला गया था। चंद्रप्रभा गंगा के साथ लौट रही थी कि देखा चंद्रकला को दादाजी बैडमिंटन खेलना सिखा रहे थे। चंद्रप्रभा के भीतर कुतूहल जागा, वह उत्सुक-सी बैडमिंटन कोर्ट की तरफ बढ़ गई। दादाजी, डैडी और चंद्रकला बैडमिंटन खेल रहे थे। दादाजी और डैडी चंद्रकला को रैकेट पकड़ना शैटलकॉक पकड़ना सिखा रहे थे। चंद्रकला डैडी के साथ खेलने लगी। दादाजी कुर्सी पर बैठकर तौलिया से पसीना पोंछ रहे थे।

"डैडी, हम भी बैडमिंटन खेलेंगे न?" चंद्रप्रभा निकट जाकर बोली।

सब लोग चकित होकर चंद्रप्रभा को देखने लगे। चंद्रप्रभा की उपस्थिति सबको खलने लगी।

"तुम कैसे खेल सकती हो, इसमें तो बहुत ताक़त चाहिए, तुम तो कमज़ोर हो," चंद्रकला ने उसका मज़ाक़-सा उड़ाया।

"नहीं, खेल लूँगी," चंद्रप्रभा ने दोबारा आग्रह किया।

"तुम खेलोगी न तो तुम बेहोश हो जाओगी, है न डैडी?" चंद्रकला व्यंग्य से बोली।

"वैरी करैक्ट। जाओ माँ के पास, तुम्हारा टीचर भी आता होगा," डैडी ने डाँटा।

चंद्रप्रभा डाँट खाकर, अपना उपहास सुनकर, दुःखी, रुआँसी-सी अपमानित-सी लौट पड़ी। उसका मुँह अपमान से लाल तमतमा रहा था। गंगा उसका हाथ थामे भीतर लेकर आ गई। गंगा के स्नेह भरे स्पर्श के आत्मीय सुख ने मन को सँभाला, वरना वह रो पड़ती।

दोनों पृथा देवी के कमरे में पहुँचीं। बेटी का उदास, सूजा-सा मुखड़ा देख पृथा चौंक पड़ी। चंद्रप्रभा माँ के पास जाकर बैठ गई।

"कहाँ से आ रही हो?" पृथा ने उत्सुकता से पूछा।

"माँ, दीदी बैडमिंटन खेल सकती है, मैं क्यों नहीं खेल सकती?" चंद्रप्रभा दुःखी होकर बोली," दीदी ने मेरी हँसी उड़ाई।"

"किसी का स्वभाव ही होता है बेटा, दीदी का बचपन से ऐसा ही स्वभाव है। तुम्हारे दादाजी और डैडी ने उसे सर चढ़ाकर रखा है। इसीलिए वह अभिमानी हो गई है। तुम अपना ध्यान पढ़ाई और भजन में लगाओ। संगीत भी तो बहुत बड़ी कला है।"

"दीदी सुंदर है, उसके पास सुंदर-सुंदर खिलौने हैं। मेरे पास कुछ नहीं है। ऐसा क्यों?"

"तुम भी तो सुंदर हो। जुड़वा बहनें हो। वह डैडी पर चली गई इसीलिए अधिक सुंदर बन गई, तुम मुझ पर चली गई इसीलिए कम सुंदर और कमज़ोर हो, लेकिन बेटा तन की सुंदरता से मन की सुंदरता ज़्यादा ठीक है। तुम्हारी आवाज़ कितनी अच्छी है, मेरे साथ भजन सीखा करो। दीदी के पास ऐसी आवाज़ कहाँ है? उसकी आवाज़ तो मोटी है," पृथा ने मुँह को फुलाकर कहा।

पृथा ने ऐसा मुँह बनाया कि चंद्रप्रभा हँस पड़ी, साथ ही गंगा भी हँस दी। चंद्रप्रभा की उदासी दूर हो गई थी। मन ही तो होता है जो ज़रा बात में बहल जाता है। गंगा को ढाढ़स बँधाकर ख़ुद चंद्रप्रभा को बड़ा अच्छा लगा। दूसरे को दिलासा देकर, उपकार करके या मदद करके अपने को सुख मिलता है, यह रहस्य पहली बार चंद्रप्रभा समझ पाई थी। चंद्रकला के द्वारा किया गया अपमान मन को मथ रहा था, अब सब शांत हो गया था। उसने मन-ही-मन सोचा चंद्रकला यदि दूसरी कलाओं में निपुण है तो क्या हुआ, पढ़ाई में तो पीछे है। हमेशा फेल हो जाती है। दादाजी को स्कूल फोन करके पास करवाना पड़ता है। ख़ुद वह हमेशा कक्षा में पहला नंबर में पास होती है। दादाजी, डैडी, किसी को भी उसके लिए सिफ़ारिश नहीं करनी पड़ती है। माँ कहती है, जिसके पास ज्ञान है वह कभी निर्धन नहीं हो सकता। दीदीजी कहती हैं—सभी रत्नों में विद्या सबसे बहुमूल्य रत्न होता है। चाहे कितना अंधकार हो उसमें भी वह अलग से चमकता है।

"क्या सोच रही हैं दीदी?" गंगा असमंजस में पड़कर बोली।

"कुछ नहीं," पृथा चौंकी, "यही सोच रही थी कि दीदी की उम्र तो पढ़ाई-लिखाई करने की है, यूँ ही खेल कर गँवा रही है।"

"बिल्कुल यही बात मेरे मन में भी आई थी। बाक़ी चीज़ों को तो हम बाद में भी सीख सकते हैं, पढ़ाई तो बस बचपन में ही हो सकती है।"

'हाँ, पर दीदी का भी क्या दोष। दीदी, दादाजी और डैडी को क्लब जाना

पड़ता है। अँग्रेजों के क्लब में तो यह सब आना बहुत ज़रूरी है। मैं तो जाती नहीं, अपनी पढ़ाई करती हूँ और माँ से भजन सीखती हूँ।''

''आपकी आवाज़ कितनी मधुर है। दीदी की आवाज़ कितनी मोटी है। भगवान हरेक को हरेक चीज़ नहीं देता न?''

''हाँ भगवान ने हम दोनों जुड़वाँ बहनों को सब चीज़ें बाँट कर दी हैं'' चंद्रप्रभा के मन से बोझ हट गया था। माँ कमरे से बाहर चली गई थी।

''दीदी, चलो आज तुमने दूध नहीं पिया था। मैं गरम दूध ले आती हूँ।''

''रहने दो, अभी हम दोनों बगीचे से फूल तोड़कर लाते हैं, उसकी वेणी बनाएँगे। वेणी माँ, दादी और बड़ी दादीजी तीनों को पसंद है। तीनों के जूड़े में लगाने के लिए वेणी बनाते हैं। दूध शाम को पी लेंगे।''

''मगर माँजी नाराज़ होंगी न?''

''तो लौटकर पी लेंगे। धूप तेज़ होने से सारे फूल कुम्हला जाएँगे।''

दोनों दौड़कर बगीचे की तरफ चली गईं। चंद्रप्रभा का मन हल्का हो गया था। हिरन के बच्चे की तरह वह कुलाँचे खाती दौड़ रही थीं। गंगा को उसके पीछे दौड़ने में काफ़ी मेहनत करनी पड़ रही थी।

44

मिठ्ठू सिंहजी का स्वास्थ्य दिन-पर-दिन गिरता जा रहा था, वह बहुत कमज़ोर हो गए थे। पहले तो वह लाठी टेकते कोठी में इधर-उधर जाते थे, पर अब कई महीनों से उन्हें किसी ने नहीं देखा था। बड़े वैद्यजी का इलाज चल रहा था। कमज़ोरी के कारण कभी-कभी वह अचेत हो जाते थे।

पृथा लगातार महसूस कर रही थी कि उसे देखने जाना चाहिए, परंतु ख़ुद अपनी बीमारी के कारण वह जा नहीं पा रही थी। आज भोर से ही उसने मन बना लिया था कि आज तो वह देखने जाएगी ही जाएगी। पृथा तैयार होकर चंद्रप्रभा और गंगा को साथ लेकर मिठ्ठू सिंहजी को देखने निकल पड़ी।

मिठ्ठू सिंह दो तकिए के सहारे बैठे दूध पी रहे थे। ताईजी और माँ जी दोनों बैठी थीं। सास को देखकर पृथा चौंकी और झेंपी। पृथा को देखकर सबके चेहरे पर प्रसन्नता छा गई। मिठ्ठू सिंहजी मुस्कुराए।

''देखो, बीमार होना कितना लाभकारी होता है, आज सभी आ गए हैं?'' मिठ्ठू सिंह ने प्रसन्नता से कहा, ''कैसी हो पृथा? सुना है तुम बीमार पड़ गई थीं?''

''जी, अब ठीक हूँ। लेकिन बीमार तो आप हैं और मेरे समाचार पूछ रहे हैं।''

"मैं तो ठीक ही हूँ। पुराना पेड़ हूँ जाने कब आँधी आए और गिर जाए। चिंता तो नए पेड़ों की करनी चाहिए, अभी तुम्हारी उम्र ही क्या है? यह उम्र बीमार पड़ने की है क्या?"

"हाँ, बहू, अपना ध्यान रखो, इधर तुम कई बार बीमार पड़ गईं, देखो मेरी तरह कोई रोग मत पाल लेना," सुहासनी ने बहू के पीले मुख को लक्ष्य करके कहा।

"नहीं, माँ जी, अब ठीक हूँ। आप आ रही हैं पता होता तो आपके साथ ही आ जाती।"

"क्या करूँ, उठा-बैठा नहीं जाता बहू, मंदिर तक आई तो इधर आ गई। तुम्हारा तो ध्यान ही नहीं आया कि तुम इधर आना चाहती हो, सोचा अभी कमज़ोर हो, आराम कर रही होगी।"

"बहू, पृथा का ध्यान रखो, बड़ी जल्दी-जल्दी बीमार रहने लगी है," मिठ्ठू सिंह ने चिंता से कहा।

"क्या करूँ? आप तो इस घर के हाल जानते ही हैं। पिता तो थे ही पर मुझे अपने बेटे से ऐसी उम्मीद नहीं थी कि वह भी उन्हीं के रास्ते पर चलेगा।"

"अब क्या कहें,?"

"शायद मेरे पालने में ही कोई भूल रह गई हो। मैंने तो पानी दे-देकर सींचा था, मठ्ठा डाला नहीं था। फल खट्टे कैसे निकल आए, बड़ी चिंता में रहती हूँ।"

"ज़्यादा चिंता मत किया करो बहू, चिंता करने से क्या लाभ? जो होना होता है वह तो होकर ही रहता है।"

"बड़े होकर, पढ़-लिखकर समझदार होकर यह ऐसा होगा सोचा नहीं था, क्या यही सब देखने के लिए बड़ा किया था पाला-पोसा था?" सुहासनी देवी ने दुःख से कहा, "एक दिन मैंने समझाया तो मुझसे बोला—आप मुझे मत सिखाइए। समझदार बनकर यह कहेगा, नहीं जानती थी।"

"बड़े होकर, समझदार होकर भी झुकना, समझौता करना, दूसरों को आदर करना भी नहीं सीख पाए तो किस काम का हमारा जीवन? घर में पत्नी, माँ का आदर नहीं कर पाए तो आगे जाकर संसार का क्या भला कर पाएँगे?"

"यही सब देखकर तो मन रोगी बन गया, अब तन भी रोगी बन गया है। आपने जाने हमारे साथ कितने एहसान करे और देखिए आप आज किस दशा में पड़े हैं, कोई देखने, भालने तथा सुनने वाला तक नहीं है," सुहासनी देवी ने निराशा से ताकते हुए कहा।

"मेरी छोड़ो, जो आदमी संसार में दुःख भोग लेता है वह स्वर्ग में सुख भोगता है। अच्छा है दुःखों का हिसाब-किताब यहीं समाप्त हो जाए। मुझे पंडित को पिछले जन्म का देना होगा।"

"आप बहुत बड़े दिल के हैं, तभी ऐसा सोचते हैं। आप ने अपना सब त्याग

दिया, सब हमें दे दिया। हमने तो केवल एक दिन के लिए ठौर माँगा था, आपने तो जीवन के लिए दे दिया।''

''बहू, तब शायद तुम्हें और पंडित को मुझसे ज़्यादा इस मकान की रुपयों की ज़रूरत थी। सही अर्थों में तुम ही इसके असली मालिक थे तभी तो पंडित को और तुम्हें देखते ही मैंने रहने का ठौर दे दिया था। मन जो है न मन की भाषा, भेद समझ लेता है।''

''अच्छा?''

'हाँ, यह भी एक कला है। दूसरे के मन की बात पढ़ने की, देखो एक राजा था। वह कभी-कभी शहर के भ्रमण पर निकलता था। एक दिन राजा ने अपने मंत्री से कहा—देखो जब मैं भ्रमण पर जाता हूँ तो बाज़ार में जो आपके मित्र की दुकान है जब मैं वहाँ पहुँचता हूँ, तो जाने क्यों मन में विचार आता है कि इस व्यक्ति को फ़ाँसी दे दूँ। आगे बढ़ने पर यह विचार समाप्त हो जाता है। मंत्री हैरान हुआ। उसने कहा—महाराज आप तो बड़े दयालु व्यक्ति हैं, आपके मन में ऐसा विचार क्यों आता है? राजा ने कहा—पता नहीं। मंत्री अपने मित्र की दुकान पर गया। मित्र चंदन की लकड़ी का व्यापारी था। मंत्री ने हालचाल पूछा, व्यापार का पूछा। मित्र ने कहा—क्या बताऊँ, चंदन का व्यापार कर रहा हूँ, घाटा है। सस्ती लकड़ी मिल गई थी तो थोक में ख़रीद ली थी। देख ही रहे हो पूरी दूकान भरी पड़ी है, पर माल बिकता ही नहीं। लोग थोड़ा-बहुत पूजा के लिए ख़रीद कर ले जाते हैं, बस। माल बिके तो कैसे। चंदन तो कोई बड़ा आदमी ही ख़रीद सकता है। तुम्हारे राजा जब भी मेरी दुकान के सामने गुज़रते हैं। मेरे मन में विचार आता है, काश राजा मरे तो मेरी चंदन की लकड़ी बिकें। मंत्री चौंका। मन-ही-मन सोचा ऐसा ही विचार तो राजा के मन में आता है। मंत्री ने कहा—अच्छा ऐसा है आपका सारा माल ख़रीद लेते हैं, महल में कुछ सामान बनवाना था, इससे बन जाएगा, पर आप ऐसा बुरा विचार क्यों मन में लाते हो? मित्र प्रसन्न हो गया। सारा माल बिक गया वह गद्गद् हो उठा। तुरंत उसने भगवान से क्षमा माँगी और कहा—राजा की लंबी उम्र हो, उसका राजपाट दिन-दूना बढ़े, तभी तो मेरा माल बिकेगा। अब जब भी राजा की सवारी निकलती तो राजा के मन में उस दुकानदार के प्रति बुरी भावना नहीं आती थी,'' मिठ्ठू सिंह ने कथा समाप्त करके कहा, ''तुम लोग जब आए तो मुझे जाने क्यों लगा था, अच्छे लोग हैं, असली हक़दार हैं। मैंने तत्काल एक रुपया ऋण में दे दिया था।''

''हाँ मुझे याद है, पर आपने वह अपना एक रुपया वापस नहीं लिया, ऐसा क्यों?''

''देखो बहू, आज पंडित बहुत बड़ा आदमी है पर आज भी मेरा ऋणी है न? मुझे पता था पंडित के हाथों में लक्ष्मी खेलेगी, पर मैं उसे अपना ऋणी बने रहने

देना चाहता था।''

''ताऊजी, आप किसी डॉक्टर को दिखा लें। डॉक्टर नज़ीर अहमद बहुत भले और अच्छे डॉक्टर हैं,'' पृथा ने कहा।

''रहने दो पृथा, अंत समय अँग्रेजी दवा खाकर क्या करूँगा। अच्छा पृथा तुम्हारा भाई हरिदेव के कोई समाचार मिले?''

''उन्हें तो लगता है कालापानी भेज देंगे। कभी-भी गिरफ़्तार हो सकते हैं। यदि ऐसा हुआ तो बहुत बुरा हो जाएगा। उनके छोटे-छोटे बच्चे हैं।''

''पृथा बेटी, पानी में उतरने के बाद उसकी गहराई नहीं नापना चाहिए। मन में दुःख मत करो, सब ठीक ही होगा। देश पर मरने वाले कितने लोग होते हैं? मैंने कितना लंबा समय देखा है। जबलपुर को कितनी बार बनते बिगड़ते देखा है। कितने राजा विश्वविजयी हुए, परंतु एक दिन ऐसा भी आया कि उनका नाम तक लोग भूल गए। जब-जब युद्ध होता है, सत्ता में परिवर्तन होता है तब प्रजा में अराजकता फैल जाती है, असुरक्षा की भावना भर जाती है। बदमाश, ठगों का राज्य हो जाता है, इन्हें लूटमार करने का अवसर मिल जाता है। जबलपुर में तो पिंडारों और ठगों का आतंक लंबे समय तक रहा। देश के नाम पर शहीद होने वाले लोग कितने हैं? तुम अपने भाई के लिए चिंता मत करो। तुम्हारे भाई ने कोई हिंसा नहीं की है। देशभक्ति के लिए की गई हिंसा परोपकार होती है। अपने स्वार्थ के लिए या अपना घर भरने के लिए की गई हिंसा पाप है। हर किए कार्य के पीछे मनुष्य के उद्देश्य को पहचानना चाहिए, तभी हमें अपनी सही राय क़ायम करना चाहिए। जिस तरह धरती फोड़कर लावा फूटता है, उसी तरह देशभक्ति भीतर से फूटती है। नकली राजनेता अधिक समय नहीं टिक पाता। तोते की रटाकर-सिखाकर राम-राम तो रटाया जा सकता है, परंतु उससे रामायण नहीं लिखाई जा सकती।''

''आपने कितनी बढ़िया बात कही कि तोते को राम-राम तो रटाया जा सकता है, पर उससे रामायण नहीं लिखा सकते,'' सुहासनी देवी गद्गद् होकर बोली, ''आपकी यह बात तो जीवन के सभी क्षेत्रों पर सटीक उतरती है। हम जबर्दस्ती किसी से कुछ नहीं करवा सकते, चाहे वह पति हो अथवा वह बेटा हो।''

''सब आस्था का खेल है। आस्था से सारे कार्य होते हैं, यदि आस्था ही नहीं है, तो आपके सारे उद्देश्य बेकार सिद्ध होते हैं। राम-राम रटाकर हम किसी को अपना गुलाम-पुजारी तो बना सकते हैं, परंतु रामायण लिखने के लिए प्रेरित नहीं कर सकते। हमें पहले तो राम को अपने भीतर उतारना होगा, अपने भीतर राम की आस्था की प्राण-प्रतिष्ठा करनी होगी, फिर उतने ही आस्था, प्रेम, लगन प्रेरणा से अपने अंतर्मन से उसे क़लम के माध्यम से लिखना होगा। क़लम केवल एक लकड़ी का टुकड़ा नहीं है, वह एक ऐसा हथियार है जो आपके भीतर के लावे को बाहर लाने का माध्यम बनती है। भीतर जमे मवाद को बाहर निकालती है। और मन के ताल को कीचड़

से बचाती है, शुद्ध करती है।''

''बंधन तो सात फेरों का भी मजबूत नहीं होता। आस्था नहीं है तो सात फेरों की गाँठ भी ढीली हो जाती है।''

''बिल्कुल ठीक कहा बहू तुमने,'' मिठ्ठू सिंह गंभीर होकर बोले, ''किसी भी स्थापत्य के लिए यह ध्यान रखना चाहिए कि नींव के पत्थर किस आकार के हैं? बराबर एक आकार के चौरस पत्थर हैं या नहीं तथा मज़बूत भी हैं या नहीं? टेढ़े-मेढ़े पत्थरों से बनाई नींव को तो एक दिन लुढ़कना ही है। इमारत की मजबूती के लिए हरेक बात का ध्यान रखा जाता है। कहते हैं कि पहले ताजमहल आगरा में बनने से पहले बुराहनपुर में बनाए जाने का निर्णय लिया गया था, परंतु कुछ भूगोल शास्त्री विशेषज्ञों ने ज़मीन का परीक्षण करके बताया था कि बुराहनपुर में बनाया ताजमहल अधिक समय तक टिकाऊ नहीं रहेगा। इसके लिए आगरा में जमुना के किनारे की ज़मीन सबसे बढ़िया रहेगी। इस कारण ताज़महल को बुराहनपुर में नहीं बनाकर आगरा में बनाया गया। मुमताजमहल के शव को आगरा लाया गया था। इसी तरह हमें अपने जीवन के रिश्तों का भी परीक्षण करना चाहिए, तभी रिश्तों में संस्कार जन्म ले पाते हैं।''

''इन्हीं बातों का मेल देखने के लिए तो जन्मकुंडली मिलाई जाती है।''

''कभी-कभी जन्मकुंडली मिलाने के बाद भी विवाह सफ़ल नहीं होते, उसका क्या कारण है? हमें जन्मकुंडली के साथ ही और भी बातों पर ध्यान देना चाहिए जो अक्सर हम भूल जाते हैं।''

''आप अधिक न बोले, थक जाएँगे,'' लता ने पति को टोका।

''अब कितना समय बचा है?'' मिठ्ठू सिंह ने पत्नी को ताककर कहा, ''मुझे आज बोल लेने दो, मन की पीड़ा, कष्ट निकल जाएगा तो आराम मिलेगा। मनुष्य को बात को मन में नहीं रखना चाहिए। कह देना चाहिए।''

''आप तो सदैव विद्वान रहे, आपसे ही तो जीवन में तप, संयम सीखा है। आपने ही तो एक बार कहा था कि तप और संयम से मनुष्य अपना कल्याण तो कर ही सकता है,'' सुहासनी देवी ने कहा।

''हाँ बहू, यदि हम दूसरों के हित का नहीं सोचते तो कम-से-कम अपने ही कल्याण का सोचें। अपने को ही अनुशासन में करें।''

''दूसरे के हित की बात आपने ख़ूब की, जीवन में तो ऐसे लोगों का साथ रहा, जिनके साथ गाँठ जोड़कर आई पर उसके मन की थाह नहीं पा सकी,'' सुहासनी देवी के आँसू बह गए।

''मन को ढाढ़स दो बहू, वास्तव में यह बहुत बुरी बात है कि पंडित ने कभी तुम्हारी परवाह नहीं की। यहाँ जबलपुर आते ही वह बूँदाजान के फेरे में पड़ गया, अब क्या कहूँ?''

"मुझे भी लज्जा आती है, परंतु हम केवल बूँदाजान को क्यों दोष दें? और भी तो कितनी हैं," सुहासनी देवी ने गुस्से से कहा।

"बहू, जो आदमी अपना भेद छुपाता है वह चरित्रहीन व्यक्ति होता है। पंडित का स्वभाव ही मैं कभी समझ नहीं पाया। हमेशा चुप बना रहता है। कभी तो एकदम अपना लगता है और कभी एकदम पराया लगता है। वह क्या कह रहा है, क्या करेगा, उसने कभी नहीं बताया। सभी बुराइयों के बावजूद मैंने अपने भीतरी मन से उसे पुत्र की तरह चाहा, इसलिए सब क्षमा कर दिया था।"

"आप भी उन्हें पंडित ही कहते रहे, नाम नहीं लिया?"

"क्या करता, वह केवल नाम से या जाति से पंडित नहीं है, वह वास्तव में पंडित है। उसके पास ज्ञान का भंडार है।"

"और मोहन के बारे में आपकी क्या राय है?" सुहासनी हँसी।

"मोहन भी ज्ञानी है, पढ़ने में होशियार है। चाहे पंडित ने कितनी तिकड़म भिड़ा कर उसे अँग्रेजी स्कूलों में दाख़िला कराया हो परंतु यह तो सब मानते हैं कि अँग्रेज बच्चों का मुक़ाबला करना आसान नहीं है।"

"आई.सी.एस की परीक्षा तो पास नहीं कर पाया?"

"तो क्या हुआ, इससे उसका हम आँकलन कम कर दें, यह गलत बात है। आई.सी.एस यह अँग्रेजों की संस्था है और इसमें अँग्रेज़ युवकों को ही लिया जाता है। भारत में आई.सी.एस. अधिकारियों के काँधे पर ही ब्रिटिश साम्राज्य का भार है। ब्रिटिश शासन की सारी योजना, ब्यहूरचना इन्हीं के द्वारा रची गई है। जिले का मुख्य अधिकारी डिप्टी कमीश्नर ही है, उसे डिस्ट्रिक्ट मजिस्ट्रेट के सारे अधिकार मिले हुए होते हैं। उसकी सहायता के लिए दो अलग से असिस्टेंट कमीश्नर रहते हैं। यह लोग माल और फ़ौजदारी का काम देखते हैं। जिले को कई तहसीलों में विभक्त किया जाता है। तहसील का मुखिया पूरी तरह से तहसीलदार रहता है। तहसीलदार माल की वसूली तथा तहसील स्तर के सभी फ़ौजदारी मुकदमें देखता है। तहसीलदार बहुत बड़ा रौबदार का व्यक्ति होता है। इसका अपना अलग कोर्ट होता है। कचहरी लगती है। बंदोबस्त का सारा कार्य तहसीलदार के कंधे पर होता है। तहसीलदार की सहायता के लिए एक नायब तहसीलदार होता है। इस तरह इनकी सत्ता का मज़बूत जाल बिछा है। उसमें भला हिंदुस्तानी व्यक्ति कैसे सेंध लगा सकता है? यह ऊपर से चाहे मीठे बने रहे परंतु सत्ता के विकेंद्रीकरण में दूसरे व्यक्ति को नहीं घुसने देते। लगाम अपने हाथ में रखते हैं।"

सभी लोग मिठ्ठू सिंह को तक रहे थे। सभी हतप्रभ से बैठे थे। अँग्रेजों की स्वार्थ भरी शासन प्रणाली की जानकारी मिल रही थी। सब भौचक्के से रह गए थे।

"यह है अँग्रेज शासन की तंत्र रचना जिसे हमारे देश के ग़रीब और अनपढ़ लोग समझ नहीं पाते। जो समझते हैं, वे केवल कोठियाँ ख़रीदने और अपने व्यापार

को विस्तार देने में लगे हैं। अँग्रेज लोग हमारे यहाँ व्यापार करने आए थे तब हम लोग शासन कर रहे थे। आज ये लोग शासन कर रहे हैं और हमारे लोग व्यापार कर रहे हैं।''

''कितनी शर्म की बात है न, यह ताऊजी?'' पृथा ने गुस्से से कहा।

''बेटी तुम भी काँग्रेस में काम करो, तुम्हारा भाई आंदोलन में भाग ले रहा है। तुम्हें भी बाहर आना चाहिए।''

''मुझे भला कौन बाहर जाने देगा? डैडी को मेरा बाहर जाना पसंद नहीं आएगा?'' पृथा ने संकोच के साथ कहा।

''तुम्हारी बात से लगा कि तुम्हारे मन में भी इच्छा है, यदि इच्छा है तो ज़रूर करो बेटी। दूसरों की ख़ातिर अपनी इच्छाओं की हत्या नहीं करनी चाहिए, इससे तुम्हारा भी मन लगेगा। बहू ने तो अपने को समाप्त-सा कर लिया है, तुम ऐसा मत करो। जिन्हें परिवार से सुख नहीं मिलता उन्हें समाज में अपने दुःख बाँटना चाहिए। परिवार को देखो परंतु परिवार के मोह में पड़कर इतने भी राजा हरिचंद्र मत बनो कि यथार्थ की ज़मीन से भी अलग हो जाओ। आदर्श, संस्कार, धर्म सब एक हद तक ही ठीक लगता है। इसमें इतना गहरे मत उतरो कि डूब ही जाओ।''

सम्मान्य ताऊजी के मुख से अपने लिए इतने आदर, स्नेह और ममता भरे शब्द सुनकर पृथा गद्‌गद्‌ हो उठी। मुख से कुछ नहीं बोली परंतु टक लगाकर उस देवपुरुष को देखती रही, जिसके मन में सदैव दूसरों के लिए अच्छे ही विचार उठते थे। मन भीतर तक भीग उठा था, लेकिन वह अपने को सहेजे बैठी रही।

लता देवी एक चाँदी की तश्तरी में पान बनाकर ले आई थी। सुहासनी देवी ने झट दो पान के बीड़े उठा लिए और मुँह में रख लिए। मिठ्ठू सिंह उनकी उतावली पर मुस्कुरा दिए।

''दीदी, तुम्हें याद है, पान खाने की आदत तुम्हीं ने मुझे डाली थी। पहला पान तुम्हारे हाथों ही खाया था, तब से ऐसी लत लगी कि तुम पीछे रह गई मैं आगे बढ़ गई।

''लता क्यों कहें, आदत कहो, नारी के लिए यही तो एकमात्र सुविधा और आनंद का क्षण होता है। पान चबाते मन की चिंता, व्यथा दूर हो जाती है। मैं तो कहती हूँ पृथा को भी पान खाना शुरू कर देना चाहिए।''

''ऐसा ग़ज़ब मत करो, क्यों उसे अपनी पान-मंडली में घसीट रही हो। पृथा में प्रतिभा है, हुनर है, वह देश के लिए तथा समाज के लिए काम कर सकती है,'' मिठ्ठू सिंहजी ने टोका।

''लो, मैं कब मना कर रही हूँ। पान खाने से तो उसकी प्रतिभा और अधिक धारदार बन जाएगी।''

लता की बात पर सब हँस दिए। पृथा अपनी इतनी चर्चा सुनकर संकोच में

पड़ गई। लता ने चाँदी की तश्तरी पृथा की ओर बढ़ाई।

"खा लो बहू, दुःख निवारण का इससे बढ़िया दूसरा नुस्खा नहीं है," लता ने आग्रह से कहा।

"आप इतने आग्रह से कह रही हैं तो खा लेती हूँ," कहते पृथा ने एक पान उठाकर मुँह में रख लिया और झट से लता देवी के, सुहासनी देवी के और मिठ्ठू सिंहजी के पैर छू लिए" बड़ों के आगे किया पाप, पाप नहीं होता।"

"अक़्लदार है हमारी बहू," कहते लता निहाल हो उठी और आँख में आँसू भर कर बोली, "दूधों नहाओ और पूतों फलो।"

उस दिन बड़े प्रेम से वह गोष्ठी घंटों चली। लता ने कई बार पान बनाए और आग्रह से सब को खिलाए। सबने मिलकर दुःख-सुख और प्रेम के हीरे-मोती एक दूसरे को दिए और लिए। स्पर्श-आलिंगन, हर्ष-विषाद के तंत्र-मंत्र से बँधे सब विदा हुए थे। एक-दूसरे से मुट्ठी-मुट्ठी शक्ति बटोर कर सभी प्रसन्न थे। मनुष्य को हमेशा सत्संग से बल मिलता है। सत्संग से बड़ा अनुष्ठान दूसरा नहीं होता।

45

बंगाली सिंह भोर को पंडित गोपीलाल की हवेली पर पहुँचे, सोचा भोर को थोड़ा एकांत होगा तो ढँग से चर्चा हो जाएगी। कई समाचार देने थे और कई समाचार पंडित से सुनने थे। दिल्ली के समाचार जानने की भी उत्सुकता थी। पंडित दिल्ली से लौटे थे तो बीमार पड़ गए थे, इस कारण किसी से मिल नहीं रहे थे, इसलिए भी समाचार की भनक नहीं मिल पा रही थी।

बंगाली सिंह जब हवेली के सामने पहुँचे तो देखा गेट के पास जो कदंब का पेड़ है, उसके नीचे ढेर सारे कौवे बैठे थे और ज़ोर-ज़ोर से अपनी कर्कश ध्वनि में बोल रहे थे। बंगाली सिंह ठिठक से गए। थोड़ा चौंके। इतने कौवे एक जगह इकट्ठे क्यों हुए हैं? बिना कारण के कौवे कभी इकट्ठे नहीं होते हैं। मन शंका-कुशंका की सँभावनाओं पर विचारने लगे। सोचा किसी ने कोई खाने की वस्तु फेंकी होगी परंतु वहाँ कुछ नहीं पड़ा था। एकदम साफ़-सुथरे चबूतरे पर कौवों का झुंड बैठा था। जाने क्यों मन भयभीत-सा हो उठा। कई प्रसंगों पर विचार करते रहे, कारण ढूढ़ते रहे। भोजन के अवसरों पर तो कौवों का झुंड देखा था, परंतु बिना किसी प्रयोजन के उन्हें इतने बड़े समूह में देख वह भयभीत हुए। कुछ अच्छा शगुन नहीं लगा। लगा जैसे काल मँडरा रहा है।

धीरे से गेट खोलकर बंगाली सिंह भीतर बगीचे में आ गए। उन्हें देखकर भी

कौए नहीं उड़े। उनका ध्यान थोड़ा हटा तथा वह थोड़ा इधर-उधर सरके फिर वापस वहीं आकर जम गए। मन में विचार करने लगे। घर में बड़े-बूढ़े कहते हैं कि कौवों का शगुन संकेत एकदम सत्य होता है। किसी के सर पर कौवा हड्डी का टुकड़ा गिरा दे या कौवे झुंड लगाकर बिना बात पंचायत करें तो उस घर में मृत्यु होती है। सवेरे-सवेरे अपशगुन का संकेत देख कर वह दुःखी से हो गए थे।

भीतर समाचार भेजकर वह बरामदे में एक संगमरमर की बेंच पर बैठ गए। थोड़ी देर में ही गोपीलाल बाहर आ गए। बीमारी के कारण चेहरा सूख-सा गया था।

''अरे, भीतर आइए बंगाली सिंहजी,'' गोपीलाल ने हाँक दी।

''सब ठीक है?'' बंगाली सिंह ने कुशल-मंगल पूछा।

''ठीक है, थोड़ा बीमार पड़ गया था, आप बताएँ, क्या समाचार हैं?''

''मैं तो कहूँगा ही, पहले आप बताएँ दिल्ली कैसे जाना हुआ था?''

''ऐसे ही थोड़ा काम से गया था, पर विशेष कुछ नहीं हुआ, हाँ बस कुछ अँग्रेज अधिकारियों से भेंट हुई, बस।''

''यहाँ यह समाचार है कि बूँदाजान ने एक कन्या को जन्म दिया है।''

''अच्छा?'' गोपीलाल का चेहरा सफ़ेद पड़ गया।

''क्या प्रसन्नता नहीं हुई?''

''अब इसमें प्रसन्नता की क्या बात है? बूँदाजान ने नादानी करी, उसे पहले से सतर्क रहना था। आजकल देश का वातावरण ठीक नहीं है, जाने कब क्या हो जाए, ऐसे में इतने झंझट बढ़ाना क्या ठीक है?''

''कन्या बहुत सुंदर है, एकदम फूल है। बूँदाजान ने उसका नाम जूही रखा है।''

''वह सब तो ठीक है। सुंदर तो होगी ही, बूँदाजान ख़ुद इतनी सुंदर है, ख़ैर अब क्या कहें?'' गोपीलाल ने परेशानी से कहा, ''अतिरिक्त बोझ हमेशा दुःखदाई होता है। काठ की हाँडी को आख़िर हम कितने समय तक आग पर चढ़ा कर रख सकते हैं? परिणाम यह होगा कि वह जल जाएगी। ऐसे ही संबंधों का अधिक दोहन नहीं करना चाहिए, हर संबंध की एक सीमा होती है। सीमा के आगे दूसरे का क्षेत्र होता है और दूसरे के क्षेत्र में प्रवेश करना अन्याय होता है। नियंत्रण जीवन का लक्ष्य होना चाहिए। नियंत्रण न रखने से ही दुनिया के हर कोने में लड़ाई छिड़ी है। नियंत्रण रेखा का उल्लंघन करोगे तो संकट पैदा होगा ही न? अब आप ही बताओ क्या यह भावुकता से सोचने की उम्र है?''

''उसका कहना है कि वह बच्ची को अपनी तरह कलाकार बनाएगी। आप इतना उत्तेजित मत हों पंडित। बूँदाजान का दूसरा रूप होना था। आप पर वह अतिरिक्त भार नहीं बनाएगी। वह उसे फिल्म कंपनी में डालेगी।''

''कहने से सब नहीं होता और न ही हम किसी को दिलासा देने से अपनी

ज़िम्मेदारियों से मुक्त नहीं होते। बूँदाजान को मैंने हृदय से चाहा है, उससे उत्पन्न संतान हमारे प्रेम की ही निशानी है। मैं कैसे यह मानकर संतोष कर लूँ कि फिल्म कंपनी में वह सुरक्षित रहेगी? हर जगह दस तरह की परेशानियाँ हैं। दबी-ढँकी ज़बान से लोग मेरा नाम तो लेंगे ही न? अभी तो मुझे बीसियों झंझटों से निपटना है। ऊँचाई पर पहुँचना सरल है पर ऊँचाई को क़ायम रखना कठिन हैं। अपने क़ारोबार को बचाने के लिए मुझे नये पैंतरे बदलने होंगे। ऐसे में यह सारे झंझट? फिर अब उम्र का भी तो प्रश्न है।''

''जो होना था वह हो गया, आगे क्या करना है? विचार करें?''

''कैसे विचार करूँ? अभी तो मुझे परिवर्तन के कालिया नाग को साधना है, वरना वह मुझे डस लेगा। चतुर कृष्ण ने तो कालिया नाग को साध लिया था, सहस्र फणों वाले कालिया नाग को साध लिया था। मुझमें कितनी शक्ति है यह तो समय ही बताएगा। कृष्ण में भक्ति और शक्ति दोनों थीं, इसीलिए वह उसे वश में करने में सफल रहे, लेकिन मैं तो एक साधारण मनुष्य हूँ। मुझे तो अपनी औक़ात में रहकर ही सब कुछ करना होगा। आने वाला युग या तो मुझे अपने काँधे पर बैठाएगा या मेरे काँधे पर वह अपनी सवारी करेगा।''

''देखना पंडित, आने वाले युग के काँधे पर तुम बैठकर सवारी करोगे, यह मेरी भविष्य वाणी है।''

''तुम मेरे मित्र हो, इसलिए ऐसा कह रहे हो पर मैं ख़ुद ऐसी आत्म-मुग्धता या अहंकार वाली बात कैसे सोच सकता हूँ? चारों ओर तो आग लगी है। लपटें उठ रही हैं, यदि इन लपटों के बीच से निकल आया तो कुंदन हूँ, खरा सोना कहलाऊँगा वरना जल कर भस्म हो जाऊँगा, तब केवल ज़रा-सी राख शेष बचेगी।''

''जाने पंडित, क्या-क्या बोल रहे हो? मुझे तो लग रहा है, तुम हताश हो रहे हो?''

''हताश नहीं हो रहा हूँ। आने वाले बुरे समय की पग-ध्वनि पहचान रहा हूँ। दिल्ली का वातावरण ठीक नहीं है। अँग्रेज जिनके हम वफ़ादार थे वह अपना हाथ खींच रहे हैं और ऊँट किस करवट बैठेगा समझ नहीं आ रहा है। मेरे लिए अँग्रेज से गद्दारी करना अपनी मौत बुलाना और काँग्रेस का साथ देना वैसा ही है जैसे कोई रंडी सती होने की जिद करे। हमारी वफ़ादारी पर कौन विश्वास करेगा? हमारे शरीर के ख़ून की एक-एक बूँद अँग्रेजों के एहसानों से दबी है, हम उनके ऋणी हैं। हमारे पास जो है सब उन्हीं का दिया हुआ है।''

''यह तो सभी जानते हैं।''

''इस बात को सब नहीं जानते। अँग्रेजों से मित्रता बढ़ाने में मुझे कितने पापड़ बेलने पड़े हैं, यह बात केवल मैं ही जानता हूँ। अँग्रेज अफ़सर आसानी से कब्ज़े में आता? उसे काबू करना किसी साँड़ को काबू करने के बराबर है।''

"अब भीतर की बात बाहर का आदमी क्या जाने?" बंगाली सिंह चौंक कर सतर्क होकर गोपीलाल को निहारने लगे थे।

"सुनो, आज तुम्हें बताता हूँ" कहते गोपीलाल जी ने सिगार उठा लिया और सिगरेट का पैकेट बंगाली सिंह की ओर बढ़ा दिया। सोने के लाइटर से अपना सिगार और बंगाली सिंह की सिगरेट सुलगाई और ज़ोर से कश खींचते लाइटर को वापस जेब में रखते ठंडी साँस खींच कर गंभीर मुद्रा में छत को देखने लगे।

"तुम्हें याद होगा बंगाली सिंह जबलपुर के शुरुआती दौर में मैं अँग्रेजों की छावनी में मेस में सब्ज़ियाँ पहुँचाया करता था। वहाँ का ठेका मुझे ही मिलता था।"

"हाँ-हाँ, ख़ूब याद है। भला पंडित, वह दिन कौन भूल सकेगा? कैसे ग़र्दिश से भरे दिन थे। पाई-पाई की मोहताज़ थीं।"

"एक दिन जब मैं सब्ज़ियाँ लेकर पहुँचा तो देखा मेस में कुछ अँग्रेज अफ़सर बैठे हैं और शराब पीते लड़ रहे हैं। वह लोग बहुत ज़्यादा उत्तेजित थे और गाली-गलौज तक कर रहे थे। वातावरण काफ़ी गंभीर और गरम था। कटुता भरे शब्दों में वह एक-दूसरे को लताड़ रहे थे। मैंने मेस इंचार्ज से पूछा तो उसने बताया कि नये कमीश्नर साहब आ रहे हैं। नये कमीश्नर साहब इंग्लैंड के राजघराने से संबंध रखते हैं। शाही ख़ानदान के होने के कारण क्रोधी और बिगड़ैल स्वभाव के थे। कमीश्नर साहब के अकड़ और शक्की स्वभाव से सब भयभीत थे, इस कारण उनके साथ कोई दौरे पर जाने को तैयार नहीं था। नये कमीश्नर साहब जानवर के और मछली के शिकार के शौक़ीन थे। अपने हाथ से मारे शिकार को वह शौक़ से खाते थे। मेस इंचार्ज को मैंने जब लड़ने का कारण पूछा तो उसने मुझे बताया। मैंने उसे आश्वासन दिया कि मैं सारा इलाक़ा जानता हूँ तथा कमीश्नर साहब को शिकार भी करवा सकता हूँ। मेरी बात को उसने तत्काल उन तक पहुँचाया। मुझे बुलाया गया। सबने संतोष की साँस ली। सबने मुझे बताया कि नया कमीश्नर गुस्सा होने पर बुरी-बुरी गाली देता है तथा ग़लती होने पर बंदूक भी मार सकता है। मैंने सारी शर्तें स्वीकार लीं। नये कमीश्नर को ख़ुश करके ही मैं अँग्रेजों का विश्वासपात्र बन सकता था। मुझे अपनी जान की चिंता नहीं थी बस मैं तो ऊँचाइयों को पाना चाहता था। तत्काल सबने मुझ पर भरोसा किया। मुझे साथ बैठाकर शराब पिलाई। सारी योजना को अमली जामा पहनाया गया। नक़्शा बनाया गया। विस्तार से मुझे समझाया गया। मैं भी नया आया था तथा इलाके से परिचित नहीं था। परंतु मेरे भीतर आत्मबल था। रोज़ाना सब्ज़ी मंडी जाने के कारण गाँव के लोगों से बातचीत करते मुझे गाँव की भाषा का ज्ञान था। अँग्रेज अधिकारियों ने तुरंत मुझे फारेस्टर रेंजर की खाकी वर्दी पहनाई और नये कमीश्नर के पास ले गए।

अँग्रेज अधिकारियों ने नए कमीश्नर के आचार-विचार-व्यवहार से अवगत करा दिया था। नये कमीश्नर ने बड़ी ही उपेक्षा से मुझे ऊपर से नीचे देखा फिर अपनी

बड़ी-सी मैटाडोर गाड़ी में पीछे बैठने का आदेश दिया। गाड़ी वह स्वयं चलाते थे। पीछे उनके दो बड़े-बड़े लैबरीडाग नस्ल के काले रंग के शिकारी कुत्ते बैठे थे। लंबी-सी जीभ, भयानक गुस्सैल लग रहे थे। आँख मूँद कर बैठे थे। होशियार इतने कि सारी बात भाँप लेते थे। मालिक के वफ़ादार थे, मालिक की पूरी भाषा हाव-भाव से परिचित थे। कड़क सिपाही की तरह थे। बॉडीगार्ड थे। मेरे गाड़ी में बैठने पर उन्होंने आँख खोलकर बस मुझे निहारा, फिर वापस अपनी आराम की मुद्रा में बैठ गए। कमीश्नर साहब का ख़ानसामाँ अज़ीज़ भी पीछे मेरी बग़ल में बैठ गया। पीछे गाड़ी में कमीश्नर साहब का सारा शिकार का सामान रखा था। दो नाव एक के ऊपर एक रखी थीं जिसे वह नदी में डालकर मछली का शिकार कर लेते थे। मछली फँसाने के लिए दुनिया भर का सामान रखा था। दो बंदूकें रखी थीं। टू-टू बंदूक से वह हिरन मारते थे और एयरगन से बटेर, मोर, जंगली मुर्ग़ा मारते थे। गाड़ी वह बहुत तेज़ दौड़ा रहे थे। पहाड़ी इलाक़ा था। रास्ता तो था नहीं, केवल पगडंडी का रास्ता था। गाड़ी लुढ़कती-पुढ़कती बढ़ रही थी। गाड़ी में बैठे सभी लोग इस तरह की गाड़ी के आदी थे, केवल मैं आदी नहीं था, इसलिए मैं बार-बार बेपेंदी के लोटे की तरह लुढ़क रहा था। कभी भारी भरकम कुत्तों से टकरा जाता कभी सामान पर गिर जाता था।

''रास्ते में फ़ाख़्ता पेड़ पर बैठी दिखी। उन्होंने झट गाड़ी रोकी और बंदूक से उसे उड़ा दिया। टप से वह टपक पड़ी। उन्होंने अपने कुत्ते बोस्की को आदेश दिया वह दौड़कर गया और झाड़ियों के बीच से खोजकर फ़ाख़्ता को उठा लाया। देखते-ही-देखते आठ-दस फ़ाख़्ता ख़ून से सनी पीछे गाड़ी में लद गईं। एक बार तो ऐसा हुआ कि उन्होंने टाईगर को आदेश दिया। टाईगर उठता उसके पहले ही बोस्की दौड़ गया और शिकार उठाकर ले आया। उन्होंने उसे बुरी तरह से डाँटा और वापस रख कर आने के लिए कहा, बोस्की वापस जाकर जहाँ की तहाँ शिकार रख आया, फिर टाईगर गया और शिकार उठा लाया। कमीश्नर साहब ग़लत आदेश के पालन से नाराज़ थे। दोनों कुत्तों को खड़ा किया और बहुत बुरी-बुरी गालियाँ देते रहे और डाँटते हुए दोनों से कहा गाड़ी के पीछे दौड़कर आओ तुम्हारी यही सज़ा है। गाड़ी चल दी। दोनों कुत्ते दौड़ते-हाँफते पीछे दौड़ते रहे। बोस्की की सज़ा थी कि उसने दूसरे के बताए कार्य को किया और टाईगर के लिए सज़ा थी कि उसने अपना आदेश ढँग से सुना क्यों नहीं? दोनों कुत्ते मीलों दौड़ते रहे। मैं यह सज़ा देखकर पसीना-पसीना होता रहा। सारे समय ध्यान कमीश्नर साहब की ओर लगा रहा। ग़लती होने पर ऐसा ही कुछ दंड मुझे भी मिलता। मैं समझ गया आज बुरे फँस गए हैं, तभी इनके साथ दौरे पर कोई अधिकारी आना नहीं चाहता था।

''रास्ते में एक जगह एक हिरन भागता दिखा। उन्होंने झट से गाड़ी रोकी। दौड़कर उन्होंने एक स्थान पर छुप कर निशानो साधा, परंतु तभी पीछे से घरर्र-घरर्र करती एक जीप आ गई, जिसकी आवाज़ से हिरन भाग गया। कमीश्नर साहब गुस्से

से आगबबूला हो उठे। उन्होंने धारा-प्रवाह गालियाँ देनी शुरू कर दीं। तब-तक उनके दोनों कुत्ते पास आ गए तथा दोनों पैर झुकाकर क्षमा माँगने लगे। कुत्तों के लिए आदेश हुआ कि गाड़ी में बैठें और जीप वालों को आदेश हुआ कि वापस जबलपुर पहुँचकर उनका इंतज़ार करें। सब भयभीत थे। सब समझ गए नौकरी समाप्त हो चुकी है। जीप में भी सब अँग्रेज अधिकारी बैठे थे। सबने जीप में बैठते मुझे आँख के इशारे से साहब को मनाने की याचना की, उनके इशारे को मैं तत्काल समझ गया। जीप वापस लौट गई और हम लोग आगे बढ़े।

"एक जलप्रपात सामने दिखा। उन्होंने तत्काल गाड़ी रोकी और कहा यहाँ का शिकार करेंगे। मैं उस स्थान को जानता था। वह देवदरहा प्रपात था। देवदरहा यानी देव का स्थान था। वहाँ के आदिवासी उस स्थान पर अपने देवताओं की पूजा करते थे तथा देव ठंडा करते थे। हम लोग वहाँ उतरे। जलप्रपात बहुत बड़ा था। तथा काफ़ी गहराई में पानी गिरता था। नीचे उतरने का रास्ता बड़ा दुर्गम था। भयानक गड़गड़ाहट भरा शोर वहाँ गूँज रहा था। शोर के कारण पास की आवाज़ भी सुनाई नहीं दे रही थी। ऐसा लग रहा था जैसे चट्टानों पर हज़ारों धोबी कपड़े पछाड़ रहे हो। इतना अधिक शोर था। यह जलप्रपात भी नर्मदा का ही था।

"नीचे उतरने के लिए कोई रास्ता नहीं था। एक लड़का वहाँ भैंस चरा रहा था। मैंने लपककर उससे नीचे उतरने का रास्ता पूछा। नाव को देख वह रास्ता दिखाने से मना करने लगा। उसे समझाया। उसने बताया देवदरहा की मछली नहीं पकड़ी जाती और न ही खाते हैं। उसे मैंने समझाया कि अँग्रेज आदमी हैं दूसरे देश का आदमी यहाँ के देवता का श्राप उन्हें नहीं लगेगा। बहुत मनाने पर लालच देने पर वह माना और हमें नीचे उतारा। चट्टानों से जूझते, झाड़ियों से लहूलुहान होते हम लोग नीचे उतरे। जैसे-जैसे नीचे उतरे, वैसे-वैसे प्रपात की आवाज़ तेज़ गूँजने लगी। जैसे वास्तव में कोई देवता दहाड़ रहा हो। कमीश्नर साहब को नीचे छोड़कर अब ऊपर जाना था, नाव लाने। पहाड़ी इतनी सीधी थी कि ज़रा पैर इधर-उधर हो जाए तो सीधा देवदरहा प्रपात के कुंड में जा गिरते। जैसे-तैसे मैं उस लड़के के सहारे ऊपर आया। गाड़ी में दोनों साहब के कुत्ते बेहोश से एक-दूसरे पर गिरे-पड़े सो रहे थे। बेचारे थक गए थे। आख़िर बीस-पच्चीस मील वह दौड़े थे।

"नाव उठाते मैं झिझका, कहीं कुत्तों की नींद टूट गई तो झपट न पड़ें? लेकिन अज़ीज़ ने मदद की और बोला आज तो यह दोनों उठने वाले नहीं। कल इनका इलाज कमीश्नर साहब करेंगे। यानी इन्हें एक-एक बोतल व्हिस्की पिलाएँगे तब यह जागेंगे। क्या पहले भी ऐसा हुआ था? उसने बताया यह तो हर हफ़्ते होता है। नाव, मछली के खाने का सामान लेकर मैं दोबारा उस लड़के के साथ नीचे उतरा। रास्ते में उस लड़के ने कहा कि यहाँ की मछली केवल पका भात खाती है, दूसरा चारा नहीं खाती। मुझे विश्वास नहीं हुआ। यही बात मैंने कमीश्नर साहब को बताई पर

उन्होंने उसे मज़ाक में लिया। साँभर के चमड़े का कोट उन्होंने मुझे पकड़ा दिया और ख़ुद नाव नदी में उतार कर शिकार पर चले गए। मैं और वह लड़का किनारे चट्टान पर बैठे रहे बाते करते रहे। कमीश्नर साहब को साँभर के चमड़े का कोट को मैं जी-जान से छाती कसे चिपकाए बैठा रहा। यह मेरी एक प्रकार से असाध्य साधना थी, जिसके सहारे मैं अपने आने वाले भविष्य का द्वार खोलना चाहता था।

''चार-पाँच घंटे हम दोनों यूँ ही बैठे रहे, तब कमीश्नर साहब लौटते दिखे और बोले—एक भी मछली फँस नहीं रही, वह यह चारा नहीं खा रही है। तुम ठीक कहते थे, कहीं से पका भात ले आओ।

''बड़ी विचित्र स्थिति थी, भला इतने भयानक जंगल में पका भात कहाँ मिलेगा? मैंने देखा मछली का शिकार न कर पाने के कारण कमीश्नर साहब बहुत दुःखी से बैठे थे। दोबारा फिर हम ऊपर चढ़कर आए। आस-पास कोई गाँव नहीं था। उस लड़के के साथ में दस मील चलकर एक पहाड़ी की तराई में बसे झोपड़ों में गया और वहाँ से एक दोना भात माँग कर लाया। जब लौटे तो साँझ हो रही थी। पहाड़ों पर से और जंगल की हरियाली पर से धूप उतर रही थी। अँधेरा होने को था। हमें देख कमीश्नर साहब प्रसन्न हो गए। देर रात तक शिकारी टॉर्च के सहारे उन्होंने बहुत सारी मछलियों को पकड़ा। बहुत बड़ी-बड़ी मछली थीं। पके भात ने कमाल ही कर दिया था। कमीश्नर साहब बहुत प्रसन्न हो गए। जब हम लोग लौटे तो मछली से गाड़ी भर गई थी। कमीश्नर साहब ने मुझे आगे अपने पास बैठाया। मैंने लड़के को दस का नोट दिया और धन्यवाद दिया। उसी के कारण मुझे सफलता मिली थी।

''दिन भर की यात्रा से मैं यह बात जान गया था कि कमीश्नर जब गुस्सा होता तो अँग्रेजी में गाली देता था और प्रसन्न होने पर टूटी-फूटी हिंदी बोलता था। कमीश्नर साहब किसी दूसरी ओर जाना चाहते थे पर मैंने उन्हें वापस चलने का आग्रह किया और बताया कि जंगल में टैंट लगा है। पहले तो वह चौंके फिर बोले—'क्या वह बास्टर कलेक्टर ने टैंट लगाया है?' मैं घबराया। मैंने बताया सर वहाँ मेरा टैंट लगा है कि पिछले दिनों मेरे परिवार के लोग जंगल घूमने आए थे। कमीश्नर को मेरी झूठ पर विश्वास नहीं हुआ पर वह कुछ नहीं बोला, तभी रास्ते में एक हिरन दिखा, तुरंत गाड़ी रोककर मोर्चा लिया और हिरन का शिकार हुआ। टॉर्च से देखा तो कमीश्नर साहब प्रसन्न होकर चीखे, बोले—'देखो पंडित, यह वही हिरन था, जो दोपहर को भाग गया था, इसके माथे पर सफ़ेद दाग है।' सब प्रसन्न लौटे। शिकार से गाड़ी भर गई थी। आधी रात को टैंट में पहुँचे। सभी अँग्रेज अधिकारी वहाँ थे। कलेक्टर थे, जीप वाले अफ़सर थे। कमीश्नर साहब उन लोगों को देख चौंके पर कुछ नहीं बोले। प्रसन्न इतने थे कि सीधे टैंट के कमरे में चले गए। अज़ीज़ सभी

शिकार को उतार कर सबका पेट चीर कर साफ़ करता रहा। सभी ने मदद की और चटपट मछली और भूना हिरन का गोश्त कमीश्नर साहब ने खाया। सब थके सो गए थे। बाहर अलाव जल रहा था। अलाव के सहारे काफ़ी लोग सो रहे थे। मुझे नींद नहीं आ रही थी कि तभी मैंने देखा एक जहरीला साँप साहब के टैंट में चला गया। कमीश्नर साहब धान के पैरे के बिस्तर पर सोये थे। साँप पैरे में घुस गया। मेरे पैरों में ऊँचे गमबूट थे। मैं झटपट पैरे पर कूद पड़ा और अपने जूते से साँप को कुचल दिया। कमीश्नर साहब हड़बड़ा कर जागे। शोर सुनकर सभी आ गए थे। पैर हटा कर देखा तो साँप कुचला पड़ा था। सब भयभीत से दंग रह गए।

''कमीश्नर साहब का मुँह तो भय से सफ़ेद पड़ गया था, वह पत्थर-जड़ से खड़े-के-खड़े रह गए थे। स्तब्ध से वह सामने पड़ी अपनी मृत्यु को देख रहे थे। काल साँप का रूप धरकर आया था। मुझे तो जैसे कुछ होश नहीं था। बुद्धि काम नहीं कर रही थी। मैंने गलत किया या सही, मेरी समझ में नहीं आ रहा था। मुझे अचानक, अकस्मात् कमीश्नर साहब के कमरे में नहीं जाना चाहिए था। दूसरों को सूचना देना था। भय से मैं पीला पड़ गया और लड़खड़ा कर अचेत हो गया। जब होश आया तो देखा सब मेरे आस-पास बैठे थे। सबके चेहरों पर चिंता थी। कमीश्नर साहब अधिक चिंतित लगे। बस उस दिन के बाद तो मैं जैसे अँग्रेजों का सबसे चहेता-हितैषी स्वामीभक्त बन गया। कमीश्नर साहब को मैं सबसे प्रिय मित्र-पुत्र बन गया। सदैव अपने साथ रखते। मैंने उन्हें मृत्यु से बचाया था और इसके बदले में वह मेरे लिए क्या नहीं करना चाहते थे। वह मेरे सबसे बड़े उपासक बन गए थे। भविष्य की जिस संपदा निधि की चाबी की तलाश थी, वह मेरे हाथ में थी।''

गोपीलाल ने अपनी बात समाप्त कर बंगाली सिंह को निहारा तो आत्मविभोर आत्मविस्मृत होकर जड़वत् से बैठे उनकी कथा सुन रहे थे।

''बड़ी ही ग़ज़ब की बात बताई पंडित, वास्तव में तुमने अपनी जान दाँव पर लगाकर ही अँग्रेजों का विश्वास जीता था। जो कुछ भी तुम्हें मिला यह अँग्रेजों की मेहरबानी ही है,'' बंगाली सिंह आश्चर्य चकित होकर बोले, ''तुमने असंभव को संभव करके दिखाया है।''

''हाँ, हमारी स्थिति तो विभीषण जैसी होकर रह गई है। राम यदि जीत पाए, तो इसलिए कि विभीषण ने ही उन्हें सारे गुप्त भेद रावण के दिए हैं और रावण अंत तक विभीषण को सगा भाई ही मानता रहा। सगे भाई से कैसा भय? राम की जीत और यश से विभीषण को क्या मिला? अपनी बदनामी। आज भी दुनिया उसे गद्दार ही तो कहती है न?' उसके विश्वासघात पर ही राम ने अपनी ज़ीत का झंडा फहराया था।''

''सही है, विभीषण के लिए आज तक कहा जाता है कि घर का भेदी लंका ढाए। राजनीति तो छल-कपट वाले हर बोथरे हथियार का इस्तेमाल कर लेती है।

युद्ध में तो सब ज़ायज़ है, परंतु जन-वाणी तो आज भी विभीषण को भेदिया ही कहती है।"

"इसलिए अब समझदारी इसी में हैं कि शांत रहे और समय की गति देखें। कोयल अपने मौसम में ही बोलती है, बाक़ी समय मौन रहती है। कौवा हर समय काँव-काँव लगाए रहता है। इस कारण उसे कौन पसंद करता है? सब उसे धूर्त कहते हैं कोई उसे अपना मित्र नहीं मानता?"

"हरेक की सामाजिक छवि बन जाती है; जिसे समाज कभी नहीं भूलता।"

"इतिहास हमेशा दो तरह से जाना जाता है। एक वह जो लिखा जाता है, दूसरा वह जो समाज में प्रचलित हो जाता है। लिखा इतिहास तो लिखाया जाता है और प्रचलित इतिहास तो ज्यूँ-का-त्यूँ समाज में चट्टान की तरह खड़ा रहता है। लिखे को तो कई तरह से सुधार सकते हैं पर समाज के जन साधारण के बीच जो इतिहास प्रचार पा जाता है, उसे कोई नहीं मिटा पाता। वह युगों-युगों तक ज्यूँ-का-त्यूँ बना रहता है। पीढ़ी-दर-पीढ़ी नदी के जल की तरह बहता रहता है। इसी कारण जन साधारण के बीच उठी चर्चा के कारण ही राम भयभीत और चिंतित हो उठे थे और उन्होंने सीता का त्याग कर दिया था। हमें हमेशा सामाजिक शालीनता की मर्यादा की गरिमा को ध्यान में रखकर ही कार्य करना चाहिए।"

"जनता बहुत बड़ी शक्ति है। संग्राम तो रोज़ जीते और हारे जाते हैं, परंतु जब आप समरांगण में युद्ध के लिए उतरते हैं तो आपकी एक-एक हरकत, छल-कपट, चाल, दाँव, हार-जीत पर जनता की गहरी नज़र रहती है। दर्शक जनता होती है। वह देखे हुए को कभी नहीं भूलती। देखा हुआ, मनन किया हुआ उसके चित्त में हमेशा-हमेशा के लिए अमिट हो जाता है", गोपीलाल ने अपनी मुखाकृति अति गंभीर करते हुए कहा।

"आपकी बात सोलह आने सत्य है। इसलिए तो जीवन में संतुलन बनाए रखने के लिए अनुशासन ज़रूरी है। जीवन को नियम, संयम से बाँधना ज़रूरी होता है।"

"मोहन को आई.सी.एस. की परीक्षा में बैठाना चाहता था, परंतु इतनी कोशिशों के बाद भी सफल नहीं हो पाया। अँग्रेज हुकुमरान हमेशा कोई-न-कोई कारण, दोष निकाल देते हैं। हिंदुस्तानी को वह घुसने नहीं देते। इस बार काफ़ी उम्मीद दिला रहे हैं।"

"मोहन को गांधीजी के आंदोलन में क्यों नहीं जाने देते?"

"गांधीजी सफल होंगे, मुझे तो ऐसा नहीं लगता। गांधीजी ज़रूर दृढ़ता और कठोरता से डटे हैं, पर हमारे देश में निष्ठा और आस्था का सदैव अभाव रहा है। हमेशा यहाँ अपना ही आदमी चोट देता है। भीतरी घात देना उसका स्वभाव है। सेंध लगाकर वह दुश्मनों से मिला रहता है। ऐसे आचरण वाले देश में तुम कैसे उम्मीद करते हो कि स्वराज्य आएगा। अँग्रेजी हुकुमत कभी समाप्त नहीं होगी।

राजनीति में हमेशा बलि देनी होती है और यह लोग मरने से डरते रहते हैं। संधि करके काम चलाते रहते हैं।''

''टक्कर लेने वाले लोग तो मुझे भी लगता है ख़त्म हो गए।''

''ठीक कहते हो। 1857 का ख़ूनी संग्राम क्या कभी भूल सकता है? मेज़र हडसन के नाम से तो आज भी दिल्ली की गलियाँ काँपती हैं मेज़र हडसन ने बहादुर शाह ज़फ़र पर जो जुल्म ठाए उसे इतिहास कभी नहीं भूल सकता। बहादुर शाह ज़फ़र के बेटे मिर्ज़ा मुग़ल और दोनों पोते खिदिर सुल्तान और अबू बकर को नग्न करके बड़ी बेरहमी से गोलियों से भून दिया था, फिर तीनों की गर्दन धड़ से अलग करके कोतवाली के निकट मथुरा रोड के पास लालगेट के मेहराब में तीनों की गर्दन लटका दी थीं। दिल्ली का यह लाल दरवाज़ा जिसे लोग ख़ूनी दरवाज़े के नाम से आज भी याद करते हैं। बहादुर शाह जफ़र ने जो देश की आज़ादी के लिए क़ुर्बानी दी है, उसका एहसान तो भारतवासी कभी भूल ही नहीं सकता।''

''हाँ, हाँ बिताए वह दिन ख़ूब याद हैं। कैसे हम लोग भागे थे, कैसे अपनी जान बचा पाए थे, यह कैसे भूल सकते हैं। उस संकट के दिनों में हम मिले थे तो वह दोस्ती अब तक चली आ रही है। वह लंबी यात्रा जीवन का साथ बन गई और आपने जो बहादुर शाह ज़फ़र का वह शेर मुझे सुनाया था, अक्सर याद आता है जो उन्होंने अपने बेटों के कटे सर देखकर मेज़र हडसन से कहे थे–

''ग़ाज़ियों में बू रहेगी जब तलक ईमान की।

''तख़्त लंदन तक चलेगी तेग़ हिंदुस्तान की।''

''बंगाली सिंहजी, यह शेर नहीं है, समझिए बारूद का घर है। इसके एक-एक शब्द में गोलियों की गूँज है। ऐसी ही तेज़, ऐसा ही जोश, ऐसी ही बारूद की गंध जब तक हमारे ख़ून से दोबारा नहीं उठेगी, तब तक कुछ नहीं हो सकता। अँग्रेज सिर्फ़ बातचीत से सत्ता हमारे हाथ देकर नहीं जा सकते।''

''बातचीत और जुलूस में भी ताक़त हो सकती है पंडित, बारूद और बंदूक से तो हम अँग्रेजों का मुक़ाबला नहीं कर सकते इसलिए यह तरीका अपनाया है।''

''पता है बंगाली सिंहजी जब बहादुर शाह ज़फ़र ने यह शे'र पढ़ा था तक मेज़र हडसन ने कौन-सा शे'र जोड़ कर उत्तर दिया था?''

''क्या उत्तर दिया था?''

''दमदमे में दम नहीं है खैर माँगो जान की।

''ऐ ज़फ़र अब छोड़ दो ज़िद हिंदुस्तान की।''

''वाह पंडित, मान गए मेज़र हडसन को, क्या नहले पर दहला मारा है। इतना कमीनापन तो हम लोगों में नहीं होता, मेज़र हडसन में कहाँ से आया?''

''मेज़र हडसन बहुत ज़्यादा खूँखार आदमी था। उसने यहाँ रहकर सबसे पहले

तो उर्दू सीखी थी। उसका दबदबा केवल ऊपरी नहीं था वह भीतर तहों तक घुसकर, गोता लगाकर बातों की पेचीदगियों को पकड़ता था। उसने बहादुर शाह ज़फ़र के गद्दार समधी मिर्ज़ा इलाही बख़्श को मिला लिया था। उसे रुपयों का लालच देकर घर के भीतरी भेद लेता था। देखो बंगाली सिंहजी, यहाँ भी विभीषण वाली शैली ही कामयाब रही थी। यदि मिर्ज़ा इलाही बख़्श जैसे दोगले लोग मेज़र हडसन से यदि नहीं मिले होते तो 1857 का भारतीय स्वाधीनता संग्राम का इतिहास दूसरा ही होता। अँग्रेज़ तो तभी चले गए होते, परंतु हमारे लोग बहुत भोले और सीधे थे। वह आज़ादी के लिए गुप्त बैठकें करते थे और उसमें अँग्रेजों के आदमी बैठे होते थे। उनकी जड़े नीचे घुसे चूहे खोद रहे हैं, यह उन्हें पता ही नहीं चल पाता था। उनकी अपनी आस्तीनों में बड़े-बड़े साँप पल रहे, यह उन्हें पता नहीं होता था। मिर्ज़ा इलाही बख़्श जैसे लोग, हर रियासत में थे। नतीजा यह हुआ कि देश पूरी तरह से अँग्रेजों के शिंकजे में आ गया।''

''गद्दारी मनुष्य की कमज़ोरी है पंडित।''

''मानव इतिहास हमेशा गद्दारी से ही लिखा गया है। युद्ध हमेशा अपने निज़ी स्वार्थ के लिए ही लड़े गए हैं। मनुष्य तो केवल भेड़-बकरियों की तरह उसमें शामिल रहा, कटता रहा मरता रहा। युद्ध का कारण वह कभी नहीं जान पाया। शासक और प्रजा के बीच यह भेद हमेशा छुपा रहा, इसी को राजनीति कहते हैं। यह रहस्य कभी जनता नहीं समझ पाई।''

''ठीक कहा पंडित,'' बंगाली सिंह ने चकित होते हुए कहा।

''युद्ध के सर्वनाश ने हमेशा मानव का अहित ही किया। युद्ध कराते रहना शासक की कूटनीति होती है। यदि मनुष्य युद्ध में व्यस्त नहीं रहेगा तो वह शासक से अपने अधिकार माँगेगा, अपना अच्छा-बुरा सोचेगा, इसलिए उसे व्यस्त रखना ही राजा की सफलता है। जीतकर आए अपने राजा का गुणगान करना, उसकी वीरता की कथाएँ सुनाना प्रजा की मजबूरी है और राज की सफलता है। जनता को हमेशा अंधा, बहरा और गूंगा होना ही चाहिए यही राजनीति का गुण है। रामायण युग से लेकर महाभारत युग तक तो राजा अपने ही लिए लड़े और मरे। राजपूत और मुग़ल इतिहास भी अपनों के ख़ून से ही लिखा गया है। अँगेज नहीं आते तो हम लोग कभी देश के लिए नहीं सोचते। हमें तो पहली बार मातृभूमि के लिए लड़ना, एकजुट होना अँग्रेजों ने ही सिखाया। अँग्रेज ही पहली बार शासक और प्रजा दोनों का ही दुश्मन बना।''

''पंडित, तुम तो राजनीतिज्ञ गुरु हो।''

''कभी विस्तार से बात करेंगे, आज थोड़ा बाहर भी जाना था,'' कहते गोपीलाल उठ गए।

46

मुँह अँधेरे अचानक उठे विलाप के स्वर ने सबको थरथरा दिया। पूरी हवेली काँप उठी। भगदड़-सी मच गई। हर दरवाज़े से निकलकर लोग भागने लगे। जंगल में लगी आग की तरह चारों ओर समाचार फैल गया कि मिठ्ठू सिंह का देहांत हो गया। मिठ्ठू सिंहजी की मृत्यु के साथ ही एक लंबा इतिहास समाप्त हो गया। देखते-ही-देखते पूरे मौहल्ले में भी समाचार फैल गया। लोग इकट्ठे होने लगे। कोहराम-सा मच गया। बाहर गाँव से तो कोई नाते-रिश्तेदार आने वाला नहीं था इस कारण अंतिम यात्रा की तैयारियाँ होने लगी।

मिठ्ठू सिंहजी शांत कभी न टूटने वाली निद्रा में सो गए थे। उन्हें उत्तर-दक्षिण लिटा दिया गया। सभी लोग उन्हें घेरे रो रहे थे। मोहल्ले के तथा दूर-दूर के लोग आ रहे थे। जो सुन रहा था, सभी आ रहे थे। मिठ्ठू सिंह ने किसके दुःख-सुख में साथ नहीं दिया था। हाँ केवल उनके अपने नातेदार नहीं आए थे। पुराना बैर एक बार फिर फन काढ़कर खड़ा हो गया था। मिठ्ठू सिंह ने अपना घर गोपीलाल के नाम लिख दिया था, वह बैर जंगल की तरह विशाल हो गया था।

"बहुत पुण्यात्मा जीव थे, सदा न्याय का साथ देते थे। देवता आदमी थे। अपना सब कुछ दान कर गए। जो आदमी स्वर्ग का राजा हो वह संसार के धन का क्या करेगा?" लोग शोक मुद्रा में बैठे-बैठे चर्चा कर रहे थे।

"जीवन का युद्ध जीतकर स्वर्ग चले गए, बस बेचारे के कोई बाल-बच्चा नहीं हुआ," किसी ने कहा।

"होने के लिए क्यों नहीं होता, पर उन्होंने प्रयास ही नहीं किया। दूसरे ब्याह के लिए राजी ही नहीं हुए। वह पन्नासेठ को देखो सात ब्याह किए, तब कहीं जाकर सावतीं से एक बेटा हुआ था," किसी ने बताया।

"बाबा की उम्र नब्बे-पंचानबे से ऊपर तो रही ही होगी न?"

"सौ बरस से ऊपर के होंगे ही, हमारे दादा के सहपाठी थे, एक ने बताया।

"तब तो बड़े भाग्यवान थे, अपनी पूरी उम्र जी कर गए।"

"जो आत्मा एक साथ अपनी उम्र जी कर चली जाती है, उसे दूसरा जन्म नहीं लेना पड़ता।"

"नहीं, ऐसा नहीं है। देखो हमारे गाँव में एक बूढ़ा बाबा सौ बरस से ऊपर जी कर मरे! यही एक सौ दस या बीस के होंगे मरने के बाद उसी गाँव में एक घर में जन्म ले लिए। यही पाँच बरस के रहे होंगे तो उसके पिता गरम-गरम जलेबी लाए तो खाते ही थूक दिए। बोले-छिःतेल की जलेबी हैं, मेरी दुकान पर तो देशी घी की जलेबी बनती हैं। सब दंग कि इसकी कहाँ की दुकान? बाप का हाथ पकड़कर ले गया और अपनी दुकान पर पहुँच कर बताया कि यह दुकान है मेरी। गद्दी पर

बैठ गया। एक-एक का नाम लेकर बुलाया। पूछा, फलाँ के घर से उधारी इतनी बकाया थी आई। सब दंग। देखते-देखते पूरा परिवार जुट गया और बेटा-बहू, नाती, पोतों ने आकर पैर पूजे।''

''अरे, हाँ ऐसा तो सही में होता है।''

'सुवा-पक्षी तो खाली पिंजरा छोड़कर उड़ गया।''

''बाबा को मुखाग्नि कौन देगा?''

''वही देगा जो उनका घर-द्वार का सुख भोग रहा है।''

''कौन?''

''रायबहादुर पंडित गोपीलाल और कौन।''

''हैं? पंडित गोपीलाल की यह हवेली मिठ्ठू सिंह बाबा की थी?''

''हवेली तो बाद की बनी, पर मकान और ज़मीन तो इनकी थी। हमारी उम्र अस्सी बरस की है, हमें तो ख़ूब याद है, यहाँ हम खेलने आते थे। पूजा-पाठ में आते थे।''

''मगर अब तो सभी जानते हैं कि पंडित गोपीलाल की ही हवेली है?''

''नहीं, अभी भी असली बात जानने वाले बहुत लोग जिंदा हैं।''

भीड़ में तरह-तरह की बातें उठ रही थीं। कोई तरस खा रहा था, कोई दुःखी हो रहा था, कोई पंडित गोपीलाल को बुरा कह रहा था।

''तभी बंगाली सिंह आ गए। बंगाली सिंह आकर दुःखी से बैठ गए। उस दिन कौवों का जमावड़ा देख वह किसी अपशगुन की आशंका से भयभीत हो गए थे। आख़िर उनके मन का भय सही साबित हुआ। अनहोनी का संकेत मिल गया था। मिठ्ठू सिंहजी को वह भी साठ बरस से जानते थे। बड़े पुण्यात्मा थे। बिना पूजा-पाठ किए तो कोई कार्य नहीं करते थे। गीता तो जैसे रटी थी। कभी जीवन में कोई ग़लत काम नहीं किया। दूसरों को कभी सलाह नहीं देते थे। छोटी-मोटी पूँजी तो लोग उनकी आए दिन हड़प लेते थे।

''वह देखो, बंगाली सिंहजी बैठे हैं, पूछो क्या हम झूठ कह रहे हैं? मकान-ज़मीन किसकी है?''

''लगता है बंगाली सिंहजी भी बाबा के उम्र के हैं?''

''और क्या? क्यों बंगाली सिंहजी, यह मकान-ज़मीन तो मिठ्ठू सिंहजी की है न?''

''हाँ, उन्हीं का है। वह तो दानी आत्मा थे। दान करते रहते थे। उनका कितना रुपया तो हम ही खा गए हैं, कौन चुकाता था उनका रुपया?'' बंगाली सिंहजी बोले।

खचाखच भीड़ गंभीरता से साँस रोके सब देख और सुन रही थी। भीड़ बढ़ती ही जा रही थी। गोपीलाल के मित्र सभी अँग्रेज अधिकारी भी आ रहे थे, उन लोगों ने काले सूट पहन रखे थे। पंडित गोपीलाल और उनके पुत्र मोहनलाल दौड़-दौड़कर

सबका स्वागत कर रहे थे। सभी अँग्रेजों के मन में उत्सुकता थी, सभी यह जानना चाहते थे कि गोपीलाल जी से उनका क्या रिश्ता था? वातावरण की गंभीरता को देखते हुए सब मौन थे। अलग कमरे में औरतों की भीड़ बैठी थी। लता का रो-रो कर बुरा हाल था। सुहासनी देवी भी बिलख-बिलख रो रही थीं। पृथा दोनों को सँभाले थीं। कभी बेहोश होती ताई को पकड़ती, उनके मुख पर पानी के छींटे मारती, कभी सुहासनी देवी को पीने के लिए पानी देती।

डॉक्टर अहमद भी आ गए थे और दोनों महिलाओं के उपचार में लगे थे। चंद्रप्रभा अपनी माँ के साथ बैठी थी और चंद्रकला अपने दादाजी और डैडी के बीच में बाहर बैठी थी।

सारी तैयारियाँ जब हो चुकी थीं। फूलों से मिठ्ठू सिंह ढक से गए थे। अर्थी उठाई गई। पंडित गोपीलाल, मोहनलाल, बंगाली सिंह, आदि ने बढ़कर पहला कंधा दिया। कंधा देने वालों की भीड़ आगे बढ़ी। राम नाम सत्य है के शब्द गूँजने लगे। औरतें भी बाहर आ गईं। रोने का स्वर तेज़ हो गया। पृथा ताई को सँभाले थी।

राम नाम सत्य है के स्वर तेज़ हुए। शव यात्रा आगे बढ़ी। धान, लाई, पैसा फूल शव पर से निछावर करके फेंका जाने लगा। धीरे-धीरे शव यात्रा आगे बढ़ी। मिठ्ठू सिंह सब को रोता-छोड़कर संसार से चले गए थे। उनकी श्रेष्ठता, महत्ता, बड़प्पन का बखान करती भीड़ पीछे रोते जा रही थी।

सभी को लग रहा था, उनके परिवार का कोई सयाना व्यक्ति चला गया। वह सबके थे। सबके दुःख दर्द के साथी। पंडित गोपीलाल ने मुखाग्नि दी और देखते-ही-देखते मिठ्ठू सिंहजी पंचतत्त्वों में विलीन हो गए।

मिठ्ठू सिंहजी की तेरहवीं बहुत धूमधाम से हुई। दूर-दूर से लोग आए। बड़े-बड़े ब्राह्मण-पंडित आए। कई दिनों तक उनके प्रवचन चलते रहे।

फैक्टरी में हड़ताल हो गई थी। गोपीलाल और मोहनलाल भागे-भागे कलकत्ता और इलाहाबाद गए। अभी वहाँ फैक्टरी का झगड़ा निपटा नहीं था कि पता चला इंदौर की कपड़ा मिल में हड़ताल हो गई। भागा-दौड़ी में ही सब लगे रहे।

ऐसे ही एक दिन भोर को सुहासनी देवी का देहांत हो गया। पृथा पागल-सी हो उठी। लता ने सब सँभाला, डॉक्टर अहमद भागे-भागे आए। बंगाली सिंह दौड़े आए। सभी के लगातार प्रयासों के बाद भी गोपीलाल और मोहनलाल से संपर्क नहीं हो पाया। सुहासनी देवी की भव्य शवयात्रा सजाई गई। सुहासनी देवी को सुहागिनों का सोलह श्रृंगार किया गया। लाल बनारसी साड़ी, महावर, सिंदूर, टीका, चंदन, हरी चूड़ियाँ पायल, बिछिया पहने सुहासनी देवी अकेली ही कोठी से निकलीं। पति और बेटा नहीं आ पाए। तीन दिन के लगातार प्रयास के बाद अंत में उनकी अंतिम क्रिया कर दी गई। उन्हीं के ब्राह्मण ने सब किया।

"देखो कैसी अभागिन निकली बेचारी, पति और बेटे का मुँह भी नहीं देख

पाई, "सभी ने गहरी साँस ली।

बंगाली सिंह बहुत रोये। बंगाली सिंह के परिवार के सभी लोग आए। बंगाली सिंह को पहले दिन वाली घटना याद आ गई थी।

"कैसे सोने-सी देह वाली थी, सोलह-सत्रह बरस की रही होगी, कैसी सुंदर थी," कटोरी बाई ने कहा, "कैसे दिल्ली से जबलपुर तक आए थे। बेचारी यहाँ नर्मदा की ही माटी की थी, तभी तो इतनी दूर आई।"

सभी दंग थे। एक महीना में घर में दो-दो मौत? बंगाली सिंह को जाने क्यों बार-बार उस दिन की घटना याद आती रही जब उन्हें कौओं का झुंड बैठा पंचायत करता, चर्चा करता मिला था। घर से दो-दो शव निकलने थे। अपशकुन का संकेत उसी दिन मिल गया था। घर में कोहराम-सा मच गया था। मृत्यु ने तो मानो घर में डेरा ही डाल दिया था। ब्राह्मणों की टोली पहुँच गई। पूजा-पाठ, गोदान आदि की व्यवस्था होने लगी। लोग इकट्ठे होने लगे। जो सुनता वही दौड़ा आता। सभी सुहासनी को देवी मानते थे। सुहासनी देवी के लिए सभी जुड़े। सब थे, बस केवल पति और पुत्र नहीं थे। सभी ने रो-रोकर विदा ली।

मिठ्ठू सिंहजी की मृत्यु का आघात वह सह नहीं पाई थीं, उसी दिन से बीमार रहने लगी थीं। सारी उम्र शांत रहने वाली सुहासनी देवी गई भी तो एकदम चुपचाप, बिना आहट, बिना कोई संकेत दिए बस एकदम से लेटे-लेटे आँखें मूंद लीं। सुहासनी देवी सुहागन का श्रृंगार किए गई, लेकिन बिना पति के गई। कोठी की मालकिन घर से पहली बार निकली थी तो नितांत अकेले। सम्भ्रांत, महामहिम अतिथि का-सा सम्मान के साथ विदा हुई थी। पहली बार बाहर के लोगों ने सुहासनी देवी को देखा था। ख़ुद गोपीलाल के मित्र तथा अँग्रेज अधिकारियों ने भी पहली बार ही उनके दर्शन किए थे। सारी उम्र सुहासनी देवी एक सुसज्जित भवन में सुख और राजसी ठाट से रहीं। पति का वैभव तो देखा परंतु पति सुख कभी नहीं पा सकीं। पूरा जीवन मौन रहकर काट दिया। कभी अपने दुर्भाग्य का कारण पति से नहीं पूछा। कभी पति पर, कभी पुत्र पर अधिकार नहीं जताया। कभी अपने सामाजिक अधिकार नहीं माँगे, बस सारी उम्र बूढ़ी बनकर, अशक्त बनकर रोगी बनकर जीवन काट दिया। आत्मा से, मन से तो वह बरसों पहले मर चुकी थीं आज उनकी देह मृत हुई थी। पति की सामाजिक मर्यादा, वैभव, सार्वजनिक स्वार्थों के लिए उन्होंने अपने को बलि चढ़ा दिया था। उन्होंने अपने को अपने घर में, अपने कमरे में क़ैद कर लिया था। एक सुरक्षित दुर्ग में बंदी बनकर जीवन काट दिया। बिना किसी रोष, असंतोष के वह पति की अवहेलना का विष पी गई थीं। वह तो पहली बार इस राजसी-वैभव वाली कोठी की क़ैद से मुक्त हो पाई थी। सोने का बना, हीरों से जड़े इस पिंजरे की क़ैद से स्वतंत्र हो पाई थीं।

जिस पति ने पूरे जीवन उन्हें अपने पैरों तले रौंद-रौंदकर प्रतिष्ठा का सिंहासन

पाया था, उसे इतना भी अवसर नहीं दिया कि वह अपना कर्त्तव्य निभा सकता। उनकी धिक्कृत देह पति और पुत्र मुखाग्नि के कर्त्तव्य से भी मुक्त कर चली गईं। वह एक वीरांगना थीं। सारी उम्र जीवन का युद्ध लड़ते मृत्यु विजय पा गई थीं। सारी उम्र अपने भीतर के कलह और अंतर्द्वंद्व को बिना प्रकट किए संसार से विदा हो गई थीं। वीर योद्धा की तरह युद्धस्थल पर मृत्यु पाकर समस्त शास्त्रों की श्रेष्ठता तथा महत्ता को नकारकर लावारिस सैनिक की तरह इस ब्राह्मजगत से विदा हो गई थीं।

47

गोपीलाल और मोहनलाल जब लौटे तो कार से उतरते ही किसी अनिष्ट घटना के संकेत का मौन आभास पाकर काँप से उठे।

''मालिक, मालिकन सबको छोड़कर चली गई,'' कोठी के सभी कर्मचारी हाथ-बाँधे रोते खड़े थे।

विध्वंस की छाया हरेक के मुख पर थी। सारी संपदा, वैभव जस-का-तस छोड़कर वह भाग्यहीन महिला जा चुकी थी। वह भाग्यहीन महिला अपना सारा सौभाग्य उन्हें दानकर जा चुकी थी।

बंगाली सिंह बरामदे की सीढ़ियों पर मौन बैठे थे। गोपीलाल बंगाली सिंह के निकट पहुँच गए। मोहनलाल भीतर चले गए। गोपीलाल ने दुःख से क़ातर दृष्टि बंगाली सिंह को देखा।

''यह सब कैसे घट गया? मुझे किसी ने सूचना भी नहीं दी?'' गोपीलाल पागल से भौचक्के खड़े थे।

''बहुत सूचना दी, लगातार संपर्क के लिए प्रयास किए गए, आप नहीं मिले पंडित। देखो मैं आप दोनों को ही दिल्ली से इस नर्मदा के तट पर जबलपुर लाया था। सुहासनी देवी चली गईं। कैसी सुंदर थी, कैसा रूप था, कितनी कम उम्र थी। अब जिस सुहासनी देवी को देखा वह तो मात्र रोगी, हड्डियों की गट्ठरी मात्र थी।''

''कम-से-कम हमारे आने की बाट तो उसे देखना था,'' गोपीलाल स्तब्ध से बोले।

''उसने आपको तथा आपके पुत्र को सारे अधिकारों से वंचित कर दिया, आवश्यकता ही नहीं समझी, शायद इसलिए जाने का दिन भी उसी दिन चुना जब आप शहर से बाहर थे। उन्होंने आपके किसी कार्य में बाधा नहीं की, आपको सदा-सदा के लिए बंधनमुक्त कर गई। आप अब चाहे जैसा, जिस तरह अपना सुख,

वैभव-संपदा भोगिए।''

''यह तो निर्दयतापूर्वक हमारी हत्या है, इस कष्ट को मैं भी कभी कैसे भूल सकता हूँ।'' गोपीलाल उत्तेजित होकर बोले।

''नहीं-नहीं, ऐसा नहीं कहते। ग़लती तो आपकी है। हम भी धंधा करते दुनिया-जहान में भटकते हैं पर अपने घर-परिवार की सुध रखते हैं।''

''अब?''

''संबंध जहाँ अधिकार की नींव पर रखे होते हैं, वहाँ ऐसी विचित्रता होती है। संबंधों में ख़ून बहना चाहिए, दर्द होना चाहिए। संबंधों में यदि दर्द होता है तो उसका आभास दूर रहने पर भी होता है। दूर का व्यक्ति भी अचानक अनायास आ जाता है, यह क्या है? मन के ही रिश्ते हैं। वरना पास का आदमी भी उस दिन दूर चला जाता है। आप देखते होंगे कैसे अपने प्रिय के कष्टों का आभास पाकर दूर का नातेदार आ जाता है और कहता है, दादीजी, नानीजी या बुआ मुझे सपने में दिखीं और बोलीं आ जाओ। मैं झट आ गया। होती है न, ऐसी अनेक घटनाएँ हमारे आस-पास? यह सब क्या है? प्रेम के, आत्मा के रिश्ते हैं। एक बार रात्रि को मेरी नींद टूटी मैं तुरंत अपने घर की ओर चल पड़ा, वहाँ देखा पिता की अंतिम साँस उखड़ रही थी। ऐसा कई बार होता है।''

''यह तो मेरी सामाजिक हत्या हो गई, मेरे सभी अँग्रेज मित्र क्या सोचते होंगे?''

''कुछ नहीं सोचते, सभी को पता है आप कितने व्यस्त व्यक्ति हैं। चलो यह अच्छा हुआ कि आप मिठ्ठू सिंह के अंतिम समय रहे और आपने मुखाग्नि भी दी।''

एक ही माह में दो-दो मौत? घर से दो अंतिम यात्रा निकलीं,'' गोपीलाल व्याकुल से बोले, ''ऐसा थोड़ा भी आभास होता तो मैं बाहर जाता ही नहीं। मेरा संबंध अब चाहे कितनों से हो गया पर सुहासनी तो मेरी ब्याहता थी, हम छोटे-छोटे थे जब हमारा विवाह हुआ था। कुछ नहीं समझते थे, साथ-साथ खेलते थे।''

''कभी-कभी घर में बहुत बड़ा काल मँडराता है। किसी-किसी व्यक्ति का मरना बड़ा बुरा होता है, ख़ुद तो जाता है अपने साथ परिवार के एक व्यक्ति को भी ले जाता है। हमारी देशी भाषा में इसे खर-मृत्यु कहते हैं। मिठ्ठू सिंहजी की मौत खर थी, ख़ुद तो गए परिवार से एक व्यक्ति को भी ले गए। सुहासनी देवी को ले जाकर तथा आपको दुःख देकर उन्होंने अपना बकाया ऋण वसूल लिया।''

''जाने क्यों सुहासनी के जाने से बड़ा ख़ालीपन-सा लग रहा है। भले ही मैंने कभी उसका ध्यान नहीं दिया, उसे कष्ट-ही-कष्ट दिए, परंतु वह थी तो लगता था घर में कोई है, घर की मालकिन है। सुहासनी के जाने से विचित्र सूनापन लग रहा है। उसने कभी मुझे टोका नहीं, कभी मेरे किसी भी कार्य का विरोध नहीं किया,'' गोपीलाल गहन चिंता दुःख में डूबे बोले।

''धैर्य रखें। संसार में कौन रहने वाला है, सबको एक-न-एक दिन जाना ही

है। सुहासनी देवी सुहागिन गईं, यह उनका कितना बड़ा सौभाग्य है। उनका स्त्री जन्म सार्थक हुआ।''

''पति तथा पुत्र से मुखाग्नि नहीं मिली, क्या आप इस पर कुछ नहीं सोचते?''

''आत्म-विलाप अब आपको शोभा नहीं देता। संसार में सब घटता रहता है। कुछ अच्छी आत्माएँ होती हैं जो किसी से कुछ नहीं चाहतीं, किसी से कुछ नहीं लेतीं। ऐसी ही साधु प्रकृति की आत्मा सुहासनी देवी की थी। किसी को बिना कोई कष्ट दिए, चुपचाप संसार त्याग गई। सब जहाँ का तहाँ छोड़ गईं।''

''इसी से तो कष्ट हो रहा है, हमारे सामने होता तो शायद इतना कष्ट नहीं होता। उसे अंतिम बार भी नहीं देख सका, उसकी अंतिम यात्रा में दो कदम ही चल नहीं पाए? ऐसा अनर्थ कैसे हो गया?''

''यह मनुष्य का व्यर्थ का स्वार्थ है, अहम है। दूसरे के लिए दुःख नहीं होता, हम अपने ही स्वार्थ के लिए रोते हैं। वह संसार के दुःखों से मुक्ति पाकर चली गईं। हम अपने मित्र-बंधु-सखा को दे ही क्या पाते हैं? हमेशा पीड़ा की कीले चुभोते रहते हैं,'' बंगाली सिंह ने गंभीर भाव से कहा।

गोपीलाल अपनी आँखों के आँसू पोंछते दुःखी भाव से खड़े रहे। बंगाली सिंह उनको सहारा देकर सीढ़ियाँ चढ़ाकर भीतर लेकर आए। गोपीलाल सारी उम्र अकेले खड़े रहे, अकेले चले, अकेले ही अपने जीवन का समर लड़ते रहे। कभी भी उन्हें किसी के सहारे की आवश्यकता महसूस नहीं हुई। किसी से आश्वासन दिलासा धैर्य की उम्मीद नहीं करते थे। उन्हें यह बातें पसंद नहीं थीं। वह भीड़ से हटकर खड़े रहे, अलग अकेले ही चमकते रहे। कभी किसी मित्र की ज़रूरत महसूस नहीं हुई, परंतु जाने क्यों आज उन्हें अपने निकट बंगाली सिंह का रहना अच्छा लग रहा था। वह पहली बार अपने को कमज़ोर, अकेला पा रहे थे। जीवन में पहली बार किसी के आगे उनकी आँख से आँसू निकले थे।

गोपीलालजी के लौटने की ख़बर फैल गई थी। सभी लोग मिलने आने लगे। धीरे-धीरे अच्छी-ख़ासी भीड़ लग गई। गोपीलाल भीड़ से घिर गए। बंगाली सिंह ने उन्हें भीड़ में घिरा देखा तो धीरे से बाहर निकल आए। गोपीलाल ने भी बंगाली सिंह को जाते हुए देख लिया था। वह पुकार कर रोकना चाहते थे, पर अपनी इच्छा को वह व्यक्त नहीं कर पाए और चुप उन्हें जाते देखते रहे। जाने क्यों आज बंगाली सिंह का जाना उन्हें अच्छा नहीं लग रहा था। आज वह बंगाली सिंह के निकट रहना चाहते थे। बंगाली सिंह जो उनके दुःख-सुख के एकमात्र साक्षी थे। बुरे दिन के मित्र सलाहकार सब-कुछ थे। आज वह कृष्ण की तरह मथुरा के राजा थे, पर सुदामा के साथ गुजारी क्षण-क्षण की स्मृति जैसे दोबारा साकार, जीवित हो उठी थी।

जाने कितने प्रकार के विचार मन में उठ रहे थे। आज उनके पास सब-कुछ था। सारे वैभव प्राप्त थे, हीरे-मोती से वह खेलते थे, जब वह पहली बार आए थे

तब वह कैसे कंगाल थे? कुछ भी नहीं था। बंगाली सिंह को भाड़ा देने के लिए भी उनके पास कुछ नहीं था। बंगाली सिंह ने ही उन्हें मिठ्ठू सिंह के घर का पता दिया था। कितना संघर्ष झेलकर आज वह सुखों की ढेरी पर आ विराजे थे। आज अपनी गीली आँखों से फिर से यातना कष्ट से भरे दिनों को याद करना चाहते थे। उसकी नुकीले कीलों के चुभते दर्द को दोबारा महसूस करना चाहते थे। सूखे घावों के निशान पर हाथ फेरना चाहते थे। उसके रिसते मवाद की पीड़ा को याद करना चाहते थे। उन चालीस साल पुराने दिनों की यादों को फिर से याद करना चाहते थे। ऊपर से वह शांत थे, लेकिन भीतर से वह क्षुब्ध थे। मन के भीतर पहली बार उन्होंने सन्नाटा देखा था। किसी का बोला एक शब्द भी बुरा लग रहा था। भीड़ का कोलाहल मन को सहमा रहा था। लोग कुतूहल से उन्हें तक रहे थे। पत्नी की मृत्यु की पीड़ा को उनके मुख पर देखना चाहते थे। गोपीलाल अत्यंत अशांत, दुःखी उत्तेजित से बैठे थे। परीक्षा में बैठे किसी विद्यार्थी की-सी घबराहट उनके मुख पर थी।

कोठी के कर्मचारी इधर-उधर दौड़-भागकर आने वालों का स्वागत सत्कार कर रहे थे। पानी-शरबत, पान-सुपारी सबको दिया जा रहा था। संवदेना प्रकट करने आने वालों की भीड़ बढ़ती जा रही थी।

गोपीलाल पहली बार मूढ़-अवाक् दर्शक बने अपने भीतर और बाहर देख रहे थे।

48

अभी ठीक से भोर का उजाला फूटा नहीं था। बाहर गहरा अंधकार ही था, परंतु पक्षियों ने अपनी प्रभातफेरी गाना प्रारंभ कर दिया था। शांत ठंडी हवा बह रही थी। घास की बैलगाड़ियाँ गाँव से आ-आकर लगने लगी थीं। बैलों के गले के पट्टे में बँधे घुँघरुओं की तथा घोलरों के मधुर स्वर सुनाई देने लगे थे। मंदिर में बजते घंटे और मस्जिद से आती अज़ान के स्वर हवा में तैर रहे थे।

अभी हवेली जागी नहीं थी। सब ओर शांति थी। ऐसे में कुछ लोग हवेली के मुख्य द्वार पर इकट्ठे होकर आए थे और लगातार भीतर आने की जिद बाँधे थे। द्वार का संतरी उन्हें भीतर आने से रोक रहा था। इसी खींचातानी में आस-पास के लोग हड़बड़ा कर जाग गए थे। भीड़ उत्तेजित-सी थी और गोपीलाल जी से निर्णय कराना चाहती थी। पेड़ों के झुरमुट में पक्षियों का कोलाहल बढ़ने लगा था।

"कौन हैं ये लोग?"

अचानक पीछे से एक तेज़ आवाज़ आई। सबने पलटकर देखा, ऊपर के कमरे की खिड़की के पास गोपीलाल गाऊन पहने खड़े थे। उनका हुक्मनामा सुनते ही जैसे दृश्य बदल गया। बेचारा संतरी बंदूक लिए पीछे हो गया और भीड़ सरसरा कर भीतर आ गई। मोहल्ले के ही लोग थे। गोपीलाल सीढ़ियाँ उतर कर नीचे आ गए।

मोहल्ले की एक लड़की राधा जो रात के अँधेरे में नर्मदा में छलाँग लगा रही थी, उसे पकड़कर लाए थे। लड़की पूरी तरह भीगी-सहमी-सी थी। रात के अँधेरे में उसने छलाँग लगाई थी पर मछली के लिए जाल बाँधकर बैठे कुछ मछुआरों ने उसे देख लिया और लपक कर तैर कर लड़की को किनारे ला पटका था। लड़की को पहचान कर दूसरा मछुआरा दौड़कर सूचना देने मोहल्ले में गया था।

राधा का बाप, भाई पूरा परिवार दौड़ पड़े। धीरे-धीरे दूसरे घर फिर तीसरे और देखते-ही-देखते सारा मोहल्ला जाग गया। राधा जिंदा बच गई थी पर घर आते-आते एकदम जिंदा लाश बन गई। सारा मोहल्ला जाग कर सड़क पर आ गया था। बड़े, बूढ़े, सयाने, औरतें, बच्चे सब एकटक उसी को ताक रहे थे। हर मुँह पर जैसे उसकी कथा थी।

"हाय क्यों गई नर्मदा में डूबने?"

"डूबने गई थी तो जिंदा क्यों लौट आई?"

"मुँह काला करे बैठी होगी?"

"बाप की ठठरी को क्या कांधा देने लौट आई? ऐसे ही काला दिन न देखना पड़े इसलिए तो बाप-महतारी बेटी के जन्म को रोते हैं?"

जितने मुख उतनी उतनी बातें थीं। राधा घर पहुँची तो उसकी आँख का पानी ऐसे बहा, जितना नर्मदा के बाद आने पर भी नहीं बहता। नर्मदा के पानी से गहरी और डरावनी आँखें थीं सबकीं। नर्मदा से गहरी थी लोकलाज की इज़्ज़त, एकदम आतुर। डुबाने के लिए बढ़ते हाथ, ज़ोर की भँवर खाती जलधारा-सी आँसुओं की बाँध थी।

"बोल क्यों गई थी नर्मदा में डूबने?"

"किससे मुँह काला करके आई?"

"किस के पाप की गठरी को डुबाने गई थी?"

जूता, चप्पल, लाठी, झाड़ू, थप्पड़ जिसके जो हाथ लगता उस पर वार करता। मौत से भी बुरी यातना। बेहोश होते-होते राधा ने नाम खोला था—मदन।

मदन? मदन पंडित बेनी प्रसाद शर्मा का बेटा। वही बेनी प्रसाद जो सबके पोथे बाँचते हैं? ब्याह की कुंडलियाँ मिलाते हैं, सबकी जन्मपत्री बाँचते थे, अपने बेटे की जन्मपत्री नहीं बाँचे? अपने कुल को तो डुबो आई साथ ही ब्राह्मण के कुल को लेकर डुबो आई। लात-घूँसों के बीच राधा पिटते सोचती रही—इससे तो नर्मदा का जल ही अच्छा था, जहाँ चुपचाप नाक पकड़कर उतर गई थी। नाश हो रे मछुआरे,

थोड़ी देर से आता तो क्या मछली कम मिलतीं?

"हाय-हाय, नास हो रे! कुलछनी।"

देखते-ही-देखते मामला गरम हो उठा। उत्तेजित लोगों ने सोते मदन को सोते से उठाकर लाए ओर लात-घूँसों से स्वागत किया। सारा मोहल्ला दो भाग में बँट गया। ख़ून-ख़राबा होने का भय बढ़ गया। आख़िर सब राधा और मदन को पकड़कर रायबहादुर पंडित गोपीलाल की कोठी पर आ धमके थे।

सारी बात सुनकर गोपीलाल गंभीर हो उठते हैं। रोती हुई राधा और मुँह छुपाकर बैठे मदन को ताकते हैं। देर तक विचार करते हैं, कुछ समझ नहीं पाते। अंत में बोलते हैं।

"दोनों का ब्याह करा दो?"

"नहीं रायबहादुर साहब, ऐसा अनर्थ नहीं होगा, जो लड़की अपने पेट में बच्चा पाल रही हो, वह हमारी बहू कैसे हो सकती है?"

"मेरी बेटी को पाप-कुंड में किसने गिराया? तेरे बेटे का ही तो पाप ढो रही है," राधा का पिता चीखा।

"क्या पता किसका पाप है?"

"हमारी लड़की पर दोष लगाता है? तेरा बेटा चुप रहेगा तो हम उससे उगला लेंगे। जिंदा नहीं बचेगा वह," राधा का भाई बोला।

"मारने की धमकी देता है? हमने क्या चूड़ियाँ पहन रखी हैं? चतुराई से हमारी ऊँची जाति में अपनी बहन को बैठाना चाहता है?"

"अरे, कोई नहीं बैठाएगा तुझ जैसे भड़वे के घर? नर्मदा का पानी क्या यों ही बह रहा है? हम ख़ुद धक्का मार कर उसे मार देंगे, पर याद रख तुझे नहीं छोड़ेंगे। हम छोटी जाति के हैं तो क्या हमारी बहू-बेटियों की क्या कोई इज़्ज़त नहीं? मुँह काला करते समय शेर था, अब गीदड़ बन गया तेरा बेटा?"

"देखिए-देखिए," गोपीलाल ने सब को शांत किया," आप लोग शांत रहें। लड़के और लड़की से पूछने दें। निपटारा यहाँ हो जाए तो अच्छा है। अँग्रेज अधिकारी तो लड़के की ऐसी पिटाई करेंगे कि एक भी हड्डी नहीं मिलेगी। अच्छा बोलो मदन तुम क्या कहते हो?"

"जी मैं तो ब्याह करना चाहता हूँ," मदन सहम कर बोला।

"ऐसे कैसे बिरादरी की नाक कटवा दें?"

"देखिए शर्माजी, आप दोनों की भलाई इसी में है कि दोनों का ब्याह करा दें। मामला थाना-कचहरी जाएगा। आठ-दस लोगों के सर फूटेंगे। वैसे ही इन दिनों सरकार ऊधम करने वालों को पकड़ रही हैं। मदन जेल में चक्की पीसेगा।"

सारे लोग गोपीलाल की बात का समर्थन करते हैं। मदन का बाप गम से, भय से चुप रह जाता है। शाम को मंदिर में ब्याह करने की बात तय होती है।

राधा और मदन के मुख पर छाया तूफ़ान शांत हो जाता है। सब लौटते हैं पर पंडित बेनी प्रसाद शर्मा दुःखी से बैठे रहते हैं। एकांत पाकर बोलते हैं।

"रायबहादुर साहब, आपने यह क्या किया? मेरे इकलौते बेटे की बलि चढ़ा दी? सात बेटियों पर एक बेटा था?"

"शर्माजी, ब्याह-शादी सब समाज को दिखाने के लिए किए जाते हैं यह लोग उतने उत्तेजित थे कि मदन का ख़ून कर सकते थे। हिम्मत से काम लो। घर में ब्याह कर डाल देने में क्या बुराई है? फिर ऐसा चक्कर चलाओ कि लड़का दूसरे ब्याह पर राजी हो जाए। दूसरा ब्याह कर दो। समाज में घर-घर कई विवाह हो रहे हैं। लड़के की कौन एक गाँठ पड़ती है। चाहे कितनी बार भाँवर फिरा दो। बात बाहर जाए। रोज़ थाना कचहरी जाओगे तो अलग थूका-फज़ीहत होगी।"

शर्माजी के दिमाग में कुछ बात उतरी। कुछ सोच-विचार करके उन्होंने अपना बैल जैसा मुँह हिलाया।

"बहती धारा से लड़ने में कोई अक्लमंदी नहीं है। लड़के की जान जोख़िम में पड़ जाएगी। ग़लती तो तुम्हारे बेटे ने की है। साँप से खेलना चाहिए पर ऐसे नहीं कि वह पलट कर डस ले। अब भलाई इसी में है, साँप पकड़ो, दांत तोड़ो, ज़हर निकालो और पिटारी में दबाकर बैठा दो।"

"ठीक है।"

पंडित बेनी प्रसाद शर्मा हताश-थके से उठते हैं और बाहर चले जाते हैं। गोपीलाल भी भीतर आ जाते हैं।

बाहर लगातार किसी के बोलने से और शोर से चंद्रकला की नींद टूट गई। उठ कर बैठ गई तो देखा जूली खिड़की के पास खड़ी बाहर झाँक रही थी। चंद्रकला बिस्तर से उतरी और खिड़की के पास जूली के बग़ल में जाकर खड़ी हो गई। बाहर झाँका तो बहुत सारे लोग दिखे। इतने लोगों को इतनी सुबह देख आश्चर्य-सा हुआ।

"मिस जूली, कौन लोग हैं यह?"

"अपने पीछे के मोहल्ले के लोग हैं।"

"यहाँ क्यों आए हैं?"

"एक लड़की है राधा उसका लव मदन के लड़के से हो गया। लड़की प्रिगनेंट हो गई। लड़की नर्मदा में कूदने गई थी, पर उसे कुछ लोगों ने बचा लिया। आपके दादाजी के पास लेकर आए थे।"

"अब क्या होगा मिस जूली।"

"पता नहीं बेबी, शायद शादी होगी।"

"वह प्रिगनेंट कैसे हो गई?"

"यही तो लव है। लड़का-लड़की में लव हो जाता है तो लड़की प्रिगनेंट हो जाती है। मेरा भी ऐसे ही फर्स्ट लव में ऐसा ही केस हुआ था। मैं प्रिगनेंट हो गई थी।"

"अच्छा," चंद्रकला ने गंभीर आश्चर्य से पूछा।

"मैं और वह लड़का रोज़ छुप-छुपकर मिलते थे, बाद में मैं प्रिगनेंट हो गई, बाद में बच्चे को गिरा दिया था।"

"अरे, ऐसा ही राधा को बोलो न?"

"नहीं, यह लोग ऐसा नहीं करेंगे। यह हिंदू लोग बहुत कट्टर होते हैं। लड़की को मार देंगे।"

"ओह!" चंद्रकला सिहर उठी।

"छोड़ो, यह सब बातें, चलो तुम चलकर फ्रेश हो।"

"मिस जूली, क्या लव करने में बहुत मज़ा आता है?"

"हाँ, बड़ा मज़ा आता है। मीठा-मीठा-सा दर्द होता है, छुप-छुपकर मिलने में अच्छा लगता है। मुझे तो अपने फर्स्ट लव की अभी तक याद है।"

"सच? फिर वह कहाँ गया?"

"पता नहीं अभी कहाँ होगा? वह भाग गया था।"

"बदमाश था?"

"और क्या, अच्छा चलो, जल्दी में मुँह साफ़ करो, मैं दूध लाती हूँ।"

चंद्रकला भीतर बाथरूम में चली गई। मिस जूली अपने काम में लग गई। चंद्रकला के बालमन ने पहली बार स्त्री-पुरुष के इस नये रूप को समझा तथा जाना। उसे स्त्री-पुरुष की यह दोस्ती बहुत अच्छी लगी। वह कुल्ला करते देर तक इस पर विचार करती रही और मुस्कुराती रही।

चंद्रप्रभा और गंगा दोनों नीम की दातौन करते बरामदे में आईं, बाहर की भीड़ देख चौंक गईं। चंद्रप्रभा सहम-सी गई। दोनों परदे से छुपकर खड़ी हो गईं और बाहर लोगों को देखने लगीं।

"पता नहीं दीदी, देखो वह लड़की कितना रो रही है।"

"क्यों, उसका क्या अपराध है?"

"कुछ ग़लत काम करी होगी, हमारे गाँव में भी एक लड़की ने पाप किया था। पंचायत बैठी थी। उस लड़की को उसके घर वालों को गाँव से निकाल दिया था।

"उफ!'

"हाँ, बाद में उन पर बहुत मुसीबत आई, इसलिए ग़लत करना नहीं चाहिए भगवान भी दंड देते हैं और संसार के लोग भी देते हैं।"

"क्या इसको भी निकाल देंगे?"

"पता नहीं, पर ऐसे लोगों को देखना भी पाप है, चलो भीतर चलते हैं। माँ डाँटेगी।"

गंगा ने चंद्रप्रभा का हाथ पकड़ कर भीतर खींचा। चंद्रप्रभा भयभीत-सी ठिठक कर खड़ी रह गई थी। पहली बार पाप की परिभाषा समझ और देख रही थी। पहली

बार स्त्री और पुरुष के प्रेम को देख रही थी। मन में कुछ दरकने लगा था। प्रेम करने से लड़की इतना अपमानित होती है? असमंजस की स्थिति में चंद्रप्रभा गंगा के पीछे भीतर आ गई। पहली बार मन में कई प्रश्न उठे। भगवान के प्रेम को लोग पूजा करते हैं। राधा-कृष्ण का मंदिर बनता है और साधारण आदमी को प्रेम करने की छूट नहीं है। ऐसा क्यों? बाहर शोर ज्यूँ-का-त्यूँ था। चंद्रप्रभा हतप्रभ-सी पलंग पर बैठी रही।

चंद्रप्रभा के बालमन ने संबंधों के इस नये रूप को पहली बार जाना था। चंद्रप्रभा के माथे पर चिंता की रेखाएँ पड़ गई थीं। नन्हीं-सी आँखों में भय समा गया था। पहली बार पाप को देखा था और पाप का दंड भी देख रही थी। जीवन के इस भेद को समझ कर वह मन-ही-मन दुःखी थी।

49

पृथा अपने विचारों में गुम, खोई-सी बाहर बगीचे में बैठी थी। घर सूना-सूना लगता था। घर में दो मृत्यु हो गई थीं, जिससे घर की रौनक चली गई थी। मनहूस-सा घर हो गया था।

डॉक्टर अहमद अचानक आए थे और देर से पृथा देवी के सामने खड़े थे, परंतु अपने विचारों में गुम पृथा डॉक्टर अहमद का आना नहीं जाना पाई। डॉक्टर अहमद की परछाई लंबी होती पृथा को ढक रही थी। अचानक आभास से वह चौंकी, देखा तो सामने डॉक्टर अहमद खड़े थे।

''अरे आप?'' पृथा विस्मित रह गई।

''आप अपने ख़्यालों में इतनी खोई थीं कि आपने मेरा आना भी महसूस नहीं किया। कहाँ गुम थीं? अब कैसी तबीयत है? इतना विचारों में गोता लगाएँगी तो ख़ुद आप ही सोचें कैसे ठीक होंगीं?''

''नहीं...ऐसे ही कुछ सोचने लगी थी। माँजी और ताऊ के जाने से घर सूना हो गया है न?''

''वह तो ठीक है, पर अपना भी ख्याल रखें।''

''मैं अब ठीक हूँ, बुख़ार एकदम नहीं है।''

''वह ठीक है पर हमेशा दुश्मन से सतर्क रहना चाहिए, जाने कब फिर से हमला बोल दे। बीमारी भी हमारी दुश्मन ही है न? शरीर स्वस्थ नहीं रहता, हमें इसे स्वस्थ रखना पड़ता है।''

''अच्छा-अच्छा,'' पृथा हँस दी,'' भीतर चलें, चल कर कुछ जलपान लें।''

''ठीक है, चलें। आज तो हम बीमार से नहीं, पृथा देवी से मिलने आए हैं। पृथा देवी से पूछना है कि वह हमारे मरीज़ को स्वस्थ क्यों नहीं रहने देतीं? बार-बार रोगी क्यों बना देती हैं?''

''अच्छा, भीतर चलिए। भीतर ही पूछताछ की कचहरी लगाइए।''

''एकदम चलिए।''

दोनों उठकर भीतर आए। बरामदे में चंद्रप्रभा और गंगा पढ़ाई करते मिल गईं। दोनों को देखते डॉक्टर अहमद एक कुर्सी पर बैठ जाते हैं। पृथा देवी गंगा को नाश्ता लाने को कहती हैं।

''आपको कुछ पता है, दुनिया में क्या-क्या हो रहा है? प्रिंस ऑफ वेल्स आए हुए हैं। बड़ी धूमधाम, गहमागहमी मची है। करोड़ों रुपया फूँका जा रहा है। सारे राजा-महाराजा रईस नगर सेठ वहाँ डेरा डाले पड़े हैं। दिल्ली में हर चीज़ महँगी हो गई है।''

''हाँ डैडी और मेरे पति भी गए हैं।''

''सोचिए, तैंतीस करोड़ हिंदुस्तानियों पर सिर्फ़ एक-डेढ़ लाख अँग्रेज शासन कर रहे हैं।''

''हमें इन्हें नकारना चाहिए सहयोग करना बंद करना चाहिए।''

''कैसे? यहाँ हमारे सभी ऊंचे-तपके के लोग अँग्रेजों के गुलाम हैं। सारे राजा-महाराजा उनकी ताबेदारी में हैं, इसलिए तो इनके हौसले बुलंद हैं।''

''इन्हें भगाने का क्या उपाय हो सकता है?''

''यदि असहयोग आंदोलन सफल हो गया तो बस समझिए स्वराज हमारे सामने है। हममें एकता की कमी है, जिस दिन हम भीतर से जाग गए तो समझो उस दिन हम आज़ाद हो जाएँगे।''

''मेरे भाई असहयोग आंदोलन में सक्रिय हैं।''

''हम सब को इनका साथ देना चाहिए। विदेशी माल का बहिष्कार करना होगा। आख़िर कब तक इनका जंगलराज चलेगा? आप भी खादी बुने, खादी पहनें। कल मैं अपनी बहनों को लाऊँगा। आप उनके साथ बाहर निकलें, काम करें। आप इनके अत्याचार देख दंग रह जाएँगी। यह हमारे लोगों के सहारे ही हम पर राज्य कर रहे हैं। सरकारी ओहदे, सरकारी तमगे बाँट-बाँट कर यह लोगों को प्रभावित करते हैं। चापलूसों को पदवी देते हैं। लेकिन एक दिन आप देखेंगी कि यह ज्वालामुखी फटेगा, विस्फोट होगा। जगह-जगह आंदोलन भड़क रहे हैं। अब शैतान का अंत निकट ही है।''

''आंदोलन हो रहे है, यह तो रोज़ सुनते हैं, पर क्या हम सफल हो पाएँगे?''

''क्यों नहीं, हमारे देश के गद्दारों को अँग्रेजों ने अपना गुलाम बना रखा है। इनके व्यापार को बढ़ावा दे रखा है। कारख़ाने, वज़ीफ़े, तमगे, उद्योग सब इन्हीं लोगों

के तो चल रहे हैं। याने हमारे घोड़ों पर ही यह सवारी कर रहे हैं, उन्हीं को हाँक रहे हैं। ऐसे लोग बहुत थोड़े हैं, जो अपने निजी स्वार्थ के कारण देश को बेच रहे हैं। आप देखें एक दिन ज़रूर ऐसा आएगा जब इन्हें लौटकर वापस अपने देश जाना होगा।''

''जाने वह शुभ दिन कब आएगा?''

''ज़रूर आएगा मोहतरमा, आज गांधीजी की बातों को लोग सही नहीं मान रहे हैं पर आप देखना एक दिन सभी लोग उनके बताए रास्ते पर चलने के लिए मजबूर हो जाएंगे। आपके ससुर और पति शामिल होंगे। स्वतंत्रता का जुनून सब के सर चढ़कर बोल रहा है। पुरुष, नारी, बच्चा तथा हर जाति के लोग बस एक ही बात सोच रहे हैं। इस सोच के अलावा उनकी दूसरी सोच समाप्त हो गई है।''

''क्या मेरे पति और ससुर भी अपनी सोच बदलेंगे, यह तो एकदम असंभव बात होगी?''

''इसके अलावा उनके पास दूसरा रास्ता नहीं होगा। आप ख़ुद बताइए इसके अलावा वह क्या करेंगे? क्या अँग्रेज मित्रों के साथ लंदन जाएँगे? कारोबारी मित्रता का अंत भी बहुत जल्दी हो जाती है। इन्हें अपनी चाल तो बदलनी ही होगी। शतरंज का एक तरफ़ खेल आख़िर कब तक चल पाएगा?''

''आज आप से बात कर मुझे अच्छा लगा, लगा मैं भी सोच-विचार कर सकती हूँ।''

''सिर्फ़ विचार ही नहीं आप तो इसमें सक्रिय भागीदारी लें। जिस दिन घर की नारी भी विद्रोह कर देगी तो सोचिए अँग्रेज कितने दिन टिक पाएँगे?''

''आप कल अपनी बहनों से ज़रूर मिलवा दें?''

''ज़रूर। आप स्वयं देखिए, पर्दे-बुर्क़े में रहने वाली लड़कियाँ इतना बढ़-बढ़ कर कार्य कर रही हैं तो आप तो कर ही सकती हैं। घर-घर से लोग खड़े हो जाएँ तो स्वराज को तो आना ही है।''

''आपने मेरे भीतर की चेतना को जगा दिया है। लगा मैं भी कुछ कर सकती हूँ।''

''हमें अपनी ज़िंदगी के मायाजालों से बाहर आना होगा। मैं से निकल कर हम में शामिल होना होगा। अकेले के घेरे को तोड़कर भीड़ में खड़े होना पड़ेगा। आप कविता लिखती हैं, आप आज़ादी के गीत लिखें, उन्हें बाहर सभा में पढ़ें। मुट्ठी-मुट्ठी भी यदि सब ताक़त अपनी देंगे तो देश शक्तिशाली हो जाएगा और दानव के चुंगल से मुक्ति पा जाएगा।''

तभी गंगा नाश्ता ले आई। पृथा ने प्लेट में सजाकर नाश्ता डॉक्टर अहमद को दिया।

''आप भी तो लें?''

"अभी इच्छा नहीं है।"

"नहीं थोड़ा तो लें, शरीर को स्वस्थ रखें।'

"आपके अपने भाई का क्या नाम बताया था, जो असहयोग आंदोलन में भाग ले रहें?"

"हरिदेव।"

"बहुत अच्छा है। देखिए हम सारी उम्र कितनी छोटी-छोटी लड़ाइयों में घिरे रहते हैं। हारते और मरते हैं। आज सब एक बड़ी लड़ाई की सोच रहे हैं तो अपने आप छोटी लड़ाइयाँ समाप्त हो गई हैं। सारे भेद अपने आप समाप्त हो गए हैं। इसलिए हमेशा एक बड़े लक्ष्य के बारे में ही सोचना चाहिए।"

"क्या हम संसार को, समय को, जीवन को अपने अनुसार मोड़ सकते हैं? क्या हमें अपना मन मुताबिक संसार मिल सकता है?"

"हाँ, क्यों नहीं? रोते-बिसूरते जीवन काटने से तो अच्छा है, हम स्वयं बढ़कर उसका निर्माण करें। बने-बनाए संसार में तो केवल बुज़दिल लोग जीते हैं, साहसी लोग तो अपना संसार स्वयं बनाते हैं। दूसरों के द्वारा बनाए पथ पर चलना और अपने लिए नये रास्ते बनाना तो एकदम भिन्न बात है।"

"क्या राजनीति के क्षेत्र में नारी को भी भाग लेना चाहिए?"

"भला क्यों नहीं लेना चाहिए। दुनिया के सारे कष्टों को पीड़ा को नारी को ही तो अंत में ज़्यादा झेलना पड़ता है, फिर नारी भी तो समाज का, संसार का आधा अंग है। व्यवस्था से हटकर रह सकती यदि रहती है तो वह दोषी कहलाएगी। आने वाला समय उसे कभी क्षमा नहीं करेगा।"

"लेकिन नारी तो आश्रित है।"

"आश्रित तो नारी ने अपने को मान लिया है, पुरुष की गुलामी स्वीकार ली है। यह तो आपकी इच्छा पर है न, कि आप कैसा जीवन पसंद करते हैं। एक गुलाम क़ैद में पड़े रहकर अपनी सज़ा काटता है, दूसरा सलाखें तोड़कर बाहर आने की कोशिश करता है और सफ़ल रहता है। मनुष्य जीवन का उद्देश्य ही नया निर्माण करना है। यह नहीं कि दूध-घी-रबड़ी खाते रहो और ओढ़कर चैन से सोते रहो। हर व्यक्ति को अपने हिस्से का श्रम-निर्माण करना ही चाहिए। वह संसार में कार्य करने के लिए ही भेजा गया, इसलिए अपने कर्त्तव्य से जी नहीं चुराना चाहिए।

"नारी हो अथवा पुरुष नियम तो दोनों पर समान रूप से लागू होते हैं।"

"आज मैंने आपके भीतर बैठे मनुष्य को देख लिया। अब तक डॉक्टर से ही भेंट होती थी," पृथा ने चकित होकर कहा।

"आज आपने नज़ीर अहमद को जाना और आज मैंने भी तो पृथा देवी को समझा है। शुरू में ही कहा था न, कि आज तो मैं अपने मरीज़ से नहीं, पृथा देवी से मिलने आया हूँ।"

"फिर, भेंट हुई?"

"एकदम वह मेरे सामने है," डॉक्टर अहमद खिलखिलाकर हँस दिए।"

पृथा भी खिलखिला दी। पृथा को लगा आज का दिन बड़ा अच्छा है। आज वह डॉक्टर अहमद के भीतर बैठे एक अच्छे मित्र से मिल रही थी। एक असाधारण तेजस्वी पुरुष को देख रही थी, जो शहद की तरह मीठा और गुणी था।

"आप चुप क्यों हो गईं?"

"कभी-कभी मौन अधिक बोलकर समझाता है।"

"अच्छा, तब तो आप भी डॉक्टर हुईं, नस पकड़कर भीतर का हाल जानने वालीं।"

"आज आपने मेरे भीतर-बाहर को खंगाल दिया है। मुझे चौकन्ना कर दिया है। हमारी आज की भेंट बहुत सार्थक रही। मुझे भी लगा मैं घर में पड़े-पड़े अपने को सड़ा रही हूँ। ऐसे जीवन से तो सड़क पर गोली खाकर मरना अच्छा है।"

"चलिए, मुझे ख़ुशी हुई कि आज आपने अपने से हटकर सोचना शुरू कर दिया है, अब देखिएगा ज़िंदगी कितनी सरल और जीने के क़ाबिल लगेगी। तो चलूँ?"

"जी, लेकिन अब कभी-कभी ऐसे डॉक्टर की वर्दी उतारकर पृथा देवी से मिलने आ जाया करिए।"

"जो हुक्म।"

डॉक्टर अहमद चले गए। पृथा चमत्कृत-सी उन्हें जाते देखती रही। लगा जीवन के प्रति लगाव बढ़ा है। जीवन की कई उलझनें सुलझ गई हैं। आँख के सामने से जैसे बादल छट गए थे और आकाश साफ़-सुथरा दिख रहा था। आँखों में आँसू भर आए थे। उसके होंठ काँप रहे उठे थे। वह वैसी ही मूर्ति की तरह खड़ी रही। मन कृतज्ञ हो उठा था।

कमरे में अँधेरा हो गया था। गंगा लैंप लेकर भीतर आई तो पृथा चौंककर लैंप के थोड़े से उज़ाले को आँख भरकर देखने लगी।

50

आज भोर से ही आकाश पर बादल मँडरा रहे थे, जिससे काफ़ी ठंडक-सी हो गई थी। चमेली, मोगरा और राखी फूलों की महक हवा में भरी थी। सूरज बादलों में ढँका था, परंतु बादलों के पीछे से भी उसकी आभा स्पष्ट झलक रही थी। सूरज की सुनहरी किरणें बादलों की कालिमा को निगल कर अपनी स्वर्णकांति को क़ायम रखे थीं। बड़ा ही लुभावना दृश्य था। बादलों की ओट में छुपे सूरज का द्वंद्व देखते

बन रहा था।

पृथा स्नान कर के निकली थी। अपने गीले लंबे बालों को तौलिए से पोंछ रही थी, तभी बाहर की ओर बगीचे के कुएँ के पास किसी व्यक्ति को दातुन करते देख पृथा चौंकी। एक थैला पास ही रखा था। व्यक्ति स्नान की तैयारी में लगा था।

''अरे, यह तो बलदेव मामा है?'' पृथा आश्चर्यचकित रह गई।

बलदेव मामा को देख प्रसन्नता भी हुई और परेशानी भी लगी। अचानक बलदेव मामा कैसे आ टपके? किसी बड़े समाचार का संकेत पाकर मन-ही-मन व्याकुल-सी हो उठी। आतुर मन तुरंत बलदेव मामा के पास पहुँचना चाहता था। मायके के हाल जानने को वह उत्सुक-सी थी धैर्य धारण कर के वह बलदेव मामा को स्नान और पूजा करने से रोकना नहीं चाहती थी। आख़िर यात्रा के कारण वह थक से गए होंगे। विस्मित -सी पृथा भीतर गई और गंगा से कहकर बलदेव मामा को मेहमान कमरे में बैठवा दिया।

बालों का जूड़ा बनाकर पृथा कमरे में पहुँची तो देखा बलदेव मामा बूँदी के लड्डू बड़े प्रेम से खा रहे थे। समझ गई गंगा ने समाचार ताईजी को दे दिया होगा और उन्होंने तत्काल नाश्ता भेज दिया था।

''मामा, कैसे अचानक आना हुआ, आने का कोई पत्र तो डाल दिया होता?''

''बिटिया, तुम्हें लेने नहीं आए हैं, इस बार तो अचानक बड़े कष्ट में तुम्हारे द्वार आना पड़ा।''

''अच्छा, कैसे?''

''वह तुम्हारे हरिदेव भइया हैं न, उनकी पकड़ हो गई है। सुना है उन्हें कालापानी भेजा गया है। निश्चित जानो फाँसी तो होगी ही न? सोचा था तुम्हारे ससुर की अँग्रेजों के साथ उठा-बैठक है। छोटे-छोटे बच्चे हैं। तुम्हारी मामी बड़ी बिलबिला कर तड़प रही है। केश छोड़ रखें हैं, कहती हैं जब वह छूटकर आएँगे तभी बाँधेंगी, रोटी का कौर भी मुँह में नहीं रख रही हैं। क्या बताएँ, समझो घर में काल का वास हो गया है। हरिदेव को फाँसी न होकर उम्रक़ैद हो जाती।''

पृथा कुर्सी पर धम्म से बैठ गई मन जैसे बैठ-सा गया। शरीर पत्थर का बेजान हो गया। मायके में इतना बड़ा संकट आ पड़ा है और वह वहाँ नहीं है? भाभी, बच्चों के मुख आँख के आगे घूम गए।

''कैसी असंभव बात को कराने आ गए मामा,'' पृथा ने अत्यंत दुःखी होकर खोये स्वर में कहा, ''भला मेरे ससुर यह काम कैसे करेंगे? उनका तो अँग्रेजों के साथ रोज़ का उठना-बैठना है।''

''बताओ बिटिया, ऐसे संकट में और कहाँ जाएँ?'' बलदेव मामा ने अ... चकचाकर कहा।

''मामा तुम तो मेरी अग्नि परीक्षा लेने आ गए। ससुराल में कितना असर

है। यह आँकने चले आए। जो बात हो नहीं सकती उसे कहने से क्या लाभ? अपने को छोटा करना है और क्या?''

''तुम्हारा स्वास्थ्य कैसा है बिटिया? तुम कुछ बीमार, पीली-सी लग रही हो?'' अचानक बलदेव मामा ने अपनी बात का सिरा छोड़कर उस पर नज़र डालते हुए कहा।

''इधर बुखार आ गया था।''

''अच्छा,'' बलदेव मामा ने बीड़ी सुलगाई, ''दिल्ली में जमाई राजा के लच्छन कुछ अच्छे नहीं लगे।''

''क्या? आप से मिले थे? कब? '' पृथा चौंकी।

''मिले नहीं, हम ख़ुद गए थे? तुम्हारी भाभी साथ गई थीं। आलीशान महल जैसा उनका टेंट था।''

''अरे, भाभी को भी ले गए थे? इसकी क्या ज़रूरत थी मामा?'' पृथा ने लाचारी से कहा।

''भाई दुःखी और घायल आदमी तो इधर-उधर परेशान दौड़ता है न? हम लोग भी भाग रहे थे, पता चला कि तुम्हारे ससुर और पति आए हैं तो अपनी व्यथा सुनाने चले गए। दुःख अपनों से ही तो कहा जाता है न?''

''ठीक है, लेकिन...।'' पृथा अटपटा-सी गई। कुछ बोल नहीं पाई। जाने क्यों उसे यह सब सुनना अच्छा नहीं लग रहा था।

''मना तो उन्होंने वहीं कर दिया था, फिर भी मैं आशा लेकर आ गया कि शायद कुछ सुन लें।''

''मदद करना होती तो क्या वहीं नहीं कर देते,'' पृथा ने रोष से कहा।

''बड़े लोग हैं, कौन एक बार में सुनते हैं? बार-बार तो कहना ही पड़ता है, तब जाकर इन लोगों का मन बनता है। भगवान भी तो एक बार में नहीं सुनता।''

''लेकिन कब आएँगे कोई निश्चित तो है नहीं न?''

''नहीं आज आ जाएँगे। सब पता करके ही आया हूँ।''

''अच्छा''

तभी कमरे में लता आ गई पृथा को गंभीर देख वह समझ गई कि मामला कुछ गंभीर है, फिर भी सीधे-सीधे पूछने का साहस नहीं हुआ।

''सब कुशल है न बहू?''

''ताईजी हरिदेव भइया की पकड़ हो गई है। सुना है कालापानी भेज रहे हैं।''

''कालापानी?'' लता के चेहरे का रंग उड़ गया, ''भला वहाँ से कोई जिंदा लौटा है?''

''वही तो,'' बलदेव मामा बोले, ''इसीलिए तो पृथा के ससुर से सिफारिश करने आए थे कि कुछ यदि हो सके तो विचारें, उसके छोटे-छोटे बच्चे हैं।''

''लेकिन समधीजी यह, तो हम और आपकी सोच है, क्या हरिदेव इसे पसंद करेगा? यह भी तो सोचें? यह लोग तो सर पर कफ़न बाँधकर ही आंदोलन में कूदते हैं। इन्हें मृत्यु से क्या भय?''

''वह तो आप जो कह रही हैं, सही बात है पर हम तो केवल बच्चों के लिए सोचते हैं।''

''आपका सोचना फ़िज़ूल है, इन लोगों का किसी से कोई रिश्ता नहीं होता, यह तो बस देश से रिश्ता रखते हैं। आपकी भागा-दौड़ी बेकार है। गोपीलाल जी के कहने से भी कुछ नहीं हो सकता। अँग्रेजी कानून-हुकूमत बहुत सख़्त हैं। इनके खेमे में तो कोई चिड़िया भी पर नहीं मार सकती। सब गुप्त रखते हैं, किसी पर विश्वास नहीं करते। इनकी सफलता का कारण भी यही है। हम लोग तो विश्वास करके ही मारे जाते हैं न? हम लोग तो आपस में ही लड़ते रहते हैं।''

लता की बात का असर बलदेव मामा पर पड़ा, उनके माथे की लकीरें गहरी हो उठीं, चेहरा लटक-सा आया। समझ गए कि हरिदेव की मृत्यु निश्चित है। लता एक सात्विक महिला है, बिना लाग-लपेट के अपनी बात स्पष्ट कह देती है। उनके इस गुण को सब मानते थे।

''क्या बतलाऊँ, बहू की हालत देखी नहीं जाती, इस कारण से भागा-दौड़ी में लगा हूँ, पर जानता हूँ सब व्यर्थ ही है।''

''जो जैसा अन्न खाता है, उसका मन भी वैसा ही हो जाता है। आप क्या सोचते हैं गोपीलालजी आपकी मदद करेंगे? ब्रिटिश राज्य की स्वामी भक्ति में जिसने अपना जीवन गँवा दिया, वह भला इतनी छोटी-सी बात के लिए अपना विश्वास, निष्ठा क्यों खोएगा?'' लता के चेहरे पर कटुता उभर गई।

''अब मुझे क्या करना चाहिए?''

''आप गोपीलालजी के आने तक की राह देख लें, पर समधीजी पहले से ही अपने मन को न सुनने के लिए तैयार कर लें। अधिक उम्मीद बाँध लेने से मनुष्य को इतना ही दुःख होता है।''

''आपने एकदम सत्य कहा। यह बात तो मुझे दिल्ली में ही समझ लेनी थी जब वह टालमटोल कर रहे थे। अब जो भाग्य में बदा हो उसे तो सहना ही है, क्या करें।''

''अधिक चिंतित मत होइए, ज़रूर कोई-न-कोई मार्ग निकलेगा। ज़रूरी नहीं कि सभी कालापानी वालों को फाँसी दी जाती हो।''

''असहन यातना जो वह लोग देते हैं क्या वह फाँसी से कम दंड है। अब यही भगवान की इच्छा है।''

''मामा धैर्य रखें,'' पृथा ने मामा को धैर्य बँधाया परंतु वह ख़ुद इस दुःखद समाचार को सह नहीं पा रही थी। गहरी वेदना उसके मुख पर छप-सी गई थी।

मुँह से बोल नहीं निकल रहा था। कुछ बोलने का मन नहीं हो रहा था, बस चुप-मौन धारण करके बैठे रहने की इच्छा हो रही थी। बार-बार हरिदेव भइया का चेहरा याद आ रहा था। बचपन की कई स्मृतियाँ कौंध रही थीं। कितने संस्मरण थे जिन्हें थका मन एक-एक करके चिड़िया की भाँति बीन रहा था। कैसी मधुर आवाज़ थी। ग़ज़ल गाते तो लोग अपने आप अपने कमरों से निकलकर आ जाते। बड़े हुए तो देशप्रेम ने उन्हें अपने पथ का साथी बना लिया। वीरयोद्धा की तरह वे जुट गए थे। घर आंदोलन-कारियों का दफ़्तर बन गया। नीचे के तहख़ाने में गुप्त बैठकें होने लगीं। योजनाएँ बनने लगीं। हस्तलिखित अख़बार लिखे जाने लगे। बग़ावत की आग भड़कने लगी। सभी विद्रोही इकट्ठा होने लगे। मौज-मस्ती, राग-रंग में मस्त रहने वाली उम्र देशप्रेम के कँटीले, पत्थरीले रास्ते पर बढ़ गई। सारी भावना, चेतना, उमंग देश के लिए निछावर हो गई। सारे माया-मोह तोड़ दिए थे। भूखे-प्यासे महीनों इधर-उधर भटकते रहते थे। जगह-जगह आंदोलन होने लगे, हड़तालें होने लगीं, बाज़ार बंद होने लगे। विद्रोह चरम सीमा पर था। कहानी का अंत सब जानते थे। सभी जानते थे कि अँग्रेजों की गोली लगेगी या कालापानी की सज़ा होगी। अब तो हरिदेव भइया की करुण, पीड़ाभरी स्मृतियाँ ही रह गई थीं, जिन्हें याद करके मन घुटन से भर उठता था।

''मुझे निकल जाना चाहिए, मैं क्यों अधिक इंतज़ार में समय नष्ट करूँ,'' बलदेव मामा ने झुँझला कर कहा। उनके मन की कुंठा मुखर हो आई थी।

''रास्ता देख लें, हर्ज क्या है, एक बार स्पष्ट बातचीत करके ही जाना चाहिए वरना मन में दुःख रह जाएगा।''

''आपकी सलाह तो ठीक है, पर अभी ऐसे में मुझे वहाँ बहू और बच्चों के पास रहना चाहिए, व्यर्थ समय गँवाने में कोई लाभ नहीं न।''

''आज भर देख लो मामा, नहीं आए तो भोर चले जाना। रेलयात्रा ही अधिक ठीक है, कम समय में पहुँच जाओगे।''

''बात तो सही है, आजकल वैसे भी जाँच-पड़ताल अँग्रेज सैनिक अधिक करने लगे हैं। सख़्ती से पूछताछ करते हैं। साधु, संन्यासी या कोई सीधासादा राहगीर दिख जाए तो पकड़ लेते हैं। साधु या संन्यासी को तो देखते ही गोली मार देते हैं। व्यापारी लोग भी अब कम यात्रा करते हैं। माल लाने-जाने में भी जोखिम का भय रहता है, इस कारण देखो महँगाई कितनी बढ़ गई है। दिल्ली में जो मकान आठ आने किराए पर मिल जाता था अब पाँच-दस रुपए पर भी नहीं मिल रहा है। लोग किराए पर मकान देने से भी घबराते हैं, जाने कब कौन बागी लोग अड्डा जमा लें और अँग्रेज सैनिकों की गश्त बढ़ जाए।''

''यहाँ भी हालात अच्छे नहीं हैं। उपद्रव तो दिन-पर-दिन बढ़ रहा है। रात्रि गश्त बढ़ गई है। सारे दिन और सारी रात भैंसा गाड़ियों पर आग बुझाने के लिए

पानी भेजा जाता है, ताकि ज़रा भी कहीं उपद्रव दिखा तो वहाँ काबू पाया जा सके। जिधर देखो उधर अँग्रेज सिपाहियों की क़तारें दिखती हैं।''

''दिल्ली में तो आजकल घोड़ा बग्घियों पर आग बुझाने के लिए स्टीम इंजन लगाया गया है। वहाँ दिन भर घोड़ा बग्घियाँ दौड़ा करती हैं,'' बलदेव मामा ने बताया।

''जाने क्या होने वाला है?'' लता ने गंभीर चिंता व्यक्त की, जिसका समर्थन सभी ने किया।

''पहले तो रेलवे स्टेशन पर पगड़ियाँ दिखती थीं पर अब तो रेलवे स्टेशन पर टोप दिखते हैं। अँग्रेज अधिक यात्रा करने लगे हैं।''

''रेलयात्रा में मज़ा तो बहुत आता होगा न?'' लता ने अचानक पूछा, ''मैंने तो अभी तक रेल भी नहीं देखी और न ही यात्रा की है, बस सुना ही सुना है।''

''आप भी यात्रा कर लें, रेलयात्रा में बड़ा आनंद आता है,'' पृथा बोली

''अब क्या रेल पर चढ़ें? एक बार तुम्हारे ताऊ के साथ नर्मदा परिक्रमा को गए थे। अब बेटा हम लोग ठहरे धार्मिक विचार वाले लोग। भगवान की पूजा नहीं होती तो मुँह में पानी नहीं लेते। बाहर जाएँ तो पीछे भगवान को कौन पूजे? नर्मदा परिक्रमा पर गए थे, तब सारे भगवानों को एक गठरी में बाँधकर ले गए थे। रेशमी कपड़े में या ऊनी कपड़े में ही बाँधकर ले गए थे। सूती कपड़े में छूत हो जाता है। भोजन के लिए भी महीने भर की पूड़ी, अचार, लड्डू, सत्तू सब बाँधकर ले गए थे। भोजन का सामान भी रेशम या ऊनी कपड़े में ही बाँधकर ले गए थे। एक पुटरिया तुम्हारे ताऊ पकड़े थे, दूसरी को हम सर पर रखे थे, बाक़ी सामान के लिए एक नौकर था। थक जाते थे तो कहीं ऊँचे स्थान जैसे पेड़ या चट्टान पर रखते थे। रोज़ भगवानों को स्नान करा कर ही हम लोग पानी पीते हैं। उनके भोग के बर्तनों को माँजना पड़ता है, जिसे दूसरी मिट्टी से माँज नहीं सकते थे। घर से ही थोड़ा पोतना मिट्टी और कंडे की राख ले गए थे, उसी से माँजते थे। रास्ते में ख़त्म हो गई थी तो एक मंदिर के जलते अलाव से उठाई थी। इतने झंझटों के साथ यात्रा करना पड़ता है। वह तो नर्मदा परिक्रमा करना था इस कारण चले गए थे। बार-बार कैसे जाएँ तो इतने नियम निभाने पड़ते हैं।''

''अच्छा,'' पृथा हैरानी से बोली, ''ताऊजी तो बड़ी कठिन बात है। ख़ुद जाओ तो सारे भगवान को भी यात्रा करनी पड़ती है।''

''यह नियम तो बेटा निभाना पड़ता है, वरना अपने पीछे भगवान को जल, भोग कौन करेगा, फिर बिना उन्हें भोग लगाए हम लोग भी तो खा नहीं सकते थे। तुम्हारे ताऊजी तो यह सब बहुत मानते थे। छोटी यात्रा या एक दिन के लिए भी कहीं जाते तो पहले तो उनकी प्रस्थान अनुष्ठान जाती थी, फिर भगवान तथा भोजन तो जाते ही थे।''

''यह प्रस्थान अनुष्ठान क्या होता था?''

"प्रस्थान अनुष्ठान का अर्थ यह होता है कि घर से निकलने पर पंडित पत्रिका बाँचता था, तथा जाने का समय तिथि बताता था। अब उसके बताए समय तिथि पर तो निकल नहीं पाते थे, इसलिए पूजा करके प्रस्थान अनुष्ठान किसी पड़ोसी के घर उसी शुभ घड़ी में रखवा देते थे।"

"अच्छा"

"हाँ, प्रस्थान अनुष्ठान में एक लाल कपड़े में नारियल, चावल, पूजा के फूल, एक-दो पैसा रखा जाता है। घर से निकलते ही वह पड़ोसी लाकर दे देता है, फिर दूसरे रास्ते से निकलते थे, यानी पड़ोसी के घर के सामने से यदि रास्ता जा रहा है, तो उस पर से नहीं जाते थे। उस घर को देखते भी नहीं। प्रस्थान अनुष्ठान घर से निकल गया तो माना जाता था कि उसी शुभ घड़ी में आप भी निकल चुके हैं यही प्रस्थान अनुष्ठान साथ रहता है और जहाँ आप रुकते हैं वहाँ के किसी पड़ोसी के घर रखवा देते थे।"

"यह तो बड़ा कठिन नियम था?"

"हाँ, पर तुम्हारे ताऊजी तो यह नियम कठोरता से पालन करते थे। इसके बिना यात्रा नहीं करते थे। हमारे परिवार के सभी लोग इस नियम-धर्म का पालन करते थे। यह मान्यता थी कि इससे यात्रा शुभ-लाभकारी तथा सुरक्षित होती है।"

"अच्छा, बड़ी कठिन बात है।"

'यही नहीं, तुम्हारे ताऊजी तो हफ़्तों बिना पानी पीये रह लेते थे।"

"कैसे रहे होंगे बिना पानी पिएं?"

"नर्मदा परिक्रमा के समय तो मैंने पहली बार देखा था कि जब शुद्ध जल नहीं मिलता था तो वह बिना पानी के रह जाते थे, पर पानी नहीं पीते थे। जंगल में करौंदा मिल जाता था, उसे छीलकर उसके भीतर के भाग को मुँह में रख लेते थे। करौंद के खट्टेपन से मुँह में लार बनी रहती है, उससे प्यास नहीं लगती और जहाँ करौंदा नहीं मिलता था, वहाँ वह एक साफ़ कंकड़ को धो-पोछकर मुँह में रख लेते थे और बस उसे बीच-बीच में चूसते रहते थे, उससे भी लार बनी रहती है, इस तरह बिना पानी पीए रह जाते थे।"

"उफ! कितनी कठिन बात है।

"हाँ, तम्बाखू-बीड़ी तो वह लेते नहीं थे, तो यह सारा प्रयोग करते थे।"

"किस से सीखा था ताईजी उन्होंने?"

"किसी बहुत बड़े साधु ने उन्हें बताया था। अपना गुरुमंत्र दिया था।"

इस बार ताईजी मेरे साथ आप भी दिल्ली चलें इस तरह आप रेलयात्रा भी कर लेगीं और दिल्ली भी देख लेगीं?"

"अब इस बुढ़ापे में जब अंत समय निकट है क्या दिल्ली देखूँगी। नर्मदा के किनारे जन्म लिया, पले-बढ़े, ब्याह हुआ, अब नर्मदा मइया के तट पर ही अंतिम

संस्कार हो, यही इच्छा है'' विचलित स्वर में लता ने कहा, ''एक-एक करके देखो सभी साथी चले गए। तुम्हारे ताऊ और सुहासनी जो मेरी दीवार थे, जिससे टिककर मैं बैठी थी। अपने प्रिय की मृत्यु देखने के बाद क्या मोह और इच्छा बची रह सकती है?''

''ताऊजी तो साधु आत्मा थे, इस संसार से मुक्ति पा गए।''

''बहू, तुमने सच कहा। तुम्हारे ताऊजी तो साधु पुरुष थे। संसार में जो आया है, सभी को एक-न-एक दिन तो जाना है लेकिन कई लोग अपनी इच्छा, लालच और वासना से इतने अधिक भोगी होते हैं, कि अपनी इच्छाओं का कभी त्याग नहीं कर पाते, उन्हीं को भोगने वह संसार में बार-बार जन्म लेते रहते हैं। तुम्हारे ताऊ जी कहते थे सही अर्थों में तो मरण का वास्तविक रूप यही है कि संसार से सदैव के लिए विदा ले लो। मनुष्य को शरीर से नहीं मन से मरना चाहिए, मोह से मरना चाहिए। संसार में रहकर भी त्यागी-साधु बने रहो। संसार की सभी सुविधाओं से आकर्षणों से विमुख हो जाना। तुम्हारे ताऊजी की सांसारिक आकर्षणों के प्रति विरक्ति हो गई थी। कैसे चुप सुख से चले गए। ऐसे ही तुम्हारी सास कैसे चुपचाप इस संसार से चली गई थीं? सुहासनी जैसी शांत, धार्मिक सहनशील महिला मैंने दूसरी नहीं देखी। भाग्यवान नारी थीं। उन्हीं के भाग्य से सारा वैभव था। लक्ष्मी थी, उस लक्ष्मी को कोई पहचान नहीं सका। देखना एक दिन सारी माया भी चली जाएगी। वह तो किसी-किसी के प्रभाव मंडल से रहती है, फिर धीरे-धीरे सब-कुछ चला जाता है। घर से जैसे सारी बरक़त चली गई है, अब घर कैसा साँय-साँय करता है, मानो सन्नाटा किसी को खोज रहा हो।''

''सत्य कहा आपने, किसी-किसी के प्रभाव मंडल के कारण ही सारी माया होती है,'' बदलेव मामा बोले।

''चारों ओर जाने कैसी हाय-हाय मची है।''

''राजनैतिक उलटफेर, हिंसा, रक्तपात, तोडफोड़, चोरी-डकैती, लूटपाट यानी सारी विपदाएँ एकसाथ उतपात मचाए हैं। सामाजिक कुकर्म, भ्रष्टाचार, कुरीतियाँ अपने चरम सीमा पार कर चुकी हैं। अच्छी आत्माएँ विदा ले चुकी हैं, जो बची हैं, उन्हें यह गोरे लोग फाँसी-यातनाएँ दे-देकर मार रहे हैं। अच्छे लोगों से संसार खाली हो रहा है। बस पापी, कुकर्मी प्रेतआत्माएँ ही लगता है यहाँ रह जाएँगी, इन्हीं के हाथों सत्ता और शासन तंत्र रहेगा। विनाश की स्वर-ध्वनि स्पष्ट सुनाई दे रही है,'' बलदेव मामा बोले।

''बड़ा ही दुर्भाग्यपूर्ण समय आ गया है।''

''देश के हित में कोई नहीं सोचता सब चौपड़ के खेल में अपने स्वार्थ की व्यक्तिगत हित की गोटियाँ फेंक रहे हैं। अपने सारे अच्छे गुणों को दाँव पर लगा कर महाविनाश का खेल, खेल रहे हैं। सृष्टि का विनाश-प्रलय निश्चित ही है।''

"सही है। लगता है जैसे अँग्रेजों का सारा प्रशासन ठप्प-सा पड़ा है। नालियों में बदबूदार गंदगी सड़ रही है, सफ़ाई नहीं होती है। सड़के लावारिस-सी पड़ी हैं। बाज़ार के दाम सर पर चढ़कर बोल रहे हैं। चीजों के दाम सुनकर तेवर चढ़ जाते हैं। देखो सड़ी सुपारी के भाव तक कहाँ-से-कहाँ पहुँच गए। रुपया सेर बिकने लगी है सुपारी, चार आना सेर बढ़िया सुपारी बिकती थी। अब रुपया सेर हो गई। ग़रीब-से-ग़रीब आदमी भी पान खाता है। ग़रीब और अमीर दोनों को ही पान खाने का शौक़ रहता है एक यही तो शौक़ है जिसमें अमीरों से टक्कर रहती थी। ग़रीब आदमी भी पान खा लेता था, हमने तो एक आना सेर तक की सुपारी ख़रीदकर खाई है। घर में दस सेर सुपारी तो महीने में आती थी, तभी आने-जाने वाले मेहमानों को पान खाए और खिलाए जाते थे," लता ने दुःखी होकर गृहस्थी की व्यथा कही।

"लड़ाई का असर बाहर तो पड़ता ही है पर देखो घर के वातावरण पर भी कैसा पड़ता है," बलदेव मामा ने विवशता भरी लाचारी से कहा।

"अँग्रेजों का कहर तो छाया ही है, ऊपर से देखो बरसात वाले दिन कैसी ठंड बयार चल रही है, साँझ को लाल बादल मँडराते दिखते हैं। भौर को ठंडी बयार चले तो समझो अकाल निश्चित ही है। इन दिनों तो उमस भरी गर्मी पड़ती है। जब तक मौसम में गर्मी नहीं होगी पानी कैसे बरसेगा? धान की खेती तो पूरी चौपट ही जानो इन दिनों तो गर्मी तो बोनी हो जाती थी, रोपे बढ़ जाते थे। ग़रीब जनता तो समझो दोनों तरफ से मार खा रही है। रीढ़ की हड्डी और कमर की हड्डी दोनों टूट जाएँ तो कोई कैसे खड़ा होकर रह सकता है? जीवन तो समझो दुःस्वप्नों से भर गया है," लता के चेहरे पर गहरी चिंता की रेखाएँ थीं।

सब लोग उदास हो गए। चारों तरफ़ चुप्पी छा गई। बलदेव मामा का चेहरा चिंता से काला पड़ गया था। उन्हें दूर-दूर तक कोई आशा नज़र नहीं आ रही थी। उनका चेहरा बूढ़ा और बीमार-सा दिखने लगा था।

बलदेव मामा का हताशा से भरा मुख देख पृथा विचलित-सी हो उठी। अपने को विवश-निष्प्रभ देख उसका मन दुःख के सागर में डूबने लगा था। उसके द्वार से बलदेव मामा निराश लौट रहे थे। बेटी के सुसराल से टका-सा मुँह लेकर मायके का आदमी लौटे तो बेटी की क्या औक़ात रह जाती है? कोशिश करना मनुष्य का धर्म होता है, परंतु वह तो कोशिश करने का साहस भी नहीं कर पाती थी। जानती थी वह जीवन के समराँगण में पूरी तरह असफल साबित हुई थी। शान-शौक़त, कोठी, नौकर-चाकर सब दिखावे के हैं। उसका अपना कोई मूल्य नहीं है। शारीरिक रूप से जीवित रहते हुए भी वह मृत जैसी ही है। बलदेव मामा के आगे भी उसकी अपनी ढकी-छुपी मर्यादा नंगी हो गई थी। बलदेव मामा उसे सारे सुखों से, ऐश्वर्य से भरपूर समझते थे। कुलवधू की सारी संपदाएँ, सौभाग्य, मर्यादाएँ उसके चरणों की पायज़ेब की पगध्वनि में गुँथा हुआ समझते थे। उसके पैरों में किसी के कुल की सोने की

पायज़ेब ज़रूर बँधी थी, परंतु पायजेब के सारे घुँघरुओं के मुँह खुल गए थे और उसके स्वर बेजान और बोथरे हो चुके थे। सोचते ही पृथा की आँखों से झर-झर आँसू बहने लगे।

51

तीतर के पंख के रंग के घने काले बादल आकाश पर छाए थे। बंगाली सिंह जब घर से निकले तो आकाश में छाए बादलों को देखकर थोड़ा विचलित हुए थे, सोचते रहे, जाएँ अथवा न जाएं। विचारों में द्वंद्व होता रहा। अंत में जाने का ही विचार कर लिया और निकल पड़े थे। थोड़ा ही रास्ता पार कर पाए थे कि अचानक देखते-ही-देखते छमाछम बूँदे बरस पड़ीं। मोटी-मोटी बूँदों का वज़न और प्रहार देख समझ गए कि घर से निकलना ठीक नहीं रहा, परंतु अब इतना आने के बाद लौटना मूर्खता होगी, सोचकर वह तेज़ी से आगे बढ़े। पानी ने ज़ोर पकड़ लिया। सामने ही बाज़ार दिख गया। लपककर एक दुकान में घुस गए। पानी के झपाटे जोर से आ रहे थे, सारा वातावरण गीला हो गया था। बारिश के कारण लैंपपोस्ट, घर कुछ नहीं दिख रहे थे। तब जैसे बारिश की चादर की आड़ में चले गए थे। देखते-ही-देखते सड़क पर घुटनों तक पानी भर गया।

दुकान खुली थी, पर उसमें कोई नज़र नहीं आया। बंगाली सिंह दुकान के एक कोने पर खड़े बरसते पानी को देखते रहे। पानी ने ज़ोर पकड़ लिया था। पानी की धार जिस गति से गिर रही थी, उससे लग रहा था कि पानी दो-तीन घंटा रुकने वाला नहीं है। मन-ही-मन पश्चात्ताप-सा होता रहा। कैसे घर से निकलकर मूर्ख बन गए थे। घर से निकले थे वैद्य से मिलने। लगभग महीना भर हो गया था उनकी पत्नी का ज्वर सुधर ही नहीं रहा था। ख़ुद की दवा दे-देकर थक गए थे। ताप नीचे उतर ही नहीं रहा था। चिंता से चित्त अशांत-सा हो चला था। थके-थके से वह जाने कितनी बातें विचार करते खड़े रहे, तभी किसी की आवाज़ पर चौंक गए।

"भीतर इधर बेंच पर बैठ जाइए," किसी ने कहा।

"अच्छा," कहते पलटे तो चौंक उठे। सामने लटारया खड़ा था। एकदम स्वस्थ, चुस्त, दुरुस्त जान पड़ रहा था।

"आप?" लटारया भी एकदम चौंक पड़ा जैसे सामने किसी प्रेत को देख रहा था।

"तुम, कैसे हो? कई बरसों बाद आज दिखे? पानी गिरना तो ठीक ही रहा। पानी के कारण दुकान में चढ़ आया था। चलो ख़ूब मिले," बंगाली सिंह ने प्रसन्नता

से कहा।

"आइए, इधर बैठ जाइए," लटारया बेंच पोंछता बोला।

"मगर तुम आए किधर से, जब मैं दुकान पर चढ़ा तो सूनी पड़ी थी। संकोच हुआ पर अब क्या करता, पानी का ज़ोर बढ़ गया था, इस कारण खड़ा रहा।"

"इस दुकान से लगा ही यह कमरा है, वहीं रहता हूँ। इसका दरवाज़ा देखिए यह सामने तो है। पानी आ रहा था तो भीतर पुस्तकें ठीक कर रहा था, कोने में पानी टपकता है। उस कमरे में मेरा गोदाम का भी उपयोग हो जाता है।"

"तो तुम पुस्तकों की दुकान चला रहे हो?" बंगाली सिंह ने दुकान पर नज़र घुमाई। दुकान बड़ी साधारण-सी थी।

"हाँ पुस्तकें भी बेचता हूँ और इधर एक अख़बार भी चालू किया है।"

"अच्छा, क्या नाम है?"

"दैनिक रोज़नामचा।"

"अच्छा, चलो, यह काम तुम ठीक कर रहे हो।"

"शुरू किया है। कुछ प्रतियाँ बिक जाती हैं?"

"कितना छापते हो?"

"अभी तो सौ प्रतियाँ छाप रहा हूँ, वह भी नहीं बिकती। ख़ुद ही पच्चीस-पचास चाय की होटलों में तथा दूसरी दुकानों में दे आता हूँ। घाटे में चल रहा है।"

"शुरू-शुरू में तो सब घाटा ही उठाना पड़ता है, क्या क़ीमत रखी है?"

"एक आना क़ीमत है, फिर भी कोई नहीं ख़रीदता। अख़बार ख़रीदने का तथा पढ़ने का चलन अभी अपने देश में शुरू नहीं हुआ है। सभी यही मानते हैं कि अख़बार तो अँग्रेज अधिकारी ही पढ़ सकते हैं। भारतीय लोगों को अख़बार नहीं पढ़ना चाहिए, अपराध है। दो पन्नों का छोटा-सा साप्ताहिक अख़बार है।"

"लेकिन नाम तो दैनिक है? अख़बार पढ़ने की आदत धीरे-धीरे ही बनेगी।"

"अपने यहाँ कौन ख़बरें बासी होती हैं? एक ही घटना की चर्चा महीनों-सालों रहती हैं। नाम ज़रूर दैनिक है पर सप्ताह में ही छापता हूँ, वह भी कई सप्ताह छाप नहीं पाता।"

"अख़बार ही तुम्हारे दिमाग में बात कैसे आई और कोई धंधा कर लेते?"

"दरअसल कोई काम तो जानता नहीं, हर काम के लिए भी पूंजी चाहिए। यहाँ से भाग कर मैं आगरा चला गया था। एक पुस्तक की दुकान पर काम करने लगा था। दो रुपया पगार मिलने लगी थी। किताब-कापी की दुकान थी। स्कूल जाने वाले बच्चों की पुस्तक-कापी-स्लेट वहाँ बिकती थी। काम ठीक समझ में आने लगा था। उसके पहले बहुत भटक चुका था। चंबल के बीहड़ों में भी रहा। मान सिंह डाकू के दल में रहा। मुख़बरी का काम करता रहा, कई वर्ष रहा पर समझ गया यह काम बड़ा जोखिम का है, इसलिए आगरा निकल गया। आगरा से थोड़ी-बहुत

मुख़बरी कर देता था पर बाद में धीरे-धीरे सब बंद कर दिया।''

''अच्छा डाकुओं की हेड़ में भी रह आए, तब तो तुमने काफ़ी दुनिया देख ली?''

और क्या, डाकुओं के जीवन को निकट से देखा। मैंने तो पुतलीबाई को भी देखा था। दो बहनें थीं। ब्याह-शादी में नृत्य करती थीं। पुतलीबाई बड़े सुरीली आवाज़ में गाती थी।

''अच्छा पुतलीबाई के बारे में सुना तो मैंने भी काफ़ी है, परंतु देखा कभी नहीं, अच्छी नर्तकी और गायिका थी।

''बहुत ग़ज़ब की सुंदरी थी। आल्हा बहुत अच्छा गाती थी। यह दो बहनें थीं। बरसात के दिनों में गाँव-गाँव दोनों बहनें आल्हा गाती थीं। ठाकुर लोग अपनी हवेलियों में बुलाते थे। कई-कई गाँव की भीड़ जुट जाती थी। सभी दम साधे उसका आल्हा सुनते थे। बाहर वर्षा होती रहती थी और भीतर पुतलीबाई आल्हा गाती थी। पुरुषों का वेश धारण करके गाती थी। सर पर साफ़ा बाँधे रहती थी। कमर में तलवार लगाए रहती थी। आल्हा गाते-गाते जोश में तलवार निकाल लेती थी, दर्शकों में भी लोग उत्तेजित होकर तलवारें खींच लेते थे। इतना जोश भर देती थी। पूरी सभा में बस एक लालटेन जलती रहती थी। सारी सभा अँधेरे में बैठी रहती और लालटेन के उजाले में पुतलीबाई आल्हा गाती थी। सारी सभा साँस रोके, सन्न से बैठी पुतलीबाई का आल्हा सुनती रहती कभी सब रोते, कभी दुःखी होते, कभी हँसते और कभी तलवारें खींच लेते थे। साफ़ा बाँधे सैनिक वेश में पुतलीबाई अद्भुत सुंदरी लगती थी। पुतलीबाई का मदभरा यौवन, लुभावना रूप, ग़ज़ब की भावभंगिमाएँ देखते ही बऩती थी। सुध-बुध लोग पत्थर की मूर्ति बने बैठे रह जाते थे। भाँति-भाँति का रूप धरकर तब वह गाकर नाट्य प्रस्तुत करती तो बस सन्नकारा-सा खिंचा रहता, लोग साँस लेते तो भी सुनाई देता।''

''तो तुम घाट-घाट का पानी पी आए?''

''बस यही समझ लीजिए, क्या करता? आत्महत्या करने का साहस नहीं था। इतना अपमानित होकर आख़िर क्या कर सकता? साहस तो सारा चुक गया था। सोचा चलो डाकुओं के बीच रहकर ही जीवन गुज़ार लें, सब से किनारा करने के बाद एक वही स्थान सुरक्षित दिखा, परंतु मन वहाँ लगा नहीं, इसलिए धीरे से आगरा चला आया। लौटकर फिर यहाँ जबलपुर आ गया हूँ। एक बार फिर से जीवन शुरू किया है।''

''अच्छा किया, अख़बार वाला काम ठीक है''

''बस दिक़्क़त यही है कि अख़बार बिकता नहीं।''

''तुम देसी ख़बरें छापो, अँग्रेजों के ख़िलाफ़ लिखो तो लोग उत्सुकता से पढ़ेंगे। उन्हें अपनी सूचना, अपने समाचार मिलने चाहिए।''

"यही सोच रहा हूँ। इस तरह स्वदेशी आंदोलन में मेरा भी सहयोग हो जाएगा।"

"एकदम, तुम्हारे अख़बार के समाचार पर सबकी नज़र रहेगी," बंगाली सिंह ने अपना तंबाकू का बटवा निकाला और तंबाकू बनाते हुए पूछा, "सेठ जी के क्या हाल हैं?"

"ठीक ही होंगे, कभी उधर नहीं गया। बड़े ही जीवटदार आदमी हैं। घर में कोई खाने वाला नहीं पर उनका रुपया कमाना कम नहीं हुआ। अपने धंधे में लगे रहते हैं। उन्हें देखकर तो यही लगता है, जैसे सिक्के ढालने का कारख़ाना है।"

"यही उनके जीवटपन की निशानी है। अपने काम में लगे रहते हैं।"

"सुना है असहयोग-आंदोलनकारियों को ख़ूब धन दे रहे हैं। उनके कोठी में सब बेखटके ठहरते हैं।"

"वाह, भाई वाह, कमाल की ख़बर सुनाई। इससे अच्छा धन का सदुपयोग और क्या होगा? लोग धर्म के कार्यों में ख़र्च करते हैं पर यह कार्य तो धार्मिक अनुष्ठान से भी बढ़कर पुण्य का कार्य है। धन तो नाशवान है ही, परंतु इसे अच्छे कार्यों में लगा दिया जाए तो इससे बड़ी बात और क्या होगी।"

"सुना है सभा लेने महात्मा गांधी आने वाले हैं, सेठजी की कोठी पर ही ठहरेंगे। अब आप अपने समाचार बताएँ?"

"मैं क्या बताऊँ, इधर पत्नी बीमार चल रही है, जाने कब समाप्त हो जाए। बच्चे सब अँग्रेजी फ़ौज में लगा दिए थे। समय का चक्र घूम रहा है, देखो ऊँट किस करवट बैठता है। समय को पहचान कर जो सही कार्य करेगा वही आने वाला समय में सम्मान पाएगा।"

"आप ठीक कह रहे हैं।"

"गंगा को भगीरथ ऋषि धरती पर लाए, इस कारण नाम हो गया। अब स्वतंत्रता की गंगा को जो लोग लाएँगे वह अमर हो जाएँगे। महात्मा गांधी को इतिहास कभी भूल नहीं सकेगा। जीवन में ऐसे ही महत्त्व के एक-दो कार्य कर देना चाहिए।

"गोपीलालजी के क्या समाचार हैं?"

"बढ़िया चांदी-ही-चांदी काट रहे हैं। उनका बेटा उनसे दो हाथ आगे निकला, सारे कारोबार को होशियारी से चला रहा है।

"सुना है बहुत चतुर-चालाक व्यक्ति हैं।"

"हाँ, ठीक ही सुना है। बहुत बड़ा कारोबार है। बड़े व्यक्ति हैं। बड़े व्यक्ति के साथ एक ही ख़राबी होती है। एक तो वह धृतराष्ट्र की तरह अंधा हो जाता है, दूसरे की बताई बात पर विश्वास करता है, दूसरे के बताए कार्य करता है, दूसरे के बताए मार्ग पर ही चलता है। इस कारण वह अधिक लंबा नहीं चल पाता और मोहमाया के जाल में फँसकर एक दिन समाप्त हो जाता है। मनुष्य जब आँख रहते भी अंधा हो जाए तब उसका अंत निकट ही समझना चाहिए। ऐसे ही गोपीलाल

भी अंधे हो चुके हैं। अपने स्वार्थ के अलावा तो वह कभी कुछ देख नहीं पाए। अँग्रेजी की गुलामी स्वीकार ली है। विदेशों के हाथों बिक चुके हैं। अपने स्वार्थ में अंधे हो गए हैं। धृतराष्ट्र का पुत्र सदैव दुर्योधन ही होता है। दुर्योधन की तरह धूर्त-पाखंडी, घमंडी गोपीलाल का पुत्र मोहन है। मोहन को राजनीति तथा व्यापार की समझ है। अपने हक़ की कौड़ियाँ फेंकना वह जानता है। ऐसे लोग बीन बजाकर नाग को नचाना ख़ूब जानते हैं। भले ही द्रोपदी ने हास्य में कहा था अंधे पिता के पुत्र भी अंधे ही होते हैं। द्रोपदी के मुख से कालसत्य निकला था। केवल यह कालसत्य धृतराष्ट्र के पुत्र के लिए ही नहीं था, यह तो हर युग के धृतराष्ट्र के लिए था।''

''आपके कथन वास्तव में एक कटुसत्य हैं,'' क्षणभर स्तब्ध रहकर लटारया भौचक्का होकर बोला, ''आप कभी-कभी बहुत बढ़िया बात बोल देते हैं।''

''छल-बल से प्राप्त की सत्ता अथवा धन एक दिन छल-बल से ही चली जाती है।''

आज वर्षों बाद आपसे भेंट करके मैं कृतार्थ हुआ हूँ, मैं तो सोचता था जाने आप कहाँ चले गए होंगे? आप वैद्य जितने निपुण हैं उतने समझदार और बुद्धिमान भी हैं।''

''वैद्य तो कभी था, परंतु तुम्हारी संगत में आने के बाद जब अपमान मिला तो उस दिन से वैद्य का काम छोड़ दिया। मैं तो छोटा-मोटा दरिद्र वैद्य था। हर विद्या के नियम-आचरण होते हैं, उसका ग़लत प्रयोग कभी नहीं करना चाहिए। तुम्हारे बहकावे में आकर मैंने उसका ग़लत प्रयोग किया। एक सीधे-साधे व्यक्ति को छला। उस दिन सेठ से अपमानित होकर लौटा तो सदा के लिए इस कार्य को त्याग दिया। अब मैं केवल एक साधारण व्यक्ति हूँ।''

''मुझे क्षमा करें वैद्यराज, उस बात का मुझे काफ़ी दंड भोगना पड़ा। कृपया आप भी क्षमा कर दें। क्या मैं आशा करूँ कि आप कभी-कभी मेरे पास आएँगे।''

''मेरे मन में तुम्हारे प्रति कोई बैर नहीं है। तुम बीती बातों को रात का स्वप्न जानकर उसे भूल जाओ, नये प्रभात को देखो और फिर से अपना नया जीवन शुरू करो। रही मेरे आने की बात तो अब इतना बूढ़ा-लाचार हो गया हूँ कि घर से ही कम निकलता हूँ।''

''मुझे आशीर्वाद दें कि मैं अपने लक्ष्य में सफल रहूँ।''

''छल-कपट को छोड़कर यदि सत्य और निष्ठा से कार्य करोगे तो एक दिन ज़रूर सफल रहोगे। कपट की दुर्गंध से हमेशा विनाश ही होता है। जीवन तो समरांगण है। युद्ध ही इसकी नियति है। हमेशा प्रकृति की तीन ऋतु होती हैं। उसी तरह जीवन की भी तीन अवस्था होती हैं। हमेशा हरियाली नहीं होती। समय और मौसम बदलते रहते हैं। समय का चक्र घूमता रहता है। चंद्रमा भी घटता-बढ़ता है। उजाली और अँधेरी रात जीवन में आती है। यह नियम है।''

"आपने ठीक कहा, जीवन समरांगण है। मनुष्य को बार-बार हारने के बाद भी विजय के मोह में बँध कर समरांगण में उतरना पड़ता है।"

"हार और जीत सभी के निर्णय समरांगण में ही होते हैं। कभी तो समरांगण में विजयघोष के नगाड़े बजते हैं और कभी समरांगण श्मशान में बदल जाता है। हमारा जीवन भी तो समरांगण ही है। सारे निर्णय यहीं होते हैं। कीर्ति और मोह के मोहपाश में बँधे हम जीवन जीते रहते हैं।"

बाहर भयंकर गड़गड़ाहट के साथ पानी बरस रहा था। बिजली की चकाचौंध भय पैदा कर रही थी। सारे घरों के कपाट बंद थे। सड़क सूनी और वीरान थी। एक प्राणी नहीं दिख रहा था। कीचड़ भरे पानी से सड़कें, नालियाँ लबालब भर गई थीं। वेग से पानी बह रहा था। सड़क ने नदी का रूप धर लिया था। बंगाली सिंह मन-ही-मन घबराने लगे। चिंता से माथे पर सिलवटें गहरी हो उठीं।

"लगता है पानी आज रुकने वाला नहीं है?" बंगाली सिंह बोले, "देखो अभी सप्ताह भर पहले तो लग रहा था कि वर्षा देर से होगी। सवेरे-सवेरे कैसी ठंडी हवा चलती थी, उससे वर्षा के आसार दूर-दूर तक नहीं दिखते थे।"

"झड़ी बाँधकर पानी बरस रहा है।"

"झड़ी की धार जिस तरह धरती पर पड़ रही है, उससे तो लगता है वर्षा दो-तीन दिन में ही थमेगी। देखो सड़क नदी जैसी लगने लगी है, परंतु मुझे तो घर के लिए लौटना ही होगा।"

"लेकिन ऐसे पानी में कैसे जाएँगे?"

"मेरी तुम चिंता मत करो, हमारी तो आदत है। यहाँ तो तुम्हारे घर का आसरा मिल गया, वरना जंगल में तो कई बार ऐसी घनघोर वर्षा में फँस चुके हैं और किसी तरह से ठिकाने पर भी पहुँचे हैं।"

"अभी थोड़ा और देख लें, थोड़ा वर्षा का आतंक कम हो, वैसे ही निकलें।"

"घर पर पत्नी को बुखार में छोड़ आया हूँ। वह भी भारी चिंता कर रही होगी। घर में केवल स्त्रियाँ हैं, पुरुष सब बाहर गए हैं" बंगाली सिंह ने गहरी चिंता से कहा।

"आज इस वर्षा ने आपसे भेंट करवा दी, वरना पता नहीं कभी हम मिलते या नहीं?"

"हाँ, इस विचित्र संयोग पर ख़ुद चकित हूँ। हमारे जीवन की इस बातचीत का सिलसिला शेष रह गया था, इस कारण फिर मिले। देखो आगे यदि जीवन शेष बचा होगा तो फिर मिलेंगे।"

"थोड़ा-सा जलपान आप कहें तो बना लूँ?"

"नहीं रहने दो, जाने की उतावली में खाने का मन नहीं होगा, फिर तुम्हें भीतर जाना पड़ेगा, उससे तो यही बैठो थोड़ी और बातचीत हो जाएगी," बंगाली सिंह ने

व्याकुलता से पहलू बदलते हुए कहा, "देखो कैसा घना अँधेरा छा गया है। इतनी तेज़ वर्षा के बाद भी आकाश साफ़ नहीं हुआ।"

"दिन में भी रात का भ्रम हो रहा है। वर्षा आ गई है, अब समझे मेरा धंधा भी बंद-सा ही रहेगा।"

"बस, चुप रहकर वर्षा के जाने के बाट तकता हूँ," लटारया ने सूखे कंठ से कहा, "कभी-कभी तो भोजन के भी लाले पड़ जाते हैं।"

"वास्तव में तुम बड़ा कष्ट भोग रहे हो?"

"पहले अधिक सुख भोग लिया था न तो अब उसका परिणाम तो भुगतना ही है। मुझे कोई दुःख नहीं है। पाई-पाई कमाने में और पाई-पाई ख़र्च करने का रहस्य समझ गया हूँ, इस कारण आनंद आता है। भूख का स्वाद जान गया हूँ, पहले बिना भेद जाने ही कुबेर के धन पर बाज़ की तरह बैठा था।"

बंगाली सिंह आश्चर्यचकित से लटारया की दीन-दशा को तक रहे थे। लटारया अग्नि में तपकर ही सोने की तरह पिघलकर शुद्ध हो गया था। संतोष का अर्थ समझ गया था। मन-ही-मन आभास लगने लगा कि हो सकता है यह तरक़्क़ी करके समाज में प्रतिष्ठा पाएगा। ऐसे ही ठोकर खाकर सँभलने वाले व्यक्ति ही अपने लक्ष्य पर पहुँचते हैं। बंगाली सिंह सोचने लगे देखो जीवित रहे तो लटारया का एक समय और देख सकेंगे। लटारया से भविष्य अनजाने में ही बारंबार सामना करा रहा है, शायद कुछ-न-कुछ देखना बाकी ही हो।

"तुमने गुरंदी बाज़ार ख़ूब चुना, यह अच्छा इलाक़ा है। जबलपुर का पुराना बाज़ार है।"

"अच्छा तो कुछ नहीं, यहाँ दुकान सस्ते दामों पर मिल गई, इसलिए ले लिया।"

"पहले यहाँ गलगला ताल था, जिसे भर कर समाप्त करा दिया गया था, उसी पर गुरंदी बाज़ार लगा दिया गया।"

"पहले तो लाटगंज में एक दुकान देखी थी, परंतु कीमत अधिक लगा रहा था, इसलिए इधर आ गया।"

"लाटगंज पता है किसके नाम पर बसाया गया था? लार्ड विलियम बेंटिंग गवर्नर जनरल बनकर पधारे थे, उन्हीं के नाम से बसाया गया था।"

"अच्छा, आपको तो बहुत अधिक जानकारियाँ हैं?"

"बाल, मूंछ सभी तो सफ़ेद हो गए, सफ़ेदी ऐसे तो नहीं आती न?"

"आपकी बात सर आँखों पर," लटारया बंगाली सिंह के निकट सरक आया, "पानी तो दो घंटे शांत होने से रहा, क्यों न हम थोड़ी-सी अँग्रेजी शराब पीएँ। आज बरसों बाद मिलने की ख़ुशी में पीएँ।"

"बड़े धूर्त हो?" बंगाली सिंह चौंक उठे। वह तो उठने का विचार कर रहे थे, पर अँग्रेजी शराब के मोह ने आँखें चकाचौंध कर दी थीं," विचार बुरा नहीं है,

आख़िर पानी बंद होने का रास्ता तो देखना ही होगा न? पर तुमने बोतल कहाँ से जुगाड़ करी?"

"अब यह रहस्य मत पूछें," लटारया ठठाकर हँस दिया, "मेरे भी कुछ भक्त हैं। अख़बार ने धंधे में वैसे तो घाटा-ही-घाटा है, बस पीने-पिलाने का आराम है। एक बड़े आदमी ने ख़ुश होकर भेज दी थी। उसके ख़िलाफ़ न लिखने की समझो रिश्वत है।"

"अच्छा, चलो अब ले आओ, साथ कुछ खाने को भी मिलेगा या नहीं? भूख न देखे झूठा भात, नींद न देखे टूटी खाट और प्रेम न देखे जात-बिरात।"

"उबले आलू हैं, नमक-मिर्च-नींबू की खटाई के साथ ही लगेंगे, लटारया बंगाली सिंह की व्याकुलता देख हँसा।

"ठीक है, ले आओ। आज सुबह से कुछ खाया भी नहीं था। रात को बेझर की खिचड़ी खाई थी, बस।"

"बेझर की खिचड़ी? वही न जो चना-जौ-बाजरा मिलाकर बनाई जाती है?"

"एकदम ठीक, तुमने कहाँ खाया?"

"चंबल के बीहड़ों में ख़ूब खाया था।"

"बस, तब तो तुम सही आदमी बन गए। बेझर की खिचड़ी जो आदमी खा लेता है और हज़म करे लेता है वह आदमी संसार में कहीं भी, कुछ भी करने में सक्षम होता है।"

"बड़ा स्वाद आया था। चंबल के भरको में चार-चार दिन खाने को कुछ नहीं मिलता था, इसलिए वहाँ तो हमें बेझर की खिचड़ी में बड़ा आनंद आया था।"

"हम खानाबदोश लोग तो बेझर की खिचड़ी, बाँटी, सत्तू यही सहयात्रा में खा लेते हैं।"

"अभी लाया, आप के सत्कार में कुछ तो होना चाहिए न?" कहते लटारया भीतर गया।

लौटा तो अँग्रेजी शराब की बोतल, दो काँसे के गिलास और एक छोटी थाली में उबले आलू लेकर लौटा। शराब दो गिलास में डालकर उसने एक गिलास बंगाली सिंह की ओर बढ़ा दिया।

बंगाली सिंह ने असंयत होकर गिलास अपने सूखे होंठ से लगा दिया। स्वाद का मज़ा लेते हुए वह हल्के मुस्कुराकर तीखी दृष्टि से लटारया को स्नेह से देखते रहे।

"बड़े दिनों बाद पी रहा हूँ। इधर जीवन की आपाधापी में ऐसा व्यस्त रहा कि सब भूल गया था। चलो तुम्हारे साथ दोबारा थोड़ा-सा सुख मिल रहा है, वास्तव में आज मैं काफ़ी दुःखी था।"

"समय कितना बुरा चल रहा है, जाने कब कौन रहे अथवा नहीं रहे, इसलिए

जो भी समय है उसे भली-भाँति जी लेना चाहिए।''

''ठीक कहते हो,'' बंगाली सिंह पर शराब चढ़ने लगी थी, गंभीर और दुःखी स्वर में बोले, ''इन आँखों ने जाने क्या-क्या ज्ञान और शौक़त वाला ज़माना देखा है। नवाबों का राजा-महाराजाओं का दौर देखा है। लड़ाइयाँ तो तब भी होती थीं पर ऐसी वाही-तबाही नहीं रहती थी। आज तो आदमी रोटी को तरस रहा है हमने ऐसा ज़माना देखा है कि तब परिंदे भी शान और शौक़त से रहते थे। मुर्ग़बाज़ी, तीतरबाज़ी, बटेरबाज़ी, कबूतरबाज़ी, पतंगबाज़ी होती रहती थीं। बटेर दो प्रकार की होती हैं। एक घाघरा और चन्नग। चन्नग बटेर से छोटी होती थी, किंतु उतनी ही चतुर और लड़ाका। लड़ते समय बटेर चोंचों से काटती है और पंखों से वार करती है। चोंच से सामने वाली बटेर को ज़ख़्मी करना तथा पंजे से पेट को फाड़ना ही उनकी लड़ाई होती है। हारी हुई बटेर भाग खड़ी होती है। बड़ा मज़ा आता था। हमने ख़ूब बटेरबाज़ी की है। इसके लिए बड़े मैदान या आयोजन की ज़रूरत नहीं होती थी, बस सड़क के किनारे भी बैठकर इन्हें लड़ाया जा सकता है।''

''बटेर और तीतर क्या अलग पक्षी हैं?''

''लो, तुम्हें इतना भी पता नहीं? अरे भाई तीतर बड़ा पक्षी होता है, बटेर तो बेचारी छोटी होती है। तीतरबाज़ी बड़े-बड़े लोग करते हैं। तीतर के पीछे बड़ी मेहनत लगती है। उसे लड़ना सिखाया जाता है। उसे रोज़ाना बादाम खिलाया जाता है। झाड़ीदार मैदान में टहलाया जाता है, नहीं तो बीमार हो जाती है। तीतर के साथ बड़ी सेवा लगती है। तीतर को जोशीला और तावबाज बनाने के लिए उसे दीमक भी खिलाई जाती है। हमने तीतरबाज़ी ख़ूब देखी है पर लड़ाया कभी नहीं। तीतरबाज़ी नवाबों का शौक़ था। अब तो यह बातें सिर्फ़ किस्से बनकर रह गए हैं,'' बंगाली सिंह ने ठंडी साँस खींचकर लालमिर्च में लिपटे आलू मुँह में रखा और चुप हो गए। उनकी आँख में पुराना वैभव जी उठा था। मन की व्यथा कच्चे घाव की तरह टीसने लगी थी।

52

हरिदेव को फाँसी हो गई थी। पृथा पत्थर की तरह बेजान हो गई थी। जाने कितनी बातें, यादें याद आती रहीं। मन टूट-टूटकर आँखों से बहने लगा था। बंद तलघर में क़ैद पक्षी-सा वह फड़फड़ा कर रह गई थी।

मोहनलाल दिल्ली से लौट आए थे। इस बार मोहनलाल जब से दिल्ली से लौटे थे, एक बार भी भीतर पृथा के कमरे में नहीं आए थे, वरना पहले तो पृथा

के पास कुछ पल के लिए आ जाते थे। यह अलग बात थी कि पति से मिलकर पृथा अधिक दुःखी परेशान हो जाती थी। मोहऩलाल ने शायद घर पर कुछ मित्रों को बुलाया था। बहुत दिनों बाद घर में रौनक़, चहल-पहल हुई थी। कोठी के सभी नौकर प्रसन्न थे। दावत का इंतज़ाम ज़ोरों पर था। मोहनलाल के सभी अँग्रेज मित्र इकट्ठा हुए थे। कोठी में स्वागत सत्कार की तैयारियाँ ज़ोरों पर थीं।

कोठी के बगीचे को सजाया गया था। बरसात जाने के बाद पहली बार बगीचे में उत्सव का आयोजन था। गुलाबजल से सारे बगीचे में छिड़काव किया गया था। बड़ी-बड़ी गैस की लालटेनें जगह-जगह सजाई गई थीं। गोरी मेम सज-सज कर आ रही थीं। उनकी छरहरी-पतली सुंदर देह, असाधारण नैन-नक्श सबका ध्यान अपनी ओर खींच रही थीं। सुंदर-बहुमूल्य परिधान में तथा कीमती हीरे-नीलम के गहनों में वह इस दुनिया की नहीं परीदेश की राजकुमारियाँ लग रही थीं।

बैंड मधुर धुन बजा रहा था। सब ओर प्रसन्नता-ही-प्रसन्नता का वातावरण था। गोरे अँग्रेजों की बाहों में थिरकती गोरी मेमों को देख लग रहा था जैसे स्वर्ग पृथ्वी पर उतर आया है। संसार में दुःख-परेशानी-ग़रीबी भी है यह उन्हें देख कोई सोच भी नहीं सकता था। आज के उत्सव में सभी नवउम्र के लोग थे, एक भी अधेड़ व्यक्ति नहीं था, इस कारण भी वातावरण अधिक उत्साही तथा रंगीन था। संकोच, लज्जा, अदब-क़ायदा, तमीज़ सभी को जश्न में घुसने नहीं दिया गया था। बेचारे अपनी औक़ात को पहचान कर बाहर एक कोने में दुबके बैठे थे। वातावरण ठहाकों, मस्ती से भरा था। उत्साह तथा हर्ष में डूबे लोग चिल्ला रहे थे, एक दूसरे को छेड़ रहे थे, प्यार कर रहे थे।

मोहन लाल घूम-घूम कर सबसे बातें कर रहे थे, सबका दिल बहला रहे थे। खाली गिलास शराब से भर रहे थे। मोहन लाल की गोरी मित्र मेम मोहन लाल के इर्द-गिर्द मँडरा रही थीं। मोहन लाल की लोलुप आँखें शराब और वासना के गहरे ताल में गोते लगा रही थीं।

ऐसे मस्ती से भरे वातावरण में अचानक पृथा का आना सबको बुरी तरह चुभ-सा गया था। रंग में जैसे भंग हो गया था। पृथा भी आज पहली बार अपने जनानख़ाने के बिल से बाहर आई थी। उसे किसी ने नहीं बुलाया था, परंतु वह ख़ुद ही आई थी। सास सुहासनी देवी ने पति के क्षेत्र में कभी क़दम नहीं रखा था, पर आज पृथा अपने को रोक नहीं पाई और कुतूहल उसे खींच लाया था। पृथा को देखकर कोठी के नौकर भी अचंभे में पड़ गए थे। मोहन लाल पृथा को देख चकित रह गए थे। मोहन लाल ने गुस्से से बौखलाकर विषदृष्टि से पृथा को देखा फिर अपनी मित्रों से बात करने लगे।

दक़ियानूस संस्कारों में पली पृथा को यह वातावरण विचित्र-सा लगा, परंतु आज उसने ग़ज़ब का साहस दिखाया था। बहुत देर तक वह अपने कमरे में पड़े-पड़े

सोचती रही थी कि उसके अधिकार क्या हैं? क्या वह घर में दी जाने वाली दावत में भी शरीक़ नहीं हो सकती? ऐसा क्यों? एक घर में, एक परिवार में रहकर भी इतनी दूरियाँ क्यों हैं? क्षेत्र बँटे क्यों हैं? सीमाओं के बंधन इतने गहरे क्यों हैं? घर में बड़े-से-बड़े अतिथि आते-जाते हैं, परंतु पत्नी का स्थान इतना छोटा क्यों है?

कुतूहल, ईर्ष्या ने आज उसे निडर बना दिया था। सारे बंधनों को त्याग कर वह देखना चाहती थी कि पति मोहन लाल की दुनिया कैसी है? पति के निकट कैसी रूप की हाट सजती है। रूप की चकाचौंध के कारण हमेशा उसकी अपनी रातों में सदैव अमावस्या-ही-अमावस्या क्यों रहती है? इतनी उपेक्षा क्यों? पत्नी को इतनी उपेक्षा ही करना था तब ब्याह का नाटक क्यों रचा गया? क्या धनवानों के घर सदा नारी के भाग्य में रोना ही लिखा है? पृथा पति का कुत्सित गंदा ताल देखना चाहती थी, जिसमें वह रात-दिन डूबा रहता था। इसी गंदे ताल के उसने कितने क़िस्से-कहानियाँ पृथा को सुना रखे थे। वह हमेशा अपनी प्रेमिकाओं के किस्से ऐसे सुनाया करता था जानो-मानो कोई योद्धा अपनी वीरता का बयान कर रहा हो। पृथा भी शुरू-शुरू में ऐसे चुप होकर सुनती थी मानो वह जीवित हाड़-मांस की नहीं कोई पत्थर की मूर्ति हो। धीरे-धीरे पति ने ख़ुद ही इन रसीले किस्सों का बखान बंद कर दिया था और धीरे-धीरे ख़ुद भी दूर होता चला गया था। पति तो दूर हो चुका था परंतु पृथा का पाला पड़ा जीवित शरीर दोबारा अपनी चेतन अवस्था में नहीं आ पाया।

मोहन की चारित्रिक भूलें अवांछनीय रूप से भावुक पृथा को तोड़ती रही थीं, नष्ट करती रही थीं। खंडित मन लिए पृथा दिनों-दिन अपने को टूटा, कमज़ोर और उपेक्षित समझने लगी थी। संदेह-वृत्ति का बीज उसके कोमल मन की धरती पर पड़ गया था और अंकुरित होकर दिनों-दिन बढ़ने लगा था। जिसकी संदेह-दृष्टि पति का पीछा करती और देखे हुए दृश्य उसे बीमार करने लगे थे। वह समझ गई थी कि पति के लिए जो मन का ताल ब्याह के पूर्व भरा था, धीरे-धीरे सूखता गया था। उसे स्वयं अपनी भी चिंता थी, कि इस तरह तो वह बीमार हो जाएगी, परंतु जानते-बूझते हुए भी वह मुरझाने लगी थी। पति की चारित्रिक कमज़ोरियाँ उसके नारी मन का अपमान कर रही थीं। वह दूसरी औरतों के आगे छोटी, बौनी और बेचारी बनती जा रही थी। पति-पत्नी के संबंधों को समझने वाला कभी कोई नहीं होता, इनका निर्णय बड़े-से-बड़ा जज नहीं कर पाता। पति-पत्नी के बीच की बातें कोई समझ भी नहीं पाता है, न किसी को समझाया जा सकता है, कोई निष्कर्ष भी नहीं निकलता, दोनों के जोड़ने के लिए बहुत, बारीक लाइन होती है, यह लाइन कब मिट गई, कब टूट गई किसी को पता नहीं चलता और दोनों के बीच पनपने वाली हरी-भरी लता आप-से-आप झर कर सूख जाती है।

मोहन और पृथा के बीच संवादहीनता की दूरियाँ बढ़ती जा रही थीं, सारी भावनाएँ समाप्त हो गई थीं। उनकी जगह ले रही थीं औपचारिकताएँ। औपचारिक

रिश्तों के बीच प्रेम व अनुराग जैसे शब्द सब ग़ैरज़रूरी बनकर रह गए थे। पृथा की आँखों के आँसू सूख गए थे। मुख पर पथराई उदासी उतर गई थी। गंभीरता दिनों-दिन बढ़ती जा रही थी। मन अब गृहस्थी में नहीं रमता था। गृहस्थी अपना संसार नहीं एक जेल लगने लगी थी। बैराग और भक्ति में मन रमने लगा था। अपनी जीवन की विफलता ने उसे ईष्यालु बना दिया था। ईर्ष्या की अग्नि उसे झुलसा रही थी। मानसिक और शारीरिक यंत्रणा प्रवृत्ति के कारण वह कमज़ोर-बीमार रहने लगी। अपनी प्रभुत्व की गरिमा घटती जा रही थी। दोनों के बीच आत्मिक रिश्तों की डोर में क्रूरता की गाँठें पड़ने लगी थीं। चारित्रिक भूलें मोहन के लिए कोई अर्थ नहीं रखती थीं। वह तो उसके लिए जीवन का एक हिस्सा थीं। पुरुष का जन्मसिद्ध अधिकार था। पुरुष का अपना पौरुष था, सामर्थ्य था, कि वह अधिक-से-अधिक औरतों से संबंध रख सकता था। ऊँची शिक्षा-पढ़ाई किए पुरुष के आगे मन का, आत्मा का कोई मूल्य नहीं था। वह इन्हें दो कौड़ी की चीज़ समझता था। अपने को विद्वान तथा उसे अनपढ़-गँवार समझता था। उसके लिए अँग्रेजी शिक्षा विदेशी मूल्यों का ही अर्थ था, बाक़ी तो सब कंकड़-पत्थर था।

पार्टी ज़ोरों पर थी। पार्टी अपने उत्कर्ष उच्चसीमा को छू रही थी। सब शराब के नशे में अपने को भूले थे। मोहन अपनी अँग्रेज महिला मित्रों से घिरा था। सब अपने में डूबे थे। मोहन की आँखों में वासना की ख़ुमारी उतरी थी। वह बहुत गहरे इशारे अपनी महिला मित्र को कर रहा था।

पृथा धीरे-धीरे चलती पति के पास चली गई। पृथा को पास आता देख मोहन तुरंत दूसरी ओर मुड़ा और आगे बढ़ गया। सभी ने पृथा को मोहन के निकट आता और मोहन को दूसरी ओर जाता देखा और मुस्कुरा उठे। कई लोगों ने इसे लक्ष्य किया और मुड़-मुड़कर देखा और मज़ा लेने लगे। पति का इस तरह मेहमानों के बीच कन्नी काटकर जाना पृथा को अपमानित कर गया। सभी महिलाएँ उसे देखकर मुस्कुरा रही थीं।

पृथा अपमानित-सी खड़ी रही। पैर के तलवे पसीने से पसीज उठे। जितने उत्साह-चाव से आई थी, उतनी ही लज्जा से धरती में गड़-सी गई। घबराहट में वह पीछे हटी। घबराहट में उसका पैर नीचे गिरे कबाब पर पड़ गया। कई आँख उसके फूहड़पन पर उठीं। क्षणभर के लिए पृथा क्षुब्ध हो उठी। सहमकर वह पीछे हटी और धीरे-धीरे शांत गति से चलकर वापस अपने कमरे की ओर बढ़ गई। स्वभाव से वह शांत लग रही थी, पर भीतर मन चीत्कार कर रहा था। सारे शरीर का रक्त चेहरे पर इकट्ठा हो गया था। बदहवासी में उसने बरामदे में बैठे डॉक्टर अहमद को नहीं देखा और भीतर चली गई।

डॉक्टर अहमद पृथा को देख चौंक पड़े। पृथा के मन की स्थिति को वह भाँप गए थे। पृथा सन्निपात की स्थिति में लग रही थी। डॉक्टर अहमद पृथा को देख

चकित तथा विचलित से हो गए। पृथा के पीछे भीतरी बैठक में आ गए। पृथा पत्थर की मूर्ति बनी सोफे पर बैठी थी। उसका चेहरा एकदम भावहीन होकर सफ़ेद पड़ गया था। दरवाज़े की आहट से पृथा ने ऊपर देख और डॉक्टर अहमद को देख चौंक पड़ी।

''आप?''

''जी,'' डॉक्टर अहमद बैठ गए,'' मुझे आए तो बहुत समय हो गया, पर आप दिखी नहीं। आपकी तबीयत जानने आ गया था। पार्टी का जश्न चल रहा था, इसलिए रुककर आपका इंतज़ार करने लगा।''

''पार्टियाँ तो इस घर में रोज़ होती हैं, कोई बड़ी बात नहीं है।''

''आप पार्टी के बीच से क्यों आ गईं? थोड़ा और रहती दिल बहल जाता।''

''मेरी वहाँ ज़रूरत नहीं थी। वह तो मैं अपने आप वहाँ गई थी। मुझे बुलाया नहीं गया था।''

''इसलिए तो मुझे भी हैरानी लगी, पर आपको इस तरह बदहवास लौटता देख कर भी ठीक नहीं लगा।''

''मेरे भाई हरिदेव को फाँसी हो गई है। मन बहुत दुःखी था, सोचा चलो पति की दुनिया देखें।''

''वह दुनिया आपके क़ाबिल नहीं। आप की दुनिया तो इस घर से बाहर आपका इंतज़ार कर रही है। बाहर कितना काम है। आपकी दूसरों को ज़रूरत है। जिसे अपनी आवश्यकता होती है हमेशा उसके लिए ही काम करना चाहिए। गृहस्थी की लड़ाई में तो सारी दुनिया लगी है। रोज़ाना बच्चे का जन्म होता है, शादी होती है और एक दिन इंसान मर जाता है। यह तो रोज़ का सिलसिला है। देश के लिए काम करें तो वही सही मौत है।''

''आप ठीक कह रहे हैं।''

''आपके भाई हरिदेव की मौत का सबको दुःख है पर एक दिन ऐसा आएगा जब इस मौत को सब याद करेंगे। संघर्ष हर व्यक्ति को करना होगा, बिना परिणाम की चिंता किए। अपनी जीवन की छोटी-छोटी लड़ाइयों में रोज़ाना हारने से तो अच्छी है एक बड़ी लड़ाई के सैनिक बने।''

''यही बात मेरे भइया हरिदेव कहते थे।''

''आपके भाई जैसे लोग आज़ादी के दीवाने होते हैं, जिनके मन में एक ही आग सुलगती रहती है कि किस तरह देश के लिए अपनी जान निछावर करें।''

''आपसे जब भी बात करती हूँ, मन हल्का हो जाता है,'' पृथा ने अपनी साड़ी के आँचल से अपने मुँह का पसीना पोंछा जैसे काँच पर चढ़ी धूल की परत पोंछ रही हो। चेहरे पर ताज़गी लौट आई थी। जिस घर में वह रहती है उस घर का व्यक्ति यानी उसका पति कितना पराया, कितना दूर है। कैसे वह एक बनावटी दुनिया

में जी रही है? क्यों जी रही है? जब पति को उसकी आवश्यकता ही नहीं तो वह क्यों परेशान है? उसने अपने भीतर एक परिवर्तन-सा महसूस किया। थके मन को जैसे बल-साहस मिल गया था।

"माफ़ करें पृथाजी, मैं जब-तब आपको उकसाने चला आता हूँ।"

"आप बहुत अच्छा करते हैं। आप ठहरे हुए गंदे पानी में कंकड़ फेंककर उसे सक्रियता प्रदान करते हैं। मैं ख़ुद महसूस करती हूँ इस तरह तो एक दिन मैं समाप्त हो जाऊँगी। मेरी मौत से किसी पर कोई असर नहीं पड़ेगा। ख़ुद मैं ही नाहक़ अपने को समाप्त कर रही हूँ।"

"आपके पति तो वैभव के ढेर पर बैठे हैं। उन्होंने रुपयों से सब-कुछ ख़रीद रखा है। उनकी यह प्रवृत्ति एक दिन ख़ुद उनके विनाश का कारण बनेगी। संसार के सारे सुख तो सब धोखा है। छल और कपट की दुनिया में आख़िर कितने दिन मनुष्य जी सकता है। असलियत को तो एक दिन सामने आना ही है। ईमान और चरित्र ही मनुष्यता की पूँजी है। यह कीमती चीज़ जिसके पास है, वही सुलेमान है, है न?" कहते डॉक्टर अहमद हँस पड़े, "आप भी सोचती होंगी। आपको एक छोटी बच्ची की तरह समझाता रहता हूँ। असल में डॉक्टर का पेशा ही ऐसा है। मरीज़ को दवा के साथ समझाना भी पड़ता है। यहाँ तक ही यह एक बताना पड़ता है कि देखो भाई दवा की ख़ुराक खा लेना।"

"वह तो ठीक है ऐसी मरीज़ नहीं हूँ। मुझे तो आपकी बातें अच्छी लगती है।"

"चलिए, इतना तो सफल रहा। जब आप सक्रिय होकर बाहर काम करने लगेंगी तब पूरी सफलता मिलेगी। अपने जीवन की असफलता को समाज की सफलता में लगा दें। आप महसूस करेंगी दमन के दलदल से अपने आप बारह आ गई हैं। मेरी सलाह पर विचार करिएगा।"

"आपकी बातों पर ही विचार करती हूँ। एक आप ही तो हैं जो इस घुटन भरी ज़िंदगी से मुझे मरने से रोकते रहते हैं। इस घर की ज़हरीली हवा की सड़न में तो अब तक घुट कर मर गई होती।"

"नहीं, आप में बहुत क्षमता है। नेतृत्व करने की शक्ति है। आइंदा से ऐसी विवशता भरी बातें करना बंद करिए। अपने लिए और देश के लिए कुछ करिए। करोड़ों भोले लोग आपका रास्ता तक रहे हैं।"

"इतना जोश मत भरिए कि मेरे कदम घर से बाहर निकल जाएँ, यदि ऐसा हो गया तो फिर इन्हें कोई लौटने नहीं देगा। यह औरत की विवशता है, लाचारी है। इस कारण भी वह हिम्मत रहते हुए भी हिम्मत नहीं जुटा पाती है।"

"ऐसे नरक में मरने से तो बाहर का नरक ज़्यादा अच्छा है। कम-से-कम वहाँ खुली हवा है तथा मरने का उचित उद्देश्य तो है? बिना उद्देश्य के मरना तो आत्महत्या

होती है।''

''ठीक है। पति इंग्लैंड जा रहे हैं, तब बाहर आने का विचार करूँगी,'' पृथा हँस दी।

''इंग्लैंड क्यों जा रहे हैं?'' डॉक्टर अहमद चौंकन्ने होते बोले।''

''हमारे ससुर का सपना है कि वह आई.सी.एस. पास करें। उसी के लिए फिर से कोशिश करने जा रहे हैं।''

''आई.सी.एस. बनाने का उनका सपना ही बनकर रह जाएगा। अँग्रेज चाहे कितना हिंदुस्तानी को मुँह लगाए पर वह सत्ता की डोर अपने ही हाथों में रखता है। आई.सी.एस. करके आए नौजवान अँग्रेज अधिकारी ही तो यहाँ कमीश्नर के पदों पर हैं। वही तो सत्ता सँभाले हैं।''

''इतनी बड़ी-बड़ी बातों से भला मेरा क्या वास्ता?''

''वास्ता तो होना चाहिए न, घर में क्या हो रहा है यह तो हमें पता रखना चाहिए। जब हम अपने घर की बातें ही नहीं जान पाए तो बाहर की दुनिया को कैसे पहचान पाएँगे?''

''सारा समय तो घर की बातों में कट जाता है। चंद्रप्रभा भी बड़ी हो गई है। उसे भी देखना होता है। चंद्रकला तो पूरी तरह अपने दादा के साथ रहती है, इस कारण घमंडी भी हो गई है। जब-तब चंद्रप्रभा का अपमान करती रहती है। चंद्रप्रभा वैंसे ही शरीर से और दिमाग़ से कमज़ोर है।

''आप तो चंद्रपभा को अपने साथ राजनीति सिखाइए।''

'राजनीति तो चंद्रकला अपने दादा से सीख रही है।''

''राजनीति उसे नहीं कहते उसे कूटनीति कहते हैं।''

''अच्छा, भला इतनी समझ मेरी कहाँ?''

''धीरे-धीरे आप भी समझने लगेंगी। बदलाव की गंध अपने आप मिलने लगती है, बस हमें सचेत रहना पड़ता है। अच्छा मैंने कभी आपका भजन नहीं सुना, क्या आप मुझे सुनाना पसंद करेंगी?''

''नहीं-नहीं, वह तो केवल मैं अपनी पूजा के समय ही गाती हूँ'' पृथा लजा गई।

''तो आप भगवान के आगे ही गाएँ। अराधना तो मैं भी कर सकता हूँ न?''

''आज नहीं, फिर किसी दिन, आज मन बहुत अशांत है।''

''ठीक है, चलिए और दिन ही सही। मेरा तो कहने का केवल इतना ही अर्थ था कि आप भजन गाया करिए उससे आपको शांति मिलेगी। नमाज़ और प्रार्थना औरों के लिए नहीं अपने ही लिए ही होती है। अपने को ही नियंत्रित करने के लिए होती है।''

''हाँ आपने ठीक कहा।''

"आर्तनाद ही आगे चलकर मुक्तनाद में बदल जाता है।

"अरे, आप तो हिंदी के विद्वान हैं?"

"मैंने हिंदी, उर्दू, अरबी, अँग्रेजी और फ़ारसी सभी ज़बानें पढ़ी हैं, तभी तो आर्तनाद और मुक्तनाद का भेद समझ पाया हूँ। आदमी दुःख के ताल में गोते लगा कर ही स्वतंत्रता का विस्तार समझ पाता है। अपने को साबित रखकर इंसान कुछ नहीं पा सकता। अलग-अलग पड़ा रहता है। टूटकर यानी जिस तरह टूटे चावल की कनकी जल्दी से दाल के साथ पककर खिचड़ी बन जाती है, ऐसे ही हमें भी अपने को दूसरों से जोड़ना चाहिए।"

"बहुत ही अच्छी बात कही आपने, मैं आपकी इस बात को हमेशा याद रखूँगी," पृथा प्रसन्नता से चहक उठी, "अपने आँचल में गाँठ बाँधकर रखूँगी।"

"चलिए जीवन में आपको अपना चेला मानकर मुझे भी प्रसन्नता होगी।"

"आप कल आएँगे डॉक्टर साहब?"

"क्यों?"

"कल मैं आपको अपना भजन सुनाना चाहती थी।"

"वाकई? तब तो कल ज़रूर आऊँगा, अब चलूँ?"

"जी, ठीक है।"

डॉक्टर अहमद उठकर कमरे से बाहर चले गए और पृथा उनकी बातों को याद करती, प्रसन्न-सी बैठी रही। कैसे डॉक्टर अहमद अक्सर आकर नन्ही बच्ची-सा उसे कोई न कोई खिलौना देकर बहला लेते हैं। उसका दुःखी मन बहलकर एक पक्षी की चहचहाट से भर उठता है। अर्थहीन जीवन में रस भर उठता है। उसके जीवन का एकाकीपन चहल-पहल से आबाद हो जाता है।

53

अगस्त का महीना समाप्त होने पर था और बारिश कम हो गई थी। देशी त्योहारों का मौसम आ गया था। नागपंचमी का त्योहार अभी दूर था, परंतु सारे शहर की गलियों में बीन की बेसुरीली-पीं-पीं जिधर देखो उधर बजती रहती थी। जिधर देखो उधर झुंड-के-झुंड सपेरे हाथ में बंद पिटारा और बीन लिए दिख जाते थे। सपेरों के साथ महिलाएँ तथा बच्चे भी दिखते थे। हर दरवाज़े खड़े वह साँप का पिटारा खोलकर दान माँगते घूमते थे। कई लोग तो श्रद्धा से दान दूध, अनाज तथा पुराने कपड़े देते थे, पर कई तो नास्तिक लोग भी झट से दान दे देते थे। नहीं देने से सपेरों के बच्चे घंटों देहरी नहीं छोड़ते थे। साँप का पिटारा खोलकर वह छोटे बच्चों को

भयभीत करते थे जिससे डरपोक लोग जल्दी से दान देकर उन्हें टरकाते थे। सपेरों की बीन बजाना ढंग से आता नहीं था, परंतु सारे सपेरे बीन बजा-बजाकर कान के पर्दे फाड़ने पर आतुर रहते थे। सपेरे अँग्रेजों के इलाक़े में खूब चक्कर लगाते थे। घंटों उन्हें साँपों का खेल दिखाकर रुपया वसूलते थे। अँग्रेजो को भी साँप देखकर विशेष आनंद आता था। सारा काम छोड़कर वह सपेरों के साथ बैठे उनका दिलचस्प खेल देखते और उनकी बेसुरी बीन का आनंद लेते थे। अक्सर सपेरे उन्हें मन-गढ़ंत कहानियाँ सुनाते रहते थे। यहाँ तक कहते कि साँप पिछले जन्म के लेनदार होते हैं, नहीं देने से वह आकर काटते हैं। अंग्रेज सैनिक उनकी बातों में आकर जल्दी से दान देते थे। भारतीय देवता के प्रतीक के रूप में वह उसे मानते थे। सपेरे उन्हें ज़हर उतारने की कौडियाँ और ताबीज़ भी थोक में बेच देते थे। नागपंचमी के त्यौहार के समय हरेक अँग्रेज के गले में सपेरे का दिया ताबीज़ और जेब में कौड़ी होती थी।

राजनीतिक वातावरण भी काफ़ी गरम था। शहर में रोज़ाना कोई-न-कोई घटना होती थी। गृहस्थ लोग घर से निकलने में भी संकोच करते थे। चारों तरफ़ गिरफ़्तारियों का ज़ोर था। क्रांतिकारियों के बारे में रोज़ाना ख़बरें उड़ती रहती थीं। क्रांतिकारी को देखते ही गोली मार देने का हुक्म था, जिसके कारण सीधे-सादे लोग भी चपेट में आ जाते थे। लोगों ने डर के मारे काम पर जाना बंद कर दिया था। बाज़ार घंटे-दो-घंटे के लिए खुलते, फिर बंद हो जाते थे। बेरोज़गारी और बेकारी के कारण लोगों को दो समय का भोजन नसीब नहीं हो पाता था। एक आदमी यदि किसी तरह से बाज़ार से किराना और सब्ज़ी ख़रीदकर लाता तो पूरा मोहल्ला उसे बाँटकर ख़रीद लेता। सभी को थोड़ा-थोड़ा मदद करना अनिवार्य हो गया था। शादी-ब्याह में लोग जाने से डरते थे। विवाह के कार्यक्रम लगभग बंद थे, जो पहले से तयशुदा थे उन्हें किसी तरह कुछ लोग बैठकर निपटा देते थे। अनिश्चितता का वातावरण फैला था। बच्चों को स्कूल और मदरसे भेजने से भी लोग डरते थे। कई जगह तो स्कूले अनिश्चित कालीन के लिए बंद कर दिए गए थे। एक अख़बार सारा मोहल्ला पारी से झुंड बनाकर सुनता था।

ऐसे वातावरण में भी यदि बेखटके, बेरोकटोक कोई घूमते तो वह सपेरे लोग थे। कई क्रांतिकारी लोग सपेरे का भेष बनाकर मोहल्ले बदल लेते थे। सपेरों से अँग्रेज सैनिक भयभीत रहते थे। कई बार क्रांतिकारियों ने साँप छोड़कर अँग्रेज सैनिकों को अपने स्थान से भगा दिया था। सपेरे का वेश धरना सुविधाजनक था। देश में क्या हो रहा है, क्यों हो रहा है, यह बात बहुत कम लोग जानते थे। भय,लाचारी, मजबूरी, घुटन का वातावरण जनता में चारों ओर फैला था। कब किसे गोली लग जाए और वह मर जाए यह कोई नहीं जानता था। मृत्यु एक महामारी की तरह चारों ओर फैली थी। पहले लोग लापता हो जाते, बाद में गुमशुदा लोगों के नाम मरे हुए लोगों

के नामों में शामिल मिलते थे।

सुबह गोपीलाल अपनी बंदूक़ों की सफ़ाई में लगे थे कि बाहर से ख़बर आई कि अँग्रेज पुलिस कप्तान साहब तशरीफ़ लाए हैं। गोपीलाल लपककर उनके स्वागत के लिए बाहर आए और उन्हें आदर से भीतर लिवा लाए।

''क्या कर रहे थे रायबहादुर साहब, आपके हाथ काले कैसे?'' उन्होंने गोपीलालजी के हाथों को देखकर कहा जो रूमाल से साफ़ करने के बाद भी काले दिख रहे थे।

''कुछ नहीं, ज़रा बंदूकों की सफ़ाई कर रहा था, बहुत दिनों से सफ़ाई नहीं हुई थी,'' गोपीलालजी ने हँस कर रूमाल से दोबारा हाथ पोंछे।

''भई, कई दिनों से शिकार, दावत का आयोजन नहीं हुआ है?''

''माहौल ही सब गड़बड़ चल रहा है, आप जब कहिए इलाक़े में चलकर शिकार करते हैं।''

''थोड़े दिन ठहर जाइए, ज़रा टोह लेने दें, चारों तरफ़ बड़ी गड़बड़ियाँ चल रही हैं।''

''सो तो है,'' अचानक कप्तान साहब के गले में सपेरों का ताबीज़ देखकर गोपीलाल चौंके।

''आपके गले में यह काला ताबीज़ कैसा?''

''कुछ मत पूछिए, मेरी वाईफ़ को इन दिनों शक की बीमारी चल रही है। पिछले दिनों दौरे पर मेरे तंबू में साँप घुस आया था। गुसलख़ाने के टब में बैठा था, वह तो अच्छा हुआ दिन का मौक़ा था और मैंने उसे देख लिया। सैनिकों ने उसे मार दिया था, पर मेरी वाईफ़ डर गई हैं। कहती है साँपों का देश, है, जिधर देखो उधर साँप हैं। एक सपेरे से उसने अपनी सोने की अँगूठी देकर ख़रीदी है।''

''वाह, क्या हम भी आपको साँप लगने लगे?'' गोपीलालजी खड़े हुए, ''क्या पिएँगे?''

''अभी ठहरो। हाँ आपने साँप की बात कही न? आप साँप नहीं हैं। लेकिन आपके घर इन दिनों एक साँप घुसा है?''

''क्या?'' गोपीलाल सन्नाटे में खड़े-के-खड़े रह गए? क्या कह रहे हैं आप, मैं समझा नहीं?''

''आपके यहाँ डॉक्टर अहमद आता-जाता है न?''

''हाँ, उसका इलाज शायद घरवालों को माफ़िक आता है।''

''घरवालों को या सिर्फ़ आपकी बहू को?''

''अब आप पत्ते मत फेंटिए, खुलकर बोलें?''

''डॉक्टर अहमद तुरुप का इक्का है, पान की बेगम पर भारी पड़ रहा है।''

''समझा नहीं,'' गोपीलाल भयभीत हो उठे। टाँगों में पसीना बहकर ऐड़ियों

में जाने लगा।

''डॉक्टर अहमद का क्रांतिकारियों की बागी लिस्ट के नाम तो पहले से था। हम तो काफ़ी दिनों से उस पर नज़र रखे हैं। अब उसकी सोहबत की नज़दीकियों ने आपकी बहू को भी बाहर ला दिया है।''

''क्या?'

''जी हाँ, रायबहादुर साहब। कल जो जुलूस में शामिल लोगों की ख़ुफ़िया लिस्ट आई है, उसमें आपकी बहू पृथादेवी का भी नाम था।''

''किसी ने ग़लत ख़बर दी होगी,'' गोपीलाल बेचैनी से बोले।

''ख़बर एमदम सही है। तीन औरतें जुलूस में थी, उसमें से एक आपकी बहू भी थी। आपकी बहू को कौन नहीं जानता, कोई ढंगी-छुपी बात तो है नहीं?''

''आश्चर्य है,'' गोपीलाल बर्फ़ की तरह जम गए।

''मेरे सामने लिस्ट आई तो तत्काल आपको सूचना देने चला आया। अपने घरों में साँप मत पालें। मौक़ा देखकर डस लेते हैं। आप शिकारी बढ़िया हैं पर शेर सामने से वार करता है, साँप तो छुपकर डसता है।''

''आप ठीक कहते हैं?'' गोपीलालजी को ठंडा पसीना आ गया।

''आप तो हमारे आदमी हैं। कहिए तो साँप का एक ताबीज़ आपको भी ला दूँ? आजकल मेरी वाईफ़ की सपेरों से ज़्यादा दोस्ती हो रही है।''

''आप ग़लतफ़हमी में हैं कप्तान साहब। हम साँप का शिकार सपेरे की बीन या ताबीज़ से नहीं करते। उसको मारने के लिए भी बंदूक ही इस्तेमाल करते हैं। आप भी ऐसा ही करिए। तत्काल गोली दाग दें।''

''वही...'' कप्तान साहब हँसे, ''यही सलाह आप से लेना था।''

''रही घर की नागिन की तो उसका ज़हर उतार दिया जाएगा। आप चिंता न करें,'' गोपीलालजी ने राहत की साँस ली, ''आपका एहसानमंद हूँ, आपने समय पर आकर मुझे सचेत कर दिया।''

''जूतों के नीचे दबे कीड़े नज़र नहीं आते इनसे सावधान रहना चाहिए जाने कब बदला लें'' कप्तान साहब उठते बोले, ''तो चलूँ?''

''कुछ पीना चाहेंगे?''

''अभी रहने दें, जल्दी में हूँ। कुछ गिरफ़्तार किए लोगों को दूसरी जगह भेजना है।''

''कहीं जंगली इलाक़ों में छुड़वा दीजिए।''

''इस बार इन्हें ऐसी पहाड़ी पर ले जाकर छोड़ना चाहता हूँ, जहाँ से इन्हें महीनों रास्ता न मिले। भूखे मरेंगे तो अपने आप स्वतंत्रता का भूत दिमाग़ से उतर जाएगा।''

''आपने ठीक कहा, इनके साथ यही बर्ताव करना चाहिए।''

''पहले तो हम लोग सोचते थे कि नर्मदा के ऊपर कोई बाँध बनाया जाए,

जिसमें इस सारे क्रांतिकारी क़ैदियों को लगा दिया जाए, इससे इनसे काम भी लिया जा सकेगा और काम में लगे रहने से इन्हें उलटा-सीधा सोचने की मोहलत भी नहीं रहेगी।''

''फिर?''

''इस पर एक विचार गोष्ठी बुलाई गई, इंग्लैंड से भी कई एक्सपर्ट बुलाए गए थे। उसी दौरान छानबीन में 1909 की एक रिपोर्ट हाथ लगी, जो उस वक़्त के किसी अँग्रेज विद्वान ने लिखी थी। उनकी रिपोर्ट के मुताबिक़ नर्मदा नदी के ऊपर कभी बाँध नहीं बनाया जाना चाहिए।''

''अच्छा, क्यों?''

''इसलिए कि नर्मदा नदी जितनी ऊपर बहती है, उतनी ही भीतर गहरी है। इस कारण इसके किनारे की ज़मीन में हमेशा भूकंप आते रहते हैं। बड़े-बड़े पहाड़ तक ऊपर से नीचे चले गए हैं और नीचे की ज़मीन ऊपर आ गई है। इसका पानी बहता रहना चाहिए। बाँध-बाँधने से भूकंप बढ़ जाएगा और आस-पास के नगरों की तबाही का कारण बनेगा। दूसरी नदियों में और नर्मदा की भौगोलिक स्थिति में अंतर है। बाँध के कारण भारी भूकंप आने की संभावनाएँ हैं। बड़े विनाश का भय है।''

''आपने बहुत बड़ी जानकारी दी है।''

''ठीक है। दोबारा मिलते हैं।''

पुलिस कप्तान उठकर चले गए। गोपीलाल सकते की स्थिति में जड़ से खड़े रह गए।

54

बंगाली सिंह पत्नी के देहांत के बाद से टूट गए थे। समझ गए थे कि गाड़ी का जब एक पहिया टूट जाए तो दूसरा भी ज़्यादा दिन टिक नहीं पाएगा। एक पहिए से कब तक कोई चल सकता है? जीवन का सूरज अब अस्त होने में अधिक समय नहीं है। महीनों से घर से बाहर नहीं निकले थे। खाट पर पड़े-पड़े वह थकने लगे थे।

आख़िर वह खाट से उठे। कमीज़ पहनी, अचकन पहन, सर पर साफ़ा बाँधा और मोटी-सी लाठी को अलगनी से उतार कर कपड़े से पोंछा और बाहर आ गए। देर तक छोटी सड़क पर चलते रहे फिर मुख्य सड़क पर आए तो विचार करते रहे कहाँ जाना चाहिए? इधर कितने दिनों से किसी का समाचार नहीं मिला था।

पहले तो भोर होते ही मुर्ग़े की बाँग के साथ उठ बैठते थे और नियम से

अपने कार्य में जुट जाते थे। जीवन में गति थी, हलचल थी पर लगने लगा था जैसे जीवन की गति थमती जा रही है, जीवन का सारा उन्माद, वेग रुक गया था। सारा उन्माद सूख गया है। जाने कितने दिनों से बाहर का दृश्य तक नहीं देखा था। खुली हवा में साँस नहीं ले पा रहे थे। खाट से ही नहीं उठ पाए थे। पत्नी कटोरीबाई के साथ लंबा जीवन जीया था। जाने-अनजाने में एक दूसरे से जुड़े थे। यात्रा पर महीनों बाहर रहते थे। जब घर लौटते थे तो लगता था वह घर लौट रहे हैं। कोई है जो रास्ता देखता होगा। किन्ही लोगों से जुड़े हैं, उन्हीं के लिए काम कर रहे हैं। धन-व्यापार उठा-पटक सब के पीछे कोई था जो आज नहीं है, बस शून्य-सा है। ख़ालीपन है। सारी ज़िंदगी चलते रहे। सारी उम्र फक्कड़, और अक्खड़ बने रहे, पर कोई था जिसके कारण जीवन में ठहराव के क्षण भी आते थे। गृहस्थी थी। किसी की बाट तकती आँखों में कौतुक और कुतूहल दोनों एक साथ उगते थे और बस यहीं आकर जैसे उनके थके मन को विराम मिल जाता था। यही उनका पड़ाव, ठहराव था।

आज सब-कुछ था, पर एक व्यक्ति के नहीं रहने से उन्हें लगने लगा था जैसे जीवन का सब निथर गया है। वह रिक्त हो गए हैं। ख़ालीपन, सूनापन, अँधेरापन मन की हर खिड़की से दिखता था। मन की बारहदरी सूनी हो गई थी, उजड़ गई थी। बसा-बसाया मन उजड़ा खंडहर हो गया था। भयानक निस्तब्धता मन के कोने-कोने में समा चुकी थी। गृहस्थी का सारा लाव-लश्वर जैसा का तैसा पड़ा था पर अब यात्रा ही समाप्त हो गई थी। वह जादू समाप्त हो गया था। वह पारस खो गया था। वह स्पर्श जिसे छूते ही लोहा भी सोना हो जाता था।

सोचते-विचारते हुए वह चल रहे थे या उनके पैर आप-से-आप उन्हें ढोकर ले जा रहे थे। कई बार विचार आया कहाँ जाए? किसके पास बैठे ताकि मन को चैन मिल जाए। पहाड़ और नर्मदा की ठंडी हवा खाते वह आगे बढ़ते गए।

ठंड समाप्त हो गई थी, हवा में गर्मी का आभास होने लगा था। पतझड़ आ चुका था। बड़े-बड़े हरे-भरे सौंदर्य से लदे-फदे पेड़ भी नंगे हो गए थे। सारा सौंदर्य ऐश्वर्य जैसे किसी ने नोच कर फेंक दिया था। घनी दुर्गम झाड़ियाँ तक नंगी-सूखी लकड़ियों के ढेर जैसी दिख रही थीं। सब-कुछ आर-पार नज़र आ रहा था। एकदम उनकी अपनी मनःस्थिति जैसा दृश्य था।

लंबा रास्ता पार कर एक सँकरी गली के अंतिम छोर पर वह जा खड़े हुए। चौंककर देखा तो सामने बूँदाज़ान का घर था। कैसे वह ख़ुद चलते बूँदाजान के घर आ गए थे। बूँदाजान के घर के ठीक सामने एक बड़ा-सा कदंब का पेड़ था। बारिश के मौसम में उसमें फूल आते थे। कदंब के ख़ुशबूदार फूल हरेक का ध्यान अपनी ओर खींचते थे। इसके फूलों की गंध दूर-दूर तक फैली होती थी। कदंब के छोटे-छोटे फलों से पेड़ लदा रहता था। मोहल्ले के बच्चे उसके खट्टे-मीठे फल को खाने के

लिए बीनते रहते थे। औरतें घर में साग पकाने के लिए बीनती रहती थीं। बंगाली सिंह वैद्य थे इसलिए कदंब की उपयोगिता और गुणों को पहचानते थे। कदंब के बीजों से तेल निकाला जाता है और इसके फलों से बढ़िया शराब बनाई जाती थी। कादंबरी शराब जिसका उपयोग राजा-महाराजा करते थे। इसकी लकड़ी से नाव तथा कुएँ की घिर्री बनाई जाती थी। जाने कितने उपयोग थे। आज वही पेड़ चुप-सा लुटा-लुटा खड़ा था। कदंब के फूलों की माला पहाड़ियों और कबीलों के लोगों में शुभ मानी जाती है। बारिश के मौसम में अक्सर वह इनके फूलों की माला बनाकर देवी के मंदिर में चढ़ाते थे।

बूँदाजन की हवेली भी कदंब के पेड़ की तरह उजाड़ लगी। उस पर हर दिन की तरह रौनक़ नहीं थी। मन-ही-मन चकित होते वह गेट से भीतर गए तो देखा दरवाज़े पर ताला पड़ा था। बड़ा आश्चर्य-सा हुआ। बूँदाजान के घर पर ताला? कहाँ गई होगी? बड़ी देर तक इधर-उधर देखते रहे फिर वहीं एक पेड़ के चबूतरे पर बैठ गए। बड़ी देर तक यूँ ही हक्के-बक्के बैठे रहे कि तभी बाहर से बूँदाजान की नौकरानी सलमा आती दिखी। सलमा बंगाली सिंह को देखकर चौंकी और मुस्कुराई। पास आकर बैठ गई।

''सलमा चचा।''

''जीते रहो बेटी, तुम्हारी मालकिन की हवेली में ताला डला है, कहीं चली गई हैं क्या?''

''अरे, आपको पता नहीं,'' सलमा चौंकी, ''मालकिन तो बंबई चली गई।''

''क्यों?''

''फिल्म कंपनी में काम करेगी और बेटी को भी वहीं काम कराएगी, यही कह रही थी।

''बिटिया जूही तो बड़ी हो गई होगी?''

''हाँ अब तो ख़ूब खेलती, दौड़ती-भागती थी। नीचे सीढ़ियाँ उतर जाती थी। कदंब के फल बीन कर माला पिरोती थी।''

''अच्छा, क्या यहाँ लौटकर आएगी?''

''हाँ, कहा तो है, पर मुझे नहीं लगता कि अब वह आएँगी।''

''मकान तो रखा है,''

''हाँ ताला पड़ा है। हमें भी चौकीदारी के लिए रहने को कहा है। मुझे ज़रूर बंबई बुलाएँगी पर आपके बेटे को, अगर यह हवेली बिकती है तो दूसरा काम देखना होगा।''

''अभी तनख़्वाह भेज रही हैं?''

''नहीं तीन महीने की तनख़्वाह तो दे गई हैं। दो माह हो चुके इन्हें गए। इस माह में सब पता चल जाएगा।''

''क्या बंबई में उनका कोई परिचित है?''

''हाँ, कह रही थी उनकी बचपन की सहेली है जो फ़िल्म कंपनी में काम करती हैं। उन्हीं के कहने पर गई हैं। उन्हीं ने बुलाया है। उन्हीं के पास रहती हैं।''

''फ़िल्म कंपनी में क्या करेगी?''

''काम तो जूही बिटिया करेगी। सुना है कि किसी हीरोइन के बचपन की भूमिका करने बुलाया है और मालकिन गाना गाएँगी।''

''अच्छा, क्या वहाँ इतना रुपया मिलेगा कि गुज़र हो जाएगी।''

''वहाँ तो सुना है रुपया बरसता है।''

''अच्छा, उनकी ख़बर मिले तो बिटिया मेरे पास ज़रूर संदेश पहुँचा देना।''

''ज़रूर...आपका रास्ता भी देखा, फिर बंबई से एक तार मिला तो तुरंत चली गई।''

''क्या पंडित गोपीलाल यहाँ आए थे?''

''कौन? रायबहादुर साहब?'' सलमा चौंकी, उसके चेहरे पर तुरंत कोमल भाव गायब हो गए और कठोरपन उभर आया, ''उन्हीं की लापरवाही के कारण तो मालकिन बंबई चली गई। अब कहाँ आते थे।''

''अरे?''

''हाँ पहले तो रोज़ उनकी गाड़ी दरवाज़े पर आकर लगती थी, अब तो पिछले दो सालों से देखा भी नहीं। आप भी तो नहीं आए।''

''क्या बताऊँ, ऐसे ही किसी-न-किसी उलझनों में फँसा रहा, फिर मेरी पत्नी का देहांत हो गया,'' बंगाली सिंहजी ने अपनी ग़लती महसूस की।

''मालकिन अकेलेपन से बुरी तरह घबरा गई थीं, इसलिए तो चली गईं। रायबहादुर साहब ने भी उनका ध्यान रखना छोड़ दिया था।''

''क्या बच्ची को देखने आए थे।''

''एक बार भी नहीं आए।''

''मैंने कई बार कहा था, पर वह तो अब इज़्ज़तदार आदमी बन गए थे। उन्हें जूही बिटिया का जन्म बुरा लगा था।''

''अरे मालकिन तो जूही बिटिया के जन्म से प्रसन्न थी, उनका भाग्य दोबारा खुल गया था। सुना है अभी से उन्हें दो-तीन फिल्मों में काम मिल गया है।''

''अच्छा, बड़ा अच्छा हुआ।''

''हाँ पर आप यह बात रायबहादुर साहब को न बताएँ। मालकिन मना कर गई हैं। वह कहाँ गई हैं, बस मैं जानती हूँ,'' सलमा की आँखें सहम गईं।

'हवेली बेचने आएँगी?''

''मुझे नहीं लगता कि वह लौटकर आएँगी किसी को भेजकर हवेली बिकवा

देंगी।''

''और सामान?''

''ज़रूरत का तो सब ले गई हैं। बड़ा-बड़ा सामान है वह भी बिक जाएगा।''

''तुम कब जाओगी?''

''जब ख़बर आएगी।''

''बंबई का पता मुझे ज़रूर देना, मैं किसी को नहीं दूँगा, बस एक बार मिलने जाऊँगा, जूही बिटिया को देख लूँगा। विश्वास नहीं होता कि बूँदाजान मालकिन चली गई।''

''आँधी के साथ रेत उड़ जाती है, ऐसे ही मालकिन उड़कर चली गई, पीछे छूट गए काले-बदरंग पहाड़।''

''क्या वह इतना टूट गई थी?''

''और क्या? बाबा आप तो सयाने हो। औरत का दिल जिस पर आता है उस पर वह निछावर हो जाती है, जब उखड़ती है तो मुड़कर नहीं देखती। मालकिन को क्या मिला? मन से हारकर नौटंकी का खेल छोड़ बैठी थी पर जीवन का अकेलापन तो नहीं गया?''

''लेकिन पंडित उन्हें चाहते तो बहुत थे।''

''सिर्फ़ चाहत से क्या होता है, घर की इज़्ज़त तो दे नहीं सकते थे?''

''ठीक कहती हो बेटी। सुहासनी देवी सारी उम्र पंडित का प्रेम नहीं पा सकी पर पत्नी का सम्मान पाती रहीं।''

''जीवन इसी का नाम है। सारी उम्र लुका-छिपी का खेल चलता रहता है। जीवन की टेढ़ी-मेढ़ी डगर है।''

''बड़े-बड़े सूरमा जीवन से हार मान चुके हैं?''

''तुम्हारी मालकिन की हार हुई या जीत?''

''जीत समझो,'' सलमा की आँखों की कौड़ियाँ चमक उठीं,'' देखना जूही बिटिया एक दिन बहुत बड़ी अदाकारा बनेगी, उनका नाम होगा दुनिया तारीफ़ करेगी।''

''चलो, तब तो ठीक रहा। जीते रहे तो यह सुनहरा दिन भी देखेंगे।''

''आमीन,'' सलमा ने दोनों हाथ उठाकर दुआ माँगी।

''तो चलूँ? बड़े दिनों बाद घर से निकला था, सोचा था बिटिया को देख लूँगा। कैसी प्यारी-सी बच्ची है, बस चाँद का टुकड़ा है।''

''सुना है, मालकिन के गाने का रिकॉर्ड बनेगा, उन्होंने वहाँ जाकर अपनी कंपनी खोल ली है। अब दुनिया सुनेगी उनकी ठुमरी।''

'तुम्हारी मालकिन तो सौंदर्य और प्रेम की अद्‌भुत मूर्ति हैं, चलो जो हुआ अच्छा हुआ। इंसान को नदी की तरह रास्ते बदल-बदल कर चलना चाहिए। नर्मदा को ही देखो कैसे बड़े-बड़े पहाड़ लाँघ कर आगे बढ़ी हैं। ख़तरों से भय खाने वाले

कभी आगे नहीं बढ़ पाते।''

''आप ठीक कहते हैं।''

''अच्छा चलूँ। अब मैं निश्चिंत हो गया हूँ आज बड़ा अच्छा लगा। मैं तो दोनों के सुखद भविष्य के लिए आशीष दे सकता हूँ।''

बंगाली सिंहजी उठे और बूँदाजान की सूनी हवेली और कदंब के सूने पेड़ को ताकते रहे। दोनों ही अपनी सुगंध दूर ले जा चुके थे। कदंब के पेड़ में तो फिर बहार आ जाएगी पर अब बूँदाजान हवेली में कभी नहीं लौटेंगी।

वह आगे बढ़ गए। सलमा उन्हें टुकुर-टुकुर जाता देखती रही।

55

आज सूर्य ग्रहण लगा था। भोर से ही घर में हलचल थी। नर्मदा स्नान करके लोग भिक्षा माँगने निकल पड़े थे। सड़कों पर लोग चिल्ला-चिल्लाकर दान माँग रहे थे। नर्मदा के किनारे स्नान करने वालों का तथा सूर्यग्रहण देखने वालों का ताँता-सा लगा था। नर्मदा के तट पर मेला-सा लग गया था। नर्मदा स्नान करने वालों की नाव में सैर करने वालों की भीड़ अधिक हो गई थी। नर्मदा में दूर-दूर तक ढेरों नाव दिख रही थीं। धुली रेत के बीच सजी नर्मदा का सौंदर्य अद्‌भुत था। नर्मदा के किनारे जगह-जगह भजन-कीर्तन वालों की टोलियाँ बैठी थी। नर्मदा के विशाल संगमरमर की दूधिया चट्टानें विचित्र देव लोक की सृष्टि कर रही थीं। उनका अद्‌भुत जादुई सौंदर्य हरेक को अपनी ओर आकर्षित करता था। नर्मदा के किनारे की संगमरमर की चट्टानों को देखकर लगता जैसे कोई पाताल का दृश्य हो। नर्मदा पर नौकाएँ दौड़ रही थीं, जिसमें नौकाबिहार यात्रियों की भीड़ लदी थी। नर्मदा के जल की गर्जन-तर्जन दूर-दूर तक सुनाई देती थी। भिखारियों की लंबी भीड़ क़तार में बैठी थी। नर्मदा की पूजा-अर्चना और पखारने आए लोग बड़ी श्रद्धा से वहाँ बैठे भिखारियों को दान दे कर अपना परलोक सुधार रहे थे।

सूर्यग्रहण लगा था। धार्मिक मान्यता के अनुसार सूतक लगा था। ग्रहणकाल में भोजन, शयन, पूजन निषिद्ध था, बस केवल मोक्षकाल में स्नान और दान का महत्त्व माना जाता है। सूर्यग्रहण देखने को सभी आतुर थे।

सूर्यग्रहण देखने के लिए तरह-तरह के विधि-विधान चल रहे थे। भोर से गंगा काँच के टुकड़े पर कोयला लगाकर काला कर रही थी। सभी इस दुर्लभ अलौकिक दृश्य को देखना चाहते थे। गोपी बाँस की पोंगली में काला काँच लगा रहा था। कोई थाली में पानी रख रहा था। आज भोर से ही लता अपना कमरा बंद किए

थी। सूर्यग्रहण देखना उन्हें पसंद नहीं था, वह दूसरों को भी डराती रहती थी। पृथा भी कमरे में बैठी सूर्यग्रहण समाप्त होने की बाट तक रही थी। किवाड़ की झिरी से सूरज का प्रकाश बिंब दीवार पर पड़ता था। पृथा उसी सूरज के प्रकाश बिंब के पास बैठी थी, और भी सभी लोग आ गए थे और बड़ी ही उत्सुकता से उसे तक रहे थे। गंगा ने बताया था कि उनके गाँव में सभी लोग इसी प्रकाश बिंब में सूर्यग्रहण देखते हैं। पहले तो पृथा को गंगा की बात पर विश्वास नहीं आया था, परंतु फिर मन में उत्सुकता जगी थी। आख़िर सूर्यग्रहण तो देखना चाहिए। इस बार तो सुना था खंग्रास सूर्यग्रहण पड़ने वाला था। दिन-रात की तरह हो जाएगा, पक्षी घोंसले में चले जाएँगे। सभी दम साधे दीवार पर पड़ते सूरज के प्रकाश बिंब को तक रहे थे। थोड़ी देर में दीवार में पड़ता बिंब कोने से काला होना शुरू हुआ, बढ़ा और देखते-ही-देखते पूरा बिंब काला पड़ने लगा, थोड़ा-सा ही होना शेष रह गया था। सब भयभीत से देख रहे थे। सबके चेहरे पर सन्नाटा-सा था। व्यग्रता-व्याकुलता से सब बेचैन से हो उठे थे।

सूर्यग्रहण समाप्त होते ही लोग जैसे आंतक से मुक्त होकर प्रसन्नता से चीख-चिल्ला रहे थे। जीवन में फिर गति आ गई थी। सूरज और चाँद के साथ मनुष्य का जीवन भी जुड़ा था। सूरज-चाँद के दुःख-सुख के साथ मनुष्य भी जुड़ा था। ग्रहण के समय दान का बड़ा महत्त्व था। पुरानी कथाओं के आधार पर चाँद और सूरज जब बहुत ग़रीब थे तब पाताल नगरी में चूड़ी मेहतरानी के घर कर्ज़ा माँगने गए थे। कर्ज़ा लेकर वह भूल गए। चूड़ी मेहतरानी का कर्ज़ा ब्याज जोड़-जोड़ कर बढ़ता गया, जिसे सूरज और चाँद कभी चुका नहीं पाए। चूड़ी मेहतरानी को अपना कर्ज़ा ख़ूब याद था। वह पाताल नगरी से अपनी झाड़ू लेकर कर्ज़ा वसूलने धरती पर आ धमकती हैं और अपनी झाड़ से सूरज-चाँद पर गंदी झाड़ मारती हैं, जिससे सूरज-चाँद का मुँह काला हो जाता है। चूड़ी मेहतरानी के वंशज मेहतर जाति के लोग धरती पर भी रहते हैं। वह कर्ज़ा माँगते हैं जिन्हें धरती के लोग दान में अन्न, रुपया-सोना-चाँदी देते हैं। चूड़ी मेहतरानी का कर्ज़ा समय के साथ बढ़ता गया और इतना अधिक बढ़ गया कि चाँद और सूरज कभी चुका नहीं पाए और उसी का दंड भोगते हैं।

नर्मदा में स्नान करने वालों की भीड़ बढ़ गई। पृथा भी लता ताई के साथ नर्मदा के घाट पर डुबकी लगाने चली गई। लौटकर पूजा की सामग्री इकट्ठा की, दान का सामान बाहर भेजा। नारियल तथा प्रसाद नर्मदा के जल में प्रवाहित किया। लता ताई ने मंत्रोच्चारण करके नर्मदा का जल पूरे घर में छिड़क कर उसे पवित्र किया। शंख बजाया।

सूर्यग्रहण के उतरते ही जैसे सबने चैन की साँस ली थी। घर का कार्य, रसोई का कार्य शुरू हुआ। लता ताई भजन गा रही थी। स्वर बेसुरा-सा था, फिर भी मन

को बड़ा शांत कर रहा था। नर्मदा पर नाव दौड़ रही थी। चप्पू की छप-छप यहाँ तक सुनाई दे रही थी।

लता ताई बता रही थी–"ग्रहण का अच्छा-बुरा प्रभाव जन-जीवन पर पड़ता है। केवल सूरज और चाँद कष्ट नहीं भोगते उनके साथ दूसरों को भी पीड़ा झेलना पड़ती है। इस नक्षत्र में जन्में व्यक्तियों को कष्ट झेलना पड़ता है।"

"ताईजी, अपना पूजाघर साफ़ कर लेती हूँ, आज कृष्णजी की पूजा भी नहीं हो पाई है।"

"जाओ बहू, पूजा कर लो, मैं बच्चों के नाश्ते की व्यवस्था करती हूँ। आज तो किसी ने सुबह से कुछ भी नहीं लिया है।"

"अब ताईजी, भोजन ही कर लेंगे, आप चिंता मत करें, मैं तुरंत अभी लौटकर आती हूँ," पृथा उठकर अपने कमरे की ओर बढ़ गई।

पृथा देवी अपने पूजाघर की सफ़ाई कर रही थी। कृष्ण की मूर्ति को स्नान करा रही थी, तभी बद्री दौड़ता-दौड़ता बदहवास-सा कमरे में आया। उसका सारा शरीर पसीने से लथपथ था। पृथा देवी बद्री को देख चौंक उठी।

"क्या हुआ, ऐसे कहाँ से भागे आ रहे हो बद्री?"

"बहूरानी, बड़ी बुरी ख़बर सुनकर आ रहा हूँ।"

"क्या?" पृथा सहम-सी गई।

"डॉक्टर नज़ीर अहमद को पुलिस की गोली लग गई।"

"क्या कहते हो?" पृथा लगभग चीख-सी पड़ी।

"हाँ बहू रानी, गोली लगी क्या, जानबूझ कर पुलिस ने उन्हें मार दिया। वह अपने सफ़ाख़ाने से निकलकर जा रहे थे। उनके साथ आठ-दस आंदोलनकारी थे कि अचानक पुलिस की गाड़ी आई और सब को भून कर रख दिया।"

"नहीं...नहीं," पृथा का चेहरा भय से सफ़ेद पड़ गया। आँखों की कौड़ियाँ पलट गईं। उसका रोम-रोम जैसे दहल उठा। भूकंप ज़ोर से आया। भयानक धड़धड़ाहट के साथ धरती डोल उठी। कृष्ण की मूर्ति हाथ में लिए पृथा धरती पर गिर कर बेहोश हो गई।

"गंगा, रामरती, बिटिया दौड़ो, बहूरानी बेहोश हो गई," बद्री घबराकर चीख उठा।

देखते-ही-देखते सभी लोग इकट्ठा हो गए। तरह-तरह से उपचार के लिए दौड़ा-भागी मच गई। कोठी में कोहराम-सा मच गया।

घंटों के उपचार के बाद पृथा ने आँख खोली। सभी ने जैसे राहत की साँस ली। पृथा चुप मौन-सी पड़ी रही। डॉक्टर नज़ीर अहमद का चेहरा आँख के सामने घूम रहा था। अभी दो दिन पहले ही तो शाम को आए थे। जाने कई दिनों से पृथा डॉक्टर अहमद के लिए चिंतित रहती थी। उसे भय हो गया था कि कहीं कोठी में

उनके साथ कुछ दुर्घटना न हो जाए। इसलिए तो उस दिन शाम को डॉक्टर अहमद को देख वह भयभीत हो गई थी।

"डॉक्टर साहब आप क्यों आए, दवा भेज देते," पृथा ने भयभीत गाय की सी मूक आँखों से डॉक्टर अहमद को देखा था," आप यहाँ कम आया करें, आपकी जान को ख़तरा हो सकता है।"

"मुझे अपनी जान की रत्ती भर भी परवाह नहीं है, मुझे तो बस आपकी फ़िक्र है।"

पृथा देवी चुप हो गई थीं और डॉक्टर अहमद को देखने लगी थीं। उनकी आँखों से अपने आप बस आँसू ढरकते रहे थे। सिसकी, चीख़, आवाज़, शब्द कुछ नहीं थे बस आँसू चुपचाप बहते रहे। जैसे बरसों से जमे मन के मेकल पर्वत में छुपकर बैठी नर्मदा अपने उद्गम से फूटकर बाहर आ गई हो। अब तो उसे ठहरना नहीं हैं, बस बहना है। भीतर का सारा वेग, लावा बाहर फूट आया था।

डॉक्टर अहमद की आँखों में आत्मीयता का स्पर्श उसे दुलार रहा था। मीठे से सुख में दोनों बँध गए थे। शब्द खो गए थे, केवल दोनों के बीच मौन बैठकर दोनों को बाँध रहा था, राहत दे रहा था। इतना सुख-चैन इससे पहले कभी नसीब नहीं हुआ था। मौन मुखर होकर अपनी थपथपाहट से दोनों को बहला रहा था, सहला रहा था। सांत्वना दे रहा था, विश्वास के बंधन में बाँध रहा था। बहुत देर दोनों बस मौन बैठे रहे थे।

उस दिन डॉक्टर अहमद गए तो अपना बहुत कुछ छोड़ गए थे और बहुत कुछ गठरी बाँध कर साथ ले गए थे।

अभी सुख की मर्मर ध्वनि ठीक से कान सुन भी नहीं पाए थे। सुन पाए थे तो विश्वास नहीं कर पाए थे। प्रेम की झंकारमय ध्वनि को छेड़ता मन का मृगछौना स्तब्ध करता तेज़ गति से हवा की तरह दूर दौड़ जाता था, पकड़ कर उसको छू भी नहीं पाई थी, कि हृदय विदारक समाचार ने दोबारा अपने अभिशाप से उसे पत्थर में बदल दिया था।

चारों ओर भीड़ लगी थी, पर किसी से क्या कहे? कैसे बताए कि डॉक्टर अहमद जो मुट्ठी भर सुख दे गए थे वह उसके जीवन का सबसे बड़ा वरदान था। जीवन का प्रभाव ठीक से हो भी नहीं पाया था और काल के ग्रहण ने जैसे सब कुछ डस लिया था। चारों ओर बस घोर अंधकार दिखने लगा था। छोटी-सी पूंजी थी, जिसे लुटेरों ने लूट लिया था।

डॉक्टर अहमद की मृत्यु का आघात वह सह नहीं पा रही थी। अकस्मात्, अचानक सब-कुछ घट गया था। अब तक सब लगा था जैसे सुखद ही चल रहा है। यकायक अनहोनी हो गई। तेज़ तूफ़ान के साथ बिजली कड़की और हरा-भरा पेड़ जल गया। देखते-ही-देखते जलकर राख हो गया। घटना भी ऐसी थी कि मुँह

से 'उफ़फ' नहीं निकाला जा सकता था। किसी से क्या कहे? अब तक जो हड्डियों को जोड़कर शरीर का ढाँचा खड़ा था, उसका पोर-पोर खुल गया था। सब-कुछ बिखर-छितर गया था। सहज नहीं हुआ जा रहा था और दुनिया-जहान लोक-लाज-संस्कार उससे मर्यादा बनाए रखने के लिए आग्रह कर रहे थे। एक दोस्त के लिए न सही, एक अच्छे इंसान के लिए भी रोने के लिए कुल-शील आतंक बने सामने खड़े थे।

सारे लोग उसके आस-पास खड़े थे। एक वही दुःखी नहीं थी, सभी रो रहे थे। डॉक्टर अहमद का सहज, सरल स्वभाव। मामूली नौकर की बीमारी को भी गंभीरता से लेना, उनकी इस विश्वसनीयता ने सबका अपना चहेता बना दिया था। सभी उनके प्रति कृतज्ञ थे।

''पृथा अपने को सँभालो बेटी,'' ताईजी ने आकर उसके माथे पर हाथ रखा।

असहजता, असमंजस की स्थिति में पृथा उठने को हुई पर लगा ज़ोर से चक्कर के कारण सब घूम रहा है। दोबारा लेट गई। आँख के आगे से डॉक्टर अहमद का आकर्षक, विशिष्ट चेहरा हटता नहीं था।

''ताईजी, डॉक्टर अहमद के साथ ऐसा क्यों हुआ?''

''बेटा, हम सब उनके प्रति कृतज्ञता से भरे हैं, परंतु अब जब घटना घट गई है तो उस पर किसी का क्या दोष? सब ऊपर वाले का दोष है जो ऐसे अच्छे व्यक्तियों को भी दंड देता है।''

''ऐसी आशंका तो थी नहीं फिर ऐसा क्यों हो गया?''

''सोचकर सब थोड़ी होता है, अपने को सहेजो, ''दुःखी होकर उन्होंने कहा, ''कैसा सुघड़ सलीके वाला व्यक्तित्व था।''

''बहुत भरोसेमंद डॉक्टर थे, बड़ा सहारा था, जब भी बुलाओ तुरंत आ जाते थे,'' पृथा ने मन के भीतरी अंतरंगता के भेद को छुपाते हुए कहा।

सभी लोग डॉक्टर अहमद की चर्चा कर रहे थे। एक-एक बात को याद कर रहे थे। सारे घर का काम-काज जैसे ठप्प हो गया था। बद्री समाचार इकट्ठा करने दोबारा बाहर चला गया था।

डॉक्टर अहमद की मृत्यु से सभी मुस्लिम समुदाय के लोग भड़क उठे थे। शहर में दंगा हो गया था। शंका और संशयों से वातावरण गरम था। अस्थिरता का वातावरण सब दूर छा गया था। उत्तेजना और उत्सुकता लिए सब दम साधे बैठे थे। परिणाम की चिंता सबको खाए जा रही थी। देश-भक्ति के उन्मादी वातावरण के पीछे किसकी चाल सफल रही, किसके षड्यंत्र का शिकार डॉक्टर अहमद हुए, इस बात पर भी विचार नहीं कर पा रहा था। उत्तेजना और उन्माद के मारे लोग तोड़ा-फोड़ी करने में लगे थे। दहला देने वाले इस समाचार ने सारे शहर को हिलाकर रख दिया।

मन के भीतर चलते अंतर्द्वंद्व के बावजूद पृथा चुप-मौन-शांत-सी ठगी रह गई थी। मन ने जो एक दिवास्पप्न देखा था वह चूर-चूर हो गया था। जीवन अब पथरीले-कँकरीले, बंजर-ऊसर धरती-सा दिखने लगा था। एक आस की, चाहत की चिनगारी सुलगी थी, पर आग बनने से पहले वह बुझ गई थी। मन भयानक पराजय और अराजकता भोग रहा था। कूटनीतिक, राजनीतिक षड्यंत्र का शिकार डॉक्टर अहमद हो गए थे।

''तुम थोड़ा आराम कर लो पृथा, ज़्यादा अपने को मत थकाओ वैसे ही बीमार बनी रहती हो।''

''ताईजी, यह सब क्यों? देश का वातावरण ऐसा क्यों हो गया है, कोई भी किसी को गोली मार रहा है, गिरफ़्तार कर रहा है,'' पृथा का मुँह सूख कर भावहीन हो उठा था।

''ऐसा अभी हुआ है, ऐसा नहीं है पृथा। यह तो हमेशा से होता आ रहा है। लड़ाइयाँ कभी भी देश हित के लिए नहीं लड़ी जातीं, सब अपने स्वयं के हित के लिए ही लड़ते हैं। देखो यह तो कीचड़ और मिट्टी के लथपथ समाज है, इसमें हमें सँभलकर ही पैर रखना चाहिए। लड़ाई की आड़ में सदैव अच्छे व्यक्ति को मारा जाता है। यह संसार का नियम है, इसे हम-तुम नहीं बदल सकते। अच्छे व्यक्ति केवल संदेश देते हैं और बुरे लोग शासन करने आते हैं। यह प्रकृति का ही नियम है, ऐसी ही व्यवस्था चली आ रही है।''

''यह तो मनुष्य की लाचारी है, जो वह इस तरह कहकर भगवान की ग़लतियों पर परदा डालता है। इस संसार में सदैव पापी मौज करते हैं और धर्मात्मा व्यक्ति कष्ट-दंड भोगता है। यह अँधेर क्यों ईश्वर पर कौन ऐसे में विश्वास करेगा? भगवान भी न्याय नहीं करेगा तो कौन उस पर आस्था रखेगा?''

''तुम ठीक कहती हो बहू, भगवान का यह विचित्र न्याय मेरी भी समझ में नहीं आता। ऐसा ही सुहासनी कहती थी। मुझे तो कभी-कभी लगता है तुम सुहासनी बन गई हो। तुम्हारे भीतर सुहासनी जिंदा हो गई है।''

''ताईजी, इस घर में हर स्त्री को सुहासनी बनकर ही जीना पड़ेगा?''

पृथा के चेहरे की आभा फीकी पड़ गई थी। शरीर में हल्की-सी फुरहरी-सी लगी और थोड़ी देर में पृथा थर-थर काँपने लगी। लगा जैसे बुख़ार फिर चढ़ने लगा है। पृथा लेट गई। लता ने झट आगे बढ़कर कंबल उढ़ा दिया।

''लगता है ताईजी, बुख़ार चढ़ने लगा है।''

''इसीलिए तो कह रही हूँ पृथा, अधिक सोच-विचार और चिंता तुम्हारे लिए ठीक नहीं। पहले तो झट डॉक्टर अहमद को बुला लेते थे, पर अब वह भी नहीं हैं। किसे बुलाने जाएँगे, ऐसे वातावरण में कौन तत्काल आ पाता है। अपने को सँभालो बेटी।''

कंबल मुँह पर खींचकर पृथा ने आँखें मूँद ली पर बंद पलकों के आगे डॉक्टर अहमद का मुस्कुराता चेहरा आ खड़ा हुआ था। जैसे आँख की खाली चौखट पर किसी ने तस्वीर जड़ दी हो। शोक-संताप पृथा के चेहरे पर वेदनाओं की कालिमा उतर आई थी। मन एक नन्हे बच्चे की भाँति ज़ोर-ज़ोर से बिलख कर रोने को हो रहा था, पर वह अपने को समेटे आँसुओं के वेग को बलपूर्वक भीतर ढकेलती अपने को आर्त-चीत्कार से बचाती शांत मौन पड़ी रही। काश! इसी क्षण मृत्यु आती और उसे भी सदा-सदा के लिए चिरनिद्रा में सुलाकर चली जाती तो वह अपने जीवन के अंधकारमय जीवन से मुक्त हो जाती।

पृथा चुप-सी पड़ी रही और महसूस करती रही, कि ताईजी उसे सोया समझकर कमरे से बाहर जा रही थीं। उनकी पग-ध्वनि को कमरे से बाहर जाते महसूस करती रही। पृथा मृत्यु की बाट तकती रही, परंतु क्या मृत्यु इतनी आसानी से आती है। सूर्यग्रहण की गाज़ डॉक्टर नज़ीर अहमद पर ही गिरनी थी? सूर्यग्रहण का दंड डॉक्टर अहमद को ही भोगना था?

ताईजी के कमरे से बाहर जाते ही पृथा ज़ोर से फूट-फूट कर रो पड़ी। ऐसे ही जीवन को ग्रहण लग जाता है। जीवन के सारे उजियारे को ग्रहण का अंधकार लील जाता है।

56

चंद्रकला जिस स्कूल में पढ़ने जाती थी, वह स्कूल रायबहादुर गोपीलाल के दान से चलता था। चंद्रकला हर वर्ष फ़ेल हो जाती थी। चंद्रकला को पास न करने का दंड स्कूल की प्रिंसीपल को भोगना पड़ता था। हर वर्ष प्रिंसीपल बदल दी जाती थी। चंद्रकला पर किसी के समझाने-मनाने का असर नहीं पड़ता था। चंद्रकला अपने ऊधम भरे कार्यों में लगी रहती थी। दादा के बेजा लाड़-प्यार ने उसके स्वभाव को तीखी मिर्च की तरह तेज़ कर दिया था। चंद्रकला से सभी भय खाते थे।

चंद्रकला को मसूरी पढ़ने भेज दिया गया था। चंद्रकला हॉस्टल में रहती थी। चंद्रकला के साथ ढेर सारे नौकर-आया सब गए थे। मिस जूली को भी जाना था वह इधर बीमार थीं इस कारण नहीं गई। चंद्रकला के बाहर चले जाने से कोठी का वातावरण शांत हो गया था। रोज़ाना घर पर होने वाली पार्टियाँ कम हो गई थीं।

पृथा देवी लगातार बीमार रहने लगी थी। पृथा देवी को तपेदिक घोषित कर दिया गया था। दिन-पर-दिन उनका स्वास्थ्य गिरता जा रहा था। अत्यधिक थकावट

के कारण वह बार-बार अचेत हो जाती थी।

माँ की बीमारी ने चंद्रप्रभा को अधिक मौन और गंभीर बना दिया था। पढ़ाई में हमेशा चंद्रकला अव्वल आती थी। माँ को मृत्यु की ओर बढ़ता देख वह परेशान थी। चारों तरफ़ से अपने को समेटकर चंद्रप्रभा ने अपने को पढ़ाई में झोंक दिया था। कई भाषाएँ उसने सीख ली थीं।

पृथा देवी को इलाज के लिए सेनेटोरियम भेज दिया गया था। सूर्यभवन की सारी चहल-पहल कम-सी होने लगी थी। बद्री का बेटा गोपी जो अब बड़ा हो गया था वह तथा रामरती पृथादेवी के साथ ही गए थे। गोपी बचपन से ही पृथादेवी को माँ की तरह प्रेम करता था। पृथा देवी गोपी को पढ़ाती थी, भजन सिखाती थी। गोपी भी पृथा देवी का बहुत आदर करता था। अपने घर से आते ही बगीचे से एक सुंदर लाल गुलाब का फूल तोड़कर पृथा देवी के लिए लाता था। उसके इस आदर और स्नेह से पृथा देवी निहाल हो उठती थी। हमेशा कहती थीं—

"क्यों लाता है गोपी तू यह लाल गुलाब? देवी को चढ़ाया कर, बेटा फूल तो देवी को चढ़ाते हैं। वहीं शोभा देते हैं।"

"मेरे लिए तो रानी माँ आप ही देवी हैं। जाने क्यों जब मैं बगीचे के पास से आता हूँ और इन लाल गुलाबों को देखता हूँ तो अनायास आपकी याद आ जाती है। आप एकदम गुलाब की तरह कोमल, उदार और सुंदर हैं। बस गुलाब की तरह आपने हँसना नहीं सीखा। इनकी तरह मुस्कराया भी करें।"

"गुलाब के साथ काँटे भी तो होते हैं"

"वह तो उसके रक्षक हैं, सैनिक हैं रानी माँ।"

"तू ख़ूब बातें बनाने लगा है," पृथा देवी हँस दी, "अच्छा देख यदि मेरी मृत्यु हो गई तो तू किसे गुलाब का फूल देगा?"

"ऐसा मत कहो रानी माँ, जी दुखता है।"

"फिर भी, मैं तो यूँ ही तेरा मन टटोल रही हूँ।"

"यह तो पता नहीं," गोपी सोचता बोला, "अच्छा तो फिर मैं देवी के मंदिर में चढ़ा दूँगा, ठीक न?"

"नहीं, वहाँ तो तू अलग से चढ़ा देना, मेरा वाला फूल तो तू चंद्रकला के डैडी को दे दिया करना, ठीक?"

"छोटे सरकार को?" गोपी ने जिज्ञासा से पूछा।

"हाँ, उन्हें दे दिया करना।"

"अच्छा, मगर वह ले लेंगे?" गोपी विस्मित रह गया। कातर नेत्रों से पृथा देवी को ताकता रहा।

"यह तो देने वाले पर निर्भर करता है कि उसे देना आता है या नहीं।"

"तो मैं आपसे प्रतिज्ञा करता हूँ कि छोटे सरकार को रोज़ फूल दिया करूँगा।"

''अच्छा, शाबाश। जो कार्य मैं ख़ुद कभी नहीं कर पाई तू ज़रूर करना,'' पृथा ने उत्तेजित होकर अपनी आँखें मूँद लीं।

''आप चिंता न करें रानी माँ,'' कहता गोपी पृथा के तलवे सहलाने लगा।

''विरक्ति में ही तो आशक्ति छुपी है रे।''

''आप कितनी कमज़ोर हो गई हैं रानी माँ, आप दिन-पर-दिन क्यों कमज़ोर होती जा रही हो?''

''गृहस्थी ऐसी खरपतवार है जो मनुष्य को खा लेती है, उसे चर लेती है। मुझे भी इस गृहस्थी ने चर कर कंकाल बना दिया ,'' पृथा ने खिन्न मन से परंतु शांत होकर कहा। पृथा का चेहरा अत्यंत कमज़ोर, थका तथा उदास दिख रहा था।

गोपी की आँख भर आई, गला भर उठा। दिन-पर-दिन अपनी मालकिन को मृत्यु की ओर बढ़ता देख वह भयभीत था।

''थोड़ा दूध ले लें?''

''नहीं, अभी इच्छा नहीं है।''

''आप कुछ खाएँगी नहीं तो कैसे जल्दी ठीक होंगी, कैसे घर लौटेंगे।''

''अब यही घर मेरा है। मेरा भाग्य ही विधाता ने ऐसा लिखा है रे।''

''ऐसा मत कहिए, चंद्रप्रभा दीदी के लिए भी तो सोचें?''

''अब बीमारी पर क्या मेरा नियंत्रण है? मेरे बाद दीदी का बहुत ध्यान रखना, हमेशा उसकी रक्षा करना। तू बराबर पढना, पढ़कर कुछ अच्छी-सी नौकरी कर लेना।''

''आपके आशीर्वाद से ज़रूर तरक्क़ी करूँगा।''

''मेरा आशीर्वाद तो सदा है और रहेगा, मेहनत तो तेरी होगी।''

''अब आप थोड़ा सो लें।''

''ठीक है, मेरा भी मन सोने का हो रहा है, तू जा संध्या-पूजा करके कुछ खा ले। मेरी कही बातों को सदा याद रखना। जा, जाकर कुछ खा ले।''

''और आप?''

''मेरे लिए थोड़ी-सी खिचड़ी बनवा देना, रात को खा लूँगी,'' शून्य दृष्टि से गोपी को ताकती पृथा बोली।

''अच्छा ठीक है,'' गोपी उठकर कमरे का दरवाज़ा उढ़का कर बाहर आ गया, ''लैंप जलाकर ले आता हूँ।''

अँधेरा हो गया था। सब-कुछ अँधेरे के काले कंबल में डूबने लग· था। निस्तब्धता, नीरसता पैर पसारने लगी थी। बीच में आकर गोपी कमरे में लैंप जलाकर रख गया। पृथा को पता ही नहीं चला। उसे गहरी-डूबकी-सी नींद आई थी और वह आँख मूँदे सो गई।

गोपी कटोरी में ढककर खिचड़ी लेकर लौटा और एक-दो बार पृथा को आवाज़ लगाई,'' रानी माँ...रानी माँ?''

लेकिन पृथा तो शरीर की हड्डियों का पिंजरा त्याग कर दूर बहुत उड़ चुकी थी। हमेशा-हमेशा के लिए विदा हो गई थी।

खिचड़ी का कटोरा हाथ में लिए गोपी अवाक्-सा देखता रह गया। पृथा तो हमेशा के लिए नींद में डूब गई थीं। पृथा का चेहरा वैसा ही शांत था। चेहरे पर कोई उत्तेजना का भाव नहीं था। चेहरे पर हमेशा की तरह सौंदर्य और शांति की आभा विराजमान थी। गोपी खिचड़ी का कटोरा हाथ में लिए-लिए ही बाहर भयभीत-सा दौड़ा।

बाहर घुप्प अँधेरा था। आकाश पर ढेर सारे तारे-ही-तारे छिटके पड़े थे। जैसे किसी ने चमेली के फूल बिखेर दिए हों। आकाश रानी माँ की फूलदार साड़ी-सा दिख रहा था। ढेर सारी बिंदी-बिंदी वाली साड़ी जब धुलकर सूखती थी तब ऐसे ही तो दिखती थी। आकाश पर तारों के इतने ढेर सारे फूल? लगा जैसे ढेर सारे मेहमान खड़े हों। क्या रानी माँ की अगवानी के लिए यह लोग भीड़ लगाए हैं? इतने ढेर तारे? पहले कभी क्यों नहीं दिखे? पहले ध्यान क्यों नहीं गया रानी माँ कहती थीं—'तारे स्वर्ग के फूल होते हैं रे गोपी, जब ईश्वर प्रसन्न होता है तब आकाश को तारों के फूलों से सजा देता है। कहते हैं, तारों वाली काली रात को ही आकाश से परियाँ धरती पर उतरती हैं।'

तो क्या परियों ने आज आकाश सजाया था? रानी माँ के स्वागत में आकाश को चमेली से सफ़ेद फूल जैसे तारों को सजाया है? रानी माँ को चमेली के सफ़ेद फूल कितने पसंद थे। चमेली की कलियों से वेणी गूँथती थीं फिर अपने जूड़े में लगा लेती थीं। रानी माँ को सफ़ेद नन्हें, महकते फूल ही अधिक पसंद थे। चमेली, बेला, मोगरा, जूही के फूल ही पसंद थे। रानी माँ के जूड़े में जब शाम को बेला, चमेली, मोगरा की कलियाँ खिलती थीं तो ऐसा लगता था जैसे काले आकाश पर तारे छिटक आए हों। रानी माँ की वेणी से सारा घर महकता था। महकते दिन थे, महकती रातें थीं।

वह भव्य सफ़ेद कोठी जो अपने उज्ज्वल श्वेत रंग के कारण अंधकार में भी अलग-चमकती थी, आज सूनी-फीकी-मटमैली हो गई थी। सूर्य की प्रथम किरण कोठी के द्वार पर पड़ती थी। जाने कितने ज्योतिष, पंडित, शिल्पकार तथा वास्तुशास्त्री विशेषज्ञों के अध्ययन के विचार-विमर्श के बाद ही कोठी की दिशा-दशा निर्धारित की गई थी। आज उसी कोठी से रहने वाले एक-एक करके निकल रहे थे। भव्य सफ़ेद संगमरमर की कोठी उदासी की चादर ओढ़े चुप खड़ी थी।

57

धूप निकल आई थी। सारी धरती को धूप ने अपना गरम-चमकता-उजला शाल उढ़ा दिया था। धूप का गरम शाल ओढ़े धरती प्रसन्न थी। नर्मदा की ठंडक को समेटकर हवा किसी नवयौवना-सी शोख़-मस्त-चंचल हो रही थी। हवा में ठंडक उतर आई थी। ठंडक के मिश्रण से हवा मादक-सी हो गई थी। धूप की गुनगुनाहट शरीर को अच्छी लग रही थी।

गोपी हाथ में लाल गुलाब की कली की टहनी पकड़े छोटे सरकार के कमरे की सीढ़ियाँ चलने लगा था। भीतर कमरे से छोटे सरकार की तथा जूली मेम साहब की तेज़-तेज़ बातचीत के स्वर बाहर तक सुनाई दे रहे थे, जैसे कोई रोष में बोल रहा हो, साथ ही बीच-बीच में हँसी के खनखनाते स्वर भी बाहर तक बिखर रहे थे। दोनों किसी बात पर हँस रहे थे। जब से चंद्रकला दीदी हॉस्टल चली गई थी, तब से जूली मेमसाहब छोटे सरकार की सेवा-टहल में ज़्यादा रहने लगी थी। छोटे सरकार अब दिल्ली रहने जाने वाले थे। दिल्ली में एक बड़ी-सी कोठी ख़रीद ली गई थी। छोटे सरकार काँग्रेस में शामिल होने वाले हैं, यह चर्चा कोठी में दबी-दबी फुसफुसाहट में सुगबुगा रही थी।

अचानक छोटे सरकार दरवाज़ा खोलकर बाहर बरामदे में आए। गोपीलाल झट से बोलचाल के स्वर गोपी के कानों में अभी भी गूँज रहे थे। चोरी करते जैसे पकड़ लिया गया हो, भयभीत-सा वह आड़ में सहमा-सा दुबक गया। छोटे सरकार बाहर बरामदे में आकर वहाँ रखी लंबी कपड़े की आरामकुर्सी पर पसर गए हैं। गुनगुनी धूप का या फिर भीतर कमरे के आनंद का स्वाद था, जो उनके पौरुष को तृप्त कर रहा था। उनके चेहरे पर मीठी-सी मुस्कान खिल उठी थी। आँख बंद किए वह पड़े रहे।

गोपी धीरे-से रेंगता वापस सीढ़ियों पर आया और वापस दोबारा फिर से सीढ़ियाँ चढ़ने लगा, मानो किसी रामलीला के मंच का कोई कलाकार हो जो अपना भूला पाठ दोबारा याद करने का अभ्यास कर रहा हो। सर को झटक कर उसने अपने दिमाग़ पर पड़े बोझ को हल्का किया और वापस अपनी पुरानी मुद्रा में लौटकर सारा ध्यान गुलाब की कली में रमा दिया।

"छोटे सरकार?"

"हाँ...कौन?" मोहन ने जैसे तंद्रा से जागकर चौकन्ने होकर पूछा।

"छोटे सरकार, यह लाल गुलाब की कली आपको भेंट करना चाहता हूँ," गोपी ने अत्यंत गंभीर मुद्रा में दीन-हीन स्वर में कहा।

"अच्छा? क्यों?" मोहन सतर्क हुए।

"छोटे सरकार, यह गुलाब का फूल मैं रोज़ रानी माँ को भेंट में देता था।"

"फिर...?" मोहन ने अपनी बतख़ जैसी लंबी गर्दन को मोड़कर हैरानी से पूछा।

"सरकार रानी माँ तो हैं नहीं, अब इस फूल को किसे भेंट में दूँ?"

"मैं क्या बता सकता हूँ। फूल क्यों तोड़ते हो, मत तोड़ो?"

'रानी माँ को गुलाब का फूल भेंट करता था, उससे तो अद्भुत प्रसन्नता मुझे मिलती थी उस सुख को खोना नहीं चाहता।"

"अच्छा," मोहन ज़ोर से हँसे," छोटी उम्र से ही बड़ा गुणी कलाकार लगता है।"

"सरकार," गोपी रुँआसा हो उठा, "रानी माँ ने कहा था कि उनकी मृत्यु के बाद यह फूल आपको भेंट करूँ।"

"ठीक है, लाओ," मोहन अपने एहसान से जैसे उसे गद्गद् करते बोले।

गोपी तत्काल सूखते कंठ में लपटती जीभ को थूक से तर करता आगे बढ़ा और गुलाब का फूल भेंट करके निहाल-सा खड़ा रहा। मोहन ने गुलाब के फूल को हाथ में लिया और सूँघा। गुलाब की गंध से प्रभावित होते प्रसन्न हो उठे। गुलाब के रंग की आभा उनके चेहरे पर खिल उठी, दृष्टि उठाकर गोपी को देखा। गुलाब की कोमलता भरे स्पर्श ने जैसे उनके मन को मोह लिया था। उनकी आँखों के फूल की ताज़गी उतर आई थी।

"गोपी, तुम बहुत अच्छे लड़के हो," मोहन गोपी से प्रभावित हुए और उत्साहपूर्ण शब्दों में बोले, "मैं रोज़ तुम्हारे गुलाब का इंतज़ार करूँगा।"

"जी सरकार," कहता गोपी प्रसन्नता से सीढ़ियाँ उतरने लगा। जब गोपी सीढ़ियाँ चढ़ रहा था तब अत्यंत शोकाकुल था, पर अब लौटते में उसके चेहरे पर सहज मुस्कान थी। विजय की प्रसन्नता से उसका चेहरा खिला था।

कोठी के जिस नौकर में भी इस घटना को देखा था, यह विस्मित रह गया था। गोपी के साहस को देख सब दंग थे। सबकी आँखों में गोपी के लिए प्रसन्नता थी। गोपी बहुत उत्तेजित था, अपने भीतर की उत्तेजना को वह छिपा नहीं पा रहा था।

"बेटा गोपी रे, आज तो तुमने छोटी मालकिन को दोबारा जीवित कर लिया, जो काम वह स्वयं नहीं कर पाई, तूने कर दिया," बद्री प्रसन्नता से गद्गद् होकर बोला और अपनी गीली आँखों को पोंछ लिया।

सभी नौकर गोपी के पास इकट्ठा हो गए थे। सबके चेहरे पर ख़ुशी की चमक थी। सभी ने मृतात्माओं को मौन जलांजलि दी। सबकी स्मृति में मिठ्ठू सिंह, सुहासनी देवी, पृथा देवी जीवित हो उठे थे। आज जो दृश्य दिखा था वह तो छोटे सरकार के आचरण के एकदम विपरीत था। सदैव उनके निकट चाटुकारों की भीड़ लगी रहती थी। आज पहली बार उनके चेहरे पर मीठी मुस्कान थी।

"सुना है छोटे मालिक अब दिल्ली रहने जाने वाले हैं, तू साथ चले जाना," एक ने गोपी को सलाह दी।

"क्यो भला? मैं रानी माँ का घर छोड़कर कहीं नहीं जाऊँगा।"

"रानी माँ चंद्रप्रभा दीदी की सुरक्षा का भार मुझे सौंप गई हैं।"

"तेरा तो छोटी मालकिन उद्धार कर गई हैं। तेरे ये दोनों हाथों में लड्डू हैं। छोटी मालकिन का चहेता तो था ही अब छोटे मालिक का चहेता भी बन गया," दूसरे नौकर ने मुँह टेढ़ा करते हुए कहा।

गोपी ने उसकी बात पर ध्यान नहीं दिया, बस अपने आप में डूबा मुस्कुराता बगीचे की ओर चला गया।

गोपी अब नियम से प्रतिदिन गुलाब का अधखिला फूल तोड़कर छोटे सरकार को देने जाता। मोहन लाल भी नियम से गोपी के फूल का इंतज़ार करते, कभी गोपी को पहुँचने में देर हो जाती तो बेचैनी से बरामदे में टहलते रहते और इधर-उधर गोपी को निहारते रहते। गोपी भी फूल पहुँचाने को आतुर रहता। कोठी का प्रत्येक कर्मचारी इस परिवर्तन को देखकर चकित था। फूल पहुँचाने में गोपी की कोई स्वार्थभावना जुड़ी नहीं थी, इसलिए छोटे सरकार गोपी से सहानुभूति रखने लगे थे। जाने गोपी ने किस शुभ नक्षत्र में अनजाने में छोटे सरकार को फूल भेंट में दिया था कि उसी घड़ी से उन्हें अपने भविष्य के अच्छे संकेत मिलने लगे थे।

गोपी के फूल पहुँचाने की चर्चा कोठी में सबके मुख पर थी। लतादेवी, चंद्रप्रभा बहुत प्रसन्न थीं।

"गोपी, तूने बहूरानी को उसके मरने के बाद उसके पति की निकटता दिलाई, बहू की आत्मा हमेशा तुझे आशीष देगी," लता देवी बोलीं।

"गोपी भइया, तुमने माँ को गुलाब के फूल में जीवित कर दिया। तुम्हारी यह दूरदर्शिता मैं कभी नहीं भूल पाऊँगी, चंद्रप्रभा बोली। बोलते समय उसकी आँखें सजग हो उठीं, "तुमने डैडी के मर्म को छू लिया है।"

"अरे बेटा गोपी," बद्री बोला, "छोटी मालकिन की याद तुमने छोटे मालिक के मन में ऐसे जगा दी है, जैसे कोई भीगी माटी की गंध, आमऊ का बौर, कोयल की कूक ऐसी ही हूक उठती है बेटा रे।"

अचानक बद्री ने सामने देखा। बंगाली सिंह धीरे-धीरे चलकर आ रहे थे। बद्री आगे बढ़ा और बंगाली सिंह को बाहर की छोटी बैठक में बैठा दिया।

"अरे बद्री बाबू, हम बैठक में बैठने नहीं आए हैं, हमें तो बड़ी मालकिन ने बुलाया है।"

"बड़ी मालकिन...?" बद्री चकित हुआ। उसने सुहासनी देवी को समझा।

"हम तो बड़े मालिक मिठ्ठू सिंहजी को समझते हैं," बंगाली सिंह ने स्पष्ट किया।

"अच्छा...अच्छा तो हम अभी ताईजी को ख़बर कर देते हैं," कहता बद्री दौड़ता भीतर गया।

थोड़ी देर में वापस आया और बंगाली सिंहजी को लता ताई के कमरे में ले गया। लता ताई लंबी-सी आरामकुर्सी पर बैठी थीं।

"आइए...आइए बंगाली सिंहजी, कैसे हैं? आप तो अब काफ़ी वृद्ध हो गए हैं।"

"भाभी उम्र भी तो सौ की ही रही है। हम और मिठ्ठू सिंहजी लगभग बराबर के हैं।"

"कहो भाभी, अचानक कैसे याद किया?"

'बंगाली सिंहजी बड़े संकट की घड़ी है। जूली को तो आप जानते हैं न? चंद्रकला की ईसाई आया है। उसी का मसला आ गया है।"

'अच्छा, क्या हुआ?"

"वह माँ बनने वाली है, यह समझो बस कुछ दिनों में बच्चा हो जाएगा।"

"अरे, यह तो विचित्र समाचार है।"

"क्या आप उसे कहीं रख सकते हैं? जचकी हो जाए वह थोड़ा स्वस्थ हो जाएगी तो बच्चे को लेकर बंबई चली जाएगी। अब वह वहीं रहना चाहती है।"

"बच्चा...बच्चा किस का है?"

"जैसे?"

'मोहन बेटे का है।"

"यह तो घटा नहीं दुर्घटना है," बंगाली सिंह सहम-से गए।

"अब क्या करें, उसने कल ही मुझे बताया। मैंने उसे बहुत डाँटा भी था। उसने मोहन को भी बताया था तो उसने अनाथ आश्रम को देने या मारने के लिए कहा होगा, जिसके लिए वह तैयार नहीं है। उसका कहना है कि बच्चे के जन्म तक उसकी मदद कर दी जाए, फिर वह बंबई अपने किसी रिश्तेदार के पास चली जाएगी। लौटकर कभी नहीं आएगी।"

"बड़ी विचित्र समस्या है। रईसों के उत्पात की शिकार बेचारी मासूम औरतें ही हमेशा क्यों होती हैं?"

"और कौन किस की बात कर रहे हैं"

"ऐसी ही घटना बेचारी बूँदाजान के साथ घटी थी।"

"अरे? आजकल वह क्या करती है?"

"वह यहाँ नहीं है, वह भी बंबई फिल्म कंपनी में चली गई। उसकी भी एक प्यारी-सी बेटी जूही जन्मी थी, बेटा तो पहले से ही है। अब तो दोनों बड़े हो गए हैं।"

"हे भगवान, यह क्या अनर्थ घट रहा है? कैसी विचित्र अमानुषिकता और

क्रूरता से भरा समय आ गया है।"

"सब ऐसा ही है," बंगाली सिंह विचार करते चुप हो गए।

"क्या सोच रहे हैं?" लता देवी ने टोका।

"सोच रहा था कि पंडित जब अस्सी बरस की उम्र में नहीं सुधरे तो उनका बेटा तो अभी जवान ही है। ठीक है, ऐसा करते हैं बूँदाजान का मकान खाली पड़ा है। उसमें जूली को रख देते हैं। वहाँ एक-दो कर्मचारी हैं, सेवा कर लेंगे। नहीं तो मैं और व्यवस्था कर लूँगा, फिर बाद में कोई बंबई तक छोड़ आएगा।"

"बिल्कुल ठीक। आपने वास्तव में घड़ी भर में सभी समस्या सुलझा दीं। आप बैठिए, आपको कुछ रुपया दे देती हूँ।"

लता देवी उठकर भीतर गईं। अलमारी से रुपया और सुहासनी के रखे गहनों में से एक सोने के कंगन की जोड़ी उठा लाई। लौटकर उन्होंने बंगाली सिंह को दो हज़ार रुपए दिए और एक रूमाल में बँधी सोने के कंगनों की जोड़ी दी। बंगाली सिंह ने रूमाल खोला। कंगनों की जोड़ी को देख दंग रह गए।

"यह तो सुहासनी देवी के कंगन है?"

"हाँ, यह आपको इनाम में दे रही हूँ," लता देवी अवाक् सी रह गई, "मगर आप कैसे जानते हैं?"

"इन्हें तो मैं कभी नहीं भूल सकता। इन्हीं को देकर पंडित और सुहासनी देवी दिल्ली से जबलपुर आए थे।"

"अरे?" लता देवी हतप्रभ रह गई।

"ग़ज़ब की ही बात है। यह कंगन आख़िर मेरे ही भाग्य में लिखे थे। पंडित ने दिए थे, फिर जालसाज़ी से वापस माँग लिए थे, अब वही कंगन आप मुझे दे रही हैं। तब पंडित को इन कंगनों से बहुत प्यार था, आज उनके सामने इनकी कोई औक़ात नहीं है। घूम फिर कर इन्हें मेरे पास आना था, परंतु अब इन्हें पहनने वाली मेरी पत्नी नहीं है। बहुत रुला-रुला कर मैंने ज़बर्दस्ती उसके हाथों से इन्हें उतरवाए थे।"

"अब उन्हीं कंगनों को इनाम में रखकर उनके घर की लाज बचा लो भई।"

"इन कंगनों ने तो हमेशा उनकी लाज बचाई है।"

"छोड़ो, पुरानी बातों को भूल जाओ। जूली को ले जाओ और बाल-बच्चा हो जाए तो बंबई पहुँचा देना। वह भी तुम्हें ख़र्चा देगी, ऐसा उसने मुझ से कहा था, आख़िर इस घर से उसने बहुत धन बटोरा है। यह कंगन तो मैं तुम्हें भेद को गुप्त रखने के लिए दे रही हूँ।"

बंगाली सिंह ने अपने साफे के फेंटे में कंगन बाँधे और उठ खड़े हो गए। "कल आकर ले जाऊँगा, संध्या को तैयार रहे।"

"ठीक है, मैं सारी तैयारी करवा दूँगी।"

"ताँगा ले आऊँगा, मोटर से मत भेजना।"

"ठीक है। तुम तो ख़ुद बहुत समझदार हो, चलो मेरी छाती पर धरी ईंट सरक गई। इस परिवार पर तुम्हारे बहुत उपकार हैं, एक और उपकार बढ़ गया।"

"उपकार? आप क्या कह रही हैं? उपकार तो बड़े लोग करते हैं। हम छोटे लोग तो इसका अर्थ भी नहीं समझते।"

लता उत्तर नहीं देतीं, बस भरी-भरी आँखों से बंगाली सिंह को स्तब्ध देखती रहीं। बंगाली सिंह ने जैसे एक वाक्य में इस परिवार की परिभाषा कह दी थी।

बंगाली सिंह गहरी साँस खींचकर उठे और आगे बढ़ गए। धीरे-धीरे बंगाली सिंह की आकृति बढ़ती गई और आँख से ओझल हो गई। बाहर बंगाली सिंह का घोड़ा हिनहिना रहा था।

58

मोहन जाने वाले थे अचानक एक घटना घट गई। समय अपनी गति से आगे सरक रहा था। सभी कुछ विचारे लक्ष्य के अनुसार ही घट रहा था। आगे आने वाला मार्ग राजमार्ग ही है, यह निश्चित ही था। जीवन में जो लोग फूँक-फूँक कर कदम रखते हैं वह अपने जीवन के अनुष्ठान में सदैव सफल ही होते हैं।

नर्मदा के घाट पर कभी-कभी मोहन और अमर आज भी बैठते थे। बीती बातों को याद करते थे, पुरानी स्मृतियों को याद करते थे। अमर अपनी पढ़ाई पूरी करके स्कूल में मास्टर हो गए थे। संध्या का समय था। नर्मदा के किनारे शिव मंदिर से शिव अर्चना के स्वर, आरती के स्वर घाट की सीढ़ियों तक उतर कर आ रहे थे। दोनों मित्र आरती के लिए मंदिर की ओर बढ़ गए। मन शांत था, ध्यान आरती के स्वर पर लगा था। मंदिर के किनारे बैठे फूल वालों से दोनों ने पूजा की सामग्री ली। फूलों का दोना हाथ में लिए दोनों मंदिर की ओर बढ़े। मंदिर का वातावरण और नर्मदा के किनारे का वातावरण पूर्ण शांति में डूबा हुआ था। घाट पर दो-चार लोग थे, मंदिर के किनारे प्रसाद खाने के लिए आतुर बंदरों का जमघट रोज़ की ही तरह बैठा था। दोनों मंदिर से पूजा करके लौटे।

मोहन सीढ़ियों पर खड़े बंदरों को निहार रहे थे और प्रसन्न हो रहे थे।

"चलो मोहन, आख़िर देर तक यहाँ रहना तुम्हारा ठीक नहीं है," अमर ने टोका

"भइया क्या यह ठीक नहीं होगा कि हम बंदरों को चना ख़रीदकर खिलाएँ तब जाएँ।"

"ठीक है, मैं ले आता हूँ," अमर ने कहा।

"नहीं भइया, आप यहीं रहो, मैं ख़रीद कर लाता हूँ," कहते मोहन सीढ़ियाँ उतर कर नीचे दुकानों की ओर चले गए। चना ख़रीदकर मोहन वापस लौटे तभी गोली की आवाज़, मनुष्य की चीत्कार, बंदरों का कोलाहल सब एक साथ सुनाई दिया। भगदड़-सी मच गई। कुछ अँग्रेज सैनिक घोड़ा दौड़ाते आगे जा रहे थे। मोहन दौड़े, भीड़ भागने लगी। दुकानें बंद होने लगीं।

"क्या हुआ?" मोहन ने एक भागते युवक से पूछा।

"पता नहीं, कोई कह रहा था रायबहादुर गोपीलाल के पुत्र मोहन को मार दिया गया है, वह नर्मदा के घाट पर अक्सर आकर बैठता था।"

आश्चर्य से जड़ होकर मोहन मंदिर की सीढ़ियों की तरफ लपके। अमर कराहते हुए घायल सीढ़ियों पर ख़ून से लथपथ पड़े थे। बंदर भयभीत से चीत्कार कर माथा और अपनी जाँघ पीट-पीट कर चिल्ला रहे थे। मोहन के हाथ से चने का दोना छूट गया। सीढ़ियों पर चना-ही-चना बिखर गए । बंदर गिरे चनों की ओर लपके और खाने लगे।

मोहन जल्दी से अमर के पास पहुँचे। अमर की साँस थोड़ी-सी बची थी। अमर ने मोहन को देखा और मुस्कुराया।

"तुम्हारे धोखे में मुझे मार दिया मित्र, हम चारों मित्रों की मृत्यु इस घाट पर मंडरा रही है, तुम जबलपुर छोड़ दो," धीरे-धीरे बोलकर अमर ने अंतिम साँस खींची और आँखें फिर गईं।

मोहन की आँखें भय से फट पड़ीं। भीड़ जुटने लगीं। मोहन को कोई पहचानता नहीं था, सभी अमर को मोहन समझ रहे थे। कुछ लोग बता रहे थे कि कुछ दिनों से घाट पर अँग्रेज सैनिक रोज़ आते थे। मोहन चुप ही रहे, उनकी आँख से आँसू धार बाँध कर बह निकले। यदि चना लेने अमर गए होते तो इस स्थान पर ख़ुद मोहन का शव पड़ा होता। मोहन स्तंभित, जड़वत्, भयभीत खड़े-के-खड़े रह गए। तो क्या नर्मदा के इस तट पर दुर्भाग्य घूम रहा है? बचपन का एक ही सखा तो था, जिससे वह मन का हर दुःख-सुख कह लेते थे। घंटों बतिया लेते थे।

सीढ़ियों पर किसी को निकट देख मोहन चौंके, सामने गोपीलाल खड़े थे। शोक से उनका मुख काला पड़ गया था। पहली बार गोपीलाल चिंता में बूढ़े से लगे।

"डैडी, आप?"

"हाँ, मोहन, किसी ने तुम्हारी मृत्यु का समाचार दिया था।"

"मेरी मृत्यु को मेरा मित्र ख़ुद अपने पर झेल कर चला गया।"

गोपीलाल अचकचाकर अमर के शव को देखते रह गए। मन-ही-मन सोचते रह गए कि गाँव उसके बूढ़े माँ-बाप के पास ख़बर जाएगी तो उन पर क्या गुज़रेगी? गोपीलाल हक्के-बक्के पत्थर से खड़े से रह गए। युद्ध और राजनीति में कुछ भी

ग़लत नहीं माना जाता है। गोपीलाल को लगा जैसे वह ख़ून अमर का न होकर उनका ख़ुद का हुआ है। जिस ब्रिटिश हुकूमत को आगे बढ़ाने में उन्होंने अपने शरीर के ख़ून की एक-एक बूँद निछावर कर दी, वही ब्रिटिश हुकूमत अपनी साजिश से उनका अंत करना चाहता है। अँग्रेजों के लिए उन्होंने क्या-क्या नहीं किया था? बेईमानी, अपनों से ग़द्दारी, लूट-खसोट, अपनों के ख़िलाफ़ गुप्तचरी, जाने क्या नहीं किया था। हिंदुस्तान के बड़े पूंजीपति क्या वह ऐसे ही बन गए थे? आज पहली बार उन्हें लगा कि वह अकेले खड़े हैं।

करुणा की काली स्याही उनके गोरे मुख पर अंकित हो गई थी। पहली बार वह विचलित हुए थे। उनके पैर के नीचे से जैसे किसी ने पूरी-की-पूरी ज़मीन ही खींच ली थी। लगा जैसे अधर में लटक रहे हैं। सारी उम्र की ईमानदारी का यह इनाम अँग्रेज दे रहे थे। इस घटना का समाचार देखते-ही-देखते पूरे शहर में फैल गया। हर घर में दुकान में, नुक्कड़ पर यही चर्चा थी। तरह-तरह की चर्चा सब तरफ़ फैली थी।

59

नर्मदा की चट्टानों पर चारों ओर भीड़ इकट्ठी थी। नर्मदा शांत बड़ी-बड़ी विशाल शिलाओं के बीच बह रही थी। अमर की चिता जल रही थी। नर्मदा के किनारे और भी कई चिताएं जल रही थीं। कहीं-कहीं राख का ढेर पड़ा था। शोक से धरती पर दहाड़ मारते अमर के वृद्ध पिता थे। सब स्तब्ध से खड़े थे। जलती चिता का चट-चट स्वर स्पष्ट सुनाई दे रहा था।

धरती पर चीत्कार करते बूढ़े अमर के पिता को देख गोपीलाल को लग रहा था कि जैसे वह स्वयं रो रहे हैं, विलाप कर रहे हैं। गहन चिंता से उनका मुख काला पड़ गया था। उन्होंने आगे बढ़कर अमर के बूढ़े पिता को सँभाला। गोपीलाल से लिपटकर वह फफक-फफक कर शिशु की भाँति रोते रहे। उनका बूढ़ा हड्डियों भरा ढाँचा काँप-काँप उठता था, विपदा ने जैसे उन्हें हिलाकर रख दिया था। पथराए नेत्रों से वह बार-बार पुत्र की चिता को देखते और मूर्च्छित हो जाते थे। जलती चिता की चिरायँध चारों ओर फैली थी।

गोपीलाल अपने को संयत कर अमर के पिता को ढाँढ़स बँधाते रहे।

नर्मदा की धारा में जब डुबकी लगाकर रायबहादुर पंडित गोपीलाल स्नान करके बाहर निकले तो उन्हें लगा जैसे नर्मदा के गहरे जल में रायबहादुर पंडित गोपीलाल डूब गए हैं और उसमें से बरसों पुराना पंडित गोपीलाल बाहर निकल आया है। वही

पंडित गोपीलाल जिसकी दिल्ली की एक गली में मिठाई की दुकान थी। जिस गोपीलाल को उन्होंने बरसों पहले इसी नर्मदा में डूबो दिया था। आज वही गोपीलाल फिर से बाहर आ गया था, जिसके पास भाड़े के और खाने के लिए एक कौड़ी नहीं थी। उन्हें अपना पुराना रूप पाकर बड़ा अच्छा लगा, लगा अब तक वह रायबहादुर पंडित गोपीलाल की केचुली धारण किए थे, आज उतार पाए हैं।

नर्मदा के जल से एक नया गोपीलाल निकला था, जिसके पास कुछ नहीं था। वह नर्मदा के तट पर भिक्षा माँगते एक भिखारी की तरह खड़े हैं भिक्षादेहि! माँ भिक्षादेहि!!

बरसों पहले इसी नर्मदा की धारा में डुबकी लगाते थे तब उन्हें एक सपनों की नगरी मिली थी। उसके बाद कभी उन्हें नर्मदा में डुबकी लगाने का ध्यान क्यों नहीं आया? जिस सपनों के क़िले में वह सारी ज़िंदगी डूबे रहे, आज जैसे वह क़िला ध्वस्त-सा हो गया था। जैसे पहली बार उनकी आँख खुली थी। आश्चर्य जीवन का इतना लंबा समय व्यर्थ कैसे चला गया? दूर-दूर तक नर्मदा का पानी-ही-पानी दीख रहा था। एक सुखद स्वप्न की तरह नर्मदा का सौंदर्य चारों ओर बिखरा था। जिस नर्मदा में डुबकी लगाकर उन्होंने सब पाया था, आज उसी नर्मदा में डुबकी लगाकर सब खो चुके थे। उनके भीतर का रोदन किसी को सुनाई नहीं दे रहा था, बस केवल नर्मदा सुन रही थी। नर्मदा अपने ठंडे जल से उन्हें शांत कर रही थी। एक नन्हें शिशु की भाँति उन्हें दुलार रही थी। भगवान शंकर भी समुद्र मंथन का विष पीकर नर्मदा के तट पर ही शांत होने आए थे। आज गोपीलाल भी जीवनमंथन से निकले विष को नर्मदा के जल में धो रहे थे। अपने जीवन का समस्त सुख-सौभाग्य, संपन्नता वैभव की आहुति देने आए थे। सारे सुखों की गठरी को तर्पण करने आए थे।

अँधेरी रात्रि थी। भयावह सन्नाटा चारों ओर फैला था। नर्मदा की पहाड़ियाँ अँधेरे में डूबी खड़ी विचित्र भयानक-सी लग रही थीं। नर्मदा की धारा चट्टानों से टकराकर चीत्कार कर रही थी। सारा संसार गहरी नींद में सो रहा था। उल्लू और सियार की डरावनी बोली मन को थरथरा देती थी। काले आकाश पर ढेर सारे तारे छिटके थे। जैसे किसी ने तारों की खेती कर दी हो।

गोपीलाल अँधेरे में धीरे-धीरे चल रहे थे। मन दुःखी और विचलित था। व्यथा से पैर भारी से हो रहे थे। जीवन की जाने कितने यादें भूत की तरह पीछे-पीछे चलती उन्हें नोच रही थीं। मुख पर गहरी चिंता, वेदना थी। मन का ताल सूख चुका था। होंठ सूख कर फट से गए थे। सब-कुछ पीछे छूट गया था। जीवन की पूरणमासी पीछे छूट गई थी। जीवन का अपूर्व सौंदर्य पीछे छूट गया था। सब-कुछ पीछे रह गया था, अब आगे अंधकारमय भविष्य की घनी झाड़ियाँ ही शेष थीं।

बंगाली सिंह अब काफ़ी कमज़ोर हो गए थे। शरीर थक गया था। उन्होंने सभी जगह जाना-जाना छोड़ दिया था। बस अपनी खाट पर पड़े रहते थे। जब से

पत्नी का देहांत हुआ था, तब से वह घसीट-घसीट कर ही जीवन जी रहे थे। शरीर जर्ज़र-पंजर-सा टूटी बैलगाड़ी बनकर रह गया था। जिसका कोई भी पुरज़ा साबित नहीं लगता था। आँखों की ज्योति दिन-ब-दिन कम हो रही थी। शरीर के दीये में अब अधिक तेल बचा नहीं था। अपने को खटिया से बाँध लिया था, बाहर जाना, भ्रमण करना सब छोड़ चुके थे।

अचानक दरवाज़े की साँकल किसी ने खटखटाई। बंगाली सिंह चौंक उठे। आधी रात्रि को कौन होगा? खाट से उठे। लालटेन जिसे सोते समय बुझा दिया था, उसे जलाई और किवाड़ खोलने आगे बढ़े।

"कौन है भाई? बंगाली सिंह किवाड़ खोलकर पूछने लगे। लालटेन के उजाले में भी उन्हें कुछ दिखाई नहीं दे रहा था।

"मैं...मैं हूँ," सामने खड़ी मूर्ति पास आई।

"कुछ दिख नहीं रहा है भाई नाम बोलो," बंगाली सिंह सामने खड़ी मूर्ति को पहचान नहीं पा रहे थे।

"मैं गोपीलाल हूँ बंगाली सिंहजी," गोपीलाल बोले।

"अरे पंडित गोपीलाल? कैसा ग़ज़ब संजोग, अभी सपने में आपको ही देख रहा था। आइए-आइए, भीतर आइए। आख़िर इतनी रात को कैसे आना हुआ? मुझे बुला लिया होता," हड़बड़ा कर बंगाली सिंह ने कई प्रश्न एक साथ पूछ लिए।

"बस, ऐसे ही आ गया।"

"अच्छा, ऐसे ही और इतनी रात को?" बंगाली सिंह चकित से स्तब्ध होकर गोपीलाल को कुतुहल से देखते रह गए, "अरे यह क्या? आपने तो धोती-कुरता पहन रखा है? मुझसे क्यों भेद छुपाते हो?"

"हाँ, एकदम वही पुराना पंडित।"

"एकदम, वैसे ही लग रहे हो, बस यह पंडित थोड़ा पुराना हो गया है, वह जवान पंडित था। इतना ही अंतर लग रहा है।"

"शरीर से भला कभी कोई बूढ़ा होता है, मन से बूढ़ा होता है। दुःख उसे बूढ़ा कर देते हैं।"

"ठीक कह रहे हो पंडित गोपीलाल, शरीर से कोई बूढ़ा नहीं होता मुझे ही देख लो, इतना बूढ़ा हो गया हूँ, फिर भी खूब चल-फिर लेता हूँ। जीवन में दुःख नहीं होते तो आदमी तो जाने कितने सौ साल जीता है न?" बंगाली सिंह ने जल्दी से खाट की चादर फटकारी और गोपीलाल को बैठा दिया।

"बैठो पंडित गोपीलालजी, मुझे बुला लिया होता न?"

"पहले तो तुम मुझे गोपीलाल जी बोलना छोड़ो। मुझे पहले की तरह सिर्फ़ पंडित पुकारो। सारी उपाधियाँ, सम्मान वैभव पीछे छोड़कर आ गया हूँ। सारे संबोधन मुझे अब बुरे लगने लगे हैं।"

"अच्छा?" बंगाली सिंह विस्मित से रह गए।

"पुराना व्यक्ति बनना चाहता हूँ। वही पंडित जिसके पास किराए के लिए भी रुपए नहीं थे। तब मेरे पास सब-कुछ था। आज सिर्फ़ वैभव है बाक़ी कोई नहीं है। मैंने सांसारिक वैभव के अधीन होकर अपनों के स्पर्श को महत्त्व नहीं दिया। वैभव की पराधीनता स्वीकर ली थी। आज सब-कुछ खोकर सत्य को पहचान पाया हूँ। सोचता हूँ मैंने क्यों यश, धन, कीर्ति के झूठे भ्रम में फँसकर सब को खो दिया। काल के विषधर ने मुझे डस लिया। आज समझ पाया कि वह सारा जीवन व्यर्थ गया।"

"ठीक कहते हो?" मुझे भी अपने पर विश्वास नहीं होता, जितना सोचता हूँ, उतना मन पागल हो उठता है," गोपीलाल दुःखी होकर आगे बोले।

"पंडित, अपने को नियंत्रित करो। जीवन में उतार-चढ़ाव तो आते रहते हैं। अनेकों-अनेकों बार हम सीढ़ियों से नीचे आते हैं और फिर ऊपर चढ़ते हैं। दुःख-सुख तो सभी के जीवन में आते-जाते रहते हैं, सबूरी करो।"

"नहीं बंगाली सिंहजी, अब अधिक अपने को भ्रम में नहीं रख सकता। देखो जागना तो पड़ेगा।"

"क्या सोचा है?"

"मैंने अपनी दोनों पोतियों के नाम वसीयत लिख दी है। दोनों बड़ी समझदार हैं, अपने-अपने तरह से जीवन जी लेंगी। मेरा तो अब उस सूर्यभवन में एक दिन नहीं कटता। दिल्ली लौटने का सोचकर निकला हूँ। सोचा आपसे भी मिल लूँ। नींद आ नहीं रही थी। बस ऐसे ही आपकी तरफ़ आ गया। मोहन तो यहाँ से जा चुका है, मैं भी वापस लौटना चाहता हूँ।"

"अरे अकेले, पैदल यहाँ आए थे?"

"हाँ, पैर पैदल चलना भूल गया था, अब गाड़ी-घोड़ा सब त्याग दिया है।"

"क्या दिल्ली जाने का सोचा है?"

"हाँ यह सोचा है कि वापस लौट आऊँगा। अभी तो सिर्फ़ दिल्ली लौटने का सोचा है।

"पंडित, सबूरी तो। सारा दूध जो भगौने में था वह तो ज़मीन पर गिर चुका है। बस अब हम उसे हताश से उसे देख सकते हैं। वापस समेट नहीं सकते। जितना भाग्य में था, उतना भोगा, जो ज़मीन में फैल गया अब उसके लिए क्या दुःख करना। वापस उस दूध को उठा नहीं सकते।"

"बात तो आपने बहुत अच्छी कही, पर मन को कैसे समझाएँ"

"समझाना तो पड़ेगा पंडित, तुम को ख़ुद को ही समझाना पड़ेगा। तुम ख़ुद ही उठोगे। दूसरे के सहारे पर कभी नहीं उठ पाओगे।"

"सोचा, आपसे चलकर मिल आऊँ।"

"मन की शांति तो नर्मदा के तट पर भी खोजी जा सकती है।"

"नहीं, अब मैं वापस जाना चाहता हूँ। कभी मन ने चाहा तो लौट आऊँगा। कहा-सुना क्षमा कर देना।"

"नाहक इतनी रात्रि को कष्ट किया, मुझे बुला लिया होता।"

"विदा लेने तो मुझे ही आना चाहिए न। वहाँ बुलाता तो मेरे भीतर का अहंकार कहाँ नष्ट होता? दिन के उजाले में मैं उन चेहरों को नहीं देखना चाहता था, इसलिए रात के अँधेरे में चुपचाप निकल पड़ा। रात को ही यह शहर छोड़ देना चाहता हूँ।"

"मित्र," बंगाली सिंह भावुकता से विचलित हो गया, "इतनी रात्रि को आकर आपने मुझ पर उपकार किया है। मुझ से अंतिम विदाई लेनी चाही आज पहली बार मेरे मुख से आपके लिए मित्र शब्द निकला है। आधी रात को एक मित्र ही दूसरे मित्र का दरवाज़ा खटखटा सकता है। जाने-अनजाने में, अपनी ग़रज़ के कारण, कुछ परिस्थितियों के कारण हम एक-दूसरे के निकट जीवन भर रहे, परंतु हम एक-दूसरे को मित्र नहीं समझते थे। आज मैं अंधकार कालिमा की साक्षी मानकर आपको अपना सच्चा दोस्त मानता हूँ।"

"आपने ठीक कहा, हम सदैव अपने स्वार्थ के कारण एक-दूसरे के निकट बने रहे। हम एक-दूसरे को जितना निकटता से जानते हैं उतना कोई दूसरा हमें नहीं जानता। आपका महत्त्व मैं समझता हूँ, इस कारण ही तो आपसे विदा लेने चला आया। भोर होने के पहले मैं इस स्थान को छोड़ देना चाहता हूँ। त्याग का महत्त्व भी तभी होता है जब आप अपने सबसे अधिक निकट के व्यक्ति से क्षमा माँगें, भिक्षा माँगें, तभी आप अपने अनुष्ठान में सफल होते हैं।"

"क्या ऐसा नहीं हो सकता मित्र कि मैं आपके अनुष्ठान का अनुशरण करूँ और आपके साथ चलूँ? हम दोनों ही उस पथ से यहाँ आए थे। आपके कारण या आपके द्वारा अपने स्वार्थों को पूरा होते देख मैं दूसरी जगह नहीं गया, यहीं रह गया, जबकि हमारी घुमक्कड़ जाति में ऐसा नहीं होता।"

"नहीं बंगाली सिंहजी, मैं अपने पिछले जीवन के कोई भी अवशेष साथ नहीं रखना चाहता हूँ, सब-कुछ निरर्थक प्रतीत होता है।"

"देखो पंडित, हम दोनों के बीच मित्र शब्द भी बौना लगता है। मुझे अपना मित्र मत समझो, इसमें संबंधों की बू आती है। मुझे अपना सैला समझो।"

"सैला?" इस शब्द का अर्थ मेरी समझ में नहीं आया।"

"आप समझोगे भी नहीं, इस शब्द को शहरी लोग नहीं समझ सकते। यह हमारी गँवारी भाषा का शब्द है। आपने बैलगाड़ी में जुते बैलों को देखा होगा। बैलों के काँधे पर जब बैलगाड़ी का जुँआ रखते हैं तब उसके गले में एक पट्टा बाँधकर सैला डाल दिया जाता है, ताकि बैल इधर-उधर न बहकें, गाड़ी में जुते रहें, सीधे खींचते रहें। सैला एक लोहे की कील होती है जिसे बैल के गले के पट्टे में फँसाई

जाती है। मैं भी तो आपके जीवन की बैलगाड़ी का सैला हूँ। आप बैल हो तो मैं सैला हूँ। सैला के लगे बिना बैल कैसे आगे बढ़ सकते हैं?''

''आप चतुर तथा प्यारे मित्र हो बंगाली सिंहजी?'' गोपीलाल मुस्कुराए।

''मैं तो केवल सैला हूँ, आपकी आवश्यकता मात्र और कुछ नहीं। मेरा दरज़ा ज़्यादा मत बढ़ाइए। मुझे तो साथ रखना ही होगा।''

''ठीक है विचार कर लेते हैं।''

''विचार नहीं पंडित, आपको पता नहीं वह पुरानी बात याद है या नहीं, क्योंकि बहुत वर्ष बीत गए हैं?''

''कौन-सी बात?''

''जब आपको मैंने नर्मदा के तट पर उतारा था, तब मैंने आपसे कहा था,

कि जिस दिन लौटने का मन हो, तब बता देना वापस दिल्ली पहुँचा दूँगा, पर आप तो नर्मदा के तट पर उतरते ही ऐसे रम गए कि सब भूल गए,'' बंगाली सिंह शरारत से हँसे।

''हाँ, याद आया,'' गोपीलाल हँसे, तुमने ख़ूब बूँदाजान की याद दिला दी, सच यदि वह न मिलती तो शायद मेरा मन इतना यहाँ नहीं रमता।''

''अब तो वह फ़िल्म कंपनी में है और उसने अपनी म्यूजिक कंपनी डाल ली है। उसके गाए गीत सब दूर ग्रामोफ़ोन पर बजते हैं।''

''छोड़ो, उन पुरानी बातों को स्मरण न ही करो तो अच्छा है।''

''साल भर पहले जब जूली को बंबई पहुँचाने गया था तब बूँदाजान से भी मिला था। पचास बरस की होने की होंगी पर क्या ग़ज़ब का सौंदर्य था। लगता था बुढ़ापा तो कोसों दूर है। जूही बिटिया बहुत सुंदर प्यारी-सी है।''

''अच्छा, जूली आख़िर बंबई क्यों गई?''

''जूली को मोहन से एक मरी हुई बेटी पैदा हुई थी, उसकी इच्छा बंबई जाने की थी, छोड़ आया।''

''अच्छा,'' गोपीलाल स्तब्ध रह गए, फिर सतर्क होकर अपनी पुरानी यादों से वापस खींचते बोले, ''अब इन व्यर्थ की चर्चाओं को छोड़ दो। जो जहाँ है जैसा है वहीं ठीक है। सब भूल जाओ।''

''इतना लंबा जीवन पंडित हमने साथ जिया है। दुःख और सुख बाँटे हैं। अब साथ मेरा मत छोड़ो, जितनी दूर तुम्हारे साथ चल सकूँगा, ज़रूर चलना चाहूँगा। इस सैला से उसके अधिकार मत छीनो।''

गोपीलाल कुछ नहीं बोले, बस चुप मौन हो गए। दोनों के बीच चुप्पी उतर आई। गोपीलाल अपने मन के द्वंद्व में फँस गए और बंगाली सिंह अधीरता से गोपीलाल की स्वीकृति सुनने को आतुर मन से उन्हें ताकते रह गए। लंबी चुप्पी के बाद गोपीलाल अपनी जगह से उठे और उनके होंठ हिले।

''तो चलो बंगाली सिंहजी, अभी इसी समय निकल पड़ें। रेल मिल जाएगी।''

''अभी इस क्षण?'' बंगाली सिंह गद्‌गद् हो उठे, ''ठीक है चलो दिल्ली से भी हम ऐसे ही रात्रि के अंतिम पहर निकले थे।''

''बंगाली सिंहजी, हमने एक-दूसरे को पहचानने में बड़ी देर कर दी। देखो जीवन की संध्या होने को है। जीवन का सूरज बस डूबने ही वाला है, तब मैं आपको पहचान पाया।''

''ऐसा मत कहो पंडित, अब तो भोर होने को है। पक्षियों का कोलाहल सुनाई पड़ रहा है, जीवन का प्रभात सामने है।''

''आप ठीक कहते हैं बंगाली सिंहजी।''

''पंडित एक बहुमूल्य चीज़ तुम्हारी मेरे पास सुरक्षित रखी है।''

''वह क्या?''

बंगाली सिंह उठकर भीतर गए और लौटकर एक छोटी-सी पुठरिया ले आए और गोपीलाल के आगे खोलकर रख दिया। गोपीलाल विस्मित से रह गए।

''सुहासनी के कंगन? यह आपके पास कैसे आ गए?''

''अब यह मत पूछो, बस चुपचाप रख लो, मैंने कहा था कि जब भी दिल्ली लौटना हो, वापस ले चलूँगा, पर भाड़ा नहीं लूँगा। अपनी पूँजी अपने पास रख लो।''

गोपीलाल के होंठ सूख गए। उन्होंने मुस्कुराकर बंगाली सिंह को देखा और कंगनों को उठाकर अपने हाथ में रखा और उसे बहुत स्नेह से दूसरे हाथ से ढाप लिया। जैसे सुहासनी के हाथों को थपथपा रहे हों।

गोपीलाल के मुख से कुम्हलाया और बासीपन साफ़ हो गया। पौ फटने में अभी समय था। मन का सारा ऊधम शांत हो गया था। तत्काल दोनों बाहर आ गए। बाहर गहरा सन्नाटा था। ठंडी हवा बह रही थी। पक्षी अपने-अपने घोंसले छोड़ने के पहले चहक-चहक कर सब को जगा रहे थे। ऐसा लगा जैसे दुःखी मन को सांत्वना का पाठ सिखा रहे हैं। दोनों अँधेरे में आगे बढ़ गए। देखते-ही-देखते सूना आकाश पक्षियों के कोलाहल से गूँज उठा। लगा जैसे दोनों के स्वागत में पक्षी मंगलगीत और प्रभाती गा रहे हों।

●●●